KB079042

언더테이크

MNEME 지음

2

동아

언더테이크 2권

초판 1쇄 인쇄일 | 2021년 10월 14일
초판 1쇄 발행일 | 2021년 10월 22일

지은이 | MENEME
펴낸이 | 박성면
펴낸곳 | (주)동아

출판등록 | 제406 - 3960100251002007000071호
주소 | 경기도 파주시 문발로 115, 세종대학교출판부 206호
전화 | (031)8071 - 5201
팩스 | (031)8071 - 5204
E - mail | bear6370@hanmail.net

정가 | 12,500원

ISBN 979 - 11 - 6302 - 541 - 2 (04810)
    979 - 11 - 6302 - 539 - 9 (set)

Under

VOL. 2

언더테이크

MNEME 지음

DONGAROMANCESTORY

Take

동아

목   차

Chapter 7

"안녕하세요. 연락드린 이정윤이라고 합니다. 늦어서 죄송합니다."

약속 시간을 한 시간이나 넘겨 병원에 도착했지만 다행히 의사는 병원에 있었다. 리옌은 사람 좋은 미소를 지어 보이며 명함을 건넸다.

'CUHK, Senior researcher of Department of Anatomical and Cellular Pathology(중문대 세포병리학 수석연구자), 李正倫'

그의 명함은 '재활의학과 조직공학 전문의 한석태'라는 명패만큼이나 강렬했다. 한석태는 그 명함을 유심히 들여다보다 책상 위에 내려 두었다. 그리고는 자리에서 일어나 먼저 악수를 건넸다.

"괜찮습니다. 오히려 딱 맞춰 오셨네요. 한석태입니다. 이쪽 분은?"

의사라기보다는 연구자라는 느낌이 물씬 풍기는 직함답다고 해야 할까. 그의 연구실은 의사들의 사무실보다는 대학교 교수 연구실에 가까웠다.

어제 병원에서 밤을 새고 30시간 만에 퇴근하려는 참이라는 말에 약간 미안한 생각이 들긴 했지만, 진료나 연구에 치여 있을 일상 시간보다는 퇴근

시간이 대화하기에는 한결 나았다. 깡마른 체구에 멀뚱하니 키만 큰 한석태는 파리한 인상에 피로를 노상 달고 다니는 것처럼 무기력해 보였다.

"서유주입니다."

"저희 측 새로운 부검의입니다."

한석태가 내민 손을 유주가 맞잡는 순간, 리옌의 입에서 튀어나온 말은 가히 상상을 초월했다.

이번에도 기자라고 뻥친 거 아니었어? 부검의?

유주는 눈알이 튀어나올 정도로 놀랐으면서도 애써 평정을 유지하기 위해 어색하게 미소를 띠었다. 한석태가 고개를 끄덕였다.

"어디서 근무하시죠?"

"아…… 저는……."

유주가 머뭇거리기 무섭게 리옌이 말을 가로챘다.

"충남청에서 근무하다 석 달 전에 퇴직한 사람입니다. 저희가 운 좋게 모셔올 수 있었고요."

"아, 그래서 냄새가……."

"냄새요?"

"실례라면 미안합니다. 그, 일하시는 분 특유의 그런 게 별로 없어서 현업이 맞나 싶었거든요."

아, 시체 냄새. 유주는 납득했다. 지금이야 회사도 그만두고 일을 쉬고 있으니 망정이지 사실 그 시체 냄새라는 게 한 번 사람 몸에 배면…… 장난이 아니긴 했다. 동종업계 사람들은 물론이거니와 가끔 버스나 지하철을 타면 아주 높은 빈도로 '뭐 하는 사람이지?'하는 시선을 받았으니 당연했다.

"그래서 그만뒀는데 이분에게 낚인 거죠."

"하하. 돌고 돌아 결국 병원인가요. 그래서 중문대 병원에서 제게 따로 연락하신 이유가 뭔지 여쭤봐도 되겠습니까? 의학적 소견을 구하기 위해 오신 건 아닌 것 같고. 이거 뭐, 누가 보면 헤드헌팅이라도 받는 줄 알겠습니다."

농담 같은 말에 뼈가 있었다. 유주는 이제야 대충 분위기를 파악할 수 있었다. 허탈함에 웃음이 비죽 삐져나왔다.

리옌은 하다하다 이젠 의사까지 사칭한 모양이었다. 그게 아니라도 일단 의료 관계자인 척 접근한 게 뻔했다. 중문대 병원이라는 것도 대충 중국인지 홍콩인지 어디에 박혀 있는 제법 이름 있는 곳일 것이다.

"경우에 따라서는요. 현재 우리 병원에서는 한국의 의료 시스템의 비약적 진보에 많은 관심을 기울이고 있습니다. 특히 재생 의학이란 참 매력적인 필드죠."

말은 잘하네. 유주는 그렇게 생각하면서도 입을 꾹 다문 채 여전히 분위기를 살폈다. 리옌의 다디단 말에도 석태의 담담한 표정에는 별다른 변화가 없었다.

"그렇죠. 한창 연구 중 아닙니까. 매력적인 만큼 여러 구설수도 많았고요."

"단도직입적으로 이야기하죠. 한국에서의 재생 의학 전망은 어느 정도 수준입니까?"

그 뒤에 이어진 대화에선 유주의 얄팍한 지식으로는 범접할 수 없는 수위의 전문적인 단어들이 오고 갔다. 모르긴 몰라도 오늘의 만남을 위해 리옌이 그간 엄청난 학구열을 불태웠다는 것만은 자명했다.

물론 그 자리에 앉아 있는 유주의 표면적 직함은 3개월 전 퇴사한 부검의였기 때문에 모르는 척 순진하게 눈알만 굴리고 있을 순 없었다. 그녀는 줄기세포라는 단어에서 고개를 한 번 끄덕였고, 동종세포와 이종세포에서 나타날 수 있는 면역 거부 반응에 대한 장황한 말에 감명받은 척을 했으며, 스캐폴드(Scaffold)의 효율적인 구성에 대한 부분에서 놀라운 말을 들었다는 듯 눈을 동그랗게 떴다.

"그래서 사실, 지원비가 많다고는 할 수 없습니다. 아시다시피 전망은 확실하지만 이 모든 진보적인 의학 발전이 뚜렷한 형태로 나타나는 데에는 당장 다음 달이 될 수도, 십 년이 걸릴 수도 있으니까요."

"그렇군요. 선생님의 깊은 식견에 감탄을 금치 못하겠습니다."

리옌은 확실히, 유주보다 더욱 한석태의 말에 무척이나 감명받은 태도였다. 그는 몇 번이나 고개를 주억거리며 석태가 던진 말들을 주워 삼켰고 이내, 호탕한 대륙인의 기상을 드러내듯 당당하게 어깨를 쭉 폈다.

"그래도 이토록 훌륭한 선생이 계시니, 그 성과를 이 두 눈으로 목도할 날이 머지않은 듯하군요."

"과찬이십니다."

"하지만 기왕이면, 그 비약적인 결과를 보다 가까이에서 지켜보고 싶습니다만."

그냥 던진 말이 아니었어?

유주는 리옌의 그 대목에서 저도 모르게 눈을 휘둥그레 떴다.

그냥 직함 가지고 사기를 치는 정도가 아니었다. 한국 대학 병원에 소속된 연구자를, 한낱 홍콩 양아치 조직원이 홍콩 대학 병원으로 끌어들이는 건 정말 큰 문제였다. 그러니까, 수습할 수 없는 거짓말이라 이거였다.

"……진심입니까?"

물론 이런 자세한 내막까지는 모르는 석태 또한 어리둥절한 건 매한가지였다. 정말 스카우트라고? 이런 식으로? 내내 거만하게 다리를 꼰 채 등받이에 몸을 기대고 있던 그의 자세가 조금 단정해졌다.

"저희는 빈말은 하지 않습니다. 그러나 그에 따른 조건이 있다는 것 정도는 아셔야 할 겁니다."

그에 반해 리옌의 태도는 너무나 뻔뻔해서 할 말을 잃게 했다. 유주는 속으로 한숨을 삼키며 이 상황이 어디까지 굴러갈지 가늠했다.

그래도 여기까지 오니 각은 나왔다. 리옌은, 달콤한 먹잇감을 쥐고 흔들며 그에게 정보를 캐낼 심산이었다. 뒷감당할 것도 어느 정도 생각은 해 놨겠지. 물론 한석태가 원하는 만큼의 보상은 아닐 것이다. 현실적으로, 리옌에게 그만한 능력이 있다는 계산은 서지 않았다.

그러니 이 판은 일종의 블러핑이 가득한 도박판인 것이다. 한 가지 확실한 건, 리옌이 유주보다는 나은 승부사라는 정도일까.

"조건이라면 어떤?"

"물론 적을 달리 두는 게 쉬운 결정은 아니겠지요. 버리는 과정이 쉽지 않다는 것도 알고는 있습니다. 그러니…….”

"그러니 뭡니까?"

"한국인으로서의 정체성도 두고 오시면 좋겠습니다."

은유적이라고 말하기도 무색할 정도의 노골적인 대사였다. 유주는 그 대목에서 한 번 더 놀라고 말았다. 이건 대놓고 산업 스파이가 되어라, 이 말이었다.

아무리 혹할 조건을 내건다고 해도 이런 말을 대놓고 들으면 사람들은 으레 불쾌해하기 마련이었다. 덥석 물기에는 너무 속물 같고, 그렇다고 뿌리치기에는 아까운 것이다.

"제 성의를 시험하시겠다는 의미인 듯한데…….”

하지만 한석태는 별로 불쾌해하는 기색이 아니었다. 오히려 약간 기뻐하는 듯한 모습이었다. 어쩌면 시험당해 불쾌할 것이란 생각은 그저 평범한 삶을 동경하고 추구하는 소시민의 시각인지도 모르겠다. 그로선 자신이 고평가받았다고 느꼈을지도 모르지.

"시험이라는 말은 우리의 우호적인 관계에 지나치게 도전적인 어휘로군요."

"정체성을 두고 오라는 말도 만만치는 않았습니다."

"그런가요?"

이게 어른의 세계인가?

유주는 제 옆에 앉은, 자신과 같은 나이의 남자가 구사하는 모호한 화법에 진저리가 날 것 같았지만, 한석태와 리옌은 이런 대화의 흐름을 무척 즐기고 있는 듯 보였다. 유주는 한숨을 삼키며 속으로만 고개를 저었다. 그때 돌연, 한석태의 시선이 유주를 향했다.

"그럼 전직 부검의께서는 어느 정도의 대우를 약속받았는지 알고 싶군요."

이거 지금 나한테 묻는 거 맞지?

유주가 난처한 시선으로 리옌을 올려다보았다. 그 순간, 기다렸다는 듯 리옌이 소리 내어 웃었다. 한석태의 시선이 다시 리옌에게로 향했다.

"왜 웃으시죠?"

"아니. 뭐. 이해는 합니다. 아무래도 이 정도 규모의…… 실례. 하여간에 당장 믿음이 안 가는 건 알겠습니다만, 그런 건 저에게 물으셔야지요."

리옌은 한석태의 속을 긁기로 작정한 사람 같았다. 유주는 멍청한 표정을 거두고 그의 옆에서 최대한 신뢰감 넘치는 미소를 지어 보였다. 한석태는 둘을 번갈아 보다 작게 한숨을 쉬었다.

"뭐, 그래요. 그럼 정확히 어떤 조건을 내거셨는지 듣고 싶습니다만."

"저희는 약속이라는 말로 사람을 현혹시키는 걸 즐기지 않습니다. 약속, 믿음. 뭐 이런 건 확신이 없을 때나 던지는 것이지요. 게다가 선생님이나 저 같은 사람에게 그런 게 실상 얼마나 도움이 되겠습니까."

기다렸다는 듯 리옌이 말했다. 무척이나 당당한 말투였다. 그 또한, 연기를 시작하면 과몰입하는 유형인 듯했다.

"무슨 말씀인지 모르겠군요."

한석태의 말에 리옌이 입꼬리를 말아 올렸다. 유주의 눈에는 그저, 짓궂어 보이기만 하는 미소였다.

"이적을 결심한 날, 이분은 현 연봉의 두 배를 계약금으로 이미 받았습니다. 계약서에 날인하는 순간 뭐, 저런 추상적이고 어쭙잖은 개념은 필요치 않은 법이지요. 저런 건 동화책에서나 찾으면 그만 아닙니까."

두 배. 그것도 계약금으로만.

리옌은 일부러 저속하리만치 속물적인 태도로 말했다. 더구나 미끼가 돈이었다. 돈 이야기를 하며 자신감을 드러내는 건, 천박해 보이는 만큼 상대의 입맛을 돋웠다.

사람들이 괜히 사기에 걸리는 게 아니었다. 원래 사기는 노골적으로 돈 냄새를 풍겨야 한다. 그리고 그 냄새에 꼬인 피라미를 뜰채로 건져 내는 작업. 그게 사기였다. 이번에는 낚싯대를 하나만 드리운 것이다만.

"흠……."

무언가 가늠하듯, 한석태가 눈을 가늘게 뜨며 둘을 훑어보았다. 그 와중에도 리옌의 자신감 넘치는 표정은 저물지 않았다.

이내 그가 자리에서 일어났다. 그러고는 리옌을 향해 손을 뻗었다.

"근시일 내로 연락드리겠습니다."

한석태의 목소리만 들어 보자면, 이미 상황은 결정이 난 것이나 다름없었다. 리옌이 호방하게 웃으며 그 손을 맞잡았다.

* * *

"우선 좀 자자."

근시일 내로 연락을 준다고 했으니 하루 이틀 안으로는 서울에 올라갈 이유도, 용건도 없었다. 그렇다고 해도 다짜고짜 유주를 호텔로 끌고 들어와 옷도 제대로 갈아입지 않은 채 침대에 풀썩 쓰러지다니.

그런 리옌의 작태에 유주는 헛웃음을 토했다. 하지만 일어날 순 없었다. 그는 그녀가 죽부인이라도 되는 양 칭칭 끌어안고 있었다.

"뭐래. 난 잠 깼어!"

"이따 또 운전해야 해. 눈 좀 붙여야 살아."

"이따? 또 어디 가는데?"

"당신도 얼마 못 잤잖아. 자고 일어나서 얘기하자고, 응?"

그렇게 말하는 리옌의 발음은 벌써 살짝 뭉개지고 있었다. 눈도 감은 채였다. 더욱이 유주의 등을 끌어안고 있던 그의 한쪽 손이 은근슬쩍 블라우스 안쪽으로 파고들었다.

이 못된 손!

유주가 그의 팔을 찰싹 내려쳤지만, 맨살을 더듬던 그의 손바닥은 어느새 그녀의 브래지어 후크를 푸는 중이었다. 아주 안하무인이었다.

"잠깐! 리옌!"

"그냥 만지기만 할 거야. 나도 졸려서 뭔가 할 기력도 없어."

"왜 이렇게 병든 닭처럼 골골대는데?"

"당신 때문이잖아, 유주."

간신히 가늘게 눈을 뜬 리옌의 눈빛엔 힐난의 기색이 가득했다. 정말 영문을 모를 일이라 유주가 억울해하기도 전에, 그의 큼지막한 손바닥이 유주의 젖가슴을 세게 쥐었다. 순간 입에서 앓는 소리가 나올 정도였다.

하지만 그는 이내 미안하다는 듯 부드럽게 그녀의 가슴을 쓰다듬더니, 엄지로 아직 흥분하지 않은 젖꼭지를 살살 돌려가며 만지작거리기 시작했다.

유주는 몸을 일으키려 했지만 그녀의 허리를 단단히 틀어쥔 리옌의 팔은 더욱 세게 그녀의 몸을 옥죄었다. 결국 그녀는 도주를 포기했다.

"내가 뭘 어쨌다고……."

"당신이 그렇게 울고 나서부터는 나도 잠을 못 잤어."

리옌이 다시 눈을 감았다. 마치 그녀의 감각을 음미하는 듯한 표정에 유주는 새빨갛게 익어 버렸다.

"그거랑 이게 지금…… 무슨, 아, 잠깐만, 좀……."

"당신이 도망이라도 갈까 봐 잠을 제대로 못 잤다고, 그간."

"아니…… 잠깐, 손 좀……."

"키스해 줘, 유주."

리옌이 한쪽 눈만 살짝 뜬 채 씩 웃었다. 장난스러운 모습이었지만 농담을 하는 것 같지도, 순순히 잠들 것 같지도 않았다.

그의 손가락은 어느새 빳빳해진 유주의 유두를 궁굴리며 잡아당기고 있었다. 유주는 신음을 삼키며 몸을 뒤로 젖혔지만 그녀의 등을 받치고 있는 단단한 손바닥은 이 이상의 거리감을 용납하지 않았다. 되레 리옌은 그녀의 몸을 제 몸에 밀착시켰다.

"빨리."

대답 없는 유주를 향해 리옌이 살짝 입술을 내밀었다.

그녀는 남자가 어느 순간에 이렇게 애교스러워지는지 알고 있었다. 연애를 오래 안 했다고 그때의 감각이나 기억이 사라지는 건 아니니까.

분명 속에는 음흉하고 시커먼 꿍꿍이를 품고 있는 주제에 아양을 떠는 모양새가 가증스럽기 그지없었다. 문제가 있다면 그게 또 귀여워 보인다는 거였다. 유주는 자신이 글러 먹었다는 걸 인정하면서도 괜히 인상을 찌푸렸다. 귀여운 건 귀여운 거고. 한번 의식하기 시작하니 그와의 이런 행위가 괜히 부끄럽고, 민망하고, 어색했다.

"이따 어디 갈지 말해 주면."

"항구에. 도망자 잡으러."

분명 또 한두 마디 정도 튕길 것으로 생각했는데 리옌은 지나치다 싶을 정도로 순순히 털어놓았다. 그러더니 유주가 또 질문을 던지기도 전에 입술을 들이댔다.

그 순간 유주의 입술이, 원래 그렇게 설계되었나 싶을 정도로 순순히 벌어졌다. 참 희한한 일이었다.

"으읍, 흣……."

게다가 이토록 적극적으로 달려드니 못 이기는 척하기도 좋았다. 입 속을 핥고 혀를 빠는 그의 행동에 유주는 속절없이 매달리며 짧은 비음을 흘렸다. 호흡은 물론이거니와 심장 뛰는 소리까지 들릴 정도로 지척이었으니, 그가 그 작은 신음을 놓칠 리 없었다.

리옌은 어느새 자신의 재킷을 벗어 던지며 그녀의 위로 올라탄 상태였다. 유주는 그가 제 블라우스 단추를 전부 풀어낸 뒤에야 그 사실을 알아챘다.

"아, 잠깐! 리옌!"

"조금만. 살짝만. 아까부터 참기 힘들었거든."

그는 다급히 유주의 목덜미를 빨아들이며 자신의 와이셔츠도 거침없이 벗어젖혔다. 그 열정적인 몸짓에 결국 그녀도 몸이 달았다. 유주는 방금 전까지 저지하던 손으로 그의 바지 버클을 풀려 했다. 하지만 그녀의 손은 리옌에 의해 저지당했다. 살짝 고개를 숙여 그를 내려다보니 리옌이 단호한 눈빛으로 고개를 저었다.

"부추기지 마. 아까 말했잖아, 만지기만 할 거야."

그렇게 말한 리옌은 유주의 가슴골 사이로 파고들었다. 뭔가 항의의 말을 내뱉어야 마땅할 유주의 입술에서 연거푸 짧은 신음이 터졌다. 숨이 거칠어지는 건 순간이었다.

"……몇 시야?"

유주는 자신의 몸을 더듬는 못된 손의 감각에 눈을 떴다. 창밖엔 이미 시커먼 어둠이 잔뜩 내리깔려 있었다. 리옌은 대답 대신 그녀의 이마에 입술을 내렸다.

그녀는 리옌의 위에 완벽하게 얹힌 상태였다. 언제 다 벗은 건지 모르지만 그는 완전한 나체였다. 그녀도 팬티 한 장만 간신히 입었으니 사정은 별반 다르지 않았다.

"몇 시냐니까?"

"얼마 안 됐어."

"내 휴대폰은 어디 있는데?"

유주가 몸을 굴려 그의 위에서 내려오려 했지만, 리옌이 덩달아 몸을 굴리는 바람에 다시 그의 밑에 깔리는 모양새가 되었다. 유주는 짜증스럽게 그를 밀어내려 했다. 물론 성과가 있을 리 없었다. 대신 다른 정보는 얻었다. 벽에 걸린 시계가 보인 것이다. 창밖에서 간간이 비쳐 들어오는 불빛으로 추측건대 열 시가 다 되어 가는 시간이었다. 밤 열 시.

"……와, 미친 생활 패턴이네."

"뭐 어때? 급한 일도 없는데."

"도망자 잡으러 갈 거라며. 그게 누군데?"

"당신은 기억력이 너무 좋아. 아니면, 내가 부족한 건가?"

리옌이 무슨 말을 하는지 너무 잘 알 수 있었다. 유주의 팬티 위를 꾹꾹 누르는 리옌의 성기는 반쯤 발기한 상태였고, 직접 보지 않아도 그 크기에 대한 짐작이 가능했다.

유주는 애써 부끄러워하지 않기 위해 노력하며 고개를 저었다. 하지만 귓불과 뒷덜미가 익을 듯이 뜨거워지는 건 어쩔 수 없었다.

"뭐래. 잠 다 깼으면 이제 일어나지?"

"조금만 더. 간만에 잘 자서 그런지 일어나고 싶지 않아."

그렇게 말하며 리옌은 유주의 이마와 뺨, 목덜미, 쇄골과 가슴께에 쏟아지듯 입맞춤을 남겼다. 정신 사납다고 생각하면서도 그렇게 매달리는 모습이 싫지 않아 유주는, 미온적으로 그를 밀어내는 시늉만 했다.

무엇보다 리옌에게선 그녀에게 어리광을 부리고 싶어 하는 기색만 느껴졌지, 당장 다리 사이의 저 물건을 휘두르고 싶어 하는 기색이 없었다. 만에 하나라도 그랬다간 걷어찼을 것이다. 그의 사이즈는 이게 아닌데? 싶은 정도였다. 마음의 준비가 필요했다.

"그래서 이제 어떻게 하려고 그래? 물고 빠는 것도 좋지만 얘기 좀 해 주지?"

유주의 속사포 같은 질문에 리옌이 돌연 그녀의 가슴팍 위에 이를 세웠다. 아! 짧은 비명과 함께 그녀가 허리를 뒤틀자 리옌이 짓궂게 웃으며 고개를 들었다.

"뭘 잘했다고 웃어?"

유주가 그의 단정한 이마를 찰싹 내리치고 나서야 리옌은 킬킬거리며 그녀의 위에서 내려왔다. 하지만 그래 봐야 서로 나란히 눕는 것밖에 되지 않았다. 그는 유주를 품속에서 떼 놓을 생각이 전혀 없어 보였다.

"아, 좋다."

아까 분명 질문을 들었을 게 뻔한데도 리옌은 자꾸 딴청을 피웠다. 유주는 대답 듣기를 포기하고 리옌 쪽으로 돌아누웠다. 그러면서 한 팔을 그의 배 위에 걸쳤다.

사실 살을 맞대는 건 무척 기분 좋은 행위였다. 상호 동의가 선행된 관계에서의 스킨십은 안정감과 신뢰감을 주었다. 아직 벗은 몸을 보여 주는 게 부끄럽긴 했지만, 이미 그는 유주와의 단계에서 아주 많은 걸 훌쩍 건너뛰었다.

"당신이라면 어땠을까를, 많이 생각했어."

따끈따끈한 체온과 맞닿아 있자니 눈앞이 가물가물했다. 유주가 길게 하품을 내뱉고 막 다시 눈을 감을 찰나였다. 리옌의 입술 사이로 낮은 목소리가 흘러나왔다.

나였다면. 그 생각을 했다는 게 무슨 말일까. 가라앉아가던 눈꺼풀이 다시 상승했다.

"응?"

"당신이라면 슈란이나 우신, 웨이치, 하이윤 등등을 어떻게 추적할까, 그 생각을 했지. 그래서 조금 돌아가 보기로 했어."

"무슨 소리야?"

"성철현. 아직 그자의 행적은 못 찾았지. 그래서 나도 과감하게 생각을 틀어 버린 거야."

리옌이 무슨 말을 하는지 알 수 있었다. 유주가 엎드린 자세로 상체를 일으켰다. 조금 더 자세히 듣고 싶었다.

"그래서?"

"처음부터 성철현이 루쳰허라면, 생각이 쉬워지지 않을까 한 거지."

성철현이 루쳰허라면? 유주의 표정이 흔들렸다. 리옌이 작게 고개를 끄덕였다. 유주는 그 사인을 곧바로 알아차렸다.

"그럼…… 진짜 성철현의 존재를 지금 이 상황에서 배제하고 생각하자는 거지?"

"그렇지."

"역시 그 돈이랑 약은……."

"그걸 웨이치가 깔아 둔 맥거핀으로 생각하는 거야. 당신 말따나나 앞뒤가 안 맞잖아, 그게 끼어들면. 그러니까 깔끔하게 배제."

유주의 머리카락을 살살 가지고 노는 리옌의 손끝이 목소리만큼이나 부드러웠다. 하지만 그 손은 곧 못된 짓을 할 예정이었다. 유주는 가차 없이 손등을 찰싹 내리치며 그가 자신을 건드리지 못하게 했다.

"그럼 웨이치가, 우리보다 먼저 성철현의 펜션에 갔다는 거야? 아니지. 애당초 성철현이라는 인물이 살아 있고, 성은영이라는 피해자가 있다고 생각하게 만들면 일이 자연스럽게 꼬일 거다, 그렇게 계산했다는 거야?"

"그러면 말이 되지. 그러면 우리가 성철현의 행방을 찾지 못하는 것도 이해가 되고."

리옌은 얻어맞았음에도 뭐가 그리 좋은지 불굴의 의지를 드러내며 그녀에게 치근덕거렸다. 특히 팔을 만지는 손길이 무척 끈적끈적했다. 유주가 다시 손을 잡아뗐다. 하지만 쓸모없는 짓이었다. 그의 손은 아예 유주의 허리로 내려갔다.

"그래. 돈과 약이 그 펜션에 있는 것도 그렇게 생각하면 자연스러워져. 대출 서류와 이번 일이 벌어진 그사이, 아마 그때가 진짜 성철현이 사라진 타이밍일 거야."

"그렇다면 성은영은 확실한 공범자가 맞고."

떼어 내기도 귀찮은 손을 그냥 두었더니 리옌의 말씨가 보다 달콤해졌다. 물론 말하는 내용은 전혀 그렇지 않았다. 유주는 길게 한숨을 내쉬었다.

"진짜…… 일 처리 한번 끝내주네."

앞뒤가 딱딱 맞아떨어졌다. 너무 잘 맞아떨어져서 화가 날 정도였다. 어찌 되었든 사람이 하나 죽은 일은 명백하기 때문이다.

"사람이 어쩌면 그래?"

유주의 입에서 기도 안 찬다는 헛웃음이 터져 나왔고, 리옌은 그 말뜻을 알고 있기에 침묵했다. 어떤 가설을 세워도 답은 하나였다. 성은영은 살아 있을 수가 없었다. 어떻게 해도.

애당초 유주가 그녀를 태워 버리지 않았는가. '이미 죽은' 그녀를.

"……그래서 당신 말마따나 '도망자'들은 어떻게 찾게 되었다는 건데?"

"한국의 거래처들을 들쑤셨지. 어차피 니시콴라이도 양아치 조직이야. 한국의 거래처라고 해 봐야 죄다 꼴통 아니면 양아치지."

어차피 거래처라고 해 봐야 대부업체나 약팔이들뿐이니 그들을 들쑤셔 보자.

리옌은 그 생각으로 행동을 개시했다. 어차피 대부업도, 약생이들도 서로 알음알음 연결되어 있었다. 그 빌어먹을 '술상무' 노릇을 하며 성철현, 또는 성은영. 그 이름으로 된 다른 업체들의 대출 기록을 죄다 긁어모으니 나온 대부업체만 여섯 곳이었다. 아무래도 진짜 성철현은 악성 채무자인 모양이었다.

"그래서 그 서류들을 가지고 재차 파기 시작한 거지. 그가 언제 루쳰허와 접촉했는지를 알아보는 것도 중요하니까."

"그것 뿐은 아니었겠지."

"그래. 그것뿐만은 아니었어."

'성철현'이 어느 시점부터 바뀌었다면. 그 바뀐 시점 이후 루쳰허의 행적을, 돈을 따라 찾아갈 수 있다면.

거기서 시작된 가정을 검증하는 과정엔 품이 많이 들었다. 그리고 끝내 리옌은 신뢰를 잃었다. 주고받음이 온전하지 않은 관계는 어차피 삐거덕거릴 수밖에 없었다.

그나마 다행이라면 숱한 헛발질 끝에 제대로 된 정보 하나는 건졌다는 것이다. 루쳰허가 성철현의 신분을 사칭한 것으로 짐작되는 시기의 한 채무 기록이었다.

"루쳰허가 돈을 빌렸다고? 언제? 돈이 궁할 것 같지는 않던데."

"22일 B시의 모 파이낸스에서 300. 얘네는 우리 거래처 하부 조직이었어. 다행히 신분증 복사본이 남아 있더라고."

"22일……. 그럼 그, 루쳰허는 자기를 잡으러 왔던 남자들에게서 달아날 수 있었단 거네?"

"글쎄. 하지만 이현재의 여권을 도용한 건 실수였어."

"어?"

슈란에 대한 이야기를 하는 데 왜 성철현의 이야기를 꺼내나 했다. 전혀 예상치 못한 대목에서 튀어나온 익숙한 이름에 유주의 눈이 휘둥그레졌다.

"이현재?"

"그래. 어지간히 급했던 거지."

"그럼 오늘 잡으러 간다는 건, 이현재의 여권을 도용한 루쳰허라는 소리네?"

"맞아. 하지만 내 가설이 틀릴 수도 있어. 일단 잡고 봐야겠지."

"그럼 누가 됐건 간에 떠나기 전에 붙잡아야지! 이렇게 여유 부리고 있을 때야?"

당장이라도 침대를 박차고 일어날 듯한 유주의 기세에, 리옌이 그녀의 잘록한 허리를 단단히 잡아당겼다. 그러고는 마치 아이를 다루듯 그녀를 자신의 위로 들어 올렸다.

엉겁결에 그의 배 위에 양손을 얹으며 중심을 잡으려던 유주는 이내 그 자세가 어떤 것인지 깨닫고 발버둥 쳤다. 리옌은 여유롭게 그녀의 팔을 잡아 자신의 품으로 끌어당기며 작게 웃었다.

"원래 여유는 부릴 수 있을 때 부리는 거니까."

"뭐라는 거니? 기껏 사람이 진지하게 말하는데……."

"급한 건 우리가 아니란 소리야. 게다가 떠나기 전에 잡아야 하는 것도 아니지."

리옌의 능글맞은 목소리엔 짓궂은 기색이 역력했다. 그의 목덜미에 폭, 고개를 박고 있어야 했던 유주가 시선만 굴려 그의 반반한 낯짝을 들여다보았다. 리옌이 그 시선에 화답하듯 씩 웃었다.

"돌아오는 거야. 지금쯤 출발했겠군."

"출발?"

"들어올 수밖에 없도록 약을 좀 쳐 놨지. 물론 들어오는 게 루쳰허일지, 다른 놈일지는 모르지만."

"알아듣게 좀 말해 봐."

리옌의 손이 슬금슬금, 유주의 몸 위를 더듬었다. 그는 무척 신사적이게도 유주의 헐벗은 부위가 아니라 옷가지 위를 더듬었지만 그 옷가지가 알량한 팬티 한 장이라는 게 문제였다. 게다가 아까처럼 어리광을 부리는 듯한 기색도 아니었다.

단번에 위험에 대한 경계심이 잔뜩 돋아났다. 유주는 몸을 일으키며 그에게서 벗어나려 했지만, 그녀의 가슴을 한입에 삼켜 버리는 리옌의 행동이 조금 더 빨랐다.

"잠깐, 아!"

"그걸 이야기해 주는 건 한 시간 뒤야. 두 시간 뒤가 될 수도 있고."

다른 건 몰라도 혀로 유두를 감아올리며 할 말은 아니었다. 유주는 억울한 표정으로 그의 어깨를 팡팡 내리쳤지만, 그와 위치가 뒤바뀌며 모든 공격권을 잃고 말았다.

* * *

"도착 시간에 늦으면 어떡해? 놓치기라도 하면."

"괜찮으니 안심해."

리옌의 말대로 둘은 정확히 두 시간 뒤에 다시 차에 올라탔다. 목적지는 다행히 U시에서 멀지 않은 다른 시의 항구였다. 중국에서 들어오는 배는 내비게이션에 표시된 도착 시간보다 삼십 분 이후에 들어올 예정이었다.

"그럼 가는 동안 얘기 좀 해 봐. 약을 쳤다는 게 무슨 뜻이야?"

유주가 아직 덜 마른 느낌이 드는 머리카락을 괜히 만지작거렸다. 사람들이 체크인할 시간에 남자의 팔짱을 끼고 체크아웃하는 건 다소 민망한 느낌이었다.

"아까 힌트를 줬잖아."

"어떤 거?"

"당신이었다면 어떻게 했을까. 이 생각을 참 많이 했다고."

"나?"

유주의 물음에 리옌이 고개를 끄덕였다. 그리고 짧은 한숨과 함께 말을 이었다.

"어릴 적 부모를 잃고 가짜 여동생과 새로운 가족을 꾸렸지. 그러다 인생의 은인을 만나서 이런 모양일망정 제법 사람 흉내는 내며 살았어. 그런 은인은 현재 감금된 상태고 어쩌면 굉장히 위험한 상태인지도 몰라. 가짜 여동생은 중대한 결혼을 앞두고 도망갔고, 동료인 줄 알았던 녀석들이 줄줄이 배신했지."

자조감이 잔뜩 밴 목소리는 더없이도 쓸쓸했다. 유주는 저도 모르게 입을 벌렸다.

"당신……."

하지만 다음 말을 내뱉기 전에 입술을 깨물었다.

외롭냐느니, 힘드냐느니, 괜찮냐느니. 그런 말을 뱉는 건 쉬웠다. 하지만 감정은 원래 무거운 거였다. 그리고 감정이야말로, 사람이 가장 공평하게 주고받을 수 있는 거였다.

아직 유주는 그의 감정을 감당할 생각이 없었다. 그럴 위치도, 입장도 아니었다. 그 부분은 관계가 진전됨에 따라 두고 봐야 할 부분이었다.

"나, 뭐?"

"아니. 아니야. 그…… 좀, 어려워서……."

지금은, 저 상황에 대한 직시가 필요했다.

감정을 배제하고 상황만 보자면 네 글자로 축약할 수 있었다. 사면초가. 리옌은 내몰려 있었다. 말 그대로 사방에 문제가 포진해 있어서 한 걸음 내딛기도 조심스러운 입장이었다.

유주는 잠시 무슨 말을 해야 할지 몰라 당황했지만 정작 폭탄을 던진 이는 태연하기만 했다.

"생각해, 유주. 그리고 대답해 봐."

"뭐, 뭘?"

"당신이라면 내 상황에서 어떻게 할 거지?"

갑자기 숙제라도 떠안은 기분이었다. 유주는 시선을 정면에 두고 잠시 고민에 잠겼다.

나라면……. 아니 일단 그 전제 자체가 성립될 수 없었다. 아무리 노력해도 그녀가 리옌의 입장과 상황을 완벽하게 이해할 순 없을 터였다. 동일하게, 리옌도 유주의 모든 것을 전부 알고 그에 따른 해답을 내린 게 아니었을 것이다.

스스로에 대해 살펴보는 시간이 필요했다. 리옌이 보는 서유주. 그건 과연 어떤 모습일까?

"당신이 보는 나는, 여전히 강해?"

유주의 조심스러운 질문에 리옌이 쓴웃음을 지었다.

"그 정도로 멍청하진 않아, 내가."

그가 그렇게 말한다면 그렇게 생각하는 편이 나았다. 그럼 그가 보는 서유주는 어떤 인물일까.

충동적이고, 변덕스럽고, 돈 좋아하고…….

"그럼…… 설마 카이화가 사라졌다는 걸 죄다 공개한 거야?"

비밀이 없었다.

유주는 소문 같은 걸 들으면 직접 그 진위를 확인해야 직성이 풀리는 성미였고, 문제가 생길 여지가 있다면 당장 그걸 해결하기 위한 주변의 도움을 구하는 편이었다. 혼자 해결할 수 있는 한도와 그렇지 않은 한도를 재빨리 파악했고, 딱 자신이 감당할 수 있는 만큼만 일을 벌였다.

그러니 아마 유주였다면 초반에, 믿을 만한 사람들이나 이 일을 수습할 수 있는 사람들에게 사실을 알렸을 것이다.

즉, 니시콴라이를 포기하고, 랴오위와 카이화를 선택했을 테다. 그녀라면.

"역시, 당신이라면 그렇게 말할 줄 알았어."

"정말? 진짜 오픈한 건 아니지?"

"아니, 맞아. 전부는 아니지만."

"누구한테?"

"중국 공안과 홍콩 경찰에."

"미친 건 아니지?"

애써 태연하게 말하려는 리옌의 노력을 폄하하려는 건 아니었지만, 지금껏 그에게 들어온 조직 내부 상황들을 조합해 보면 그렇게 쉽게 말할 일이 아니란 건 알았다.

"미치다니. 난 당신이 칭찬해 줄 줄 알았는데."

"아니……. 잘한 건 맞지. 잘했는데…… 왜?"

왜 하필 지금일까?

"그냥, 조금 평범하게 살아 보고 싶어서."

"아니, 어, 중국은 그러니까, 조직으로, 뭐, 그런 뭐, 처벌 같은 거……."

당황한 나머지 말들이 조각나서 마구잡이로 흩어졌다. 그녀의 말을 용케 알아들은 리옌이 고개를 저었다.

"글쎄. 재수 좋으면 사형일까?"

"사……. 아니, 그러니까 갑자기 왜? 왜, 왜 공안한테?"

유주가 진심으로 당황하는 경우는 흔치 않았다. 아마 몇 달이나 같이 지냈던 리옌도 처음 보는 모습일 터였다.

"말했잖아. 평범하게 살고 싶었다고."

"나 때문이라고는 하지 마! 부담스러우니까!"

"당신이 완전히 무관한 건 아니지만, 그것뿐만은 아니야."

유주가 재빨리 방어막을 쳤다. 리옌은 기분이 상한 것 같지는 않았다. 오히려 그는 살짝 웃고 있었다. 문제는 그 웃음에서 풍겨 오는 느낌이, 매우 불길하다는 거였다.

"카이화가 사라지기 전날, 우리는 말다툼을 했어."

"뭐 때문에?"

"그건……."

유주가 그와의 대화에 정신이 팔린 사이, 차가 멈췄다. 그제야 유주는 자신들이 기항지 부근 주차장에 도착했음을 알았다.

"나중에."

"당신! 무슨 얘기를 하다 말고……."

유주의 항의에 리옌이 짓궂게 웃었다.

"운이 따르기만을 빌어 줘. 이제 곧 도착할 배에서 내리는 사람이 루쳰허면 이번 일은 완전히 정리되는 거고, 아니면 조금 더 질질 끌게 되는 거니까."

그의 말에 유주가 툴툴거리며 차에서 내렸다. 아직 여름이었지만 벌써 추석이 목전이다. 바닷바람은 후텁지근한 열기 가운데 간간 싸늘한 가을을 몰고 왔다.

리옌이 아까 전 이야기를 더 할 기미가 없어 유주는 그의 팔을 잡아끌고 편의점으로 향했다. 급한 대로 허기를 채우기 위해 컵라면과 물, 조금이나마 정신을 더욱 깨우기 위해 커피 하나를 샀다. 리옌은 샌드위치를 골랐다. 계산도 그가 했다.

"어쨌든 배에서 루첸허가 내리기만 하면 된다는 거지?"

물을 붓고 기다리는 동안 짧게 목을 축였다. 리옌은 능숙한 손놀림으로 샌드위치 포장을 벗기더니, 유주에게 한쪽을 건네며 고개를 끄덕였다.

"그렇지. 그렇게 되면 일이 쉬워지지. 웨이치여도 상관은 없어. 어차피 둘 다 지금쯤 날 잡아 넘기고 싶어 안달 났을 테니까."

"누구한테?"

"롱친에게."

복잡한 일이었다. 유주가 고개를 저었다.

"일 한번 스펙터클한 사이즈로 벌이네, 정말. 한석태. 그 사람은 어떻게 할 거야? 정말 땡겨 갈 수 있는 거야?"

"한석태에게 충분한 능력이 있다면 갈 수도 있겠지. 주선까지는 가능해."

유주는 구태여 물으면 대답해 주겠지만 그녀가 알아야 할 필요가 없는 내용이라면 과감하게 쳐내는 리옌의 대화 방식에 아주 익숙해져 있었다. 그 구구절절한 중간 과정이야 그녀가 알 필요도 없고 말이다.

그의 말이 맞았다. 뭐든 되는 대로 굴러갈 것이다. 한석태에게 능력이 있다면 어딘들 못 가겠는가. 리옌이 그런 대학 병원에 주선이 가능할 정도였다는 건 몰랐지만.

"하여간 홍콩서는 끗발이 좋은가봐?"

"하이윤이 적을 두고 있던 게 거기니까."

"하이윤? 그 사람 대학 병원 의사였어?"

"인턴부터 거기서 시작했지. 그래 봬도 중문대를 졸업한 재원이야. 카이화의 선배이기도 하고. 물론, 학부는 다르지만."

들으면 들을수록 세상만사 모를 일이었다. 그런 사람이 왜…….

유주의 아연한 표정을 보곤 리옌이 웃으며 덧붙였다.

"흔한 경우야. 아마 처음에는 조금 더 편하게 자고 싶다는 목적이었을 거야. 아니면 공부할 때 좀 더 집중하고 싶었다든가. 뭐, 이유야 아무래도 좋지. 원래 모든 시작은 사소한 법이니까."

그를 기점으로 둘은 잠시 다른 쪽으로 입을 움직이느라 대화를 멈출 수밖에 없었다.

약간 분 라면 면발을 씹으며 유주는 그냥 멍하니 창밖만 바라봤다. 리옌이 마음에는 들지만 사실 그가 하는 이야기는 하나부터 열까지 복잡하고, 알면 알수록 깊이 개입되어서 좋을 게 없다는 생각만 들었다.

그렇지만 거기에 개입하는 유주도 구제 불능이었다. 휴……. 그녀는 작은 컵라면을 깔끔히 비우고는 길게 숨을 뱉었다.

"왜?"

"아냐. 그냥."

그냥 숨을 몰아쉬는 것도 뭔가 느낌이 다른가? 유주는 리옌의 시선을 피하며 남은 물통을 비우고, 쓰레기를 깔끔히 분리수거했다. 리옌은 그런 유주를 유심히 보더니 그녀가 커피를 챙겨 들고 편의점을 나서기 전, 잠시 카운터에 들렀다.

아직 크루즈 도착 예정 시간까지는 십여 분 정도가 남아 있었다. 안에 있어 봐야 할 게 없어서 나온 건데, 나와서도 할 일이 없었다.

그때 유주에게 리옌이 무언가 건넸다. 담배였다. 그녀가 태우는 브랜드.

"필요하잖아?"

이럴 때 눈치가 빠른 게 좋은 건지 잘 모르겠다. 유주는 일단 담배를 받아 들고 입에 물었다. 리옌도 덩달아 불을 붙였다.

"참, 이렇게 듣고 보면 죄다 기구한 사연 없는 사람 없다니까."

유주의 혼잣말에 리옌은 금세, 그녀가 누구 이야기를 하는 것인지 알아차렸다. 연기를 뱉으며 리옌이 피식 웃음을 터트렸다.

"아무리 발버둥 쳐도 본성은 못 버린다는 거지. 결국 거기까지였던 거야."

당신은?

그렇게 묻고 싶었지만 유주는 말을 아꼈다. 배가 들어오고 있었다.

* * *

「오랜만이야.」

원래 반전이라는 게 그랬다. 한 번 결정적인 순간에 빡! 하고 때려 줘야 그 충격이 있는 거지, 연타로 얻어맞거나 어쭙잖은 반전에 반전이 이어지면 여파는 별거 없는 법이다.

그래서 유주는 슈란과 이현재가 배에서 내릴 때 그저 실소했다. 기대하지 않았기에 실망하지 않은 것이다. 오히려 여기까지 왔는데 지금 이 시점에서 루첸허가 등장했다면 그게 더 놀라웠을 것이다. 그랬다면 진짜 반전이었겠지.

아마 리옌도 유주와 같은 생각이었던 게 분명하다. 그는 여유로운 미소를 지으며 손까지 흔들어 그들을 환대했다. 하지만 기색으로 보건대 화가 난 게 분명했다. 말 그대로 웃는 게 웃는 게 아닌 게 느껴졌다.

「못 본 사이에 혈색이 좋아졌군, 황슈란.」

「이 개자식! 아무리 그래도 어떻게!」

리옌의 빈정거림에 슈란이 입술을 깨물었다.

거의 한 달 반 만에 본 슈란의 행색은 이전과 별반 다르지 않았다. 하지만 얼굴 살이 쏙 내려 핼쑥하고 초췌해 보였다.

물론 별 동정심은 들지 않았다. 거기다 미운 놈은 뭘 해도 고와 보이지 않는다고, 슈란과 우신이 없던 탓에 그간 들을 일 없던 중국어가 매우 거슬리게 귀에 콱콱 박혔다. 가끔 누군가와 통화를 하며 내뱉던 리옌의 중국어는 이렇게 불쾌하게 느껴지지 않았던 거 같은데. 유주는 입매를 비틀며 시선을 돌렸다. 이현재가 있는 방향으로.

"이현재 씨."

"아, 오래간만입니다."

"예에. 좋아 보이시네요."

"우리 설명은 자리를 옮겨서 하는 건 어떨까요?"

겸연쩍은 느낌은 있었지만, 상황을 모면하기 위한 둘러 치기로는 보이지 않았다. 무엇보다 그 또한 슈란만큼이나 시달린 듯 피로한 기색이 역력해서, 그대로 달아난다고 해도 잡아챌 수 있을 것 같았다.

일단 목적이 있으니 도망 자체를 안 가겠지만.

"어떻게 하고 싶지?"

유주가 리옌을 올려다본 찰나였다. 어떻게 하고 싶으냐는 질문을 던지려 했는데 선제공격이 들어왔다.

슈란이나 이현재가 아니라 서유주를 먼저 위해 주는 그 모습이 싫다면 거짓말이었다. 사람이라면 누구나 다 대접받길 바란다. 그게 호감이 있는 상대라면 더더욱.

그러니 지금 슈란의 기분이 어떨지 대략 상상은 되었다. 이전에 리옌이 슈란에게 보여 주었던 태도는 이렇게 냉랭하지 않았으니까.

"추운 데서 고문하려는 거 아니면 어디 들어가서 얘기하자. 동네방네 자랑할 만한 대화를 나눌 건 아니잖아."

유주의 대답에 리옌이 작게 고개를 끄덕였다. 그 미묘한 분위기에 슈란이 미간을 찌푸렸다.

"그래서……. 우리에게 설명은 누가 해 줄 거지?"

기항지 부근이라 다행히 숙박업체가 많았다. 당연하게도 그간의 씀씀이를 생각해 개중 제일 좋은 곳으로 가리라 기대했지만, 의외로 리옌은 누가 봐도 모텔인 주제에 간판만 호텔이라고 걸어 둔 곳으로 들어갔다. 더 의외인 것은 슈란과 이현재가 잘 따라 들어왔다는 거였다.

객실은 하나만 잡았다. 우선은 대화가 목적이었으니. 이후에 슈란과 이현재가 이 방에서 얼싸안고 눈물을 흘리든, 좋아서 끌어안고 난리를 치든 알 바 아니었다. 리엔과 유주는 대화가 끝나면 자리를 뜰 심산이었다.

"황슈란, 네가 설명할 건가?"

널찍한 일인용 소파를 차지하고 앉아 느긋하게 한국어로 지껄여 대는 리엔의 말투엔 조롱기가 다분했다. 실제로도 조롱하는 게 맞았다.

슈란이 한국어를 하지도 못하고 알아듣지도 못한다는 걸 그가 잊어버렸을 리 없었다. 저 심보를 누가 말리나. 당연히 유주도 말릴 생각이 없었다. 어차피 슈란이 얘기한다면 중국어고, 중국어는 또 유주가 못 알아듣는다. 화살이 누구를 겨누고 있는지는 분명했다.

"어디부터 설명해야 할까요."

현재는 주눅 든 기색이 아니었다. 유주는 자신이 끼어들어도 되나 싶어 리엔을 올려다보았고, 리엔은 고개를 끄덕였다. 의사가 제대로 합치된 건지는 모르겠지만, 그와 후에 다투게 된다 해도 유주는 하고 싶은 말을 참지 못할 게 뻔했다.

"우선 그날 저녁에 나한테 왜 전화했어요?"

울컥하는 마음과 온갖 생각들이 충동적으로 뒤엉켰지만 유주는 침착하게 차근차근 물어보기로 했다. 어차피 이제 슈란과 현재는 도망갈 곳이 없었다.

"그날? 아."

「뭐야? 중국어로 말해!」

슈란이 짜증을 부렸지만 그 투정을 받아 줄 사람은 없었다. 현재는 말투는 평이했지만 낯빛이 그리 좋지만은 않았다. 그 표정으로 짐작건대, 그는 유주가 납치를 당했었다는 사실을 이미 알고 있는 듯했다.

뻔뻔하기도 하지. 유주는 속으로 그를 향한 불만을 토로했다.

"그 전에 저도 물어보겠습니다. 두 사람 사이가 가까워 보이는 건 제 착각입니까?"

"그게 중요한가?"

리옌이 무뚝뚝하게 그의 말허리를 잘랐다. 그의 대답이야말로 유주가 하고 싶었던 것이라 잠자코 있으니 현재가 웃으며 고개를 끄덕였다. 냉소적인 웃음이었다.

"중요하죠. 이번 문제에 한해서는요."

"아마 네가 보는 게 정확하겠지."

"그럼 하나 묻겠습니다, 왜 진작 이 길을 선택하지 않은 겁니까?"

"무슨 뜻이지?"

"한국에서 멀쩡하게 잘살고 있는 서유주 씨를, 당신이 그렇게나 끔찍하게 여기는 양아치 조직으로 끌어들일 생각은 아닐 거잖습니까? 그러니까 묻는 겁니다."

그건 유주 들으라고 하는 소리이자, 리옌에 대한 도발이었다. 유주가 발끈하기도 전에 리옌의 목소리에 서릿발이 쳤다.

"무슨 말을 하고 싶은 거냐?"

"제일 중요한 이야기부터 하려는 거죠. 가령, 애당초 당신이 이런 안전한 곳으로 달아났다면 아가씨가 도망을 갔겠느냐 하는 부분부터 말입니다."

그 뉘앙스가 미묘했다. 설마 이현재가 카이화를 좋아했나? 슈란이 아니라? 유주의 눈이 휘둥그레졌다.

그가 카이화를 사모했다면…… 그게 이 상황에서 변수가 될 수 있는 걸까? 그게 궁금했다. 유주는 리옌을 곁눈질했지만, 그의 시선은 이현재에게 고정되어 있었다.

"모든 책임을 나에게 뒤집어씌우고 싶어 하는 모양인데. 내가 키운 게 개 새끼도 못 된다는 사실이 애석하기 그지없군."

"그럼 아가씨야말로 당신이 키운 최악의 배신자 아닙니까?"

"말을 함부로 하는군."

아니……. 이런 분위기를 바란 건 아니었는데…….

삽시간에 분위기가 험악하게 변했다. 당장이라도 주먹다짐을 할 것 같은 일촉즉발의 상태에 유주는 괜히 손만 꼼지락거렸다. 분명 알아들을 수 있는 말이어서 더욱 참견하기가 애매했다.

그런데 저 멘트는 좀 셌다. 카이화가 최악의 배신자라니. 안 그래도 여동생을 잃어버린 오빠 앞에서 할 소리는 아니었다.

"차라리 아가씨가 권할 때 좀 더 편한 길로 돌아가시지, 무슨 자존심을 지키겠다고 그 자리에 그렇게 악착같이 달라붙어 있던 겁니까?"

이현재는 울분에 가득 찬 모습이었다. 그간 저런 속내를 숨기고 어떻게 형 동생하며 지냈는지가 의문일 정도였다.

잔뜩 일그러진 표정에 가득한 원망과 분노로 떨리는 목소리는 기이한 두려움을 일으켰다. 몇 년이나 키우고 숨겨 온 마음인지는 아무도 모른다. 하지만 그의 행동이 어떤 식으로든 정당화 될 수 없다는 건 알았다.

그런 유주의 마음을 대변하듯, 리옌이 한층 사납게 가라앉은 목소리로 추궁했다.

"그게, 무슨 소리지?"

"알아들었으면서 왜 모르는 척하십니까, 형님. 아무 욕심 없는 척 그 자리에 뻗대고 있으면서 아가씨 앞에선 왜 세상 힘든 척은 다 하셨나 이겁니다. 청(淸)가 이름이 탐난 것도 아니고, 돈도 뭣도 다 필요 없다면서요? 그럼 진즉에 떠나셨어야죠."

현재의 말투는 신랄했다. 그에 비례해서 리옌의 표정은 점점 굳어졌고, 분위기를 느낀 듯 슈란도 눈치를 보기 시작했다.

유주는 머릿속으로 이야기를 짜 맞추는 중이었다. 이현재의 말에 따르면 카이화가 달아난 건 전부 리옌 탓이라는 의미였다. 그것도, 그가 진작 니시콴라이에서 나가지 않았기 때문이라고.

리옌과 함께 니시콴라이에 존재하는 게 카이화에게 고통이었다는 의미일까? 그를 밀어내고 싶어서?

하지만 지금까지 들어 온 카이화는, 조직 내 권력이나 알력 따위에는 관심도 없는 아가씨 같았다. 아무리 사람이 다면적이라고 하지만 일정한 정도의 일관성은 항상 존재하는 법이고, 그녀가 만약 리옌을 그 정도로 싫어해서 이런 방식을 선택한 것이라면 그건…… 그녀가 자신의 꿍꿍이를 숨기고 대의를 기다릴 정도의 음험한 전략가이거나 태생이 배신자라는 얘기였다.

하지만 그건 아니라고 믿고 싶었다. 최소한 유주가 듣고 파헤쳐 온 '카이화'라는 여자보다 옆에서 몇십 년이나 지켜 본 '카이화'를 믿는 쪽이 더 나을 터였다. 그녀가 한 짓에는 화가 나지만, 그렇다고 해서 카이화가 제 가족을 사지로 밀어 넣을 성격은 아니었을 것이다.

그랬다면 지금, 리옌이 유주조차 말 한 마디 못 붙일 만치 사나운 표정을 지을 리가 없지 않겠는가.

「마치 카이화가 네게 뭔가 지껄인 듯, 잘난 척 떠벌이는군.」

「직접 들은 거라면 어떻게 하실 겁니까? 남매로 살아온 시간이 길다고 해서, 아가씨의 모든 인간관계에 참견하실 순 없는 거 아닙니까?」

이 타이밍에 중국어냐……

아마 리옌도 분노에 휩싸인 나머지 무심결에 더 편한 말이 튀어나온 것이리라. 유주는 자기도 알아듣게 말해 달라고 보챌 수도 없어 아쉬워하며 입을 꾹 다물었다. 물어보는 거야 나중에도 가능한 거니까.

그 대신 유주는 슈란의 얼굴색을 살피며 대충 분위기를 살폈다. 중국어로 대화가 시작되자 그녀도 분위기를 제대로 읽은 것 같았다.

「그래서 카이화에게 몇 마디 들은 걸로 지금 나를 힐난한다 이건가? 참으로 잘난 교류였군.」

「최소한 제가 들은 내용 중에는 형님이 모르는 게 많을 텐데요?」

「잠깐, 대화가 갑자기 왜 그렇게 가? 리, 넌 무슨 말을 꺼내는 거야?」

「슈란. 이 인간을 봐. 지금 이 사람은 모르고 우릴 떠보는 게 아니야. 이미 다 알고 있다고. 어중간하게 알고 있을 바에야, 그냥 속 시원히 털어 버리는 편이 서로 좋지 않겠어?」

「지금 우리가 싸우자고 여기에 있는 것 같진 않은데 말이지.」

서로 점점 언성이 높아지는 분위기가 심상치 않았다. 유주는 아까 전, 슈란이 느꼈을 소외감을 순순히 받아들이며 생각을 곱씹었다.

카이화는 떠나기 전날 리옌과 말다툼을 했다. 그리고 지금, 이현재는 리옌이 '진작에 안전한 곳으로 떠나지 않았다'고 그를 비난하고 있었다.

안전한 곳이라면 지금 나와 함께 있는 걸 말하는 건가? 유주가 살짝 고개를 갸웃거렸다. 뉘앙스로 봐서는 그 말이 맞긴 한데…….

「그래요. 순순히 말하겠습니다.」

「리!」

「슈란, 너도 사태 파악 똑바로 해. 지금 이 상황은 너 때문이나 다름없어.」

생각에 진전도 없는 마당에 남들이 하하 호호 지껄이는 모습만 보고 있자니 무료함이 몰려왔다. 물론 분위기로 봐선 싸우는 거였지만 그것도 유주가 알아들었을 때나 의미가 있다. 그래야 긴장을 하든, 뭘 하든 하는 거지. 저건 말 그대로 그사세였다. 역시 중국어는 대충 몇 번 약식으로 수업을 들어서 이해할 수 있는 게 아니었다.

하지만 리옌의 표정만은 그녀의 시야에 똑똑히 담겼다. 오히려 말이 통하지 않아서 더 잘 느껴졌다. 분노, 울분, 배신감, 그리고 좌절감.

어째서인지 그런 표정들은 본디 그의 것이었던 것 같았다. 맨 처음, 그의 웃는 표정이 어색하게 느껴졌던 게 떠올랐다.

불현듯, 매번 이런 느낌이었을까 싶었다. 그러니까 서유주가 모르는 리옌의 지난 일상이란 이토록 삭막하고 외로웠을까.

그녀가 모르는 낯선 언어로, 그녀와 같은 일반인들은 알아들을 수도 없는 불가해한 세계에 대한 이야기를 떠들었을까. 그를 구성하는 사회와 문화 자체가 그녀와 이토록 멀리 떨어져 있던 걸까.

그는 이토록 쉽게 유주에게 소외감을 느끼게 만들었다. 유주는 소외당하는 것에 익숙했지만, 당연하게도 그걸 좋아하진 않았다.

「잘 들어요, 형님. 카이화는 당신을 지키기 위해서 도망친 겁니다.」

「……뭐?」

「들었으면서 뭘 못 들은 척합니까? 카이화가 이 꼴같잖은 연극을 펼친 것도, 당신을 지키기 위함이었다고요.」

그래도 지금 이 대목에서 뭔가 중요한 말이 나온 건 알겠다. 하지만 알아듣질 못하니 이 이상의 관찰도 무의미했다.

유주는 슬쩍 자리에서 일어났다. 그러자 바로 리옌이 눈짓을 했다. 어디 가냐는 의사 표현이 확실했다.

"담배."

밖에 나갔다 오고 싶었다. 이 분위기도 답답했고, 생각할 것도 있었다. 더불어 리옌이 자신에게 관심을 쏟는 게, 대화 흐름상 적절하지 않다는 눈치도 있었다. 리옌이 고개를 끄덕이며 품속에서 그녀의 담배와 라이터를 꺼내 주었다. 이런 부분까지 은근히 섬세한 남자였다.

[야 서유주]

[넌 어떻게 먼저 연락 한 통 안 하냐?]

[요즘 뭐 해?]

[통화 가능?]

유주는 모텔 CCTV가 있는 주차장에 내려와 담배를 물었다. 그 와중에도 무섭기는 했다. 이러다 또 무슨 사달이 나면 어쩌지? 괜히 주변을 몇 번이나 살폈는지 모른다.

약간 후회도 했다. 무슨 배짱으로 혼자 내려온 걸까, 하고. 그래서 연신 카메라에 잘 잡힐 만한 장소를 찾아 주변을 두리번거렸다. 늘어선 차 중에 의심스러운 게 있는지 살피는 것도 잊지 않았다. 휴대폰에 연달아 메시지가 들어오지만 않았어도 계속 그랬을 것이다.

[강은혜 님이 메시지를 보내셨습니다]

"은혜?"

유주는 딱히 주변에 위험한 게 없단 걸 몇 번이나 확인하고 나서야 담배를 물었다. 그리고 메시지를 열어 보고 툭, 담배를 떨어뜨리고 말았다.

곧바로 전화를 걸었다. 유주의 고등학교 동창이 보낸 메시지는 바로…… 모바일 청첩장이었다.

"야, 깡! 너 결혼해?"

인사를 할 여유도 없이 유주는 놀람과 당혹감에 버럭 소리를 질렀다. 전화기 건너편에서 곧바로 타박이 날아왔다.

—야, 서유주! 목소리 듣기 엄청 힘든 분께서 청첩장 날리니 곧바로 전화 주시는 거 봐. 너 축의금 주기 싫었구나?

"너 그때 헤어진다며!"

꺄르르, 맑은 웃음소리가 아득하기만 했던 현실감을 일깨웠다. 수화기 너머는 시끌시끌했다. 아무래도 이 시간에 연락한 것도, 전화를 받은 것도 아직 휴식을 취하지 않은 시간이기 때문인 듯했다.

게다가 알딸딸하게 취한 목소리였다. 한껏 흥이 오른 목소리가 쨍하니 유주의 고막을 찔렀다.

—언제 적 얘기하니? 걔랑 헤어진 지가 언젠데! 너 결혼식장 와서 깽판 놓으면 가만 안 둔다.

은혜를 비롯한 고등학교 동창들과 마지막으로 만난 건 반년 전이었다. 그때 은혜는 막 다른 광역시에서 번듯한 무역 회사에 다니던 중이었다. 지역도 직종도 다르니 자주 보지도 못했고, 그나마 다른 사람을 살뜰히 챙길 줄 모르는 유주는 연락도 자주 하지 않았다.

그래서 이런 연락이 서운하기보다는 달가웠다. 그래도 잊지 않아 주었다는 것이.

"아니, 와…… 어쩜 이래?"

—뭐가. 단톡방도 제멋대로 나간 애한테는 모바일 청첩장도 과분한 거 아냐?

"아니, 그게 아니라. 네가 결혼? 와……. 미쳤다, 정말."

—미치긴 뭘 미쳐. 그런데 너 단톡방 왜 다 나간 거야? 다른 애들한테도 물어보니까 전부 다 나갔다며.

휴대폰을 새 기기로 바꾸며 그녀가 이전에 사용하던 메신저의 대화 목록은 아주 깡그리 날아간 채였다. 그나마 연락처는 백업해 두었지만 그 사람들에게 일일이 휴대폰이 바뀌었다고 홍보를 할 생각도 없었다.

새삼 유주는 자신의 무심함이 미안해졌다. 그녀는 다시 담배를 한 대 꺼내 입에 물었다.

"잃어버렸었거든. 기기 새로 바꿨는데 연락하는 걸 깜빡했어."

—그래. 서유주, 폰번 바꾸지 않은 것만 해도 어디냐. 그래서 어디야? 서울? 너 이번 명절에 내려와? 얼굴 한 번 봐야지. 나 청첩장 네 건 따로 빼놨어. 맞다, 너 지난달에 희주 귀국한 것도 모르겠다?

"그 지지배 한국 들어왔어? 언제?"

—지난달 10일쯤? 걔도 오래 가 있었지. 스크램블드에그만 봐도 김치 땡긴다며 들어왔어. 지금 걔도 서울에 있을 걸? 지지난 주인가, 회사 발령 났다고 서울 올라갔는데.

"아, 진짜?"

—너 애들이랑 연락 좀 하고 살아. 안 그래도 친구도 얼마 없는 게, 그나마도 있는 거 안 챙기면 노후 쓸쓸해서 어떻게 살래?

아, 그래. 이게 내 일상이었지.

편안해야 하는데 어쩐지 마음 한구석에 가시가 들어앉은 기분이었다. 유주는 애써 웃으며 담배 끝에 불을 붙였다.

은혜 말마따나 몇 없는 친구가 결혼한다는데 축하하지 못할 이유는 없었다.

기쁘지 않은 것도 아니었다. 하지만 불편했다.

자격지심인가? 그런 것도 같았다. 미묘한 기분이었다.

"그러게. 지민이가 고향에 공방 차렸다는 얘기는 들었는데."

―너어, 서운하다. 지민이랑은 연락해?

"아냐. 걔가 공방 차렸다고 먼저 연락 돌렸었잖아……. 어쨌든 미안하네. 내가 바쁘단 핑계를 너무 댔다."

유주가 머쓱하게 대답하자 다시 수화기 너머에서 웃음소리가 터져 나왔다.

―됐어. 이번에 내려오면 한번 뭉치자. 원래 청첩장 줄 땐 밥 사는 거라더라.

"그래. 꼭 시간 낼게. 안 그래도 내려가려고 했어."

―그래서, 요즘 어떻게 살았는데? 많이 바빴어?

대화가 길어질 조짐이 보였다. 유주는 여전히 얼떨떨하기도 한 기분에 급히 말을 잘랐다.

"알잖아, 내 일 맨날 지랄인 거. 나 지금도 일하는 중이라 통화 길게는 좀 어려워."

―워라밸 미쳤다. 아직 퇴근 전이라고?

"그렇게 됐어."

그제야 시간을 확인했다. 날짜가 이미 훌쩍 지나 있었다. 유주는 허탈함에 헛웃음을 토했다. 이 시간까지 일한다고 한 자기도 자기였지만, 이 시간에 갑자기 연락을 청해 온 은혜도 웃겼다.

"넌 이 시간까지 안자고 뭐 했어?"

―소리 안 들려? 지금 애들이랑 한잔하는 중!

―서유주야~ 잘살고 있어?

다른 익숙한 목소리가 들렸다. 유주는 결국 담배를 비벼 껐다.

"현아?"

―너어는, 아주! 어? 먼저 연락하면 죽는 병에 걸렸지?

짧게 끊으려던 전화였지만 통화는 점점 길어졌다. 유주는 자신이 겪은 일을 드러내지 않는 한도 내에서 거짓말을 지어 내느라 진땀을 빼야 했지만 나쁘진 않았다.

갑자기, 그것도 너무나 쉽게 돌아온 그녀의 일상감이 도리어 어색하게 느껴진다는 것만 빼면.

"진짜야. 나 이번 명절에 내려갈 거라니까?"

─코빼기만 비추고 또 바쁘다며 튈 생각 하시는 거겠지. 너 주영이 이혼하네 마네 하는 건 알아?

─야, 그런 얘길 왜 해!

─좋은 얘기만 하는 게 친구냐? 얘도 알 건 알아야지. 무심해서 서운하다 서우쥬! 나쁜 년! 지가 세상에서 제일 바빠!

─야, 얘 취했다. 어우, 얘는 술도 못 마시는 게 무슨…….

─네가 쏜다니까 오늘 본전 뽑으려고 그런 거 아냐?

왁자지껄한 소음이 뒤섞이니 누가 무슨 말을 하는지 제대로 알아들을 순 없었다. 하지만 현아의 비난만은 아주 콱콱, 유주의 심장을 잘도 찔러 댔다. 무심해서 서운하다. 너무 정확해서 쓴웃음을 머금을 수밖에 없는 말이었다.

유주는 그간 그녀의 일에 지나치게 몰두해 있었다. 얽힌 사건 때문이라고는 하지만 말 그대로 그녀의 세계가, 단시간 내에 손바닥만 한 크기로 줄어든 것만 같았다.

한정된 공간, 축소된 인간관계와 단절된 사회생활.

순간 경각심이 경종을 울렸다. 지금껏 숨을 죽인 채 튀어나올 기회만 엿보던 기존의 '현실감'이 매섭게 그녀에게 소리쳤다.

'너 이대로 괜찮겠어?'라고.

─유주야, 너무 마음에 담아 두지 마. 쟤도 너 보고 싶어 해서 그런 거 알지?

"어? 아냐. 담아 두긴 뭘. 내가 무신경했던 것도 사실이지."

―너도 알지? 어? 현아 쟤가 주영이랑 친했던 거. 결혼식 날 가방도 들어 주고 했었잖아.

제법 말투가 또렷한 줄 알았는데 은혜의 목소리도 잘 들어 보니 혀가 살짝 풀려 있었고, 계속 지리멸렬한 이야기만 늘어놓고 있었다. 확실히 그 녀도 취해 있었다. 유주는 자신의 옷소매 냄새를 맡아보곤 고개를 저었다. 이미 담배 냄새가 소매에 푹 절어 있었다. 게다가 입맛이 이미 써서 그런 지 담배가 더는 당기지도 않았다.

"알지. 이해해. 나 진짜 괜찮아. 그런 거 안 담아 두는 성격인 거 알잖아."

―그치, 서유주 맘 넓은 거 내가 다~ 알지. 너도 내 맘 알지?

"미안한데 은혜야, 내일 통화하자. 나 아직 일이 안 끝나서."

―어? 아, 그랬지. 어, 맞아. 진짜 너네 회사도 회사다. 어떻게 지금 시간 까지 일을…….

"은혜야."

더 말이 길어지기 전에 끊고 싶었다. 생각할 시간이 필요했다.

―아! 미안. 어, 일 잘 마무리하고, 응? 이번 명절에 꼭, 알지? 어? 나 진짜 시간 비워 둔다? 정확히 언제 만날래?

"내려가서 연락할게."

―너 저번에도 그렇게 말해 놓고…….

"미안해, 은혜야. 끊는다."

급히 전화를 끊었다. 어쩐지 머리가 어질어질했다.

일상. 그래. 이런 게 유주의 일상이었다.

삼합회니 롱친이니, 시체니 어쩌느니 하는 대화가 이루어지는 이 모텔 어느 방에서의 그 한 자리는…… 그녀의 것이 아니었다.

그렇게 기를 쓰고 리옌을 밀어내려 아등바등했던 주제에, 어째서 그 상황 자체는 그리도 자연스럽게 받아들였던 것일까? 단순히 돈 때문에 계약을 맺고 카이화를 찾아다녔기 때문이라는 말로는 부족했다. 그건 그녀가 생각하는 완벽한 납득 방안이 되지 못했다.

"남자는 아니군."

유주가 전화를 끊음과 동시에 등 뒤에서 목소리가 들려왔다. 익숙한 것이었지만, 순간 심장이 덜컥 내려앉는 기분에 유주는 소스라치며 뒤를 돌아보았다. 리옌이 어깨를 들썩거리며 살짝 웃었다.

"뭐 그렇게 놀라?"

"어…… 대화 끝났어?"

"잠시 머리를 식히려고 나왔지, 나도. 아무래도 쉬운 얘기들은 아니니까."

유주는 그의 말을 금세 알아챘다. '받아들이기' 쉬운 이야기들은 아니었을 것이란 뜻이었다. 고개를 끄덕이고 그를 향해 담뱃갑을 내미니 그의 긴 손가락이 담배 한 대를 휘감았다. 그 와중에도 리옌은 그녀를 살피고 있었다.

"왜 그래? 무슨 일 있어?"

"어? 아니. 친구가 결혼한다네."

"그게 그렇게까지 놀랄 일이야?"

리옌의 웃는 모습이 어두웠다. 유주는 굳이 자신의 감정을, 그리고 지금의 이 혼란스러움을 그와 나누고 싶지 않아 고개를 저었다. 애당초 그녀가 해 온 연애가 그렇게 돈독한 방식도 아니었다.

"그냥, 좀 놀라서. 그간 연락도 잘 안 했거든, 친구들한테."

"하긴. 당신이 가족 외에 다른 사람과 연락하는 걸 처음 봤어. 반가운 상대는 아니었던 모양이지?"

유주는 곧바로, 그가 자신에게 계속 말을 거는 건 객실에서 나눴던 대화 언급을 피하기 위해서임을 깨달았다. 하기야, 언급하기 좋을 리 없었다. 유주도 지금 딱히 이야기할 기분은 아니었지만 감정의 경중을 따져, 잠시 그의 기분에 맞춰 주기로 했다.

우선은 사람이 중요하니까. 사건보다.

"아냐, 반가운 친구 맞아. 원래는 중학교 때부터 동창인데 고등학교에 가서야 친해진 애거든."

"더 이야기해 봐."

리엔이 가라앉은 눈빛으로 담배를 쭉 빨았다. 그 모습을 잠시 멍하니 바라보던 유주는 재빨리 잡생각을 갈무리했다.

직감적으로 유주는, 지금 그녀가 감지한 이 위기감을 드러내선 안 된다 느꼈다. '왜?'라고 묻는다면 딱히 대답할 말은 없었다. 이는 어떠한 경험 따위로 얻은 학습의 결과가 아닌, 철저한 직감에 의해 내린 결론이었다.

"오현아, 이주영, 강은혜, 서희주, 박희정. 아마 이 이름들 당신도 익숙할 걸? 내 휴대폰을 샅샅이 뒤져 봤다면 당연히 내 인간관계도 조사했을 거 아냐."

"그리고 아무것도 없었지."

"그 부분을 기억한다니 다행이네! 걔네는 다 법 없이도 살아. 원래 우리 단톡방도 있었는데 그때 휴대폰 잊어버리고 지금까지 연락을 못 했거든. 아니다, 좀 더 됐나? 한 반년?"

유주는 허공에 시선을 던지며 별 영양가 없는 이야기들을 지껄였다. 말을 멈추면 그 즉시, 리엔에게서 느껴지는 이 위화감이 어떤 식으로든 실체화될 것 같았다.

그가 무슨 대화를 나누고 왔는지는 모른다. 그녀를 대하는 태도가 달라진 것도 아니다. 눈빛이나 말투도 여전했다.

하지만 유주는 알 수 있었다. 지금은, 흔히 커플들 사이에서 아무 전조도 없이 찾아오는 하나의 전환점이었다.

도대체 왜? 무엇 때문에? 이렇게나 갑자기?

"맞네. 반년 넘었다. 마지막으로 연락한 지."

초조한 마음이 들자 괜히 별 잡스러운 말들이 연신 튀어나왔다. 복잡한 속내를 들키지 않기 위함이었지만 동시에, 그의 입을 막고도 싶었다. 최소한

저 담배 한 대가 다 타들어 가면 리옌은 다시 위로 올라갈 테니까. 딱 그때까지만 버티면 될 터였다.

"그런데 지금 시간에 통화를?"

"술 마신 거 같더라고. 들어보니까 다른 애들이랑 지금 한잔하다가 내 생각나서 연락한 건가 봐. 청첩장도 줄 겸, 겸사겸사."

"그래? 그럼 결혼식에도 가 봐야겠군."

"그렇지."

"언제 가는데?"

리옌은 담배를 이미 다 태운 상태였다. 유주는 자신을 바라보는 그의 눈빛에서, 결국 제 불길한 예감과 조우해야 한다는 사실을 깨달았다.

그는 말을 다소 비꼬는 편이긴 했지만 빙빙 돌리는 타입은 아니었다. 뭔가 어려운 이야기를 하려는 게 분명했다. 도대체 뭐기에? 유주는 저도 모르게 미간에 주름을 잡았다.

"……할 말이 뭐야?"

"뭐가?"

"지금 나한테 뭔가 말하려는 거잖아. 뭔데 이렇게 빙빙 돌려? 별 관심도 없는 내 친구들에 대해 물어보면서."

역시.

한번 봇물이 터지니 말이 곱게 나가지는 않았다. 불길한 전조에 대한 경계 반응이었다. 리옌은 유주의 표정과 태도에 쓸데없는 핑계는 무용하다는 사실을 깨달은 모양이었다. 그의 한숨은 길었다.

"당신이 집에 좀 일찍 내려가야 할 것 같아. 내가…… 어딜 좀 다녀와야 할 것 같거든."

전환점은 하나가 아니었나? 유주가 불길한 예감에 인상을 잔뜩 찌푸린 채 물었다.

"어디? 그리고 언제?"

"홍콩."

"언제?"

유주가 매섭게 다그쳤다. 리옌이 마른세수를 했다.

"내일…… 아니면 모레쯤?"

"제정신 아니지? 당신이 거길 왜 가?"

아무리 세상 물정 모르는 어린애라고 해도 그의 상황이 좋지 않다는 것 정도는 알 수 있었다. 물론 언제고 돌아가긴 해야 한다는 것은 알았다.

하지만 리옌은 이미 니시콴라이, 아니 쉬에화를 배신했다. 중국 공안과 홍콩 경찰에 사건을 알렸고, 카이화의 실종을 대대적으로 홍보했다. 그런 마당에 지금 입국을 해 봐야 그가 무슨 좋은 꼴을 보겠는가?

애당초 저들이 온 것도 리옌을 조직에 상납하러 온 거였다. 어떻게 굴러가는 내막인지는 몰라도 어떤 일들은, 포장지만 봐도 그 안의 견적이 나오는 법이다.

"가야 할 것 같아."

"혼자? 혼자 가서 뭐라고 하려고? 날 잡아 잡수, 하고 드러눕기라도 하게?"

"내가 벌인 일이니 내가 책임지는 게 맞지."

"이게 왜 당신이 벌인 일인데!"

그의 말투는 냉정했다. 하지만 거기에 있는 배려심을 눈치채지 못할 정도로 유주는 둔하지 않았다.

지금껏 유주가 그의 일을 도우면서도 별다른 위기감을 느끼지 못한 건, 물리적 거리감이 상당하다는 점이 제일 컸다. 기껏해야 남의 나라 일, 어떻게 해도 대한민국에 사는 유주에게 영향을 미칠 리 만무했기 때문이다.

물론 그런 희망이 산산이 조각나던 순간이 있었다. 하지만 유주는 어떻게든 그 조각난 자투리를 긁어모아 하나의 안정된 형태로 수복하는 데 성공했다.

그것도 그녀가, 자신이 일평생 기반을 둔 장소에 있었기에 가능한 일이었다. 가족에게 돌아갈 수 있다는 희망과, 리옌의 지치지 않는 지지가 있었기에 가능했던 것이다.

그런 마당에 지금 뭐? 혼자, 어딜 간다고?

이런 상황을 상정하고 교제를 제안한 게 아니었다. 심지어 아직, 유주의 몸 안에 그가 지핀 불씨는 채 사그라지지도 않았다. 말마따나 지금 둘은 '갓 연애를 시작해 서로 어쩔 줄 모르는' 상태 아닌가. 서로 식어 간 뒤 겪을 이별과 지금 겪을 이별은 그 아픔의 정도가 판이할 터였다.

고작 헤어지는 것으로도 그런데 만약 리옌이, 유주가 도움을 줄 수 없는 곳에서 상처 입는다면. 그리고 차라리 모르는 게 나은 그 미래를, 혹여나 알게 된다면.

그도 유주만큼, 그 상처를 수복할 수 있을까?

유주는 그 상황을 후회하지 않을 수 있을까?

"안 돼. 최소 사형이라며."

"그러니 혼자 가야지. 당신을 데려갈 수는 없잖아?"

"야! 너 죽고 싶어?"

오만인지 몰라도 그에 대한 그녀의 정답은 '아니다'였다. 리옌은 이미 나약해질 대로 나약해진 상태였다. 아무리 미약한 타격이라도 계속 얻어맞다 보면 끔찍한 고통이 되는 법이었다. 그런 마당에 혼자라니. 다른 건 몰라도 죽을지 모르는 곳에 보내고 싶진 않았다.

최소한 어떻게 된 일이고 앞으로 어떻게 할지를 이야기는 하고 가야지, 무턱대고 홍콩에 입성했다간 경찰이고 나발이고 쉬에화의 손에 먼저 큰일이 날 것 같았다.

그에겐 지금 아무런 소득이 없었다. 게다가 황슈란과 이현재가 이미 그를 등졌다는 사실이 밝혀졌다. 하이윤과 웨이치도 아군이 아니었다. 심지어 카이화조차.

그에게는 아무도 없었다.

"유주."

"이름 부르지 마. 내가 무슨 개새끼야? 이름만 불러 주면 뭐, 꼬랑지라도 흔들면서 아이고 다녀오십시오~ 할 거 같니?"

"서유주."

"성까지 붙여 부르면 쫄 거 같고?"

유주는 일부러 눈가에 힘을 주었다. 쫄고 자시고 나발이고, 리엔의 생각은 불합리했다. 이건 교제 중인 사이여서가 아니라, 누구라도 똑같을 거였다. 그에겐 잘못이 없었다. 최소한 유주는 그걸 알았다.

"침착하게 내 말을 들어."

"나 지금 매우 침착해. 그렇게 보이지 않아?"

"감정이 격양된 것으로밖에 안 보이는데."

"지금 흥분해야 할 건 내가 아니라 당신이거든?"

"성적으로 흥분되기는 하는데……."

"농담할 기운이 나?"

유주가 맥 빠진 어조로 말을 뱉었다. 그와 교제를 한다는 게, 그의 모든 것을 함께 떠안는다는 의미는 절대 아니었다. 하지만 모든 걸 수수방관하겠다는 의미도 아니었다.

그런 그녀의 마음을 아는지 모르는지 리엔의 표정은 참 태평하기만 했다. 속이 터질 것 같았다.

"유주. 당신이 그랬지. '날 걱정하지 마'라고."

리엔이 무슨 말을 하려는 건지 알 것 같아 또 순간 울컥했다. 이놈의 감정 기복! 유주가 입을 열었다. 그러나 소리가 새어 나가기도 전에 리엔이 말했다.

"공안에 신고한 것도, 삼합회에 알린 것도 전부 내 뜻이었어. 날 밀어내기로 하고 받아 준 게 당신 뜻이듯이, 이건 내 결정인 거야."

"……그럼 헤어지자고?"

다른 부분은 다 차치하고, 이게 중요했다. 그것만큼은 두 사람만의 문제니까.

리옌은 홍콩으로 돌아가려고 한다. 미증유한 난제를 가지고. 카이화가 살아 있을지도 모른다는 아주 가냘픈 실마리 하나가 뭐라고, 제 모가지를 담보로 건 채.

그 실낱같은 단서에 모든 희망을 걸고 가기에는 낙관적인 상황이 아니었다. 그가 떠나면 유주는 한동안 좌절할 터였다. 두려움을 안고. 그녀가 겪은, 그리고 아직 제대로 해소하지 못한 불안과 트라우마를 끌어안은 채 그에 대한 걱정을 더 얹고 지내야 했다.

"아니면 내가 널 기다려 줄 거 같니? 너 내가 잡은 고기로 보였나 봐?"

찰나였지만 알 수 있었다. 유주의 모든 관심은 지금, 리옌을 향해 있었으니까.

기다려 준다는 미래.

분명 리옌은, 비록 그가 백 퍼센트 의도하지 않았더라도 그를 고려했을 것이다. 그의 얼굴 위에 일순간 스쳐 지나간 그 복잡하고도 미묘한 감정이, 일견 배신감이라고 여겨질 정도의 강렬한 감정을 그가 그녀에게 느꼈다는 것이 그 사실을 증명했다.

설마 사귀자고 말한 게 문제였나?

그렇다고 해도 이건 아니었다.

홍콩과 한국, 그 거리와 시간을 고려하지 않은 채 무턱대고 만나자고 한 건 아니었다. 분명 '무언가' 둘 사이에 있었으니까. 서로 배려해 나가다 보면 둘 중 누구 하나가 지쳐 나가떨어지는 이별을 맞이하든, 어떤 식의 합의점에 도달하든 할 것이라는 생각에 기인한 거였다.

일방적으로 누구 하나를 걱정하며 밤을 지새우고, 버거운 감정들을 끌어안은 채 시간과 거리의 물리적 장벽 앞에 무너지는 형태를 예상하진 않았다. 그건 연애가 아니었다.

"기대했구나? 너, 내가…… 널 기다릴 거라고."

유주는 코웃음을 치며 고개를 저었다. 남자들이란, 왜 이렇게도 멍청한지. 입맛이 썼다. 씁쓸하고 안타까웠다.

어쩌다 교접점이 생겼지만 그건 정말 잠깐이었다. 호텔에서 서로의 몸과 감정을 애무하던 달콤한 시간이 환상 같았다.

삽시간에 불씨가 꺼져 갔다. 몸이 차갑게 식었다. 마음은 여전할지라도, 그의 선택에 따른 실망감이 더욱 컸다.

"난 그럴 각오 없어. 당신이 그걸 생각하고 나에게 기다리라고 요구할 거라면 차라리……."

치사하게도 리옌은 말 한마디 없었다. 비겁자. 겁쟁이. 온갖 원색적인 비난이 머릿속에 들끓었다. 그 뒷말이 무엇인지 알면서도 그는, 리옌은 입을 다물었다. 그 말을 내뱉는 것까지 온전히 유주의 선택이라는 것처럼.

"……무슨 말이라도 좀 해 봐."

유주는 잠시 숨을 고르며 그를 재촉했다. 차라리 그의 입에서 무슨 말이라도 듣고 싶었다. 차라리 대놓고 기다려 달라고 말한다면 유주도 무언가 대답할 거리가 생긴다. 하지만 리옌은 묵묵부답이었다.

가을의 공기는 차가웠다. 점점 그 싸늘한 공기에 동화되듯, 감각조차 제 온도를 잃었다. 유주는 입술을 깨물었다.

"무슨 말이라도 하라고."

"무슨 말을 해 달라는 거지?"

"같이 있는 게, 안전할 거라며."

약간 잠긴 듯한 유주의 목소리에 리옌의 표정이 괴롭게 일그러졌다.

이래서였다. 이래서 유주가 그를 단호하게 밀어내고 싶던 거였다. 그래도 이런 장면을 상상했던 건 아니었다. 그녀가 그렸던 두 사람의 연애는, 카이화의 일이 어떤 식으로든 마무리되고, 싸우고 화해하며 어떤 식으로든 두 사람끼리 엔딩을 맞이하는 거였다.

"경호가…… 붙을 거야."

"말이 참 쉽다."

그를 따라가는 선택지도 쉽진 않을 터였다. 그 위협의 무게 자체가 다를 게 뻔했다. 홍콩에서 유주가 어떠한 일이라도 겪는다면 그건, 즉 고립으로 이어졌다. 그녀 혼자서는 도움도 청할 수 없는 곳. 무엇을 어떻게 해야 할지 갈피조차 잡을 수 없는 곳. 그런 곳에 뛰어드는 건 자살 행위였다.

무엇보다 리옌이 중국에 찾아가 만날 사람은 뻔하지 않은가? 랴오웨이, 쉬에화, 웨이치, 뭐 그런 조직 폭력배들. 일반인이라면 일평생 일면식 하나 가질 수 없고, 가질 필요도 없으며, 가져 봐야 좋을 게 없는 그런 인간들.

그러나 리옌에게도, 만나서 좋을 게 없는 인간들이었다.

"당신이 정말 날 두고 갈 거라면 말해."

그래도 리옌이 결정했다면, 유주는 그를 막을 수 없었다.

"어떤 말."

"당신, 홍콩에 가서 어떤 상황을 직면할지 생각해 봤니? 말하기 전에 생각했나요? 응?"

"……."

"난 상상돼. 그것도 최악에, 최악으로만. 그리고 당신이 날 조금이라도…… 조금이라도 좋아했다면 할 말이 있을 거야. 내가 만리타향의 당신을 걱정하지 않도록, 이 관계. 수습은 하고 가야지."

리옌의 침묵은 그런 유주의 생각에 대한 암묵적 동의였다. 그것마저 깨닫고 나니 유주는 더는 그와 함께 있을 자신이 사라졌다.

키스 몇 번. 이불 속에서 함께 잠이 든 게 두 번.

성적 흥분으로 고조된 감정의 한계는 고작 여기까지였다.

"그래. 그럼…… 우리 둘 다 여기까지 하자."

개자식.

유주는 주먹을 꽉 말아 쥐었다. 이별이 처음인 건 아니었다. 하지만 지금처럼 비참한 이별은 처음이었다. 울음이 터져 나올 것 같았다. 분하고, 억울하고…….

리옌이 불쌍해서.

멍청해서.

"그럼…… 우리, 더 할 말은 없는 거야?"

"이런 방식의 작별이 몇 번째인지 셀 수가 없군."

"그래. 이번엔 입장이 바뀌었지만."

태연한 척 말하려 했지만 울컥하는 감정 때문에 목소리 끝이 떨렸다. 하지만 이런 상황을 직면할 바에야, 앞으로 이와 비슷한 상황을 더 겪게 될 바에야 접는 게 맞았다.

역시 사귀자고 하는 게 아니었어. 그렇게 생각하며 유주는 애써 턱 끝을 조금 더 치켜들었다. 괜히 헛기침을 하며 목소리를 한 번 가다듬고, 심호흡을 했다. 이 뭐 같은 감정이나 토할 것 같은 메스꺼움은 가라앉지 않았지만 겉모습은 어느 정도 진정이 되었다.

겉모습만.

"당신이 이렇게까지 강경하다면, 나도 더는 잡지 않을 거야."

"그래."

리옌의 목소리는 화가 난 것 같았다. 아니, 확실히 화가 나 있었다. 도대체 무엇에 화가 났는지 모를 일이었지만 유주는 그마저도 아무것도 아닌 양 웃음으로 흐려 버릴 생각이었다.

조소를 내뱉으며 고개를 트는 그녀의 행동이 얼마나 자연스러웠는지는 모른다. 손이 떨리는 걸, 들킬 것 같아 팔짱을 꼈다.

추운 밤이었다.

"그럼 이제 날 잡지도 말고, 일에 관해 얘기도 하지 마. 이 이상 깊이 들어가지 않을래."

"좋아. 현명한 선택이야."

"그래. 마침 잘됐잖아? 당신이 그렇게 애타게 찾던 슈란이랑, 이현재도 다시 만났으니…… 이제 내 협조는 필요도 없을 테고."

"그렇지."

둘 사이에 묵직한 침묵이 흘렀다. 그 침묵을 먼저 깬 건 당연하게도 리옌이었다. 그는 짧은 웃음을 토하며 머리를 한 번 쓸어 넘겼다.

"당신 말마따나 시작조차 하지 말았어야 했는데. 내가 너무 성급하게 굴었어."

냉정한 목소리였다. 그 어느 때보다 명확한 '끝'이 느껴졌다.

그를 좋아하긴 하지만 일정한 수위 이상은 아니라고 생각했다. 하지만 어쩐지 유주는, 갑자기 무언가 북받쳐 오르는 어떠한 감정을 느꼈다.

당장이라도 그를 끌어안고 싶었다. 이상한 기분이었다. 이건 뭘까. 왜 이런 기분이 드는 걸까. 그런 생각을 하던 참이었다. 리옌이 유주를 향해 손을 뻗었다.

"읍!"

리옌은 유주의 멱살을 틀어쥔 채 그녀에게 입을 맞춰 왔다. 앙 다물린 입술 위로 버석하게 마른 입술이 거칠게 스쳤다. 그 감촉에 유주의 입술이 절로 벌어졌다. 혀가 엉켰다. 혀뿌리를 뽑아 버릴 듯 거칠게 그녀의 타액을 빨아 마시며, 혀를 감고, 호흡을 빼앗았다. 그 어느 때보다 거친 키스였다.

"……내 방 금고에 서류 봉투가 세 개 있을 거야."

그 키스의 여파로 유주는 입술을 떼어 내고 나서도 한참이나 정신을 차리지 못했다. 하지만 이미 리옌의 눈빛과 표정과 목소리는 완벽한 평정 상태였다.

그는 재빨리 유주의 몸에서 손을 뗐다. 그런 다음 두어 걸음 멀어졌다. 이성을 휘감은 차가운 시선이 찌를 듯 그녀의 전신을 훑었다. 유주의 호흡은 여전히 거칠었다.

"그건 전부 당신 거야. 죄다 챙겨서, 내가 출국하기 전에 떠나."

"······쫓아내는 거야? 안 가져가면?"

미약한 반항이었다. 유주의 말이 리옌이 비틀린 미소를 지었다.

"나와 한 번 더 만나게 되겠지."

"그게 무슨 서류인 줄 알고?"

"그런 식으로 미련 남겨두는 건 당신답지 않아."

나다운 게 뭘까. 이젠 너무 진부하게 느껴지는 대사를 뇌까리며 유주는 작게 웃었다. 입술이 쓰라렸다.

"이미 우리, 그런 구분을 하기는 지났잖아."

"······."

"무를 만큼 적게 지나온 것도 아니고."

"조심히 들어가. 바래다주진 못하겠어, 미안."

그 말을 끝으로 리옌이 먼저 모텔 안으로 걸음을 옮겼다. 유주는 머뭇거리며 그를 향해 손을 뻗으려다 말았다.

유주는 차였다. 저 매정한 남자는 유주에게, 어쩌면 평생 끌어안고 가야 할 무거운 마음속 채무를 얹어 준 채 정도 없이 뒤돌아섰다. 정말 개자식이었다.

"······이 시간에 뭐 어떻게 가라는 거야?"

말은 그렇게 했지만 유주는 휴대폰도, 지갑도 들고 나왔다. 카드도 있었고 체크 카드엔 현금도 아주 다발로 쌓여 있었다. 다시 그의 얼굴을 보러 올라갈 핑계조차 없었다. 유주는 잠시 멍하니 그 자리에 서 있다 모텔 건물을 완전히 나섰다.

무서웠다. 이제 그녀를 지켜 주는 존재는 없었다. 택시를 타고 가다 또 잠들면? 눈을 떴을 때······ 낯선 환경이 그녀를 기다리고 있으면?

하지만 그녀를 보호해 주겠다는 남자는 떠나기로 결심했다. 그녀의 상태에 대해, 그녀 자신보다 더 잘 알면서. 그런 남자를 위해 감정을 쏟는 건 낭비였다.

"나쁜 새끼……."

리옌이 그렇게 말하지 않더라도 유주는 오늘 내로 모든 것을 정리할 수 있었다. 이제 진짜 서로, 갈 길을 정할 때였다.

* * *

"누나!"

"왜?"

"예담이 거깄어?"

"아니?"

"그럼 누나가 나와서 빨리 계란 좀 풀어 줘. 다섯 개만!"

추석 연휴를 맞아 온 집 안에 기름 냄새가 진동했다. 유주는 보던 책을 덮어 놓고 거실로 나갔다. 방 안에 흘러들던 기름내는 아무것도 아니라는 듯, 삼촌과 승헌은 완전 기름에 잠겨 있었다.

"계란? 여기에?"

"어. 버섯전 부쳐야 하는데 계란이 없어서. 예담이 어디 갔는지 알아?"

"친구랑 통화한다고 나갔는데?"

"하여간 어디 한곳에 진득하니 붙어 있는 꼴을 못 본다, 진짜. 아주 못된 쪽으로만 머리가 돌아서 맨날 무슨 일만 있으면 지 혼자 쏠랑 빠져나가려고……."

"승헌아, 탄다."

"옙."

그새 자리를 비운 예담의 흉을 보던 승헌은 창진의 나지막한 말에 재빨리 산적을 뒤집었다. 유주는 그 옆에 쪼그려 앉아 계란 다섯 개를 풀어 주고, 이미 다 부쳐 둔 동그랑땡 한 개를 입에 물었다. 기름내와 엉킨 육즙이 부드럽게 입 안에 감돌았다.

헤헤. 그녀의 입에선 저도 모르게 작은 웃음이 새어 나왔다.

"삼촌, 이번에 튀김도 해요?"

"튀김 거리가 영 시원찮더라."

"아쉽다."

"누나, 그렇게 있지만 말고 좀 거들어."

명절 음식 추가 요청을 하려는 유주에게 타박을 주며, 승헌이 팬 주변에 기름을 더 둘렀다. 그 모습이 능숙했다. 다른 집이야 모르겠지만 서창진과 서승헌이 서예담과 서유주를 두고 음식을 하는 모습은 이 집안에서 십여 년 넘게 이어져 온 일상이었다.

"귤이나 까라."

"삼촌이 귤이나 까라잖아."

"누나는 진짜 시집가긴 글렀어."

"그리고 보니 너 남자 데리고 갔었담서."

또다시 시작되려는 승헌의 타박을 자르려는 것인지 아니면 새로운 궁지에 유주를 몰아넣으려는 것인지 창진이 담담히 중얼거렸다. 순간 그 말에 정적이 일었다. 정적을 깬 건 승헌이었다.

"남자? 무슨 남자?"

승헌이 던진 공을 창진이 쳤고, 예담이 받았다. 어쩜 이렇게 타이밍 좋게도 들어오는지……. 예담은 슬리퍼를 벗는다기보다는 거의 현관에 던져두며 거실로 쪼르르 달려왔다.

"언니 남자 생겼어? 드디어?"

"야."

"누나, 저게 무슨 소리야? 남자? 아부지, 누나 남자 있대요?"

"천수 보러 갈 때 결혼할 놈 데리고 갔다더라. 결혼 자금 빼먹은 사기꾼 새끼 잡으러 간 거람서."

"누나, 사기당했어?"

"언니 진짜야?"

아……. 거짓말은 결국 돌고 도는구나…….

유주는 어색하게 웃는 수밖에 없었다. 당연하게도 리옌의 얼굴이 먼저 떠올랐지만, 다음에 든 생각은 '양천수는 무고하구나…….'라는 생각이었다. 그가 유주의 납치 사건에 연루가 되어 있다면 이런 자질구레한 소식조차 창진에게 전하지 않았을 것이었다.

"어…… 그게…….."

"언니 말 좀 해 봐! 대박, 진짜? 남자? 언니가? 미쳤다."

"미치긴 뭘 미쳐. 서예담, 너 말본새 예쁘게 좀 하랬지."

"오빠는 뭔 조선 시대 사람이야? 앞치마 매고 선비처럼 말하니 되게 남자답고 좋다, 응."

"저게 또 까불어."

"그만하고."

예담과 승헌이 또 투덕거리기 전에 창진이 둘 사이를 갈랐다. 창진의 겹겹이 주름진 눈매가 유주를 향했다. 유주는 딸꾹질이라도 나올 거 같아 한 손으로 입을 막았다.

"어찌 된 일인지 얘기 좀 해 봐라, 이제."

그게요, 하하하. 아, 웃음으로 넘길 분위기가 아니네…….

유주는 멋쩍게 웃으며 상황을 타개해 보려 했지만 이미 자신을 향한 세 쌍의 눈동자에서 벗어나기란 요원했다. 하기야, 그녀가 벌써 시골에 내려온 지도 사흘, 아니 내려왔을 때 이미 자정이 넘은 시간이었으니 꽉 채운 이틀이 되어 가고 있었다.

리옌과 헤어진 그날, 유주는 곧바로 서울로 가 호텔에서 짐을 챙겨 나왔다. 그대로 다시 택시를 탔다. 그녀가 창진의 집에 도착한 건 새벽 네 시가 훌쩍 넘은 시간이었고, 문이 열리는 소리에 거실에서 자고 있던 승헌이 그녀를 목격한 게 귀향을 알리는 시초였다.

아직 군대 물이 덜 빠진 건지 승헌은 인기척에 재빨리 자리에서 일어났다. 문을 열고 들어온 상대가 강도가 아닌 사촌 누나 유주라는 사실에 잠시 혼란스러워했으나 그녀를 위해 잠자리를 마련해 준 것도 그였다. 문제는 그 부산스러운 과정에서 창진이 깼다는 것이다.

새벽에 왔으니 피곤한 그녀를 배려해 준답시고 두 남자는 왜 이렇게 급박한 귀향을 했는지 캐묻지 않았다. 기실, 다음 날은 장을 보고 제사 거리를 다듬어 두느라 정신이 없었다. 그래도 유주는 오늘까지는 핑계를 대지 않고 넘어갈 수 있으리라 생각했다. 음식 하는 날, 무슨 정신이 있겠나 하고.

그러나 그건 생전 음식이라곤 안 해 본 그녀의 오판이었다. 두루 둘러앉아 뒤집개를 놀리는 단순 노동에 잡설이 얼마나 많이 섞이겠는가.

"음…… 헤어졌는데."

이미 판은 깔렸다. 유주는 자신의 상황에 대해 어디까지 고해바쳐야 하나 머리를 굴려야 했다.

"그새?"

"아~ 뭔데, 뭔데. 언니, 좀 순서대로. 어?"

우선 거두절미하고 중요한 부분만 던졌지만 당연히 그대로 넘어갈 리 없었다. 사기라는 자극적인 키워드까지 섞여 있었으니 듣는 처지에서야 흥미진진하기도 할 것이다. 물론 거기에는 가족에 대한 걱정도 있겠지마는.

"그게…… 사귀던 남자는 있었는데……."

결국 유주는 아주 순한 버전으로, 매우 아주 많이 순화된 버전의 거짓말을 할 수밖에 없었다. 양념을 치는 건 당연했다. 갑자기 삼합회 조직과 엮였다는 말은 누가 들어도 비현실적이었고, 어느 날 갑자기 만난 사람과 결혼을 한다는 뺑은 누가 들어도 믿지 않을 게 뻔했으므로.

"그냥 좀 좋은 관계를 유지하고 지내던 남자가 있었는데, 그 사람이…… 사업을 하는 사람이었거든요. 그러다 슬슬 결혼 얘기가 나오게 됐는데……."

"어떻게 만났는데? 응?"

홍콩 마피아가 사업가가 되고, 협박받아 일에 합류하게 된 게 좋은 관계 유지라는 어여쁜 사이로 포장되었다. 이렇게 거짓말을 꾸며 내는 것도 힘든데 예담이 철없이 채근하자 유주는 저도 모르게 슬쩍 그녀를 흘겨보았다. 물론 뻔뻔한 사촌 여동생은 그 정도 눈치에 기죽을 사람이 아니었다.

"맞아, 누나. 어떻게 알게 된 사람인데? 믿을 만한 놈이었어?"

덩달아 승헌도 도대체 왜인지 모르게 쌍심지를 켜고 추궁을 해 왔다.

이건 내 거짓말의 능력이 부족한 것인가 아니면 다른 집들도 이 정도 추궁을 받는 것인가……. 유주가 작게 한숨을 삼켰다.

"일하다 알게 됐어. 중간에 둘 다 아는 사람이 소개해 줬고."

"아는 사람 누구? 그리고 믿을 만한 놈이었다고? 그럼 왜 헤어졌는데?"

"어. 믿을 만한 놈이니까 내가 결혼 운운했지. 야, 서승헌. 누나한테 말 예쁘게 해라."

"그래서 사기당했다는 건 무슨 얘긴데? 똑바로 말 좀 해 봐!"

루쳰허, 성철현, 카이화가 중간 다리가 되는 기적을 발휘하자마자 또다시 이어지는 매서운 일격!

유주는 일부러 으름장까지 놓아 가며 자신을 압박해 오는 승헌을 노려보았지만, 어찌 된 게 지가 오빠라도 되는 양 기세등등하게 몰아붙이는 태도에 살짝 울고 싶은 기분이 되었다. 이래서 어디 가서 함부로 거짓말은 하면 안 되는 거였다.

"그 사람보다 내가 경제적으로 기우니까…… 목돈 좀 마련해 보려고 무리하게 투자했다가 날린 거지 뭐."

"그럼 언니 지금 무일푼이야?"

그럴 리가 없었지만 유주는 애석한 표정으로 고개를 끄덕였다. 지금 상황에서 돈이 있다고 해 봐야 그 자금의 출처를 댈 수가 없었기 때문이다.

그녀의 반응에 승헌과 예담, 둘의 표정이 어두워졌다. 그녀의 처지가 어지간히 딱해 보인 모양이었다.

"그럼 설마…… 그것 때문에 헤어진 거야? 그 새끼가 돈 없으니 헤어지자고 그랬어?"

아, 그건 생각 못 했는데. 유주는 지금껏 자신을 몰아붙인 승헌이 던져 준 기회를 덥석 물었다. 이건 하늘에서 동아줄이 내려온 것이나 마찬가지였다.

"그게 직접적인 이유는 아니지만……."

"그거 완전 개새끼네. 아, 됐어. 언니, 그런 쓰레기 새끼는 난지도에 내다 버리기도 아까워. 잘 헤어졌네."

예담의 입에서 튀어나온 거친 말에 승헌이 고개를 끄덕였다. 평소 같았으면 말을 예쁘게 하라고 타박할 법도 한데, 그의 생각도 예담과 별반 다르지 않은 모양이었다. 쯧, 창진은 혀를 찼다.

"얼마 잃었냐."

그의 목소리엔 '잃은 만큼 내가 책임져 주겠다'는 기색이 완연해서 유주는 헐레벌떡 손사래를 쳤다. 아까 먹은 동그랑땡이 목구멍까지 솟구치는 기분이었다.

"삼촌, 아니에요. 엄청 큰 손해까지는 아니에요, 그냥 좀 기분이 더럽고 그런 거지……."

"언니, 그래서 서울에 집 정리한 거야? 여기서 한동안 지내겠다고 했던 것도 그 이유고?"

"야, 서예담. 아니야. 그런 거."

"누나. 우리 가족이잖아. 이런 거 가족한테 얘기 안 하면 누구한테 얘기할래? 괜찮으니까 솔직히 말해 봐."

거짓말도 정도껏 할걸……. 유주는 울고 싶은 기분을 넘어서 혼자 어딘가에 처박히고 싶었다. 하지만 사고를 친 건 그녀였으니 뒷수습도 그녀의 몫이었다.

여기에서 지내도 괜찮을까……. 걱정이 스멀스멀 치솟았다.

"유주~ 보고 싶었어!"

유주는 추석 당일, 차례를 지내고 성묘를 다녀오는 동안 가족들에게 은근한 보살핌을 받았다. 거짓말로 위로를 구한 만큼 그 배려는 마치 가시처럼 유주의 양심을 콕콕 잘도 찔러 댔다.

하지만 관문은 하나 더 남아 있었다. 추석 다음 날에 만난 그녀의 오랜 친구들이었다. 며칠 전 술주정을 부린 걸 기억하는지, 현아가 민망해하면서도 환한 낯빛으로 손을 들어 환영을 표했다. 유주는 아무 일 없었다는 듯 자리에 앉아 오늘 함께하지 못한 희주의 소식부터 들었다.

"그런데 너 사고 났다는 게 무슨 소리야? 그간 뭐 하고 지냈어?"

"뭐? 서유주, 너 사고 났었어? 언제?"

"무슨 사고? 지금은 괜찮아?"

역시나.

유주는 '이래서 사람이 진실되게 살아야 한다'는 생각을 또다시 되새기며 적당히 고개를 끄덕였다. 그래도 가족들을 속여 넘기는 짓을 한 번 하고 나니 친구들 사이에선 보다 수월하게 거짓말이 나왔다.

운전을 해야겠다 싶어 차를 렌트해서 며칠 끌고 다녔는데 뒤에서 차가 들이받더라. 다시 하고 싶지 않은 경험이었다, 등등. 유주는 가장 만만한 핑계로 친구들에게 제 상황을 에둘렀다. 다행히 의심하는 기색은 없었다.

"요즘 차 운전 더럽게 하는 새끼들 진짜 많더라."

"말도 마. 나 지난달에 사고 날 뻔했잖아. 비 많이 왔을 때."

"어, 너도? 나도. 딱 유주랑 비슷하게 사고 날 뻔했어. 차 새로 산 지 두 달도 안 됐을 때였는데."

"맞다, 희정이 너 차 새로 샀지? 뭔데?"

"소나타~ 빨간색. 이 앞에 세워 놨는데."

"이따 시승식하는 거야?"

"근데 오늘 우리 술 안마시나?"

다행히 이야기는 금세 방향을 바꿨고, 유주는 자신의 어설픈 거짓말의 디테일을 꾸며내지 않아도 된다는 사실에 안도했다.

분위기는 금세 무르익었고 공백을 메우기 위한 대화는 끝도 없었다. 새 차를 끌고 나온 희정은 초반에 술을 안 마시겠다며 내숭을 떨었지만 이 무리에서 가장 술을 좋아하는 게 그녀였다. 결국 희정은 대리를 부르면 된다는 말로 파티를 시작했고, 애당초 술을 좋아하지 않는 유주만 분위기에 맞춰 적당히 한두 잔 입술만 적셨다.

"그런데 유주, 넌 애인 없어?"

컥. 유주는 사레에 걸릴 뻔한 콜라를 간신히 삼키며 고개를 저었다. 하여간 사람 대화 패턴은 다 똑같았다. 뭐 하고 살았느냐, 애인은 있느냐, 공부는 어떻게 되어 가느냐, 요즘 취업난이, 요즘 사회가, 정치가 어쩌고저쩌고……. 그러니 이 말이 한 번쯤은 나올 줄 알았다.

"나? 나야 뭐."

"야, 그래. 연애 그게 다 뭐냐? 다 필요 없어."

물론 그런 대화의 흐름은 여느 때와 같이 어정쩡한 얼버무림 속에 유야무야 사라졌다. 유주는 무심결에 휴대폰을 열어 화면을 확인했다.

유주는 그날 새벽 리옌이 말 한 서류 봉투 세 개를 전부 챙겨 내려왔다. 하나는 그녀가 살던 집을 처분했다는 서류였고, 하나는 그녀에게 새로 얻어 준 집 관련 서류였다. 다른 서류 봉투 하나에는 경호업체 계약 서류가 들어 있었다.

"그래서 유주 진짜 뭐 좋은 소식 없어? 사고 난 거랑 그런 거 빼고."

"어? 나?"

"너 오늘 이상하다. 왜 이렇게 넋 빼고 있어?"

은혜의 말에 유주는 미안하다고 말하며 뭐든 대화 거리를 꺼내려고 노력했다. 하지만 뭔가 대략적으로나마 그녀의 사정을 아는 가족과 달리, 그간 소원했던 친구들에게는 대화의 수위를 조절하는 게 어려웠다.

"나…… 음……. 회사 그만둔 거?"

그나마 오픈할 수 있는 건 이 정도였다. 물론 그에 대한 여파도 엄청났다.

"너 그만뒀어?"

"언제?"

"그걸 제일 먼저 말해야 하는 거 아냐?"

"와, 어쩌냐. 부럽다……."

"속없는 소리 마. 야, 서유주. 갑자기 왜 그만둔 거야? 진짜 그간 무슨 일 있었어?"

아무래도 다들 나이가 나이인 데다 사회인이니만큼 직장을 때려치웠다는 것에 대한 반응이 격렬했다. '그런 일…… 계속해도 괜찮아?'라는 우려 섞인 오지랖의 시기도 지나갔고, '어차피 네 일이나 내 일이나 개 같은 밥벌이다'라는 공감대가 생성되기까지의 기간도 상당했다. 서른을 목전에 둔 나이였으니까.

"그냥. 나 돈 많이 모아 뒀거든. 이제 슬슬 다른 것 좀 해 보려고."

"어떤 거?"

"너 근데 괜찮겠어?"

유주는 애써 웃으며 머릿속에서 성은영의 장례식과 이별 사이의 일들을 의식 아래로 꾹꾹 눌러 담았다. 그사이의 일은 누구에게 이야기하든 믿지도 않을 테고, 믿는다고 해도 그녀의 신변에 생긴 일들에 대한 말이 나올 터였다.

대신 되찾은 일상에 좀 더 집중하기로 했다. 그래, 서유주는 애초부터 장례 지도사를 그만두고 다른 일을 하고 싶어 했다.

뭐든 좋았다. 공부는 공부 머리도, 책상 앞에 오래 앉아 있을 자신도 없으니 집어치우고 뭔가 만드는 쪽으로. 목공예든, 가죽 공예든, 그도 아니면 카페 바리스타든. 아무튼, 직장인들이 꿈꾸는 그런 거.

"괜찮으니까 때려치웠지. 딱 일 그만두고 잠시 빈둥거리던 참에 사고가 나서 뭐 이래저래 버린 시간이 좀 아까운 정도?"

"그래서 뭐 할 건데?"

"나 그거 아직도 고민 중이잖아. 뭐 할까? 지민이가 목공예 공방 열었던데 걔한테나 비벼 볼까?"

"웬일이래, 서유주. 이렇게 무대책으로 들이대는 거 처음 아닌가? 회사 생활이 진짜 좆같긴 했구나?"

"야! 밥벌이는 다 좆같은 거야!"

유주가 기세를 올리자 잠시 가라앉았던 분위기도 다시 들뜨기 시작했다. 유주는 잡생각 따위를 버리기 위해 일부러 술을 마셨다. 생소한 자극에 위장이 요동쳤다. 확실히 빈 잔이 늘어갈수록 머릿속도 조금씩 비워지는 것 같았다.

이대로 지내면 괜찮겠지. 그 생각만 하기로 했다. 그래서인지 술이 달았다. 혀가 풀리는 것도 순간이었다.

* * *

"으으……."

"언니, 나와. 오빠가 콩나물국 끓였어."

어떻게 집에 들어온 건지도 기억나지 않았다. 유주는 감히 자신을 발로 걷어차 가며 깨우는 예담의 발목을 붙잡고 늘어지다, 바닥에 질질 끌리는 건지 걷는 건지 분간도 안 가는 자세로 거실까지 나왔다. 승헌이 한심하다는 표정으로 국그릇 가득 시뻘건 콩나물국을 퍼 주었다. 그녀의 취향대로 건더기 조금, 국물 많이. 그런 유주의 맞은편에는 창진이 앉았다.

"어제 같이 온 놈은 누구냐."

지끈거리는 관자놀이를 꾹꾹 눌러 가며 애써 두통을 누르려는데 창진이 툭 말을 내뱉었다. 유주는 영문을 모르겠다는 표정으로 되물었다.

"예?"

"아부지, 누나는 기억도 못 할 거라니까? 어제 들어온 꼴 잊었어요?"

"암만 술을 처먹어도 그렇지, 이상한 놈한테 업혀 들어오는 게 말이 되냐."

남자?

순간적으로 머릿속을 스친 사람은 있었다. 리옌이었다. 하지만 그가 유주를 집에 바래다주었을 리 없었다. 그는 지금 홍콩에 있을 터였고, 그녀를 보러 여기까지 올 리도 없었으니까.

그다음 생각난 건 경호업체 계약서였다. 아무래도 그쪽으로 생각하는 게 합리적이었다. 어떻게 둘러대는지는 둘째 치고.

"희정이가 불러준 대리 기사 아니에요? 어제 전부 다 취했는데 차 가져온 애가 둘이었거든."

"대리 기사 같아 보이진 않던데."

"대리 외에 날 업고 올 사람이 누가 있다고 그래. 몰라. 나 기억 안 나. 머리 아파."

유주는 능청으로 상황을 무마하려 했다. 경호원이 붙었다는 걸 설명하기까지의 그 과정이 또 험난했으니 당연했다. 승헌과 창진은 미심쩍은 표정이었지만 딱히 그 부분을 트집 잡는 것 같진 않았다. 예담은 아닌 듯했지만.

"에이. 언니 어제 전화 온 사람 아니야?"

"전화?"

"응. 내가 받으니까 그냥 끊던데. 전 남친 아니야?"

전화……. 유주는 당장이라도 방에 돌아가 자신의 휴대폰을 확인하고 싶었지만 참았다. 그러곤 쓸데없는 소릴 한다는 듯 미간에 잔뜩 주름을 잡은 채 예담을 흘겼다.

"뭐래니? 걔 내 집이 어딘지도 몰라."

"결혼할 사이였다면서, 우리 집 몰라?"

"지역만 알지. 어쨌든 헤어진 놈 얘기하지 마. 해서 뭐 하니?"

단호한 유주의 말에 예담이 입을 삐죽거리며 수저를 들었다. 콩나물국,

김치, 김, 큼직한 고등어 한 손에 예쁘게 말린 계란말이. 일반적인 가정식으로 쳤을 때 상당한 수준이었다. 유주는 그릇을 들어 콩나물국을 시원하게 한 모금 들이켰다. 쨍하고 울리는 것만 같던 두통이 조금은 가라앉는 느낌이었다.

"어우, 좋다. 승헌이 너 군대 취사병으로 다녀왔나?"

"뭔 소리래. 나 수방사(수도방위사령부) 있던 남자야."

"취사병 갔어도 좋았을걸. 이거 계란말이도 네가 했지?"

"말 돌리지 말고. 누나 이제 서울 안 갈 거야? 우리 집에서 계속 같이 일하게?"

거 새끼……. 유주는 혀를 쯧 찼다. 누굴 닮아서 저렇게 하나부터 열까지 깐깐하게 따지고 드는 건지 모르겠다.

유주는 슬쩍 창진의 눈치를 보았다. 근 두어 달 넘게 일을 안 하고 있던 데다, 이쪽 지방의 사정에 대해 모르니 사람을 쓸 여력이 있는지부터 알아봐야 했다. 이직 준비를 하며 틈틈이 돕는 정도까지는 괜찮지 않을까? 아무리 그래도 유주가 20여 년을 산 곳이니만큼 쫓아내진 않을 듯했지만 식충이 취급받는 건 사양이었다.

"성조헌테 연락해 봐라. 걔가 오지 말라고 하믄 여기 있던가."

암묵적 동의였다. 유주는 고개를 끄덕이고 수저를 들었다. 제 아버지 명이 있으니 승헌이나 예담이나 조용했다. 한결 나았다.

─잘하는 짓이다.

당연히 성조에게도 한 소리 들었다. 유주는 웃는다고 하기에도 애매한 표정으로 뒷머리만 긁적였다.

성조에게 한 거짓말은 창진이나 친구들에게 한 거짓말과 달랐기에 또 새로 말을 맞춰야 했다. 당연히 정보도 조금 더 오픈해야 했다. 윤성조는 유주에게 직접적인 도움을 준 존재였기 때문이다.

사고 부분만 제외하고 간신히 성철현에 대한 단서를 잡아 상대들이 알아서 떨어져 나갔다는 식으로 이야기를 각색했다. 당연하게도 성조는 그게 말이 되냐며 타박을 했다. 요 며칠 유주는 아주 천덕꾸러기가 된 기분이었다.

"죄송해요, 아저씨. 괜히 곤란하게 해서. 그런데 삼촌은 모르시니까……."

—형님이 모르긴 뭘 몰라. 너 다시 서울 오면 내가 단단히 커버 좀 쳐 달라고 하시더만.

"네?"

—너 처음에 잠수 탔을 때 형님이 연락했었다고 했냐, 안 했냐.

"아……."

—너 엊그제 돌아왔단 것도 형님이 먼저 연락해 줘서 알았어, 인마.

그랬구나…….

유주는 창진이 자신을 위해 입을 다물고 있었음을 깨달았다. 아무리 다 큰 조카라고 해도 밖에서 무슨 일을 겪고 있는지 알 길이 없으니 답답하기도 했을 것이다. 그러나 그는 조카를 추궁하기보다 기다리는 쪽을 선택했다. 감사할 일이었다.

—그래서 서울 다시 올 거냐? 아직 네 책상은 비어 있는데.

유주는 잠시 고민했다. 서울에는 리옌이 사 준 집도 있었고, 뭐든 배우려면 이런 시골보다는 도시 쪽이 인프라나 재원이 훨씬 많은 것도 알았다. 게다가 직업 자체를 바꾸는 데에는 시간과 노력 그리고 돈이 들었다. 가끔이라도 유급으로 일을 해 가며 생활비를 메우면 이직 준비가 수월할 것이다.

"아뇨, 아저씨. 저 그냥 삼촌 일 조금씩 도우면서 다른 일 준비할래요."

—너 진짜 이제 이쪽 바닥 뜨려고?

"하하, 글쎄요."

진짜 뜬다라. 유주는 말을 아꼈다.

물론 돌아가는 게 쉬운 길이었다. 적당한 타협. 유주가 어른이 되어 가며 체득한 것이기도 했다.

더구나 배운 게 도둑질이라고, 하루아침에 생업을 갈아엎는 게 어디 쉬운 일이던가. 그를 짐작한 것인지 성조도 말을 아꼈다. 유주는 그 마음 씀씀이가 고마웠다.

"서울 올라가면 연락드릴게요. 한동안은 좀 쉬고요."

—그래라. 밥 빌어먹을 데 없으면 연락하고. 네 자리 하나 빼는 건 일도 아니야.

"그래놓고 월급 줄이려고 그러시는 거죠?"

—경력 있는 신입, 최고 아니냐?

"헐. 그것도 갑질이에요."

그 뒤 유주는 몇 마디 시답잖은 잡담을 더 나누고는 전화를 끊었다. 휴……. 한숨이 절로 나왔다.

사고를 벌이는 건 금방인데 수습은 한참이었다. 심지어 카드 한 장 재발급받는 것조차 전화하고 뭐 하고 할 게 많은 법인데, 거짓말을 메우려니 이만저만 품이 드는 게 아니었다.

"누나, 나와서 콩 좀 같이 까."

"어, 금방 갈게."

그래도 유주는 자신이 지내 왔던 이 지방의, 낡고 오래된 빌라의 이 작은 방이 좋았다. 뭔가 제대로 '돌아왔다'는 느낌이었다.

+852-00-000-0000
통화 시간 00분 29초

그래서 유주는 오늘 새벽, 예담이 받았다는 전화에 대해서도 잊어버리기로 했다. 자신을 업고 온 남자가 누구인지까지. 집에 잘 돌아온 게 중요한 것이지, 그 과정은 중요하지 않았다.

잊어야지.

그 생각만으로 가슴 한구석이 묘하게 아린 듯한 느낌이 들었지만 괜찮았다. 이 정도는 참을 수 있을 것 같았다. 안 참아져도 뭐…… 살 수는 있었다.

세상에 남자 없다고 죽는 여자는 없었다.

* * *

역시 세상 제일 죽이기 좋은 건 시간뿐이었다.

─유주야, 죽겠다. 사람이 없다, 사람이.

세상에 배울 건 썩어 문드러지게 많았다. 명절을 기해 집에 돌아온 지 한 달. 유주는 아직도 무엇을 시작해야 할지 갈피를 잡지 못한 채였고 나태하게 보내자니 시간은 쭉쭉 잘만 흘러갔다.

목공예 공방을 연 친구에게 연락은 했지만 가진 않았다. 어느 날 갑자기 대책도 없이 퇴사부터 하고 친구에게 아쉬운 소리를 해 가며 당장 매달리는 모양새라는 게, 어디 보통 낯짝으로 가능한 일인가.

그렇게 이 핑계, 저 핑계 대며 눌러앉아 창진의 일을 도운 게 이 주째였다. 사기를 당해 돈 몇 천을 날리고, 결혼할 남자와 헤어졌다는 구실은 약발이 오래 지속되었다. 승헌은 유주가 창진 대신해 작업장에 들어갈 때면 이딴 거나 할 시간에 뭐든 빨리 시작하라고 닦달을 했고, 예담은 정 그렇게 할 거 없으면 자신과 같이 수능을 보자는 흰소리를 했다.

그리고 창진은 말이 없었다. 유주가 마음을 잡을 때까지 인내심 있게 지켜볼 요량인 듯했다.

"아저씨는 사람 아닌가요, 뭐."

─뭐? 내가 이 나이에 다시 현장 뛰어야겠나?

아니면 그녀에 대한 채근을 아웃소싱 맡겼거나.

"나 이직할 거라니까요?"

─이직, 좋지. 아주 좋아. 요즘 뭐, 나이 서른. 그게 많냐? 네 나이면 뭐든

시작하기에 부담 없는 나이지. 그런데 너 아직 아무것도 안 한다며. 그러면 용돈벌이라도 하면서 천천히 뭘 시작할지 찾아보는 것도 좋지 않겠냐?

"용돈벌이는 여기서도 하고 있거든요? 그리고 아직 스물아홉이에요."

—그래 내일모레 서른, 인마. 말은 제주도로 보내고 사람은 서울로 보내랬다고, 그 시골짝에서 뭘 배울 건데?

그녀의 공백이 3주가 넘어가며 윤성조는 하루가 멀다 하고 유주에게 전화를 걸어서 시시콜콜한 한탄을 늘어놓기 시작했다. 말은 제주도로, 사람은 서울로.

저 말을 주워 삼키는 걸 보면 창진의 입김이 들어간 게 분명했다. 시골에 남을까 어쩔까 고민하던 유주를 부득불 서울에 있는 대학에 진학시킨 것도, 네 나이에 지방으로 내려와 뭐 할 거냐며 직장도 그쪽에 잡게 한 장본인이 서창진이었으니 말이다.

"배울 거야 많죠. 그리고 뭐, 서울 사람들은 죄다 공부만 하더만. 나는 공부에 재주 없어요. 알잖아요?"

—그런 놈이 이직을 해?

"기술 배울 거라니까요. 손 쓰는 거. 톱질을 하든 못질을 하든, 미장을 하든."

—퍽이나.

이 아저씨가 진짜.

유주는 슬슬 올라오려는 짜증을 애써 가라앉혔다. 꽃노래도 삼세번이고, 공자님도 듣기 좋은 소리도 세 번 이상 하지 말랬거늘, 성조는 도대체 창진에게 뭘 받아먹었는지 틈만 나면 상경하라고 잔소리였다. 게다가 오늘은 유독 집요하기까지 하니 창진이, 그녀가 여기 붙어 있는 꼬락서니를 도저히 못 보겠다고 하소연이라도 한 건가 싶을 정도였다.

하지만 여기서 넘어가면 말짱 도루묵이었다. 그녀라고 머리가 없어서 근 십 년이나 터를 잡은 곳에서 떠나온 게 아니잖은가?

"아저씨, 우리 삼촌이 뭐라 했어요? 왜 그렇게 열성적으로 날 못 불러 안 달이셔."

퉁퉁거리는 목소리엔 불만이 가득했다. 수화기 너머에서 성조가 크으- 하고 길게 숨을 토하는 게 들려왔다.

─그렇게 눈치가 빠른 게 어째 거기 그렇게 콱 틀어박혀 있냐, 어엉?

"좀 냅둬요. 삼촌이나 아재나 사람 못 볶아먹어 안달이네."

그러나 성조의 끈기만큼이나 유주의 악착같은 끈질김도 만만찮았다. 막상막하의 실랑이가 몇 분이나 이어졌고, 그제야 성조가 지친 듯이 내뱉었다.

─너 인마, 일을 마무리하려면 제대로 해야 하지 않냐?

지치기는 유주도 매한가지였다.

"아니, 오늘따라 왜 이렇게 집요한데요, 네? 내가 뭐 일 마무리 안 하고 온 거 있어요?"

─그 염병할 성철현이 일 말이다, 그걸 안 끝냈잖아!

"예?"

다른 건 몰라도 성조에게 성철현 이야기를 듣는 건 여러 의미로 충격적이었다. 침대에 누워 뒹굴거리던 유주가 발딱, 몸을 일으켰다.

"그 인간이 왜요?"

─널 찾는답시고 양복 입은 이상한 놈들이 물건까지 떠맡기고 갔는데, 그럼 그게 그 성철현이 일이지 네 일이겠냐?

유주의 숨이 잠시 멎은 것 같았다. 한 5초 정도.

그녀의 당혹스러운 침묵에 성조가 반쯤은 농담기 서린, 그러나 반은 명백히 진심인 투로 말을 이어갔다.

─인마, 내가 너랑 한두 해 봤냐. 나도 어지간하면 너 그냥 내버려 두고 싶지. 창진 형님도 나한테 너 데려가라고 한 번밖에 얘기 안 했어.

"어…… 그래서요? 아니, 날…… 누가?"

─이게 전화로 할 말인가 싶긴 한데……. 그래도 저걸 그냥 두는 건 아닌

거 같다. 못 이기는 척 올라오면 얘기하려고 했더만, 고집이 무슨 쇠심줄이어서는. 쯧.

"그래서 뭔데요. 뭐가 온 건데?"

—허 참…….

막상 운을 뗀 건 성조였지만 말하기는 영 거식한 모양이었다. 유주는 인내심 있게 기다리며 눈을 감았다. 리옌이 떠날 때, 완벽하게 모든 게 정리되리라 예상한 건 아니었다. 하지만 이렇게, 예상치 못한 구석에서 비집고 들어오는 비일상의 흔적이 느껴지면 당혹스러웠다.

며칠 전에 휴대폰으로 날아온, 그녀가 가 보지도 못한 새집의 관리실 문자처럼.

—지난주에 어떤 남자가 냉동고를 가져온 거 아니겠냐. 그 뭐냐, 테이프로 칭칭 감아 놨던데. 그 안에 든 게 뭔지 무서워서 아직도 못 열어 봤다.

냉동고.

장의사에게 냉동고를 가져다준다는 건 그 안에 든 내용물에 대한 함의가 다분한 행동이었다. 유주는 혀로 입술을 축였다. 태만했던 일상 속에 가라앉아 잠잠해진 그녀의 내면이 다시 격렬히 요동치기 시작했다. 불안이, 움트기 시작했다.

"그래도 뭐, 열어 볼 수는 있잖아요. 아니면 경찰을 부르던가."

—경찰을 부를까도 했지. 그런데 그 안에 담긴 게 그, 누군지 모르니까, 우리가 뭐 어쩔 수 있겠냐.

유주는 자신이 말한 것이 억지라는 걸 알았다. 그 안에 뭐가 아니, 성조 말마따나 '누가' 들었는지 어떻게 알고 경찰부터 부르겠는가?

가슴 위에 손을 얹었다. 심장이 콩닥거렸다. 크게 심호흡을 해도 소용없었다.

"그걸 전해준 사람들이 혹시…… 연락처나 뭐 그런 걸 남겼어요? 양복 입었다는 거 말고 기억나는 거 없어요?"

―남자들이었지. 어디서 진짜 막 굴러먹은 양아치 새끼들 같아 보이지는 않았고.

"그게 언제 왔다고요?"

―이제 일주일 됐지.

"어디에 있는데요?"

―H물류 쪽에 따로 맡겨 놨다. 다른 직원들이 봐도 좋을 게 없어 보여서……. 인마, 이거 완전 처치 곤란이다. 이건 네가 와서 처리해야 해.

만약 그 안에 든 게 시체라면, 그리고 그 시체가 서유주와 관계된 거라면 성조의 말이 맞았다. 그걸 열어 보는 것도, 처리하는 것도 그녀가 해야 했다. 확실히 문제의 소지가 다분하기 때문이다.

유주는 저도 모르게 아랫입술을 이로 살짝 베어 물었다가, 초조함에 질겅질겅 맨살을 씹었다.

이렇게 입술을 깨무는 것도 오래간만이었다. 담배가 없을 때 으레 행했던 습관이었다. 그러고 보면 입맛 더러웠던 한 달 전 어느 날을 기점으로 담배도 거의 끊었다. 담배 냄새만 맡아도 잊고 싶은 기억이 떠올랐다.

―유주야.

성조의 목소리에 정신이 번쩍 들었다. 저도 모르게 과거 어느 시점으로 이끌려 갈 뻔 했다는 아찔함에 유주는 고개를 저었다. 그리고 영 석연찮은 목소리로 대답했다.

"확인…… 확인만 할게요, 그럼."

―언제 올라올 건데?

하지만 막상 올라간다 생각하니 다시 속이 뒤집혔다.

여전히 대중교통은 싫었다. 물론 택시도 믿을 건 못 되었지만, 한낮에 택시라면 움직일 수도 있을 것 같았다.

잠들지 않고 바짝 긴장한 상태로 타야겠지만.

"내일 오후에 잠깐 들를게요."

—그래. 네가 무슨 일에 얽혔는지는 모르겠는데…….

"……."

—이런 걸 우리가 처분하기는 좀 그렇잖냐. 내 사정 좀 이해해라. 어?

결국 유주의 일이니 유주가 해결해 달라 이거였다. 하기야 아무리 시체를 다루는 곳이라고 해도 냉동고에 담긴 정체 모를 내용물을 함부로 꺼내 볼 생각을 할 정도로 담력이 크진 않을 터였다. 확실한 절차를 거쳐 넘어 온 시체와, 명백히 의혹을 품고 있는 무언가를 확인하는 일은 감당해야 하는 무게가 다른 법이니까.

괜히 골이 지끈거렸다. 일상으로 돌아온 것인 줄 알았는데, 그녀는 마침 표도 변변찮게 찍지 못한 모양이었다.

"그래요. 내일 뵐게요. 그 냉동고는……."

—그 사장 알잖냐. 입 무거운 거.

"그래요. 별거 아닐 거예요."

—나도 그러길 바라고 있다.

찜찜함만 가득 안은 채 통화가 끊겼다. 유주는 전화기를 내려놓고 길게 한숨을 쉬었다.

어차피 서울은 한 번 올라가야 했다. 리옌이 계약해 준 그 대단한 새집에 도 가 봐야 했고, 한 달째 호텔 주차장에 처박혀 '고객님, 빨리 되찾아 가시길 간곡히 부탁드립니다'라는 말을 부르는 암청색 세단도 회수를 하든 뭘 하든 해야 했다.

"끝이 없네."

떠나간 남자가 남긴 흔적들은 비단 비가시적인 것에 국한된 게 아니었다. 마음만 정리한다고 해서 될 게 아니었다.

"아주 끝이 없어."

문제는 그 마음도 아직 정리되지 않았다는 거다.

아주 골칫거리였다. 그의 흔적들은.

"이거예요?"

다음 날, 유주는 창진에게 이삼 일 정도 서울에 있다 온다는 말을 하고 곧바로 택시를 탔다. 기사는 아주 노난 듯이 콧노래까지 흥얼거리며 차를 몰았고 유주는 멀미에 괴로워하다 결국 뒷좌석에서 잠시 눈을 붙였다.

그러나 괜한 불안함과 어쩌면 다시 반복될지 모르는 비현실적인 사건의 단초에 잠도 오지 않았다. 결국 그녀는 안 잔 것만 못한 피로만 얻었다.

그대로 회사에 도착해 성조와 창고를 계약한 업체로 찾아갔다. 아주 가끔, 병원에 바로 가져가지 못하거나 장례식장에 안치하기 어려울 때 하루 이틀 정도 시신을 보관해 두는 용도로 계약한 창고였는데 기실 실사용은 일 년에 한두 달이나 될까 했다. 그게 이런 때에 도움이 된다니. 유주가 쓴 웃음을 지으며 문제의 냉동고를 내려다보았다.

"어. 이거 봐라. 뜯어보기도 좀 그렇잖냐."

성조 말대로 냉동고는 녹색 박스 테이프로 아주 칭칭 감겨 있었다. 꼬리처럼 빼꼼 삐져나온 전선 코드 꽂는 곳만이 그 냉장고의 원래 색이 누렇게 빛바랜 흰색이라는 걸 드러낼 뿐이었다.

유주는 잘라낼 걸 찾았고 성조가 커터 칼을 내밀었다. 유주가 그걸 받아 들고는 잠시 심호흡을 했다.

"아…… 나도 긴장되네요."

"이 안에 든 거, 정말 시체일까?"

"그 사람들이 정확히 뭐라고 하고 갔어요?"

유주의 질문에 성조가 미간에 주름을 잡으며 눈을 가늘게 치켜떴다. 그러곤 이내 입을 열었다.

"정확히는 기억 안 나는데 그냥, 이 시체를 서유주 씨에게 보여 주시면 뭐 알아서 잘 처리할 겁니다…… 라고 그랬나? 알아서 장례 잘해 주실 겁니다, 라고 그랬나. 좀 아리송하네."

말인즉, 시체를 보면 그녀가 알아볼 거란 뜻이었다.

드르륵, 칼날을 빼 드는 데 무척 오랜 시간이 걸렸다. 하지만 테이프 위에 칼날을 댄 순간부터는 거침이 없었다. 유주는 테이프 위로 그려진 형태를 따라 냉동고 뚜껑 부분을 밀봉한 테이프를 잘라 냈다. 그리고 성조의 도움으로 냉동고를 여는 순간, 할 말을 잃고 말았다.

"야……. 이거 진짜 사건…… 같은데?"

뼈대가 도드라진 얼굴. 신경질적인 인상에 피로해 보이는 표정. 그 표정은 꽝꽝 언 피부만큼 무감했다. 파리한 안색은 생전과 별반 다르지 않았지만 산 자에게서 느껴지는 질린 감각이 아니었다.

그 사내는 깍지 낀 양손 아래 누런 서류 봉투를 끌어안고 있었다.

그와는 구면이었다. 단 한 번 본 얼굴이지만 유주는 그가 누구인지 떠올릴 수 있었다.

한석태. D대학 재활의학과 조직공학 전문의.

"너 이, 이 사람 알아? 응?"

심상찮은 기색에 성조가 말까지 더듬어 가며 설명을 요구했지만 유주는 대답 대신 대담하게도 그의 품에서 서류 봉투를 꺼내 들었다. 그리고 거침없이 그걸 거꾸로 뒤집었다.

팔랑거리는 서류 몇 장과 함께 사진, 쪽지가 나왔다.

맨 첫 번째 서류는 사망 진단서였다. 마치 유주를 조롱하듯, 한석태의 사망을 확인한 의사란에 'K대학 병원 하청수'라는 직함이 버젓이 찍혀 있었다. 이어지는 서류들은 한석태의 가족관계 증명서와 병원에 제출한 휴직계, 그리고 화장 동의서였다.

누가 봐도, 외부로 공개된다면 서유주라는 인간에게 의혹의 화살이 날아올 것이 명백한 증거들이었다. 이 정도 되는 사람이 어느 날 갑자기 소리 소문 없이 휴직계를 내고 사라졌는데 사망했다니. 얼마나 구미가 당기는 스토리인가?

"하…… 씨발. 이거 봐라."

하지만 더욱 가관인 건 따로 있었다. 유주가 사진과 쪽지를 집어 들고 헛웃음을 뱉었다.

사진은 CCTV를 출력한 것이었는데 거기엔 한석태의 연구실로 들어가는 유주와 리옌의 모습이 어렴풋하게 찍혀 있었다. 병원 연구실 복도의 CCTV인 모양이었다.

아마 이것은 보다 말도 안 되는 상황을 연출할 증거는 차고 넘친다는 암시일 터였다. 그리고 쪽지. 쪽지에는 마치 캘리그래피처럼 쭉쭉 뻗은 글씨들이 아주 수려한 형태로 어우러져 있었다.

[휴가를 방해해 미안합니다. 급하게 약속을 잡는 건 예의가 아닌 것 같아 여유 있게 날짜를 잡았습니다.

11.13. 23:00, 서울시…….]

날짜와 시간, 주소가 적힌 쪽지. 무척 정중한 한국어로 쓰여 있으니 그건 유주에게 보내는 게 맞았다. 다만, 이 날짜에 이 장소에 올지 말지는 그녀에게 정하라 이거였다. 아주 정중하지 못한 방식의 통보였다.

"유주야…… 너 도대체 무슨 일에 끼어든 거냐……."

덩달아 쪽지의 내용을 확인한 성조가 탄식했다. 무슨 일에 끼어들었냐고? 그건 그녀가 더 알고 싶었다. 어떻게 발버둥 쳐도, 한번 오른 배에서 내릴 순 없었다. 그저 목적지에 닿도록 실려 가는 수밖에 없는 것이다.

그녀는 바다로 뛰어든 줄 알았는데 사실은 그저, 안전한 객실 속에서 도착지만 내다보고 있을 뿐이었다. 한숨이 깊었다. 숨이 막혀 왔다.

* * *

어떻게 해야 할까.

유주는 일단 이틀의 말미를 더 달라고 했다. 성조는 경찰에 신고하지 않는 것을 마뜩잖아 했지만 이번 일에 적극적으로 끼어들 의사는 전혀 없어 보였다.

"고객님, 차량 키 받으시고요."

그 뒤에 할 일이야 뻔했다. 한석태의 서류를 챙기고 리옌과 묵었던 호텔로 가 자동차를 받았다. 간만에 앉은 운전석 시트는 여전히 안락했지만 결코 마음이 편하지는 않았다.

담배가 땡겼다. 그래도 삼촌의 집인데다 예담, 승헌과 함께 지내며 자연스레 담배는 근 한 달간 입에도 대지 않았다. 하지만 지금은 영 기분이 씁쓸해서 그런지 더 쓰고 독한 것으로 뭔가 가셔내고 싶었다.

그대로 호텔을 나서지 않고 실외 주차장에 잠시 차를 세워 놓았다. 그러곤 뭐가 있나 싶어 글로브 박스를 열었다. 그 안에 든 건 그저 신차 매뉴얼과 자동차 관련 서류뿐이었다. 혹시나 해 콘솔 박스를 열었을 때 유주는 그 안에 든 두 갑의 담배와 두 개의 라이터를 보고 잠시 할 말을 잃었다.

전부 유주가 피우던 브랜드였고, 기껏해야 너덧 개비 정도 피우다 만 것들이었다. 냄새 배게 왜 보관해 놨나 하는 타박도 할 수 없었다. 그냥 마음이 불편해졌다.

"아…… 진짜 마음에 안 든다."

유주는 시동을 끈 채 담배와 라이터를 들고 호텔 주차장 안쪽, 흡연 구역으로 향했다. 차도 마음에 안 들고 상황도 마음에 안 들었다.

딸깍. 라이터로 담배 끝에 불을 당기며 생각했다.

경찰에 신고해야 할까?

하지만 그 생각은 후우…… 길게 내뿜는 연기와 함께 흐트러졌다.

그럼 상황이 어떻게 흘러갈까?

"하, 거지 같아."

사태를 파악할 때 중요한 건 전체적인 흐름이었다. 소설, 영화, 드라마,

그게 아니더라도 온갖 창작물이나 실제 현실에서도 마찬가지. 예기치 못한 상황이나 변수는 언제나 그런 전체의 흐름에서 놓친 것들로 나타났다.

유주는 우선 한석태에 대해 생각했다.

가족관계 증명서에 나와 있는 내용으로 보면 그에게는 아내와 아들 둘이 있었다. 그들이 한석태의 죽음을 알았다면 이렇게 조용할 리 없었다. 그렇다면 휴직에 대해서는 알까? 그건 모를 일이었다. 어쩌면 지금쯤 누군가가 실종 신고를 냈을 수도 있고, 경찰이 비밀리에 수사 중일지도 모른다.

사망 진단서와 화장 동의서만 믿고 시체를 처분하면 끝장나는 건 유주와 주변인들의 인생이었다. 가장 합리적인 건 경찰에 신고하는 거였다. 그런데…… 그 이후가 가늠되지 않았다.

신고하면? 그 뒤에 뭐가 밝혀질까.

우선 유주의 행적에 대해 밝혀질 것이다. 그리고 칭리옌이라는 인물과 니시콴라이라는 조직. 그리고 칭카이화가. 그녀의 신분으로 화장된 성은영이. 그리고 성철현의 채무가. 그리고 그의 집에 있던 마약이…….

"아니, 아니지."

마약.

유주의 사고는 딱 거기서 멈췄다. 경찰이 알아낼 수 있는 건 성철현까지였다. 그 뒤는 귀신이 곡을 해도 알아낼 수 없을 터였다.

이미 리옌은 중국에 있고, 물건도 가져갔을 게 뻔하며, 웨이치가 순순히 성철현이 마약 브로커였으니 어쩌느니 자수하며 입국하지는 않을 테니까. 그럼 그 뒤는?

자연히 모든 포커스는 유주에게 맞춰질 것이었다. 갑작스러운 실종, 퇴사, 뒤이어 보인 수상한 행보와 갑자기 땅에서 솟아난 듯한 현금 다발.

"하하…… 미친."

유주에게는 새 거주지가 생겼다. 그것도 서울에서 땅값 비싸기로 다섯 손가락 안에 드는 지역에. 모르긴 몰라도 그 아파트는, 관리인이 우편물 쌓이는 걱정까지 해 줄 정도이니 상당한 수준일 터였다. 거기에 통장에 갑자기 입금된 돈과 신형 세단.

……의심하지 않을 수 없는 상황이었다.

"낚인 거네, 나."

허탈한 웃음이 비실비실 새어 나왔다. 이런 마당에 경찰을 찾아간다? 의혹이 언제 풀릴지 모르는 아득한 진창에 발을 담그는 일이었다. 하지만 한석태의 시체를 언제까지고 저대로 둘 수도 없었다. 그거야말로 최악의 선택이었다. 유주는 담배를 비벼 끄고 새 담배를 꺼내 물었다.

어느 게 정답일까. 최선을 선택할 수 없음을 알기에 더욱 어려웠다.

* * *

"……으리으리하네."

거기에 서류상 그녀의 집으로 되어 있는 아파트로 향한 순간, 유주는 다시 한번 갈등할 수밖에 없었다.

주소와 명칭만 보고도 대충 비싼 곳이겠거니 했다. 그러나 이건 아니었다. 38층. 방 다섯 개에 천장은 또 왜 이리 높은 건지 모르겠고, 가구들도 얼핏 봐도 고급에, 새 거였다. 아무리 입주 옵션이 좋아도 밥솥 같은 것까지 놔주진 않았을 듯하니 이건 분명 리옌이 갖춰 놓은 거였다.

과했다. 너무 과했다. 정도를 모르는 수준이었다.

"허허……."

사실 좋지 않다면 거짓말이지만 헤어진 남자에게 받은 것이라 생각하니 그리 마음 편히 다가오는 공간은 아니었다. 더욱이 한석태의 시체까지 보고 나니 더욱 마음 한편이 무거웠다.

언제부터 이렇게 양심적인 사람이었다고. 유주는 쓴웃음을 삼키며 우선 소파에 털썩 주저앉았다. 빌어먹게도 그 느낌마저 안락했다.

"어쩐다……."

하지만 장소에 넋을 빼고 있을 순 없었다. 당면한 문제를 해결하기에도 급급했다.

유주는 휴대폰을 꺼내 들고 통화 목록을 훑었다. 윤성조 팀장, 이주영, 삼촌, 예담, 윤성조 팀장, 삼촌, 윤성조 팀장, 그리고 낯선 국제 전화.

"……리옌에게 이야기해야 하나?"

이 한 달의 시간 동안, 그가 카이화를 찾았을까? 유주는 회의적으로 쓰게 웃었다. 그랬다면 한석태의 시체가 배달되는 일은 없었을 것이다.

11월 13일. 도대체 그날이 무슨 날이기에, 무슨 의미가 있기에 특정 장소로 찾아오라고 한 걸까? 설마 그게 시체 암거래 시장인 걸까?

"돌—아 버리겠네!"

혼자 해결할 수 없었다. 그럴 재간도, 능력도 없었다. 유주는 자신에게 온 전화가 리옌의 것이길 바랐다.

그래야 했다. 그래야 그가 유주를 도울 수 있을 테니까.

"……지 마…… 받지 마라……. 받지 마……."

통화 버튼을 누르고, 신호음을 듣는 내내 유주는 초조하게 중얼거렸다. 받아야 일이든 뭐든 해결할 테지만, 리옌의 목소리를 듣는 건 썩 달가운 일이 아닐 게 분명했다.

—웨이.

하지만 신은 그녀의 편이 아닌 게 분명했다. 두 가지 의미에서 말이다.

첫째로, 상대는 전화를 받았다.

두 번째. 그러나 그는 리옌이 아니었다.

남자의 목소리는 중후했고, 약간 기름기가 껴 있었다. 어디선가 들어 본 것 같기도 했다.

"어, 저, 여, 여보세요?"

유주는 당혹감에 혀를 씹었다. 마치 어린애가 처음 말을 내뱉는 것처럼 몇 번이나 더듬었다. 그러다 상대가 중국인이라는 걸 깨닫고 탄식을 삼켰다. 한국어를 알아들을 리가. 젠장. 그렇게 욕설을 뇌까릴 때였다.

─아, 서유주?

상대는 마치 오래된 친구처럼 유주의 이름을 편하게 불렀다. 게다가 그 사내의 입에서 튀어나온 말은 한국어였다. 당황할 새도 없이 사내의 작은 웃음소리가 들려왔다.

─이제야 전화를 받는 걸 보면, 뒤늦은 선물을 받은 모양이지?

말투로 보아 확신범이었다. 그가, 이 시체 노름판을 만든 이라는 걸 알 수 있었다. 이 위화감, 이 말투, 이 느낌……. 유주는 애써 기억을 더듬었다. 분명 어디선가 들어 본 적 있었다. 웨이치는 아니었고, 이현재도 아니었다. 그리고 그가 만나 본 중국인이라면…….

"……장치앙린?"

유주가 목소리를 알아들을 정도로 오래 말소리에 주목했던 중국인은 손에 꼽을 정도로 적었다. 그러니 그를 떠올리는 건 합리적인 사고 수순이었다. 물론 확신에 차서 던진 말은 아니었다. 하지만 소 뒷발로 쥐 잡는다고, 상대는 꽤나 흐뭇한 코웃음을 쳤다.

─기억력이 좋은걸? 예의는 없지만.

그가 한국어를 할 줄 아느냐 모르느냐는 중요한 게 아니었다. 유주에게 중요한 건 롱친은 웨이치가 배신한 조직이고, 니시콴라이의 적대적이라는 거였다.

그런 그가 왜 유주에게? 그녀의 어깨가 뻣뻣하게 굳었다. 순간적으로 누군가 목줄을 틀어쥔 듯, 숨소리도 제대로 나오지 못했다.

"어…… 어떻…… 아니…… 왜……."

─청가 호적을 도둑질한 놈과 쓸데없는 짓을 벌인 건 네년 농간인가?

어휘 선택이 범상치 않았다. 청가 호적을 도둑질한 놈. 그건 분명 리옌을 지칭하는 것이었다. 그렇다면 쓸데없는 짓이라는 건…… 그가 공안에 카이화의 실종을 알린 사실을 의미하는 것일 터였다.

지금껏 랴오위에게 헌신하던 놈팡이가 갑자기 니시콴라이에게까지 곤란할 짓을 벌였으니 그녀를 배후로 짐작하는 건 나름대로 그 이유가 있는 사고의 흐름이었다. 유주가 받아들이건 받아들이지 않건 말이다.

문제는 유주의 머릿속이, 백지장처럼 하얗게 질렸다는 사실이었다.

뭐라고 해야 하지? 어떻게 해야 이 위기를 넘길 수 있지? 입술이 바짝바짝 탔다. 속에서는 화끈화끈하게 천불이 올라왔다.

"그런 건 아닌데……요."

—네년 하나가 끼어든 덕분에 일이 아주 재미없게 굴러가고 있어.

단정적인 말투에 유주의 정신이 번쩍 깨어났다. 어차피 무슨 말을 해도 장치앙린은 들어 줄 의향이 없어 보였다.

망했다. 유주는 그냥 입을 다물었다. 차라리 할 말이 없다면 말을 안 하는 편이 나았다.

—보아하니 네 서방이 죽었는지 살았는지도 모르는 모양인데, 그런 마당에 혼자 희희낙락하는 건 예의가 아니지 않나. 모름지기 계집년이 사내놈이랑 붙어먹을 땐 해로동혈(偕老同穴)을 약조하는 거잖나. 그런 생각도 없이 아무에게나 가랑이를 벌리고 다니는 건가? 그런 건 옳지 않아. 아주 옳지 않은 짓이지.

점잖은 말씨였지만 내용은 무척이나 모욕적이었다. 유주는 그 말에 아랫입술을 깨물었다. 동요하는 모습을 보이면 안 될 것 같다는 확신이 들었다. 장치앙린은, 그리 녹록한 인간은 아닐 터였다.

무엇보다 그가 지칭한 서방은…… 리옌일 터였다.

그가 죽었는지 살았는지 모른다는 말을 굳이 상기시켜 주지 않아도 유주는, 그를 떠올리는 것만으로도 속이 답답해지곤 했다. 그런 속내를 조금이라도 드러낼 심산은 없었다. 그게 그가 바라는 목적일 게 분명했기 때문에 더더욱 그랬다.

―그래도 화대는 두둑하더군. 한국 창녀들은 비싸다더니, 랴오위의 변견처럼 천지 분간 못 하고 달려드는 놈은 아주 좋은 먹잇감이었을 테지.

"잡설이 기네요."

유주가 애써 담담하게 말을 잘랐다. 얼마나 냉정하게 들릴지는 모르겠지만 최소한 그녀가 듣기에는 제법 냉담한 어조였다. 롱친이 재차 코웃음을 쳤다.

―네가 베갯머리송사로 지껄인 말들보다 장황할까.

"원하는 게 뭐예요?"

다시 한번, 말허리를 잘랐다. 유주의 반응이 뭐가 마음에 든 건지 롱친이 하하, 소리 내어 웃었다.

―내가 원하는 걸, 네가 가져다준다 이건가?

"나랑 세상 돌아가는 얘기나 하자고 전화한 건 아닐 거 아녜요."

―그래. 말이 길었군. 나이를 먹으면 괜한 소리만 늘어난단 말이지.

그간 유주가 전화를 받지 않은 분풀이를 퍼부어 댔으니 이제야 본론을 이야기하겠다 이거였다. 유주는 깊게 숨을 들이마셨다. 짜증이 치밀어 올랐지만 말려들지 않은 건 잘한 것 같았다.

"그래서요?"

―리웨이치, 칭리옌. 이 두 잡것의 모가지를 따서 내 앞에 가져와. 청가 재녀의 모가지가 언제까지 붙어 있을지는 네가 두 녀석의 목을 얼마나 빨리 가져오느냐에 따라 달려 있을 테니.

"뭐? 그게 무슨 개소리야?"

그거야말로 상상도 못 한 거래 조건이었다. 유주의 목소리가 높아졌다. 장치앙린은 유주의 반말에도 동요 없이 담담했다. 농지거리라는 느낌도 들지 않았다.

―개소리는 그쪽에서 먼저 하지 않았나. 개수작을 부리려는 상대를, 완전히 잘못 골랐어.

"그게 무슨 소리냐고!"

─모르는 척이라면 연기할 상대를 잘못 골랐고, 정말 모르는 거라면 그 멍청한 머리통은 아양 떠는 법 외에 다른 건 담지 못하니 가엾다고 해야겠군.

"아니, 무슨 말을 하다 말아. 좀 더 자세히……."

─내 전달 사항은 끝났으니 통화는 이만하지. 내 금 같은 시간이 벌써 사 분이나 지났어. 아주 옳지 않게도.

"저기, 아니, 잠깐! 이봐요!"

─그럼 이만.

"야!"

전화는 무정하게도 끊겼다. 국제 전화라는 리스크를 안은 채 몇 번이나 재발신을 눌러 보아도 상대의 반응이 없기는 마찬가지였다.

이건 거래도 아니었다. 일방적 통보였다. 게다가 롱친은 불친절하게도 네 어쩌구 하며 조롱하면서도 사태가 어떻게 굴러가는지는 일언반구도 꺼내지 않았다.

아니지. 이야기를 꺼내긴 했다. 아주 결정적인 힌트가 될 이야기였다.

청가의 재녀.

청(淸)가라면 분명 카이화를 이야기하는 거였다. 그럼 카이화가 그의 손아귀에 놓여 있다는 걸까? 그런데 갑자기 웨이치는 왜?

"설마……."

과정을 정리해 보자.

카이화가 가출했다. 이현재는 그걸 이미 알고 있었을 것이고, 어느 정도 조력까지 해 주었을 것이다. 슈란, 우신, 웨이치와 하이윤은 이 대목에서는 열외였다.

순서를 보면 카이화는 가출 이후에 롱친에게 납치되었다. 아무리 그녀라고 해도 롱친의 힘까지 빌려 가며 혼담을 깨려 했을 리 없고, 애당초 롱친은 삼합회의 하부 조직이니 그들에게 의탁하는 것은 죄짓고 경찰서 가는 꼴이었다.

"그 시기는 아마…… 그 이후겠지."

분명 유주가 리옌과 러시아에 갔을 때 롱친에 수중에는 카이화가 없었을 것이다. 만약 카이화가 일찌감치 그들에게 장악되었다면 협박하기보다는 곧바로 중국 본토에 올려 보냈을 것이다. 협박이라는 건 원하는 대가가 있을 때나 하는 것이고, 원하는 거래 물품이 손안에 들어왔다면 다른 이들에게 고래고래 떠벌리는 것보다 디데이까지 안전하게 감춰 두는 편이 수월하니까.

"씨발 새끼들."

그렇다면 가설은 하나다.

카이화는 조력자들의 도움을 얻어 무사히 도망쳤고 일이 잘 해결되기만 기다리고 있었을 것이다. 그녀 또한 어떤 식으로든 결과를 기대하고 일을 벌인 것일 테니까.

분명 그 과정에서 조력자 중 누군가가 배신을 한 거다. 그게 아니라면 그녀의 거취를 알아내 납치한 거거나.

어느 쪽이든 그딴 짓을 한 건 개새끼 아니면 씨발놈이었다. 좀 순화해 주자면 쓰레기 정도.

"하."

동요하지 말자, 휘말리지 말자는 생각은 허망하게 무너졌다. 전화를 걸었던 상대가 리옌이라는 얄팍한 희망도 깨어졌다. 점점 생각하면 할수록 끝이 없는 수렁에 빠져드는 것 같았다.

우선은 이 사실을 알려야 하지 않을까.

어질어질한 머리로도 그런 생각이 들었다. 아까 리옌에게 무엇을 이야기해야 할지는 벌써 깡그리 잊어버렸다.

중요한 건 카이화의 신변이었다. 어찌 되었든, 누구라도 하나 덜 죽는 게 중요했다.

그렇게나 신경 쓰이는 리옌의 현재 상황은…… 지금부터 알아내야 했다.

그를 찾아야 이야기할 수 있을 테니까.

"하나같이 죄다 마음에 안 들어."

유주는 이를 갈며 결국 전화번호부를 뒤졌다. 리옌이 홍콩에 가서도 한국에서 쓰던 번호를 계속 쓰리라는 보장이 없었다. 그게 못내 초조했다.

그리고 그녀의 예상대로 리옌의 번호는 이미 없는 번호였다.

"……."

그제야 유주는 깨달았다. 그가 매달려 주었기에 유지되던 관계란 건, 그가 끝내기로 마음먹으면 완전히 단절될 수 있는 사이였음을.

"어쩌지……."

문제가 아닌 게 없었다.

젠장. 유주는 짜증스럽게 머리를 헝클었다.

"……죽겠다."

결국 간밤에 한숨도 자지 못했다. 몇 번인가 안방 침실의 넓은 침대에 누워, 억지로라도 눈을 붙이려 했지만 그대로 뒤척이다 아침을 맞이한 것이다. 그 탓에 지긋지긋한 상념에서 벗어나지도 못했다.

잠을 못 잔 탓인지 아니면 새벽 내내 신경을 써서 그런지 해가 뜰 무렵부터 위장이 욱신거렸다. 머리도 지끈거렸고 목도 바짝바짝 탔다. 유리컵 한가득 목을 축이고 나니 머리가 조금씩 굴러가기 시작은 했지만, 고민은 해결될 기미를 보이지 않았다.

11월 13일.

상대방이 제시한 날짜는 아직 이 주 정도 남아 있었다. 그사이 다시 창진의 집에 내려가는 건 좋은 선택이 아닐 듯하니, 그에 대한 설명부터 우선 전달해야 할 것이다. 그리고…… 그 뒤에…….

"후……."

11월 13일이라는 정확한 날짜를 제시했다는 건 어떤 의미일까. 그동안은 안전하다는 의미일까? 최소한의 안전장치라고, 믿어도 좋은 걸까?

유주는 쪽지 내용을 되뇌며 자신의 믿을 구석이 무엇인지를 고민했다.

리엔이 계약을 걸어 두고 간 경호업체? 그런데 그 경호가 누군지, 그 업체가 어디인지 알 수가 없었다. 심지어 경호원이라는 작자들도 코빼기도 안 보였다. 사기를 당한 건지 뭔지는 모르겠지만 리엔이 남긴 서류를 확인해 연락은 해 봐야 할 것 같았다.

최악의 경우 11월 13일, 명시된 장소에 유주 혼자 나가야 할지 모르니까.

그렇다고 정말 혼자 갈 수는 없으니까.

"씨발."

그럼 이제 한석태의 시체를 어찌 처리할 것인지를 고민해야 했다.

물론 여봐란 듯이 놓인 그 가짜 서류들을 근거로 처분해 버리면 소리 소문 없이 이 일은 묻히겠지만 그건 유주가 원하는 방식이 아니었다.

그러니 다른 대책을 생각해야 하는 것이다.

다른 대책……. 합리적이고 합법적인…….

"죽겠네, 진짜."

경찰에 신고부터 하자.

결국 유주가 내린 결론은 정공법이었다. 그녀는 리엔처럼 위법적인 수단을 사용할 수 있는 사람도 아니었고, 사람을 부릴 수 있는 입장도 아니었다. 그렇다면 차라리 정공법을 쓰는 편이 나을 것 같았다.

"죽겠다고, 리엔……."

힘들 때만 상대를 찾는 건 비겁하고 편협한 짓이겠지. 그걸 알면서도 유주는 저도 모르게 그의 이름을 몇 번이고 되뇄다. 112에 신고할 확신이 생길 때까지.

* * *

"신고자분 성명이, 서유주 씨요."

"네."

"저기, 윤…… 성조 씨? 예, 윤성조 씨가 최초 목격자시고요?"

"최초 목격이라기보다는 받은 거죠. 어떤 남자들이 주고 갔습니다."

"그 사람들 인상착의 기억하십니까?"

유주는 조금 시간을 벌기로 했다. 잠을 자지 못해 어지러운 머리로 회사까지 어떻게 갔는지 기억이 가물가물했지만, 회사 앞 해장국집에서 같이 뼈다귀해장국을 발라 먹으며 유주는 성조에게 말을 맞춰 줄 것을 부탁했다. 언젠가 들통이 나더라도, 일단 움직일 수 있는 임시변통의 시간이 필요했다.

당연히 성조는 못마땅해했다. 뿐만 아니라 불안해했고, 짜증을 부리기까지 했다. 당연했다. 아무리 의리 있는 사람이라고 해도 스승의 손녀이자 아는 형님의 딸을 위해 경찰서까지 들락날락하는 건 달갑잖은 일이니까.

그래서 매달릴 수밖에 없었다. 그가 협조해 주지 않으면 안 되었다. 단 며칠이라도, 어떻게든 유주가 생각할 시간을 벌기 위해선 그가 입을 맞춰 줘야 했다.

"에…… 그러니까, 이 시체를…… 그냥 가지고 왔다는 거네요? 윤성조 씨한테."

"예. 때가 되면 가지러 올 테니까 그냥 두라고 했는데…… 사실 장의사한테 이런 걸 가져오는 이유가 뭐겠습니까. 영 찝찝해서 원……. 그러다가 여기 옆에 있는 서유주 씨가 왔는데……."

"제가 그냥 열어 보자고 했거든요. 안에 들어 있는 게 진짜 시체면 어쩌나 싶어서."

열한 시에 만났는데 설득을 끝내고 같이 경찰서에 간 건 오후 다섯 시가 다 된 시간이었다. 결국 성조는 딱, '자신이 경험한 부분까지만' 이야기를 맞춰 주기로 했다. 유주가 성철현의 뒤를 캐기 위해 뛰어다녔던 사실과 시체가 배달된 걸 엄연히 다른 일로 보자는 거였다.

그런 그의 사리 판단은 정확했다. 일단 시체를 인계받은 건 그가 맞았고,

찝찝해하던 것도 맞았다. 그저 이 시체를 가져온 이들의 말만 조금 달리 바꾸면 되는 것이었다.

성조가 거래처 장례식장 냉동고에 그것을 가져다 둔 것도 개연성이 있었다. 보관할 장소가 없었으니까. 당시의 CCTV가 있긴 하지만 어차피 음성은 녹음되지 않았으니 경찰들이 그 말의 진위를 확인하긴 어려울 터였다.

"왜 이제야 신고하셨습니까? 아니, 서유주 씨도. 어제 이거 열어 보셨다면서요?"

"누군지 알고 어떻게 신고를 해요……. 어제 하루 종일 이런 경우에 어떻게 해야 하나 찾아보고 고민했다고요."

"그럼 윤성조 씨는요?"

"형사님들이 그 사람들을 못 봐서 그렇습니다. 예? 아니, 사람들이 얼마나 살벌하게 구는지……."

그리고 유주가 그 안을 열어 본 건…… 다행히 그 장례식장 냉동고 내부에는 CCTV가 없었다. 서류나 필요한 건 유주가 들고 간 가방 안에 담겼으니 이상한 장면이 찍힐 리도 없었다. 그 맹점을 최대한 우려먹을 생각이었다. 최대한.

"아, 알겠으니까 일단 두 분 여기 서명하시고요, 인적 사항 좀 적어 주세요."

경찰서에서 현장까지 따라 나온 형사 둘은 역시나, 갑작스러운 상황에 당혹스러워하면서도 자기 할 일에 충실했다. 물론 시선은 따가웠다. 유주는 그 따가운 시선에 그저 멋쩍고 당혹스러운 표정만 지어 보였다.

일단 경찰에 신고한 이상, 나중에 그녀의 수상한 행적이 어떤 식으로든 빌미가 될 것이란 건 각오했다. 그러니 유주에겐 리옌이 필요했다. 그 남자야말로 유주에게 이 모든 일을 떠넘긴 화근이니까.

계산적이고 속물이라고 해도 어쩔 수 없었다. 혼자 해결할 수 없는 건 할 수 없었다. 유주는 자기 자신에 대한 평가를 나날이 하향 조정 중이었다.

그러니까 이건, 타당한 선택이었다.

"저희가 몇 번 더 연락드릴 일이 있을 거 같은데, 좀 협조적으로 응대해 주시고요."

"예."

"일단은 두 분 돌아가셔도 됩니다. 박 형사님, 감식반을 여기로 부를까요? 아니면 저희가 가지고 갈까요?"

"야, 일단 팀장님께 연락 좀 해 봐."

다른 경찰들이 몰려올 것 같아 성조와 유주는 재빨리 냉동고를 나섰다. 장례식장 주인에게는 미안하다는 말과 함께 관행적으로 약소한 봉투 하나를 건넸다. 어차피 이치야 이 일에 연관된 것도 없고 상황을 본 것도 아니니 이 정도 보상이면 그간 전기세 정도는 충당이 될 터였다.

"너는…… 진짜 이 일 어떻게 해결하려고 그러냐……."

"……그러게요."

성조의 질문에 기계적으로 대답하는 유주의 목소리는 이미 탈력감이 가득했다.

어떻게라……. 일단 리옌을 찾아야겠지. 그리고 롱친의 의사를 전해야 했고, 앞으로의 대책을…….

앞으로.

앞으로라니 젠장. 그 '앞으로'라는 전망은 이미 전부 망가졌는데……. 앞으로 어떻게 할지를 그와 의논해야 하다니.

"아저씨 진짜 고마워요. 제가 많이 감사하고 있는 거 아시죠?"

"……난 모르겠다. 네가 어쩌다 이런 일에 얽힌 건지도 모르겠고."

"그건 저도 마찬가지예요."

"성철현이는 찾았어?"

유주가 고개를 저었다. 윤성조는 눈치 없는 사람이 아니니, 그 표현 이면의 뜻을 정확히 읽어냈다.

"그럼 이번 일도 성철현이랑 관계된 거겠네. 지난번엔 뭐 대충 해결됐다며?"

"저도 그런 줄 알았는데 아니네요."

"그걸 왜 경찰에 얘기 안 했어?"

"제가 받은 게 많아서요."

"뭐? 그 새끼한테?"

"아뇨. 접때 같이 온 사람한테."

"너⋯⋯."

성조는 묻고 싶은 게 많다는 표정이었지만 알아봐야 좋을 거 없다는 표정으로 말을 삼켰다. 유주는 거기에 서운해하지 않았다. 물어본다고 해도 다 말할 생각이 없었던 데다, 여기까지 도와준 것만 해도 성조는 어마어마하게 큰일을 했다. 이후의 몫은 오로지 그녀가 감당해야 했다.

"저 이제 들어갈게요. 어제 잠을 못 잤거든요."

"그래⋯⋯. 잠이 오겠냐. 운전할 수 있겠어?"

"대리 부르려고요. 혹시 중간에 내리실 거면⋯⋯."

"됐다. 어차피 우리 집은 여기서 가까우니까 그냥 가."

"⋯⋯죄송해요, 아저씨."

"다음에 만날 땐 팀장님이라고 불러라. 일 전부 해결하고 나서."

그 말에 담긴 다정한 뜻에 유주는 진심으로 허리를 꾸벅 숙였다. 성조가 택시를 타는 모습까지 확인하고 유주는 대리를 부르지 않은 채 무사히 오피스텔로 돌아갔다.

그 뒤, 곧바로 침대에 뻗었다. 경찰에 신고한 것만으로도 큰 산 하나를 타넘은 기분이었다. 아직 해결되지 않은 것들이 태산이지만 조금 자고 싶었다. 자고 일어나면 기운이 날 것 같았다.

Chapter 8

[무슨 일이십니까?]

열두 시간을 넘게 잔 유주는 잠이 보약이라는 옛말을 되새기며 늦은 식사를 시켰다. 거의 저녁에 가까운 식사였다.

피자 한 판을 거의 다 해치우고 콜라 반병까지 위장에 들이붓고 나니 머리가 조금 돌아갔다. 그제야 생각이 났다.

이현재.

그는 한국 대학원에 적을 두고 있었지만 슈란과 친구였고, 리옌의 부하였다. 물론 초반에 보여 주었던 사람 좋은 모습과, 지난번 리옌에게 적개심을 불태우던 모습을 떠올리면 정확히 어떤 인물인지 파악하긴 어려웠지만. 아무튼 신뢰감이 드는 인물은 아니었다.

하지만 그가 어떤 식으로든 리옌 또는 니시콴라이와 연락을 취하고 있을 것이란 생각은 들었다. 최소한 이현재가 롱친의 사람 같아 보이진 않았기 때문이다. 더불어 그가 정말 대학원생이라면 휴대폰도 죽지 않았을 것이다. 대학원생은 모름지기 교수의 노예가 아니던가.

만약 돌아올 의사가 없다면 모르겠지만 돌아올 것이라면 연락이 안 될 리 없었다. 유주는 그 희망 하나로 통화 버튼을 눌렀다. 그러나 세 번의 통화는 전부 신호만 갈 뿐 응답이 없었다. 대신 한 시간 뒤, 유주는 문자 하나를 받을 수 있었다.

이현재에게.

[통화 가능해요?]
[불가능합니다. 문자로 이야기하시죠.]
[리옌과 연락돼요?]
[옆에 있습니다.]

아, 로밍! 유주는 쾌재를 외쳤다. 우선 리옌은 아직 살아 있었다. 그 안도감이 제일 크게 다가왔다. 이현재를 떠올린 건 매우 옳은 선택이었다. 유주는 와다다다 손가락을 움직였다.

[롱친 쪽에서 나에게 접촉해왔어요. 이야기를 좀 나누고 싶은데요, 당신이든 리옌이든.]

마음은 급한데 답장은 더뎠다. 유주는 휴대폰 앞에서 꼬박 삼십 분을 보내다, 결국 자리를 치우고 바닥을 한 번 닦고 심란한 마음에 샤워까지 끝냈다.

답장이 온 건 유주가 문자를 보낸 지 약 세 시간이 지난 후였다.

[형님이 대화를 원치 않으신답니다. 자세한 내용만 문자로 보내시죠.]

단호한 문자에 심장이 덜컥 내려앉았다. 리옌은 현재 진행형으로 유주와

선을 긋고 있었다. 룽친에게 연락이 왔다는, 제법 중요한 문제 앞에서도 내외하려는 걸 보면 어지간히 마음을 독하게 먹은 모양이었다.

여전히 개자식이네…….

유주는 잠시 눈을 감았다. 깊게 숨을 들이마시고 아주 오래 그 숨을 뱉어 냈다가, 간신히 무거운 눈꺼풀을 들어 올린 뒤 그새 축축해진 손바닥을 바지춤에 문질렀다. 그러고는 답장을 보냈다.

[그럼 리옌 빼고 둘이 이야기하죠. 거기 상황은 어때요?]

그래도 유주는 희망을 가졌다. 최소한, 이현재와 리옌은 뜻이 같지 않았다. 이현재는 카이화의 신변 안전을 위해서라면 유주의 안전 따위 고려하지 않을 게 분명했다. 리옌에게 소중히 아껴진다는 느낌도 좋았지만 지금 상황에서 그건 무의미했다. 유주는 기꺼이 불안 속으로 뛰어들길 원하고 있었다. 그게 불안을 종식할 유일한 방법이라면 말이다.

[좋지 않습니다. 도와주실 겁니까?]

당연히 불안은 있었다. 이현재마저 '그쪽 알 바 아닙니다'라는 태도로 나오면 그 이상 유주가 밀어붙일 명분이 없다는 거였다.

하지만 그는 그러지 않았다. 이현재가 카이화를 중요하게 생각해서 다행이었고, 유주를 가볍게 여겨 줘서 고마웠다. 이미 유주는, 그가 지난번부터 쓸데없이 날을 세우며 공격적으로 구는 것에 미약하게나마 반감을 가진 상태였다. 어차피 그녀가 그에게 가벼운 존재이듯이, 이현재도 서유주에게 별 것 아닌 존재였다.

하지만 필요하다면 적의 적과도 얼마든지 손을 잡을 수 있었다. 유주의 대답은 신속했다.

[당연하죠. 내가 홍콩에 가야 하는 거죠?]

"응? 아니. 아니라니까, 삼촌. 어, 그런 거 아니야. 그냥 며칠만. 네. 그래요. 아니, 진짜로. 아니, 이제 삼촌도 나이가 드셨나 봐. 언제는 또 서울 가라고 성조 아저씨까지 닦달해 가며 사람을 들볶더니 이젠 해돋이를 같이 보자 그러네."

여권, 얼마간의 달러, 그리고 신용카드. 유주는 다시 한번 자신의 소지품을 꼼꼼히 챙겼다. 그래 봐야 단출한 짐이었다. 옷은 딱 세 벌, 속옷은 어찌 될지 모르니 좀 넉넉하게.

홍콩은 관광 목적 입국 시 비자가 필요 없었다. 그게 다행이었다. 비행기표 구입이 좀 촉박하긴 했지만 다행히 이현재와 연락이 닿은 뒤 나흘 만에 출국할 수 있었다.

"좋아요, 주문진. 정동진보다는 주문진이 더 낫지. 회도 맛있고. 매운탕 잘하던 그 집, 아직 하려나? 매운탕에 돌게 넣어서 끓이니까 국물이 아주 죽여주던데."

운동화를 신으려다 유주는, 반쯤 충동적으로 약간 굽이 있는 구두를 꺼냈다. 확실히 아무리 편한 복장이라고 해도 신발 하나에 이미지가 달라지기 마련이었다.

그런 의미에서 코트가 낫겠지? 유주는 구두를 벗고 제법 값을 주고 산 코트를 대신 걸쳤다. 코트를 입으니 머플러를 두르는 게 나을 것 같아 티를 갈아입었고, 청바지 대신에 슬랙스로 바꿔 입었다.

그 와중에도 창진은 유주에게 뭐라 뭐라 말을 해 대는 중이었다. 평소에는 말수도 없는 사람이 말이다.

"어쨌든 삼촌, 응. 그냥 며칠 연락 안 될 수도 있다는 거니까 너무 걱정하지 말아요. 진짜로. 일주일간 연락 안 되면 경찰에 신고해도 돼요."

옷을 갈아입고 짐을 다시 싸느라 시간이 더 걸렸다. 유주는 작은 캐리어와

큰맘 먹고 새로 산 가방을 든 채 현관을 나섰다. 며칠 지나니 이 널찍한 아파트도 적응이 되었다.

―그러니까 그런 일 없게 잘 다녀오라 이 말이다.

문을 열고 나가려다 창진의 말을 듣고 잠시 움찔했다. 유주는 의례적으로 먼 곳에 가니 잠시 창진에게 연락을 취한 것뿐이었다. 그럴 리는 없겠지만 며칠 연락이 안 될 수도 있다고. 하지만 창진은 눈치 빠르게 그녀가 먼 곳에 다녀온다는 걸 알아챈 모양이었다.

이러다 언젠가 내가 겪었던 일들도 죄다 털어놓게 되겠지. 유주가 쓴웃음을 지었다.

"알았어, 삼촌. 예담이 수능 준비나 잘 하라 그래. 수능 망치면 여행 안 데려갈 거라고."

―그래.

전화를 끊고 유주는 크게 심호흡을 했다.

* * *

홍콩(香港).

세계 최고 마천루의 도시. 불야성의 국가. 쇼핑과 즐길 거리가 넘쳐나는 소비의 메카이자 중국이되 중국이 아닌 곳. 90년대 영화 산업의 주류였고, 아직도 '중국 영화'라고 하면 떠오르는 모든 기틀이 완성된 곳.

유주가 아는 홍콩은 그 정도였다. 게다가 비행기로 네 시간이라니. 서울에서 부산까지 가는 KTX가 세 시간이 조금 넘는 것을 감안하면 항공편이라고 해도 못 오고 갈 거리는 아니었다. 물론 입출국 시간을 더하면 품이 좀 더 들긴 했으나, 전 세계가 일일 생활권이라는 말은 틀린 소리가 아니었다.

이렇게 가까웠다니. 고작 이 정도 거리였다니.

유주는 쓰게 웃으며 기체에서 몸을 내렸다. 그리고 짐을 찾는 동안 패닉을 경험했다.

짧은 감상에 빠질 시간이 없었다. 그녀는 외국에 나온 것 자체가 처음이었다. 분명 똑같은 검은 머리들이 지천에 깔려 있는데 의지할 사람 하나 없다는 아이러니하고도 난처한 상황에 처한 게 일생 처음이라는 뜻이었다.

"서유주 씨. 이쪽입니다."

하지만 다행히 그런 곤란은 오래가지 않았다. 익숙한 한국어에 반사적으로 고개를 돌리니 이현재가 그녀를 빤히 쳐다보며 손을 들고 있었다. 다행이었다. 유주는 캐리어를 끌며 그에게 다가갔다.

"……안녕하세요."

"오래간만입니다."

어색한 분위기였다. 살갑고 자시고 할 것도 없었다. 현재는 유주에게 짐은 그것뿐이냐고 물었고, 유주는 고개를 끄덕였다. 그것으로 재회는 끝났다.

내심 리옌이 나오지 않을까 했지만 유주는 자신의 멍청함에 속으로 혀를 끌끌 찼다. 그러곤 그와 함께 택시를 탔다.

「P호텔까지 가 주십시오.」

「예에.」

짐이 있었기에 유주는 뒷자리에 앉았다. 이현재는 알아들을 수 없는 광둥어로 기사와 몇 마디 대화를 나눴다.

딱히 어떤 설명을 바란 건 아니었지만 노골적인 냉대에 기분이 미묘해졌다. 솔직히 말해 이현재가 왜 자기에게 저렇게까지 날 선 반응을 보이는 건지도 의아했다. 하지만 불만도 사치였다. 어차피 놀러 온 것도 아니고, 환영받으러 온 것도 아니었다.

유주는 창밖으로 시선을 던졌다. 사람 사는 곳이 다 거기서 거기라지만 확실히, 낯선 장소라고 생각하니 도로 가의 보도블록까지 한국과는 다른 느낌이 들어 기분이 이상했다.

"일단 식사부터 하는 걸로 하시죠. 다들 기다리고 있습니다."

"네?"

그래도 중국어 사이에서 들려 온 한국어에는 재빨리 반응했다. 다들? 누가 그녀를 기다린다는 것일까. 현재는 딱히 뒤를 돌아보거나 룸미러로 뒷자리를 살피지 않으면서도 그녀의 생각이 뭔지 꿰뚫어 본 모양이었다. 무뚝뚝한 말투가 이어졌다.

"장 태태와는 밤에 만나볼 겁니다. 오후까지는 일정이 있으시거든요. 지금은 정말 식사 자리니까 별로 긴장 안 해도 됩니다."

"아, 네."

"장 태태는 영어는 유창하지만 한국에는 별로 관심이 없던 분이어서 통역은 다른 사람이 할 겁니다. 통역사가 눈치가 좀 있으니…… 적당히 중간에서 커트해 가며 당신 이야기를 옮기겠지만 대동할 가드 중에 한국어를 알아듣는 녀석들도 있으니 말 잘 고르시고요."

그가 동석한다는 건, 리옌은 빠진다는 소린가? 유주가 들리지 않을 정도로 작게 한숨을 내쉬며 물었다.

"……제가 무슨 말을 해야 하는데요?"

"한 달 전에 여기 와서 해야 했던 설명이요. 많이 늦었죠."

별 의미 없는 소리겠지, 하고 넘기기엔 꽤 공격적인 말투였다. 마치 '설명하러 올 시간이 늦었다'고 힐난하는 것 같았다. 만약 그런 거라면 유주는 억울했다. 이 상황을 초래한 건 그녀가 아니었으니까.

"내가 도와줘야 한다는 게, 그 설명해야 한다는 거예요? 그 이전에, 상황이 어떻게 굴러가는 중인지 설명해 줬으면 좋겠는데요. 난 그때 기항지에서 당신들을 만났던 이후 일이 어떻게 진행되었는지 전혀 모른다고요."

말문이 트이자 유주의 버릇이 또 튀어나왔다. 그러나 상대는 이현재였다. 그는 결코 리옌처럼 상냥하지 않았다.

"좋지 않게 굴러가는 중입니다. 그냥 당신은 장 태태에게 신뢰를 얻어

내기만 하면 됩니다. 그래야 조금이라도 피해가 줄 테니까요."

하지만 불퉁하게 구는 것과 핵심을 빼먹는 건 별개였다. 이현재는 유주가 원하는 정보만을 쏙쏙 집어 제공했다.

단적으로 말해 좋지 않은 상황이었다. 쉬예화는 '아무도'에 들어가는 이들을 믿고 있지 않았다. 아마 그중에는 리옌이 포함되어 있을 것이다. 그러나 며칠 전 문자도 그렇고 지금 대화도 그렇고, 최소한 리옌이 죽었다는 언급이 없으니 다행이라 할 만 했다.

유주는 그제야 자신이 지금껏 '리옌의 죽음'에 대해 한 번도 생각해 보지 않았음을 깨달았다. 그도 그런 것이 그녀에게, 그 어떤 소식도 들려오지 않은 탓이었다.

이는 달리 말하면, 그 누구도 그녀에게 리옌의 소식을 전해 줄 필요가 없음을 뜻했다. 그녀와 그가 무슨 사이였던 간에 그건 리옌을 매개로 해서 알게 된 이들에게 그리 중요한 사실은 아니었을 것이다.

소외감. 그건 기이하게도 상실감과 닮아 있었다. 유주는 간신히 한숨을 삼켰다.

"……그걸 내가 어떻게 해요?"

"글쎄요. 최소한 형님의 증언에 뒷받침은 되어 주겠지요. 당신을 이야기 속에서 전부 제외하고 나니, 형님의 진술은 죄다 치즈 덩어리가 되어 버렸거든요."

"치즈?"

"구멍이 여기저기 뚫려서 엉망이라고요."

아, 그 치즈. 유주는 현재의 한심하다는 말투에 딴죽을 걸 생각도 못 한 채 생각에 잠겼다.

'당신을 이야기 속에서 전부 제외하고 나니'라는 말은 리옌이, 카이화 사건에 대해 쉬예화에게 이야기할 때 그녀가 존재했다는 부분들을 전부 배제했다는 의미일까? 택시 의자에 기대 있던 몸이 조금은 꼿꼿해졌다.

아까 느낀 이상한 기분에 대해 깊이 파고들 틈이 없었다. 일단 상황이 좋지 않은 것만은 명백했고, 이를 어떻게든 해결하는 게 급선무였다.

그의 상황이 타개되어야, 유주의 문제도 해결이 가능했으니까.

문제가 해결되어야, 둘의 문제도 해결할 수 있을 테니까.

"그…… 리옌이 쉬…… 아니, 그 윗사람에게 내 얘기를 안 했어요?"

"했으면 서유주 씨가 그렇게 속 편히 지내진 못했을 겁니다."

"왜요?"

"멍청한 질문은 하지 말아요, 짜증 나니까. 알았다면 장 태태가 그쪽을 가만 안 놔뒀을 거 같습니까?"

"아니, 왜 내 얘기를 안 했다는 건데요?"

"그거야말로 내가 대답할 게 아니니 물어보지 마시죠."

먼저 말 건 게 누군데. 현재는 그 말을 끝으로 택시가 멈춰 설 때까지 아무 말도 하지 않았다. 유주도 그의 뻣뻣한 태도에 더는 말을 걸지 않았다.

하지만 분명 초조했다. 분명 랴오위는 현재 연금 중이라고 했다. 그렇다면 현재 실권은 쉬에화가 잡고 있을 테고, 그녀가 득세하는 동안 랴오위의 수족들을 쳐낸다 해도 당장 어찌 할 도리가 없는 게 사실이었다.

그러니 그녀를 납득시켜야 한다는 것이다. 리옌이 더 악화일로를 걷지 않도록, 충실한 심복임을 증명해야 하는 것이다.

마치 어려운 숙제를 받은 기분이었다. 초등학교 때부터 수학을 포기한 중학생이 수능 문제집을 선물 받은 것 같았다.

「도착했습니다.」

시내에 들어선 지 얼마 되지 않아 택시는 아주 으리으리한 호텔 앞에 멈춰 섰다. 장식인지 아니면 정말 누가 타고 다니는 건지 모를 외제차들이 앞에 일렬로 나열된 모습마저 어딘가 현실과 동떨어진 느낌이라 유주는 얼떨떨해하며 차에서 내렸다.

현재는 여기가 어디다, 여기서 무엇을 할 거라는 부차적인 설명 없이 성큼

성큼 안으로 들어갔고, 유주는 캐리어를 질질 끌며 그의 뒤를 따랐다. 그는 유주를 배려할 마음이 전혀 없었고 동시에 감시할 마음도 없어 보였다. 그녀의 한미한 외국어 실력을 알고 있기 때문이었다.

그를 따라 라운지를 가로지르며 쭉 걸어가자니 안쪽에 식당이 보였다.

리옌.

우습게도 먼 거리임에도 그의 모습은 한눈에 시야에 들어왔다. 유주의 걸음이 조금씩 빨라졌다. 희미하고 멀기만 했던 리옌의 모습도 조금씩 디테일하게 그려졌다.

그사이 머리를 한 번 자른 것인지 옆 턱선과 이마는 말끔했다. 그 탓에 한 달 만에 살이 꽤 내려 신경질적으로 보였다.

복장은 검은 슈트에 흰 와이셔츠, 검은 넥타이를 매고 있었다. 영화에서나 나오던 조폭 양아치 같은 복장이었는데 전혀 싸구려인 느낌이 들지 않았다. 오히려 옆에 걸쳐 둔 짙은 회색 코트와 어우러진다면 어딘가의 패션 잡지에 실려도 무색할 정도였다.

더욱이 옆에 앉은 여자는 우신이었다. 패션숍을 몇 개나 개인 명의로 가지고 있다는 말을 떠올리니, 머리를 곱게 틀어 올린 가운데 빨간 블라우스로 컬러 포인트를 둔 흰 슈트가 무척 도발적이고 고급져 보였다. 일단 한 가지 확실한 건, 두 사람이 기가 막히게 잘 어울린다는 거였다.

이게 원래 그가 살던 세상인가? 유주는 어쩐지 혼란스러운 마음에 캐리어 손잡이를 꽉 쥐었다. 현재가 그들을 향해 성큼성큼 나아가는 와중에, 그 자리에 못 박힌 듯 서서 오로지 그만을 눈에 담았다.

젠장. 어쩐지 가슴 한 구석이 근질거렸다.

「형님.」

"……."

현재의 존재로 인해 리옌은, 그제야 유주를 인식한 듯했다. 그의 시선이 유주에게 향했다. 그는 잠시 입을 굳게 다물고 있다 자리에서 일어났다.

"먼 길 오느라 고생했어. 피곤하진 않고?"

그는 큰 보폭으로 유주에게 다가와 그녀의 캐리어를 부드럽게 건네받았다. 유주는 어쩐지 목이 메 그의 말에 대답하기가 어려웠다.

그런 그를 보고 리옌이 무슨 생각을 했는지는 모를 일이었다. 하지만 그의 잔잔한 눈빛이 조금, 아주 약간 심란해 보였다.

"일단 뭐라도 먹고, 이야기하지. 어차피 서로 의논할 것도 있는데."

그가 유주를 테이블로 안내했다. 우신은 살짝 눈인사만 건넸다. 그녀의 표정도 곱지는 않았다. 물론 그런 미묘한 소외감은 다른 이들에게도 전해졌을 것이다.

유주는 서버가 가져다준 메뉴판도 제일 나중에 받았고, 그 안에 적힌 간체 한자와 영어 설명을 봐도 어느 걸 시켜야 제대로 먹을 수 있을지 몰라 허둥지둥했다. 유주는 그 자리에서 완벽한 이방인이었다.

「코스. 단, 딤섬 말고 장편으로 가져다줘. 면은 완탕으로.」

「그럼 저도 코스로 할게요. 면은 탄탄.」

"당신은?"

다들 뭐라 뭐라 지껄이는 마당에 그녀에게 관심을 두는 상대는 그래도 리옌뿐이었다. 유주는 크흠, 잠긴 목을 풀고 소곤거렸다.

"메뉴를…… 봐도 잘 모르겠어."

"그냥 평범한 식당이야. 어지간한 건 다 있지. 단품도 괜찮지만 물리지 않게 여러 가지를 먹어 보고 싶다면 코스도 괜찮아."

"당신은 뭘 시킬 건데?"

"다들 코스 메뉴를 시켰어. 딤섬, 면, 애피타이저가 같이 나오는 코스지. 애피타이저는 에그타르트야. 홍콩에선 가장 보편적인 간식이거든."

유주는 분명 리옌이, 그녀에게 싸늘하게 굴 것이라 생각했다. 헤어지고 나서 독하게 연락 한번 하지 않은 데다, 이현재를 통해 연락을 취했을 때도 대화를 거부했으니 말이다.

하지만 그는 예상외로 무척 자상하게 하나하나 설명해 주고 있었다. 유주는 저도 모르게 우신의 눈치를 살폈다. 하지만 그녀는 이미 메뉴를 결정한 것으로 할 일을 마친 모양인지 휴대폰을 들여다보고 있었다.

"그럼 나도 코스로 할래."

"딤섬 종류는? 샤오롱바오랑 장편, 쇼마이 중에서 고를 수 있어."

"……그냥 단품 시킬게."

"쇼마이가 맛있어, 여긴."

결국 식사 메뉴도 리옌 덕분에 정할 수 있었다. 유주는 이 모든 게 전부 가시방석이었다. 헤어진 남자와 귓속말을 하는 것도, 그 외엔 의지할 사람이 없다는 것도, 은근슬쩍 모면할 상황이 없다는 것도.

「왕 누님. 요즘 얼굴 뵙기 힘드네요. 많이 바쁘세요?」

「조금. 영국 쪽에 브랜드 매장을 몇 개 내려는데 세금 문제 때문에 여러모로 정신이 없네.」

「아. 그래서 청 형님이랑 같이 다니시는구나? 그런데 영국이라니. 이럴 때 보면 누님 직업이 부러워요. 나도 한국에서 공부 접고 그냥 누님 밑으로 취직이나 할까요?」

「브랜드 가치 떨어져. 안 돼.」

무엇보다도 자연스럽게 대화에서 도태되는 이 분위기가 그랬다. 유주는 현재가 우신과도 친했던가, 슬쩍 그를 보았다가 자신의 옆에서 사뭇 진지한 태도로 태블릿 PC를 들여다보는 리옌을 보았다가 괜히 휴대폰을 꺼냈다.

로밍을 해 두긴 했지만 기분 탓인지 인터넷도 조금 느린 것 같았고, 이내 요금 폭탄이 무서워서 확인할 것만 확인한 채 바로 화면을 껐다.

"심심해?"

전화를 다시 백에 넣으려는 순간, 리옌이 말을 걸어와 유주는 마치 죄지은 사람처럼 화들짝 놀라 그를 돌아보았다. 참 당황스러웠다. 그가 멀게 느껴진다는 사실이.

잠깐이나마 그와 누구보다 가까웠다고 생각했었는데.

"아니…… 별로."

그녀의 반응에 리옌이 웃는 둥 마는 둥 한 표정으로 살짝 턱짓했다.

"핸드백 떨어지겠어."

"아!"

유주는 리옌의 말마따나 자신의 엉덩이 옆에서 아슬아슬하게 중심을 잡고 있는 백을 의자에 걸려 했다. 하지만 그 이전에 불쑥 긴 팔이 그녀의 시야로 들어온다 싶었다. 리옌이 그녀의 백을, 자신이 코트 걸쳐 둔 자리에 올려 두었다.

"잘 지냈어?"

그는 태블릿을 어느새 덮어 둔 채였다. 유주는 그제야 리옌에게 변변한 인사조차 건네지 않았음을 깨달았다. 심지어 우신에게조차, 눈인사를 건넸는데 말이다.

"어……. 응. 리옌 당신도 잘 지냈어?"

"나야 뭐. 항상 똑같았지."

"……그렇게 말해도 당신의 '항상 똑같은 상태'는 내가 몰라."

"그냥 일밖에 안 했다는 뜻이야."

그는 유주가 기가 살아 자신의 말을 받아치는 걸 무척 좋아하는 게 분명했다. 사소한 퉁퉁거림에도 즐거워하는 걸 보니 말이다.

새삼스레 유주는 그의 얼굴을 아주 샅샅이 눈으로 훑었다. 새삼스럽게 잘생긴 얼굴을 제대로 마주하니 그제야 자신이 아까 느낀, 그 기이한 감각이 무엇인지 깨달았다.

보고 싶었다.

젠장, 서유주는 리옌을, 그리워했다.

그것도 아주 많이.

시간은 좋은 해결책이 되지 못했다.

"그래서 이직 준비는 잘 돼 가고?"

"뭐······. 그냥 그래. 아직 뭘 시작한 건 아니고."

"뭐든 시작하기에 늦은 시기는 아니니까. 천천히 고르다 보면 되겠지."

"그런데 이 시간에 식사야? 좀 늦지 않았어?"

어정쩡하게 대화가 겉돌게 될 것 같아 유주는 재빨리 화제를 전환했다. 목소리가 떨리는 것도 같아 재빨리 목을 축였다. 그런 유주를 바라보던 리옌이, 그녀가 물잔을 내려놓기 무섭게 우신 쪽으로 턱짓을 하며 피식 웃었다.

"이번에 저쪽 왕씨 아가씨가 사업을 또 벌였거든. 그 덕분에 이리저리 끌려 다니느라."

"아아. 그럼······ 슈란은?"

"슈란은 이쪽 사업이랑은 관계가 없지. 비즈니스는 내가 전담이야. 당신이 듣기에 좀 고까울지 모르겠지만 난 이쪽에서 재무 쪽을 담당하고 있거든."

고까울 건 또 뭐 있나. 유주는 밉살스러운 그의 말투에 쯧 혀를 탔다.

"어쨌든 바빴다는 거지?"

"정확해. 마침 당신이 도착할 때가 됐다고 해서 겸사겸사 숨 돌리러 나온 거야. 저녁에는 또 사무실에 들어가 봐야 해."

아무래도 저녁에 쉬에화와의 자리에 리옌의 부재는 확정인 듯했다. 유주가 고개를 끄덕이는 찰나 식사 메뉴가 나왔다.

솔직히 말해서 식사는, 한국에서 먹던 것만 못했다. 맛없다는 게 아니라 간이 미묘하게 맞지 않았다는 뜻이다. 특히 계란으로 면을 내렸다는 음식의 국물은 다소 싱거워서 마치 환자식 같은 느낌마저 들었다.

「HIC와의 미팅이 몇 시지?」

그렇게 입맛에도 안 맞고 분위기마저 거북했던 어색한 식사는 음식이 나온 속도에 비해 허망하게 끝이 났다. 유주는 여전히 안절부절못하며 젓가락을 내려놓지 못한 채 머뭇거렸다. 리옌의 입에서, 그녀가 알아들을 수 없는 중국어가 튀어나올 때마다 그랬다.

「다섯 시. 이동시간 고려해도 한 시간 좀 넘게 시간 있네.」

「그럼 잠깐 대화하고 와도 되겠군.」

「짧게 끝내.」

"이제 우린 잠시 일어나지."

우신과 리옌이 무슨 대화를 하나 싶어 멀뚱히 앉아있던 유주는 불현듯 가볍게 자신의 팔을 잡아 일으키는 리옌의 손길에 어정쩡하게 자리에서 일어났다. 그 짧은 대화가 아무래도, 그녀 자신과 관련된 일이었던 모양이다.

우습게도 현재와 있을 땐 리옌에게 도움을 구하고 싶었는데, 그와 단둘이 이야기를 나눌 상황이 되니 현재의 도움이 절실해졌다.

여전히 속이 울렁거리고 어딘가 근질거려서, 단둘이 있게 된다면 어색해질 것 같았다. 물론 그녀의 간절한 시선 따위 현재는 깔끔히 무시했다.

"……어디 가는데?"

결국 그녀가 리옌을 따라간 곳은 엘리베이터였다. 그가 그녀의 캐리어까지 끌고 가니 도망갈 생각도 없었지만, 정말 도망갈 길도 없었다. 그는 유주가 승강기 안에 따라 올라타는 것까지 확인하고 버튼을 눌렀다.

"당신은 이 호텔에 묵을 거야. 미리 객실을 잡아 뒀지."

"아……. 그, 저녁에 쉬에화랑 대화는 어디서 하는데?"

"아마 이 앞에 있는 식당에서 하겠지. 화객(和客)이나 천소각(闡蔬閣)에 가지 않을까. 둘 다 쉬에화가 좋아하는 곳이지."

이름이 거창했다. 분명 유주의 기를 팍 죽이는 장소일 게 분명했다. 그렇다고 해서 그녀에게 선택권이 있는 것도 아니라 유주는 적당히 고개를 끄덕였다. 쉬에화와 이야기하기에 앞서, 리옌에게 빨리 상황을 전하고 싶었다.

"여기야."

그를 따라 멍청히 올라간 호텔 객실은 서울에서 쓰던 객실보다, 그리고 러시아에서 봤던 객실보다 훨씬 휘황찬란했다. 굳이 따지자면 처음 리옌에게 납치되었을 때의 유람선 객실과 비슷한 느낌이었는데 우선 금색과 붉은색으로 치장된 내부가 그랬다.

과분할 정도로 넓은 객실이었다.

"뭐 해? 들어와."

"내가, 이 방을 쓴다고?"

"호텔과 계약해서 자체적으로 쓰는 방이야. 굳이 당신이 아니어도 우리 쪽 손님은 이 방을 쓰곤 해. 부담 가질 필요 없어."

유주가 질린 표정으로 들어가자 벨 보이가 문을 닫았다. 철컥. 쇳소리와 함께 그 넓은 객실 안에 사람은 단둘이 되었다.

리옌이 먼저 응접실 소파에 편안히 푹 기대앉았다. 그러곤 턱짓으로 맞은편 소파를 가리켰다.

"앉아, 유주."

유주는 안절부절못하며 자리에 앉았다. 그런 그녀에게 시선도 두지 않은 채, 리옌은 휴대폰을 꺼내 손으로 액정을 연신 두드렸다.

현 상황을 신경 쓰는 건 그녀 하나뿐인 것 같았다. 어쩐지 민망한 기분에 유주가 멋쩍게 입을 열려는데 리옌이 불쑥, 그녀 앞으로 자신의 전화를 내밀었다.

"비행은 안 힘들었어? 홍콩은 처음인 걸로 아는데."

[이 방 안에는 도청기가 있어. 번거롭겠지만 대화는 계속하면서 중요한 얘기는 필담으로 하지.]

도청기.

그 단어 덕에 긴장감이 어색함을 압도했다. 유주는 침을 꿀꺽 삼키며 다급히 휴대폰을 꺼내 메모장을 켰다.

"어, 뭐……. 아예 외국이 처음이지. 여권 만든 지는 몇 년 됐는데 이게 개시야. 신선하더라."

[중요한 얘기라는 거, 어디서부터 어디까지? 내가 말을 많이 가려야 해?]

리옌이 고개를 끄덕였다. 우선 말을 많이 가려야 한단다.

"여행으로 온 게 아니라서 유감이야. 한국에서 신세 진 보답으로 홍콩 관광이나 시켜 주고 싶었는데. 얼마나 있다 갈 예정이지? 좀 오래 있을 거면 조금 둘러보고 가. 안내 정도는 해 줄 테니까."

[우선 우리가 사적으로 만났다는 이야기나 웨이치에 대한 이야기는 안 하는 게 좋아. 웨이치가 쉬에화와 어느 정도로 밀접한 관련이 있는지는 아직 모르거든. 더불어 루첸허에 대한 이야기도 접어 두는 편이 좋고.]

"유감스럽게도 선약이 있어. 내가 여기 있을 수 있는 건 끽해야 사나흘이야."

[그럼 펜션 일은 제외하고…… 또? 혹시 한석태 만난 부분은 얘기해도 돼? 시체 경매랑.]

"오늘 장 태태와 이야기가 잘 끝난다면 이삼 일은 둘러볼 시간이 생기겠군."

[한석태? 그 사람이 갑자기 왜 나오지?]

"그냥 솔직하게 털어놓으면 되는 거지? 당신이 날 만나러 와서 협조를 구하고 그간 어딜 돌아다녔는지 뭐 그런 거."

[그 사람이 죽었어. 그리고 며칠 전에 롱친에게 연락을 받았어. 장치앙린이 내 연락처를 알고 있더라고. 당신하고 나하고 어떤 사이였는지도.]

이 대목에서 리옌이 잠시 숨을 깊게 몰아쉬었다. 그의 미간은 구겨져 있었고, 삽시간에 피로에 젖은 것 같았다.

"그래. 별 성과가 없었던 건 안타깝지만…… 지금 우리 쪽에서도 그 손해를 메우려고 열심히 돌아다니고 있으니 어떻게든 해결되겠지. 카이화를 찾는 건 둘째 치고서라도 말이야."

[롱친? 그 인간이 당신에게 왜 연락했지?]

"카이화는 아직도…… 소식이 없는 거야?"

유주는 대답 대신 가방 안에서 반으로 접은 노란 서류를 꺼냈다. 경찰에게 넘기지 않은 증거물인, 한석태의 사망 진단서와 가족관계 증명서, 화장 동의서와 사진, 쪽지였다.

"……아직도 소식이 없어서, 일정에 큰 차질이 생긴 건 사실이지."

리옌이 그 서류를 내려다보곤 고개를 저었다.

"내가 오늘 쉬…… 아, 그 쉬에화……씨? 님? 에게 당신이 한국에서 한 일에 대해 증언하는 거 말고, 뭐 더 도와줄 게 있을까?"

도청 중이라고 하니 괜히 호칭에 신경 쓰였다. 하지만 리옌이 신경 쓰는 건 고작 호칭 따위가 아니었다.

"와 준 것만으로도 충분해. 이건 어디까지나, 니시콴라이 내의 일이니까."

[이 쪽지 내용은 이때 여기로 오라는 건가? 장치앙린이 당신에게 무슨 말을 했지?]

"오는 거야 뭐…… 얼마 걸리지도 않으니까."

[좀 말이 긴데……. 웨이치랑 당신을 내놓으래. 카이화 목숨을 자기가 쥐고 있다고.]

이 대목에서 리옌은 잠시 침묵했다. 그는 상체를 앞으로 숙인 채 미간을 짚었다.

"……얼마나 걸렸는데?"

"네 시간 정도? 입국이랑 출국 심사 시간까지 합치면 좀 더 걸리겠지만 순수 비행시간은 그 정도밖에 안 걸렸던 것 같아."

[내 통화 자동 녹음돼. 이따 들어 볼래?]

유주가 그에게 건넨 메시지에 리옌이 그 화면을 보고 고개를 끄덕였다. 후……. 그의 입에서 고된 한숨이 쏟아졌다.

"그럼 피곤하겠군. 알겠어. 오늘은 장 태태와 이야기를 나누고 쉬어. 내일 아침에 다시 찾아오지."

[당신, 밤에 잠시 나와 만날 수 있겠나?]

"내일 어디 데려가 주게?"

유주가 고개를 끄덕이자 리옌이 휴대폰을 가져가 다시 무언가 톡톡 쳤다.

"말했잖아. 홍콩은 볼거리가 많은 곳이라고. 손님을 홀대할 정도로 나는 경우 없는 사람이 아니야."

[00시 30분에 호텔 흡연 구역으로 나와. 거기 나오면 내 부하 직원이 당신을 알아볼 거야. 당신에게 시계를 먼저 보여 줄 테니까, 그를 따라서 내가 있는 쪽으로 와. 좀 더 안전한 곳에서 이야기하지.]

"당신 바쁘지 않아? 나까지 안내해 주려면, 피곤하지 않겠어?"

유주는 고개를 끄덕이면서도 그렇게 물었다. 하지만 리옌은 휴대폰을 품 속으로 집어넣으며 피식 웃음을 터트렸다.

"한국에서 온 귀빈을 모실 시간 정도는 얼마든지 있어."

그 말에 유주는 기분이 묘해졌다. 얼결에 고개를 끄덕이자 리옌이 그녀를 향해 손을 뻗었다. 하지만 그 손은, 허공에서 무언가에 가로막힌 듯 멈칫거리다 이내 거두어졌다.

리옌은 잠시 말이 없었다. 다만 알 수 없는 표정으로, 그리고 아주 깊은 눈빛으로 그녀를 뚫어지게 내려다 볼 뿐이었다.

어째서인지 압도당한 유주 또한, 숨조차 크게 쉴 수 없었다. 그의 거둬진 손이 무척이나 신경 쓰였지만 그렇다고 그 손을 잡아끌 수도 없는 노릇이었다.

"……케이블 티브이니까 아마 당신이 볼 만한 채널이 몇 개 나올지도 몰라. 프런트 직원 중에는 한국어를 할 줄 아는 사람도 있으니까, 필요한 게 있다면 그들에게 요청해."

토해 내듯 말을 뱉은 리옌이 고개를 돌렸다. 어쩐지 어색했다. 유주도 목덜미를 손으로 쓸며 자연스레 고개를 모로 틀었다.

"알겠어."

"그럼 나중에 보지. 일이 바빠서."

"응."

리옌이 객실을 나설 때까지 유주는 그를 마중 나갔다. 문이 닫히고 방 안에 완전히 혼자가 되었지만, 그녀는 이 방 안에 도청기가 있다는 그의 말을 떠올렸다.

한숨도, 혼잣말도 금지당한 상태였다. 어지간히 갑갑한 게 아니었다. 아무래도 분위기를 보아하니 롱친에 대한 일로 쉬에화의 협조를 얻을 순 없어 보였다.

그래도 살아 있으니 됐다. 그것을 확인했으니 됐다.

"아이고…… 뻐근하다."

들으라는 듯한 혼잣말과 함께 유주가 욕실로 향했다. 그가 유주를 대하는 태도엔 좀 서운했지만, 그를 만날 수 있어 좋았다.

그녀는 멍청이가 아니었다. 아까 전, 리옌이 무심결에 뻗으려던 손이 어떤 의미인지 잘 알았다.

리옌도 서유주를 잊지 않았다.

과연 거기에 감정이 담겨 있는지 아닌지는 차치하고서라도 그 사실이 기뻤다. 그게 뭐라고. 고작 한 달 사이에 사람을 잊는 게 어디 가당키나 하냐고 생각하면서도 기뻤다.

참 주책이기도 하지. 입가가 비틀리며 웃음이 비실비실 새 나왔다. 그녀의 걸음은 사뿐했다.

* * *

한 달의 시간은 유주에게 있어 '칭리옌'이라는 남자를 걱정하고 그리워한 것만큼이나 그의 입장을 되새겨 보는 과정이었다.

매일, 매 순간이라는 거짓말은 할 수 없었다. 유주도 저 살기에 바빴고, 부러 머리를 비우기 위해 눈 감고 귀 닫은 순간들이 많았다.

하지만 잠들기 전이나 새벽 어스름, 이른 아침, 햇볕이 쨍하니 내리쬐는 한낮, 퇴근 시간이 되면 때때로 리옌이 떠올랐다. 물론 의식적으로 그를 기억에서 내몰고자 했지만 그건 개인의 의지로 가능한 일이 아니었다.

유주는 가끔 그를 생각하며 자신을 돌아보기도 했다.

이만큼 집착이 심한 사람이었나. 과거에 연연하는 사람이었나.

좀 질리는 타입은 아닐까.

연애를 떠나서 인간관계 전반이 으레 그러하듯 상대를 떠올리고 자신을 반추하는 과정은 결코 달갑지 않았다. 어째서인지 드는 생각이 죄다 부정적이고 비관적이었다.

그런 그녀의 복잡한 심경은 재회의 들뜸과 무관한 경직된 태도로 드러났다. 누구라도 그러하듯이.

"여긴 어디야?"

정확히 00시 30분에 유주에게 먼저 다가온 리옌의 부하는 무표정한 얼굴로 약 20분이나 골목 안쪽을 굽이굽이 누볐다. 불안에 떨며 그의 뒤를 쫓던 유주가 도착한 곳은 금방이라도 허물어질 것 같은 낡은 건물 앞이었고, 남자는 3층으로 올라가라는 말을 끝으로 입구 옆에 목석처럼 자리를 잡았다.

그렇게 여전히 미미한 두려움을 떨치지 못한 그녀를 리옌은 2층에서 맞이했다. 마침 그녀를 데리러 내려오던 모양이었다. 그대로 찾아 올라간 사무실은 건물만큼이나 무척 초라했는데, 안에서도 밖에서도 보이지 않게 창에는 신문지 따위의 종이가 시커먼 테이프로 덕지덕지 붙어 있었다.

"내 개인적인 사무실. 여기는 쉬에화의 영역이 아니니 대화하기에 이보다 좋은 곳은 없지."

"그나저나 나 이거 먹어도 돼?"

하지만 유주가 놀란 포인트는 그게 아니었다. 그의 사무실 중앙에 있는 낡은 테이블 위에 포장 음식들이 몇 개나 쌓여 있었다. 컵 밥부터 종류도 다양했다. 유주가 저도 모르게 리옌을 올려다보았다. 그가 어깨를 으쓱거렸다.

"보고를 받았거든. 저녁을 안 먹었다고."

"어. 뭐……."

"무너질 염려는 없으니 편하게 앉아. 이야기는 먹고 해도 되니까."

이 시간에 먹으면 속이 불편해질 거란 생각은 들었지만 식욕이 이성을 이겼다. 유주는 체면이고 뭐고 먼저 소파에 털썩 걸터앉았다. 앉을 때 약간 아차 싶긴 했다. 기껏 사 온 음식에 먼지가 날리기라도 하면 밥 반 먼지 반을 삼키게 될 것 같아서였다. 하지만 소파는 군데군데 가죽이 좀 벗겨지고 스프링의 삐걱거리는 소리만 좀 심할 뿐 먼지 한 풀 날리지 않았다. 이곳에 자주 머문다는 증거였다.

무엇보다 리옌이 자신에게 신경 쓰는 게 좋았다. 당연하게도 쉬에화는 그날 유주를 부르지 않았다. 중간에 이현재에게 연락이 와, '오늘은 장 태태의 일정이 분주하니 다음을 기약하라고 하십니다'라는 말을 전해 들은 게 전부였다.

아마도 전략적인 방치일 터였다. 애당초 쉽게 만나 줄 생각도 없었던 게 분명했다. 의도적으로 불안을 조장하는 건 자기 몸값을 올리는 가장 단순한 방법이었다.

무슨 이야기를 듣고 싶은 건지는 몰라도 일단 유주는, 리옌을 대변하기 위해 여기까지 왔으니 그에 대한 괘씸함이 그녀에게까지 전염된 것일 수도 있었다. 딱히 기분이 나쁘진 않았다. 이 정도의 냉대야 이미 예상한 바였다.

그녀를 정말 곤혹스럽게 한 건 따로 있었다. 그건 미칠 듯한 지루함이었다. 유주는 열두 시 반이 될 때까지 영어로 나오는 중국 영화 한 편과 중국어 영화 한 편의 화면만 봤다. 리옌이 말한 볼만한 채널의 기준은 한국어가 아닌 영어인 모양이었다. 그래도 중국어 영화는 유주도 아는 내용이라 그나마 시간을 죽일 수 있었다.

그러다가 창밖을 그냥 뚫어져라 보았다. 호텔의 입지가 좋아서인지 창밖만 봐도 재미가 있었다. 한 시간 정도는.

그 이후의 시간은 짜증과 정체 모를 분노와 미칠 듯이 안 가는 시간과의 싸움이었다. 당연하게도 중간에 식사도 못했다. 프런트에 전화를 걸어 코리안 플리즈, 나 뭐 먹고 싶으니 룸서비스 올려 주세요. 이 두 마디만 하면 되는 일인데 왠지 부아가 치민 탓이었다. 그래서 내심 리옌을 만나면 뭔가 먹자고 할 생각이었다.

그런 마당에 그녀의 속을 미리 읽기라도 한 듯 준비되어 있는 진수성찬이 달갑지 않을 리가 없었다. 유주가 속도 없이 헤헤 웃으며 젓가락을 집어 들었다.

"그럼 잘 먹을게."

"입맛에 맞았으면 좋겠는데. 아까 점심 식사는 별로였던 거 같아서."

그런 것까지 관찰하고 있었나.

유주는 어딘가 감동스런 표정으로 고개를 끄덕였다. 잠시 둘은 식사에 몰입했다. 리옌도 저녁을 거른 듯, 거침없이 일회용 접시에 음식을 담았다.

유주는 종이팩 안에 담긴 볶음 면과 볶음밥 절반, 그리고 딤섬 두 개에 500ml짜리 물 한 통까지 해치운 뒤에야 소파에 늘어졌다. 얼핏 보기에 그리 많은 양 같지는 않았는데 다 먹고 나니 무척 포만감이 느껴졌다. 오늘 쉽사리 잠들기는 힘들듯 싶었다.

"다 먹었나?"

리옌은 유주보다 더한 양을 순식간에 해치웠다. 먹은 양만 보자면 그녀보다 그가 더 굶은 것 같았다. 유주는 대충 고개를 끄덕이며 배를 두어 번 통통 쳤다.

"더는 못 먹어."

"입맛에 맞았던 모양이네."

"아까 낮의 식당보다 여기 맛이 더 좋던데."

"사십 년간 한 자리에서만 음식을 포장해 온 사람이야. 물론 지금은 아들이 물려받았지만."

"그럼 사십 년은 좀 과장 아냐?"

"원래 다 그런 거지. 사업이나 사기나 한 끗 차이야."

농담 같은 분위기가 잠시 흘렀지만, 유주나 리옌이나 해야 할 말이 있음을 둘 다 알고 있었다. 잠시 침묵이 흘렀다. 이번에 먼저 말문을 튼 건 유주였다.

"그…… 음…… 녹취 파일부터 들어 볼래?"

그에 대한 원망과 걱정, 그 밖의 이야기 등등 하고 싶은 말은 많았지만 지금은 그럴 때가 아니었다. 다행히 유주는 그 정도 공사 구분은 되는 여자였다.

하지만 리옌은 유주의 말에 잠시 마른세수를 했다. 그러고는 눈가를 손가락으로 꾹꾹 누르며 고개를 들었다. 피로해 보였다. 식사를 하기 전보다 훨씬 더.

"그 전에."

"응?"

"어떻게 지냈는지 이야기 좀 해 봐. 잘 지냈다는 말은 빼고."

어리석게도 유주는 그의 그 말을 듣는 순간, 그 목소리에 묻어난 감정의 온도가 체온보다 높다는 사실을 깨닫고 말았다. 그도 유주를 그리워했다는 걸. 그녀만큼이나.

왜 사람은 계속 반복해서 실수하는 걸까. 그게 수렁이라는 걸 알면서 자꾸만 발을 들이는 걸까.

오지 말아야 했다. 보지 말아야 했다. 그러지 못할 거라면 생각했던 대로 마음을 깔끔히 접어야 했다.

유주는 언젠가 이미 이런 상황이 올 걸 알고 있었다. 롱친에게 연락을 받기 전부터, 한 번쯤은 어색한 대면의 순간이 찾아올 것임을 익히 예상했다.

그 기한을 앞당긴 건 그녀였다. 모질게 마음먹지도 못하고, 제 속내 하나 제대로 갈무리하지도 못하고. 그런 어설픈 상태로 이현재에게 연락한 게 문제였다. 홍콩에 온 게 문제였다. 리옌을 다시 만난 게 문제였다.

"……보고 싶었어."

하지만 보고 싶었다. 그건 사실이었다. 내내 마음에 걸렸고, 그를 떠올릴 때마다 가슴 한편이 뻐근해지던 그 감정이 정확히 뭔지 알고 있어서 더욱 그랬다.

"나를?"

리옌은 믿지 못하겠다는 투였다. 그녀라도 믿을 수 없었을 것이다. 유주는 쓴웃음을 지었다.

"내 한 달 넘는 시간이 당신에겐 보고되지 않은 모양이네. 경호업체까지 구해 놓고 갔잖아."

"그것과 이건 다르지. 다른 문제야."

"그럼 내가 잘 지냈다는 건 알잖아. 밥도 잘 먹고 잠도 잘 자고, 삼촌 일도 도와가며 가족들 틈바구니에서 한량처럼 여유로운 시간을 보낸 거."

"……."

"보고 싶어 하면 안 되는 거야? 우리가 헤어질 때…… 그런 부분까지 합의했었나?"

마지막에 비겁한 모습을 보였다고 해서 오만 정이 다 떨어졌을 것이라 생각하는 걸까? 그의 의심에 헛웃음이 나왔다. 물론 그의 끝없는 의심은 전부 과거, 유주가 불어넣은 거였다. 자업자득이긴 했지만 노골적으로 저런 태도를 보이니 기분이 썩 유쾌하지만은 않았다.

그리고 마지막엔 결국 유주가 차인 게 아닌가.

"그런 거 아니야."

"아니면 설마 롱친이 나를 위협해서, 내가 당신의 보호를 원해서 이런 일에 다시 끼어든 줄 알았어?"

"그것도…… 아니야."

"한석태의 시체를 보고 놀라서 달려왔을까 봐?"

"그것도."

"그래. 알아 주니 고맙네. 참고로 한석태 일은 벌써 경찰에 신고했어."

"신고?"

"내가 할 수 있는 최선은 그거니까."

유주의 말에 리엔이 작게 웃었다. 즐거워서 웃는 것 같진 않았다.

"그래, 당신은 내 도움 없이 언제든…… 무엇이든 할 수 있는 여자였지. 하지만 좋은 선택은 아니었어. 특히 신고 후 홍콩에 입국한 건 실수한 거야, 유주."

"리엔."

"새삼스레 여기까지 찾아온 이유가 뭐지? 쉬에화가 부른 건 아닐 테고, 롱친의 일도 경찰에 신고했다며. 그럼 알아서 잘 해결되길 바라면 그만이지 않나?"

날 선 말투가 낯설었다. 유주는 입술을 사리물며 고개를 저었다.

"그렇게 말하지 마. 아니, 이렇게 냉대할 거면 아까 전엔 왜 그렇게……."

"내가 다른 사람들 앞에서 당신의 체면을 깎아내리길 바라는 건 아니겠지?"

원하던 답이었지만 속이 답답해졌다. 유주가 길게 한숨을 뱉었다.

"너, 나랑 영영 안 볼 생각이었니?"

"……."

"아니면 이제 와서, 내가 여기까지 달려와 보고 싶었다, 어쩐다 하니까 그게 좀 우스워 보여?"

"하……. 서유주."

언쟁이 될 조짐에 리엔이 제동을 걸었다. 여기까지 하자는 사인이라는 걸 알았지만 유주는 입을 다물 수가 없었다.

그 망할 놈의 한 달이라는 시간. 그래. 그동안 그의 입장만 되새겨 본 건 아니었다. 그와의 관계도 되뇌어 보고, 괜히 혼자 새벽 두 시 구남친에게 빙의해 구질구질하게 휴대폰만 만지작거리는 시간이기도 했다.

그가 어떻게 되었을까 봐 두려웠다. 끝이 그랬어서, 더욱 마음에 걸렸다. 지금껏 해 왔던 다른 연애들보다 후유증이 깊었다. 그도 그럴 것이, 통상적인 이별의 사유에 '죽음'은 극히 드문 케이스가 아닌가.

그래서 기회가 되자 쪼르르 달려왔다. 이 서유주가, 배알도 없이.

"그래. 그냥 너 보고 싶어서 왔어. 네가 병신같이, 홍콩으로 달려간 게 걱정돼서 이렇게 쫓아왔어. 그럼 너는 뭐야? 내가 한 건 실수면, 네가 한 건 뭐, 자살 테러쯤 되니? 경찰은 업무 중에 죽으면 순직으로 인정이라도 받지, 넌 여기서 죽으면 개죽음이야. 내 말 틀려?"

홍콩에 찾아오기까지 계산이 전혀 없었다면 거짓말이다. 하지만 이미 제동이 풀린 감정이 그녀의 등을 떠밀었다. 구실이 생겨 한편으로는 좋았다.

이미 헤어진 사이니 차가운 대접은 참을 수 있었다. 이제 과거의 두 사람이 아니었으니까.

하지만 서운한 건 어쩔 수 없었다. 들뜬 마음이 삽시간에 바람 빠진 풍선처럼 힘을 잃고 저 어딘가로 추락했다. 갈피를 잡을 수 없는 불안정한 궤도를 그렸다. 방향성을 잃어버린 그녀 자신과 같았다.

"그래. 예전에 내가 못 믿게 행동했지. 나도 알아."

"유주."

"당신이 나한테 미움받으려는 듯 발악을 했던 것도 알고."

"서유주."

"그래도 나, 이런 대접 받으려고 온 거 아니야."

"……."

"그리고 카이화의 목숨을 걸고 도박을 하고 싶지 않았어. 그래서 왔어, 여기에. 이거면 돼? 이런 이유면 충분하냐고."

유주의 말에 리옌은 쓸쓸하게 웃으며 머리를 한 번 쓸어 넘겼다. 그리고 아주 작게 중얼거렸다. 유주가 숨을 죽이지 않았더라면 듣지 못했을 정도의 목소리였다.

"이런 식의 재회를 바란 게 아니었어."

그 자조 어린 음성은 착각인가 싶을 정도로 짧았다. 이내 고개를 추켜 든 그의 표정은 평소와 같이 여상스러웠다. 참 고집스럽고 까탈스러운 남자였다.

이미 그녀가 여기까지 왔는데 혼자 사지에 뛰어들겠다는 그 원대한 목표가 뭐라고.

"그럼 우선 원점으로 돌아가지. 그간 어떻게 지냈는지, 그리고 당신이 여기에 오기까지의 상황을 좀 더 자세히 설명해 봐."

대화에 감정이 사라졌다. 유주는 속으로 한숨을 삼켰다. 아직 상황이 정리되지 않았으니 그의 과불안을 이해 못 할 것도 없었다. 여전히 그의 태도에 속이 상했지만, 고작 연애 놀음을 하자고 온 것도 아니었다. 애써 휘청거리는 마음을 단단히 부여잡았다.

대신 유주는 그간의 상황을 순차적으로 설명했다. 물론 그녀의 한 달 동안은 별로 할 말이 없었다. 말 그대로 별일 없이 살았다. 그녀의 평온한 일상이 깨진 건 채 일주일도 되지 않았다.

"그 녹취 파일은? 있다고 했지, 분명."

"응, 여기."

대강의 설명이 끝나고 룽친의 녹취까지 들은 리옌의 표정은 착잡해 보였다. 유주는 그가 먼저 입을 뗄 때까지 인내심 있게 기다렸다. 그에게도 생각을 정리할 시간이 필요할 터였다.

"……아까 보여준 쪽지는 한석태와 같이 있었던 거고."

"응. 그 의사한테는 미안한 소리지만…… 만났다거나 뭐 그런 게 밝혀져 봐야 좋을 거 없을 거 같아서 일단 서류 같은 건 전부 내가 챙겼어. 진술도 안 했고."

"진술을 안 했어?"

아무래도 아까 전, 경찰에 시체를 넘겼다는 부분에서의 예민함은 유주가 그의 사정 따위 고려치 않고 죄다 털어놨다고 생각했기 때문인 듯했다. 유주는 이 말을 먼저 할걸. 속으로만 후회했다.

"응. 나보다 먼저 우리 팀장님이 그 시신을 인수했어. 냉장고같이 생긴…… 그런 일자형 냉동고에 담겨 왔는데 죄다 청테이프로 감겨 있었거든. 나한테만 열어 볼 수 있게 하랬나 봐. 그런데 난 그때 지방에 있었잖아. 그것 때문에 열어 보는 데 일주일도 더 걸린 거지."

"그럼 한석태는 최소 열흘 전후로 죽었다는 거겠군."

"그 이전일 수도 있지 않아?"

"그랬다면 당신에게 더 빨리 보냈겠지. 보관해 둘 필요가 없으니까."

"그건…… 그렇지. 뭐, 언제 죽었는지는 경찰에서 밝혀낼 테지만 문제는……."

누군가의 죽음에 무감한 건 아니었다. 하지만 타인에 대한 연민과 동정의 감정을 유주는 애써 의식 아래로 밀어 넣었다.

카이화는 결혼을 피해 달아났지만 그녀의 행동은 결코 장난으로 끝날 수 없었다. 성은영이 죽은 건 막을 수 없었지만 한석태는 확실히, 그들의 일에 연루되어 죽은 게 맞았다.

"문제는?"

유주가 하다 만 말을 리옌이 주워 삼켰다. 그녀는 재빨리 정신을 차렸다.

"경찰이 어디까지 알아채느냐지."

"룽친이 생각이라는 걸 한다면, 꼬리를 길게 늘어뜨려 놓지는 않았겠지."

"당신이 아는 장치앙린은 생각이라는 걸 하는 사람이야?"

"그는 영악해. 생긴 건 둔하게 생겼지만."

둔하게 생겼다는 말에 절로 웃음이 나왔다. 생긴 게 어땠는지 구체적으로는 잘 떠오르지 않지만 넙대대한 두꺼비 같던 건 기억이 났다.

"그 사람이 카이화를 데리고 있을까?"

"좀 이상해."

리옌이 갑작스럽게 말했다. 유주가 응? 살짝 고개를 까딱였다.

"이상한 점이야 언제나 차고 넘치니 새삼스럽네. 여기서 더 뭐가?"

"랴오웨이가…… 이혼에 응하겠다고 했거든."

"무슨 얘긴지 좀 더 상냥하게 설명해 줄래?"

리옌에게는 이상하다고 여겨질지 몰라도 유주에게는 도대체 뭐가 이상한 건지 알 수 없는 포인트였다. 구금되어 있었다니 슬슬 그게 답답해졌을 수도 있겠지. 아무리 해도 인연을 고쳐 쓸 수 없으니 이혼하겠다고 마음먹는 게 그리 이상한 일은 아닐 터였다.

뭐, 조직 간의 동맹이 결혼의 조건이었으니 그에 따른 리스크도 있기는 했을 터다. 현실 재벌들도 결혼하고 이혼하고 할 때 질질 끄는 거 보면 그냥 갈라선다는 선택지가 그리 쉬운 것으로 보이는 건 아니니까.

그러나 그 자체를 이상하다고 하는 건, 유주가 가지고 있는 정보 안에서는 억측이었다. 리옌도 그녀의 상황을 이해했는지 짧은 한숨과 함께 입을 열었다.

"내부 상황은 전부 공유하긴 어려워. 하지만 지난번에 내가, 쉬에화와 랴오웨이의 결혼이 일종의 조직 연대를 위한 거라고 말했었잖아. 기억 나?"

"응, 기억해."

"전에 말했듯이 이 홍콩은 큰 세 개의 조직이 서로 구역을 나눠 먹고 있어. 삼합회가 전체를 다 삼키고 있었던 건 옛말이고, 점점 시대가 흐르면서 주먹만으로 모든 게 해결되는 시절은 갔으니까."

그 말을 한 뒤 리옌은 테이블 위를 살피더니, 잠시 자리에서 일어나 책상에서 종이와 펜을 들고 왔다. 그림으로 설명해 준다면 유주도 이해하기 더 쉬울 터였다. 그녀는 얌전히 기다렸다.

리옌은 세 개의 덩어리를 대충 그렸다. 그리고 그 위에 지명을 썼다. 신계, 구룡, 홍콩섬, 란타우.

"자잘한 조직들은 전부 차치하고 나면, 대충 우리 쪽과 룽친, 싱하오.

이렇게 셋이 갈라 먹는 구조야."

리옌은 그 세 덩어리에 대충 선 몇 개로 구획을 나눴다. 확실히 시각적으로 표현되니 훨씬 이해가 쉬웠다. 유주가 고개를 끄덕였다.

"랴오위는 운이 좋은 편이었어. 초반에 우연히 지진밍(即金明)의 눈에 띄어서 싱하오의 도움을 많이 받았지. 지진밍은 싱하오의 중간 보스 중 하나인데, 특히 사업가 기질이 강해. 실제로도 마피아라고 하기보다는 은행가 쪽에 더 가깝고. 보다시피 중심가는 거의 싱하오 구역이야. 우리는 그 하청으로 크기 시작한 거고. 하지만 롱친은……."

리옌은 '신계'라고 쓰인 부분을 대각선으로 그으며 거기에 롱친이라고 적었다. 그의 얼굴 위엔 미묘한 비웃음이 서려 있었다.

"롱친은 이 시절의 버릇을 못 버리고 있지. 중국 본토에서 내려왔거든. 그래서 상대적으로 그 세력은 미비해. 물론, 단시간에 저만치 먹어 치운 것도 대단하다면 대단한 노릇이고."

"이 시절?"

"롱친이 사사건건 니시콴라이에 시비를 걸어오는 건 정통성의 문제야. 우습겠지만 이쪽에서도 핏줄이니 정통성이니 하는 걸 따지기는 매한가지거든."

"으음……."

이렇게 빙빙 돌리는 설명은 영 알아먹기가 힘들었다. 유주는 홍콩 사람이 아니었다. 그녀의 불만스러운 눈빛이 통한 건지 리옌이 다시 조곤조곤 설명했다.

"롱친이, 97년 소탕 작전으로 거의 사라진 것이나 마찬가지인 삼합회 찌끄레기란 소리야."

"아. 무슨 말인지 이해했어. 그러니까, 체면의 문제다 이거네?"

"그렇지."

유주가 단박에 이해하자 리옌은 드디어 올바른 설명이 무엇인지 깨달은 듯했다. 그는 거침없이 내뱉었다.

"전에도 말했지만 삼합회는 이제 예전과는 달라. 아예 국가 하나를 쥐락펴락하는 범죄 조직이란 카르텔이나 탈레반 따위를 제외하면 대대적인 탄압 속에 역사 뒤로 사라진 지 오래지. 하지만 잔재는 남아 있어. 흑사회(黑社會)는 여전히 존재하고. 게다가 거기에 몸담았던 이들 중 아직 쟁쟁한 현역들이 살아 있고. 그렇다면 과연 그들은 무엇을 원할까?"

옛 영광을 바라는 이들이 원하는 것. 그건 아주 쉬운 문제였다.

"재건?"

"그래. 옛날의 명예를 어떻게든 긁어모아서 끄나풀이라도 쥐고 흔들려고 하겠지. 그러니까 롱친은 우리가 아니꼬운 거야. 싱하오는 이미 건드리기 힘든 위치가 되어 버렸거든. 그들은 삼합회가 무너질 때를 기점으로 생겨난 경제 마피아니까. 합법성의 문제도 있지만 수단의 문제도 있어. 어디든 돈줄을 쥐고 있는 쪽은, 무너지지 않아."

"그래서 일단 니시콴라이를 쥐고 흔들든, 무너뜨리든, 흡수하든 한 다음에 싱하오를 건드려 보겠다 이거야?"

"정확해."

쉽다면 쉽지만 복잡하다면 복잡한 얘기였다. 유주는 허허…… 작게 웃으며 고개를 저었다. 인생사 뭐든 순탄한 법이 없었다.

"그게 랴오위가 이혼하는 거랑 무슨 상관인데?"

"랴오위가 왜 쉬에화와 결혼했는지 이야기한 거, 기억하겠지?"

당연히 기억했다. 쉬에화는 본토에 잔류하고 있는 삼합회 간부의 딸이었다. 그걸 랴오위가 낚아챈 것이다.

그 대목에서 유주는 살짝 인상을 찌푸렸다.

"설마 쉬에화가 롱친이랑 손을 잡았다는 거야?"

"가능성의 얘기야."

"그럼 왜……."

랴오위가 이혼하려는 게 그것 때문일까?

유주의 말에 리엔이 입을 꾹 다물며 잠시 시선을 피했다. 그러곤 종이를 집어 든 채 자리에서 일어났다.

"어디까지나 내 생각이야. 당신에게 얘기를 한 건, 쉬에화를 만났을 때 쓸데없이 자극하지 않길 바라서인 거고."

"내가 무슨 말을 할 거라 생각하는 거야?"

"어찌 되었든 당신이 원하는 건 무사 평탄한 일상 아닌가?"

"그건 누구나 바라는 거 아니야?"

유주가 어이없이 웃었다. 그러다 이내 그의 생각이 과하지 않음을 깨달았다.

그녀는 이곳의 상황을 몰랐다. 오늘 리엔과 이렇게 따로 만나지 않았다면 그가 쉬에화에게 했던 말과 그녀의 말 사이에 간극이 생길 게 뻔했다. 반드시.

"어디까지 이야기하면 돼?"

유주가 물었다. 리엔이 고개를 끄덕였다.

"당신이 이야기하려는 걸 내가 저지할 순 없지. 하지만 웨이치는 룽친의 사람이었고, 랴오위의 밑에 있으면서도 그의 명령에 따르지 않았어."

"그럼 펜션에서 약을 구했다는 말은 하면 안 되겠네."

"루첸허는 랴오위의 밑에서 꽤 오래 일을 했지. 우리 사람은 아니지만, 여러 곳에 거래를 터놓는 것치고 우리 쪽과의 사이는 나쁘지 않았어. 카이화와 알고 지낼 정도였으니까."

"그럼 그 사람이 장난질 쳐 놓은 부분에 대해서는 제외해야겠네. 카이화가 살아 있다는 말이랑."

"그 정도면 될 거 같군."

"깊이는 들어가지 말란 소리지? 내가 아는 걸 다 드러내지 말라는 거. 그거잖아, 지금."

유주는 리엔의 핵심을 완벽하게 꿰뚫었다. 리엔이 고개를 끄덕였다. 하지만 유주가 궁금해하는 건 그것으로 끝이 아니었다. 리옌은 스리슬쩍 넘기려는 모양이지만 말이다.

"그런데."

"음?"

"롱친이 웨이치는 왜 찾아? 웨이치가 처음부터 랴오위의 사람이 아니고 롱친의 사람이었다면, 그가 따로 나에게 그를 찾아오라고 할 이유는 없잖아."

안 그래도 그게 궁금했다. 얼핏 지나가며 하이윤과 웨이치가 한국에 입국했다는 말까지는 기억이 났다. 그 뒤에 잠적했다고 했나? 어찌 되었든 간에 웨이치가 니시콴라이 사람이 아니었고 애당초 롱친의 사람이었다면, 오히려 쉬에화나 랴오위가 그를 찾으면 찾았지 롱친 쪽에서 이쪽에 그의 행적을 묻지는 않을 터였다.

웨이치의 공백은 왠지, 이 사건에서 매우 중요한 단서로 작용하게 될 것 같았다. 그런 느낌이 들었다. 리옌은 물러서지 않고 꼭 대답을 듣고야 말겠다는 유주의 강경한 표정에 잠시 한숨을 삼켰다.

"사라졌어."

"어엉?"

"내 예상대로 쉬에화가 롱친과 손을 잡았다면, 그리고 쉬에화가 독단적으로 니시콴라이가 싱하오의 하청으로 벌어들였던 수익을 그대로 삼합회에 가져다 바치며 롱친과의 합일과 세력 약탈을 꾀한다면…… 웨이치가 사라질 리 없지. 그 과정에는 돈이 들어가고, 웨이치는 그 막대한 자본을 커버할 수 있는 마이다스의 손이니까."

"혼자…… 사라진 거야?"

"아니."

유주의 질문이 무엇인지 안다는 듯, 리옌은 단호하게 고개를 저으며 말했다.

"하이윤도 함께."

예상대로였다. 애당초 하이윤 혼자 하선하기로 했던 러시아에 웨이치가 함께 하선한 것 자체가. 그리고 장치앙린과 만나는 자리에서 그들을 모른 척 사태를 방관하고 있던 두 사람은 뭔가 꿍꿍이가 있던 것이다.

문제는 그 꿍꿍이가 무엇인지를 모르겠다는 거였다. 게다가 갑자기 잠적? 도대체 무엇 때문에?

"약사가 웨이치 하나만은 아니잖아? 중국 땅덩이가 얼마나 넓은데. 거기 서 웨이치 하나 대체할 만한 인력이 없겠어?"

유주의 말에 리옌이 픽, 작게 웃음을 터트렸다. 그러곤 고개를 끄덕였다.

"그래. 당신 말이 맞아. 원래대로라면 알려 줘선 안 되겠지만……."

그가 말꼬리를 흐렸다. 유주는 끈기 있게 기다렸다. 조직 내부의 일을 외부인에게 쉽게 알려 줄 수 없다는 건 알았다. 하지만 그녀는 이미 관계 자였고, 리옌도 그걸 알기 때문에 말해줄 것이라는 확신이 있어서였다.

아니나 다를까. 리옌은 짧은 한숨과 함께 말을 이었다.

"롱친 측에선 이미 웨이치에게 상당한 선금을 건넨 모양이야."

"도박쟁이한테?"

"그는 사적으로는 엉망이지만 비즈니스적으로는 믿을 만하니까. 15년의 신용만큼의 액수가 오간 모양이더군."

"한 번 뒤통수까지 친 인간인데도?"

"그러게 말이야. 하지만 인정할 수밖에 없지. 웨이치는 수완이 워낙 좋거 든. 게다가 이쪽에서는 꽤 거물이기도 해."

아무리 신용이 있다 해도 믿을 수 없을 만치 멍청했다. 가끔 사람은 오랜 경험에 빗대 객관성을 잃어버린다. 다른 이들은 모르겠지만 유주는, 오히려 웨이치를 제대로 접해 보지 못했기 때문에 평가가 냉정할 수밖에 없었다.

"그럼 당신 말에 따르면, 웨이치가 롱친에게 돈을 받고 사라졌는데 오히 려 롱친이 당신 쪽에 웨이치의 행방을 구한다는 점에서…… 그가 실종이 아니라 '잠적'한 거라고 한 거네?"

유주의 지적은 예리했다. 리옌은 이미 그녀의 매서운 추궁에 익숙해진 채였다.

"그래. 하이윤과 같이 잠적했다는 게, 보다 의심을 가중시키기도 하고."

"둘이 그런 사이였어?"

"우리도 원래 '그런' 사이였던 건 아니지."

흐릿했던 머릿속이 점점 정리되어 갔다. 유주가 침대에 누워 있던, 그리고 가족들 사이에서 점차 안정되어 갔던 두 달의 시간은 모든 사태를 변화시키기에 충분했다.

"아마 쉬에화는, 당신이 반목한다는 사실도 알고 있겠지?"

"당연하게도."

"어쩌면 장치앙린이 나를 통해 당신에게 의사 표현을 한 건, 쉬에화에게 더는 발톱을 세우지 말라는 경고일 수도 있겠네."

"그러니 이현재를 조심해."

"갑자기?"

유주의 입에서 반사적으로 튀어나온 대답은 리옌의 뜬금없는 말에 아주 적절한 대응이었다. 하지만 리옌이 지금까지의 이야기들이 이 말을 위한 포석이었다는 듯 거침없이 설명했다.

"이미 확인했어. 이현재의 여권을 들고 출국한 건 루쳰허였어. 행선지는 부에노스아이레스였고, 이후 행적이 끊겼지. 그런데 이현재는 다시 제 여권을 가지고 돌아왔어. 당신이 멍청이가 아닌 다음에야, 이게 어떤 의미인지 알 거야."

리옌의 말마따나 바보가 아닌 다음에야 알 수 있었다. 카이화의 역정을 들으며 리옌에게 날을 세우던 그의 모습이 선연했다. 게다가 유주는, 리옌과 '헤어지던 날' 이현재와 어떤 대화를 나누었는지 아직도 생생히 기억하고 있었다.

거기에다가 슈란과 함께 사라졌던 그날. 둘의 위치를 날카롭게 캐묻던 통화와 배로 입국하여 리옌을 쏘아붙이던 공격적인 태도까지 떠올리니, 리옌이 어째서 그를 경계하는지 알 것 같았다.

그녀가 머릿속으로 그린 그림은 이랬다. 카이화가 도망치려했고, 루쳰허가 그를 도왔다. 루쳰허는 웨이치와 연이 닿아 있었고, 웨이치는 하이윤과 함께 이미 니시콴라이를 등지고 롱친에 붙었다. 아마 그들은 카이화의 신병을 롱친에게 제공하는 데에 직접적이든 간접적이든 도움을 주었을 것이다.

그리고 그날, 대화의 맥락으로 추측하면 이현재는 카이화에게 특별한 마음이 있어 보였다. 그 특별한 마음이 동정인지 애정인지 아니면 보다 깊은 어떤 종류의 유대감인지 따위는 알 바 아니지만 말이다. 그렇게 이현재도 카이화의 탈출극의 조력자가 되었을 것이다.

이 모든 과정에서 특별히 배제되는 인물은 하나뿐이었다.

왕우신.

물론 황슈란도 동조한 사람 중 하나일 수 있으나 그를 판단하는 건 유주의 재량으로 되는 게 아니었다.

의외의 사람만 남았네. 유주가 쓰게 웃었다.

"정말 당신은, 아무도 없구나."

유주의 말에 리옌은 대답하지 않았다. 대신 오묘한 미소를 지으며 약속 장소가 적혀 있는 쪽지를 집어 들었다.

"이날, 여기에는 가지 마."

당연히 안 가도 된다면 가지 않을 생각이었다. 유주가 고개를 끄덕이며 물었다.

"그럼 어쩌려고?"

"내가 가면 돼."

그의 말에 잠시 물러간 불안이 다시 밀물처럼 그녀를 향해 쏟아졌다. 위안은 잠깐이었다. 물론 이 먼 홍콩까지 그를 만나고자 찾아온 건 리옌을 위기에서 구해 주고 그의 도움을 받기 위한 이현재와의 거래 때문이 아닌가.

그렇게 생각할 때, 누가, 무엇 때문에 그녀를 지목해서 유인하려고 하는 것인지에 대한 해결을 떠맡기는 쪽이 응당할 것이다.

"그런데…… 이현재는 당신 처지를 고려해서 날 부른 것 같은데……."

"쉬에화의 손아귀에 당신을 넘겨주려는 속셈인지도 모르지."

"왜?"

대답은 알고 있었다. 하지만 유주는 듣고 싶었다. 그러나 리옌의 입에선 그녀가 원하는 대답이 나오지 않았다.

"당신이 나에게 도움을 구할 것이라는 부분까지 계산해서 장치앙린이 연락을 취한 걸 거야. 경거망동하지 말라는 경고의 뜻도 담아서."

조금은 실망스러웠지만 유주는 리옌의 말을 부정할 수 없었다. 확실히 이 일 자체가 그녀의 일이 아니기에, 유주는 책임져야 하는 상황을 피하고 있었다. 그래서 그를 찾아온 것도 방문의 이유 중 하나였다.

이미 경찰에 시체를 신고한 것만으로도 그녀는 지쳐 있었다. 보이지도 않는 앞일 때문에.

"……."

"그리고 이현재가 쓸데없이 나불거리지 않았어도 난 당신을 도우러 갔을 거야. 여기까지 온 게 당신의 호의인 걸 알기 때문에 나도 친절하려 노력 중인 거고."

그의 말은 직설적으로 무례했고, 감정적이지 않아 서운했다. 유주는 새삼, 리옌도 자신 못지않게 참 따지기 좋아하는 성격이구나 싶었다.

"그래. 알겠어. 과거 일은 과거 일이라 이거지? 사적으로 얽히지 않으려 노력할게, 나도."

따지기 좋아하는 성격이라는 건, 결코 손해 보길 원치 않는 성격이라는 것과도 비슷했다. 그와의 감정 씨름에서 먼저 태클을 걸었던 그녀였다. 몇 번이나 리옌은 그녀에게 승기를 쥐여 주었다. 그가 약하고, 자존심이 없어서가 아니었다. 유주는 그걸 조금 더 일찍 깨달았어야 했다.

순간 양 귀가 벌겋게 달아올랐다. 이런 마당에 보고 싶었다는 타령이나 하고 앉았으니, 그가 그녀를 얼마나 같잖게 봤을지 상상이 되었다. 실내가 다소 어두운 게 다행이었다. 서로 맞은편에 앉은 게 다행이었고, 테이블 폭이 넓은 게 다행이었다.

"그럼 우리, 해야 할 얘기는 다 한 거지?"

유주가 주먹을 꽉 그러쥐며 물었다. 이 짧은 사이에 허기도 해결했고, 알아야 할 것도 들었으며, 어떻게 처신해야 하는지도 배웠고, 수치심도 느껴봤다. 이제 그녀에게 남은 건 쉬에화 앞에서 떳떳하게 거짓말을 하고 미꾸라지처럼 이 사태에서 쏙 몸을 빼는 거였다.

그녀의 말에 리옌의 시선이 잠시 그녀의 얼굴 위를 스쳤다. 뭔가 할 말이 남았나 싶었지만 그저 고개를 끄덕였다. 대화의 마무리를 알리는 행동이었다.

이대로 끝이었다. 젠장. 알고 있었다. 이토록 허무한 것이란 사실을.

걱정하지 말걸. 내 코가 석 자인데 누가 누굴.

"나는 남은 일이 있어서 당신을 호텔까지 바래다줄 순 없어. 아까 전 당신을 데려온 녀석이 이 아래 대기하고 있을 거야. 내려가서 합류해."

고작 그 말이 전부였다. 유주는 그와 침묵 속에 있고 싶지 않아 인사도 없이 자리에서 일어났다.

빤한 시선이 등 뒤로 꽂혔다.

* * *

"……짜증 나네."

유주는 호텔에 이틀이나 더 할 일 없이 머물렀다.

그사이 그녀를 찾아오는 사람도 없었고, 연락도 없었다. 말 그대로 방치였다.

이건 의도적으로 그녀에게 엿을 먹이려는 행위였다. 첫날에는 리옌을 만나 자초지종 정도야 들을 수 있었지만, 이튿날이 지나 삼 일째 상대측에서 아무런 반응도 보이지 않으니 슬슬 부아가 치밀었다.

"진짜 멕이는 건가."

쉬에화는 유주가 홍콩에 와서 아무런 행동도 하지 못할 것임을 분명 알고 있을 터였다. 일단 그녀가 할 수 있는 일 자체가 없었고, 한다고 해 봐야 한국에서처럼 활개를 치고 다닐 수도 없을 테니까.

그렇다면 이건 고오급 호텔방에 그녀를 구금한 것이나 매한가지였다. 쉬에화는 분명 그녀가 영어나 중국어에 젬병이라는 것도 이미 알고 있을 것이다. 아니, 리옌이 그녀에 대해 알고 있는 걸 죄다 알고 있다고 생각하는 편이 후련했다.

답답한 건 쉬에화가 왜 군이 유주를 이곳에 격리해 두었는지 그 영문을 모르겠다는 점이었다. 도대체 언제 말을 던지고 돌아갈 수 있을지가 요원했다.

이제 약속 날짜까지는 열흘 남짓 남았다.

"설마 여기서 계속 뭉개고 있어라, 이건가?"

그렇다고 사방팔방 돌아다니자니 가이드를 구하는 것도, 움직이는 것도 부담이 되었다. 자의식 과잉이라고 해도 할 말은 없지만 쉬에화는 분명, 그녀의 일거수일투족을 전부 보고받고 있을 터였다.

만약 리옌의 말대로 쉬에화가 룽친과 손을 잡았다면, 이번 13일의 초대 건도 알고 있을까?

도무지 확인할 길이 없었다. 그녀는 유주를 찾아오지 않는 것으로 제 나름대로 시비를 걸고 있었다. 유주는 일절 반응하지 않는 것으로 대응 중이고.

"에라이, 씨발."

하지만 역시, 일이 어찌 굴러가는지도 모르고 뻗대고 있자니 좀이 쑤셨다. 도청당하든 말든, 들을 테면 들으라지. 유주는 주어 없이 허공에 욕을 뱉었다.

하지만 말 몇 마디 내뱉는다고 쏜살같이 지나갈 시간이 아니었다. 무척 지루했다. 이런 생활이 얼마나 반복될지 몰라 살짝 부아도 치밀었다.

내일까지 아무 소식 없으면 그냥 체크아웃 해 버릴까? 그러면 날 찾으러 오려나? 그런 생각을 하던 참이었다.

갑자기 전화벨이 울렸다.

―RRRRRR

유주가 재빨리 몸을 일으켜 휴대폰을 확인했다. 모르는 번호였다. 통화 버튼을 눌렀다.

「이쪽이?」

예기치 못한 상황은 연달아 이어졌다. 유주는 휴대폰 너머로 낯선 여자의 목소리를 처음 들었고, 이틀 만에 리옌을 다시 만났다. 호텔까지 에스코트를 나온 리옌의 손에는 드레스 박스가 들려 있었다.

그는 이미 훌륭한 연미복 차림이었다. 왜 쉬에화가 그녀에게 의상을 보냈는지 판단할 경황도 없이, 저도 모르게 넋이 나갈 만치 근사한 모습이었다.

"「예, 이쪽이 한국에서 온 서유주입니다.」 유주, 이쪽이 장설화 님이셔. 우리는 존중의 의미로 장 태태라고 부르지. 태태는 부인이라는 뜻이야."

"아…… 안녕하세요?"

「인사가 외국어라니. 예의가 없네.」

쉬에화가 보낸 드레스는 과분할 정도로 화려하고 불쾌할 정도로 불편했다. 입지 않는다는 선택지가 있었다면 단호하게 거절했을 것이다. 분명 그 드레스에 담긴 뜻은 도발과 시험이었으므로.

그렇게 유주가 쉬에화를 처음 만나게 된 곳은 호텔 파티장이었다.

어쩐지. 리옌이 끌고 온 차가 지나치게 호화로웠고, 멈춰선 건물이 눈이 휘둥그레질 정도이긴 했다만 이런 셀레브리티 파티일 줄은 생각지도 못했다.

차가운 지하실 같은 곳에 갇혀 대화를 나눌 것이라는 생각은 안 했지만 그렇다고 이런 장소에서 첫 만남이라니.

리옌의 팔 위에 간신히 떨리는 손을 얹고 유주는, 이게 신종 괴롭힘인가 생각했다. 쉬에화는 옷과 구두는 보냈지만 액세서리나 화장품은 챙겨 주지 않았다. 간신히 기본만 한 유주의 모습은 머리부터 발끝까지 금칠을 한 사람들 사이에서 아주 수수해 보였다. 심지어 저 앞 단상에서 잠시 분위기를 띄우며 사람들과 소소한 이야기를 나누는 몇은 유주도 TV에서 본 적 있는 중화권 스타들이었다.

「말씀드렸잖습니까. 이 여자는 외국어는 일절 못 합니다.」

「화룽을 두고 왔는데. 펑산이 오늘에서야 계약서를 쓰기로 해서.」

「제가 통역해 드리면 되지 않겠습니까, 태태.」

「널 뭘 믿고?」

쉬에화는, 그 번쩍거리는 파티장 안에서도 전혀 꿇리지 않는 기세등등함을 자랑했다. 창백할 정도로 하얀 피부에 빼빼 마른 체구였지만 이목구비가 워낙 또렷한 데다 키가 멀쑥하니 커서 무척 화려해 보였다. 동시에 매우 신경질적인 느낌이었다.

유주는 멀뚱히 리옌과 유주를 곁눈질하며 속으로 한숨을 삼켰다. 사람에게는 눈치라는 게 있는 법이었다. 쉬에화가 그녀를 이곳에서 보자고 한 건 결코 호의에 기인한 행동은 아닐 터다.

당연한 일이었다. 예상했지만 가시방석 위에 앉은 기분이었다.

「저는 이 여자가 말이 통하지 않을 거라 미리 보고드렸습니다.」

「말이 안 통한다는 게 먹통이라는 의미인 줄 알았지, 말 못 하는 병신이란 뜻인 줄은 몰랐거든.」

「태태.」

「지금 너와 말씨름을 할 기분은 아닌데. 하여간 시도 때도 없이 좋알대는구나. 사내놈이, 멋없게 말이야.」

리옌에게 몇 마디 말을 건넨 쉬에화가 환하게 웃으며 유주 쪽을 돌아보았다. 유주는 랴오위가 왜 쉬에화에게 빠졌는지 약간 알 것도 같았다. 같은 여자였지만 쉬에화의 웃는 모습은 어딘가 사람을 홀리게 만드는 기색이 있었다. 눈매가 가늘게 접히며 양 입매가 요염하게 치켜 올라가는 그 모습은 아까 전 새침한 표정과는 완전히 상이했다.

「실례가 많았어요. 오늘은 대화를 나누기에 적합한 날이 아니었군요.」

그나마 영어로 말하니 알아들을 만했다. 토크, 낫 투데이. 오늘은 대화할 날이 아니라 뭐 그런 거겠지.

그러면 여기에 왜 데리고 온 거냐 따질 생각은 없었다. 아마 이런 상황조차도 그녀의 계산속에 있을 게 뻔했다. 그럼 뭘 계산하고 있는 걸까. 유주는 가늠할 수 없는 쉬에화의 속내에 헛웃음만 삼켰다.

"이거…… 무슨 상황이야?"

유주의 질문에, 쉬에화의 뒷모습에 날 선 눈빛을 보내고 있던 리옌이 퍼뜩 정신을 차린 듯 그녀를 내려다보았다. 그는 한숨을 애써 삼키며 머리를 쓸어 넘겼다.

"오늘은 이야기하고 싶지 않다는군. 통역사를 안 데리고 왔다면서."

"……당신이 있잖아."

"또 변덕을 부리는 거지. 자주 그래."

"아무리 그래도 아무 생각 없이 날 불렀을 것 같진 않은데……."

"그건 그렇겠지. 무슨 속내인지는 아무도 모르지만."

"찝찝하네……."

"……일단 뭐라도 들지. 저녁 아직 못 먹었을 거 아냐."

"여기서 식사도 가능해?"

"본식이 시작되면. 이따 자리로 식사가 올 거니까 간식, 너무 많이 먹지는 마."

리옌이 지나가는 웨이터의 트레이 위에서 샴페인 두 잔을 집어 들어 하나를 유주에게 건넸다. 유주는 그걸 받아 들곤 슬쩍 주변을 살폈다.

"도대체 이건 무슨 자리인데?"

"그냥 가게 개업식이야."

"거창하기도 하네."

기분은 찝찝했지만 볼거리는 많았다. 저기서 사람들과 이야기를 나누는 여자는 얼마 전 할리우드 영화에도 나왔던 배우고, 저쪽에서 남들과 같이 웃는 장년의 남자는 추억 속의 영화 배우였다. 다른 사람들도 죄다 연예인이나 돈 많은 집 사람들인 것 같은데, 도통 이런 쪽에는 문외한인지라 유주는 그냥 마음 편히 사람들을 구경하기로 했다.

「참석자분들은 다들 착석해 주시기 바랍니다.」

가벼운 카나페와 작은 접시에 담긴 미니 케이크 몇 개를 집어먹고 있노라니 안내 방송이 나왔다. 유주는 눈치껏 리옌을 따라 구석의 자리에 앉았다. 웨이터들이 어디론가 사라지더니 각 테이블 옆에 한 명씩 다시 배치되었다. 리옌이 웨이터를 대신해 유주에게 주요리를 물었다. 유주는 아무거나 괜찮다고 적당히 대답했다.

「본식 시작에 앞서 홍콩이 낳은 위대한 가수, 바네사 창의…….」

식사가 나올 때까지 잠시 시간이 붕 떴다. 리옌은 혼자 온 유주를 배려하며 그녀의 곁에 자리를 잡고 앉았지만 그에게 홍콩이란 땅은 자신의 비즈니스 필드였다. 그런 만큼 오롯이 그녀에게만 관심을 둘 순 없었다.

그가 지나가는 사람들이나 다른 테이블의 사람들과 한담을 나누는 걸 흘 겨보며, 그리고 청아한 여자 목소리가 장 안을 메우는 걸 들으며 그녀는 쉴 새 없이 주변으로 시선을 돌렸다.

딱히 뭔가 찾으려던 건 아니었다. 이 낯선 땅에, 그녀에게 익숙한 것이라곤 없었다. 하지만 확실히 눈에 띄는 존재는 하나 있었다.

"……저기, 리옌."

마침 메인 전채 요리로 수프가 나오며 다른 테이블에 쏠렸던 리옌의 관심이 다시 유주에게로 돌아오던 참이었다. 그가 유주 쪽으로 살짝 몸을 기울였다.

"응?"

"저기 저 사람."

"음?"

리옌의 시선이 유주가 가리킨 방향으로 향했다. 그의 눈동자가 살짝 커졌다.

"……장치앙린이군."

"맞지?"

"당신 눈썰미는 정말 좋군."

"그게 중요한 게 아니라, 저 사람 뒤에. 저 남자."

유주의 테이블과는 상당히 거리가 있는, 무대 앞쪽의 테이블에 앉은 두꺼비 같은 사내는 분명 롱친이었다.

하지만 유주가 관심을 기울인 대상은 그가 아니었다. 그의 뒤에 서서 고개를 숙이고 있는 남자.

말끔한 헤어스타일에 단단한 사각턱. 준수한 외모의 남자는 180센티미터 정도 되는 길쭉한 신장에 세련된 남색 정장이 맞춤처럼 잘 어울렸다.

하지만 유주가 주목한 건 차림새가 아니었다. 사내의 행동이었다.

남자의 손이 자꾸 왼쪽 어깨로 향했다. 슈트에 주름이 질까 세게 힘을 주는 것처럼 보이진 않았지만, 미미하게 손에 힘이 들어간 것이 보였다. 자꾸 그쪽 어깨를 의식해서인지 신체의 밸런스가 왼쪽으로 조금 치우친 듯한 느낌도 들었다.

실제로 본 적은 없었다.

하지만 리옌의 말마따나 유주의 눈썰미는 정말 좋은 편이었다. 수학 공식이나 영어 단어 암기는 자신 없었지만, 사람의 특징과 신체적 조건 등을 기억하는 건 자신 있었다. 어릴 적부터 그랬다. 그녀는 눈썰미가 워낙 좋은 편이었고, 죽은 사람이든 그 유족이든 결국 그녀의 일이 사람을 대하는 일이었기에 이는 제법 쓸모가 있었다.

그래서 백 퍼센트는 아니지만 최소 오십 퍼센트 이상 확신할 수 있었다.

유주는 그 모습을 알고 있었다.

"……루쳰허?"

"맞아? 확실해?"

"잠시만, 아니. 잠시만. 조금 더 자세히 봐야 알 수 있을 것 같은데……."

"내가 보기엔 맞아. 잘 봐."

성철현. 아니, 루쳰허.

유주가 그를 본 건 고작 두 번이었다. 서류 작업을 위해 한 번, CCTV를 통해 한 번. 하지만 그의 기이한 행태와 그로 인해 초래된 현 상황 때문인지 루쳰허의 모습은 아주 생생히 그녀의 머릿속에 새겨져 있었다.

물론 아닐 수도 있었다. 얼굴을 본 건 딱 한 번뿐이니까. 하지만 그냥 그런 느낌이 들었다. 얼굴의 문제가 아니라 그냥 느낌이 그랬다.

"……정말 루쳰허인가."

곧 판단을 마친 것인지 리옌이 작게 탄식했다. 그렇게나 한국에서 피똥 싸게 찾아다닌 인간은 허무하게도 롱친의 손아귀에 있었다.

말 그대로 허탈한 일이었다. 이건 죽 쒀서 개 준 정도가 아니었다. 그냥 죽도 못 쑨 거였고, 개 잡자고 쥐구멍 뒤지고 있던 꼴이었다.

"진짜?"

"유주, 도대체 당신은 저 녀석을 어떻게 알아본 거지?"

소 뒷발로 쥐 잡은 격이지만 그냥 감으로, 이런 식으로 대답하는 건 부적절해 보였다. 유주는 이를 어찌 설명할까 잠시 고민하다 입을 열었다.

"난 당신이 못 알아봤다는 게 더 신기한데? 그, 행동 있잖아. 저 사람 특유의."

"행동?"

"어깨 만지는 거. 좀 불편해 보이던데."

"……이전에 저런 버릇은 없었는데."

하지만 역시 중요한 건 관심도의 차이일 것이다.

리옌도 유주와 같이 루쳰허를 찾는데 주력했지만 그에게 있어 루쳰허는 카이화를 찾는 데 필요한 징검다리일 뿐이었다. 하지만 유주에게 그는, 제 인생을 시궁창에 처박는데 혁혁한 기여를 한 대단한 개새끼였다.

두 개의 CCTV 영상에서 보았던 공통적인 행동. 어쩌면 그래, 잊어버릴 수도 있었다. 하지만 유주는 잊지 않았다. 내내 잊어버리면 안 된다고 몇 번이나 되뇌었다. 저 새끼를 잡아 어떻게든 조져야 한다는 생각뿐이었다.

그 집요한 관심이 빛을 발한 것이다. 그뿐이었다.

"그래도 그게, 하. 젠장."

"찾았으면 된 거지. 그리고 지금 그게 중요한 게 아닌 거 같은데?"

"그래……. 그렇지."

"아무래도 롱친이 나한테 한 말이 허언은 아닌가 봐."

"……카이화가 저 녀석들 손에 있다는 거 말이지?"

"그게 아니라면 어떻게 쉬에화도 있는 이 자리에……."

유주는 되는대로 말을 내뱉다 멈칫했다. 리옌도 동시에 행동을 멈췄다. 둘은 같은 생각을 하고 있었다.

당연하겠지만 쉬에화도 카이화의 실종에 대한 일을 알고 있었다. 그러니 당연히, 쉬에화 실종에 루쳰허가 연관되어 있다는 것 또한 파악하고 있을 터이다.

그러나 롱친은 그런 쉬에화와 마주칠 수 있는 상황에 루쳰허를 데리고 왔다. 이건 단순히 생각하면 도발이었다. 이런 공적 자리에서 쉬에화가 카이화의 일을 문제 삼아 트집을 잡기 어려울 것이란 생각에서 저지르는 단순한 도발.

하나 달리 생각하면…….

아무 일도 벌어지지 않을 것임을 알기에 당당하게 행동하는 것일 수도 있었다. 이를테면 이미 쉬에화는 카이화의 신병을 확보했고, 카이화를 쥔 채 삼합회 본부와의 우애를 다지며 그대로 랴오위와 리옌의 사지를 잘라 모든 것을 한입에 꿀꺽 삼켜 버리겠다는 야심이 있다면. 그리고 거기에 롱친이 협조했고, 본토의 삼합회와 결탁하여 싱하오를 칠 예정이라면. 이 예상이 들어맞는다면…….

애당초 랴오위와 리옌은 버리는 말이고, 이미 힘을 빼 놓을 대로 빼 났으니 더 이상 견제할 가치조차 없다고 판단한 것이라면…….

"하하."

유주가 멋쩍게 웃었다. 지금 그녀가 할 수 있는 최선은 그거였다. 리옌도 헛웃음을 쳤다. 만약 며칠 전 밤, 리옌이 유주에게 내뱉은 말들이 죄다 실 없는 것이 아니라면…….

"그냥 먹자, 일단."

"그래."

"나 숙소 바꾸고 싶어. 쉬에화의 입김이 안 닿는 곳으로."

"알겠어."

"여기 며칠 있을지 모르겠지만 한국에는 무조건 보내 줘."

"그래."

"현지 가이드 붙여 줘."

이 대목에서 리옌은 잠시 의문을 띠웠다. 유주가 작게 한숨을 삼켰다.

"내키지 않는 거 알아. 하지만…… 그냥 내버려 둘 순 없잖아. 당신은 움 직일 수 없고."

유주의 말에 리옌은 잠시 침묵했다. 그가 얼마나 유주를 이 일에서 빼내 려고 했는지 알았다. 하지만 그의 노력에도 불구하고 일은 제멋대로 굴러가 고 있었다.

이제 계획을 수정할 때였다. 랴오위는 모르겠지만 카이화는 위험한 상태인 듯했다. 생명의 위협까지는 잘 모르겠지만 정조의 위협만은 확실했다. 아마 평생을 저당 잡힐 위험이었다.

"원한다면 아예 집을 얻어 줄 수 있어. 단기로."

"나 못 해도 열흘 전엔 한국 들어가야 한다고."

"그 기간만이라도 편하게 생활했으면 해서 하는 소리야."

언젠가 리옌이 그랬다. 그녀는 사람 헷갈리게 하는 데 재주가 있다고. 하지만 유주가 보기에 그도 만만찮았다. 그녀와 정을 떼려는 듯 냉담하게 굴다가도 이런 식으로 다정하게 굴면 곤란했다.

"그냥 호텔을 찾아주는 걸로도 족해. 단기든 장기든 집 빌리면 관리는 내 몫이잖아. 게다가 누구 덕분에 이제 호텔 생활의 꿀 빠는 맛을 알아버렸는걸?"

"그럼 다행이군."

시선이 마주친 잠깐, 유주는 둘이 마치 이전으로 돌아간 듯한 느낌을 받았다. 이곳이 낯선 환경의, 완전히 다른 장소라는 것과는 무관했다.

왜일까. 그냥 그런 느낌이었다. 왠지 이대로 입을 맞춰도 위화감이 없을 것 같았고, 손을 잡고 곧바로 호텔로 들어서도 아무 문제가 없을 것 같았다.

"나……."

하지만 리옌이 그걸 바라지 않았다. 유주도 마찬가지였다.

어차피 일이 제대로 마무리되지 않는다면, 결국 지지부진하게 흘러가다 지치는 건 두 사람일 터였다.

"잠깐 바람 좀 쐬고 올게."

"……같이 나가 주지."

"아니. 혼자도 괜찮아."

"여긴 낯선 곳이잖아."

"흡연 장소를 찾고 싶을 뿐이야. 괜찮아."

유주는 극구 따라오려는 리옌을 만류하고 혼자 파티장을 빠져나왔다.

그녀가 그 느낌을 받은 걸, 그리고 리엔도 같은 걸 생각했다는 알아채는 건 어렵지 않았다. 유달리 합이 잘 맞았던 둘이었다. 둘 다 기민하고, 눈치가 있었다. 상대를 살피는 데 능숙하기도 했다.

하지만 그런 눈치가 있다고 해서 모든 남녀가 다 둘과 같은 사이가 되진 않았다. 즉 처음부터 유주가 리엔의, 그리고 리엔이 유주의 생각과 상태를 빨리 알아챈 건 이미 관심이 있었기 때문이었다.

그래 봐야 무슨 소용이 있다고. 그래 봐야…… 어떤 희망이 있다고.

"서유주, 정신 차려."

카이화의 일이 해결되면 거짓말처럼 감정도 식을지 모르는 일이었다. 그들이 느낀 흥분은 단순히, 위기 상황에서 찾아오는 위협 반응에 대한 생리적 기제의 일환일 수도 있었다. 유명한 말로 '흔들다리 효과'라고 하지 않던가.

그렇다고는 해도 리엔은 끔찍할 정도로 유주가 위험 상황에 빠지는 걸 꺼렸고, 유주는 이미 그런 남자에게 마음을 주고 몸을 내던지고 있었다. 둘의 목표는 같지만 다른 생각이 결국 이런 상황을 만들어 냈다.

유주는 자기 자신을 금은보화로 꾸며주고 유리 장식품처럼 조심히 다뤄주길 원치 않았다. 가끔 무모하다는 말을 듣긴 하지만 그런 자신을 믿어 주고, 함께 움직일 수 있는 사람이 좋았다. 그녀가 상처를 회복할 수 있도록 안전한 곳에 보관해 두는 게 아니라, 아주 하찮은 것이라도 그녀가 능력을 보일 수 있게 해 주고 그를 인정해 주는 사람이 좋았다.

순간의 열정은 말 그대로 잠시 잠깐이었다. 두 사람이 계속 함께한다는 건 열정과는 무관하게, 그런 차이를 좁혀 가는 노력의 과정을 의미했다.

하지만 리엔은 거절했다. 그녀가 가장 용기를 낸 순간, 가장 비참한 방식으로.

"여긴 뭐 따로 흡연 구역도 없나."

유주는 생각을 멈추고 호텔 정문 밖으로 나왔다. 당연히 흡연 구역이 있을 것으로 생각했는데 생각해 보니, 이 호텔은 번화가 중심에 자리 잡은 곳이었다. 아예 으슥한 골목 같은 곳에 접어들지 않으면 이런 차림으로 담배를 입에 무는 게 눈치 보일 터였다.

그리고 떠올려 보니 그녀의 수중엔 담배가 없었다. 드레스와 세트인 예쁜 파우치는 여권과 지갑, 휴대폰만으로도 꽉 찼다. 만약 골목길에 접어들었다가 무뢰배들에게 파우치를 빼앗기기라도 하면 국제 미아가 되는 건 금방이었다.

"잠깐!"

그래도 우선 담배 한 갑 먼저 살까. 그런 생각으로 몸을 돌리려는 찰나 누군가 그녀의 손목을 덥석 붙잡았다. 유주가 화들짝 놀라 팔을 뿌리치려는데 상대의 얼굴을 보고 그대로 몸이 굳었다.

리옌이었다. 그새 무슨 일이 있었는지 그의 이마는 땀으로 흠뻑 젖어 있었다.

"어…… 리옌?"

"밖에, 나가지 말라고, 하는걸, 깜빡해서……."

그의 몰골을 보아하니 유주가 엘리베이터를 타고 내려오는 동안 그는 계단을 타고 내려온 것 같았다. 아무리 중간에 몇 층 멈춰 섰다고 해도 연회장은 45층이었다.

그것을 떠올린 유주가 기겁하며 그의 손을 뿌리쳤다. 그러곤 무심결에 그의 이마를 쓸었다. 땀으로 진득했다.

"설마 뛰어왔어?"

"엘리베이터가…… 전부, 사용 중이더라고."

숨을 몰아쉬느라 중간중간 말이 끊겼다. 유주는 고작 그 말을 해 주기 위해, 전화를 건다는 선택지도 떠올리지 못한 멍청한 남자를 멍하니 쳐다보았다. 그도 이내, 전화를 걸면 해결될 일이었다는 걸 깨달은 듯 머쓱한 표정으로 몸을 반걸음 뒤로 물렸다.

"그…… 안에 시가렛 룸이 따로 있거든."

그를 바라보는 유주의 시선이 가늘어졌다. 그 묘한 기운을 느낀 것인지 리옌이 슬쩍 눈을 피했다.

아무리 눈치가 없어도 알 수 있었다. 리옌은 여전히 유주를…….

그런 리옌을 바라보는 유주의 눈빛이 흔들렸다. 아니, 흔들리는 것은 그녀의 마음이었다.

둘은 이미 엇갈릴 대로 엇갈렸다. 상황도 시간도, 둘의 사정을 봐주지 않았다. 심지어 마음의 방향도 속도도 제각각이어서 서로 어긋나기만 했다.

그 순간 어떠한 예감 같은 것이 뇌리를 스쳤다.

지금이 바로, 둘이 완벽하게 서로의 마음과 생각에 도달한 상황이라고. 바로 지금이라고.

"혹시……."

유주가 혀로 입술을 핥았다.

이전에 아무 일이 없었다 해도, 다음 행동을 충분히 유추할 수 있도록.

"파티가 재미없으면…… 빠질래?"

어두컴컴했던 극장 안. 점멸하던 화면과 코를 찌르던 시원한 코롱 향기, 버석거리며 손바닥 안에 잡히던 재킷의 질감, 빛을 등진 남자의 넓은 어깨와 숨이 막힐 것처럼 뜨겁던…… 호흡.

그 모든 것들이 떠올랐다. 리옌은 유주가 무슨 말을 하는지 잘 알았다. 그때와 지금의 상황은 어느 것 하나 닮은 게 없었음에도, 마치 지금이 그 순간의 연장선인 것 같았다.

정신을 차려 보니 유주는 도로 한복판에 리옌의 허리에 팔을 감은 채 열렬히 키스에 응하고 있었다. 하이힐을 신은 발목이 위태롭게 후들거렸다. 질끈 눈을 감고 있었지만 와 닿는 체온과 체향이, 그녀의 몸과 마음을 제멋대로 다루는 이 남자가 누구인지 알려 주고 있었다.

"올라가자."

거친 호흡을 숨기지 못한 채, 리옌이 한껏 낮아진 목소리로 속삭였다.

연회장으로 돌아가자는 의미가 아니었다. 유주는 침을 꼴깍 삼키며 간신히 고개를 끄덕였다. 그 미약한 움직임에 리옌이 그녀의 손을 잡았다.

* * *

샴페인, 와인, 치즈, 비스킷, 호박 수프, 안심 스테이크, 구운 버섯과 아스파라거스, 스파클링 와인.

혀가 얽히면 얽힐수록 만찬에 나온 간식과 메뉴가 무엇이었는지 더더욱 기억이 또렷해졌다. 유주는 그의 몸에 자신의 몸을 바짝 붙인 채, 그의 재킷을 거세게 붙잡았다. 물에 빠진 사람이 지푸라기라도 잡는 것처럼. 그러지 않으면 당장이라도, 떨리는 몸이 아래로 추락할 것 같았다.

"머릿속이…… 어질어질해."

가까스로 입술이 떨어진 순간, 유주가 작게 중얼거렸다. 그 혼잣말에 리옌은 웃음기 없는 목소리로 대답했다.

"나도."

갈증이 극에 달해 갈라진 것 같은 목소리였다. 그러나 그 버석거리는 음성과는 다르게 입술은 타액에 젖어 번들거리고 있었다.

유주는 과감하게 그의 목에 팔을 감았다. 그녀의 몸이 번쩍 들렸다. 구두 한 짝이 벗겨졌지만, 리옌이나 그녀나 고작 구두 한 짝에 신경 쓸 리가 없었다.

쓸데없이 큰 객실을 잡은 탓에 리옌의 시원시원한 걸음으로도 열 발짝이나 더 걸어가야 했다. 그사이 리옌의 입술은 유주의 턱 끝을 지나 목덜미를 파고들고 있었다. 유주는 고개를 뒤로 젖히며 그에게 몸을 더욱 바짝 붙였다. 교태를 부리듯 낮은 신음을 흘리며 그의 귀 뒤와 턱, 목덜미를 쓸었다. 안달이 난 건 그뿐만이 아니었다.

"하아……. 흐읏!"

유주의 등이 침대 시트에 닿은 순간, 리옌이 단숨에 유주의 드레스를 끌어 내렸다. 이내 큼직한 손이 그녀의 한쪽 가슴을 세게 틀어쥐었다. 그녀의 입에서 짧은 신음이 터져 나왔다.

리옌이 잠시 멈칫하더니, 마치 그 소리가 기폭제라도 된 양 자신의 입술로 유주의 호흡을 단단히 틀어막으며 거침없이 그녀의 유두를 손가락 사이에 끼운 채 손바닥에 꾹꾹 힘을 주었다. 유주는 헐떡이면서도 그의 와이셔츠 단추로 손을 뻗었다. 손가락이 가볍게 떨리고 있었다.

"당신은, 잠깐 쉬고 있어."

리옌은 첫 번째 단추부터 제대로 풀지 못하는 유주를 위해 잠시 몸을 일으켰다. 아……. 유주의 입에서 아쉬운 듯한 소리가 흘러나왔다. 그 안달난 목소리에 애가 탄 건 리옌이었다. 그는 자신의 와이셔츠 단추를 세 개째 풀다 짜증이 난 듯 거의 찢어 버릴 것처럼 거칠게 벗어젖혔다.

「젠장.」

유주는 흥분에 덜덜 떨면서도 그가 내뱉는 말이 욕이라는 걸 알아챈 듯 비릿하게 웃었다. 단내가 풍겨 오는 것 같은 그 미소에 리옌이 재빨리 몸을 숙여 그녀의 드러난 한쪽 젖가슴을 입에 물었다.

"흐응……."

평소 유주의 괄괄한 모습에선 상상도 하기 힘든 비음이 터져 나왔다. 신음을 삼키기 위한 것이었기에 훨씬 자극적인 소리였다. 리옌은 아찔한 느낌에 잠시 눈을 감았다. 유주는 자신의 다리를 배배 꼬며 그의 손을 제 허벅지 위로 끌어당겼다.

"빨리……."

이보다 더 명확한 의사 표현은 없었다. 리옌이 그녀를 원하는 만큼, 유주도 그를 원하고 있었다.

그 어느 때보다 또렷한 눈빛들이 마주쳤다. 유주가 이내, 자신의 행동이 부끄러운 듯 살짝 눈을 감고 고개를 모로 틀었다. 하지만 부끄럼을 타는 것치고 허리를 들썩거리며 그의 목에 팔을 감아 끌어당기는 행동은 적극적이었다.

그에 호응하듯 리옌의 손이 유주의 허벅지 사이로 미끄러져 들어갔다. 안쪽 삼각지에 고여 있던 뜨끈한 열감이 녹아버릴 것 같았다.

그는 그 안이 어떤 형태로 손가락을 집어삼키는지, 얼마나 찰지게 감겨들고 애타게 조르는지 알고 있었다. 안쪽에서부터 스며 나오는 애액에서 풍기는 단내에 제 이성이 어느 정도까지 녹아드는지도 알았다.

입 안이 바짝바짝 타들어 갔다. 리옌이 혀로 입술을 적셨다. 유주는 눈을 가늘게 뜬 채 그를 곁눈질로 훔쳐보고 있었다. 그 앙큼한 작태에 피식 웃음이 났다.

"보고 싶으면 대놓고 봐. 숨어서 볼 거 있나. 숨을 곳도 없는데."

"……그럼 숨기지 말던가."

유주의 목소리도 흥분에 살짝 갈라져 있었다. 리옌이 유주의 귓가로 고개를 숙이더니 그녀의 귓속으로 혀를 밀어 넣었다. 입술도, 아래쪽도 아닌 곳에 혀가 들어오는 이질적인 감각에 유주가 몸을 떨며 "흐으!" 하고 작게 신음을 뱉었다. 리옌은 시트를 붙잡고 있는 그녀의 한 손을 가져다 제 바지 위로 가져갔다.

"풀어줘."

한 손으로 버클을 풀고 브리프를 내리는 정도야 쉬웠다. 하지만 정확히 페니스 위에 올려진 유주의 손은 기대감에 달달 떨리고 있어 버클을 푸는 데에만 해도 한세월이 걸렸다.

리옌은 인내심 있게 그녀의 행동을 기다리며 손바닥으로 유주의 팬티 둔덕 위를 완전히 덮었다. 그리고 마치, 그 사이의 천 따위는 아무런 방해도 되지 않는다는 듯 위아래로 긴 손가락을 마찰시켰다. 팬티 위가 조금씩 젖어 갔다.

"아……, 흐아, 아, 훗…… 좋아……."

유주가 달뜬 숨을 내뱉으며 가까스로 리옌의 버클을 풀고, 지퍼를 내렸다. 브리프 위로 단단히 솟은 성기는 그녀의 한 손바닥 안을 가득 채우고도 남았다. 게다가 그 또한 흥분한 것인지, 선단 부분이 살짝 젖어 있었다.

"더 세게……."

리옌이 거친 숨을 내뱉으며 스스로 브리프를 내렸다. 퉁, 하고 한껏 발기한 성기가 속옷 밖으로 튕겨 나왔다. 이미 어떤 모양인지, 어느 각도로 휘어져 있고 어느 부분이 유독 굵은지 알고 있었지만 봐도 봐도 적응 안 되는 사이즈였다.

그렇지만 두려운 마음보다, 안쪽이 근질거리는 기대감이 더 컸다. 유주는 손바닥으로 그의 성기 끝부분을 감싸 쥐며 손바닥 안쪽 살로 그의 귀두를 꾹꾹 조이며 짓눌렀다. 손목 부분이 그가 토해 낸 쿠퍼액으로 미끌미끌 젖어 갔다.

「씨발.」 허리 들어."

애당초 유주가 걸치고 있던 건 팬티 한 장뿐이었다. 그러나 그 얄팍한 거리감이 그를 못내 미치게 만드는 모양이었다.

유주는 반사적으로 허벅지를 꽉 조였다. 그의 손바닥이 더욱 세게, 둔덕 위로 밀착되었다. 바깥쪽만 깔짝거리는 건 영 감질났다. 그녀는 다른 걸 원했다. 보다, 더욱 세게. 휘감기듯이. 완전히 짓눌리는 것 같은 그런 감각.

"응…… 빨아 줘……."

유주가 리옌의 머리채를 잡아 제 귓가의 얼굴을 떼어 냈다. 그만두길 원해서가 아니었다. 더욱 강한 자극을 원해서였다.

리옌은 입술 위에 내려앉은 그녀의 속삭임에 다시 한번 욕설을 씹어 삼켰다. 그녀에게 대답 대신 가벼운 입맞춤을 선사한 후, 그는 곧바로 몸을 일으켜 그녀의 양 다리를 거칠게 잡아 벌렸다. 진득한 키스를 기대한 유주로서는 아쉬웠지만 이내 팬티가 벗겨졌다. 얇은 천 쪼가리를 적시던 것이 길게 늘어지며 서늘한 한기를 느끼게 했다. 그러나 그도 정말 잠깐이었다.

유주는 그가 제 가랑이 사이로 파고드는 장면을 보며 크게 숨을 삼켰다.

"아아······."

그의 혀는 젖어 있는 구멍 안쪽으로 단숨에 파고 들어갔다. 겹겹의 속살이 그의 혀와 입술에 의해 뭉개지며 그의 방문을 반겼다.

유주가 고개를 뒤로 젖히며 그의 머리카락을 쥐었다. 내벽을 할퀴듯 쑤셔 대는 거친 혀 놀림은 그녀의 간지러운 근원부에 닿지 않았지만, 충분히 아찔하고 자극적이었다. 더욱이 그의 높은 콧대는, 그가 한 방울의 애액도 남기지 않고 빨아들이겠다는 듯 고개를 꺾을 때마다 클리토리스를 짓눌렀다. 그 탓에 한 번씩 눈앞에서 별이 튀는 거 같았다.

"리, 흐아, 리엔, 흐······."

마치 개가 물을 마시는 것 같은, 아니 꽉 닫혀 있던 살덩이를 강제로 벌려 그 안의 물을 빨아 먹는 원초적인 소리가 천박했다. 그리고 유주는, 그 날것의 소리에 제가 얼마나 흥분했는지 알았다.

그 진득하고 집요한 혀 놀림에 안달이 난 건 유주 하나였다. 허리를 들썩거리는 것으로도 모자랐다. 몸이 달달 떨렸다. 젖꼭지도 빳빳하게 섰고, 안쪽은 이제 간지럽다 못해 무언가 차오르는 느낌이 들었다.

말 그대로 요의였다. 밑을 흥건하게 적시는 이 느낌이 아니었다. 유주가 짧은 비명을 질렀다.

"그, 아, 그마, 그만! 그, 흣, 이제, 아······."

이대로라면 그의 얼굴에 실례할 것 같았다. 유주는 백치처럼 토막 난 말들만 간신히 내뱉었다.

다른 건 몰라도 이 팽팽하게 당겨진 긴장감을 놓쳐 버리면 안 될 것 같았다. 뭔가 돌이킬 수 없는 짓을 저지르게 될 것이다. 유주가 헐떡이며 입술을 씹었다.

참아야 했다. 참고 싶었다.

"잠, 그만! 그만 해, 흐앙, 아, 그······."

하지만 속절없는 비명이 연신 터져 나갔다. 육체적 흥분 앞에 알량한 자존심과 부끄러움이 죄다 고갈되는 것 같았다. 유주가 그의 어깨 위에 손톱을 세우며 세게 긁어 올렸다. 아랫배 안쪽 어딘가가 터질 것 같았다. 말 그대로, 쌀 거 같았다.

"그냥 싸."

탁하고 거칠게 갈라진 리옌의 목소리보다, 아래에 닿는 뜨거운 숨결이 더욱 신경 쓰인다 싶은 찰나였다. 그의 손가락 두 개가 허락도 없이 안을 열었다. 동시에 그가 유주의 갈라진 틈을 길게 훑었다.

"아아!"

신음과 함께 밑에서 봇물처럼 세찬 물줄기가 뿜어져 나왔다. 그 위를, 리옌의 입술이 덮었다. 더불어 흐름에 역행하며 안쪽을 헤집는 손가락의 피스톤질이 더욱 거세졌다.

유주가 눈을 질끈 감고 시트 위로 뺨을 비볐다. 수치심과 해방감, 그리고 그의 자극으로는 상쇄되지 않는 흥분이 동시에 찾아왔다.

"리옌, 아…… 제, 제발, 응, 흐읏, 아, 제발……."

유주는 자신이 무슨 말을 하는지도 모르고 애원했다. 뭘 원하는지도 이제는 알 수 없었다. 이미 한 번 정점에 올랐음에도, 내벽을 긁어내리는 리옌의 손짓은 멈출 기미가 보이지 않았다.

허벅지가 경련하며 허리가 절로 뒤틀렸다. 찌걱거리는 소리와 츄릅거리는 소리가 제 밑에서 나고 있었다. 유주는 그의 어깨에 박은 손에 힘을 주었다.

"그만……, 아, 제발, 제발, 흐흣, 흑, 아, 이제 제발, 아아……."

끔찍한 사실은 분명 절정을 맞이했음에도 제 몸이 더욱 무언가를 갈구하고 있단 사실이었다.

탈력감도 찾아왔지만 그보다 빠져나간 것을 채워 줄 갈급함이 더 컸다.
이젠 받아들이고 싶었다. 몸이 충분히 풀렸는지 아닌지도 상관없었다.

그저, 비어 있는 구멍을 억지로라도 채우고, 뒤흔들려야만 직성이 풀릴 것 같았다. 그래야 안개가 낀 것처럼 희미한 이성이 조금이나마 돌아올 것 같았다.

"빨리, 제발 아……, 이, 개자식아, 빨리!"

"그거 알아?"

질질 흐르는 아래를 죄다 빨아 마신 리엔이 그제야 고개를 들었다. 유주는 슴벅거리며 그의 얼굴을 시야에 담았다.

입술이 번들거리는 것은 분명 그녀의 밑을 적신 애액 때문일 터였다. 하지만 뺨과 앞머리 몇 가닥을 적신 저건 분명 다른 거였다.

젠장. 유주는 수치심에 그의 눈을 피했다.

"……뭘?"

"당신은 한 번 간 뒤에 계속 자극받는 걸 좋아해."

찌익. 언제 준비한 건지 그의 손에는 콘돔이 들려 있었다. 유주는 멍하니 풀린 눈으로 그를 내려다보다 멍청히 물었다.

"그걸 당신이……."

"잘 알지. 젠장, 좀 작군."

리엔이 유주의 뺨 옆에 팔을 기댔다. 그러곤 이마와 눈가에 쉴 새 없이 입을 맞춘다 싶더니 여전히 잔떨림이 멎지 않은 허벅지를 잡아 벌렸다.

유주는 여전히 아래에서 눈을 떼지 못했다. 그의 페니스는 과장을 좀 보태 그녀의 팔뚝 두께에 필적했고, 흉흉하게 돋은 핏줄 때문에 울퉁불퉁했다. 게다가 위로 빳빳하게 고개를 쳐들고 까딱거리는 모양새가 위협적이라, 사람의 신체 기관이라기보다는 하나의 흉기 같았다.

저런 걸 받아들일 수 있을까. 그런 생각이 들었다. 하지만 놀랍게도, 두려움보다는 기대감이 앞섰다. 유주는 고개를 들어 그의 뺨에 입술을 가져다 댔다. 여전히 어깨까지 간헐적으로 움찔거리는 게, 열이 가시려면 한참의 시간이 지나야 할 터였다.

분명 그녀의 몸 안에 불을 지핀 만큼, 그 불을 꺼 줄 것은 리옌의 저 사나운 페니스뿐일 게 뻔했다.

"난 잘 모르겠으니까……."

유주가 가늘게 심호흡을 했다. 리옌은 제 피부 위로 흩어지는 그녀의 숨소리를 음미하듯 눈을 감으며 매끈한 콘돔에 감싸인 성기를 잡고, 그 뭉툭한 선단을 질구 위아래로 비벼 올렸다.

그러나 이내 움찔, 그의 허리가 튀었다. 유주가 양손으로 성기를 붙잡은 그의 손을 맞잡은 것이다. 무슨 짓을 하려는 것인가 싶어 유주를 내려다보자 유주는 열없이 웃으며 천천히 그의 성기의 콘돔을 벗겨 냈다.

"어디 내 몸에 대해 알려 줘 봐."

이런 마당에도 도발을 멈추지 않는 유주의 모습에 리옌의 숨결이 거칠어졌다. 리옌은 목 안쪽을 울리며 그대로 유주의 안쪽을 향해 쑤욱 밀고 들어갔다.

"아!"

사실 대가리를 들이밀 때부터 막연히 불안하긴 했다. 하지만 그의 좆은 말 그대로 너무 컸다. 숨이 턱턱 막혀 왔다.

침입자를 용납지 않겠다는 듯 세게 조여 오는 안쪽 살들을 강제로 비틀어 여는 리옌의 기세는 사납기만 했다. 젖은 통로를 꾸역꾸역 밀고 들어오는 탓에 잔뜩 벌어진 입구 부분부터 홧홧한 열감이 느껴졌다.

너무 오래간만이라 그럴까? 아팠다. 그런데 좋았다.

고통과 쾌락은 공존 가능하다는 사실을 유주는 처음 알았다. 홧홧하게 타오르는 안쪽의 살들이 그의 물건을 꽉 문 채 더 깊은 안쪽으로 그를 잡아당기고 있었다.

"아아, 아, 자, 잠까……."

"당신은 이런 걸 좋아해, 그렇지?"

유주 자신조차도 제 질벽 내부가 좋아 요동치는 걸 알았으니, 리옌이 눈치채지 못할 리 없었다. 유주의 귓불을 잘근잘근 씹는 리옌의 목소리엔 희열이 가득했다. 유주는 반박도 하지 못했다.

몰랐다. 자신이 이런 걸 좋아하는 줄은.

"아, 조, 좋…… 아아!"

쑥 하고 그가 제 성기를 안쪽 깊숙한 곳까지 쑤셔 박았다. 거칠게 위로 찍어 올리는 그 행동에 배려심 따위는 일절 보이지 않았다.

빌어먹게도 그래서 좋았다. 유주는 눈을 질끈 감은 채 그의 어깨를 할퀴며 숨만 깔딱거렸다. 몇 년이나 닫혀 있던 살덩이들이 억지로 열리며 몸 안에 새로운 통로를 개척해갔다. 말 그대로 작살에 꿰인 짐승이 된 기분이었다. 이대로 배가 뚫리고, 어쩌면 정수리까지 관통당할지 모른다는 두려움에 절로 발끝이 곱았다.

어디에 닿은 것인지 모르겠지만 밑이 빠질 것 같은 기분이 들었다. 쿡, 하고 리옌의 페니스가 안쪽 어딘가를 찌르니 말 그대로 온몸이 발발 떨리며 자지러질 것 같았다. 유주의 다리가 허공에서 달달 떨렸다. 그의 어깨를 할퀼 힘도 없었다.

"아, 리옌, 아, 흐아, 아응, 훗!"

물에 빠진 사람처럼 허우적대며 유주는 그의 목에 매달려 혀를 내밀었다. 아랫입술에 입을 맞추고 빨아들이니 감질나는지, 리옌이 그대로 그녀의 숨을 덮었다.

찔걱거리는 소리와 함께 유주의 리옌의 아래와 리옌의 아래가 완전히 맞물렸다. 그의 고환이 회음부에 닿은 지 예전이건만, 그는 꾸욱, 꾹 안쪽을 세게 짓눌렀다.

그에 유주는 눈을 까뒤집듯 하며 비명을 질렀다. 죽을 것 같았다. 말 그대로 이대로 죽어 버릴지도 몰랐다. 하지만 리옌은 그런 유주의 비명과 입가로 흐르는 침까지 죄다 집어삼켜 버리곤 다시 한번 안쪽을 쿡, 찔렀다. 유주의 몸이 한도 이상으로 빠르게 흥분했다.

다시금 배 속이 팽팽하게 당겨지며 아랫배가 조여 왔다. 요의가 느껴졌다. 유주는 그의 혀에 엉킨 제 혀를 풀어 내려 안간힘을 썼다. 그리고 이미 힘이 풀린 양팔로, 그의 어깨를 내리쳤다.

놔 달라고, 안 된다고. 잠깐, 제발 그만하라고.

"흡, 하아……."

하지만 거의 뽑아 냈다는 표현이 적절할 정도로 재빨리 허리를 뒤로 물린 리옌이 그만큼의 속도로 거세게 질구 안쪽을 치받아 들어올 때, 유주는 참지 못하고 다시 한번 밑으로 물을 쏟아냈다. 거의 빈틈없이 단단히 맞물려 있던 지라, 그녀의 두 번째 사정은 마치 소변처럼 둘의 밑을 적셨다. 핏, 핏 하고 틈새로 삐져나오는 가냘픈 물줄기는 리옌의 배에도 흐른 건 물론이다. 그것을 내려다보며 그가 씩 웃었다.

"어때, 서유주. 좋아?"

리옌의 입술에서 벗어났지만 유주는 제대로 대답할 수가 없었다. 정신이 혼미했고, 시야가 희끄무레했다. 혀도 풀린 지 오래였다. 턱까지 달달 떨렸다. 이와 이가 간헐적으로 부딪히며 따닥거리는 소리를 내었다.

개자식. 유주는 강제로 제 절정을 끌어낸 리옌을 향해 눈을 흘겼지만 이미 턱 끝까지 차오른 숨조차 컨트롤하기도 힘든 그녀였다. 제대로 눈가에 힘을 줄 수 있을 리가. 하지만 그 불만스러운 눈빛만은 제대로 전해진 것인지 리옌이 피식거렸다.

"이제 더 좋아질 거야."

그의 굵직한 성기가 뭉근하게 뒤로 빠져나갔다. 안쪽 살들이 그에 질척하게 엉겨 붙어 같이 딸려 나가는 듯한 착각에 유주가 몸서리를 쳤다. 그러나 절반이나 빠져나갔을까 싶을 즈음 다시 푹, 박혀 들어오는 충격에 유주는 머리가 띵 하고 울릴 정도의 충격을 받았다.

이미 유주의 몸은 그녀의 통제를 벗어난 지 오래였다. 작은 자극만으로도 생각이란 걸 할 수 없을 정도로, 온몸이 예민하게 반응했다. 이제 아래에선 질척이는 소리가 아니라 철벅거리는 소리가 났다. 살과 살이 맞대어 졌다 떨어질 때마다 홍수라도 난 것처럼 묽은 애액이 사방으로 튀었다.

"당신 밑이 제대로 풀어졌거든."

그렇게 말하며 리옌은 눈매를 접었다. 그 모습에 유주는 저도 모르게 몸을 뒤척였다. 하지만 아무리 발버둥 쳐도 이미 그의 품 안이었고, 그를 품고 있었다. 달아날 길이 보이지 않았다.

"흐으……."

간신히 말인지 신음인지 모를 소리를 흘리며 유주가 입을 벌렸다. 그 안으로 들어온 건 리옌의 두 손가락이었다.

혀를 감아 놀리는 그의 손가락에선 아릿한 비린내가 났다. 아까 전, 그가 유주의 밑을 빨고 올라왔을 때 맡은 냄새였다. 유주는 그게 제 냄새라는 걸 깨닫고 반사적으로 이를 세웠다. 하지만 리옌은 "윽" 하는 짧은 신음을 내뱉을 뿐, 그녀의 다리 사이로 드나드는 행위를 멈추지 않았다.

"아, 아아, 자, 흐, 으응, 흣, 이예……."

리옌이 한 번 허리 짓 할 때마다 턱턱 거리며 그의 무식하게 큰 성기가 유주의 가장 깊숙한 안쪽을 두드렸다. 숫제 다시 숨이 넘어갈 것 같아 유주는 뭉개지는 발음으로 그의 이름을 불렀지만 그의 손가락을 침으로 적실 뿐이었다.

"아, 유주……."

난폭하게 속살을 벌리고 쑤셔 박으면서도 리옌의 목소리엔 여전히 갈망이 가득했다. 분명 양껏 처박고 있으면서도, 더 많은 것을 그녀에게 요구하고 있었다.

그가 뒤로 물러날 때마다 여전히 근질거리는 안쪽이 경련을 일으켰다. 다시 안쪽 빈 곳으로 리옌의 성기가 처박힐 때, 유주는 넘실거리는 희열에 절로 엉덩이를 들썩이고 허리를 흔들었다. 안 봐도 엉망이 되었을 아래와, 이 기쁨을 조금이라도 더 오래 끌고 가려는 탐욕스러운 속살이 짐승 같은 사내의 만족을 끌어내려 그의 자지를 더욱 난폭하게 조였다.

"아, 유주……."

리옌이 위아래로 흔들거리는 유주의 한쪽 젖꼭지를 덥석 물었다. 마치 잘 익은 과일을 터트려 먹을 듯 빳빳하게 달아오른 유두를 혀와 이로 잘근거린다 싶더니, 그녀의 입 안을 가득 채웠던 손가락을 뽑아냈다.

"흐으, 하, 으앙, 리, 리옌! 아, 안……."

그녀의 음핵 위로 젖은 손가락이 닿았다. 바짝 선 것은 위나 아래나 매한가지였다. 안 그래도 요동치고 있던 안쪽이, 또 다른 자극에 찌릿찌릿했다. 고통 속에서도 쾌락을 느낄 수 있듯, 쾌락 속에서도 고통이 있었다. 유주는 달뜬 비명을 내지르며 제 머리칼을 쥐어뜯었다.

"아, 아…… 아니, 안, 아……."

"안 되긴."

완전히 벌어진 입구가 벌름거리며 쉴 틈 없는 자극에 끊임없이 반응했다. 오물거리며 리옌의 성기를 먹어 치우는 유주의 질구는 그녀만큼이나 영리했다. 쑤셔 줄 때는 솔직하게 조여오고 빠져나갈 땐 아쉽게 풀어지는 그 반응이 야했다.

"아, 리옌! 아아……."

"큭……."

유주가 거의 흐느끼다시피 그의 이름을 부르며 고개를 뒤로 젖혔다. 절로 허리가 들리며 허공에 뜬 그녀의 사타구니가 응석을 부리듯 리옌의 성기 쪽으로 바짝 달라붙었다.

그런 유주의 허리를 한쪽 팔로 감아 당기며 리옌은 그녀의 아주 깊은 곳에 질펀하게 제 열기를 쏟아냈다. 유주는 그에게 여전히 밑을 꿰뚫린 채, 세 번째 맞이한 절정에 그저 발발 떨고만 있었다.

"서유주……. 유주, 서유주. 서유주……."

리옌이 유주의 이름을 부르며 천천히 그녀의 질구에서 제 성기를 뽑아냈다.

주룩, 하고 그녀의 잔뜩 벌어진 구멍에서 애액과 뒤섞인 흰 정액이 흘러내렸다. 지금껏 쩍쩍거리며 달라붙었던 아랫도리는 이미 흰 포말로 엉망이었다.

"서유주."

어느새 눈물을 줄줄 흘리고 있던 유주의 두 눈엔 초점이 없었다. 한계치를 한참 뛰어넘은 흥분에 호흡도 엉망이었다.

리옌은 개의치 않고 그녀의 입술을 향해 달려들었다. 호흡과 그 존재마저 잡아먹을 듯 사납게 달려드는 그를, 유주는 후들거리는 팔로 받아 주었다.

"더 자."

혼몽한 와중에 눈을 깜빡인 것뿐인데 리옌이 유주의 눈가를 손바닥으로 덮어 주었다. 그 음색과 눈가의 따끈한 체온 때문에 잠에서 더 깨 버린 것도 모르고.

유주는 그의 손바닥을 걷어 내지 않았다. 그가 그렇게 말하지 않아도 다시 잘 셈이었다. 몸의 피로는 극심했고, 약간 선잠에서 깬 정도로는 아직 졸음과 피로에 겨운 몸 상태가 깨어날 리 없었다.

"……당신은?"

그래도 간신히 대답은 돌릴 수 있었다. 유주의 목소리는 사정없이 갈라져 있었다. 리옌이 그런 그녀의 몸을 제 몸으로 칭칭 감았다. 그녀가 답답해하고, 찝찝해하는 걸 알았지만.

"나도 더 잘 거야."

"언제……."

"오늘은 안 나가. 그만 말하고 더 자. 아니면 물이라도 마실래?"

유주가 가까스로 고개를 끄덕였다. 리옌은 아쉬운 듯 그녀의 관자놀이에 몇 번이나 입을 맞추더니 알몸으로 일어나 냉장고에서 생수 두 병을 챙겨 왔다. 그러곤 상반신을 일으키는 것도 버거워하는 그녀를 일으켜 주고, 등 뒤에 베개 두 개를 받쳐 주었다.

"죽겠어……."

그 말을 내뱉는 유주는 정말 힘겨워 보였다. 가까스로 목 위는 지켜 냈지만, 그녀의 목 아래는 거의 만신창이였다. 잇자국에 키스 마크에 손자국까지. 특히 얼마나 세게 빨았는지 몇몇 자국은 내출혈로 멍이 푸르게 올라와 있었다.

"내가 좀 과했지."

"좀?"

유주가 그에게 물을 받아들려 했지만 손에 힘이 풀린 나머지 그대로 시트 위에 떨어졌다. 어떻게 500mL짜리 생수 하나를 들 수 없을 수가! 유주가 제 몸 상태에 회의하기 전에 리옌이 병을 열고 그녀의 입가에 입구를 대 주었다.

선잠에 빠진 게 새벽이었는데 아직도 창밖은 시리기만 했다. 한 시간이나 제대로 잤을까 싶었다. 유주는 리옌에 의해 몇 시간이나 제멋대로 굴려졌다. 고작 하룻밤이었는데도 거의 모든 체위를 섭렵한 기분이었다.

그에게 적극적으로 협조하던 유주였지만 두 번 이후부터는 그만하라고 그를 밀어냈다. 아릿한 통증이 쾌감으로 변한 것까지는 좋았지만 백치가 되어 버린 것 같은 지독한 쾌감은 오히려 고통과 분간이 되지 않는다는 걸 체득한 몇 시간이었다.

"골반이…… 쪼개진 거 같아."

물을 반 이상 비워 내고 나니 살 것 같았다. 유주는 크게 숨을 내쉬며 다시 벌렁, 침대 위로 쓰러졌다. 그녀의 몸짓에 따라 제법 큰 가슴이 출렁였다. 리옌의 눈매가 가늘어졌다. 유주가 그런 리옌을 흘기며 이불을 끌어 올렸다.

"꺼져."

"내가 뭘 어쨌다고."

"이 사람이 날 바보로 아네."

이불로 몸을 가리는 것도 모자라 그에게서 등을 돌리려는 유주를 가만히 놔둘 리옌이 아니었다.

그가 이불 아래로 파고들며 유주의 허리를 단단히 감아 끌어당겼다. 유주는 짧막한 비명을 지르며 그의 가슴팍에 등을 기댄 모양새로 끌어안기고 말았다.

젖은 다리 사이에 와 닿는 열감이 조금 전까지의 둘의 행위를 떠올리게 했다. 유주는 고개를 저었다.

"나, 진짜, 훗…… 아, 잠깐만……."

"진짜 좋다고?"

"아니, 아……, 안……."

"안에 더해도 된다고?"

"흐아, 아, 이제……."

"벌써 넣기엔 당신 안이 다시 좁아졌어."

리옌의 손이 슬금슬금 움직인다 싶더니 완전히 끈적끈적한 유주의 속살을 헤집었다. 경황이 없어 피임은 생각도 하지 못했다. 그건 명백한 그의 잘못이었지만 그걸 알고도 받아 준 유주 또한 여유가 없었다.

"아, 조금 더 깊이……."

질척거리는 소리가 커질 무렵 유주가 고개를 뒤로 꺾어 그의 뺨에 가까스로 입을 맞췄다. 리옌이 고개를 들어 그녀의 입술에 화답했다.

리옌에게 예정이 없다는 건 거짓말이었다. 유주도 그걸 눈치채고 있었다.

그가 지금까지 살아 있는 건, 말 그대로 시한부나 마찬가지였다. 어제 잠깐 마주친 쉬화는, 결코 녹록한 여자가 아니었다. 어떤 식으로든 카이화의 일과 니시콴라이의 일, 둘 다 제 뜻대로 끌고 가기 위해 수단과 방법을 가리지 않을 게 뻔했다.

"아!"

리옌은 유주의 목덜미에 이를 박은 채 그녀의 안으로 진입했다. 유주는

숨이 넘어갈 듯 쉰 목소리를 내뱉으며 자신의 가슴을 쥐고 있는 리옌의 손
등 위에 손톱을 세웠다.

끊어질 듯 끊어지지 않는 간드러진 신음이 거친 호흡과 함께 다시 침실을
메웠다. 리옌과 유주는 둘 다, 밖의 일을 잊은 듯이 굴었다.

실제로도 다 잊고 싶은 게 맞았다. 둘은 누가 먼저랄 것 없이 정신이
깨어나면 기력을 쥐어짜 가며 서로에게 매달렸다. 생각이란 걸 할 틈이
없도록.

Chapter 9

"미쳤나 봐……."

시간상으로 치면 유주는 연회장에서 빠져나와 약 마흔 시간 이후에 처음으로 몸에 무언가를 걸쳤다. 리옌이 부하 직원에게 시켜 사 온 속옷과 옷은 기분 나쁠 정도로 그녀에게 딱 맞았다.

"왜?"

처음 객실에 들어올 때와 마찬가지로 단정하게 외출 준비를 끝낸 리옌이 유주의 뒷덜미에 입을 맞췄다. 그는 테이블 위에 가지런히 놓인 음식량이 거의 줄지 않은 것에 살짝 인상을 썼다.

"입맛에 안 맞아?"

"그게 아니라……."

이틀 내내 뭐 하나 제대로 먹지 않고 착취만 해 간 것에 대한 보상일까. 그가 준비한 식사는 한식이었다. 하지만 다소 대중은 없었다. 잔치국수, 갈비탕, 불고기, 낙지볶음, 깍두기, 배추김치, 잡채 등등. '네가 뭘 좋아하는지 몰라 전부 준비해 봤어'라는 의미 같으면서도, 그녀 입맛에 맞는 것들만 골라 준비한지라 또 마음이 살살 녹았다.

"그럼 뭐가 미쳤다는 건데?"

리옌이 유주의 맞은편에 앉아 젓가락을 들었다. 그의 손가락은 뼈대가 있지만 살이 붙지 않아 각진 느낌이 있었고, 무척 길었다. 피아노를 치든 그림을 그리든, 하다못해 무언가를 만들더라도 어쩐지 낭만적인 느낌을 풍기기에 제격이었을 것이다. 물론 불과 몇 시간 전까지 다른 곳을 파고들고 있었지만.

아……. 미친.

유주는 무의식중에 든 생각에 순간 얼굴이 화끈 달아올랐다. 진지하게 생각하고 있던 게 불과 2분 전이었다. 단둘만의 은밀한 일을 일상 속에 끌어오는 것만큼 멍청한 것도 없다고 생각했는데 이틀간의 경험이 그녀를 멍청해지게 만든 모양이었다.

"그, 이, 일이 뭐 어떻게 해결된 것도 아니고, 쉬에화한테 언제 보자고 연락이 올지도 모르는 마당에 당신이랑……."

"뭐 어때. 당신은 손님이야. 빚 갚으러 온 채무자가 아니니 안달복달할 필요 없어."

유주는 저도 모르게 그 말에 발끈할 뻔했다. 그녀가 걱정하는 건 그녀 자신의 안위가 아니었다. 리옌이었다.

어영부영 약속 날짜까지는 엿새 정도가 남았다. 유주가 이곳에 와 아무 소득도 없이 뒹굴뒹굴한 게 일주일이나 지났다는 뜻이었다.

한국에서는 경찰들이 움직이고 있을 터였다. 아직 그녀에게 연락이 오지 않았다는 건, 어떤 의미일까. 게다가 장치앙린과 사이가 좋아 보이던 쉬에화의 모습이나 파티 날 보았던 루첸허의 모습이나. 짚고 넘어갈 게 한둘이 아니었다.

아무리 손뼉이 잘 맞아서 쿵떡쿵떡 했다지만 모든 일에는 경중이 있는 법이었다.

"쉬에화한테는 없지."

하지만 당장 그 사실을 상기시켜 주지 않아도 리옌은 이미 깨달았을 것이다. 무엇보다 이틀이나 연락도 없이 잠적한 그에게 아무 연락이 와 있지 않을 리 없으니까.

그 생각을 하니 더욱 입맛이 떨어져 유주는 그릇에 덜어 둔 소면만 젓가락으로 깨작거렸다. 그러곤 지나치다 싶을 정도로 평화롭고 뺀질거리는 리옌을 힐끗 훔쳐보며 퉁명스럽게 말을 덧붙였다.

"그런데 당신한테는 나, 채권자 아니야?"

아직 두 사람뿐이니까. 사실 그 말을 내뱉으며 그런 생각도 조금은 있었다.

리옌을 먼저 유혹한 건 그녀였지만 그녀를 먼저 찾으러 내려온 건 리옌이었다. 순간적인 충동이든 이성적인 계산이든, 두 사람은 확실히 이틀간 서로 잠시 멀어지는 것조차 아쉬워서 어쩔 줄 몰라 했다. 농담으로라도 누구의 탓으로 돌릴 만한 상황이라 할 수 없었다. 다만 이 관계가, 일회성인지 아닌지는 다소 논의가 필요했다.

두 사람이 동시에 이틀간이나 사라졌으니 분명 쉬에화는 둘의 관계가 심상치 않음을 눈치챘을 것이다. 애당초 한국에서 리옌이 정말 혼자 움직였으리라 생각했을 리가. 거기다 리옌과 유독 붙어 다니는 한국인 여자가 타이밍 좋게 등장했으니, 둘의 관계를 남들이 알기에 차고 넘쳤다.

그러니 노선을 좀 정해 놓는 편이 좋았다. 그리고 답도 나와 있긴 했다. 쉬에화 앞에서 서로 죽고 못 사는 사이인 양 굴어 봐야 역효과만 낳을 터였다. 그래도 굳이 한번 듣고는 싶었다. 리옌이 유주를 어떻게 생각하는지.

"한국에 들어가서 이야기할까 했는데."

"응."

리옌이 유주의 말을 듣고 들었던 수저를 그대로 내려놓았다. 유주는 괜히 긴장해서 덩달아 젓가락을 내렸다.

이게 뭐 별거라고. 심장이 콩닥콩닥 뛰었다. 어쩌면 기대한 것일 수도 있었다.

나도 당신이 그리웠다, 보고 싶었다. 뭐 이런 말.

"제대로 갖춰서 프러포즈할 테니까 대답 준비해 둬."

"그래, 알……. 뭐?"

모든 말에 대한 가장 적당한 대답을 준비하고 있던 유주는 그의 대답에 순간 아연했다. 잘못 들은 게 아니라면 리옌은 지금 유주한테 분명, 프러포즈라고 했다. 프러포즈. Propose. 청혼.

청혼?

"그 표정은 뭐지? 설마 내가 아무 여자하고 자는 쓰레기 정도로 보였던 건가?"

말본새는 곱지 않았지만 유주를 바라보는 리옌의 표정은 온화했다. 그녀의 얼빠진 반응이 만족스러운 듯 입가에 미미한 웃음기마저 머금고 있었다. 유주는 프러포즈라는 단어만 멍청하게 뇌까리다 이내 정신을 차리고 저도 모르게 버럭 소리를 질렀다.

"왜?"

"왜냐니. 우리가 그간 쌓아 온 거짓말이 있으니 이제 그 거짓말들을 진실로 회수해야지."

"아니, 그, 어, 잠깐만……."

"당신은 좋거나 당황하면 잠깐이라고 하는군."

무언가를 암시하는 듯한 리옌의 말에 유주의 얼굴은 터질 듯이 빨개졌다. 침대 속에서조차 그런 표정을 지은 적은 없었다. 그녀의 표정을 보고 리옌이 결국 하하, 웃음을 터트렸다.

"정말, 좋아서 그랬던 거야?"

"아니야!"

하지만 이미 유주의 표정에 모든 대답이 드러나 있었다. 리옌은 그런 그녀를 귀엽다는 듯 바라보며 손가락 끝으로 테이블 위를 두드렸다.

또 무슨 이상한 생각을 하나 싶던 차에 불쑥, 그가 자리에서 일어났다.

그리고 그대로 유주를 들어 안아 올렸다. 이틀 전, 호텔에 들어서면서도 느낀 거지만 그는 유주가 알고 있는 것보다 힘이 셌다. 무척.

"뭐, 뭐 하는 거야!"

설마 또 침대로 데려가려는가 싶어 유주의 몸이 뻣뻣하게 굳었다. 다행히 그는 그대로 유주를 안아 든 채 다시 의자에 앉았다. 유주를 어린애 다루듯 제 무릎 위에 올려놓고 싶었던 모양이었다.

이건 또 이거 나름대로 수치스러웠다. 어떻게 해도 남자의 시선과 품 안에서 벗어날 수 없다는 게.

"서유주."

리옌이 어쩔 줄 모르는 유주를 무척, 마치 입 안에 꿀이라도 발라 둔 것처럼 부드럽고 달콤하게 불렀다. 성애적인 의미에서의 끈적거림이 아니었다. 그냥 온몸에 소름이 오스스 돋을 정도로 다정한 음색이 낯설었다.

이제 리옌에 대해서는 얼추 안다고 생각했는데 그에겐 또 유주가 몰랐던 어느 일면이 존재했다. 애써 시선을 몇 번이나 피해 도망쳤지만 끝내 유주는 리옌의 눈을 똑바로 보는 수밖에 없었다. 물론 살짝 시선을 내리깔긴 했다.

"……왜."

"미안해."

"……."

"보고 싶었어."

"참 나……."

"자존심이라는 게 참 부질없더라고."

리옌에게 사과 들어야 할 것이 얼마나 되었더라. 유주는 평소 셈이 무척 정확한 편이었기에, 그가 잘못한 내용을 마음속 장부에 아주 꼼꼼히 기록해 두는 편이었다.

그런데 참 우습기도 하지. 그가 미안하다고 말하는 순간, 그리고 보고 싶다고 말하는 순간 그 장부에 뭐가 적혀 있었는지 하나도 떠오르지 않았다.

"애당초 당신에게 접근했을 때, 나도 그리 가벼운 마음은 아니었어. 당신 말대로 우리가 어떤 식의 결말을 향해 갈 거다, 확정한 건 아니었지만 이제 더는 멍청한 짓을 되풀이하고 싶진 않아."

"……그래서 내린 결론이 결혼이야?"

"당신 앞으로 된 아파트가 왜 그렇게 넓다고 생각해? 당신 혼자 살라고 그만치 준비해 준 줄 알아?"

리옌이 평소처럼 밉살스럽게 이야기하니 조금 적응이 되었다. 유주가 그의 말에 쌍심지를 켰다.

"그럼? 당신도 들어와 살겠다 이거야?"

"나도 딴 주머니는 차야지. 언제까지 랴오웨이 밑에만 있을 순 없는 노릇이니까."

허리를 단단히 감싸 안은 그의 팔을 떼어 내려던 유주는, 그 말에 행동을 멈추고 말았다. 그의 말에 망설임이나 고민의 흔적은 보이지 않았다. 이미 결론을 내렸다는 의미였다. 유주가 멍한 표정으로 리옌의 눈을 마주했다.

"진심이야?"

"이런 얘길 거짓말로 둘러대며 여자의 환심을 구할 만큼, 자신 없는 남자는 아니야."

"그래서…… 자신이 있으시다?"

"당신이 뭐라고 대답해 줄지는, 자신이 없군."

단단한 결심이 느껴지는 말이었다. 유주는 황망한 기분에 그가 꺼낸 청혼에 대답할 정신이 아니었다.

"랴오웨이 밑에 더 이상 있지 않겠다는 건……. 저기, 내가 그런 쪽은 잘 모르지만……."

"전에 이야기해 주겠다고 했다가 끝내 말 못 한 내용이 있었지."

리옌의 말에 유주가 머리를 굴렸다. 얘기하려다 만 것, 그게 뭐였더라? 가물가물했지만 이내 생각이 났다. 한 달도 더 전의 일이라 기억이 가물가물했다 뿐이지, 유주의 기억력은 제법 좋은 편이었다.

게다가 떨어져 있던 그 시간 동안 유주는, 이별을 받아들이기 위해 그에 대해 떠오르는 생각들을 천천히 복기해 나가는 과정을 반복했다. 이별을 이해하고, 순응하기 위해.

그러니 기억하지 못할 리 없었다.

'카이화가 사라지기 전날, 우리는 말다툼을 했어.'

"카이화랑…… 다퉜다는 거?"

"그땐 그냥 어린 마음에 한 소리인 줄 알았는데, 내 생각이 짧았어. 카이화는 내가 생각한 것보다 어른이었다는 걸, 받아들이지 못한 내 탓이겠지. 지금의 상황은."

카이화는 항상 불만이 많았다고 한다. 처음 그녀가 리옌에게 불만을 털어놓기 시작한 건 고등학교에 올라갈 즈음이었다.

기실 리옌이 경제적으로 안정된 건 얼마 되지 않았다. 싱하오와 결연을 맺고 니시콴라이를 비롯한 윗선들의 온갖 더러운 뒤치다꺼리는 다 도맡아 해야 했던 기간은 십 년도 넘었다. 원래 주먹에 꼬이고 돈에 꼬이는 놈들에게 의리 따위 없었다. 매스미디어에서 암흑가의 의리니 어쩌느니 떠들어 댄다지만 그건 다 허상이오, 꿈이오, 개소리였다.

그런 리옌의 처지 때문인지, 아니면 자기에게 전혀 관심을 두지 못하는 오빠에 대한 원망 때문인지, 그도 아니면 쉬에화 옆에서 오만소리를 다 주워들은 탓인지. 어느 순간부터 카이화는 리옌의 '탈퇴'를 요구했다. 자기도 고등학생이니 소소한 용돈 벌이 정도는 어떻게든 할 수 있고, 리옌이야말로 온갖 잡일을 해 보았으니 아예 처음부터 시작하는 데 그리 큰 어려움은 없을 거라는 뜻이었다.

그런 남매간의 갈등은 리옌이 니시콴라이 측에서 충분한 보상을 받아 온

이후에도 지속되었다. 오히려 그 이후 심화되었다. 겉으로 드러날 정도는
아니었지만, 카이화는 리옌의 몸에서 피 냄새나 화약 냄새가 때마다 무척
거세게 반발했다.

깡패들 사이에서 추대받으니 그리 좋으냐고. 당신은 어차피 내 친오빠도
아니니, 청(淸)가의 남은 빚은 내가 갚겠노라고. 그러니 이제, 제발 자기 인
생을 살라고.

"그 말을 듣고 내가 얼마나 화를 냈는지 몰라."

게다가 그날은, 카이화의 혼담이 정해지고 조직간 대면식 날짜를 잡은 날
이었다.

안 그래도 자신에게 넘어온 혼담이 카이화에게 넘어가며, 그녀의 창창하
기만 할 것 같은 앞날에 얼마나 전운이 드리울지 알기에 리옌도 화가 잔뜩
난 상태였다.

비록 가짜라고 해도 함께 지내 온 세월만 18년이었다. 그렇게 싸운 건
처음이었고 그날, 리옌은 처음으로 여자를 때렸다.

자신의 여동생을, 그의 큼지막한 손으로, 손속에 자비도 두지 않은 채.

'이렇게 지내 봐야 무슨 의미가 있어? 난 싫어, 싫다고! 오빠가 일을 나갔
다 올 때마다 내가 무슨 생각을 하는 줄 알아? 내가 이 사람의 인생을 망쳤
구나, 차라리 가족이 되지 않았으면 좋았을 텐데……. 그런 생각뿐이야. 알
아? 내가 오빠 인생에 짐이라는 생각밖에 안 든다고!'

"그건……. 카이화는, 그 뜻이…… 아니었을 거야."

"알고 있어."

알고 있어도 받아들이기 힘든 내용이었다. 물론 리옌도 사람이었으니, 때
때로 카이화의 존재가 버겁기는 했다.

칼을 몇 방이나 맞고 제대로 된 치료도 받지 못했던 순간. 혼자 방문을

걸어 잠그고 싸구려 소독제와 진통제로 고통을 버텨 내야 했던 순간. 불합리한 방법으로 약자들의 것을 강취하는 순간. 전혀 조직의 일과는 관계없는 여자나 어린아이들에게 손을 대야 했던 순간.

그 모든 것이 고통이었다. 가끔 카이화고 뭐고, 다 버리고 도망가고 싶을 때도 있었다.

이전에 유주가 했던, '필요악'이라는 단어로도 자위가 되지 않는 순간들이 켜켜이 쌓일수록, 죄책감과 피로도 같이 그 두께를 더해 갔다. 나무의 나이테처럼, 리옌을 둘러싼 씻을 수 없는 부조리함과 죄책감이 그의 내면에 점점 흔적을 남겼다.

하지만 포기할 순 없었다.

이제는 그가 원하는 게 무엇인지 잘 분간도 가지 않았다. 처음에는 살기 위해, 그리고 아무것도 없는 순간에 의지할 존재가 생겼다는 것에 위안 삼기 위해 카이화가 필요했다.

이후에는 책임감이었다. 쉬에화에게 반쯤 빼앗겨 버린 삶, 그리고 남은 반을 삼합회에 빼앗겨야 했던 상황. 리옌은 '그때' 자신이 랴오위의 손을 잡지 말았어야 했다고 후회했다. 그래서 더욱 악착같이 매달렸다. 그가 힘이든 경제력이든 뭐든, 손에 쥔 게 있어야 다시 기회를 얻을 수 있을 테니까.

그런 마당에 카이화가 사라졌다. 심지어, 죽은 채로 나타났다.

리옌은 그 순간 전혀 이성적이지 못했다.

"랴오위는 나쁜 인물이 아니야. 일견 차가워 보이지만 자기 사람은 확실히 챙겨 주지. 뒤로 다른 꿍꿍이를 채우는 음험한 성격도 아니고, 실제로 나와도 각별한 건 맞아. 카이화에 대한 책임감을 내려놓고 순수하게 랴오위 한 사람만 놓고 보자면, 그는 같은 남자가 따르기에 전혀 부족함이 없는 남자야."

"그런데 왜 갑자기…… 떠날 생각을 한 건데? 카이화 때문에?"

"이젠 내가 지쳐서."

그 말을 내뱉는 리옌의 모습은 정말 지쳐 보였다. 시간에 풍화되고 잔인한 현실에 마모되었다고 해서 고통이 사라지는 건 아니다. 죄책감이 퇴색되는 것도 아니다. 그가 지은 악행들이, 잊히는 것도 아니다.

리옌에게 직접적 또는 간접적으로 피해당한 사람들은 지금까지 살아 존재했다. 리옌이 잊는다 해도 그들은 잊지 못할 것이다. 그것은 영원히, 갚아 줄 수 없는 부채로서 존재할 것이다. 그의 인생에.

"그런데 나간다고 하면, 그…… 가만히 두진 않을 것 같은데……."

"내가 책임져야 하는 건 그들이 아니잖아."

그간 리옌이 보였던 냉정한 모습들은, 아주 정교하게 만들어진 사회적 가면인 모양이었다. 유주는 무의식적으로 그의 뺨에 손을 올렸다. 리옌이 그 손바닥에 얼굴을 부비며, 눈을 감았다.

이런 응석을 부려 본 적 있을까? 유주는 아마, 리옌이 이런 식으로 누군가에게 기댄 적이 거의 없을 거라는 데에 돈이라도 걸 수 있었다. 냉소적이고 빈정거리고 어떠한 상황에서도 크게 동요하지 않는 그 모습은 그저, 그가 살아가려는 방편이었을 뿐이다.

"이 얘기를 지금 해 주는 이유는 뭔데?"

유주가 나지막이 물었다. 리옌이 갸름하게 눈을 치켜떴다.

"날 동정하길 바라니까."

"왜?"

"당신이 보기에 내가 거절당하는 걸 즐기는 것으로 보이던가?"

"내가 당신을 경멸할 거란 생각은?"

"그런 리스크까지 고려하고 당신에게 말한 것이란 부분이 참작되었으면 좋겠어."

하여간 영악하기는.

유주가 피식 웃으며 그의 입술에 자신의 입술을 꾹, 눌렀다. 허리에 감긴 리옌의 팔에 힘이 들어간다 싶더니, 그가 입을 벌렸다. 한참 뒤에야 젖은 입술들이 떨어졌다. 유주는 자신의 아랫입술을 혀로 핥아내며 그의 어깨를 세게 팡! 내리쳤다.

"당신 가족 일은 당신이 알아서 해결해. 당신 회사 일도 당신 몫이야."

"그럼. 그거야 당연하지."

"하지만 당신이 한국에 와서 기둥서방 노릇 할 기간에, 거둬는 줄게."

"그거, 벌써 승낙인가?"

리옌의 눈이 반짝였다. 유주가 코웃음을 쳤다.

"당신이 해결해야 하는 건 내 일도 있거든? 꿈 깨."

"보류란 뜻이군. 하지만 난 집요해."

"알아."

전혀 상심한 것 같지 않은 리옌의 대답에 유주가 어깨를 으쓱거렸다. 특히 집요하다는 부분은, 누구보다도 그녀가 더 잘 알았다. 지금만 해도 슬금슬금, 그녀의 새 블라우스 안쪽을 노리며 손이 움직이고 있지 않은가.

"지금 당장 날 당신 무릎 위에서 내려놓지 않으면 어금니 하나 날아갈 줄 알아."

"내 청혼으로 협박하지 않아서 다행이군."

리옌이 순순히 그녀의 허리에 감은 손을 풀었다. 유주가 그의 무릎 위에서 내려와 제 자리에 앉았다. 그러고는 그를 쳐다보지 않은 채, 젓가락을 다시 들며 작게 중얼거렸다.

"그건 내가, 진지하게 고민해야 할 부분이니까."

"……정말?"

"이제 제발 입 다물고 밥 먹어! 일 안 나가? 카이화 안 찾을 거야?"

리옌의 표정이 어떤지 보고 싶지도 않았다. 유주는 괜히 버럭 소리를 질렀다. 그러고선 다 불어 버린 소면 앞접시를 밀어둔 채 밥을 수저 가득 한 입에 욱여넣었다. 대화를 얼마나 오래 한 것인지 밥이 반쯤 식어 있었다. 반찬들도 마찬가지였다. 하지만 그 식사가 뜨겁든 차갑든 상관없었다.

무슨 맛인지도 모르겠는 마당에 고작 그게 중요할까 싶었다. 지금 당장 고민해야 하는 게 몇 가지인데.

* * *

"숙소는 Y호텔로 옮길 거고, 내 사람이 붙을 거야. 쓸모 있는 놈들이니까 특히, 여자 가드는 절대 떼어 놓지 마. 사내놈은 알아서 하고. 어차피 당신이 뭘 하든 그 녀석은 그림자처럼 당신을 따라다닐 테니 떼어 놓을 생각만 안 하면 돼."

결국 둘은 체크아웃 시간이 한참 지나서야 호텔을 나섰다. 나서기 전, 리옌은 유주에게 몇 가지 당부의 말을 남겼는데 그 말이 얼마나 유치하던지 유주는 기가 막혀 제대로 대꾸도 하지 않았다.

"응. 그래."

"이현재는 되도록 상종하지 마. 이제 그 새끼 연락은 안 받아도 돼. 아니, 아예 차단해."

"네네."

"당신이 알아서 잘하겠지만 위험한 일은 안 돼. 특히 어딜 가든 가드 둘은 절대 떼 놓지 마. 당신 말마따나 쉬에화는 이미 우리 사이를 알고 있을 테고, 당신은 쉬에화에게 빚진 게 없으니 좀 당당하게 나가도 돼. 뭣하면 깽판 쳐도 좋아. 뒷수습은 내가 할 테니까."

"그 얘기 한 번만 더 하면 벌써 열 번째야. 당신, 일 안 가? 이제 아주 배째겠다 이거야?"

억지로 떠밀지 않으면 과거사까지 구구절절 끄집어내 잔소리를 할 거 같아 유주는 그를 밀어냈다. 당장 그녀가 갈 곳은 그놈의 도청 장치가 있다는 호텔이었고, 리옌이 갈 곳은 거래처였다.

그는 니시콴라이의 대외 업무 담당자였다. 거기에 재무 관련 업무까지 보고 있으니 실상 조직 내에선 몸이 열 개라도 쉴 틈이 없을 터였다. 아마 모르긴 몰라도 무음으로 돌려 둔 그의 전화기는 지금도 불이 나고 있을 것이다.

"당신을 바래다주고 갈 수 있어. 어디 나가지 말고 내가 사람을 보낼 때까지 호텔에서 기다리고 있어."

분명 아까 방향이 다르다고 말했던 게 기억나지만 유주는 홍콩에서 택시한 대 잡아 타기도 수월치 않은 몸이었다. 그녀는 순순히 리옌의 차에 올라탔다.

"준비는 다 끝났고……."

호텔 생활의 가장 좋은 점은 가사 노동에서 해방될 수 있다는 점이었다. 유주는 자신의 짐에는 손도 대지 않은 채 그녀의 생활 흔적만을 말끔히 정리해 둔 객실 내부를 보며 혀를 내두르곤 제 소지품들을 챙겼다. 그리 많이 챙겨오지 않았기에 물건들을 꼼꼼히 살펴볼 시간도 넉넉했다.

다행히 없어지거나 이상한 것이 들어 있지도 않았다. 그녀가 없는 틈을 타, 쉬에화의 사람들이 짐을 뒤져 보거나 한 것 같지는 않았다.

─딩동

그때, 객실 초인종이 울렸다. 유주가 인터폰을 확인하니 문 앞에 호텔 직원과 뒤에 사람 두 명이 서 있었다.

"고객님, 실례하겠습니다. 방문객이 찾아오셨습니다."

유주는 별다른 의심 없이 문 열림 버튼을 누르고 가방을 챙겨 들었다. 그 순간, 기이한 위화감이 찾아왔다.

누군가 그녀를 찾아올 순 있었다. 심지어 오늘의 방문객은 리옌이 보내겠다고 따로 언질을 주었으니 이상할 게 없었다. 하지만 여기는, 호텔이다. 호텔은 자질구레한 일 하나까지 귀찮을 정도로 프런트에서 객실로 말을 옮기는 서비스 업체였다.

그런데 바로 객실로 찾아왔다고?

"서유주 님. 실례하겠습니다."

"잠……."

그들이 객실 안으로 들어오자마자 유주가 전화기를 들었다. 리옌에게 확인해야 했다. 하지만 그들의 행동은 무척이나 빨랐다.

유주의 손에서 휴대폰이 떨어져 나갔다. 덩달아 몸도 바닥으로 푹 하고 꺼졌다. 뒷덜미를 세게 얻어맞은 것 같은데, 왜 저들이 그녀를 공격하는지 알 수 없었다.

아니지, 망할. 알 거 같네.

유주는 흐려지는 정신 속에서 단 하나의 가능성을 떠올릴 수 있었다.

당했다. 쉬에화에게.

* * *

손과 발이 결박되고……. 아, 모르겠다.

유주는 벌써 자신이 납치만 세 번 당한 경력자라는 사실에 속으로만 한탄했다. 참 거지 같기도 하지. 그저 한숨밖에 나오지 않았다. 이번에는, 경계했어야 했는데.

게다가 점점 납치의 상황이 악화하고 있었다. 처음에는 호화 유람선, 그 이후에는 차 트렁크, 지금은…….

"읍! 으읍!"

몸을 뒤틀어 보려고 했지만 이번에 그녀는 마치 미라처럼 사지가 침낭 같은 것에 돌돌 매여 있었다. 입에는 재갈이 물려 있었지만, 다행히 숨구멍은 뚫려 있었다.

눈을 뜨고 있든 감고 있던 그녀가 확인할 수 있는 건 시커먼 어둠과 큼큼하고 습한 공기, 그리고 몸 아래의 출렁거림뿐이었다. 아마 그녀는 지금, 배를 타고 있는 모양이었다.

배?

아마 배라면 여기는 화물칸일 게 뻔했다. 사람의 인기척이나 냄새가 전혀 느껴지지 않았다. 숨이라도 크게 들이마시려 치면 공기 반, 먼지 반이 콧속으로 사정없이 파고드니 호흡조차도 편하지 않았다.

이제 진짜 뭘 어떻게 해야 하나.

유주는 결국 반항을 포기했다. 납치 숙련자로서 예상컨대, 그녀가 뭘 어찌하든 간에 반항하면 할수록 좋아지는 건 그녀에 대한 핍박뿐이었다.

물론 부아는 치밀었다. 염병할 놈들. 육시랄 새끼들. 하여간 이런 새끼들은 다 죽어야 해.

유주는 '이런' 새끼들이 뭔지는 모르지만 어쨌든 자신을 납치한 당사자들을 향해 죽어도 그 넋이 구천을 떠돌기를 바라며 온갖 악담을 속으로 되뇌었다.

그래도 대안은 있었다.

일단 리옌이 유주에 대한 모든 관심을 기울이고 있으니 그녀가 사라졌다는 사실은 금방 파악이 될 터였다. 더구나 그녀가 한국을 떠나온 지…… 이런. 벌써 일주일도 훌쩍 넘었으니 이제 하루 이틀 사이에 그녀의 실종 신고가 접수될 것이다. 게다가 유주는 한석태의 죽음에 대한 관계자이니 아마 그 수색은 제법 빨리 이루어지지 않을까?

물론 세상일이라는 게 그렇게 딱딱, 그녀가 생각한 대로 굴러가는 건 아니지만. 최소한 리옌이 그녀의 행방을 좇을 것이란 사실과 경찰에 신고가 들어갈 것이란 예상은 백 프로 적중할 터였다. 혹시 몰라 삼촌에게 실종 신고를 언급해 두어 다행이었다. 이것도 납치 유경험자의 위기 감지 능력 뭐 그 비슷한 건가 싶었다.

그런데 그게 지금 상황에서 무슨 소용이냐 이 말이다. 결국 또 이 꼬라지인데.

"흐음……."

일단 유주는 몸에 힘을 풀었다. 어떻게 해도 그녀를 감싼 이것에서 빠져나갈 순 없었다. 마치 겉에 테이프를 감아 둔 것 같았다. 아무리 봐도 그녀는 이른바 보디 백(body bag)이라고 하는, 시체를 담을 때 쓰는 것에 담겨 있는 듯했다.

안 그래도 그 시체 가방은 시체가 움직이지 못하게 겉에 풀기 쉬운 잠금 장치를 달아 두는데, 이 정도로 발버둥을 쳐도 어찌 틈새 하나 안 보이는 걸 보면 다른 수작질도 부려 둔 게 분명했다.

근데 씨발, 왜 하필 이런 재수 없는 물건에 사람을 담아? 곧 죽을 인간이니 미리 담아 두겠다는 거야 뭐야?

애써 냉정하려 했지만, 그 생각이 들자 이성에 앞서 몸이 또 한 번 발작했다. 머리 있는 부분이라도, 아니 손을 움직일 수 있는 조금의 틈만 있어도 지퍼를 내릴 수 있을 텐데!

「글쎄요. 그 부분까지는 저도 잘 모르겠습니다. 아무래도 제 소관은 아니니까요.」

게다가 질리지도 않고 들려오는 음성의 주인공은 또, 중국어를 사용하고 있었다. 이대로 가다간 레이시스트(racist)라는 오명을 둘러쓰는 한이 생기더라도 중국인만 보면 꺼리게 생겼다. 물론 리옌도…… 아니, 그는 일단 홍콩 사람이니까.

유주는 우선 숨을 죽였다. 구두 소리는 하나였다. 하지만 자세히 들어보면 구두 뒤를 묘하게 질질 끄는, 다소 여유로운 성격임을 알 수 있었다. 특히 중국어는 좋알좋알 아주 귀가 시끄러워지는 언어임에도 상대의 성조는 굉장히 평이했다.

딸깍, 딸깍. 그는 지포 라이터로 손장난을 치고 있었는데 그 소리가 통로 같은 곳에서 울리고 있었다. 유주와 같은 곳에 들어와 있는 것 같지는 않았다.

먼지가 쌓인 창고. 그렇다면 여긴 배에서도 지하일 것이다. 그리고 목소리의 상대는 지금, 지하로 내려오고 있는 것인지 모른다. 그냥 지나가는 사람이라기에는…… 글쎄? 일반 승객이 멀쩡한 자기 객실을 놔두고 전화 통화를 위해 여기까지 내려온다? 그거야말로 수상한 거 아닐까?

「물건은 제대로 챙겼습니다. 안전하게 보관해서 들고 가는 중입니다. 그럼요. 착오가 있을 리 없잖습니까. 제가 언제 실수하는 거 보셨습니까?」

유주가 대화를 알아듣는 건 아니었지만 어조나 그 뉘앙스가 보통의 말단 같아 보이진 않았다. 직감적으로 그녀는, 그가 이번 일과 연관 있는 사람 중 하나일 것이라 느꼈다. 물론 그 느낌에 출처는 밝힐 수 없지만.

「내일 정오 즈음에 도착할 겁니다. 그 뒤 이틀간 제가 보관하고, 전날에 넘겨 드리는 것으로 하지요. 잔금이라뇨. 이건 거래상의 제 성의라고 생각해 주시죠. 그럴 리가요? 어깨야 뭐, 괜찮습니다. 부상이라고 할 것도 아니죠. 괜히 대인께 이상한 말은 전하지 마십시오. 제가 약골이라는 오해라도 사면 안 되니까요. 하하.」

구두 소리와 사내의 목소리가 꽤 가깝게 느껴졌다. 게다가 소리의 울림이 더욱 깊어졌다.

통화가 끊긴다 싶더니 절그럭거리는 소리와 철컥 소리가 들렸다. 문이 열린 것이다. 유주는 자신이 이 보디 백에서 빠져나갔더라도 이 배 자체에 갇혀 있었을 거란 사실을 깨달았다.

「개 같은 새끼들.」

소리의 울림이 사라졌다. 사내의 혀 차는 소리가 장애물 없이 생생히 먼지 가득한 창고 안에 울렸다.

유주는 바짝 긴장한 상태로 죽은 듯 숨만 작게 몰아쉬었다. 상대가 누구인지는 모른다. 하지만 결코 우호적인 상대는 아닐 것 같았다.

어쩌면 가만히 죽은 듯 있으면 한 번 상태를 살펴본 후 사라지지 않을까? 그런 막연한 기대로 유주는 괜히 눈도 질끈 감았다. 어차피 보디 백에 싸여 있어 별 소용없는데도.

"호흡 소리가 다릅니다. 서유주 씨, 잘 잤습니까?"

뭐야. 또 한국말 하는 중국 놈이야?

유주는 저도 모르게 숨을 헉, 들이쉬었다. 하하. 남자가 작게 웃었다.

"서유주 씨나 저나 시체 밥 먹은 게 몇 년인데 죽은 사람, 산 사람, 잠든 사람, 일어난 사람 뭐 그런 것도 구분 못 하겠어요? 알잖아요."

남자의 구둣발이 점점 유주의 지척으로 다가오고 있었다. 이젠 또 뭘 하려고……. 유주가 발버둥을 쳤다. 딱히 무슨 의미가 있는 건 아니었다. 일종의 학습된 반항 같은 거였다.

"답답하죠? 잠깐만요."

하지만 남자는 그런 유주를 저지하지 않았다. 오히려 보디 백의 상단부가 시원해지는 느낌이 들었다. 동시에 눈앞이 환해졌다. 남자가 커터 칼로 테이프를 끊고, 딱 얼굴 부분만 지퍼를 내려준 것이다.

그것만으로도 살 것 같았다. 비굴하게도 그녀는, 순간 그에게 감사를 표해야 하나 싶을 정도였다.

남자는 그것으로 끝낼 생각이 아니었던지 유주의 뺨에 커터 칼을 가져다 대더니, 머리 뒤로 꽁꽁 묶인 재갈도 끊어내 주었다. 물론 칼날이 다가올 땐 많이 쫄았다. 하지만 호흡도 편해졌으니, 일단 그것만은 고마워할 만했다.

이 뻔뻔한 납치범에게.

"……고맙다고 인사해야 하나요?"

"그보단 통성명부터 해야죠. 우리, 얼굴 처음 보잖습니까."

통성명? 처음?

유주는 기도 안 차 헛웃음을 내뱉었다.

지하 창고엔 조명이 없었다. 캄캄한 어둠뿐이었다.

하지만 빛 속에 있다 어둠을 맞이한 사람과, 어둠 속에 있다가 보다 덜한 어둠을 맞이한 사람의 시야는 차이가 있기 마련이었다. 유주는 그 남자가 누구인지 알았다. 그 남자가, 유주를 이미 알고 있었듯이.

"루첸허."

"그래도 내가 연장자인데."

남자의 생김새는 리옌의 말마따나 그리 나쁘지 않았다. 깔끔하게 양쪽으로 넘겨 정리한 헤어스타일은 말끔했고, 옷차림새도 마찬가지였다. 웃음소리는 청명했고, 눈매가 다소 사납다는 걸 빼면 외모도 그럭저럭 멀끔했다.

하지만 그에게선 짙은 향수 냄새가 났다. 그리고 그 향수 냄새들 사이에서도 유주는, 동종업자들에게서 맡을 수 있는 미미한 시체 냄새를 맡을 수 있었다. 그 냄새는, 시체 냉동고에 들락날락해 본 자들만 알 수 있는 뭐라 형언하기 힘든 불길한 냄새였다.

"연장자 대접해 주길 바라면 날 이따위로 대하면 안 되지."

"역시 쉬운 분이 아니시네요."

루첸허는 주변을 두리번거리더니 구석에서 재수 좋게 플라스틱 의자 하나를 끌고 와 유주 옆에 앉았다. 그렇다고는 해도 한참이나 내려다보는 자세에 배알이 틀리지 않을 수 없었지만, 유주가 할 수 있는 거라곤 전심전력을 다해 그를 노려보는 것뿐이었다.

그렇게나 찾아다닐 때는 머리카락 한 점 안 보이더니, 개자식. 유주가 헛웃음을 쳤다.

"쉬운 사람이 아니라서 납치야?"

"영화에서 보면, 꼭 잡혀 온 주인공들이 악역들한테 죽기 직전에 이거저거 캐묻고, 악역들은 꼭 나불거리더라고요. 여기서 악역 롤이 저인가요?"

죽기 직전이라. 유주가 씩 웃었다. 무서웠지만 이게 영화나 소설이라면, 딱 위기에서 절정으로 넘어가는 구간의 장면이었다. 꼭 이런 상황에 주인공은 정보를 캐내지만, 그녀는 주인공이 될 생각이 없었다.

"그럼 안 물어볼래."

"와, 이러기예요?"

"나쁜 짓에 뭔 이유를 가져다 붙여도 핑계밖에 더 되겠어? 하나도 안 궁금해, 이 나쁜 놈아."

"서유주 씨, 그러다 궁금증도 못 풀고 골로 가는 엑스트라 1 되는 거예요."

루첸허의 말투는 낯짝만큼 아주 번지르르했다. 그리고 리옌보다 훨씬 온기가 없었고, 살의가 담겨 있었다.

정말 죽이려는 거구나. 유주는 직감했다. 역대 납치당했던 경험 중, 이번이 가장 위험했다. 이번에는 어떻게, 방법이 없었다. 유주는 주먹을 꽉 쥐었다. 차가웠던 손끝에 조금이나마 피가 돌았다.

"……악역들이 꼭 조연이든 주연이든 그 주변에서 지껄이고 싶어 하는 거, 그거 좀 자기 과시 같아서 역겹더라고, 난."

"아, 그건 그렇죠. 그런데 생각해 봐요. 악역들의 그 수많은 공로를 누가 알아주겠어요. 알아주는 사람이 없으니까 혼자 떠드는 건데, 어차피 가는 길. 그것도 못 들어주나?"

"공로 좋아하시네. ……성은영은 왜 죽였어?"

유주는 루첸허의 기대와 다르게 그의 잡소리들을 죄다 경청해 줄 의사가 없었다. 어차피 상대는 자신을 죽일 마음을 먹고 있다. 그럼 차라리 진짜 궁금한 거라도 듣고 싶었다. 하지만 루첸허는 쉽게 대답해 줄 의사가 없는 듯했다.

"우리 그거 할까요?"

"그거?"

"서로 질문 하나씩 하면 대답 하나씩 해 주기. 거짓말 안 하고."

이 새끼가 지금 상황의 장르가 로맨스인 줄 아네. 나한테는 연쇄 살인마가 나오는 스릴러인데.

유주는 속으로 루첸허를 향해 온갖 욕지거리를 퍼부었다. 하지만 생각해 보면 그리 나쁜 거래 조건은 아니었다. 그가 무엇을 물어보든 간에 유주는, 그에게서 몇 가지 답을 얻어 낼 순 있을 터였다.

물론 그가 진실을 말한다는 전제하에. 젠장, 사실 이게 제일 자신 없는 부분이었다. 그의 말이 진실인지 거짓인지 어떻게 판명한단 말인가?

하지만 그런 갈등은 역시 짧았다. 유주가 먼저 말을 던졌다.

"뭐가 궁금한데? 그 전에 내 질문에 대답부터 하지?"

"좋아요. 먼저 대답하죠. 성은영은…… 성철현이 우리한테 팔았습니다. 조사해 봐서 알잖아요. 그 인간, 빚이 좀 많아야지."

그녀의 죽음은 익히 예상한 바였다. 하지만 육성으로 확인 사살당하니 그 충격이 상당했다.

유주는 애통한 마음에 잠시 눈을 감았다. 결국 죽은 거구나. 젊고 생기 발랄해야 할 연령대의 아가씨가, 돈 때문에. 고작, 돈 때문에.

"자, 그럼 내 질문. 서유주 씨. 그쪽은 어떻게 살아 있습니까?"

그녀의 애도를 비웃기라도 하듯, 루첸허가 바람 빠지는 소리를 내며 물었다. 성은영의 죽음을 물어보니 되돌아오는 질문이 '어떻게' 살아 있냐는 거라니.

어떤 이유로 살았냐고? 살아 있으면 안 될 이유라도 있나? 유주의 입매가 절로 비틀렸다.

"어릴 때 잠깐 교회 다녀서 살았나 보지. 하느님이 보우하사 브라보 마이 라이프다, 개새끼……. 커헉!"

유주가 욕설을 내뱉자마자 거친 발길질이 그녀의 복부를 강타했다. 순간 숨이 막히며, 폐 속에 가득 차 있던 호흡마저 거칠게 밖으로 토해졌다. 눈 앞이 일시에 붉어진다 싶더니 통증이 찾아왔다.

입가에 침이 흐르는데도 닦을 수 없었다. 숨을 고르는 데에는 한참이나 걸렸다. 뱃가죽이 욱신거렸고, 맞은 건 배인데 머리도 윙윙 울렸다. 레이디 퍼스트니 뭐니 하는 고상한 매너를 기대한 건 아니었지만 이 정도의 무자비한 폭력을 바란 것도 아니었다.

"거짓말하면 안 되죠, 서유주 씨. 불교 믿는 집안인 거 다 알아요."

씨발 새끼, 그게 포인트였어?

이를 악물었다. 헛웃음도 나오지 않았다. 전혀 웃긴 상황이 아니었으니까.

하지만 다른 거에 다 굴복해도 육체적인 고통에는 굴복하기 싫었다. 강간, 폭행, 그 외 살인 협박 등등. 누군가의 신체나 인생을 담보 잡고 협박하는 건 정말 저열한 거였다.

그러나 의구심도 들었다. 유주는 이런 고통을 살며 두 번째로 맛보는 참이었다. 그나마 리옌은 그녀의 의식을 잃게 하는, 비교적 신사적인 방식을 활용했다. 하지만 루쳰허는 리옌이 아니었다. 이 고통을 과연 어디까지 감내할 수 있을지, 잘 가늠이 되지 않았다.

"어릴…… 때는 다들, 교회 한 번씩은 나가거든?"

"에이. 서유주 씨. 내가 당신 희생타로 삼을 때 당신 속옷장에 어떤 브랜드가 제일 많은지까지 다 조사했어요."

"……."

"거짓말 같으면 말해요? 당신이 당신 전 남자 친구랑 모텔에서 몇 번 떡을 쳤는지도 읊어 줘?"

루쳰허는 정말 최악이었다. 그는 유주에게 성적으로 수치심까지 줘 가며 극한으로 몰아넣고 있었다. 이가 아득바득 갈렸다. 우습게도, 웃음이 나왔다. 불과 몇 분 전까지는 이가 갈리기만 했는데.

"……너, 나 언제부터 뒷조사했니?"

"지금 질문은 내 차례 아니에요?"

"하."

"난 빡이 제대로 돈 칭리옌 그 새끼가 당신을 어떻게 죽일까 굉장히 기대했거든요? 당신이 딱, 사라져야 칭리옌 그게 상황을 어떻게 풀어야 하나 갈팡질팡할 거란 말이야. 그러다 조력자들이 짜잔, 하고 나타나서 이 상황이 조직 간에 갈등 없이 두루 원만하게 해결되는. 뭐 그런 그림을 기대했어, 나는. 그런데……."

"……."

"왜 살아 있을까, 당신은. 처음 만난 그 자리에서 벌써 붙어먹었어? 이야, 우리 청 형님이 그렇게 아랫도리가 팔팔 살아 날뛰는 양반은 아닌데. 그 개새끼는 꼭 술집 가서도 분위기 파투 내고 나오는 양반이란 말이지."

아하. 유주는 그가 무슨 말을 하려는 건지 이제야 정확히 이해했다.

말인즉슨, 유주의 이력서와 발신 내역이 있는 휴대폰을 두고 오면 카이화가 실종된 지 얼마 되지 않아 죽었다는 사실을 알게 된 리옌이 묻지도 따지지도 않고 유주부터 잡아 죽일 것이라 예상하고 이 일을 벌였다는 뜻이었다.

어차피 희생양은 하나 필요했고, 한국에서 그를 도와줄 사람이 줄어들수록 어떤 식으로든 상황에 타협할 가능성이 커지기 마련이었으니까. 다만 변수가 있다면, 리옌이 유주를 죽이기 이전에 뭔가 느낀 게 있다는 것이었겠지.

"내가 생긴 게 취향이었는지 누가 알아? 그렇게 궁금하면 그쪽 '청 형님'한데 물어보든가."

루첸허는 유주의 대답에 다시 피식거리며 고개를 저었다. 또 때리려나? 긴장하던 차에 그가 입을 열었다.

"그럼 다른 질문으로 넘어갈까요? 그 질문은 넘어가고."

"뭐? 난 대답했잖아."

"나 그렇게 경우 없는 사람 아닙니다. 자, 질문해요."

이 새끼도 성격 어지간히 형편없는 놈일세. 유주가 코웃음을 쳤다. 다음 질문? 당연히 정해져 있었다.

"성철현은 어떻게 됐어?"

"이 와중에도 그 남매가 그렇게 궁금해요? 어떻게 됐는지?"

유주가 고개를 끄덕였다. 당연히 궁금했다. 일단 그 둘이 유주에게 있어 모든 일을 풀어 가는 단초였다. 더불어 루첸허는 중국인이었지만 성철현과 성은영은 유주가 확인한 서류 속 살아 있는 한국인이었다. 보다 익숙했고, 보다 궁금했다. 당연한 호기심이었다.

루첸허는 유주를 빤히 보다 품속에서 무언가를 꺼내 들었다. 어두워서 정확히 무엇인지는 알기 어려웠지만 저 크기나 느낌이 아주 익숙했다.

"저에게 여권을 팔았죠. 그쪽이 돈 가방만 안 들고 갔어도 그렇게 궁박한 처지는 안 됐을 텐데."

딱하게도. 루첸허가 덧붙인 말엔 조롱의 기운이 가득했다.

유주의 기우는 현실이 되었다. 동시에 위기감이 점점 또렷한 형태를 갖추기 시작했다.

루첸허는 진정 미친놈이었다.

외국인을 죽였다. 그건 자신이 왕래하는 국가의 법질서 따위 신경도 쓰지 않는다는 것이다. 만약 일이 발각되었을 시 어떤 사태가 발생할 것인지에 대해 전혀 개의치 않는다는 뜻이기도 했다. 말인즉, 그는 서유주 또한 무참히 살해할 수 있었다.

어차피 그녀의 죽음 따위 그에게도 무가치할 터다. 유주의 목소리가 가늘게 떨렸다.

"……죽었다는 거야?"

"그것도 짐작하고 움직인 거 아닙니까? 난 또. 한석태를 열심히 찾아다닌 게 성철현이 시체 찾으려는 건 줄 알았네."

그렇게 생각할 수도 있겠다, 싶으면서도 억울했다. 처음부터 지금까지 유주와 리엔이 뒤쫓던 건 카이화를 데려간 루첸허였다. 더불어 우울해졌다. 한석태가 그래서 죽은 걸까?

"그럼 한석태는……."

"아, 이제 내 차례잖아요."

쓸데없이 순서 중시하는 새끼. 유주가 고개를 끄덕였다. 어차피 유주에게 선택권은 없었다.

"그래. 뭐가 또 궁금한데?"

"살고 싶어요?"

……와, 진짜 대가리 터트리고 싶다.

유주는 저열함을 넘어서 비열하고 역겨운 납치범을 있는 힘껏 노려보았다. 부아가 치밀고 울분이 터질 거 같은 질문이었다.

살고 싶으냐고?

조금 전까지 죽인다 어쩐다 운운한 주제에 저런 말을 하는 건 사람 속을 있는 힘껏 뒤집겠다는 소리였다. 그게 아니면 알량한 희망 나부랭이를 약간 던져둔 뒤 나중에 더 나락으로 끌어들이려는 개수작이거나.

하지만 루쳰허의 의도가 무엇이든 간에 유주의 대답은 하나였다. 세상에, 죽고 싶은 인간은 없다.

"당연한 거 아냐?"

"그럼 내 질문은 끝. 우리 대화는 여기까지 하죠."

"뭐? 야!"

"그런데 음, 저승길에 지전(紙錢)은 못 태워 주겠지만 추가 질문에 대답은 해 주죠."

"……."

"칭리옌 그 새끼가 참 뒤를 잘 캐요. 물론 당신이랑 호텔 방에서 열심히 뒹굴어 가며 얻어낸 꼼수겠지. 참 잘 어울리는 한 쌍이야. 너희 둘."

"이 새끼가……."

"그럼 난 이만. 내가 멀미가 좀 심한데, 여긴 심하게 울렁이네."

"야!"

유주가 버럭 소리를 질렀지만, 루쳰허가 지하를 빠져나가는 건 금방이었다. 그의 몇 걸음 만에 지하 창고는 다시 완전한 어둠에 갇혔고, 철컥, 문 잠그는 소리와 함께 다시 그녀는 고립되었다.

이를 갈며 재차 몸을 움직여 보려 했지만, 먼지가 뒤섞인 숨을 보다 용이

하게 쉴 수 있다는 것을 제외하고 신체의 자유가 제한된 건 매한가지였다. 유주는 몇 번이나 지퍼를 조금 더 아래로 내려 보고자 시도했지만, 테이프에 단단히 감긴 보디 백은 일체의 변화도 보이지 않았다.

"염병하네! 좋까! 씨발 놈아!"

홧김에 소리만 버럭 질렀지만 루쳰허의 말마따나 출렁거림만 느껴질 뿐이었다.

망할 놈, 개자식, 죽일 놈…….

결국 유주는 그대로 다시 몸에서 힘을 풀었다. 이 배에 갇힌 지 얼마나 된 건지는 모르겠지만 움직일수록 배만 고팠다.

그래도 몇 가지 소득은 있었다. 짧은 대화였지만 알아낼 건 충분히 알아냈다.

첫째로, 이 일은 루쳰허가 뒤에서 수작질을 벌인 게 맞았다. 그리고 그의 뒤에 있는 건 분명 장치앙린일 테고, '조직 간에'라는 말을 쓴 것으로 보아 카이화가 니시콴라이와의 협상 카드로 쓰일 게 분명했다.

둘째로, 그는 리옌을 아주 많이, 그것도 무척 싫어했다. 유주는 덤이었다.

셋째로, 그녀가 걱정한 대로 성철현과 성은영은 죽었다. 더불어 한석태도. 그리고 그 죽음 뒤에는 루쳰허와 장치앙린이 있다.

아마 펜션에 있던 돈과 약은, 리옌의 말마따나 맥거핀이었을 가능성이 컸다. 더불어 '잘 캐낸다'는 빈정거림은 분명 한석태를 조준하고 한 말이었다. 리옌이, 제대로 짚은 것이었겠지.

마지막으로……. 살길은 유주가 직접 찾아야 했다.

루쳰허는 처음부터 유주의 죽음을 상정하고 일을 꾸미고 벌였던 놈이다. 그는 그녀를 살려 줄 의향이 전혀 없었다. 심지어 일이 중간에 틀어진 게 분명하기까지 했다. 잘은 모르겠지만.

"설마……."

문득, 그런 생각이 들었다. 설마 11월 13일 자에 찾아오라는 그 초대장의 내용이, 지금 상황을 상정한 게 아닐까 하는. 애당초 찾아오길 바란 건, 그녀가 아니라 다른 사람일 가능성.

만약 그렇다면 찾아오길 바라는 그 대상은, 리옌일 가능성이 매우 컸다. 그 예상이 맞는다면, 도대체 리옌을 어떻게 할 생각이기에…….

"……어떡하지?"

중요한 건 이 모든 사실을 알려 주기 위해서라도, 그리고 유주 그녀 자신을 위해서라도 어떻게든 살 방도를 찾아야 한다는 거였다.

몸이 떨리기 시작했다. 때 늦은 한기가 느껴졌다. 심장이, 가슴뼈를 뚫고 나올 것처럼 거칠게 요동쳤다.

긴장이 풀려서가 아니었다. 제대로 긴장감이 몰려온 탓이었다. 몸이 서늘한 것과는 별개로, 묶여 있는 몸뚱이의 구석구석이 뜨끈하게 달아올랐다. 어느새 등을 적시고 있는 땀이, 갑갑한 보디 백 안에서 식지 못한 채 체온을 앗아 가는 느낌이었다.

"답이 없다, 진짜……."

유주는 쓸데없이 주먹만 쥐락펴락하며 무뎌진 손끝의 감각을 되살렸다. 울렁거리는 속을 가라앉히기 위해 크게 심호흡을 했다. 여전히 불쾌한 먼지 속에 묘한 향수 냄새가 뒤섞여 역겨웠다.

진정하는 게 우선이었다. 동요하면 끝장이었다. 유주는 자신이 느꼈던 막연한 두려움 속에 다시 내던져진다면, 그리고 그 안에서 다시 한 번 무릎 꿇는다면 제 인생이 어찌 될 것인지 충분히 짐작할 수 있었다.

마음이 무너지는 것은 몸이 허물어지는 것보다 경계해야 했다. 몸의 상처는 낫지만 마음의 상처는 죽음까지 함께하는 그림자 같은 것이었다. 두려워하는 건 나중이어도 늦지 않았다. 충분히 두려워할 수 있을 때까지 이, 압도당할 것만 같은 막연한 절망에 빠질 순 없었다.

"배……."

그녀의 예상이 옳다면, 이 배는 한국으로 가는 배일 터였다. 밀항선인지 뭔지는 알 바 아니었다. 서울 도심 한복판에 있는 약속 장소까지 가는 길목에, 어떻게든 빠져나가기만 한다면 방법이 있을지 모른다. 아니, 있어야 했다.

다만 아쉬운 건 지난번, 차로 그녀를 납치했던 그 중국 양아치들의 때와 같이 요행수를 노리긴 어려울 것이란 점이었다. 이미 실패한 전례가 있으니 이번엔 분명, 지난번보다 더욱 경비가 삼엄할 터다.

"아, 진짜 어떡하지? 어떡하냐고, 이런 젠장!"

유주가 발을 쿵쿵 내리치며 소리를 질렀다. 위에서 소리를 듣고 내려올까 하는 일말의 희망이 담긴 발악이었지만 당연하게도 그런 천운은 따르지 않았다.

* * *

생각도 밥을 먹어야 할 수 있는 거구나.

유주는 창고 안에서 꼬박 이틀가량 갇혀 있었다. 사실 창고 안은 언제나 어두웠기에 시간이 얼마나 지난 것인지 확인하기는 어려웠지만, 못해도 이삼 일 정도이리라 예상만 할 뿐이었다.

분명 중간에 배의 출렁거림이나 간헐적으로 들려오던 윙윙거리는 엔진 소리가 멈춘 것으로 보아 벌써 정박해도 애저녁에 한 것 같았다. 그러나 그녀를 납치한 개자식은 도통 그녀를 꺼내 줄 생각을 하지 않는 듯했다.

당연히 배의 엔진이 처음 꺼진 것을 확인했을 때 그녀는 희망을 품었다. 기력이 조금 남아 있을 때는 추위도, 허기도 참을 만했지만 유주는 납치되기 전까지 리옌과 뒹굴었다. 의식을 되찾고 얼마 지나지 않아 식사한 게 무용지물이 되어 있었다. 그런 상태에서 이삼 일가량 인간의 생리적 욕구들과 싸우고 있자니 절로 진이 빠지는 것이다.

머리를 굴리려 해도 쥐어짤 에너지가 없으니 그저 오들오들 떨며 버티는 게 고작이었다. 심지어 루쳰허는 유주를 보디 백에 감아 두면서 코트 한 장 더 덮어 주는 배려도 없었다.

「……그래서 그쪽과의 교섭은 불발인 겁니까?」

지칠 때까지 깨어 있다 잠깐 잠이 들었다가 일어나는 주기가 반복되니 진이 다 빠졌다. 하지만 감각만은 여전히 예리했다. 아무래도 그녀가 벌써 진력이 고갈된 것은, 계속 신경을 곤두세우고 있어서일 터였다.

그래서 먼 곳에서 들려오는 목소리가 무척 날카롭게 그녀의 고막을 찔렀다. 정적뿐인 장소에서 새로이 생겨난 소음이기 때문에 더욱 감각을 휘어잡은 것일 수도 있다.

「정말 끈질기네요, 하하. 그럼 어쩔 수 없죠. 작업을 좀 더 앞당겨서 하는 걸로 하죠. 예? 우리 사이에 뭐 그리 예의를 차리십니까. 잔금은 괜찮으니 계약만 잘 엄수해 주세요. 확답을 듣는 즉시 착수 들어가겠습니다.」

목소리를 들어 보니 루쳰허였다. 전화를 끊음과 동시에 지난번과 같이 열쇠 돌리는 소리가 났고, 이내 불유쾌한 철 바닥 쓸리는 소리와 함께 문이 열렸다.

유주는 일부러 고개를 살짝 틀고 눈을 감았다. 죽은 척하려는 건 아니었지만 대화를 할 기분도 아니었다. 입만 열면 죽이려 드는 남자에게 우호적인 감정 따위 품을 수 없는 건 물론이거니와, 일단 진이 빠지고 기가 죽은 척해야 틈이 보여도 보일 것 같아서였다.

"서유주 씨, 숨소리가 다르다고 했잖아요."

그런 그녀를 보며 루쳰허가 비아냥거렸다. 유주는 눈도 뜨지 않은 채, 최대한 나약한 목소리로 말했다.

"진이 다 빠져서 그래."

"아, 그러네. 식사도 못 했죠? 그간. 잠자리도 불편했을 테고. 내가 손님 대접이 소홀했네."

내가 갈 땐 가더라도 어떻게든 저놈 콧대는 한 번 후려치고 간다. 유주는 속으로 비장한 각오를 다지며 작게 한숨을 쉬었다.

"그래서? 이제라도 대접해 줄 마음이 좀 생겨?"

"그래야죠. 식사도 하고, 여독도 풀 겸 이제 나가시죠."

너무나 순순한 반응이 오히려 불안했다. 이렇게 전신이 결박된 채 끌려나가 모가지가 따이면 그대로 골로 가는 거였다. 유주는 어떻게든 시간을 벌어야 했다. 13일 초대에, 시체 몰골로 참석하고 싶은 생각은 추호도 없었다.

"진심이야? 설마 이대로…… 날 어떻게 하려는 수작이 아니라?"

유주의 목소리는 가늘게 떨리고 있었다. 비단 그런 척을 하려는 뛰어난 연기력에서 나온 반응은 아니었다.

실제로도 무서웠고, 지금의 상황이 힘에 부치기도 했다. 내키진 않지만 지금 당장은 루첸허에게 비굴할 정도로 약해 보이는 게 생존에 유리할 터였다. 뺨을 후려갈기든, 콧대를 주저앉히든, 고자를 만들든 간에 전부 살아있어야 가능한 행동이니까.

"왜 이렇게 약한 척을 해요, 사람 마음 약해지게."

하지만 약한 척을 할수록 물러지던 리옌과 지금 눈앞의 루첸허는 같은 사람이 아니었다. 그는 유주의 약한 모습을 곧이곧대로 받아들일 만큼 멍청하지 않았다.

유주는 몇 번이나 주먹을 쥐락펴락하며 감정을 다스렸다. 울컥하는 순간, 지는 거다.

"약한 척? 지금 나를…… 내가 여기에 얼마나 갇혀 있었던 거야? 당신은 나를 이런 춥고, 어두운 곳에 가둬 두고, 내가 이전처럼 기가 살아 날뛰길 바란 거야? 당신 말마따나 식사도 잠자리도, 뭐 하나 제대로 된 걸 제공해 주지도 않았으면서?"

"그건 내 호의의 영역이지, 당연한 의무의 영역이 아니잖습니까?"

"죽이려면 그냥 죽여! 내가 뭘 어떻게 해야 해? 내가 왜 안 죽었는지 알고 싶으면 칭리옌에게 가서 직접 물어보든가! 내가 왜…… 내가 왜, 이런 일을 겪어야 해?"

과몰입 후유증인지 아니면 정말 꾹꾹 눌러 두기만 하던 유주 내면의 억울함이 그제야 복받쳐 오른 건지 목소리에 물기가 서렸다. 유주 자신도 당혹스러울 정도였다. 만약 이 상황이 영화 속 장면이었다면 유주는 최소 그해 골든글로브 여우조연상 정도는 노려볼 정도였다.

"……이런 모습, 굉장히 의외로군요."

루쳰허도 유주의 이런 반응이 정말 의외였던 건지, 약간 당혹스러워 보였다. 설마 우악스러운 사람들만 접해서 이런 약한 반응에 동요하는 건가? 진의는 알 수 없지만, 차라리 루쳰허가 일말의 동정심이라도 가지고 있는 사람이라면 좀 상황이 개선될 여지가 있었다. 일단 꼬리를 말고, 배를 까뒤집으며 복종하는 척만 해도 좀 씨알이 먹힐 테니까.

"그럼 내가 어떤 반응을 보여야 하는데? 끝까지 너한테 하나하나 따지고 들어? 그래서 나한테 뭐가 남는데? 날 죽이겠다며. 그냥 평범하게 살았을 뿐인 나를, 죽이겠다며! 이 나쁜 놈아!"

유주는 인생을 포기한 척, 억울한 척하기 위해 부단히 노력했다. 실상은 그녀의 입장이 억울하긴 했으니 그리 어려운 것도 없었다.

아마 루쳰허가 보고받은 서유주는 이런 인물이 아니었을 것이다. 상황에 체념하고, 곧 울 것처럼 눈물을 그렁그렁한 여자의 이미지는, 그가 지금까지 스토킹해 온 서유주의 모습이 아니었을 테니까.

말이 좋아 뒷조사지, 루쳰허가 그녀의 속옷 색깔까지 뒤져본 건 그냥 스토킹이었다. 역겨운 스토커 새끼. 엿이나 먹으라지. 물론 유주는 이런 생각 따위 재빨리 머릿속에서 날려 버렸다. 잡생각이 많아지면 감정 연기에 불순물이 섞이는 법이었다.

그러나 생각을 안 하겠다고 안 하게 되면 얼마나 좋겠는가.

유주는 일부러 고개를 틀고 살짝 흐느꼈다. 별로 눈물은 나지 않았다. 다른 사람이라면 몰라도 그녀의 눈물을 보고 쾌재를 부를 놈 앞에서 진짜 울 생각은 없었기 때문이다. 하지만 애써 숨을 참는 척, 씨근덕거리는 정도는 할 수 있었다. 루쳰허는 죽은 놈, 산 놈의 호흡 정도는 파악하지만 우는 사람과 안 우는 사람을 분간할 정도로 예리해 보이진 않았다.

"……그렇게 운다고 해서 상황이 바뀔 것 같습니까?"

그러면 좋았겠지만 유주는, 당황한 듯한 그의 반응만으로도 충분히 만족했다. 일분일초라도 더 오래 생존하는 게 현재의 목표였다.

루쳰허는 유주가 무슨 짓을 해도 동정하진 않을 것이다. 그러나 동요해 주면 이쪽은 감사할 따름이었다. 그녀가 완전히 체념한 것으로 여겨 주면 더욱 고마울 터였다. 하여간 여기에서 벗어난 이후. 언제든 좋으니 죽기 전에. 아주 잠깐. 그녀가 자유롭게 몸을 움직일 수 있는 단 몇십 초의 틈이 생긴다면 무언가 상황이 바뀔 수도 있었다.

이건 유주가 나름대로 목숨을 건 도박을 하는 셈이었다. 어차피 루쳰허의 손아귀를 벗어나지 못하면 죽는다. 이렇게 해도 죽고 저렇게 해도 죽는다면 최소한, 모험은 해 봐야 했다.

비록 그녀가 한 발짝 내딛는 그곳이 깎아지른 듯한 절벽 아래라 해도, 어차피 죽을 거라면.

"바뀔 상황이 아니니까 서러운 거 아니야!"

"쓸데없는 잔머리 굴리지 마시죠.「어이!」"

루쳰허의 목소리는 다시 담담한 어조로 돌아왔지만 아까 전, 그는 분명 동요했다. 유주는 매사 운이 따르지 않는 편이었다. 그런데도 이게 될까? 가능할까? 그런 의구심은 갖지 않기로 했다.

유주가 그저 몸만 들썩이고 있자 두 명의 사내가 창고로 내려왔다. 루쳰허가 그녀 쪽으로 턱짓하자 한 건장한 사내가 그대로 보디 백을 둘러업었는데, 덕분에 이제 날개뼈까지 내려온 머리카락이 아래로 흐트러지며 그녀의 표정을 효과적으로 가려 주었다.

"아흑!"

그녀를 들쳐 멘 남자는 거구에, 팔 힘이나 손아귀 힘이 어마어마했다. 머리채를 잡히면 그대로 두피가 벗겨질 것을 걱정해야 할 정도였다. 게다가 그의 어깨에 짓눌린 유주의 복부는 딱, 며칠 전 루첸허에게 걷어차인 자리였다.

표정 관리를 하지 않아 다행인 것은 고통의 흐느낌이 새어 나오는 순간에도 그녀는 이를 악문 채 악에 받친 표정을 하고 있던 탓이었다. 유주의 고분고분하지 않은 표정을 보면 루첸허는 또다시 의심할 터였다.

일단은 창고를 벗어났다. 비록 그녀의 자의는 아니지만, 당장 여기에서 죽이겠다는 의미는 절대 아니었다. 밖에 나가는 게 중요했다. 그다음 스텝은, 상황을 보고 판단해야 했다.

"일단 씻고 나오면 식사를 주도록 하죠. 여기서 몇 시간 정도는 있어야할 겁니다. 죽기 전까지, 되도록 얌전히 있어 주었으면 좋겠습니다. 여기엔굶주린 놈들이 많아서."

그러나 배 밖으로 나오며 유주의 입엔 테이프가 붙었다. 차 트렁크에 태워졌고 한 시간가량을 달려 도착한 어느 지하실에 그대로 갇혀 버렸다.

무례하게도 그녀를 감싸고 있던 보디 백도 아까 전의 그 우락부락한 사내가 풀어 주었다. 루첸허는 시간을 확인하고, 주변을 살펴본 뒤 그대로 두명의 사내를 데리고 밖으로 나갔다.

그녀가 끌려온 이 지하실이 어떤 용도인지는 모르겠지만, 들어오기 전 곁눈질로 확인한 바에 의하면 그녀는 인적이 드문 도시 외곽, 어느 산 속에 위치한 낡은 건물로 끌려왔다.

여기는 비단 창고로 사용되는 데에 그치는 게 아닌 듯했는데, 그 방증으로 그녀가 방에 들어오기 전 마지막으로 본 건 몇 개나 줄줄이 붙어 있던문이었다. 아예 지하를 개조해 납치용 장소로 사용하고 있는 듯했다.

방은 딱 4평 정도로 보였다. 유주가 처음 서울에 올라와 묵었던 고시원만

했으니까 그 정도일 터였다. 바닥에 깔린 매트에선 눅눅한 냄새가 났고, 창문 하나 없는 방 벽지에는 곰팡이 슨 자국이 역력했다. 게다가 물도 샜는지 벽지 군데군데 누렇게 바랜 모양새가 보였다.

유주가 손발을 꼼지락거리며 감각을 되찾았다. 힘은 없었지만, 며칠 내내 먼지 구덩이 속에서 지낸 탓인지 머리카락에 이상한 보풀 같은 것이 묻어 있었다. 괜히 입 안도 텁텁했다.

"저건⋯⋯."

하지만 제일 눈에 띈 건 들어온 문 바로 위에 달린 원형 CCTV였다. 원형이기에 이 방 안에서 사각지대라곤 화장실뿐일 게 뻔했다. 도청도 가능할지 모르니 섣불리 입을 열 수도 없었다. 유주는 얌전히 화장실 문을 열었다.

"⋯⋯아, 씨발."

화장실의 상태는 방보다 더 끔찍했다. 훨씬 좁았고, 심지어 거기엔 샴푸도, 린스도 뭣도 없이 세숫비누와 플라스틱 대야 하나만 있었다. 게다가 찬물밖에 나오지 않았고, 벽에 대충 박아 둔 게 분명한 못에 걸린 수건은 마지막으로 세탁한 게 언제인지조차 의심스러웠다.

단연코 그녀의 납치 경험 중 이번이 최악이었다. 하지만 급한 건 유주 쪽이었으니 일단 씻었다. 얼음장같이 차가운 물이 오히려 그녀의 정신을 맑게 깨워 주었다.

"어쩌지⋯⋯."

유주는 의심스러워 보이지 않도록 얌전히 씻고 나서, 카메라에 잘 보이는 자리에 무릎을 끌어안고 주저앉아 있었다. 벽에 등도 기댈 수 없었지만 계속 일자로 누워 있어서인지 오히려 조금은 웅크린 자세가 더욱 편했다.

식사는 빵 두 개와 우유 두 팩이었다. 그녀의 처사만큼이나 허술한 끼니였다. 도대체 며칠이나 이런 식사로 생활을 연명해야 할지 모르겠다. 유주는 답답해하면서도 그것을 말끔히 해치웠다.

"……이대로는 못 죽지, 억울해서라도."

그렇다고 해서 우울감과 무기력감에 젖어 있을 시간은 없었다.

포기하는 순간, 자신의 인생에 비굴해지는 거다. 그것도 그녀의 조부가 누누이 하던 말 중 하나였다. 포기하면 그대로 끝이라고. 그러니 뭐든 해 볼 만큼 해 봐야, 나중에 후회가 없다고.

하지만 서유주는 어릴 적부터 실패를 싫어하는 유형이었다. 그녀의 매사 피곤한 성격은 이런 성향의 발현이었다.

실패하기 싫으니, 섣불리 시도하지 않는다. 실패하기 싫으니, 할 땐 확실히 한다.

"만약 누군가를 죽여야만 탈출할 수 있다면……."

유주가 작게 중얼거렸다. 아무리 CCTV의 녹취 기능이 생생하다 해도 숨소리보다 조금 큰 정도의 소리까지 포착하진 못할 터였다.

그러나 그녀의 행동은 얼마든지 포착이 가능할 테지. 문밖에 인기척이 들려오는지, 이 지하 벽 너머에 누가 있는지 귀를 기울이는 행동조차도 의심스러워 보일 것이었다. 지금 유주는 '비탄에 젖어 모든 걸 포기했다'라는 설정이니까.

……곧 죽을 생각을 하는 사람이 너무 빵과 우유를 허겁지겁 먹어 치운 건 아닌가 싶지만.

"내가 누군가를……."

중요한 건, 타이밍이었다. 언제, 어떻게, 무슨 방법으로 틈을 만드는가.

화장실 벽에 박혀 있던 못, 뽑을 수 있을까?

유주는 아까 전 화장실에서 본 못을 떠올렸다. 물론 아까 시도도 한번 해 보기는 했다. 수건까지 감아서 잡아당겨 보았지만 콘크리트 벽에 박힌 못은 움직일 기미도 보이지 않았다. 역시 그 방안은 폐기해야 했다. 못으로 제대로 찌르면 한 명을 골로 보낼 순 있었지만 그만한 시간도, 힘도 없었다.

당연하게도 방 안에 흉기가 될 만한 건 없었다. 눅눅한 이불, 방금 쓴 꿉 꿉한 냄새가 나는 수건 한 장, 비누 하나, 휴지 약간, 플라스틱 대야 하나.

수건으로 상대의 목을 감아 봐야 유주는 금세 제압당할 것이다. 이불은 더 말할 것도 없는 무용지물이었다.

하지만 다른 거라면?

비누와…… 플라스틱. 이건 어디에 쓸 수 있지 않을까?

"아……."

유주는 문득, 기시감이 들었다. 처음 리옌에게 납치되었을 당시. 그때 유주는 욕실로 안내받고, 바디 워시를 챙겼다. 도망갈 때 바닥에 뿌려두기라도 하려고. 그러면 최소한, 그녀를 뒤쫓는 추격자 한 명은 넘어지리라 생각해서.

이번에 그 방법을 써 볼 수 있지 않을까?

"아."

그리고 플라스틱 대야. 화장실에 있던 그 대야는 무척 얇고 가벼웠다. 아주 싸구려인 듯했는데 보통, 플라스틱은 힘을 가하면 깨진다. 그리고 그 조각은 항상, 생각보다 날카롭다.

손이 베일 듯한 예리함은 없었지만, 힘을 준다면 사람의 몸을 찌를 정도 는 충분히 될 것 같았다. 깊게 찌를 필요도 없었다. 상대방이 공격당했다는 사실에 당황하여 주춤하는 시간. 그녀가 조금이라도 뛰어 달아날 수 있는 시간. 그 정도면 충분했다.

문제는 이 문 앞에 경호원이 몇 명이고, 이 건물을 둘러싸고 있는 사람이 몇이냐는 거였다. 하지만 아까 유주가 이곳에 올 땐 분명 루쳰허까지 포함 해 그녀를 감시하고 있는 사람은 셋뿐이었다.

그녀를 둘러업고 온 거구의 남자가 제일 위협적이었고, 다른 한 놈 은…… 약간 여우같다고 해야 할지, 꽤나 영악하게 생겨 그리 큰 힘을 쓰는 것처럼 보이진 않았다.

정말 감시자가 셋이라면, 루쳰허와 그 거구 사내의 발만 잠시 묶어 둔다면……. 그 뒤, 산에 숨어 버린다면…….

"……해 볼까?"

부스스한 머리카락 사이로 유주의 눈빛이 반짝였다. 죽기 아니면 까무러치기였다. '여기엔 굶주린 놈들이 많다'라는 루쳰허의 말이 좀 거슬렸지만 그건 다른 방에 납치된 이들에 관한 이야기일 것으로 생각했다. 그렇다면 그들도 갇혀 있으니, 문제 될 건 없지 않은가?

잡힌 뒤의 정조와 목숨이 문제지.

"아, 젠장……."

생각이 너무 많아졌다. 유주는 저도 모르게 몸을 파드득, 떨었다.

어두컴컴한 산속, 그녀를 겁간하려던 두 중국인 사내.

저속한 말투, 험악한 손길, 길고 긴 밤. 위협적이던 바람 소리. 온몸을 간지럽히던 기이한 감각.

어쩌면 죽을지 모른다는 절망감. 죽음 앞에서 아무것도 할 수 없다는 무기력감. 모든 사람을 버려 둔 채 혼자 죽어 간다는 슬픔.

그리고 언제 찾아올지 모르는 죽음을 기다리며 지속되는…… 공포.

"젠장……."

유주는 무릎 사이에 고개를 파묻고 양팔을 그러쥐었다. 손아귀가 땀으로 축축하게 젖었다. 잠시 평안했다고 해서 있던 과거가 사라지는 건 아니었다. 더불어, 없던 용기가 생겨나는 것도 아니었다.

"그래도…… 해야 해."

그녀는 주먹을 꽉 쥐었다. 눈을 감았다. 바들바들 떨리는 손에 힘을 주며, 제 살 위에 손톱을 세웠다.

죽기 싫었다. 그러나 죽는 것보다 더 싫은 건, 그녀의 죽음이 이용당하는 거였다. 그러니 죽는다면, 최소한 그녀가 할 수 있는 최선의 끝까지 다하고 나서야 죽고 싶었다.

사람의 죽음은 결코 고결한 게 아니지만, 그렇다고 해서 값싼 조롱거리로 전락할 정도로 하찮은 것도 아니었다.

* * *

"어제는 잘 잤습니까?"

아무래도 지하실이다 보니 시간 감각이 없기는 선상 창고나 여기나 매한가지였다. 그래도 사지가 자유로운 건 좋았다. 게다가 좀 엿 같지만 식사도 나왔다.

"덕분에."

유주는 울분을 가라앉히며 무뚝뚝하게 대답했다. 아침을 가져다주러 온 루첸허 쪽은 보지도 않았다.

오늘도 빵과 우유를 가져올 것으로 생각했는데 의외로 그가 가져다준 건 편의점 도시락이었다. 게다가 심지어 데우기까지 한. 이 안에 생활 시설이 있다는 증거였다. 아마 CCTV를 확인하는 곳도 이 건물 어딘가에 있을 것이다.

그럼 루첸허도 여기에 묵었을까? 그건 모르지만 일단 여기에 상주하는 고정 인원은 있을 터였다. 보조 인원이 몇이냐가 도주 시 발목을 잡는 요인이 될 수 있었다.

"머리 굴리는 소리가 여기까지 들립니다, 서유주 씨."

유주는 순간 뜨끔했다. 그에게서 거의 등을 돌리다시피 했는데 어찌 알았는지 모를 일이었다. 아니지, 그의 말투는 이제 대충 적응이 되었다. 떠보는 게 약간 습관이랄까?

원래 저쪽 밥을 먹는 사람들은 이런 말투가 기본 값인가. 유주는 퉁명스럽게 대꾸했다.

"생각도 하지 말라는 건, 그냥 여기서 말라 죽어라, 이거야?"

"그래 봐야, 가망이 없다는 것 정도는 알잖아요?"

"……독심술을 하는 줄 알았더니, 아니었네."

다시 한번 움찔했지만 유주는 태연히 대답했다. 실상 여기 갇힌 사람들 생각이 다 거기서 거기 아니겠는가?

유주는 어제 분명히 보았다. 루쳰허는 유주의 체념에 동요했다. 그녀가 보인 일면은, 어떤 식으로든 그에게 한 점의 망설임을 남겼을 거라 믿고 싶었다.

"그러면?"

"알면 뭐 하게? 헛된 희망이라도 주게?"

"원래 교도소에서도 죽기 직전에 성직자는 만나게 해 주잖아요?"

"네가 그 정도로 고결한 위치는 아니지 않아?"

"저 이외에 말 상대도 없을 텐데. 유언 하나 못 남기는 건 아쉽잖아요."

느물거리는 말투가 역겨웠다. 유주는 그를 노려보며 이를 악물었다.

유언? 유어어언?

가능하다면 유주가 그의 유언을 들어주고 싶었다. 그녀라면 루쳰허보다 상냥하게 들어줄 수 있을 텐데.

"……삼촌한테는 내가 무슨 일에 휘말려 죽은 건지, 절대 이야기하지 마."

최대한 완곡하게, 그녀는 자신의 속내 중 가장 작은 것 하나를 꺼냈다. 일부러도 루쳰허를 자극할 만한 이들을 언급하지 않을 심산이었다. 아니나 다를까, 유주의 말을 들은 루쳰허의 눈매가 가늘어졌다.

"고작 그것뿐입니까?"

"널 비롯한 다른 놈들은 다 내가 어떻게 죽은 건지 알 거 아니야. 그거면 돼. 죽고서도, 삼촌의 가슴에 응어리처럼 남고 싶지 않아."

말은 그렇게 했지만 유주의 손은 가볍게 달달 떨리고 있었다. 유주가 루쳰허를 괜히 자극하지 않기 위해 삼촌 이야기를 꺼낸 건 맞지만, 실제로도 서창진이 서유주의 부고를 듣고 나서 무슨 반응을 보일지 상상하는 것만으로도 가슴이 저미게 아픈 건 사실이었다. 그녀의 반응은 결코 거짓이 아니었다.

그게 루첸허에게 신뢰를 준 모양이었다. 그는 빈정거림을 그만둔 채, 작게 한숨을 쉬었다. 뭔가 틀어졌다는 듯한 낭패감이 느껴지기도 했다.

"알겠습니다. 그 정도는 해 드리죠."

"최소한 장례는 치르도록……."

"서유주 씨 시체는 온전할 겁니다. 그것만은 약속하죠."

무척 아량이 넘치는 목소리였다. 유주는 여전히 그를 향해 고개를 돌리지 않은 채 대답했다.

"그래……. 고마워."

"뭐 더 필요한 건?"

심지어 루첸허의 말투가 약간이나마 자상하게 변하기까지 했다. 유주는 그 반응이 달갑기보다는 의아했다.

그에게 정말 측은지심(惻隱之心)이 넘치는 건가? 그게 아니라면, 원래 나쁜 놈이 아니기라도 한가?

사실 루첸허가 어떤 인간인지도 관심 없었다. 그가 유주를 가엾이 여겨준다면 오히려 감사할 일이었다. 유주는 슬쩍 고개를 돌려 그를 살폈다. 확실히, 사납고 빈정거리기만 하던 표정이 무감한 형태로 바뀌어 있었다. 긍정적이었다.

"최소한, 내가 언제……."

아무리 죽을 사람이라고 해도 이건 너무 초연해 보이나? 유주는 그 생각에 잠시 말을 멈췄다. 하지만 그게 약간 극적으로 보였던 걸까? 루첸허가 물었다.

"무슨 음식을 좋아합니까?"

"뭐?"

"이따 점심때 찾아올 테니, 생각해 두시죠. 저녁 메뉴는 그게 좋겠습니다."

문이 닫히고, 루첸허가 나갔다. 유주는 그제야 경악했다.

미친…….

나 내일 죽어?

어찌 되었든 죽는다는 말을 들으니 이제는 초연할 순 없었다. 저녁. 저녁 때야말로 유일한 탈출의 기회였다. 점심때도 있었지만 밝으면 산으로 달아나 봐야 숨을 곳을 찾느라 전전긍긍할 터였다. 한밤중이라면 그녀를 찾으려 산에 뛰어드는 추격자들도 그녀와 같이 헤맬 테니 조금이나마 수색이 더뎌질 게 분명했다.

문제는 여기가 어디고, 어디로 가야 하는지에 대해 유주가 아는 바가 전혀 없다는 거였다. 하지만 죽는 것보단 살아서 산에 숨어 있는 편이 더 나을 성싶었다. 이 빈약한 의상은 둘째 치고.

"이불이라도……."

유주가 주변을 둘러보며 작게 중얼거렸다.

우선 바닥을 청소하는 척하며 수건에 비누를 잔뜩 묻혀 바닥에 발라 둔다. 그 뒤, 넘어진 척하며 플라스틱 대야 위로 엎어지고, 날카로운 조각 두어 개를 챙겨 둔다. 이후 저녁 시간에 문이 열리면 방 안으로 들어온 상대를 조금 가까이 유인한 뒤 플라스틱 조각으로 찌른 후, 당황한 사이 문으로 뛰쳐나간다.

계획은 단순했지만, 각오는 비장했다. 유주는 이불의 냄새를 킁, 맡아본 후 어쩔 수 없이 이것이라도 챙겨 가기로 했다.

벌써 날씨는 가을의 끝물이자 겨울의 입구에 다다라 있었다. 밤의 산속이 얼마나 춥고 두려운지 아는 그녀로서는 홍콩에서 리옌이 챙겨 준 긴소매 블라우스와 면바지, 발 편한 스니커즈로 새벽을 지새울 객기가 없었다.

우선 급한 대로 도시락을 탈탈 긁어먹었다. 도망치려면 체력이 필수였다.

그 뒤 유주는 에너지를 아끼기 위해 이불 구석에 웅크린 채 계속 상황을 머릿속으로 그렸다.

밤에도 루첸허가 찾아올까? 최소한 찾아온다면 그 거구의 남자만 아니길 바랐다. 그는 유주에게 결코 호의적이지 않았고, 안쪽으로 유인하기도 쉽지 않을 터였다. 게다가 그녀가 그를 제압할 수 있을 리도 없었고.

"아니, 아니지."

제압할 수 있을 리 없다. 이딴 생각은 집어치워야 했다. 제압하지 못하면 내일 아침 그녀는 신선한 시체가 되어 어디론가 새벽 배송이 될지 모르는 일이었다.

그래. 무서워할 필요는 없었다. 어차피 루첸허는 제 목적을 위해 유주를 처리하려 하고 있었다. 그 밑에 있는 놈들도 똑같았다. 이런저런 잡생각은 필요도 없었다. 애당초 목숨을 저당 잡힌 마당에 덩치 큰 놈이 달려들든 멸치 같은 새끼가 달려들든 결말이 똑같다면 과정이 무슨 소용인가.

"눈……."

최소한의 발악이라도 해 봐야 했다. 여차하면 상대를 죽이겠다는 마음으로.

하지만 그녀가 가진 플라스틱 조각으로 상대의 목을 벤다는 식의 비상식적인 예정은 세울 수 없었다. 그러나 눈을 찌르는 정도라면 가능하지 않을까.

그래. 눈. 눈을 찌르자.

"눈을 찌르면……."

유주는 소리 내어 제 계획을 내뱉고는 헙, 놀란 듯 입을 틀어막았다. 누군가에게 들킬까 봐 걱정하는 것보다, 자신이 이런 생각까지 하게 되었다는 부분이 놀라웠다.

하지만 진정하는 데 오랜 시간은 걸리지 않았다. 찌르는 그 상황을 상상하는 것만으로도. 그리고 그 이후의 일이 어떻게 굴러갈지 예상하는 것만으로도 손이 덜덜 떨릴 만치 두려운 건 사실이었다.

그러나 해쳐서라도 이곳을 벗어나지 못하면 죽는다. 설령 그녀가 그들에게 관대한 마음을 품는다 해도, 저들이 그녀의 그런 마음을 알아줄 리도 없었다.

독해져야 했다. 그게 그녀가 다치지 않기 위한 최소한의 조건이었다.

"그래도……."

하지만 아무리 마음을 굳게 먹으려 해도 두려운 건 사실이었다. 사람을 해칠 생각을 하는 건 처음이었다. 직접적인 위해를 가하는 것도 처음이 될 예정이었다.

그만큼 심장이 쿵쿵 울렸다. 가만히 있는데도 오한이 느껴졌고, 손바닥 안에 땀이 차올랐다.

"무서워……."

입 밖으로 소리 내어 말하고 나니 두려움이 실체가 되어 그녀의 어깨를 세게 짓눌렀다. 유주가 달달 떨며 고개를 숙였다.

"무섭다고……."

감당하기 힘든 버거운 감정이 전신을 찌그러트릴 듯 그녀를 강하게 압박했다. 숨을 몰아쉬며 평정을 찾으려 해도 소용없었다.

"무서워, 리옌……."

시간이 흐른다는 게 점점 느껴질수록, 유주는 그저 울고 싶어졌다. 이렇게 초라하고 외롭게 혼자 우는 게 아니라, 따뜻한 체온에 위로받으며 울고 싶었다.

* * *

─「우리 목소리 듣는 것도 오래간만 아닙니까, 형님.」

서유주의 실종을 알아채고도, 리옌은 하루하고도 반나절이나 지체하고 나서 움직일 수 있었다.

아무리 제멋대로 움직이려 해도 아직 그에게는 딸린 책임이 있었다. 그의 빈자리를 메울 수 있을 정도로 조치를 해 놓는 데에는 훨씬 많은 시간이 필요했지만, 그나마도 그걸 어느 정도 방기한 덕에 겨우 움직였다.

이후의 상황은, 상상하지 않았다. 아마 리옌이 다시 홍콩 땅을 밟는다면 그땐 정말 큰 대가를 치러야 할 때일 것이다. 공안의 움직임이 미미한 것은 쉬에화의 입김이 본토에 닿아 있다는 증거였다. 그러니 이번의 독단적 행동이야말로 목을 치라고 길게 내뺀 것이나 진배없었다. 쉬에화는 랴오위와 그를 하루라도 빨리 처리하고 싶어 안달이 난 상태였으니까.

「그렇군.」

―「그런데 좀 급하게 오셨습니다? 우리 약속 날짜가…… 어이쿠, 벌써 내일이네요. 그래도 시간이 시간인데, 내일 오셨어도 됐을걸. 바쁘신 분이 너무 일찍 걸음을 하시니 괜히 제가 부담스럽고 그렇습니다.」

수화기 너머로 들려오는 루쳰허의 목소리는 낯짝만큼 반질반질해서 구역질이 날 정도였다. 리옌은 웃음기 없는 표정으로 머리카락을 한 번 쓸어 넘겼다.

급하게 출국하느라 짐은커녕 그의 부하 직원들에게 제대로 자리를 비운다고 말도 못 했다. 그런데 공항에 내리자마자 그를 반긴 건 불쾌한 전화였다. 리옌은 자신이 감시당하고 있다는 걸 확인 사살당한 게 달갑지 않았다. 정말이지 개 같은 기분이었다. 그를 드러내듯, 리옌의 목소리는 곱지 않았다.

「그 약속, 누구랑 했지?」

―「에이. 아시면서 그러십니다.」

「누가 내 허락 없이 내 여자에게 그따위 종이 쪼가리를 들려 보내라고 했나.」

―「초대장을 보낼 당시까지는 형님의 '여자'가 아니었지요.」

루쳰허의 목소리엔 빈정거림만이 가득했다. 형님이라는 존칭을 말 그대로 '사용해 준다'는 느낌이 가득했다.

리옌은 그 부분은 별로 불쾌하지 않았다. 그가 불쾌하게 여긴 건 따로 있었다. 둘의 대화에, 직접적이고 간접적이게도 '서유주'가 개입되어 있다는 사실이었다.

그녀는 이 일에 연루되지 않아야 했다. 이미 이전에, 정보를 찾도록 그를 도와준 것만으로도 유주의 노력은 차고 넘쳤다. 그러니 리옌이 홍콩에 건너간 순간부터 그녀는, 그의 일에 개입되어서는 안 되었다. 한국의 일은 한국의 일로 묶어 둘 수 있지만, 물을 건너오는 순간 유주는 변변한 안전장치도 없는 일개 외국인이 되어 버리니까.

하지만 룽친은 기어이 그녀를 이 일에 개입시켰다. 거기에는, 그들이 끈질기게 뒤쫓던 루쳰허도 한몫했을 것이다. 그게 못내 화가 났다. 서유주가 겪은 모든 불행은 결국 그의 일로 벌어진 것이었다.

「그럼 다시 묻지. 지금 그 여자는 네가 손댈 당시 이미 '내 여자'가 됐다. 그런데 왜 손을 댔지?」

아무리 돈으로 움직이는 장사치라 하더라도 조직 간의 알력의 미묘한 흐름에 따라 눈치를 보고, 몸을 사리기 마련이었다. 누군가에게 맹목적으로 복종한다는 건, 그만큼의 자유를 포기하는 대신 보호를 요구하는 것과 매한가지이니 말이다.

루쳰허는 랴오위의 밑에서 7년을 일했다. 한국과 홍콩 사이의 안정적인 루트를 확보하고 있다는 건 엄청난 이점으로 작용했고, 랴오위는 가진 게 별로 없던 시절부터 그 루트를 무척 중요하게 여기고 유지했다. 이를 루쳰허가 몰랐을 리 없다.

─「그건 제가 뭐라 말씀드리기 어렵습니다. 저야 뭐, 까라면 까는 아랫사람 아니겠습니까.」

그런 그가 룽친에게 넘어갔다는 건 아주 많은 가능성을 시사했다. 특히, 유주도 알아보는 존재를 쉬에화가 묵인하고 넘어갔다는 건…… 쉬에화가 룽친과 손을 잡으면서까지 어떠한 일을 감행하려는 것이다. 그게 이혼보다 더 큰일이고 아니고는 상관없었다. 이미 쉬에화의 결정은, 번복될 수 없었다.

「쉬에화의 사주를 받은 거냐? 아니면 넌 완전히 룽친의 사람이 된 건가?」

이미 랴오위와 쉬에화의 이혼은 이미 확정이었다. 유주가 연회장에서 루첸허를 기민하게 포착하기 이전부터 있던 징조였지만 엊그제 리옌은 드디어, 랴오위와 연락이 닿았다. 이제야 그 징그러운 구금 생활이 끝난 것이다.

더불어 쉬에화가 랴오위의 목을 치려 준비하고 있단 사실도 알게 되었다. 이제 정말 시간이 없었다. 단시간 안에 어떤 식으로든 결판을 내야 했다.

랴오위의 목이 날아가면 남은 건 그의 사지를 어떻게 토막 낼지였다. 쉬에화에게 있어 리옌은 예전부터 그리 효용성 높은 인물은 아니었다. 카이화가 달아난 지금은 더욱 그랬다. 쉬에화가 그를 살려 둔 건, 아직 그녀가 장악하지 못한 니시콴라이 내부 사업들과 자금줄들 때문이었다.

그러나 그런 부분들도 점차 쉬에화의 사람들로 교체되고 있었으니, 리옌의 끝도 조만간일 터였다.

여동생은 빼앗기고 여자는 납치당했다. 동료들에게는 뒤통수를 맞았고, 그나마 자신의 구명줄이라 여겼던 보스조차 앞날이 불확실하다. 쉬에화의 연줄은 탄탄했고, 그녀의 욕심은 끝이 없었다.

솔직히 이야기하자면 리옌은, 유주에게 '삼합회는 그저 양아치 조직'이라고 말한 걸 약간 후회하기는 했다. 부자는 망해도 삼대를 간다고, 아직 옛 낭만에 취해 있는 얼뜨기들이 이렇게나 많이 남아 있을 줄은 꿈에도 상상하지 못했다.

아니지, 결국 쉬에화도 물어뜯기긴 할 것이다. 결국 그들이 원하는 건, 옛 조직의 명성을 되찾기보다는 다시 그들이 쥐고 흔들 돈과 권력을 원하는 것이었다. 으레 돈과 권력을 탐하는 놈들치고 결말이 좋은 자는 없었다. 유감스러운 부분이라면 리옌에게, 쉬에화의 몰락을 지켜볼 만한 시간이 있냐는 것이었다.

─「형님, 그 말씀은 좀 서운합니다. 저 그런 거 싫어하는 거 알면서 그러시네.」

「그럼 뭘 원하는 거지? 돈?」

─「돈이야 많을수록 좋긴 한데, 또 저를 돈만 밝히는 놈으로 매도하시면 그건 좀 억울하고.」

누구나 각자의 목적과 계략이 있었다. 오늘의 상황이 만들어진 건 쉬에화의 목적과 그 과정에서의 이해관계들이 촘촘히 얽혀있을 터였다.

그렇다고 해도 서유주는 아니었다. 그녀에게는 아무런 계략도, 목적도 없었다. 단지 조용히 살고 있던 여자였다. 싫다고 밀어내던 여자를 리옌은, 반강제적으로 제 삶으로 끌고 들어왔다. 선택권을 주는 방법마저도 옹졸했다. 그런 마당에, 13일의 초대는 불길하기만 했다.

리옌은 한참이나 입을 다물고 있었다.

유주에 관해 묻고 싶었다. 그러나 루쳰허는 지금 리옌이 아니라 서유주를 인질로 잡고 있었다. 그런 마당에 그녀가 그에게 중요하다는 사실을 알려주는 건 유주를 다치게 할 뿐이었다.

결국 흔들려는 건 리옌이겠지만, 그 희생양은 다른 이가 될 거란 의미였다. 리옌은 가까스로 한숨을 삼키며 눈을 감았다. 랴오위와 같이, 지금 리옌은 손발이 다 잘린 상태였다.

─「형님? 전화 끊으신 거 아니죠?」

「원하는 게 뭐냐.」

그런 마당에 부릴 수 있는 마지막 객기였다. 하지만 이미 리옌이 절감하는 사실을 루쳰허가 모를 리 없었다. 그의 목소리가 전화기 너머에서 낮게 울렸다. 하지만 말을 내뱉는 어조는 담백했다.

─「서유주 씨는 아직 살아 있습니다. 언제까지인지는 모르겠지만. 당장 서울로 옮겨 갈 생각은 없고, 남은 시간은…… 앞으로 48시간이 채 안 될 듯싶네요.」

「뭐?」

─「그래도 이 먼 곳까지 찾아온 정성을 봐서 말씀드리자면, 아마 서유주 씨는 형님도 아는 곳에 갇혀 있을 겁니다. 하루 정도지만요.」

「루첸허!」

─「그리고 저는, 오히려 원하는 게 형님과 같을 겁니다. 방법만 좀 다른 거니 나중에 절 원망하지 않깁니다.」

그대로 전화가 끊겼다. 리옌은 황망한 표정으로 휴대폰만 꽉 쥐었다.

하지만 리옌이 한국에 와서도 할 수 있는 일은 없었다. 그의 목적은 오로지 하나였다.

일단 서유주를 구해 내는 것.

그러나 단서도, 흔적도 없었다. 13일까지는 고작 사흘도 남지 않았고, 루첸허의 말을 그대로 믿자면 이제 그녀가 살아 있을 시간은 이틀밖에 남지 않았다. 찾아야 했다.

그런데 어떻게?

"젠장."

더는 한국에 있는 지파에 손을 벌릴 순 없었다. 이미 이전에, 카이화를 찾기 위해 구한 도움에 제대로 보상도 하지 못했기 때문이다. 원래 돈으로 맺어진 관계라는 게 이만큼이나 얄팍했다.

그런데도 서유주는, 리옌을 위해 고통을 겪은 이후에도 최선을 다했다. 심지어 그의 마음을 허락해 주기까지 했다. 그런데 결국 그 과정에서 리옌은 뭘 했나.

"내가 아는 곳?"

하지만 자괴감에 빠져 있을 시간은 없었다. 리옌은 우선 자신이 아는 곳이 어디 어디인지를 따져 봐야 했다. 루첸허의 말을 전적으로 믿을 수는 없으니 일단 서울까지 포함해서, 사람을 가두어 둘 수 있는 장소가 어디인지.

그러나 너무 많았다. 자잘한 장소들이.

니시콴라이는 합법적인 기업체가 아니라 홍콩 마피아였으니, 한국에서도 비합법적인 조직 폭력배들과 거래하는 경우가 많았다. 그렇다 보니 실제로 사람을 잡아 와야 하는 경우도 왕왕 있었고, 그런 이들을 따로 연금해 두는 장소는 지역마다 못해도 하나씩은 있었다.

하지만 루첸허가 리옌을 뼛속까지 농락하겠다는 심산이라면, 분명 나중에 듣고 '젠장, 거기였구나!'라는 생각이 들 만한 장소일 것이었다. 그렇다고 해도 빌어먹을. 너무 많았다. 못해도 세 개 지역 정도는 돌아야 했고, 서울에만 그런 장소가 여섯 군데도 넘었다.

쪽방촌과 판자촌 부근의 폐건물들, 옛 공장 터, 예전 집창촌들 등을 비롯해서 겉으로 보기에는 멀쩡해 보이는 베드타운의 빌라까지.

"아는 곳······."

그러나 최근으로 거슬러 올라가면 그가 아는 '장소'는 한정되었다. 리옌은 최소한, 누군가가 머물 수 있으면서 유주도 알고 그도 알 만한 장소를 떠올려보기 위해 노력했다.

서울에서 묵었던 호텔, 그녀의 원룸. 그리고······.

"설마······."

리옌은 유주가 이전에 납치되었던 때를 떠올렸다.

그때를 생각하면 아직도 모골이 송연했다. 이현재의 유인책과 슈란의 부재에 정신이 팔려 그녀의 곁을 떠나 버린 리옌의, 가장 큰 실책이었다.

당장 생각나는 가장 결정적인 장소는 거기였다. K군에 있는, 불법 체류자들이나 악성 채무자들을 가두어 두던 폐가.

유주에게는 이야기하지 않았지만, 리옌이 그녀를 찾은 건 우연이 아니었다. 그곳은 리옌도 익히 알고 있던 장소였다. 분명 한국에 붙어 있는 곳이었지만, 가끔 그의 손을 필요로 하는 일들이 있었다. 그 장소는 홍콩이나 중국 본토에서 한국으로 넘어와 개짓거리를 하고 다니는 녀석들을 손보던 장소 중 하나였다.

유주의 휴대폰이 떨어져 있던 곳에서 차로 약 두 시간 정도 들어가야 하는 깊숙한 산골.

리옌은 그녀가 부디, 그 건물이나 주변 조형물들을 알아보지 못하길 빌었다. 가까스로 봉합해 둔 상처였다. 상처를 치료하는 데에는 여러 방법이 있었고, 리옌은 치료가 된다고 해도 굳이 칼을 박아 넣어 고름을 짜내는 방법을 선호하진 않았다.

그러면 큰 흉이 남을 테니까.

볼 때마다 과거의 어느 한 상황을 떠올리게 되는 그런 흔적은 없는 편이 나았다.

"설마."

아무리 그래도 거긴 아닐 거라 믿고 싶었다. 하지만 한번 떠올리고 나자, 생각이 꼬리에 꼬리를 물었다.

우선 어디로 데려갔을지 장소를 물색해야 함에도 리옌의 머릿속에선, 이미 유주는 그 폐건물에 갇혀 이전의 기억을 되뇌며 공황에 빠져 있었다.

"젠장."

그곳이 아니라고 해도 리옌은 유주가, 그곳에 없다는 사실을 확인해야 했다. 서유주의 목숨이 경각에 달려 있다는 걸 알았지만 유주가 거기에 없다는 사실을 확인해야만 무언가를 할 수 있을 것 같았다.

다행히 그곳은 리옌이 정박한 장소와 가까웠다. 차로 한 시간쯤.

택시를 잡기 위해 대로로 뛰쳐나가는 그의 걸음이 다급했다.

* * *

「이…… 씨발 년이…….」

유주는 퍼뜩 정신을 차렸다. 손안에 전해지는 끔찍한 감각에 잠시 정신을 놓고 있던 게 문제였다. 지금은 이럴 때가 아니었다.

CCTV가 돌아가고 있었다. 누군가 이 상황을 보았다면, 당장 유주를 붙잡으러 내려올 게 뻔했다.

유주는 양손으로 바닥을 짚고 일어섰다. 거구의 사내가 그녀의 발목을 잡아 넘어뜨린 탓에 무릎이 욱신거렸다. 하지만 지금은 아픔을 느끼는 것도 사치였다. 한시라도 빨리, 이 건물에서 벗어나야 했다.

점심으로 나온 건 역시나 편의점 도시락이었다. 그를 가져다준 여우같이 생긴 남자에게 유주는 '최후의 만찬'으로 거한 한정식을 부탁했다. 그리고 남은 시간 내도록 머릿속으로 시뮬레이터를 돌렸다.

화장실에서 '실수로' 넘어진 탓에 생긴 날카로운 플라스틱 조각 세 개가 그녀의 유일한 무기였다. 바닥을 청소하는 척 비누칠을 하는 내내 유주는 과연 상황이 그녀의 뜻대로 굴러가 줄 것인지 불안해했다. 혹시 몰라 몇 번이나, 바닥이 마르지 않도록 비누칠을 하며 그녀는 두어 번 눈물을 찔끔 흘리기도 했다.

그렇게 그녀가 초조해하며 시간을 재고 있을 때 거구의 사내가 저녁상을 들고 찾아왔다. 과연, '거하게' 부탁한 덕분에 상이 컸다. 그것을 들고 들어오는 거구의 발밑은 무방비했다.

안쪽에 상을 놔 달라 부탁하고, 들어오는 사내의 다리를 붙잡아 당겼다. 중심을 잃으며 그가 요란한 소리와 함께 넘어졌다. 요행히, 뜨거운 뚝배기 국물이 그의 얼굴로 튀었다. 그녀가 그 틈을 타 방 밖으로 달아나려는 순간 거구가 유주의 발목을 낚아챘다.

도망가야 한다는 생각에 소매에 숨겨둔 플라스틱 조각을 그의 얼굴에 냅다 내리꽂았다. 푹, 하고 찔리는 느낌이 어쩐지 깊었다. 푸딩을 손가락으로 쑤시는 느낌이라고 해야 할까 아니면, 탱탱볼을 억지로 잡아 벌리는 탄성이 느껴졌다고 해야 할까.

몇 시간 내내 머릿속으로 오로지 이 상황만 떠올린 덕에 행동에 군더더기는 없었다. 하지만 실제로 느껴지는 감각은 상상과는 천양지차였다.

재빨리 손을 뗐지만 플라스틱 조각은 사내의 오른쪽 눈에 이미 깊이 박힌 채였다. 진저리나는 감각이 땀과 뒤섞여 끈적하게 그녀의 손바닥에 엉겨붙었다.

내가, 사람을, 찔렀어.

유주는 도망가고 싶었고, 도망가야 했다. 이젠 돌이킬 수 없었다.

「이 쌍년아, 거기 안 서!」

뛰어!

그 생각이 든 순간 유주의 몸은 머리보다 더 빨리 움직였다. 과연 거구의 사내는 보통이 아니었다. 그는 눈을 깊이 찔리고 뜨거운 육수 세례를 받았음에도 자리에서 일어나고 있었다.

유주는 무작정 내달렸다. 다행히 그녀의 방은 위층으로 올라가는 계단과 가까웠다. 주머니에서 플라스틱 조각 두 개를 꺼내 들고 한 손에 하나씩 쥐었다. 왼손에 쥔 것은 너무 작아서, 고작 손바닥 1/3 정도의 크기였다. 실상 호신용으로도 써먹지 못할 만치 얄팍했다.

"거기 서!"

상층으로 올라오자마자 밖으로 향하는 녹슨 철문이 보였다. 이 건물은 예전에 무슨 기숙사였던 듯, 1층에는 관리실 같은 곳이 있었고 입구 근처에는 우편함 등이 있었다. 하지만 죄다 낡아 이미 폐허가 된 지 오래임을 알 수 있었다. 거기서 유일하게 새것이라면 문의 개폐를 주관하는 오토 록이었다. 버튼 하나만 누르면 열리는.

감사한 일이었다.

"씨발, 저년 잡아!"

유주가 잠금쇠를 풀고 문을 여는 순간, 위층에서 우당탕하는 발걸음 소리가 들려왔다. 이 건물에 몇 명이나 있는 건가 싶었다.

하지만 문이 열렸다. 유주는 밖으로 나섰다. 맨발에 밟히는 돌과 자갈에 아픔을 느낄 새도 없었다.

사위는 이미 컴컴했다. 유주는 이 어둠 속에 녹아든다면, 저들도 그녀를 쉽게 찾지 못하리라는 걸 알았다. 하지만 실수한 게 있었다. 이 산 어딘가에 숨어든다면, 응당 숨어든 시간 동안 추위로부터 버틸 만한 것을 챙겨왔어야 했다.

망할. 유주는 그제야 입술을 짓씹었다. 일단 급한 대로 들어온 초입을 따라 달렸다. 숨이 찬 줄도 몰랐고, 추운 줄도 몰랐다. 일단 무조건 달아나야 한다는 생각만 들었다.

"거기 안 서!"

뒤를 좇아오는 발걸음 소리는 멀어질 기미가 보이지 않았다. 유주는 그저, 끝도 없이 산길을 따라 달렸다.

그러다 익숙한 느낌이 들었다.

형언할 수 없는 이 느낌은, 기시감(旣視感) 또는 데자뷰(déjà vu)라고 하는 그런 게 아니었다.

본 적이 없어도, 알 수 있었다.

유주는 이곳에, 와 본 적이 있었다. 특히 저 풀숲.

저 풀숲. 어둠. 빽빽한 나무들. 그리고 이 공기.

"……."

아닐 거야. 세상에 비슷한 곳이 어디 한두 곳인가? 산속이야 다 거기서 거기지.

유주는 일부러 이를 악물었다. 하지만 한번 잡념이 들기 시작하니, 급격히 숨이 벅차기 시작했다. 오래 달린 탓인지 발목에 무언가 감긴 것처럼 걸음이 조금씩 늦어졌다.

「개 같은 년, 잡히면 온몸의 뼈를 다 으스러트릴 테다!」

목소리가 아까 전보다 더욱 가깝게 들렸다. 멈추면 안 돼. 유주는 오로지 그 생각으로 달렸다. 심지어 중간부터는 눈을 감았다. 자꾸만, 자꾸만 떨쳐 버리려는 생각이 그녀의 몸에 엉겨 붙었다.

심지어 어둠 너머, 희끄무레한 시야로 보이는 비포장도로의 끝부분이, 그곳에 주차된 차 몇 대가 그녀의 불안을 증폭시키고 있었다. 분명 그때도 이랬다. 그녀를 어딘가로 데려가려던 중국인 사내 둘은, 차를 중간에 주차 시킨 뒤 그녀를 들쳐 메고 어디론가 향했다.

지형이 비슷했다.

"허억, 헉!"

그런 유주의 걸음이 다시 굳어졌다. 탁탁, 지면을 강타하는 이 구둣발 소리는 뒤쪽에서 그녀를 쫓아오는 게 아니었다. 그녀의 앞에서, 그녀를 향해 다가오는 것이었다.

젠장!

이런 상황은 전혀 예상하지 못했다. 유주가 저도 모르게 걸음을 멈춘 채 주춤거렸다. 그사이, 등 뒤에서 들려오는 걸음 소리도 급박해졌다. 심지어 뒤에서 따라오는 걸음 소리는 하나가 아니었다.

이런 산속에 구두를 신고 달려오는 남자. 유주의 머릿속에 떠오르는 건 빼질거리는 낯짝의 루쳰허밖에 없었다. 점심, 저녁때 보이지 않아 그녀는 다행으로 생각하기도 했지만 유감이기도 했다. 어쩌면 이런 변수를 예상한 것인지도 모르겠다.

"……개자식."

어차피 유주에게는 그에게 배 한 대를 얻어맞은 빚이 있었다. 아까 전, 거구 사내의 눈을 찌른 감각은 사라지지 않지만 필요하다면…… 한 명의 눈알 정도는 더 찌를 수 있었다. 있어야 했다.

유주는 어금니를 사리물며 다시 발을 움직였다. 조금 쉰 것뿐인데 근육이 그새 고통을 호소했다. 참아야 했다. 쉬는 거야, 안전한 곳에 가서 하면 그만이다. 하지만 지금을 놓치면 도망칠 수도, 살 수도 없었다.

타닥, 탁.

구두 소리가 점점 가까워졌다. 유주는 오른손에 쥐고 있는, 손바닥 반보다 조금 더 큰 플라스틱 조각을 단단히 쥐었다. 어림짐작이었지만 루첸허의 키는 유주보다 컸고, 리옌보다는 조금 작았다. 그녀의 발이 아스팔트로 포장된 부분을 밟는 순간, 언덕배기 아래쪽의 빨간 불빛 두 개가 보였다.

자동차 뒤 범퍼 위에 달린, 후미등 불빛이었다. 빛이 들어와 있는 것으로 보아 차의 시동이 꺼지지 않았다. 주변이 어두운 것을 의식한 듯 다른 조명은 전부 꺼 둔 채였지만 이 컴컴한 어둠 속에서 후미등에 들어온 정차 등은 충분히 위협적이었다.

이 포장도로를 벗어나야 해.

유주가 몸을 틀었다. 되든 안 되든 풀숲으로 뛰어들 생각이었다.

그때, 누군가가 그녀의 양팔을 붙잡았다. 유주의 눈이 크게 확장되며 머릿속이 경악으로 물들었다.

잡혔다.

그 생각이 든 순간 유주가 취한 행동은 그 손을 뿌리친 채, 오른손을 거칠게 위로 휘두르는 것이었다. 눈을 공격할 수 없다면 관자놀이라도 찔러야 했다. 이런 조잡한 플라스틱 조각으로 사람이 죽지 않는다는 건, 이미 제 눈으로 확인했다.

"……서유주."

푹, 하고 찔러 들어가는 느낌이 어쩐지 이질적이었다. 눈알을 파고드는 느낌과 살 거죽을 뚫고 들어가는 느낌은 명백히 달랐다. 유주는 화들짝 손을 뗐다. 목소리가 익숙했다.

이 목소리는 루첸허의 것이 아니었다.

"……리옌?"

"말할 틈 없어. 따라와."

말은 그렇게 했지만, 리옌은 유주를 그대로 번쩍 안아 들었다. 이미 뒤에서 따라오는 발소리는 지척에 다다라 있었다. 리옌은 급히 후미등을 켜 둔 차의 뒷좌석으로 그녀를 밀어 넣었다. 그리고 자신도 차에 올라탔다.

그 차는, 택시였다. 표시등을 꺼 둔.

"아니, 뭐여? 어디 다치신 거여?"

차 문이 열리자 내부 조명이 자동으로 켜졌다. 그 덕에 리옌의 몰골을, 유주뿐만 아니라 기사도 생생히 볼 수 있었다.

그의 광대 아래쪽에 박힌 플라스틱 조각은 제법 깊이 그 형체를 감추고 있었다. 하지만 리옌의 얼굴에서 고통은 찾아볼 수 없었다. 그는 무감한 표정으로 기사의 시트를 툭툭 쳤다.

"일단 출발하시죠."

"아, 예에. 어, 어디로?"

"지역을 아예 옮기죠. 기사님, 길 잘 아시죠?"

"그야, 예. 그렇죠?"

"일단 이 지역부터 벗어나고 얘기합시다. 빨리요."

기사는 끔찍하게 아픈 몰골로 태연히 말을 내뱉는 리옌을 보며 진저리를 치듯 기어를 넣고, 액셀을 밟았다. 동시에 차내의 잠금장치가 달칵거리며 작동했고, 동시에 텅! 하고 누군가 트렁크를 세게 내리쳤다.

"이 씨발 것들이, 당장 문 안 열어?"

거구의 사내가 뒷좌석 유리창에 달라붙었다. 유주가 히익! 몸을 웅크렸다. 기사도 당황하며 멈칫했다. 리옌이 그 모습을 보고, 큰 소리로 성을 냈다.

"밟으라고!"

"예, 예!"

차 앞을 가로막기 위해 누군가 다가오는 걸 보며 기사가 액셀을 밟은 발에 힘을 주었다. 순식간에 차량 계기판 수치가 치솟으며, 차의 엔진이 거친 소리를 냈다. 타이어가 콘크리트 바닥에 갈리는 끔찍한 소리가 어둠 속을 갈랐다.

차를 놓친 이들이 다음에 할 짓은 뻔했다. 유주가 뒷창으로 고개를 돌렸다. 아니나 다를까, 사내들 몇이 차에 올라타는 모습이 보였다.

"아저씨, 쪼, 쫓아와요!"

기사는 영문도 모르겠다는 표정이었지만 지금의 상황이 다급한 건 깨달은 모양이었다. 선악의 가치 판단은 차치하더라도 일단 이 상황을 벗어나야 한다는 것만은 명확해 보였다.

납치되었던 것으로 보이는 여자와 그를 구하러 왔다가 상처를 입은 남자. 표면적으로만 봐도 택시를 뒤쫓으려는 이들이 악역으로 보이는 건 당연하지 않은가.

"두 분 다 안전띠 맵시다. 좀 세게 밟으려니까."

기사가 이를 악무는 게 보였다. 유주는 뒤차의 헤드라이트에 빛이 들어오는 걸 보고 어깨를 움츠렸다. 그때 리옌이 그녀의 양어깨를 붙잡고 강제로 고개를 돌리게 했다. 더 보고 있어 봐야 소용도 없다는 듯이.

"리, 리옌……."

유주가 그제야 정신이 든 듯 리옌의 뺨으로 손을 올렸다. 그녀의 손은 사정없이 덜덜 떨리고 있었다. 일시에 긴장이 풀린 듯, 어느새 두 눈에선 후드득, 눈물이 방울져 떨어져 내렸다.

그녀는 그제야 자신이 어떤 상태였는지를 깨달았다.

어둠이, 산속이, 지형이 익숙하다고 느낀 순간 그녀가 경험한 건 패닉이었다. 플래시백(flashback). 외상 후 스트레스 장애(PTSD)의 전형적인 증상이었다.

유주는 침착하고자 했지만, 전혀 그렇지 못했다. 조금만 이성적이었다면, 어둠에 익숙해진 시야에 리옌의 모습이 제대로 담겼을 터였다. 그랬다면 지금의 불상사도 생기지 않았을 것이다.

그제야 끔찍한 감각이 다시금 찾아왔다. 살가죽을 찢었다. 있는 힘을 다해 내리꽂은 날카로운 조각은 그 안의 팽팽히 땅겨진 근육까지 파고들었다. 피로 범벅이 된 리옌의 왼쪽 뺨이 너무나 아파 보였다. 유주의 손은 어찌할 줄 모르고 허공만 맴돌았다.

"어, 어, 어떻…… 아, 이, 일단 벼, 병원에…….”

"괜찮아.”

리옌은 그런 유주의 양손을 꽉 잡아 아래로 끌어내렸다. 그리고 무척 안도한, 그리고 매우 평온한 눈빛으로 고개를 끄덕거렸다.

그는 정말로 괜찮아 보였다. 진심으로, 통증 따위 아무렇지도 않다는 듯 눈으로, 입으로, 온몸으로 외치고 있었다.

"괜찮아, 유주. 괜찮아. 이제, 다 괜찮아.”

유주는 감히 리옌의 몸에 손도 대지 못했다. 오히려 꼼지락거리며 그에게 잡힌 손을 빼내려고까지 했다. 리옌은 그 손을 순순히 놔주었다. 대신 그대로 유주를 세게 끌어안았다.

"괜찮아. 당신이 살아 있잖아. 괜찮아. 전부 다, 괜찮아. 괜찮지 않은 건, 아무것도 없어.”

어떻게 안 걸까.

그가 한 말은 하나같이 이 순간 가장 듣고 싶었던 말이었다.

그녀는 여전히 달달 떨리는 손을 들었다. 아까 리옌의 뺨을 찌를 때 묻은 피가 땀과 뒤섞여 손바닥 위에 제멋대로 뭉개져 있었다.

유주는 잠시 고민했다. 하지만 몇 번이나, 그녀의 등을 쓸어 주며 전부 괜찮다고 해 주는 남자의 목소리를 들으니 한결 괜찮은 것 같았다.

"당신도 나도, 괜찮아.”

안도하는 목소리에 담긴 진심 덕분에 충격으로 잘게 떨리던 몸도 점차 가라앉았다. 유주는 결국 이를 악문 채 눈을 질끈 감고, 피투성이가 된 손으로 그의 등을 꽉 끌어안았다.

"어떡해……. 흉 질 것 같아.”

유주가 울먹이며 소독약을 잔뜩 머금은 솜으로 리옌의 뺨을 톡톡 두드렸다. 그의 상처는 보는 것처럼 무척 깊었다. 고작 소독약 조금 바르고, 연고로 뭉갠다고 될 게 아니었다. 아무리 봐도 병원에 가야 할 듯했다. 하지만 리옌은 그런 유주의 손을 조용히 끌어 내렸다. 그러고는 고개를 저었다.

"상관없어."

안 그래도 허름한 여관방에 들어오자마자 리옌은 사 온 약을 탈탈 털어 유주의 엉망이 된 발부터 감싸 준 뒤였다. 유주는 여전히 충격으로 얼떨떨한 상태였다.

생전 처음 사람을 찔렀다. 상처 입혔다. 심지어 둘 중 하나는, 그녀의 아주 가까운 사람이었다.

이 사실이 못내 견디기 어려웠다. 가까스로 추적을 피한 터라 주변 큰 병원에 가서 리옌의 상처 치료도 제대로 받을 수 없었다.

리옌의 얼굴에 난 상처는 검지 두 마디 정도 길이였다. 광대뼈 밑과 입술 위를 사선으로 가로지르고 있었는데 벌건 속살이 드러나 무척 아파 보였다. 그나마 다행인 것은 리옌이 루첸허보다 키가 컸던 덕에 그녀가 의도했던 눈이나 관자놀이를 피했다는 점이지만……. 그건 아무런 위안도 되지 못했다.

유주는 연신 그의 상처 부근을 손으로 쓸었다. 안타깝고 미안했다. 비단 그의 미모가 보기 드문 것이어서 그런 것만은 아니었다.

물론 리옌의 외모는 무척 화려했다. 모델로 나섰다면 패션 잡지의 표지를 장식했을 것이고, 연예계로 나갔다면 심심찮게 그의 포스터나 광고를 볼 수 있을 것이었다. 하지만 그녀의 죄책감을 자극하는 것은, 그 상처가 마치 그녀가 그의 인생에 남긴 오점과 같이 느껴진 탓이었다. 그녀가 벌인 멍청하고 부주의한 행동의 책임을 그가 짊어진 것 같아서였다.

그의 상처가 깊으면 깊을수록, 그리고 낫지 않을수록 유주는 마음이 편치 않을 터였다. 영원히 남을 마음속 채무임과 동시에, 언제고 끔찍한 상황을 떠올리게 만드는 비일상의 편린이 되겠지.

유주는 그게 마음에 걸렸다. 조금 더 주의를 기울일걸. 문을 열어 주기 전에 한 번쯤 의심할걸. 패닉에 빠져 허둥지둥하지 말고 조금 더 침착하게 대응할걸.

그런 후회가 사무쳤다. 유주는 결국 손을 툭 떨궜다.

"그보다 유주, 루첸허에게 무슨 일 당한 거 없나?"

리옌이 그런 유주의 속내를 모를 리 없었다. 하지만 그의 말투는 여상스러웠다. 아까 전 택시에서야 그녀를 진정시키기 위해 그런 것이라 쳐도 지금, 단둘이 있는 상황에서조차 자신의 상처는 아무것도 아니라는 듯이 굴었다.

유주는 그의 태도가 고마우면서도, 마음이 아팠다. 눈가를 훔치며 크게 심호흡을 했다.

리옌이 지금 그 부분을 언급하며 그녀의 짐을 얹어 주려 하지 않는 배려를 저버리는 것도 예의가 아니었다.

유주는 달달 떨리는 손으로 그의 손을 꽉 잡았다. 여전히 벌렁거리는 심장이 요동쳤다. 쉬이 진정될 떨림은 아니었지만 그의 존재와 체온만으로도, 말은 보다 수월하게 흘러나왔다.

"……그, 얻어맞은 것 외엔 없어."

"맞았다고?"

"배를 발로 한 대……."

이미 리옌과 유주는 볼 거 못 볼 거 다 본 사이였다. 벗은 몸 따위야 언제든지 보일 수 있었으니 그냥 순순히 털어놓자는 생각이었다. 사실 고자질한다는 생각도 없잖아 있었다.

예상대로 그녀의 말에 리옌의 표정이 딱딱하게 굳었다. 그는 유주의 배를 슬쩍 내려다보고는 별말 없이 유주의 엉망이 된 블라우스 위쪽 단추부터 천천히 풀어 내렸다.

당연히 유주에게도 수치심이라는 게 있었다. 하지만 그런 걸 챙기기에 이미 둘은 너무나 많은 단계를 건너왔고, 그 손길에 딱히 성애적인 의미가 섞여 있지 않았기에 가만히 있었다. 다만 얼굴은 조금씩 벌겋게 익어 갔다.

이윽고 유주의 속옷이 드러나고, 그 아래 꽤 큰 멍이 보였다. 주변이 얼룩덜룩하고 중앙에 핏빛으로 물든 그 멍은 리옌의 한 손으로 간신히 가려질 만큼 꽤 크기가 컸다. 맞을 당시, 얼마나 아팠을지 고통이 전해져 오는 듯했다. 유주는 참기 힘들다는 듯 입술을 깨물고 있었지만 그의 얼굴에서 시선을 떼지 않았다.

「그 자식이.」

"리옌, 화내지 말고."

지금 그녀에게 중요한 건 그게 아니었다. 빤한 시선으로 멍 자국에서 눈을 떼지 못하는 리옌의 얼굴을, 유주는 양손으로 들어 올려 자신과 시선을 맞추게 했다.

둘 다 엉망이었다. 만신창이였다. 원하는 바는 하나도 이루지 못했고, 손해만 잔뜩 봤다.

그러나 그것은 둘이 의도해서 그렇게 된 게 아니었다. 리옌이나 유주나, 지금껏 선수를 빼앗기기만 했다. 그러니 더 나빠질 것도 없었다. 엉망진창이 되었다면 이제, 나아질 일만 남았다는 의미가 아니겠는가.

"화가 안 나게 생겼어?"

"다 괜찮을 거라며."

"……."

"이제 다 괜찮을 거라며."

유주가 리옌의 뺨엔 차마 손을 올리지 못하고 턱선만 부드럽게 쓸어내렸다. 리옌이 그런 유주의 손을 낚아채더니 그대로 자신 쪽으로 끌어당겨 입술을 맞댔다. 유주는 가만 눈을 감았다.

무서웠다. 이번에야말로 도망치지 못할 것 같았고, 죽을 것 같았다. 뻔히 눈에 보이는 협박이었지만 생살 여탈권을 쥐고 흔드는 루첸허의 말 한마디, 눈빛 하나가 전부 두려웠다.

첫 번째 납치는 눈앞의 사내 짓이었다. 두 번째는 아무도 그녀를 공포 속에서 건져 내지 못했다. 하지만 세 번째는 늦지 않았다. 유주는 그게 고마웠다. 가장 두려운 순간에 그는, 자신이 상처를 입는 것을 아랑곳하지 않고 결국 유주를 구하러 왔다.

"당신은…… 괜찮지 않아."

리엔의 목소리가 갈라졌다. 정말 놀랍게도 그는 무척 상처받은 것 같기도, 낙심한 것 같기도 했다. 유주는 이런 반응이 고마웠다. 하지만 지금은 아니었다.

지금은 고마워하기도, 슬퍼하기도 좋은 시간이 아니었다.

"그러니까 괜찮게 해 줘."

"어떻게?"

"13일에, 가자."

유주의 말에 리엔의 눈빛이 흔들렸다. 그는 적잖이 놀란 듯 보였다. 물론 반쯤 충동적으로 말을 뱉은 유주 또한, 자신의 과감한 결정에 놀랐다. 하지만 말을 뱉고 난 순간 그녀는, 자신이 진짜 원하는 게 무엇인지 깨닫고 말았다.

계속 이렇게 피해 다닐 수는 없었다. 13일까지 숨어 있는 거야 문제도 아니었다. 하지만 그 날을 피한다고 해서 이런 위험들이 완전히 종식될 리 없었다.

그녀는 완전한 결말을 원했다. 모든 일을 확실히 매듭지을 필요성이 있었다.

당연하겠지만 세상 모든 일이 완벽할 순 없었다. 그런 이상적인 마무리는 소설이나 영화, 드라마 같은 창작물 속에서나 가능했다. 하지만 이렇게 지지부진한 교착 상태로 머무를 순 없었다.

유주는 리엔이 자신의 앞에 나타난 것을 보고 알았다. 이제 그도 물러설 수 없을 터였다.

그녀에게는 지킬 게 있었다. 자신을 키워 준 삼촌, 유일한 가족이라고 부를 수 있는 사촌 동생들, 유달리 고마운 것이 많은 주변 사람들, 그리고 눈앞의 남자.

그리고 리옌 또한, 지켜 내고 싶은 것이 있었다. 대표적인 게 바로 여동생이다. 그의 유일한 여동생, 카이화.

떠올릴 수 있는 존재의 빈약함이 애처로웠다. 유주는 그의 얼마 안 되는 것들과 그녀의 가치 있는 많은 것들을 전부 지키고 싶었다. 그러니 물러날 수 없었다.

"……농담이지?"

"아니. 농담 아니야. 그런데…… 끝내야 하잖아."

머릿속이 차가워지며 이성이 제 역할을 시작했다. 하지만 여전히 작은 떨림이 남아 있었다. 유주는 휘청거리며 그의 목에 매달렸다. 리옌은 그녀의 말에 적잖이 당황한 것인지 마주 안아 줘야 한다는 생각도 못 하는 듯했다.

"유주……."

"끝내야 해, 리옌. 어떻게든 해결을 봐야 한다고. 아직 카이화가 죽었다는 보장이 없어. 일이 어떻게 된 거든, 당신은 그 애의 말도 들어 봐야 하고, 그리고……."

"그리고?"

"일을 끝내야…… 우리 둘에 대해서도 생각할 수 있어."

괜한 말을 했다고 생각하는 것일까. 유주가 머뭇거리며 리옌의 시선을 피했다. 그런 그녀를 안아 주는 리옌의 품은 따스했지만, 작게 내뱉은 숨은 미미하게 떨리고 있었다.

리옌이 왜 머뭇거리는지 유주도 잘 알고 있었다. 아마 그녀가 그렇게 말하지 않았어도, 리옌은 13일에 약속 장소에 나갔을 것이다. 혈혈단신으로.

유주는 그게 싫었다. 결국 그녀도 이 일에 빠져나갈 수 없이 깊이 개입되었다. 끝을 보는 건, 함께여야 했다.

"루첸허는 아마, 13일 옥션에 날 시체 상태로 끌고 가고 싶었던 모양이야."

그 부분은 리옌도 짐작한 바였다. 그가 입을 일자로 꾹 다물었다. 유주는 그의 대답을 듣지 않은 채 그의 목덜미에 얼굴을 비볐다. 체온이 느껴지며 안정감이 찾아왔다. 유주가 한결 침착하게 말을 이었다.

"나보고 왜 살아 있었냐고 하는 거로 봐선, 그리고 장치앙린이나 쉬에화의 반응으로 볼 때…… 그들은 카이화를 쥐고 당신을, 좀 더 넓게는 랴오위와 니시콴라이 전체를 흔들고 싶었던 것 같아."

"……쉬에화가 롱친과 손을 잡은 게 확실하다는 말이지?"

리옌은 이내 침착함을 되찾은 건지 그녀의 허리와 등을 큼직한 손바닥으로 단단히 감아 쥐었다. 유주가 눈을 감고 살짝 고개를 끄덕였다.

"당신도 예상했잖아. 결국 당신 말마따나 중국 삼합회의 힘을 빌려서 싱하오까지 찍어 누를 생각일 거야."

"그렇게 홍콩 전역을 먹고 나면 본토 조직에 가져다 바치기도 수월할 테니까."

"말 그대로 쉬에화는 금의환향하는 거지. 뭐, 그걸로 돈을 얻는 게 목적인지, 명예를 얻는 게 목적인지는 모르겠지만 이미 당신과 랴오위는 필요 없는 존재야. 그녀의 목적은 카이화일 테니까."

"……그래. 말 안 듣는 남편의 개보다는 한 살이라도 어리고 예쁜 여자가 더 이용 가치가 높을 테지."

유주가 고개를 들었다. 이럴 때 보면 그녀와 리옌은 마치 서로의 속을 꿰뚫어 보기라도 하는 듯 의견이 통했다.

대략 생각의 틀은 잡혔다. 무엇이 문제인지 가닥도 잡혔다. 그럼 이제 남은 건, 얽히고설킨 이 문제들을 해결할 대책이었다.

"난 그때 당신을 떠올렸어."

"……나를?"

"그래. 당신을 떠올렸고, 당신이 보고 싶었어."

유주의 말에 리옌이 멍청한 표정을 지었다. 유주는 어쩐지, 그 표정을 보고 조금은 마음이 놓였다. 그제야 굳어 있던 그녀의 표정이 조금씩 풀리기 시작했다. 손의 떨림이, 잦아들었다.

"그런 상황에 처하게 된 게……."

"당신 때문 아니잖아. 난 원망하고 싶어서 당신을 떠올린 게 아니야. 당신이 나 찾아 주길 바랐어. 당신을 보고 싶었다고."

"……."

"같이 끝내자. 이 일을 해결하고, 해결하고 나서…… 조금 더 생각해 보자."

"……뭘?"

리옌의 목소리에 가득 찬 건 분명 기대감이었다.

그는 유주가 무슨 말을 할지 어느 정도 눈치채고 있었다. 하지만 확인을 바라고 있었다. 자신이 환청을 듣는 것은 아닌지, 헛된 기대에 눈이 먼 건 아닌지 그녀를 통해 확인받고 싶어 했다.

유주는 그런 리옌의 기대를 저버리고 싶지 않았다. 이제 더는 솔직해질 수 없을 만큼의 확신으로, 그녀는 단호하게 말했다.

"우리 둘의 미래."

리옌이 그녀를 안은 팔에 힘을 주었다. 옷에 남은 향수 냄새가 리옌의 살내음과 땀 냄새에 뒤엉켜 유주의 안정감을 자아냈다. 유주도 양팔에 힘을 주어 한 품 가득 그를 끌어안았다.

이 품이었다. 그녀가 울고 싶고, 위로받고 싶던 품은.

"문제는 마땅한 해결책이…… 떠오르지 않는다는 거야."

그러나 리옌의 목소리엔 자신이 없었다.

해결. 참 말은 쉬웠다. 말만 쉬웠다.

상대는 일반인도, 소규모도 아니었다. 최소한 나라의 절반을 먹어 치우려는 독사들이었다. 그것도 이해관계로 단단히 묶여 있는.

"리옌……."

유주는 문득 무언가가 생각났다는 듯 눈을 반짝이며 고개를 들었다. 리옌이 그녀를 내려다보며 고개를 끄덕였다.

"응?"

"그 전설 알아?"

"어떤?"

"왜, 알렉산더 대왕이 안 풀려서 잘라내 버렸다는 매듭 말이야."

"아. 고르디우스의 매듭(Gordian Knot)말이군."

"응, 그거."

"……설마."

유주의 머릿속의 이미지가 그에게도 고스란히 전해진 모양이었다. 더불어, 둘이 생각하는 엔딩도 똑같았다.

매듭을 풀 수 없으면 잘라야 했다. 차라리 그게 최선의 해답일 수 있었다.

"리옌."

"응."

"당신은 모든 걸 버릴 수 있어?"

하지만 끊어 내는 게 최선일지라도, 단장(斷腸)의 아픔은 떨쳐 내기 힘들 것이었다. 더불어 과정도 험난할 터였다. 유주의 우려 섞인 시선에 리옌은 잠시 침묵했다. 하지만 그 고민은 짧았다. 이내 다정한 표정으로 돌아온 그는 부드럽게 고개를 끄덕였다.

"애당초 내 것이었던 건, 당신 하나뿐이었어."

"난 이런 순간에조차 농담하는 당신이 너무 싫어."

"지금만 싫어하고 내일부턴 다시 좋아해 줘. 그거면 돼."

그의 넉살 좋은 말에 유주가 살짝 인상을 찡그렸다. 그래도 한결 나은 모습이었다. 둘 다.

Chapter 10

"준비 끝났어?"

아침이 되자마자 리옌은 재빨리 밖에 나가 아침 식사와 유주의 갈아입을 옷을 사 왔다. 유주는 휴대폰도 지갑도 없었기에 그의 도움을 받을 수밖에 없었다.

그래도 빨리 움직여야 했다. 한시의 여유도 없었다. 유주는 거뭇한 눈가를 손등으로 쓸다 리옌의 손에 의해 제지당했다.

어젯밤에는 도통 잠을 자지 못했다. 유주는 선잠에 빠져들었다가 경기를 일으키듯 몸을 떨며 자리에서 몇 번이나 일어났고, 리옌은 그런 유주의 모습에 지치지도 않는지 매번 소스라치는 그녀를 다시 잠들 때까지 꼭 안아 주었다. 덕분에 유주는 비록 잠은 부족하지만, 평소보다 안심한 상태로 아침을 맞이할 수 있었다.

"응."

"이런 걸로 식사를 해결하게 돼서 유감이야."

"배만 채우면 돼. 정 뭣하면 올라가서 식당에라도 가면 되지."

유주는 리옌이 센스 있게 사 온 남색 카디건을 걸친 채 편의점 샌드위치를 입에 물었다. 그리고 자신을 보며 안절부절못하는 남자에게 고개를 까딱였다.

"가자."

리옌은 유주를 안아 들고 싶어 했지만 그녀가 거절했다. 무릎이 깨진 상태가 심상찮기는 했지만 안겨서 가는 데에 대한 수치심이 더 컸고, 걷는 데에는 큰 무리가 없었기 때문이다.

대신 그는 유주에게 손을 내밀었다. 그녀는 그 손을 단단히 맞잡았다.

액셀을 밟겠다던 어제의 택시 기사는 둘을 K군에서 제법 먼 지역까지 옮겨 주었다. 게다가 긴장이 좀 풀리자 이거저거 떠든 게 많았는데 그중에는 택시 밥만 이십 년을 먹었다는 얘기도 있었다.

그 기사의 말은 허언이 아니었다. 유주나 리옌이나, 여관 밖을 나서는 순간 알 수 있었다. 그들을 쫓는 추격자들이 없었다. 기사의 운전 실력은 정말 좋았다.

"택시로?"

"그러지."

그렇지만 방심은 할 수 없었다. 얼굴에 상처 입은 남자를 수색하면, 그들은 쉽사리 둘이 머문 곳을 찾아낼 터였다. 하지만 상관없었다. 루첸허 일당이 유주와 리옌을 잡으러 올 때 즈음, 둘은 그들이 절대 찾아올 수 없는 곳에 가 있을 테니까.

"서울 경찰청 본부까지 가 주세요."

둘이 택시에 타자마자 유주가 재빨리 목적지를 불렀다. 기사는 그 먼 거리를 택시로 이동하는 호사스러운 손님들을 힐끔 룸미러로 응시하며 기분 좋게 운전대를 잡았다.

유주와 리옌이 어젯밤 생각한 방법은 그거였다. 정공법이되, 편법을 쓰는 것.

이미 리옌은 카이화의 실종 문제에 대해 중국 공안에게 신고한 바 있다.

그러나 공안은 움직이지 않았다. 그렇다면 어쩔 수 없었다. 한국 경찰을 먼저 이용하는 수밖에.

내일 23시의 초대 자리는 분명 평범한 게 아닐 터였다. 게다가 유주는 이미, 시체를 목격한 것으로 신고한 바 있었다. 이전의 신고 이력과 리옌이 가지고 있는 마약, 성철현의 실종과 성은영의 죽음, 위조된 사망 진단서 등등은 내일 약속 장소에 경찰들이 동행하는 주요한 이유가 될 터였다.

"나, 긴장돼."

유주는 손바닥이 땀으로 흥건히 젖은 줄도 모르고 중얼거렸다. 리옌은 그녀의 손을 더욱 꽉 붙잡아 주었다.

"괜찮아."

"나, 이런 일로 경찰서 가는 거 처음이야."

"두 번째여도 문제이지 않아?"

리옌의 너스레에 유주가 매섭게 그를 노려보았다. 정확히 따지자면 두 번째이긴 했다. 한석태 일로 신고를 했으니까. 그러고 보니 그는 어떻게 되었으려나. 유주가 심란한 표정으로 그의 어깨에 머리를 기댔다.

"결국 사람이 죽었네. 셋이나."

"셋?"

"루첸허가 그랬거든. 성은영은 성철현이 돈 때문에 팔아넘겨 죽은 거고, 성철현은 자기에게 여권을 팔았다고. 그런데 그 뉘앙스가……."

"……그렇군."

리옌 또한 예상했던 것을 직접 확인 사살당한 탓인지 잠시 말이 없었다. 유주가 숨을 고르고 재차 말을 이었다.

"그리고 한석태는…… 당신이 뒤를 잘 캤다고 하던데."

"Q장례식장에서 D대학 병원으로 시체가 넘어간 건 맞아. 그리고 거래자도 중간에 찾아냈지."

"진짜? 누구?"

유주가 고개를 들어 리옌을 보았다. 리옌이 그런 유주의 머리를 다시 잡아끌어 자신의 어깨에 기대게 했다.

"윤석중."

유주가 가물가물한 기억을 더듬었다. 윤석중. 분명 양천수가 말하길, 같이 일한 지 십 년도 더 된 성실한 사람이라고 했다. 전에 버스 기사인가 트럭 기사인가를 했고, 술이 문제라던.

Q장례식장 전체가 연루되었다는 가설을 세운 이후, 유주는 그곳의 용의자에 대해 까맣게 잊고 있었다. 그리고 이민영이 이야기할 때도, 윤석중에 대한 언급은 없었다.

"윤석중의 동생이 이 년 전에 사람을 칼로 찔렀어. 술 마시고 홧김이라고 하는데 술집 주방에 직접 걸어 들어가 식칼을 들고 나와 그대로 피해자를 공격했다는군. 온 가족이 나서서 울고불고 빌며 난리를 쳐서 합의를 보긴 했다는데, 그 합의금이 어마어마했던 모양이야."

유주의 의아함을 눈치챈 듯 리옌이 조곤조곤 설명해 주었다. 결국 윤석중은, 죽이네 살리네 해도 가족인 동생의 합의금을 위해 그때부터 변칙적인 방법으로 돈을 구하려 애를 쓴 모양이었다. 그러다가 브로커의 눈에 띈 것이고.

"다만 Q장례식장 사람들이 전부 눈먼 자들인 건 아니지. 돈 씀씀이가 커진 건 맞는 모양이더라고. 술이 부쩍 는 것도 그 시점이고."

"……한 번으로 끝난 게 아니었던 모양이네."

"원래 못된 짓은 발들이기는 쉽지만 빼기는 어렵지."

한 번이 두 번 되고, 두 번은 여러 번이 된다.

그래도 윤석중은, 인간 자체는 나쁜 사람이 아니었다. 다만 잠깐 돈에 흔들렸던 나약한 사람이었을 뿐이다.

그는 주머니가 넉넉해진 만큼, 주변 사람들에게 잘 베풀었다고 했다. 특히 얼마 벌지 못하는 신입 직원들에게 가끔 기분을 내듯 용돈을 찔러 넣어 주기도 했다고 한다.

부정한 돈이니 빨리 써서 없애 버리자는 심산이었는지는 모르지만 결국 그는, 돈으로 사람을 얻었고, 돈으로 유주를 궁지에 몰았다. 그날의 일도, 양천수와 이민영을 통해 '누군가가 뒤를 캐고 있다'는 것을 깨달은 윤석중이 자신의 '상부'에 보고한 결과 생긴 일이었다.

양천수와 이민영, 그리고 그 외 직원들에게 악의가 있었을까?

그건 알 수 없는 노릇이었다. 최소한 양천수는 멍청이가 아니었다. 그녀에게 노골적으로 악의를 드러내거나, 공격을 취한 것도 아니었다. 하지만 순간의 이익과 제 인맥을 지켜 주겠다는 알량한 도의적 행동이 타인에게 위해가 된 건 사실이었다.

"내 행동은, 어디부터 추적당하고 있던 걸까?"

설명을 다 들은 유주가 우울하게 중얼거렸다. 리옌이 그녀의 손등을 토닥거려 주었다.

"아마 나와 러시아에 간 순간부터겠지. 그때 이미, 장치앙린은 알고 있던 거였어. 내가 여동생도, 여자도 데려올 리가 없다는 걸."

"그때부터 내 뒤에 사람이 붙었던 거야?"

"나보다 한발 앞서, 당신의 집을 누군가 뒤졌단 걸 알게 된 이후 짐작했지."

잊고 있던 게 또 떠올랐다. 유주는 다시 벌떡 몸을 일으켰다. 그녀의 표정은 사나웠다.

"맞아, 그거."

"음?"

"이젠 진짜, 진짜 정말 솔직해지자. 내 집. 그거 당신이 뒤진 거 진짜 아냐?"

리옌이 파악한 유주는 자신의 것에 상당한 집착이 있었다. 좋게 말하자면 애착이지만 그게 집념에 가까운 것이란 사실을 눈치채지 못할 리 없었다.

내 돈, 내 집, 내 가족, 내 친구, 내 일 등등. 보통 '내 것'이라는 울타리 안에 넣는다고 해도 그녀처럼 하나하나 관심을 기울이지는 못할 터였다.

물론 그래서인지 유주는 중요한 것과 아닌 것의 차이가 명확했다. 연락을 자주 한다, 자주 들여다본다. 이런 것과는 약간 다른 개념이었다.

그래서 엉망이 된 자신의 원룸을 무척 마음에 담아 두고 있었다. 새로운 장소에도 애착을 붙여주면 좋으련만. 리옌이 살짝 웃으며 고개를 저었다.

"정말 내가 아니야. 당신이 집에 가 봐야겠다고 말한 순간에야, 나도 당신 거처가 떠올랐어."

"그래서?"

분명 그 뒤가 있을 것이란 어조였다. 리옌이 순순히 그녀의 재촉에 응했다.

"처음부터 당신이 범인이라는 생각은 안 했어. 다만 가능성은 열어 두었지. 내가 멍청이는 아니거든."

"계속해."

"루쳰허가 당신에게 뭘 물어봤지?"

그러나 유주의 반응은 그저 집에 관해 묻는 게 아닌 것 같았다. 그녀의 표정은 사뭇 진지했다. 리옌은 그녀의 표정을 잘 읽었다. 유주도 그 사실을 알았다.

"생각해 봤는데."

던질까 말까. 고민은 짧았다. 유주는 목청을 가다듬은 뒤 운을 뗐다. 그는 그녀의 말에 즉각적으로 반응했다.

"무엇을?"

"카이화의 목적이 애당초, 이 조직에서 도망치는 거라면……. 아니, 당신 하고 같이 니시콴라이를 빠져나가는 게 목적이라면."

"응."

"……성은영과 성철현은 원래, 당신의 대역이 될 예정이었던 거 아닐까?"

유주의 말에 리옌이 잠시 이해 못 한 듯 멍한 표정을 지었다. 그러나 그 표정이 경악으로 물드는 건 순간이었다.

아무리 생각해도 이상했다. 그저 장의사 하나. 그저 시체 한 구 염해서 화장장에 넘기면 그만인 사람을 왜 이렇게 집요하게 노리고 드는지. 유주는 항상 '왜' 내가 이런 일을 겪어야 하는지에 대해 수십, 수만 번도 더 생각했다. 그러다 문득 이상한 부분을 발견했다.

그녀를 노리는 이들은 유주를 일단 가두어 두는 게 목적인 듯했다. 죽이고자 했다면 기회는 얼마든지 있었을 것이다. 아무리 유주가 날을 잔뜩 세워 경계한다고 해도, 마음먹고 칼을 들고 오는 괴한을 이길 수 있을 리가 있나.

유주는 존재 자체가 이 일에 방해 요소였다. 결국 참다못한 루첸허가 직접 손을 댄 게 분명했다. 장치앙린이든 쉬에화든, 그 외 다른 사람들에게 그녀는 걸림돌이었다. 도대체 왜? 단지 그녀가, 리옌의 여자라서?

그럴 리가 없었다. 실제로 두 사람의 관계가 기정사실이 된 건 고작 얼마 전이었다.

"그게…… 무슨……."

유주는 그 '왜'라는 의문이 들고 난 후 자신의 행적을 천천히 되짚어 보았다. 그리고 깨달았다. 거기에는 리옌의 말들도 하나의 단서가 되었다.

카이화가 일부러 숨은 거라면…….

한국으로의 이민. 똑똑한 두뇌를 가진 젊고 야심 넘치는 이십 대. 거기에 우연히 나이와 외모가 비슷한 여자를 찾았다. 친척들과 왕래가 없고, 가족은 오빠 하나뿐인.

"리옌. 당신이나 나나, 본인이 아니니까 진짜 성은영과 성철현의 사망 신고가 들어갔는지 아닌지는 모르잖아."

"……."

"그냥 내 생각인데 만약에 카이화가, 그러니까 아예 당신을 배제하고 모두와 거래를 한 거라면……."

"그 애에게 그런 능력이……."

"이해관계라는 건 모르는 거잖아."

리옌이 미약하게나마 반박해 보려 했지만 유주가 단호하게 그 말을 잘랐다. 비약일 수도 있었다. 하지만 그렇게 생각하면 전부 말이 다 되었다. 오로지, 추측이지만.

카이화는 쉬에화와, 그게 아니라도 누군가와 거래를 했을 것이다. 그 거래 조건은 모른다. 하지만 분명 랴오위와 연관이 되어 있긴 할 것이다. 이권이 걸린 문제라는 건 삼척동자도 예상할 수 있을 테니까.

쉬에화가 룽친과 손을 잡은 건 이번 사태가 없었어도 벌어졌을 일일 수 있었다. 그러나 거기에 힘을 실어 준 건 카이화일 것이다. 실제로, 그녀가 사라진 뒤 상황은 악화일로를 걷고 있지 않은가.

비단 유주뿐만이 아니라, 리옌까지도.

"잘 생각해 봐, 리옌. 카이화가 그들과 다 손을 잡지 않았다 해도 일단, 자기 뜻대로든 아니든 이 일에 개입된 건 확실해. 차라리 이 부분을 인정하고 생각해 보면 부자연스러웠던 부분들이 꽤 해결되거든."

우신과 슈란이 카이화에게 조력하기로 했다. 슈란에게 이현재가 조력하고, 웨이치와 하이윤은 잘 모르겠지만……. 둘이 애당초 니시콴라이 사람이 아니었다면 배신은 언제든 벌어질 수 있는 일이었을 것이다. 둘은 변수였지만 변수가 아니었다. 변수라고 해도 이 일에 깊이 관계된 건 아닐 것 같았다.

루첸허는 카이화를 도와 그녀를 한국에 들어오도록 도와주었다. 그 과정에서 성은영과 성철현이 필요했을 것이다. 정확히는 둘의 신분이.

자잘한 가시들은 죄다 쳐내고 굵직한 사건만 끌어오면 이 정도였다. 아마 카이화건, 아니면 카이화와 조력한 누군가건 이 잔가지들을 따라 정말 '살아 있는' 카이화를 뒤쫓으리라는 건 생각하지 못했을 것이다. 우선 한창 카이화의 사망으로 화가 나 있는 리옌이 충동적으로 유주를 죽였다면, 바로 그 시점부터 카이화의 추적이 틀어졌을 테니까.

"그런……."

"내 말을 전적으로 믿으라는 건 아니야. 하지만 만약 그렇다면, '누군가'가 왜 그렇게 나를 못 잡아먹어 안달인지도, '단지' 스물 몇 살 먹은 여자애를 찾아 나서는 일을 이렇게 필사적으로 훼방을 못 놔 안달인지가 설명된다는 거지."

리옌의 표정이 서서히 무너졌다. 쪼개지는 감정의 벽 너머로 보이는 건, 선연한 절망이었다. 유주가 생각하는 걸 그가 생각해 보지 않았을 리 없었다. 하지만 그래도 믿었을 것이다.

가족이니까.

유주가 그의 손바닥 아래 갇혀 있는 자신의 손을 빼냈다. 그런 다음 그의 손등을 덮었다. 지금 지지가 필요한 건 그녀가 아니었다.

"아마, 카이화가 이렇게 악랄한 계획을 세운 건 아니었을 거야. 그리고 다시 말하지만, 이건 그냥 내 생각이야."

"……."

"만약, 그 애 생각대로 일이 굴러갔다면……. 어쩌면 당신과 카이화는 훨씬 좋은 결말을 맞았을 수도 있어. 이를테면, 기존의 성은영이 죽고, 성철현이 실종됨으로써 다른 가족들이 둘을 절대 찾지 못하는 와중에. 리옌 당신과 카이화는 성은영과 성철현의 신분으로 안전하게 한국에 숨어 사는……."

그 그림에 서유주는 존재하지 않았다. 그녀는 그 완벽한 그림의 한 점 얼룩이었다.

아니지. 애당초 리옌이 변수였다. 그들이 바란 모양새에는, 유주가 일단 성은영과 성철현을 의심하지 않았어야 했다. 리옌이 유주를 죽이지 않더라도, 카이화의 책상 위에 보란 듯이 놓여 있던 그녀의 이력서를 보며 그녀에 대해 끊임없이 의심하고 밀어내야 했다.

어떤 식으로든 이 일에 개입되어서는 안 되었다.

"잠깐…… 생각을 정리해야겠어."

리옌은 진심으로 혼란스러워 보였다. 유주는 이해한다는 듯, 그의 손등을 가볍게 두어 번 토닥거린 뒤 자기 자리의 카시트를 찾아 똑바로 앉았다. 그의 몸에 닿지도 않았다.

항상 머리는 차가워야 했다. 그럼에도, 사람에 대한 혹은 삶과 죽음에 대한 존중은 항시 마음속에 새겨둬야 했다.

불행은 피해 다녀야 했고, 죽음 앞에선 초연할 줄 알아야 했다. 죽음은 하늘의 뜻이니 거스를 수 없고, 불행은 그 근원이 무엇인지 알면 피해갈 수 있는 사고이니까.

그러나 그런 사람이 있다. 재앙(災殃) 같은 사람이다. 천지자연의 변고와 괴변을 몰고 다니는 자이니 그런 존재가 지척에 느껴진다면 충분히 두려워하고 가능한 멀리 도망가야 했다. 재앙을 가까이하는 자에게 복이 찾아오는 일은 없으니 말이다.

유주는 처음에 리옌이 화(禍)를 몰고 오는 존재인 줄 알았다. 그래서 밀어내고 도망가고 싶었다. 그 누구도, 정상적인 삶을 살아가는 사람이라면 그 재앙에 기꺼이 몸을 바칠 리 없었다.

하지만 두려워하고 도망간다 해서 재앙을 떨쳐 낼 수 있는 건 아니었다. 재앙의 다른 말은 운명이 아닐까. 마치 자연재해처럼, 갑자기 불현듯 인생에 엄습해 무고한 삶을 휩쓸어 버리는 것이, 무척 닮지 않았는가.

'이미 시체는 사라졌고, 당신은 이 여자를 알아봤지.'

'만약 네가 태운 게 내 여동생이라면, 내가 수습해 갈 건 내 여동생의 유골함이 아니라 네 모가지가 될 거다.'

그날, 재앙에 떠밀려 어디론가 내던져진 건 비단 서유주만이 아니었다.

하다못해 경찰청에 가서 진술한 이후에 이야기해야 했을까. 유주가 몇 번이나 심란한 표정으로 리옌의 표정을 살피고자 했으나, 그는 창문 쪽으로 고개를 완전히 틀어 버린 채였다. 더불어 그 큼직한 손으로 얼굴을 반절이나 가리고 있어, 차창으로도 심란한 눈빛밖에 확인할 수 없었다.

그 모습에 죄책감이 들었다. 어쩌면 리옌은, 유주를 그날 살려 둔 것을, 협조를 제안한 것을, 그녀에게 키스한 걸 후회할지도 모른다.

하지만 역사 경찰청에 가서 진술한 이후에 이러한 가설을 늘어놓는 건, 그를 배신하는 기분이었다. 어쩌면 지금이, 리옌에게는 어떠한 선택의 분기점 같은 것일 수도 있으니까.

* * *

"손님, 다 왔습니다."

운전 내내 흥에 취해 라디오에 맞춰 노래도 흥얼거리다, 뉴스를 들으며 욕도 하다, 누군가와 통화까지 하던 기사는 유주와 리옌의 대화에 일절 관심도 없었다. 심지어 둘이 어느 순간 완전히 얼어붙은 분위기로 숨소리를 섞는 것마저 조심스러웠던 와중에도 기사는 참 신나게 콧노래를 흥얼거리며 날씨 칭찬을 해댈 정도였다.

"여기 있습니다."

"아이고, 감사합니다."

오히려 그 덕에 유주는 덜 심심하게 서울까지 올 수 있었다. 어제 묵은 지역에서 경찰청까지는 딱 두 시간 정도 걸렸다. 유주는 리옌이 택시비를 결제하는 걸 보고 그를 따라 내렸다.

"……."

그리고 내리자마자 무슨 말을 해야 할지 몰라 입을 꾹 다물어 버리고 말았다. 해야 할 말과 하고 싶던 말은 이제 다 털어놓았다. 그 탓에 리옌은 그녀의 불안과 우울을 스펀지처럼 빨아들여 기진한 것 같았다.

"저기……."

그래도 정문 앞에 이렇게 계속 멀뚱히 서 있을 수는 없었다. 애써 용기를 내 유주가 입을 열자 리옌이 드디어 그녀 쪽을 보았다.

다행히 그의 표정은 화난 것 같지 않았다. 리옌의 시선이 유주의 얼굴을 지나 아래로 훑고 내려갔다. 이윽고 그의 시선이 멈춘 곳은 손이었다. 리옌이 유주의 손을 부드럽게 감아쥐었다.

"가자."

감정의 동요 없이, 마음에 한 점 미풍도 불지 않았다는 듯한 그 표정이 어쩐지 불안했다. 그래도 여기까지 온 이상 되돌아갈 생각은 없었다. 유주가 고개를 끄덕였다. 그대로 둘은 경찰청 안으로 걸음을 옮겼다.

강력계에서 두 시간, 채혈을 비롯한 상처 치료로 잠시 병원에서 약 두 시간, 마약계에서 삼십 분, 외사과에서 한 시간, 그리고 다른 업무로 또 얼마간.

일이 커졌다. 유주와 리옌은 그간의 상황을 설명하는 것만으로도 입에 침이 다 마를 지경이었다.

심지어 유주는 서류상, 홍콩에서 아직 입국하지 못한 상태였다. 둘의 말은 자칫 허무맹랑하게 들릴 수 있었지만, 이미 서창진이 그녀에 대한 실종 신고를 접수해 둔 데다 한석태의 시체에 대한 증언까지 더해져 둘은 무척 중요한 용의자이자 증인이 되었다.

물론 용의자라는 건 한석태의 사망 사건과 관련된 것이었고, 증인이라는 건 서유주의 납치 사건에 관련된 거였다. 더불어 성철현과 성은영에 대한 사망과 실종에 대한 수사도 진행될 것이라는 말과 함께, 원한다면 신변 보호를 위해 경찰을 붙여 주겠다는 말도 들었다.

당연하게도 둘은 승낙했다. 신변 보호를 해 준다는 말은 감시하겠다는 말의 다른 뜻이었지만, 감시하고 해도 방 안에 같이 들어가는 게 아니라 그저 둘이 묵을 숙소 앞에서 잠복하겠다는 거였으니까.

"그럼 저녁 식사를 하고 호텔 체크인할 때 연락드리겠습니다."

리옌은 정중하게 오늘 잠복을 선다는 형사의 명함을 받아 챙겼다. 유주도 덩달아 인사를 하고 밖으로 나왔다.

저녁 식사 시간은 이미 한참이나 지나 있었다. 경찰들과의 합석은 리옌의 신분상 여러 가지로 껄끄러웠기 때문에 거절했다.

유주는 경찰들에게 인사를 하고 돌아서는 리옌의 등을 쫓아 걸었다. 불편할 것이 분명했음에도 리옌은, 그가 아는 내용을 처음부터 끝까지 침착하게 진술했다. 강력 사건들로 잔뼈가 굵어 어지간한 일에도 내색 않던 경찰들도 이야기가 심화될수록 가중되는 사건의 강도에 끝내 한숨을 토할 정도였는데.

게다가 당장 약속이 내일이라고 하니 경찰들도 심히 부담스러운 모양이었다. 사건의 진위 여부 수사가 진행되기도 전에 실전에 투입된다는 건 행정 처리상의 약점이 될 수 있었다. 어떤 위험한 일이 발생할지 알 수 없었다.

유주에게나, 리옌에게나, 경찰들에게나.

"리옌."

조용히 리옌의 뒤를 따르던 유주가 그를, 아주 작게 불렀다. 도로의 차들이 지나다니는 소리에 휩쓸리면 자칫 잃어버릴 듯한 소리였지만 리옌은 기민하게 그 목소리를 포착했다.

"왜?"

어둠이 깔린 도로 위, 가로등 불빛 아래 리옌의 얼굴은 다정해 보이기도 하고 얼핏 우수에 젖은 것도 같았다. 유주는 애써 태연한 척 말했다.

"그냥. 저녁 뭐 먹고 싶나 해서."

"할 말이 있으면 그냥 해."

"괜찮아?"

할 말이 있으면 하라기에 그냥 직접적으로 물었다. 아까 전 유주의 말로 심란해진 내면이 조금은 잠잠해졌는지, 생각은 어느 정도 정리가 되었는지 궁금했다. 계속 이렇게 그의 눈치를 보는 경우도 처음이었다. 유주는 이런 분위기가 너무 낯설었다.

리엔도 유주가 지금껏 자신의 눈치만 살피던 걸 알고 있었다. 심술을 부리려던 건 아니었지만 내면이 복잡한 건 맞았다. 하지만 유주에게 어떤 행동을 취할 만한 정도는 아니었다. 게다가 그녀가 눈치 보게 할 생각도 없었다.

"사실 좀 심란하지만, 괜찮아."

"내가…… 말을 좀 막 했나?"

유주가 그의 눈치를 살폈다. 리엔이 픽 웃으며 고개를 저었다.

"그런 건 아니야. 그저……."

그저, 그는 실망했다. 말의 앞뒤가 맞아떨어졌기 때문이었다. 그게 그를 실망케 했다.

카이화가 스스로 도망쳤다는 부분까지는 어떻게든 이해해 보려고 노력했다. 그녀는 올해 한국 나이로 고작 스물여섯. 대학을 갓 졸업한 창창한 나이였다. 그런 여자아이가 자기 부친보다 더 나이 많은 사내에게 시집을 간다, 그것만으로도 도망가고 싶을 테니까.

하지만 거기에 더한 내막이 있을 것이라고는 상상해 본 적 없었다. 가족이라는 허울이, 여동생의 일이라는 생각이 사고를 가로막고 시야를 차단하고 있었다. 그 점이 그를 상심케 했다. 편협함은 멍청함으로 드러났고, 멍청함은 결국 지키고 싶었던 사람까지 위험으로 내몰았다.

"스스로에게 실망스러워서."

"왜? 그냥 내 말은 억측이야. 설령 내 말이 다 맞아떨어진대도, 그게 당신 자신을 비하하는 이유가 되지는 못해."

당연히 서로를 잘 안다고 해도 말해 주지 않으면 모르는 부분이 생기기 마련이다. 리엔은 유주의 다소 어긋난 위로에 작게 웃었다.

그녀의 말이 맞았다. 카이화가 어떤 생각으로 도망을 친 것이든 간에, 결국 그건 그녀의 선택이었다.

선택했으면 책임을 져야 했다. 무고한 사람들을 끌어들인 데다 결국 이 정도로 판을 키워 버렸다. 카이화에게 책임이란 단어는, 꽤나 무겁게 작용할 터였다.

물론 그것을 어느 정도 나눠 짊어지는 것이 가족 된 도리였으나, 문제는 리옌의 옆에는 유주가 있다는 거였다.

어떻게 해야 할까.

충동적으로, 그리고 단지 없으면 안 될 것 같아서 유주를 필사적으로 붙잡고 늘어진 리옌이었지만 앞으로의 일을 생각하면 다소 골치가 아픈 건 사실이었다. 무엇보다 이건 전적으로 그의 문제였다.

"그런 말을 들어도 괜찮지 않으면, 유주. 당신은 나에게 뭘 해 줄 거지?"

"어?"

"위로해 줄 건가?"

리옌은 그런 생각을 숨기듯 미미하게 웃으며 농을 걸었다. 유주는 사실 그와 내일의 대책에 대해 조금 더 이야기를 나누어 볼 심산이었다. 그러나 생각이 바뀌었다.

반년도 채 같이 있지 않았지만 유주는, 지금껏 그 누구보다 리옌과 가까이 지내 왔다. 특히 상황적인 요소 때문일 게 분명하지만…… 그 어떤 상대보다 그를 더 잘 이해한다고 느끼고 있었다.

그래서 알 수 있었다. 아닌 척해도 리옌은 지금 낙심한 채였다. 무릇 남자의 약한 모습이란, 그와 친밀한 관계에 있는 여자의 마음 어딘가를 자극하는 구석이 있었다. 어쩌면 그가 낙심했다는 것이나, 약해 보인다는 느낌도 그저 유주의 일방적인 평가일지도 모른다.

어차피 사람의 마음은 간사한 거였다. 누구나 제멋대로 필터를 끼고 세상을 보고, 자신의 주관에 따라 그를 판단하는 법 아니던가.

아마 위로가 필요한 건 자신이지 않을까. 그에게 위로가 필요하지 않다면 위로는 자신이 받으면 되는 거 아닌가. 유주는 그 말에 대답 대신 손을 뻗어 그의 단단한 손바닥 안쪽에 제 손을 밀어 넣었다. 그리고 그의 눈치를 살폈다.

"……."

그게 어떤 신호인지 눈치 못 챌 정도로 리옌은 아둔한 남자가 아니었다. 거기에 어떤 속내가 포함되어 있는지도.

"허기지지 않아?"

리옌의 말에 유주가 바닥으로 시선을 내렸다. 자신이 먼저 이런 사인을 보낸 건 약간 부끄러웠다. 하지만 부끄러울 게 뭐가 있는가. 이미 둘 다 서로 밑바닥까지 훌렁 까 보였는데.

"배달시키지 뭐."

유주의 말에 리옌이 도로가로 팔을 뻗었다. 괜히 말을 뱉고 나니 유주도 몸이 달았다.

"빨아 보고 싶어."

호텔이 들어서자마자 발정 난 개새끼처럼 달려드는 리옌을 만류하며 유주가 가까스로 내뱉은 말이었다. 이미 리옌은 엘리베이터에 올라서면서부터 그녀의 허리를 쓸어내리는 척 윗옷 속으로 손을 밀어 넣으려 하였고, 그녀의 뺨과 눈가에 입을 맞추고 핥아 올리는 등의 추태를 부렸다.

"어딜?"

그런 리옌이 문이 닫힐 때까지 기다린 건 칭찬할 만한 일이었다. 유주는 어느새 제 상의를 훌렁 벗겨 버린 채 목덜미를 잘근거리는 리옌을 애써 밀어냈다. 이대로 그녀가 먼저 엎어진다면 그 뒷일이야 뻔했다.

물론 아래가 녹아내릴 만큼 진득한 애무도 좋긴 했지만 유주는 다소 거친 걸 좋아하는 성향이었다. 그건 마찬가지로 그녀와 붙어먹을 때면 눈 돌아간 짐승 새끼처럼 아랫도리를 세우고 달려드는 리옌의 성향과도 잘 맞았다.

하지만 오늘은 그녀가 그를 조금이나마 리드, 아니 위로해 주고 싶었다.

누군가는 이딴 게 위로냐고 물을지 모르겠다. 하지만 그 질문에 유주는 당당히 대답할 것이다.

연인 사이의 장점이란, '이런 위로도 할 수 있는 것'이라고.

물론 거기에는 욕망에 솔직한 그녀의 사심이 아예 없다고는 할 수 없었다. 하지만 뭐, 좋은 게 좋은 거 아니겠는가?

"딴청 부리지 마."

유주는 이미 바지를 뚫고 나올 듯 팽팽하게 발기한 그의 앞섶 위로 손을 얹었다. 리옌이 작게 신음을 삼켰다.

유주가 그의 앞에 무릎을 꿇었다. 리옌은 잠시 당혹스러워 하는가 싶었지만 그녀의 앞머리를 살짝 쓸어 넘겨 줄 뿐, 저지하려는 기색은 없었다. 그에 용기를 얻은 유주는 바지 버클을 풀고 그의 속옷을 잡아 내렸다.

동시에 그녀의 눈 앞에 퉁, 하고 빳빳하게 선 그의 성기가 튀어나왔다. 부드럽고 잘생긴 외모와 다르게 험악할 정도로 굵고 긴 리옌의 페니스는 생리적인 두려움과 동시에 본능적인 흥분감을 불러 일으켰다.

이런 걸 아랫도리에 달고 아니, 바지 속에 단단히 억누른 채 살아가는 건 불편하지 않을까? 그런 느낌이 들 정도였다. 리옌은 열기가 감도는, 그러나 아직은 여상한 표정의 유주를 내려다보며 혀로 입술을 축였다.

"천천히. 못 하겠으면 중간에 빨다 뱉어."

리옌이 유주의 뺨과 턱을 쓸어주며 부드럽게 말했다. 유주는 고개를 끄덕이며 살짝 웃었다.

"나 이런 거 많이 안 해 봐서 잘 못 할 수도 있으니까 기대는 하지 말고."

"많이 해 봤다고 하면 그것도 열받으니까 그만 말해."

발끈하기는.

웃음을 삼킨 채 유주는 빳빳하게 선 채 꺼덕거리는 리옌의 페니스 선단을 물었다. 혀로 귀두를 말아 문지르며 그대로 조금씩 기둥을 삼켰다. 그러나 어떻게 기교를 부리는지 알고 있다고는 해도 입 안을 가득 메운 부피감에 무엇 하나 제대로 하기 힘들었다. 특히 고개를 위에서 아래로 밀어 내리며 꾸역꾸역 좆을 깊이 삼켜 가자니 금세 목구멍 안쪽이 짓눌리며 욱, 하고 토기가 올라왔다.

"무리하지 말고."

리옌은 아까보다 숨이 거칠어진 채였지만 그럼에도 유주를 배려하는 걸 잊진 않았다. 그는 연신 그녀의 머리카락을 쓸어 넘기며 그녀의 눈치를 살폈다. 여차하면 그녀의 입에서 제 물건을 뒤로 물릴 생각인 게 분명했다.

하지만 유주는 쉽사리 그의 성기를 뱉어 낼 생각이 없었다. 그녀의 입 안을 가득 메운, 구렁이같이 꿈틀대는 이것이 그녀의 몸속에서 요동칠 때 얼마나 극한의 희열을 안겨 주는지 알고 있어서였다. 더구나 간헐적으로 꿈틀거리는 제 남자의 반응이 즐겁기도 했다. 약간 비린 듯한 원초적인 냄새도 기이하게 자극적이었다.

"응, 훗."

그의 말에 대답하는 것처럼 소리가 샜다. 입이 틀어 막혀 있으니 절로 콧소리가 섞였는데 그건 유주가 듣기에도 퍽 몸이 달아 교태를 부리는 것만 같은 소리였다.

왜 이딴 게 좋은 거지? 심지어 지금 나는 봉사를 해 주는 중인데.

유주는 점점 멍해지는 머리로 그런 생각을 했다. 확실하게, 그녀의 밑은 조금씩 젖어들고 있었다. 기분 탓이 아니라 정말로. 게다가 젖꼭지가 빳빳하게 일어서는 느낌도 들었다.

도대체 어떤 메커니즘인지 이해할 수 없었다. 의도치 않았지만 점점 그녀의 호흡은 흐트러지고 있었고, 숨소리에 쌕쌕거리는 신음이 섞여 나왔다. 리옌의 시선이, 옷가지 안쪽에 갇힌 제 알몸을 훑고 있었다.

그를 알아챈 순간 그녀는 더없이 그에게 박히고 싶었다. 빨리, 조금이라도 빨리.

"하아……."

그런 마음으로 유주가 양 볼에 힘을 주며 길게 빨아올리자 리옌이 낮은 신음과 함께 고개를 뒤로 젖혔다. 집요하기까지 했던 시선이 떨어지자 아쉬움과 동시에 그가 제대로 느끼기 시작한다는 희열감이 차올랐다.

그런 고양감에 유주는 최대한 입을 크게 벌린 채, 목구멍 안쪽을 열기 위해 노력했다. 그대로 기둥을 양껏 삼켰지만 당연히 전부 삼키는 건 무리였다.

토기가 치밀어 오르는 것을 참고 침과 쿠퍼액이 뒤섞여 그녀의 고개가 움직일 때마다 질척거리는 소리가 날 즈음, 리옌이 그녀의 이마를 밀었다. 뱉으라는 뜻이었다. 유주는 고분고분 고개를 물렸다. 턱이 아팠고, 볼이 뻣뻣했다. 입 안이 얼얼한 것 같기도 했다.

"올라와."

목구멍 안쪽을 긁는 듯 낮게 깔린 목소리는 사뭇 위협적이었다. 유주는 고분고분 옷을 벗고 그의 위에 올라탔다. 리옌은 고작 바지 버클 하나 풀어진 게 고작이었기에 그 앞에서 알몸으로 올라타는 것은 퍽 도착적인 감흥을 주었다.

유주가 리옌의 목에 팔을 감고 그의 성기 위에 자리를 잡자, 그가 그녀의 허리를 세게 틀어쥐었다. 이미 그녀의 밑은 흥건하게 젖어 있었다. 그건 굳이 눈으로 확인하지 않아도 알 수 있었다.

"훗, 아아!"

단박에 안쪽을 채우고 들어오는 그 묵직한 질량감에 유주의 음성이 한껏 흐트러졌다. 어떻게 된 일인지 채우고 채워도 안쪽 더 깊은 곳이 근질거렸다. 이건 그녀가 어찌할 수 없는 노릇이었다.

리옌의 양 어깨 위에 손을 얹은 채 그녀는 그가 움직이는 대로 흔들렸다. 리옌이 제 눈앞에서 출렁이는 가슴을 그대로 삼켜 버리자 다시금 유주가 흐느끼는 건지 느끼는 건지 모를 비명을 질렀다. 퍽퍽 치고 들어오는 살덩이끼리의 마찰 소리가 폭력적이었다. 유주는 허덕거리며 그의 입술에 제 혀를 묻었다.

"아, 흐으, 흐아……."

"하, 씨발, 콘돔."

리옌이 그녀의 혀를 빨며 잇새로 욕설을 뱉었다. 유주도 분명 그 말을 들었지만 지금 당장 멈출 자신이 없었다. 리옌 역시 마찬가지일 터였다. 대책도 뭣도 없었다. 그저 내달리고 싶어 그녀는 그의 머리카락 새에 손가락을 밀어 넣었다.

"흐읏, 아, 제발, 아 그냥……."

그러면서도 혹여나 그가 제 안을 가득 메운 이 페니스를 빼낼까 겁나 미약하게 고개를 저었다. 물론 유주의 오산이었다. 말만 그렇게 했다 뿐이지 리옌도 급한 건 매한가지였다. 이성이고 나발이고, 일단 서로 간에 갈증을 조금이나마 해소해야 뭐든 할 수 있지 않겠는가.

"아, 싸 줘, 안에, 흐윽, 아, 제발, 아, 잠깐……."

안을 채워 달라고 했다가 멈춰 달라고 했다가. 유주는 완전히 이성을 잃은 채였다. 조각난 말들도 두서가 없었다.

그녀가 욕심껏 빨아 준 탓에 리옌의 인내심도 그리 오래 가지는 않았다. 그는 젖꼭지를 감아 돌리던 혀를 풀어 내고 그대로 그녀의 목줄기를 타고 올라가 그대로 목덜미를 세게 깨물었다. 그 아릿한 통증에 유주가 몸을 뒤틀며 자지러지는 신음을 흘렸다.

「씨발…….」

동시에 안쪽이 확 움츠러들며 리옌의 성기를 옴짝달싹 못 하게 꽉 조였다. 리옌이 잇새로 그르렁거리는 신음을 뱉는다 싶더니 이내 뜨거운 물을 끼얹은 듯한 아주 눅진하고 화끈한 감각이 안쪽을 축축이 적셨다.

평소보다 이른 사정이었다. 유주는 발작하듯 경련하는 제 허벅지를 꽉 조이며, 여전히 그를 품은 채 살짝 앞뒤로 엉덩이를 흔들었다. 찌걱거리는 소리와 함께 잔뜩 흰 애액이 엉겨 붙은 살들이 붙었다 떨어졌다.

"좋았어?"

유주는 후회를 즐기듯 부드럽게 그의 목덜미를 쓸며 작게 웃었다. 여전히 몸은 진정이 안 된 채였다. 호흡에도 잔떨림이 남아 있었다.

리옌은 유주의 뒷머리를 부드럽게 잡아채 제 쪽으로 고개를 숙이도록 했다. 당연하다는 듯 입술이 맞붙었다. 그녀의 질구 안쪽을 리옌의 좆이 쑤시고 들어가는 것처럼, 리옌의 혀는 유주의 입 안 구석구석을 헤집었다. 끝내 코로 숨 쉬는 타이밍을 놓친 유주가 허리 짓하는 것도 멈춘 채 그의 어깨를 내려칠 때까지.

"어우, 좋았냐니까."

"무척."

그의 말에 유주가 씨익 웃었다. 그리고 읏, 하는 짧은 신음을 흘리며 허리를 들었다. 리옌의 성기를 빼내려는 행위였다.

리옌은 어쩐 일인지 유주의 양 엉덩이를 잡아 벌리며 순순히 그 행동을 도왔다. 벌어진 안쪽에 고여 있던 그의 흔적이 주룩, 흘러내리자 유주가 몸을 떨었다. 그는 그런 그녀의 엉덩이를 토닥이며 연신 볼이며 눈가에 잘게 입을 맞췄다.

"하…… 좋았다면 다행인데, 두 번은 못 할 거 같아."

"힘들어?"

"응."

"고생했어. 앞으로는 안 해 줘도 돼."

"별로였어?"

"아니, 굉장히 좋았지. 그런데 당신이 힘들다면 굳이 요구하진 않아."

다정한 말투만큼이나 부드러운 손길이 유주의 등과 온몸 구석구석을 쓸었다. 그 나른한 기미에 달달 떨리던 유주의 몸도 이내 노곤노곤 풀어졌다.

딱 좋은 기분이었다. 그의 부드러운 후회 덕분인지 아니면 단단한 품속이 너무나 안락한 덕인지 눈꺼풀에 무게가 실리기 시작했다.

그 찰나였다. 리옌이 그녀를 번쩍 안아 들었다.

“어?”

“다음은 침대에서.”

“……뭐?”

잠이 번쩍 깨는 말이었다. 다음? 다음이 있다고? 무슨 다음? 설마 포털 사이트 이름을 읊는 건 아닐 테고, 아니, 다음?

유주가 미약하게 버둥거렸다. 하지만 쉬고 있던 곳이 그의 품속이니 달아나 봐야 갈 곳이 없었다.

어쩐지. 어쩐 일로 한 번만 하고 끝나는가 싶었다. 물론 유주는 그런 생각을 이내 머릿속에서 지워 버리기 위해 노력했다. 걷잡을 수 있는 마지막 타이밍이었다.

“리, 리옌.”

“응?”

“나…… 배고픈데.”

“물론 식사해야지.”

설마 이대로 넘어가려나 싶었다. 하지만 몇 걸음 안 가 침대에 그녀를 눕히고 제 옷을 훌훌 벗어 던지는 그의 행동에 유주는 저도 모르게 침을 삼켰다.

“그, 우리, 그, 식사부터…….”

“당신은 한 번 먹었지만 난 아직 아니니까.”

뭘? 이라고 물어볼 새도 없었다. 유주는 어느새 탈의를 마친 채 제 양 다리를 넓게 잡아 벌리는 리옌의 행동에 그녀는 기겁하며 양 손으로 제 아래를 가렸다.

물론 무용한 행동이었다. 이미 그녀는 한 번의 정사로 힘을 많이 뺀 상태였다.

“나, 나 배고프다니까!”

“보지 빨아 줄게. 좋아하잖아, 그거.”

보…….

지나치게 노골적인 그 말에 유주의 얼굴은 이대로 익어 버리는 게 아닐까 싶을 정도로 빨갛게 달아올랐다. 더불어 어떤 말을 해야 할지도 몰라 순간적으로 굳어 버리기까지 했다. 당황한 것으로도 모자라 그녀가 제대로 된 반박도 하지 못한 채 입만 벙긋거리자, 리옌이 피식 웃으며 그녀의 손을 걷어냈다.

양 허벅지가 잡혀 눌렸다. 유주는 아까 전 느꼈던 고양감과 도취감이 싹 가시는 기분이었다. 이미 그녀의 안에 고여 있던 열감은 절정의 쾌락과 함께 적당한 즐거움 수준으로만 남아 있었다. 이런 와중에 다시 감각이 연달아 고취되는 것은 달갑지 않았다.

또 정신을 잃고, 그에게 휘둘려 지독한 요의를 느낄 때까지 괴롭힘당하다싸는 경험은 사양하고 싶었다. 그건 기분 좋은 만큼, 무척이나 부끄러웠으니까.

"아, 아니, 훗! 아, 자, 잠깐! 지, 지금 하면 당신 게……."

"콘돔을 안 썼으니까 찜찜할 거 아냐. 흘러내릴 테니까 빨아 줄게."

그리고 다시 채워 줄 테니까 걱정하지 마.

그 말을 끝으로 리옌의 혀가 그새 앙다물린 유주의 질구 사이를 비집고 들어왔다. 까악, 하는 짧은 비명과 함께 유주의 고개가 뒤로 젖혀졌다.

식었던 몸이 달아오르는 것은 금방이었다.

"아……. 이제 못 해, 안 해. 그만해."

유주는 끈질기게 따라붙는 리옌의 손을 뿌리치며 등을 돌리고 누웠다. 온몸이 녹진녹진했다. 얼마나 물고 빨았는지, 그리고 무식하게 쑤셔 박았는지 아래가 찜찜할 정도로 질척거렸고, 밑이 헌 것처럼 화끈화끈했다.

그녀의 가슴에 매달려 있던 리옌이 아쉬운 표정으로 그녀를 등 뒤에서 꽉 끌어안았다. 여전히 단단히 서 있는 그의 페니스가 적잖이 부담스러웠지만 안기는 건 좋았으므로, 유주는 길게 한숨을 내쉬며 몸의 긴장을 풀었다.

체크인하기 전에 경찰에게 연락을 한 건 마지막 남은 이성을 긁어모았기에 가능한 일이었다. 배달 음식을 시키긴 개뿔. 유주는 허기를 느끼며 리엔의 휴대폰을 집어 들었다.

미친. 세 시간도 넘게 붙어먹었다. 이러니 배가 안 고플 리가 있나.

"리엔."

"안 할 거야. 끌어안고만 있을게."

어느새 슬금슬금 가슴께로 치고 올라오는 손을 밀어낼 줄 알았던지 리엔이 지레 우는소리를 해 왔다. 이젠 남자의 이런 애교 있는 모습도 퍽 귀엽게만 느껴졌다.

리엔은 유주의 목덜미부터 잘게 입을 맞춰 올라오더니 결국 그녀의 얼굴 위에 제 뺨을 가져다 붙였다. 센스 있게 무게도 싣지 않았다. 꼭 개가 주인에게 달라붙는 것 같아 유주가 푸스스 웃었다.

"아니, 그게 아니라. 배 안 고프냐고."

"글쎄. 당신은?"

"난 고파."

"사러 나갈까?"

"당신 폰에 배달 어플 같은 거 없어?"

"없어. 난 시켜 먹는 건 별로 안 좋아하거든."

그의 말마따나 유주가 이리저리 리엔의 휴대폰을 살펴보았지만 배달 어플은 없었다. 그녀는 잠시 고민했다. 사러 나갈까, 배달 어플을 깔아 버릴까. 하지만 고민은 짧았다. 밖에는 잠복 중인 형사들도 있었고, 유주는 당장 씻고 싶었다. 문제가 있다면 아직 일어설 힘이 없다는 거였다.

"리엔."

"응?"

"나 좀 안아 줘."

유주의 말에 잠시 멀뚱히 있던 리옌이 그녀의 뺨에 입술을 붙이더니 슬그머니 다시 위로 올라탔다. 유주는 질색하며 땀에 젖은 그의 어깨를 찰싹, 내리쳤다.

"아니! 씻고 싶으니까 안아 들으라고!"

"……."

리옌의 눈빛에 아쉬움이 가득했다. 하지만 그는 결국 유주의, '또 달려들면 죽여 버리겠어'라는 시선에 굴복하고 말았다. 물론 욕실에 들어가서 얌전히 씻지만은 않았다. 다행히도 유주의 리옌 살해 시도는 미수에 그치고 말았다.

"기껏 나왔는데 편의점은 좀 그렇잖아? 아침도 편의점 메뉴였는데."

결국 둘이 호텔 밖으로 나섰을 땐 자정이 훌쩍 지나 있었다. 하지만 유주의 목소리는 밝았다.

불과 하루 전까지 그녀는 죽음에 대한 공포로 덜덜 떨고 있었다. 자정이 넘은 오늘은 어떤 불가해한 위험이 그녀를 기다리고 있을지 모른다. 하지만 유주는 근래 이토록 홀가분했던 적이 없었다. 어떠한 일에 끝이 보인다는 게, 이렇게 안심될 수 없었다.

"그럼 어디서 뭐 먹고 들어가게?"

무엇보다 리옌이 다정했다. 그가 옆에 있으니 마냥 좋았고, 그가 저에게 다정하니 안심이 되었다. 유주는 그가 언제부터, 이렇게 자신에게 위안이 되는 존재가 되었나 의아했다. 그러나 그런 의문은, 리옌이 꽉 잡아 주는 단단한 손아귀에 으스러졌다.

"그건 좀 그렇고. 그냥 사서 들어가자. 사 오는 김에 잠복 서는 형사님 것도 좀 사 오고."

둘은 이미 알고 있었다. 잠복 중인 형사들이 따라붙었다는 걸 말이다. 참, 고생도 이런 고생이 없었으니 뭐라도 챙겨 주고 싶었다.

유주의 말에 리옌이 고개를 끄덕였다. 둘은 잠시 말없이 걸었다.

날이 밝으면 어떻게 할지, 뭘 해야 할지는 아직도 의논하지 않았다. 하지만 둘 다, 상황이 좋게 흘러가진 않을 것이란 확신은 있었다. 어쩌면 미리 눈치챈 일당들이 먼저 발을 뺐을 수도 있고, 그렇게 되면 상황은 더 악화되면 악화됐지 개선되지는 않을 터였다.

"카이화는…… 지금 어디 있을까?"

문득 든 생각을 유주가 툭, 하니 내뱉었다. 리옌이 맞잡은 손에 살짝 힘을 주었다.

"이용 가치가 다하지 않았다면…… 잘 있겠지."

"역시 장치앙린이 데리고 있는 거겠지?"

"어디에 있는지는 아무도 몰라. 하다못해 루쳰허, 그 자식을 내 손으로 잡았더라면 알아낼 수 있었겠지만."

이번엔 유주의 손에 힘이 들어갔다. 루쳰허. 우습게도 그 이름을 듣는 것만으로도 약간 긴장이 되었다. 한 대 세게 후려갈기고 싶긴 했지만 어찌 되었든 간에 그녀에게 죽음에 대한 공포를 심어 준 이였다.

그리고 그녀의 옆에 서 있는 이 남자는 그 공포를 희석시켜 주는 상대였다. 우스웠다. 처음에 그를 보았을 때, 유주는 확실한 '죽음'을 느꼈다. 그러나 그녀와 지내며 그도 물러진 걸까? 아니면 뭔가 다른 변화가 생긴 걸까. 그에게선 이제 온몸을 휘감았던 피 냄새가 느껴지지 않았다. 오히려 사람 냄새가 났다. 이상했다.

"리옌."

"응?"

"당신은 이 일이 끝나면 뭘 하고 싶어?"

단 한 번도 묻지 않았다. 유주는, 그의 인생에 깊이 개입되길 꺼렸고 지금도 분명한 거부감은 존재했다. 그의 존재는 그녀에게 여전한 부담이었다.

다만 알고 싶기는 했다. 그러한 부담을 같이 끌어안아 줄 순 없지만, 약간 덜어 주는 것 정도는 할 수 있을지도 모르니까.

"글쎄."

리옌의 여상한 얼굴 위에 살짝 미소가 서렸다. 유주를 바라보는 그의 눈 빛이 더없이 따뜻했다.

"당신을 따라서 이직 준비를 해 볼까?"

"어?"

"당신이 계속 장의 일을 한다면 수의 짓는 걸 배워 보아도 좋겠고, 전에 그, 친구가 한다던 목공예 공방에 들어간다면 톱질을 배워도 괜찮겠지. 다른 걸 해도 괜찮아. 난 배우는 데 능하거든."

유주는 리옌의 말이 허황되다고 느끼지도 않았고, 우습게 여겨지지도 않 았다. 그냥 어색했다. 가슴 어딘가를 누군가 깃털로 간질이는 듯한 이런 감 각은 처음이었다.

"……그럼 둘 다 무직자야? 한동안?"

그 감각을 떨쳐 내려 유주가 애써 짜증스런 말투로 대답했다. 리옌은 그 말을 굳이 받아치지 않고 하하, 웃으며 그녀의 아플 정도로 세게 그녀의 손 을 쥐었다. 놓지 않겠다는 다짐 같았다.

그래. 어찌 되었든 일은 마무리되고 있었다. 이젠 돌아갈 구석도 없었다. 비록 완벽하지는 않지만 사건의 동기도 구하긴 했고, 앞으로의 일도 대강은 예상이 갔다.

리옌에게 남은 과업이라고 해 봐야 별거 없었다. 스스로 니시콴라이를 떠나 느냐 마느냐, 떠날 때 카이화를 데리고 나올 것이냐 아니냐 정도였다. 거기에 옛정을 조금 더한다고 해도 랴오위의 안위 정도만 챙길 터였다. 그 외의 사람 들에게는 그 정도의 의리가 없으니.

조금은 미래가 보였다. 그가 완벽하게 그쪽 세계를 등지고 나올 수 있 다면 유주도 그와 지내는 데에 부담은 없으니 어느 정도 감안할 수준은

되었다. 그러나 그가 책임질 일이 그렇게 단순하기만 할까? 그리 생각하면
또 복잡했다.

"저기서 사 가자."

손바닥이 젖었다. 유주는 일부러 그의 손을 놓고 불이 환히 켜져 있는
24시간 분식집을 향해 먼저 걸어갔다. 여전히 생각은 많았지만 이전처럼
어렵고 무겁게 느껴지진 않았다.

최소한 둘만을 고민할 때가 다가오고 있었다. 유주는 리옌이 한국에 와서
'프러포즈'를 한다고 말했던 걸 기억하고 있었다. 지금의 말도, 그것의 연장
선임을 알았다.

결혼에 대해 진지하게 생각해 본 적은 없었다. 유주는 자신이 특별히 모
난 성격이라 생각하진 않았으나, 누군가에게 이렇게 적극적으로 사랑받을
만치 귀염성 있는 성격은 아니란 자각도 있었다.

몇 번인가 연애 비슷한 걸 해 보긴 했지만 말 그대로 횟수만 채운 정도
였다. 일단 그녀의 직업과 가업 자체가, 사회적인 시선에서는 다소 꺼름칙
한 부분이 있는 건 사실이었으니까. 하지만 굳이 새로이 나타난 선택지를
배제할 생각도 없었다. 단시간에, 해결하기 어려운 퀘스트가 생겨난 기분
이었다.

"리옌, 당신 뭐 먹을래?"

유주가 가게 문을 열며 뒤를 돌아본 찰나였다. 유주의 시야에 무언가 포착
되었다.

술에 취한 듯 비틀거리는 남자 둘이 경찰들 쪽으로 다가가고 있었다. 당연
하게도 경찰들은 경계했다. 하지만 그와 동시에, 시커먼 남자 셋이 경찰들
뒤로 달려들었다.

"안 돼!"

유주가 저도 모르게 소리를 질렀다. 그 말에 리옌이 뒤를 도는 찰나, 한
형사가 앞으로 고꾸라졌다. 그의 등 뒤에 박힌 건 식칼이었다.

"까악!"

그 처참한 광경에 행인들 몇이 뒤로 주춤주춤 물러났다. 시간이 시간이었지만 당연하게도 거리에 사람들은 있었다. 벌써 저쪽의 한 여자는 어딘가에 전화를 걸고 있었다.

서울 한복판에서 칼부림이 났다. 그것도 공격을 당한 사람은 형사였다.

미친!

유주는 입을 손으로 틀어막았다. 리옌이 그녀에게 재빨리 다가와 팔을 붙잡았고, 남은 경찰 한 명이 습격자들과 실랑이를 벌이기 시작했다.

「저기 있어! 붙잡아!」

취객인 줄 알았던 사내 둘이 경찰에게 달려들었다. 시커먼 남자 중 하나가 경찰 등에 꽂혀 있던 칼을 뽑아 들더니 둘에게 달려들었다. 리옌이 그녀의 팔을 세게 잡아끌었다.

"뛰어!"

유주는 리옌이 어느 방향으로 뛰는지도 모르고 무작정 발을 놀렸다. 머릿속이 혼란했지만 생각할 여유조차 없었다.

「거기 서!」

남자들의 신발 소리가 요란했다. 리옌은 그녀를 이끌고 사람이 많은 곳으로 들어섰다. 최소한 이런 곳에 섞이면, 위험이 줄어들기 마련이었다.

그러나 그건 그의 착오였다. 남은 사내 둘도 품속에서 희번덕한 칼을 꺼내 든 채 행인들을 향해 무차별로 그를 휘두르기 시작했다. 꾸역꾸역 막혀 있던 인파가 그 기세에 온갖 비명과 욕설을 지르며 양옆으로 갈라졌다. 리옌은 현명하게도 피하는 사람들 속에 그녀를 밀어 넣은 채, 자신도 몸을 낮췄다. 그대로 사람들 속에 섞인 채 숨을 죽였다.

"리옌, 어떠, 어떻게 해? 사, 사람, 아니 겨, 경찰이 찔렸……."

유주는 당혹감에 벌벌 떨었다. 리옌은 고개를 저은 채 그녀의 손목을 잡고 눈에 띄지 않도록 세 명의 남자들을 피해 골목에 숨었다. 그러고는 사이렌

소리가 들릴 때까지 유주를 제 품에 가둔 채 입을 다물었다. 유주는 그 안에서 가까스로 마음을 추스르려 노력했다.

다행이라면 다행이었다. 리옌은 휴대폰도 가지고 있었고, 워낙 홍콩에서 한국에 들어올 때 둘 다 챙긴 게 없는지라 아까 전까지 머물고 있던 호텔에 돌아갈 필요도 없었다.

하지만 사람이 또 다쳤다. 다쳤는지 죽었는지 모르지만, 어쨌든 찔렸다. 유주는 리옌의 등 뒤로 팔을 감아 그를 끌어안았다. 그녀의 몸은 여전히 잘게 떨리고 있었다.

"유주, 경찰이 왔어."

시민들의 빠른 제보 덕분인지 경찰은 금세 도착했다. 게다가 여기는 경찰청 인근이었다. 유주와 리옌을 노리던 녀석들이 손쓸 도리 없이 멍청한 게 아니라면 지금 저쪽의 상황도 어지간히 궁지에 몰린 모양이었다.

더불어 추적을 완벽하게 피한 것도 아닌 듯했다. 경찰 먼저 습격한 것을 보면, 둘을 노리는 이들은 이미 유주와 리옌이 오늘 경찰서에 가서 무엇을 했는지까지 전부 알아챈 듯했다.

"자, 잡아갔어?"

연신 그의 품속에 고개를 처박고 있던 유주가 경찰이란 소리에 살짝 고개를 들었다. 그녀의 눈가는 새빨갛게 익은 채였지만 눈물은 보이지 않았다. 리옌이 고개를 끄덕였다.

"진짜 미쳤나 봐……."

유주가 다시 그의 품으로 파고들었다. 리옌은 유주의 머리와 등을 꽉 끌어당겼다.

그의 심장도 쿵쿵거리고 있었다. 놀란 건 그녀뿐만이 아니었다.

진압은 순식간에 이루어졌다. 도대체 뭘 하려고 했는지 알 수 없었다. 하지만 내일의 약속은 아무래도 파투가 난 듯했다.

"다들 제정신이 아닌 거지."

리옌의 나지막한 대답에는, '카이화'도 속해 있었다. 이제 진짜 끝을 봐야 했다. 저쪽에서 이렇게 나온다면, 이제 둘도 몸을 사릴 이유가 없었다.

* * *

"잘 잤어?"

"응······. 왜 벌써 일어났어?"

"아침 준비하려고."

"부지런하기는······."

"일어났으면 씻어."

리옌이 가스레인지 불을 끄고 침대로 다가왔다. 유주는 이불을 재빨리 끌어 올렸지만 리옌의 행동이 조금 더 빨랐다.

온기를 빼앗긴 유주는 싫다고 발버둥을 쳤지만 리옌은 그런 그녀를 제법 사랑스러운 표정으로 내려다볼 뿐이었다. 결국 이불을 돌려받지 못한 그녀는 자리에서 일어나야 했다.

경찰이 제공해 준 범죄 피해자 임시 숙소에 머문 지 오늘로 나흘째였다. 오늘은 경찰들이 오는 날이었다. 마침 식료품이 떨어지기도 했고, 좀 급한 일정이었지만 유주도 정상적으로 입국 처리되었다. 그리고 오늘은 출국하는 날이었다. 다시.

"강 형사님은 뭐래?"

유주는 욕실에 들어가는 대신 비척거리며 식탁으로 다가왔다. 리옌은 그녀를 깨우는 게 목적이었으므로 딱히 뭐라 태클을 걸지는 않았다. 다만 픽 웃으며 손가락으로 제 눈가를 가리켰다.

"눈곱 떼면 얘기해 주지."

그 말에 늘어지게 하품을 끝낸 유주가 눈곱을 뗐다. 리옌이 티슈 한 장을 가져다 그걸 받아 쓰레기통에 버렸다. 너무나 자연스러운 행동이었다.

평화에 익숙해지는 건 이틀이면 충분했다. 다만 시한부라는 게 문제였다.

"뗐으니까 말해 봐."

"이따 두 시쯤에 올 거라고 했어. 우리가 부탁한 내용을 꼼꼼히 검토해 보았는데, 그 정도면 문제없을 거라고 하더라고."

"아, 진짜?"

유주가 다소 놀란 듯이 반문했다. 사실 경찰청에 요청할 때까지만 해도 이게 될까 긴가민가했던 참이었다. 하지만 리옌은 이런 결과를 예상했던 듯 고개를 끄덕였다.

"당신이 생각한 것보다 이번 일이 크거든."

"아니, 내 생각에도 이 일은 무진장 큰일이 맞거든요."

유주가 입을 삐쭉거렸다. 리옌이 그녀의 입술을 손가락으로 아프지 않게 잡아당겼다. 유주는 날파리를 쫓아내듯 손을 저어 그의 손을 치웠다. 리옌 이 피식 웃음을 터트렸다.

"그보단 당신이 어떻게 할지나 생각해. 특히 가족들."

"아, 몰라. 나도 정신없어."

리옌의 말에 유주가 식탁 위에 길게 엎드렸다.

서창진이 제 조카의 실종 신고를 내고 받은 통보는 처참하기 그지없었다. 살인죄의 주요 증인이자, 마약 사건, 실종 사건 등등에 얽힌 관계자라는 말 은 없던 혈압도 만들어 내서 높였을 것이다.

유주는 안전 가옥에 들어오기 전, 서창진과 두 번 통화를 했다. 그런데 할 수 있는 말이 없었다. 그게요, 저기요, 삼촌, 어…… 나중에 말씀드리면 안 될까요? 그게 전부였다. 반평생 언성 한 번 안 높이던 삼촌의 고함과 꾸 중을 들은 건 덤이었다.

이제 가옥에서 나가야 하니 삼촌에게 어떤 식으로든 다시 연락을 취해야 했다. 그나마 다행인 것은 경찰들이 그녀의 가족들을 안전하게 보호해 주고 있다는 점 정도일까? 더불어 유주와 리옌을 습격했던 정체불명의 사내들은 끝까지 입을 열지 않았다고 한다. 이후 그녀의 주변인들에 대한 기습도 없었다.

경찰들은 하루 두세 번씩 가옥에 필요한 물건을 가져다주러 들렀다. 그리고 유주와 리옌은, 그사이 그들의 증언에 빠진 점이 있는지를 확인해서 이야기해 주었다. 덕분에 사건의 개요는 거의 완벽하게 짜 맞춰진 상태였다. 유주의 심증과 리옌의 의심만이 미지수였다.

오늘은 그 심증과 의심이 맞아떨어지는지 확인하러 가는 날이었다.

"왠지 괜한 짓을 한 건가 싶기도 해."

"뭐가?"

리옌이 완벽하게 잘 구운 프렌치토스트 세 조각을 그녀의 앞에 내려놓았다. 한 컵 가득 따른 우유는 덤이었다. 어젯밤부터 유주가 먹고 싶다고 했던 걸 기억하는 세심함과 더불어 실제로 해 주는 정성은 그녀에게 점수 따기에 부족함 없는 행동이었다. 유주가 흐흐, 웃으며 포크를 들었다. 무척 즐거워 보이는 표정과 입 밖으로 나오는 말은 대조적이었지만.

"내가 도망 안 쳤으면 13일에, 무슨 사달이 나도 났을 텐데. 좀 아쉬워서."

당연히 유주의 말에 리옌이 잔뜩 인상을 찌푸렸다. 아무리 유주 앞에서 잘 구운 마시멜로처럼 군다지만 그의 본성은 딱히 변한 게 아니었다. 인상이 변한 것도 아니었다. 심지어 이젠 왼쪽 뺨에 꿰맨 자국이 생겨 인상을 쓰면 이전보다 더욱 살벌해 보였다.

"그럼 지금쯤 죽었을지도 모르지."

게다가 냉랭한 말투로 싸늘하게 지껄이면 그 분위기는 배가 되었다. 유주는 삼각으로 잘린 토스트 모퉁이를 크게 한 입 베어 물며 고개를 끄덕였다.

"응, 사실 나도 말하고 나서 개소리라고 생각했어."

대수롭지 않게 받아쳤지만 리옌의 표정은 풀리지 않았다. 유주는 그 시선을 피해 한 조각을 꾸역꾸역 전부 씹어 넘겼지만 이내 체할 거 같아 결국 고개를 들었다.

"그냥 해 본 소리야. 뭘 그렇게 인상 쓰고 그래?"

"농담 같지도 않은 소리니까 그러지."

"아쉬운 건 사실이잖아. 결국 우리 예상대로, 일은 또 연장전으로 넘어갔고. 내가 죽겠단 소리를 한 것도 아니고, 그냥 일이 계속 지연되니까 한 소리 해 본 건데 그렇게 날 선 반응 보일 거 있어?"

"그날 그렇게 무서워서 벌벌 떨던 사람이 할 소린가?"

"어우, 화내지 마. 나 진짜 무서워지려고 그러거든?"

별것 아닌 말이었지만 '무섭다'는 한 마디에 리옌은 가까스로 굳은 표정을 풀었다. 그러곤 다소 맥 빠진 표정으로 그녀의 맞은편에 자리를 잡고 앉았다.

서유주의 문제 해결 방식이나 트라우마 극복 방식은 정말 과격하기가 이를 데 없었다. 그녀는 그런 난관들을 피하기보다는 일단 온몸으로 부딪혀 보는 타입이었다. 리옌은 스스로 제법 터프한 인생을 살았다고 생각하는 편이었지만, 그녀만큼 무모한 사람은 지금껏 본 적이 없었다. 다른 사람이라면 외상 후 스트레스 장애를 경험해도 몇 번은 경험할 일들을 요 몇 달 새에 겪었으면서도, 그 상황들을 굳이 곱씹으며 농담거리로 삼는 지금의 상황만 봐도 그랬다.

그 상황에 리옌이 경험한 감정이 어떤 것인지 이해하려는 노력도 보이지 않았다. 그녀의 태도는 딱 그거였다.

트라우마든 과거사든 다 제 몫이니 자기가 알아서 감당합시다.

원래 시체 만지는 사람들이 다 이런 건가. 리옌은 니시콴라이 내, 시체를 전문적으로 처리하던 린핑을 떠올렸다. 린핑도 여자였고, 올해로 시체를 만진 지 한 이십 년 가까이 되어 갔다. 하지만 그녀는 유주와 달랐다. 장의사와 그냥 처분하는 사람의 차이인가 싶기도 했는데 왠지 그도 아닌 것 같았다.

"난 정말 당신을 모르겠어, 유주."

리옌은 제 몫의 프렌치토스트에는 손도 대지 않은 채, 턱을 괴고 유주를 빤히 쳐다보고 있었다. 유주는 그녀도, 리옌에 대해 모르겠다는 말을 하는 대신 눈치 빠르게 그가 무엇을 듣고 싶어 하는 건지 알아챘다.

"리옌. 내가 제일 무서워하는 게 뭔지 알아?"

둘 다 대화를 꺼내는 분위기는 범상치 않았지만 조심스러운 부분도 없지 않았다. 유주나 리옌이나, 오늘 이후 한동안 떨어져 있어야 함을 알았다. 유주가 선심처럼 자신에 대해 털어놓는 것도, 그 공백에 대한 포상과 같았다.

"뭔데?"

"당신 내 뒷조사 열심히 했잖아. 내가 가장 무서운 건, 어느 날 갑자기 누군가 사라지는 거야."

유주의 말에 리옌이 입을 굳게 다물었다. 무엇을 말하는지 알 것 같았다.

그녀는 부모님에 대한 언급을 많이 하지 않았다. 여섯 살에 돌아가셨다는 것, 그 사인이 평범한 교통사고였다는 게 전부였다. 실제 기록도 그와 별반 다르진 않았다.

하지만 리옌은 알고 있었다. 무엇이든, 개인의 기억은 기록보다 정확하고 섬세하다. 그녀를 만나 깨달았고, 자신의 과거를 되짚어 보며 몇 번이나 자책했다. 아마 누구나 겪었을, 아주 쉽게 접할 수 있는 두려움이었다.

"난 여섯 살에 부모님을 잃었어. 우리 아빠는 할아버지를 따라 장의업을 하셨고, 엄마는 음식점 딸이었어. 당신도 알지? 내 고향. 거기가 워낙 좁잖아. 아빠는 자주 가던 단골 해장국집 딸이 어느 날부터 그렇게 예뻐 보일 수가 없었대. 그런데 미성년자를 만날 순 없잖아. 아빠가 엄마보다 네 살이 많았거든. 그래서 몇 년 꾹꾹 참고 기다리다가 고백을 했는데 아이고, 세상에. 울 엄마가 머리가 어찌나 좋은지 서울에 있는 대학에 철썩 붙어 버린 거야."

그렇지만 유주의 부친, 서형진은 포기하지 않았다. 거기에는 유주의 모친, 정현경이 그의 고백을 거리끼지 않았다는 것도 한몫했다.

몇 번의 빵집 데이트 끝에 형진은 현경을 설득했다. 서울로 따라가서 뒷

바라지하겠다는 거였다. 그러나 관건은 제 아버지이자 유주의 할아버지인 서광훈이었다. 그는 좋은 사람이었지만 전형적인 옛날 사람이기도 했다.

여자 때문에 집안일도 포기하고 서울로 떠난다는 철딱서니 없는 아들놈의 머리통을 두어 번인가 터트리고 나서야 결국 보내 주었다고 한다. 2년 만에 손녀가 생겼다며 내려오게 될 줄도 모르고 아들을 떠나보내던 날, 남세스럽게 눈물까지 찔끔거렸다는 건 알만 한 사람은 다 아는 비밀이었다.

서형진과 정현경의 결혼 성사기는 딱 유주 나이대의 자녀를 가진 부모님들의, 전형적인 로맨스였다. 하지만 분명 애틋하고 절절했다. 유주의 모친은 부친의 가업에 거리낌이 없었고, 유주의 부친은 모친의 내조에 감사하며 가정에 충실했다.

그렇게 6년이었다. 유주에게 어떠한 사연이 생기고 자시고 할 것도 없이 사고가 났다. 아래 지방 어딘가에 있다는 유주의 외가에 다녀오는 길이었는데, 유주는 그때 따라가겠다고 엄청나게 칭얼거렸다. 그런 기억이 났다.

그때 유주의 모친이 그랬다.

'유주야. 할머니가 많이 아프대. 가면 우리 유주, 다른 데 나가지도 못하고 병원에만 있어야 하는데 괜찮겠어? 엄청 심심할 텐데?'

'엄마랑 아빠, 딱 하룻밤만 자고 올 거야. 우리 유주, 내일도 유치원 가야지. 그치? 숙모가 내일 유주 리본 머리끈으로 예쁘게 머리도 땋아 준댔어. 딱 하루만 참고 있자. 착하지.'

'대신 올 때 맛있는 거 사 올게. 뭐 먹고 싶어?'

유주는 그때 뭘 먹고 싶다고 했는지 기억이 가물가물했다. 특별한 날에만 먹을 수 있던 솜사탕이었는지, 아니면 티브이에 나오던 사탕인지 뭔지 어쨌든, 단 거였다는 것만은 확실하다.

그리고 하룻밤이 채 지나기도 전에 병원에서 전화가 왔다.

"뭐든 극복할 수 있는 건 별 문제 아니야, 리옌."

"……."

"진짜 무서운 건, 극복할 기회도 뭣도 없는 거야. 죽으면 다 끝이라고."

"그래."

"죽으면 다 끝이야."

유주가 강조하듯 다시 한번 덧붙였다. 무엇에 대한 당부인지 알고 있었다. 리옌은 얌전히 고개를 끄덕였다.

"알아."

"그러니까 조심해. 까딱하다간, 프러포즈할 기회도 없을 테니까."

그녀의 말에 리옌이 재차 얌전히 고개를 끄덕였다. 그리고 이내 그녀를 위로하듯, 유주의 손등을 제 손바닥으로 덮었다.

확실히 효과가 있었다. 유주는 가만히 눈을 감았다. 리옌의 목소리가 그런 그녀의 고막을 쓰다듬었다.

"이번 일이 끝나면 난 절대, 당신 앞에서 멋대로 사라지지 않을 거야."

"……."

"그러니 당신은 절대, 절대 불길 속에 갇혀 있으면 안 돼."

유주가 저도 모르게 고개를 들어 그와 시선을 마주했다. 리옌의 눈빛은 그 어느 때보다 깊고 어두웠다.

"난 불이 가장 무섭거든."

"……."

"당신이 먼저 두려운 걸 알려 주었으니, 나도 내 약점 정도는 알려 주어야겠지?"

리옌의 말에 유주가 작게 웃었다. 그러고는 그의 손바닥 아래 갇힌 제 손을 꺼내 그의 손가락 사이에 제 손가락을 얽었다.

"서로 무서워하는 짓은 하지 말자, 그럼."

"그래."

"당신이 내 대답을 기다린다고 했으니까, 듣기 전엔 사라질 생각 하지 말고."

어떤 대답인지 리옌은 기민하게 알아챘다. 진중하기만 했던 그의 눈동자에 이채가 서렸다.

"어떤 프러포즈를 할지, 무척 기대가 큰가 봐?"

장난스러운 말투였지만 그 말의 무게는 전혀 가볍지 않았다. 이제는 도망치고 자시고 할 것도 없었다. 유주는 그의 질문만큼의 무게를 담아 대답했다.

"당신이 내 인생의 마지막 선택지가 될 수도 있으니까."

"처음이자 마지막이 되겠지."

"오답만 아니길 빌어."

유주의 말에 리옌은 다짐하듯, 아주 결연하게 대답했다.

"완벽한 정답이 되어 줄게, 내가."

* * *

"오시느라 힘드셨죠? 레아 정이에요. 편하게 부르세요."

유주와 리옌이 생각한 마지막 스텝은 이거였다. 국제형사경찰기구 공조 수사.

리옌은 니시콴라이, 정확히는 니시콴라이의 현 총책임자인 장설화를 마약 밀매, 납치 건으로 우선 고발했다. 전 룽친 조직원인 웨이치가 직접 제조한 마약이 한국에 들어와 있다는 사실은 결정적인 증거로 작용했다. 유주의 입출국 기록도 납치라는 죄목에 대한 증거였다.

홍콩 내 인터폴과 한국 외사 수사과가 붙은 이 사건은 그 규모가 상당해질 터였다. 범죄 조직이 내부에서 치고받은 게 아니라 생판 남인 외국인까지 끌어들인 사건이었기 때문이다. 물론 중국 공안과 홍콩 경찰의 협조를 얼마나 받을 수 있는지는 별개였지만, 아예 제3의 기관이 개입하는 것과 국가 내부 행정 절차를 따르는 것과는 차이가 있을 게 뻔했다.

"서유주 씨는 이쪽으로 와서 증언하실까요? 참고인이고 증인이니까, 그리 오래 걸리진 않을 거예요."

레아는 유주를, 리옌과 다른 곳으로 안내했다. 경찰들의 태도로 볼 때 그들이 둘을 대하는 방식은 판이했다.

유주는 이 문제에서 철저한 피해자였다. 피해자이자, 증인이었고, 목격자였다.

하지만 리옌은 공범이자 피해자였고, 증인이고, 목격자였다. 그는 아직 랴오위의 사람이었다.

"출국하기 전에 잠시 면회하게 해 드릴게요."

유주가 리옌에게서 시선을 떼지 못하자 레아가 상냥하게 말했다. 리옌이 고개를 끄덕이곤 다른 두 경찰과 함께 안쪽 끝 방으로 걸어 들어갔다. 쾅, 하는 소리와 함께 문이 닫혔다. 그제야 유주는 레아를 따라 빈방으로 걸어 들어갔다.

* * *

"서예담! 안 나와?"

"나가! 나간다고! 어우, 진짜 저 잔소리꾼! 너 그렇게 짱알거리면 장가도 못 가!"

"저 계집애가 진짜!"

"삼촌, 우리 먼저 나가요."

유주가 한국에 돌아온 지 한 달이 조금 넘었다. 창진은 홍콩에서 돌아온 그녀를 보자마자 등짝부터 후려쳤는데 그 정정한 기력을 보니 백수(白壽)까지는 정정하실 거 같았다.

그 뒤는 당연하게도 시련의 나날이었다. 창진과 예담, 승헌의 등쌀에 못 이겨 유주는 결국 창진에게만, 경찰에서 했던 진술을 그대로 읊어 주었다. 물론 이야기는 눈치껏 덜어 냈다. 양념도 걷어 냈다. 하나부터 열까지 다 줄줄 늘어놓는 건 나중의 일이었다. 제일 좋은 방법은 안 좋은 사실들을 적당히 묻어 두는 것이었다.

그러나 그 '비교적 덜 자극적인' 이야기도 일반인 기준에선 무척 매운맛이었나 보다. 제 조카의 이야기를 들은 서창진의 첫 반응은 충격과 불신이었다. 그녀도 아마, 남들에게 똑같은 내용을 들었다면 그와 같이 반응했을 터였다. 이후 그녀에 대한 태도는 연민, 이해, 그리고 수용으로 바뀌었다. 다만 과보호가 조금 심해졌을 뿐이다.

소개받은 정신과 의사에게 주 1회, 많게는 2회 상담 치료는 꾸준히 진행 중이었다. 아무래도 사건이 사건인 지라 경찰 측에서 주기적인 연락도 받고 있었다. 피해자 케어 어쩌구 하는 담당자를 통해 소액이나마 지원도 받았다.

"삼촌. 조수석에 타세요."

"아니, 난 뒤가 편하다. 승헌이 타라고 해라."

그리고 드디어 주변이 안전하다는 말을 들었다.

정확히는 '안전한 것 같다'는 추측이었지만 딱히 그녀의 뒤를 쫓는 이상한 기색은 없다는 경찰의 말엔 제법 확신이 깃들어 있었다. 이전부터 계획했던 해돋이 여행을 갈 수 있던 것도 그 덕분이었다. 물론 혹시 몰라 경찰에게 행방을 알리긴 했지만 딱 그 정도였다. 일단 니시콴라이 사람들이 한국에 발을 더 뻗친 것 같지는 않았다.

"누나, 중간에 휴게소 들를 거야?"

"그래야지. 펜션까지 한 세 시간은 걸릴 텐데."

"중간에 운전 교대해 줄까?"

"웃기시네. 면허 딴 지 얼마 되지도 않은 게 어디서."

"어차피 전 남친이 사 주고 간 거라며. 가끔 때려 부수고 싶고 그러지 않나?"

"이것들이 쌍으로 미쳤나."

승헌과 예담은 유주가 정확히 무슨 일을 겪었는지는 모르나, 대충 눈치로 그간 좋지 않은 일에 휘말려 있던 정도는 알아챈 듯했다. 다만 가족이기에 모르는 척을 해 주는 것이었다.

그 배려가 고마웠다. 가끔 이런 개수작을 부리긴 했지만.

"누나, 진짜 나 한 번만 운전 좀 시켜 줘라. 내가 언제 이런 차를 또 몰아 보겠냐고."

"헛소리하지 마. 너 이 차 끌고 나가서 사고라도 내면 뒷감당 누가 할 건데?"

"맞아. 오빠는 됐고 언니, 나 나중에 면허 따면 이걸로 연수나 시켜 줘. 응?"

"둘 다 꿈 깨라. 삼촌, 벨트 매세요."

운 좋게 구한 양양의 펜션까지는 고속도로로 세 시간 십 분 남짓이었다. 딱히 큰 강도 없는 내륙 지방에서 살아온 서창진과 서예담, 서승헌에게 바다를 보러 간다는 건 지루한 여정을 감내함과 동시에 이동의 번거로움을 이겨 내야 하는 것이었지만, 유주에게 차가 생기며 그 불편함이 반절은 줄어들었다. 운전자 한 명만 고생하면 되는 것이니까.

유주는 하품을 삼키며 운전대를 잡았다. 그래도 그간 차로 왔다 갔다 한 기간이 좀 되어서인지 이제 차가 익숙해졌다. 그녀는 백수가 된 김에, 창진을 맘고생 시킨 것에 대한 보상을 톡톡히 할 예정이었다. 이렇게 일찍 출발하는 이유도, 양양 펜션에 가기 전에 속초 시장에 들러서 그 유명하다는 닭강정도 사 보고, 맛있다는 오징어순대도 먹어 볼 심산에서 우러나온 행동이었다.

"천천히 달려라."

"네. 출발할게요."

리엔에게서는 한 달째 소식이 없었다. 중간에 레아 정에게 납치되어 있던 슈란을 찾아냈다는 말은 들었다. 유주는 이미 사건 외 증인일 뿐이었고, 이 사건은 그녀의 것이 아니었으니 더 중대한 정보는 얻을 수 없었다. 당연했다. 유주도 슈란에 대한 정보는 딱히 원하진 않았다.

다만 레아는, 슈란이 이 일의 직접적 관계자 중 하나라는 사실을 슬쩍 언급했다. 홍콩 인터폴에서 나흘간 지내며, 유주는 자신의 억측 몇 가지를 이야기한 바 있었다. 아마 레아의 언질은, '당신의 예상대로였다'는 보상의 일환인 것 같았다.

"와, 미친. 차 막히는 것 좀 봐."

"서예담, 말 예쁘게 하라고 했지?"

"아, 서승헌 진짜 개꼰대야."

"이게 어디서 오빠 이름을 막 불러?"

"이 정도는 막히는 거 아니니까 둘 다 조용. 정신 사나워서 사고 나겠다, 이것들아."

유주는 운전을 하며 틈틈이 룸미러로 뒷자리를 살폈다. 아닌 척, 귀찮은 척하지만 그녀의 삼촌도 간만에 먼 곳까지 나오니 기분이 좋아 보였다.

당연히 유주도 기분이 좋았다. 니시칸라이를 인터폴에 신고한 이래, 유주는 진정한 의미에서의 그녀의 일상을 보내고 있었다. 사건의 후유증은 있었지만 충분히 극복할 만한 것들이었고, 유주는 자신이 그것을 떨쳐 낼 능력이 있다고 믿었다.

하지만 리엔은?

그녀 일상의 가장 큰 후유증은 그란 존재 자체였다. 말 그대로 삼킬 수도, 뱉을 수도 없이 걱정만 해야 하는 존재라니, 계륵이나 다름없었다.

"삼촌, 우리 올 때 여주 들러서 그릇 몇 개 사 갈까?"

"그래라."

"횡성 들러서 한우도 먹고?"

"언니, 난 좋아."

"누나, 우리 가는 펜션에서 삼십 분 거리에 낙산사 있대. 거기 가 보자."

"오빠는 무슨 절에 가자고 그래?"

"삼촌, 어떻게 하실래요? 절에 들러 볼까요? 아니면 펜션 가서 짐부터 풀까요?"

"한 바퀴 돌고 가면 좋지. 너만 괜찮으면."

그래도 평화는 좋은 거였다. 유주는 라디오를 켜며 콧노래를 흥얼거렸다. 예담과 승헌은 서로 말 한마디 할 때마다 시비를 걸어 대며 차내의 분위기를 제대로 띄웠다.

장거리 운전은 피곤하지만 즐거웠다. 어느새 창진도, 평소와 다르게 수다스러운 모습을 보이고 있었다. 유주가 크게 웃었다.

"어우, 사람 진짜 많아!"

낙산사의 바닷바람은 무척 차가웠다. 점심으로 절 내에서 제공하는 국수도 한 그릇 얻어먹고, 절하는 척도 좀 한 후에 모두의 평화와 안전을 기원하며 초와 쌀도 올렸다. 시장에 들러 먹을 걸 산 것으로도 모자라 속초에 유명하다는 물회집에 가서 식사도 거하게 한 뒤 펜션으로 출발하니 저녁 시간이 다 되어 있었다.

"아부지, 안 추워요? 누나, 히터 좀 더 세게 틀어. 뒷자리에 바람 가나?"

"구려. 오빠, 뒷자리 시트 데우면 되거든?"

"유주야. 거기 뭐냐, 그 민박까지 얼마나 걸리냐."

"지금 차 하나도 안 막히네. 이십오 분이면 가겠어요."

부산을 떠는 사촌 동생들과 피곤해하면서도 흥이 오른 창진을 보며 유주는 씩 웃었다. 오랜 운전으로 몸은 고단했지만 기분은 그 어느 때보다 좋았다.

이제 펜션에 돌아가 잠깐 쪽잠을 자고 바닷가로 난 창을 통해 해돋이를 보면 새해였다. 유주의 스물아홉이, 이렇게 완벽하게 저무는 것이었다.

"이제 예담이도 스무 살이네."

속초에서 양양으로 넘어가는 도로는 한적하다 못해 고요했다. 유주는 이런 고요함이 두려웠다. 언제고 그녀를 두려움으로 몰아넣을 수 있다는 걸 체득한 탓이었다.

그녀가 서 있는 곳은 태풍의 눈 중앙부였다. 한 발짝 내디디면 격랑에 휘말릴 것이고, 태풍의 이동 경로에 보폭을 맞추지 못해도 마찬가지였다. 태풍이 사라질 때까진 안전하지 않은 것이다.

"응. 언니 왜? 선물이라도 사 주게?"

"이건 진짜 뭔 건수만 있으면 사람을 뜯어먹으려고 든다니까. 누나, 듣지 마."

"지는. 너 스무 살 됐을 때 언니한테 용돈 받은 거 다 안다."

"너? 서예담, 너 지금 오빠한테 너라고 그랬냐?"

하지만 지금은 두렵지 않았다. 확실히 그리고 착실히 그녀의 두려움은 그 자취를 감추고 있었다. 안정되어 가는 자신을 돌이켜 볼 때마다 유주는, '살아 있어 다행'임을 절실히 느꼈다. 그 모든 지난한 과정을 이겨 내고 이렇게 가족들과 함께 있는 자신이 자랑스러웠다.

"됐고. 언니, 저기 아니야?"

무엇보다 입을 쉬기라도 하면 큰일 날 듯 지껄이는 예담과 승헌 덕분에 겁에 질릴 시간조차 없었다. 유주는 내비게이션을 확인하고 펜션 앞에 차를 세웠다.

주차장에는 몇 대의 차가 이미 자리를 잡은 채였고, 안에 불도 환히 켜져 있었다. 그녀의 가족들과 같이 해돋이를 보기 위해 일찌감치 자리를 잡아 둔 선객들일 터였다.

확실히 운이 좋았다. 11월 끝자락까지도 그녀의 가족들은 유주의 상태를 따지기에 급급해서 새해에 여행을 가자는 말을 꺼내지도 않았다. 12월에 들어서야 상태가 호전된 유주가 먼저 운을 띄웠기에 망정이지, 그러지 않았다면 올해도 TV로만 해 뜨는 것을 구경했을 터였다.

"맞네. 예담아, 나랑 승헌이가 짐 들고 갈 테니까 넌 먹을 거 챙겨서 삼촌이랑 먼저 올라가."

"응."

"예약은 언니 이름으로 했어, 알지?"

"알아, 알아."

예담과 창진은 흥이 식지 않은 표정으로 먼저 펜션 안으로 들어갔다. 유주는 승헌과 시선을 교환하며 픽 웃은 뒤 캐리어 하나와 백을 챙겼다. 승헌은 큼직한 캐리어 두 개를 챙겨 들었다.

"예약자 서유주요."

펜션은 호텔처럼 거창하지 않고 민박을 조금 개조한 수준이었다. 프론트에 앉아 있던 남자 직원은 고개를 끄덕이며 엘리베이터를 가리켰다.

"일행분 올라가셨어요. 302호요."

"네, 감사합니다."

승강기를 타고 올라가며 괜히 가슴이 두근거렸다. 이상하게도 긴장이 되었다. 먼 거리를 운전한 탓인지, 아니면 식후 곧바로 운전대를 잡아 차멀미가 이제야 오는 것인지 알 수 없었다.

유주는 괜히 승헌의 어깨를 제 어깨로 툭 쳤다. 그러곤 너스레를 떨었다.

"누나 덕에 호강하지?"

"누군지 몰라도 누나랑 헤어진 그 놈팡이는 이 복을 죄다 걷어찼다 이거지?"

"야, 칭찬 후해졌다, 서승헌이. 네가 이 누나를 이렇게 추켜세우는 날도 오네."

"원래 물주한텐 딸랑딸랑하는 법이지."

승헌의 능청스런 말에 유주는 자신이 리옌에게 깐족거리던 그 성격이 서씨 집안 유전임을 깨달았다. 어쩜 이렇게 말과 행동이 비슷한지.

괜한 추억에 잠길 즈음 엘리베이터가 3층에 도착했다. 둘은 짐을 질질 끌며 나와 302호 앞에 섰다.

"예담아."

벨을 눌렀다. 그러나 이상했다. 안에서 인기척은 느껴졌지만 어쩐지 마중하는 기미가 보이지 않았다. 심지어는 대답도 없었다.

"……."

몇 번이나 위험을 겪어서일까? 이상한 기분이 들었다. 유주는 승헌을 향해 고개를 돌렸다. 그녀의 긴장감이 옮아 간 것인지 승헌의 표정이 좋지 않았다. 유주가 다시 한번 노크했다.

"예담아, 안에 있어? 삼촌은?"

역시나 들려오는 대답은 없었다. 문패를 확인했다. 302호가 맞았다. 예약 상의 착오가 있을 리도, 그녀가 예약한 다른 객실에 가족들이 올라갔을 리도 없었다.

"……누나."

심상치 않은 분위기를 느낀 건 유주뿐만이 아닌 듯했다. 승헌도 괜히 긴장한 목소리로 그녀를 불렀다. 유주는 고개를 끄덕이며 시선을 제 사촌 동생에게 돌렸다. 그 또한 이대로 들어가면 안 될 것 같다는 느낌을 받은 게 확실했다.

그러나 유감스럽게도 두 사람에게는 선택지가 없었다. 이미 안에 예담과 창진이 들어가 있다는 사실 하나만으로도, 이 문을 열어야 할 이유가 다분했다. 유주가 굳은 표정으로 심호흡을 했다. 그리고 용기 있게 문손잡이를 잡았다.

문은 록이 걸려 있지 않았다. 그대로 매끄럽게 열린 문 안쪽에, 예담과 창진이 보였다. 문제는 다른 이들도 보였다는 거다.

이현재. 그가 왜 여기에 있나.

"아주 오랜만에 뵙습니다, 서유주 씨."

거실 안에 사람은 총 일곱이었다. 문 앞에 대기하고 있던 남자 둘, 창진과 예담의 목에 칼을 들이대고 있는 남자 둘, 그리고 이현재.

유주는 눈을 부릅뜨고, 손이 떨리는 것을 감추기 위해 주먹을 꽉 말아 쥐었다. 등 뒤가 뻣뻣해졌다. 뒤돌아서 도망가고 싶어도 그럴 수 없었다. 완벽한 사면초가였다.

"조용히 들어오시죠."

이러지도 저러지도 못하고 삐걱거리는 몸짓으로 결국 승헌과 유주는 안으로 들어갔다. 등 뒤로 달칵, 하고 닫히는 문소리가 마치 사형 선고 같았다.

"서유주 씨. 인사도 안 해 주십니까?"

비정한 목소리와 냉정한 말투는 잘 벼린 칼처럼 매섭게 날이 서 있었다. 이현재의 눈빛에는 루쳰허에게서 느꼈던 일말의 망설임, 또는 흔들림도 일절 찾아볼 수 없었다.

이번에는 빠져나갈 수 없다.

그런 생각이 들었다. 어느 순간에도 꺾이지 않기 위해 다방면으로 머리를 굴리던 유주였지만 지금은 이전과 상황이 달랐다.

그녀의 가족. 유일한 가족들이 있었다. 유주가 통제할 수 없는 국면에.

"……반갑다는 말을 듣고 싶은 건 아닐 테고."

"전 반가운데요. 좆같은 경찰 놈들한테 쫓겨 다니면서 서유주 씨 생각을 참 많이 했거든요."

"난 네 좆같은 면상은 안 보고 싶었거든."

"어쩌겠어요. 원래 인생이 다 좆같은 건데."

현재의 말을 들어 보니 지금껏 경찰에 추적당하면서도 열심히 피해 다니던 모양이었다. 그러니 이렇게 여기에 있을 수 있겠지. 게다가 이러니저러니

해도 경찰들이 제 할 일을 제대로 하는 것도 맞는 듯했다. 리옌의 옛 부하마저 추적한 걸 보면.

"그까짓 인사 하나 들으려고 여기까지 온 건 아닐 테고⋯⋯."

하지만 그딴 건 유주의 일이 아니니 신경 쓸 게 아니었다. 유감스러운 부분이라면 경찰의 역량이, 유주가 기대한 것에 조금 못 미쳤다는 것 정도일까. 하지만 도망치는 자와 추격자의 절박한 수준은 다르니 이해할 수 있었다.

그러나 지금 이곳에서, 이현재가 자신의 가족을 데리고 협박하는 것은 이해가 힘들었다. 유주는 약이 바짝 오른 표정으로 이현재를 응시했다.

"바라는 게 뭐야?"

분명 원하는 게 있을 터였다. 유주의 말에 이현재가 삐딱하게 고개를 기울였다. 그의 눈과 입가에 웃음기는 보이지 않았다.

"없습니다. 아, 있으려나?"

"뭔 소리야?"

"서유주 씨 때문에 이미 상황은 개같이 굴러갈 대로 굴러갔는데, 지금 상황에서 내가 바랄 게 뭐가 있습니까?"

니시콴라이의 사정이, 생각보다 심각한 모양이었다. 아니면 카이화의 사정이 안 좋거나.

유주는 속으로 이를 갈았다. 왜 이렇게 이 새끼들은 남 탓을 하지 못해 안달인지 도통 모를 일이었다. 그게 어디 그녀의 탓이던가? 결국 자기네들 밥그릇 싸움 스케일이 커진 것뿐인데.

"바라는 게 없는데도 여기서 이 지랄을 한다, 이거야?"

"굳이 바란다면 서유주 씨가 나만큼 좆같은 기분을 느껴 봤으면 한다는 것뿐이죠. 이건 그냥, 화풀이에요."

개새끼들. 하여간 양아치들이란 이 모양이지.

유주는 더 이상 감정을 숨기지 않았다. 그녀의 입가에 조소가 서렸다. 물론 그 와중에도 심장은 벌렁벌렁했고, 자꾸 식구들에게 눈길이 갔다.

건드리기만 해 봐라. 나도 가만있지는 않을 테다.

"그 화풀이가, 가족을 건드리는 거야? 저급하긴."

"그쪽도 고급스런 방식을 사용하진 않았잖습니까?"

"난 시작부터 지금까지 이따위 더러운 짓은 안 했어."

"경찰에 찌르는 건 더러운 짓이 아니고?"

"켕길 짓 한 게 누군데? 이 빡대가리 새끼야, 네가 범죄자가 된 건 자업자득이야. 누가 누굴 원망해?"

유주는 저도 모르게 말투와 감정이 격해졌다. 사실 화가 났다. 매우, 아주 많이, 무척 그녀는 열받은 상태였다. 가능하다면 이현재의 목을 졸라 버리고 싶었다.

서창진과 서예담은 여전히 유주에게 시선을 둔 채 입을 다물고 있었다. 승헌도, 누가 목에 칼을 들이댄 것도 아닌데 입을 다문 채였다. 그 셋은 본능적으로, 그들의 존재 자체가 유주의 약점으로 작용한다는 걸 알아챈 것이다. 침묵은 아주 탁월한 반항이자 유주에 대한 보호책이었다.

하지만 이게 계속될 리 없었다. 약빨은 언제고 떨어지기 마련이니, 유주는 생각을 해야 했다. 셋 모두와 자신이, 지금 이 상황에서 빠져나갈 방법을.

"맞습니다. 제가 범법자가 된 건 제 탓이죠. 그러니 서유주 씨도 원망 않고 가셨으면 합니다."

"뭐?"

"이런 범법자에게 재수 없게 걸린 것도, 서유주 씨 머리가 나빠서 아니겠습니까? 이런 성수기에, 이런 좋은 방이 남아 있을 리 없잖아요?"

이현재의 말은 너무나 당연해서 유주는 순간, 자신이 정말 멍청했음을 깨달았다.

세상에 많고 많은 운과 우연 중에서 그녀를 향한 건 거의 없었다. 이런 시기에, 바다가 보이는 방이 남아 있는 숙박업소가 있을 턱이 없었다. 있다고 해도 그 가격은 천정부지일 텐데, 유주는 이 펜션의 바다가 보이는 6인실 객실을 무척 합리적인 가격에 예약했다. 거기서 조금만 생각해 보아도 됐을 텐데…….

유주는 자신의 멍청함이 가족들까지 끌어들인 꼴이 되자 허망함을 느꼈다. 그녀의 눈가가 약간 젖어 들었다. 다른 것도 아니고 가족들을, 그녀의 유일하게 남은 마지막 가족들을…….

"……네가 원하는 건 나 하나 아니야?"

"유주야!"

"이딴 개짓거리 벌이지 말고, 나랑 얘기해."

창진이 다급하게 유주를 불렀지만 그녀의 뜻은 굳건했다. 이젠 리옌도 여기에 없다. 유주의 신변을 살펴주던 경찰들도 방심한 상태였고, 섣불리 외부와 연락을 취할 수도 없었다.

오히려 지금의 상황은, 루첸허에 의해 지하에 갇혔을 때보다 암담했다. 그때는 계략을 짜 볼 엄두라도 냈지만 지금은 꼼수를 부리다간 죽는 게, 그녀가 아니라 그녀의 가족이 될 터이니까.

"우리가 사이좋게 대화할 사이도 아니지 않습니까?"

"유주야, 이 사람들과 말 섞을 필요 없다!"

"개자식아, 내가 너랑 하하호호 하자는 거 같아? 이 일에 관련되지 않은 사람은 내보내야 마땅한 거 아니냐고."

"누나, 그만해."

"그런 협상은 여지가 있을 때나 가능한 거 아닙니까?"

"언니! 쓸데없는 생각 하면 안 돼!"

그 자리에서 유주의 속내를 추측하지 못할 사람은 없었다. 창진과 승헌, 예담이 누가 먼저랄 것 없이 유주의 입을 틀어막고자 했지만 그게 가능할 리 없었다. 애당초 그들이 할 수 있는 것도 없었다.

"네가 노리던 건 나니까, 내 자체가 협상의 여지가 되지 않아?"

"이거 놔, 이 씨발 새끼들아!"

유주의 담담한 말에 결국 예담이 발버둥을 쳤다. 그녀의 등 뒤에서 칼을 겨누던 사내가 재빨리 칼을 목에서 약간 뗀 덕에 살짝 스치는 정도였지만 예담의 목에 선명한 한 줄기 상처는 남았다.

아프지 않을 리 없었다. 하지만 예담의 강단은 유주의 예상을 훨씬 웃돌았다. 그녀는 여전히 독기 가득한 표정으로 제 목에 칼을 들이댔던 남자를 쏘아보고 있었다.

그에 동요한 건 유주 하나였다. 그녀의 손이 무의식중에 움찔댔다. 당장이라도 앞으로 달려 나가고 싶었지만 그렇게 하면 다치는 건 예담이었다. 제 사촌 동생의 상처 하나에도 발발대고 있다는 게 밝혀지면 떼죽음 외의 결말은 없을 터였다.

"서예담. 가만히 있어."

"언니!"

"가만히 있어. 그리고 이현재. 넌 나랑 얘기하자고. 뭘 원하는지, 내가 어떻게 하면 좋을지, 그냥 나한테 말해."

그러나 이현재는 유주의 얄팍한 계략 따위 진즉에 파악한 듯 코웃음을 쳤다. 그러곤 예담을 힐끗 쳐다보았다. 그 눈빛에 스친 것은 살기였다.

"그럼 선택하시죠. 살해 후 분신자살이 좋습니까, 아니면 펜션 화재로 인한 일가족 사망이 좋습니까?"

"……뭐?"

"목숨은 목숨으로 갚는 법이고, 항상 모든 일은 원점으로 귀결되는 법이죠."

이현재가 말하는 '목숨'은 누구의 것일까? 유주는 멍청하게도 그런 생각을 했다. 이번에야말로 어떻게든 피해 갈 수 없는 상황인 게 자명한데, 그녀가 되갚아야 할 목숨의 주인이 궁금하다니 말이다.

유주의 머릿속은 핑핑 돌아갔다. 살기 위한 생존 반응이라고 해도 무색하지 않을 정도였다. 그 대상이 누구인지 궁금해할 시간에 어떻게 이 상황을 타개해야 할지, 어떻게 하면 가족들만이라도 살릴 수 있을지를 걱정하는 게 보다 합리적일 게 분명한데. 그녀의 입과 머리는 전혀 다른 것을 논하고, 생각했다.

"카이화가 죽었어?"

유주의 입에서 카이화라는 이름이 튀어 나간 것은, 그녀 스스로도 어떠한 계산이나 이해 없는 무의식적인 행동이었다. 이현재가 말한 '목숨'에 해당하는 인물은 하나일 수도, 다수일 수도 있었으며 여자일 수도, 남자일 수도 있었다.

하지만 맨 처음 떠오른 상대가 바로 카이화였다. 모든 일의 원점인 목숨이라면 그녀밖에 없었다. 이현재와 카이화의 관계는 논외로 치고 말이다.

"……말은 함부로 내뱉는 게 아니라는 건, 배우지 못했나 봅니다?"

이현재의 삐딱한 반응이 그녀의 억측에 확신을 더했다. 죽기 아니면 까무러치기였다. 유주가 어금니를 사려 물며 애써 웃음을 지었다.

"진짜인가 보네? 네가 말한 대로라면 이건 사필귀정(事必歸正)이니까 그녀가 죽는 건 내 잘못이 아니지 않아? 오히려 인과응보(因果應報)에 가깝지."

"먹물 먹은 그 머리통을 가르면 과연 무슨 색 피가 나올까요?"

"글쎄? 근데 내가 보기에 카이화 피는 빨갛진 않을 거 같아. 어떻게 되먹은 게 금이야 옥이야 길러 준 제 오빠까지 제치면서 욕심을 부렸는지 몰라."

유주의 말에 이현재가 돌연 품속에서 권총 한 자루를 꺼냈다. 그러곤 아무런 망설임 없이 그녀를 향해 한 발, 발포했다.

타앙!

"유주야!"

"누나!"

"언니!"

요란한 총성은 새해 해돋이를 기다리는 펜션의 다른 여행객들에게도 들렸을 터였다. 그러나 어디에서도 요란한 반응은 느껴지지 않았다.

유주는 자신의 오른쪽 어깨를 붙잡으며 그 자리에 무릎을 꿇었다.

아프다.

일그러짐 없이 순수한 감각이었다. 어깨뼈가 부서진 것 같았다. 총에 맞은 그 자리는, 누가 불이라도 놓은 것처럼 뜨거웠다.

아, 이것은 피 때문이구나.

유주는 반사적으로 관통 부위를 손바닥으로 세게 짓눌렀다. 총알이 살점 안으로 말려 들어가며 무딘 통증을 선사했다. 하지만 손을 놓을 순 없었다. 이건 본능의 영역이었다.

피를 많이 흘리면, 죽을 터였다. 삼촌보다 더 빨리, 예담과 승헌보다 한발 앞서서.

그럼 그 뒤에 남은 가족들은?

"다음은 반대쪽입니다. 재수 좋으면 즉사고 재수 없으면 과다 출혈이에요, 서유주 씨."

이가 갈리고 몸이 떨렸다. 순차적으로 특정 감정들이 대가리를 쳐들었다.

공포와 슬픔, 두려움, 그리고 분노.

당장 총구를 눈앞에 두고서도, 서유주라는 인간의 이성을 완전히 휘감은 건 분노였다. 몸 안쪽부터 들끓어 오르는 분노는 이성의 중심부터 시커멓게 태워 먹으며 원망을 키웠다.

"이현재······."

도대체 왜 내가 이런 일에 연루되어야 하는가.

내가 벌인 일도 아닌데, 왜 나에게 책임이 귀결되는가.

살기 위해, 그리고 나와 다른 사람들을 위해 문제를 해결하려고 한 게, 어째서 또 다른 문제를 야기하게 된 건가.

그리고 저 자식은, 왜 내 인생과 남은 이들의 목숨까지 쥐고 흔들려 하는가.

"그렇게 애절하면 카이화랑 같이 죽어 버리지 그래?"

유주의 비웃음에 이현재의 표정이 일그러졌다.

타앙! 또 한 번 총성이 울렸다. 오른쪽 어깨를 감싸고 있던 유주의 왼팔이 힘없이 아래로 떨어졌다.

"누나…… 누나!"

그녀의 양어깨는 피투성이였다. 이현재는 앞서 말한 대로, 그녀의 남은 왼쪽 어깨까지 부숴 버렸다.

"어차피 죽으면 어깨 쓸 일도 없을 텐데, 괜찮겠지요?"

그의 일그러진 표정을 보며 유주가 헛웃음을 쳤다. 창진과 예담은 감히 숨소리도 내지 못했지만 그들의 벌게진 눈시울엔 눈물이 그렁그렁했다. 그나마 승헌이 유주의 양어깨를 감싸 안아 주었지만 그건 통증을 강화할 뿐이었다.

유주는 이를 악물었다. 죽을 만큼 아팠다. 죽고 싶었다.

아니, 죽기 싫었다.

이런 식의 개죽음은 절대로 사양이었다.

"카이화도 죽었으니 이 일도 헛수고가 되겠네. 축하해, 이현재. 그간 리엔 밑에서 개 노릇 하랴, 카이화 밑 닦아 주랴 바빴을 텐데 이렇게 자유가 되었네? 응?"

"……."

"누나, 누나. 말하지 마, 누나, 응?"

하지만 벌써 의식이 혼미해졌다. 온몸에 힘이 들어가지 않았고, 무릎을 꿇고 있음에도 다리가 덜덜 떨리는 게 느껴졌다.

식은땀이 났다. 관통상에서는 피가 계속 뿜어져 나오고 있었고, 타는 듯한 열상은 더욱 깊어져만 갔다. 말을 할 때마다 피가 어디로 도는 건지 머릿속까지 횡횡했다. 눈앞이 핑 도는 것도 같았다.

"차라리 내가 태운 게, 카이화의 시체여야 했어."

숨이 거칠어졌다. 왜 피를 흘리는데 숨이 찰까. 유주는 그런 헛생각에 짧게 웃음을 토했다. 순간 폐가 꽉 하고 조여 오는 느낌이 들었다.

"그랬다면 이렇게까지 모두가 망가질 일은 없었을 테니까."

마지막 기력까지 쥐어짜는 느낌으로 말을 토해 내고 나니 탈력감과 급격한 피로감이 몰려왔다. 유주의 몸이 휘청거리며 앞으로 쓰러졌다.

"유주야!"

"언니!"

"누나!"

다행히 승헌이 그녀의 몸을 받쳐 들었지만 유주의 의식은 이미 가물가물했다.

보통 영화에서 보면 총을 맞고도 다들 휘청휘청 하지만 제법 오래 살아 있던데. 난 이대로…… 정말 죽는 걸까?

유주는 어떻게든 의식의 끈을 놓지 않기 위해 안간힘을 썼지만 29년을 살아오며 이런 고통은 처음이었다. 원래 이런 것인지 아니면 그녀가 처음 맞이한 고통에 적응하지 못하는 것인지 알 순 없었지만, 점점 통증에 의식이 흐려졌다.

"유언까지 다 들어 드렸으니 가시는 길 여한은 없으시겠군요.「묶어.」"

"이 빌어먹을 놈들아!"

"언니! 언니이!"

"이거 놔, 이 개새끼들아! 이거 안 놔?"

유주를 받치고 있던 승헌의 손길이 멀어졌다. 유주는 바닥에서 일어나고자 했지만 두 팔을 모두 쓸 수 없어서인지 일어나기가 힘들었다.

"놔! 씨발, 놓으라고! 누나!"

"이 씹새끼들아, 내 몸에 손대지 마!"

유주가 가까스로 턱을 들어 올렸다. 창진과 예담, 승헌이 차례로 테이프에 칭칭 감기고 있었다.

저 씹어 먹어도 시원찮을 새끼들…….

유주는 욕설을 내뱉고 싶었지만 그녀의 목에선 숨소리에 쉿소리가 섞여 가냘픈 흐느낌만 새어 나왔다. 그러나 미묘하게 흐릿해진 시야 너머로도 상황은 정확히 보였다.

얼굴이 시뻘게진 채 입을 틀어 막힌 채 묶인 가족들의 모습 사이로, 훅하고 역한 냄새가 끼쳐 올라왔다. 언제 준비한 것인지 이현재의 부하로 보이는 녀석들은 방 안 가득 흥건할 정도로 휘발유를 끼얹는 중이었다.

「복도랑 아래층들에도 뿌려. 전소시킬 거니까.」

「탄환 회수는 안 해도 되겠습니까?」

「어차피 이년이 죽는 것 자체가 증거야. 어차피 죽이고 싶어 하는 놈들은 천지에 깔렸으니 상관없어.」

이현재와 부하의 대화 속에서 느껴졌다. 이들은 유주와 그녀의 가족들을 확실히 죽일 생각이었다. 이번에는 그 어떤 여지도 없이.

참기 위해 노력했지만 유주의 눈자위가 새빨갛게 익었다. 이현재와 그의 부하들은 거짓말처럼 그녀에게 무심했다. 일어선다고 해도 이렇게 망가진 팔로는 아무 짓도 못 함을, 그로 인해 그녀가 느낄 무력감을 극대화하고 싶은 모양이었다.

참 잔인하게도 명석했다. 이현재의 복수는 짧고 명확했다. 어떤 것이 가장 효율적으로 고통스러운지 알고 있는 것이다.

유주는 도망칠 수 없었다. 그러나 가족들을 구하지도 못할 터였다. 개자식. 그런 생각을 뇌까리는 찰나 부하들이 휘발유 통을 들고 아래로 내려갔다. 그 와중에도 그들의 캐리어를 열어 불에 잘 탈 것 같은 옷가지나 수건을 바닥에 툭툭 던져 놓았다.

그녀에게 어떠한 능력이 있는 것도 아닐진대, 당장 내일의 미래가 보였다. 화재가 벌어진 펜션은 새해에 떠오르는 태양보다 더 붉게 밤을 적실 것이고, 새해 벽두를 장식하는 사건 사고 1면에 유주와 그녀의 가족들이 언급될 터였다.

그리고 이제 모든 걸 잃은 남자는 후회하겠지.

"안부는 제가 전해 줄 테니 걱정 말고, 잘 가요. 서유주 씨."

어떻게 그녀의 생각을 알아챈 걸까. 이현재가 그녀의 머리 위, 아주 높은 곳에서 거만하게 지껄였다.

개새끼.

유주가 마지막으로 중얼거린 그 말을 그가 들었는지는 모를 일이었다. 이현재가 픽 웃으며 부하들을 내보냈다. 이내, 그는 입에 담배를 물었다.

핑, 하고 울리는 라이터 소리가 단두대의 칼날 소리처럼 맑았다.

씨발…….

유주는 그 어느 때보다 명확히 느껴지는 제 몸 상태에 치를 떨었다.

의식이 혼미했다. 옷가지, 방구석의 가구, 가전들이 타들어 가며 내뿜는 이 지독한 연기를 얼마나 들이마신 건지도 모르겠다.

이미 창진과 예담, 승헌은 쓰러진 상태였다. 간헐적으로 몸은 꿈틀거렸지만 그게 그들의 유일한 생체 반응이었다.

사람이 죽을 때 스쳐 지나가는 기억을 주마등이라고 하던가.

리옌을 만나고 유주는 번번이 위험한 상황을 겪었다. 하지만 단연코 지금이 그 최악의 상황이었다.

그 최악이라는 생각도 곧 사라질 게 분명했다. 최악이라는 생각 자체를 할 수 있다는 게, 그녀가 살아 있다는 증거이기 때문이다. 더불어 그런 생각도 할 틈 없이, 그녀는 온전한 시신조차 남기지 못하고 죽을 게 분명했기 때문에.

와지끈, 쾅!

어디선가, 무언가 무너지는 소리가 들렸다. 아주 잠깐, 찬 기운이 그녀를 향해 달려든 것 같았다. 모르겠다. 유주는 생각하기를 포기했다.

다만 마지막으로 바라는 게 있다면 그거였다. 딱 그거.

"제발…… 살려 줘……."

유주는 죽고 싶지 않았다. 누가 죽는 것도 원하지 않았다.

살고 싶었다.

죽음 앞에서 빌기에는 좀 허망한 소원이지만.

* * *

"정신이 들어요?"

아, 되게 진부한 대사네.

유주는 슴벅거리며 몇 번이나 눈꺼풀을 들어 올렸다 떨구길 반복했다. 몇 겹 필터가 씌워져 있던 시야가 깜빡거릴 때마다 조금씩 초점이 잡혔다. 그러다 시야에 들어온 누군가의 모습에 인상을 찡그렸다.

물론 시야에 먼저 들어온 건 상대의 얼굴보다 '전문의 한서율'이라는 명찰이었다. 누구지, 저 사람?

"내 말 잘 들려요? 이해가 되나요? 알아듣겠으면 눈 두 번 깜빡여 봐요."

아, 이 말투. 그리고 이 반응. 유주는 자욱한 먹구름이 잔뜩 낀 뇌리에서도 상대에 대한 기억을 끄집어낼 수 있었다. 그 의사는 유주가, 한 달이나 호텔에서 치료를 받을 때 왕진을 나왔던 의사였다. 분명 그때 이름을 알아 두자고 생각했는데 이제야 알게 되었다. 한서율. 발음 좋네.

"좋아요. 여긴 병원이고, 난 이번에도 서유주 씨 담당이에요. 듣고 있어요? 당신, 살았다고요."

저 또박또박 정확한 발음으로…… 뭐라고요?

유주는 아직도 어질어질한 정신으로, 눈을 두 번 깜빡였다. '예.'라는 의사 표시가 아니라 '정말요?'라는 의문 표시였는데 서율은 정말 눈치가 빨랐다. 그녀는 고개를 끄덕이며 무감하게 말했다.

"네. 진짜 맞고요, 지금 서유주 씨 엿새 만에 일어난 거예요. 다른 가족들은 다른 병실에 있고요."

"다…… 어, 요?"

유주는 놀라움에 목소리를 내려 시도했으나, 누군가 목 안쪽을 예리한 도구로 긁어 둔 것만 같은 불편함이 가득했다.

의사는 이번에도 눈치가 빨랐다. 그녀는 고개를 끄덕였다.

"네. 일단은 전원 생존인데, 서창진 씨 같은 경우에는 아직 깨어나진 못하고 계세요. 그런데 걱정은 말아요. 사경을 헤맨다는 의미가 아니라, 연세 때문에 기력이 좀 쇠하셔서 아직 못 일어나신 거예요. 근시일 내에 깨어나실 거고요. 그리고 말하려고 하지 말아요. 연기를 많이 들이마셨거든요."

이번에 유주는 누가 연기를 많이 마셨는지 묻지 않았다. 그 자리에 있던 모두가 연기를 흠뻑 들이마셨을 테니까. 대신 다른 걸 묻고 싶었다.

나는 어떻게 살아남은 건가요?

누가 날 살렸나요?

그리고 그들은 죽었나요?

"아. 잠깐만요."

그러나 그걸 묻기도 전에 밖에서 노크 소리가 들려왔다. 서율은 차트를 잠시 사이드 테이블 위에 얹은 채 살짝 문을 열었다.

"깨어났나요?"

유주의 전신은 이전 사건에서보다 심각했기에 고개조차 돌릴 수 없었다. 그러나 목소리만 들어도 상대가 누구인지 알 수 있었다.

달칵. 문이 열렸다. 목소리의 주인공이 그녀 곁으로 다가왔다.

고개를 돌리지 않고도 육안으로 상대의 모습이 파악될 때쯤, 그 상대가 입을 열었다.

"서유주 씨."

리옌이 아니었다. 레아 정. 홍콩 인터폴에서 보았던 그 여자였다.

당연히 목소리를 알아들었기에 그가 아니라는 걸 머리로는 알고 있었다.

그러나 실망감은 어쩔 수 없었다. 유주가 몸에 긴장을 풀었다. 레아가 살짝 웃었다. 어쩐지 그녀의 실망감을 이해하는 듯한 미소였다.

"인사는 생략할게요. 사실 재판 일정이 잡혔는데 증인으로 출석할 수 있는지 물어보러 온 거였거든요. 그런데…… 재판이 연기되었네요."

자잘한 이야기는 과감하게 생략하는 그녀의 대화 방식이 무척 마음에 들었다. 유주가 고개를 끄덕이며 눈짓했다. '왜?'라는 단순한 의문을 레아 또한 재빨리 포착했다.

"중요한 증인이 둘이나 부상을 당했거든요. 한 명은 당신이고, 또 다른 한 명은…… 당신도 아는 사람이겠네요. 칭리옌이요. 지금 다른 병원에서 치료를 받고 있어요."

유주의 눈이 휘둥그레졌다. 레아는 유주에게 한마디 말을 더 덧붙이며 그녀의 궁금증을 해소해 주었다.

"물론 그는 당신을 구해 주다가 다친 거니 나중에 의식 찾으면 면회 한 번 가 줘요. 그 전에 서유주 씨 회복이 급선무겠지만."

유주는 더는 놀랄 기력이 부족할 지경이었다.

"왔어?"

리옌이 의식을 찾은 건 유주가 깨어나고도 보름이 지난 뒤였다. 레아가 유주를 배려해 이야기해 주지 않은 것 하나는, 그가 '사선을 넘나들었다'는 거였다.

그날 유주가 '누군가 구하러 왔다'라고 느낀 건 착각이 아니었다. 그리고 그 상대는 그녀의 주마등 속의 인물이 아니라 실존 인물이었다. 리옌, 바로 이 남자 말이다.

그가 펜션에 도착한 타이밍은 절호의 타이밍이자 최악의 타이밍이었다. 그는 자신의 옛 부하 직원과 펜션 앞에서 곧바로 마주쳤는데, 대동한 경찰들이 지원 병력을 부른 찰나 이현재가 다짜고짜 그를 향해 발포했다.

이현재에게 남아 있던 네 발의 총알 중 총 세 발이 그에게 명중했는데, 하나는 재수 없게도 복부에 맞았다고 한다. 다행히 이후 경찰이 신속히 현장에 투입되어 범죄자들을 현장에서 검거했다.

리옌은 근방 병원에서 응급조치를 마친 후 곧바로 서울 병원으로 옮겨져 수술에 들어갔다고 한다.

그는 연기를 마신 데다 총상으로 인한 출혈도 상당했기에 생각보다 상태가 심각했다. 그의 첫 수술에서 쓰인 수혈 팩만 여덟 개였다.

이 모든 과정을 전해 듣고도 유주는 현실감이 없었다. 그를 직접 만나기 전까지는.

"어디 아픈 곳은 없고?"

그렇게 두 달 좀 안 되어서 다시 만난 남자의 꼴이 말이 아니었다. 유주는 할 말이 없어 입만 연신 벙긋거렸지만, 그녀의 두 눈은 경악에 젖어 있었다.

대충 상태를 들었을 때도 예상은 했었다. 그의 몰골이 온전치 않을 것임을 말이다. 하지만 현실은 언제나 상상을 초월했다. 이 정도일 줄은 몰랐다.

그러나 유주가 보고 가장 놀란 것은, 그의 얼굴 반쪽을 뒤덮고 있는 화상 자국 때문이었다.

"그…… 나는 괜찮은데……."

"그렇게 보기에 끔찍해? 울 만큼?"

리옌의 말에 유주가 고개를 저었다. 얼굴이 저 상태이니 몸은 훨씬 더 끔찍할 터였지만 정말 그건, 그녀에게 중요한 게 아니었다.

지금 유주가 표정을 잔뜩 일그러뜨린 채 할 말을 잃은 건, 화상 당시의 끔찍한 고통이 전해져 오는 것만 같아서였다.

총상을 입었단다. 그것도 무려 세 발. 그 와중에 화상을 입을 일이라면 하나뿐이었다.

그는, 뛰어들었던 거다.

불길 속으로.

도대체, 왜?

"아니……. 아니, 그게 아니야. 아니야, 리옌. 나는 그런 게 아니라……."

유주는 알고 있었다. 리옌의 부모님이 화재로 돌아가셨다는 사실을 말이다.

그 이야기를 처음 들었을 때의 먹먹함이 떠올랐다. 그때 리옌의 나이는 고작 여덟이었다. 유주는 여섯에 부모를 잃었지만 그녀에게는 비를 가릴 지붕이 있었고, 잘 때 이불을 덮어 줄 가족이 있었다.

하지만 그에겐 그 화마가 모든 것을 앗아 간 끔찍한 존재였을 터다. 그런데도, 뛰어들었다. 총상까지 입고서.

그중 하나는 당장 그의 생명을 앗아갈 정도로 치명상이었는데도.

"그게 아니라면 왜 울어."

어느새 그녀는 뚝뚝 눈물만 흘리고 있었다. 리옌은 안타까운 표정으로 손가락만 까딱거렸다.

그 또한 팔을 움직이기에 여의치 않은 모양이었다. 유주는 뻐근한 아픔을 참고 그의 양 뺨 위에 조심스레 손을 얹었다. 그리고 끝내 참고 참았던 말을 뱉어 냈다.

"당신이…… 죽지 않아서 다행이라……."

리옌이 앓는 소리를 냈다. 기어이 유주를 안으려 시도하다 실패한 모양이었다. 그토록 애석해 보이는 표정은 처음이었다. 유주는 결국 눈물 콧물로 잔뜩 엉망이 된 얼굴로 웃음을 터트렸다.

Chapter 11

4월.

다들 꽃피는 계절이라고 한창 행복해하는 그 시기에 미루고 미루어진 재판이 열렸다. 피고인들이 문제가 아니라, 고소인과 증인의 사정에 의해 연기된 재판이었다.

창쉬에화, 장치앙린. 니시콴라이와 룽친의 대표 2인에 대한 공판은 홍콩에서 열렸다. 당연히 인터폴에게는 수사를 강제할 권한이 없었으나, 이 두 조직에 의해 피해를 본 국가들 사이의 정치적 요구가 어느 정도 반영된 재판은 그들에게 꽤 불리한 방향으로 흘러갔다.

다만 그들의 혐의는 국제법상 조직범죄단체협약위반, 인신매매, 마약 생산 및 밀매, 돈세탁에 한정되었고, 홍콩 자국 내에서 벌인 다른 정치적·경제적 범죄에 대한 혐의 그 자리에서 논할 것이 아니었기에 유주는 참석하지 않았다.

대신 이야기는 전해 들었다. 룽친에 의해 신변이 억류되어 있던 카이화를 찾았다고. 상태는 좋지 않았지만 가까스로 그녀가 증인으로 출두했다고.

그녀가 살아 있다는 소식을 들은 유주는 다소 허망해졌다. 그리고 조금은 억울해졌다. 그녀가 살아 있단 걸 알았다면 유주는 이현재와의 접전에서 조금 더 유한 방식을 사용할 수 있었을지 모른다. 그의 성질을 긁기 위해 도발했던 건 사실이었고, 이미 끝난 일이니 어쩔 수 없다만 입맛이 쓴 건 어쩔 수 없었다.

한 가지 확실한 건 이현재가 지껄이던 목숨이니 어쩌느니 하는 개소리의 진위를 확인할 수 없게 되었단 사실이다. 뭐, 이현재가 카이화를 좋아하는 거 같기는 했다만…… 남의 속내를 어찌 알겠나.

하여간 드디어 유주는 그 '카이화'를 직접 볼 수 있게 되었다. 열흘 뒤 열린 다른 재판에 증인으로 출석하며. 재판의 피고는 카이화와 루첸허였다. 그들의 혐의는 인신매매, 살인, 시체손괴였다. 이현재는 아직 조사 중이었다.

「증인은 피고인들의 범죄 사실에 대해 증언해 주시기 바랍니다.」

유주는 그제서야 카이화의 모습을 볼 수 있었다. 그리고 깜짝 놀라고 말았다.

어렴풋이 성은영과 닮았다고만 생각했던 카이화는 한순간 숨 쉬는 걸 잊어버릴 만치 미인이었다. 빈말이 아니라 정말 예뻤다. 거기에 친남매가 아니라는 말을 미리 듣지 않았다면 출생에 대해 일말의 의혹도 느껴지지 않을 만큼, 어딘가 리옌을 닮은 구석이 있었다.

어여쁘고 머리까지 좋은 아가씨. 그녀의 이미지는 딱 그랬다. 모두가 한 번쯤 뒤돌아볼 만한, 눈에 띄는 희대의 재녀(才女)였다.

「우선 피고인 칭카이화의 본 범행 사실에 대해 먼저 진술하겠습니다.」

그런 그녀에게 딱 한 가지, 결여된 것이 있다면 희망이었다.

증인석에 앉은 리옌을 바라보는 카이화의 눈빛은 시커멓게 죽어 있었다. 리옌의 진술은 거의 유주와 나누었던 억측에, 그간 경찰 측에서 제공한 정보들을 덧붙인 가공의 사실이었다. 하지만 그것이 증거들과 결합하니 제법 스토리가 그럴듯했다.

카이화는 리옌이 진술하는 동안 딱 한 번 반발했다.

「피고인 칭카이화는 제 여동생이지만, 그녀는 니시콴라이라는 조직에서 자신의 입지를 다지기 위해 저를 밀어내고자 했습니다.」

「그건 아닙니다. 아니에요.」

딱 한 대목.

하지만 그런 카이화의 반박에도 리옌의 표정은 차가웠다. 유주는 2차 공판도 자신의 진술을 끝으로 중간에 나와 버렸다.

* * *

"이제 일을 접을까 싶다."

그 외에도 변화는 많았다.

유주는 이현재의 재판에는 아예 대리인을 보내 버린 뒤 곧장 한국으로 돌아왔다. 그리고 곧바로 창진에게 불벼락 같은 소리를 들었다.

"예?"

"늙으니 이제 이 짓도 못 할 짓이라. 그렇다고 너한테 이 일을 맡기기도 그렇고."

유주는 아예 가업을 접어 버리겠다는 창진의 말에 제 사촌 동생들의 표정을 살폈다. 둘 다 별 반응이 없는 것으로 보아 그녀가 재판에 참석하기 위해 자리를 비운 동안 이미 이야기가 끝난 모양이었다.

"제가 이어받으면 되잖아요?"

"누나, 아부지 사무실을 왜 누나가 이어받아?"

기껏 어버버거리며 대꾸를 했더니 가만히 있던 승헌이 까칠하게 대꾸해 왔다. 유주는 기도 안 찬다는 표정으로 그를 노려보았다.

"그럼 이대로 진짜 다 접으려고?"

"접을 때 됐으니 접어야지. 아부지랑 나랑 얘기 다 끝났어."

"나랑도."

게다가 촉새같이 끼어드는 예담도 그녀의 편이 되어 줄 것 같지 않았다. 유주는 잔뜩 미간을 찌푸렸다.

창진이 무슨 마음으로 이런 말을 하는지는 알았다. 아무리 모진 말이 오고 간다 해도 그들이 부대끼며 살아온 시간이 제 나이만큼이었다. 하지만 그들의 결정을 배려나 미래에 대한 우려로만 받아들이기엔 지나치게 갑작스러웠다. 유주가 고개를 저었다.

"조금만 더 시간을 갖고 생각해봐요, 삼촌. 삼촌이 가게를 정리하고 뭐 하고 하는 거야 내가 입 댈 일은 아니지. 그래도 지금 맡은 일들이 있고, 그건 다 처리해야 할 거 아니에요. 게다가 일을 접는 게 어디 쉬운 일이래요?"

"그건 내가 도울 테니까 누나는 누나 앞가림이나 잘해."

"야 이, 버릇없는……."

유주는 승헌에게 싹수없다는 말을 내뱉으려다 삼촌 앞이라 간신히 삼켰다. 그런 와중에 예담이 툭, 둘 사이에 끼어들었다.

"오빠나 나는 아빠 일 안 할 거야. 그럴 능력도 없고, 그리고 언니도 알잖아? 아빠도 늙은 거."

"서예담."

"아이참, 오빠는 가만히 좀 있어 봐. 아빠도 가만히 있는데 하여간 주책이야."

예담이 승헌의 팔뚝을 세게 찰싹, 내리쳤다. 그러곤 고양이처럼 앙큼한 눈빛을 유주에게 보냈다.

"언니. 아빠는 내가 모실 거야."

유주는 몰라도 승헌까지 놀라는 걸 보니 예담의 저 말은 합의되지 않은 내용이 분명했다. 예담은 자신을 향하는 시선들을 무시하며 흥흥거렸다.

"나 대학 안 갈 거고, 딱히 다른 도시 나갈 생각도 없어. 그리고 지민 언니랑 이미 얘기도 해 놨고."

"지민? 유지민?"

갑자기 그 이름이 왜 여기서 나오는가? 그리고 이미 말이 끝났다는 건 또 무슨 이야기고?

유주는 기억을 더듬다 끝내 떠올리는 데 성공했다.

낙향해서 공방을 열었다던 유지민. 그냥 동창들에게만 연락을 돌리고 끝난 줄 알았는데 이제 보니 아는 사람에게 죄다 연락을 돌려 둔 모양이었다. 예담의 입에서 지민의 이름이 나오는 걸 보니.

"걔랑 무슨 얘기를 해?"

그러나 지금 이 상황에서 그 애랑 예담이 무슨 이야기를 했다는 걸까? 유주가 멍청히 되묻자 예담이 되바라진 표정으로 샐쭉거렸다.

"관을 짜든 가구를 짜든, 나도 그 언니랑 같이 공방 일 하기로 했다고. 일단 한 이삼 년 정도는 배우기도 배우고, 지민 언니 일도 좀 돕고 그러려고."

"야, 너 언제……."

타박을 들은 지 얼마나 되었다고 그새를 못 참아 승헌이 또 툭 하고 말을 쏘아붙였다. 예담은 그의 말을 들은 척도 하지 않았다.

"어차피 언니도 이직이니 뭐니 한 지 오래됐고, 오빠도 복학해서 이러니저러니 하면 또 몇 년이고. 둘 다 그럴 바엔 그냥 나한테 아버지 맡겨 두고 제 갈 길 찾아가는 게 낫지 않아?"

당연히 안 될 말이었다. 예담은 올해 스무 살이었고, 심지어 수능까지 보았다. 처음부터 그럴 생각이었다면 수능을 준비하느니 어쩌느니 하지도 않았을 거였다.

유주와 승헌은 창진에게 구원의 눈빛을 보냈다. 그러나 창진은 무슨 생각인지 알 수 없는 담담한 낯으로 고개를 끄덕였다.

"둘 다 반년 내로 집 나가거라."

"아빠!"

"삼촌!"

"그리고 언니는 조만간 남자나 데리고 와. 아빠 최대 고민은 그거니까."

"야!"

예담은 창진이 자신의 편을 들어주자 말 그대로 호랑이를 뒤에 업은 여우 모양새로 깐족거렸고, 결국 유주의 입에선 노성이 터져 나왔다. 하지만 예담은 눈썹 하나 까딱하지 않았다. 이전부터 드센 성격인 줄은 알았지만 이 정도인 줄은 몰랐다.

분통이 터지기는 승헌도 마찬가지인 듯했지만 하나만은 예담과 뜻이 통한 모양이었다. 그의 부리부리한 눈빛이 유주를 향했다.

"그래. 생각해 보니 그러네. 아부지 모시고 어쩌고 하는 건 우리 알 바니까 누나는 시집이나 가."

"뭐어?"

"맞아. 어차피 언니 명절 때나 연락하고, 찾아오고. 어차피 언니는 우리 마음속에 이미 출가외인이었어."

온 집안사람들이 죄다 날 내쫓으려고 하는구나……

유주는 가족들의 무슨 생각인지 알면서도 서러웠다.

아무리 그래도 그렇지, 어쩜 이렇게!

―그래서 어떻게 됐어?

"어떻게 되긴 뭘. 갑자기 삼촌이 고기 먹으러 나가자고 해서 먹고 지금 막 들어온 참이지!"

―오늘도 된장찌개에 밥?

"아니, 오늘은 냉면."

씩씩거리다가도 밥 얘기에 기세가 한풀 꺾인 유주를 보며 리옌이 킬킬거렸다. 참 좋은 세상이었다. 땅 넘고 물 건너 타지에 있는 사람과, 휴대폰만 있으면 서로 얼굴도 마주할 수 있다는 게 말이다.

그렇다고 해도 재판이 끝나고 열흘만의 연락이었다. 괜히 툴툴거리기만 한 것 같아 유주는 멋쩍은 표정으로 오른손으로 담배를 입에 물었다. 왼손은 움직일 수 없었다. 리옌 얼굴을 봐야 하니까.

　─가족들이 무슨 마음으로 그런 말을 하는지 알면 그냥 못 이기는 척 넘어가 주는 것도 방법이야.

　"네, 다음 좋은 오빠."

　─지금 그거 빈정거리는 거지?

　리옌의 화상은 거의 다 나은 상태였다. 다른 건 몰라도 얼굴의 화상은 일상생활을 영위하기 많이 곤란해 보였기 때문에, 그의 호전은 유주에게도 무척이나 기쁜 일이었다.

　하지만 그런 일을 겪고서도 그녀에게 사사건건 딴죽을 걸어오는 건 별로 달갑지 않았다. 다칠 때 왜 성질머리는 누그러지지 않은 것일까. 유주는 픽, 코웃음을 쳤다.

　"그걸 알아듣네? 아주 머리가 좋아."

　─당신은 오늘도 성질이 고약하고 말이지.

　"됐고. 거긴 좀 어때?"

　─정신없지. 일단 랴오웨이를 도와서 사태를 수습하고 있어. 아마 내 처분도 그 이후에야 결정될 거야.

　라이터를 든 유주의 표정이 미묘하게 흐려졌다. 그러나 그녀는 복잡한 감정을 드러내지 않기 위해 고개를 끄덕이며 담배 끝에 불을 붙였다.

　니시콴라이 조직은 사실상 공중분해되었다. 롱친도 타격이 컸지만 그들에 비할 바가 아니었다. 더불어 리옌은 국제적으로는 고발자의 입장이었지만 홍콩 내에서는 범법자의 위치였다. 당장 시급한 사안은 쉬에화가 벌여 둔 국제적인 범법 행위에 대한 뒤처리였지만, 그 또한 결코 법의 울타리에서 벗어날 순 없었다.

　폭력 조직 일원이자 경제사범인 그에게 어떤 처벌이 내려올지는 아무도 알 수 없었다. 레아 정은 인터폴 요원으로서, 그리고 큰 실적을 거두게 된 한 명의 수혜자로서 리옌에게 꽤 호의적인 태도를 보였지만 그녀의 비호가 홍콩 자국 내 법정에서 어느 정도 먹힐지는 미지수였다.

"그래. 뭐, 바쁘겠지만 치료는 거르지 마. 그리고 그 뺨에 상처, 그건 왜 남겨 놔? 나한테 시위하는 거야?"

얼마 만에 짬을 낸 연락인데, 그런 우울한 이야기를 이어 가고 싶지 않았다. 어차피 대화할 거리는 많았다. 특히 얼굴의 상처 같은 거.

그의 화상이 나아지는 건 환영이었지만, 그의 뺨에 남은 긴 상처에 대해서는 불만이 많았다. 그녀가 낸 상처였기 때문이다.

화상도 돈만 있으면 감쪽같이 없애는 마당에, 저 상처를 없애지 않는 건 일종의 반항 같아 보였다. 특히 화상을 입었던 부분을 치료하며 그 상흔 부분도 미미하게 지워진 것으로 보아, 리옌은 저 흉터를 일부러 지우지 않고 있는 게 분명했다.

—이걸 남겨 놔야, 당신이 여지라도 좀 더 줄 거 아닌가?

"웃기시네. 오히려 꼴도 보기 싫어하겠지."

—얼마 안 남았어. 꼴도 보기 싫은 이 꼴은.

"······."

—기다려 줘.

유주는 평소처럼 그의 말을 가뿐히 받아쳤지만 다음 말에는 저도 모르게 입을 꾹 다물고 말았다.

기다려 달라는 말. 참 쉬운 게 아니었다.

사람의 마음은 언제 바뀔지 모른다. 유주는 당장 내일의 일도 알 수 없었으니, 그를 기다리는 시간이 얼마가 될지 감히 상상조차 하지 못했다. 리옌도 그를 모르고 하는 말은 아닐 터였다. 뻔뻔하기도 하지. 유주는 그렇게 생각했지만 한편, 별것 아니라는 느낌도 들었다.

이런 생각이 든다는 게 우스웠다. 홍콩 법이 중국의 법과 다르다고 해도 몇 년 정도는 우습게 감방 안에서 살다 나올 텐데.

"장담은 못 해."

—…….

"아까 말했잖아. 삼촌이 날 내쫓기로 했다고. 그래서 당신한테 전화 걸기 전에 성조 아저씨한테도 연락했는데, 이제 내 자리에 다른 사람이 들어앉았다네. 돌아갈 곳도 없어."

리옌은 유주의 말에 표정을 뻣뻣하게 굳혔다. 이렇게 노골적으로 '기다릴 수 없다'는 말이 나올 것이라곤 예상치 못한 모양이었다. 그 반응이 제법 귀여웠다. 자기보다 한참이나 큰, 그것도 어느 모로 보나 '귀엽다'는 말과는 상당한 괴리가 있는 남자에게 가질 수 있는 생각은 아니었지만 말이다.

유주는 고개를 모로 틀어 담배 연기를 뱉었다. 그리고 애써 웃음 짓지 않기 위해 노력하며 말했다.

"내가 점찍어 놨던 공방 자리는 예담이가 대신 들어가기로 했고, 난 졸지에 아무것도 아닌 사람이 되어 버렸다고. 내 상황이 이런데 누굴 기다려?"

—서유주.

"그런데 팔이 아파서 좀 오래 쉬어야 할 거 같아."

능청스러운 유주의 말에 리옌이 작게 한숨을 쉬었다.

그녀의 부상은 출혈량에 비해 심각하진 않았다. 하지만 앞으로 양팔을 쓰는 무리한 일은 하기 힘들었다. 게다가 외상이라는 게 으레 그렇듯, 좀 더 오랜 시간 근육과 신경에 문제가 없는지 면밀히 살펴야 했다. 그게 몇 개월이 걸릴지, 몇 년이 걸릴지는 의사도 몰랐다.

—그래. 푹 쉬며 기다리라고.

"그런데 혹시 모르지. 내가 의사랑 눈이 맞을지, 간호사랑 눈이 맞을지. 원래 사람은 힘들 때 옆에 있어 주는 사람한테 마음 주는 법 아니겠어?"

—서유주, 지금 나랑 장난하자는 건가?

리옌의 목소리마저 경직된 걸 알아채고 유주가 재빨리 말을 덧붙였다.

"그러니까 빨리 대답 들으러 와. 내가 가장 힘들 때 옆에 있던 사람은 당신이잖아. 죽 쒀서 개 줄래?"

장난스럽게 말했지만 사실 그녀의 말도 쉬운 게 아니었다. 당장 내일부터 이 삐걱거리는 팔로 어떤 미래를 그려야 할지, 무엇을 배울지, 어느 분야로 이직할지 그 무엇 하나 불분명했다. 그런 마당에 리옌의 처분이 어찌 날지도 알 수 없는 상황이었다.

하지만 그 정도의 말로도 충분한 모양이었다. 리옌의 표정이 조금 풀어졌다. 그는 주변을 슬쩍 살피고는 답답한 듯 넥타이를 조금 헐겁게 풀며 고개를 끄덕였다.

―애먼 놈이랑 눈 맞기 전에 반드시 돌아갈 거야.

"말은."

―내 대답을 기다려 준 데 대한 보답은 받아야. 그래야 서유주잖아?

살짝 웃는 그 모습에 거짓은 보이지 않았지만, 유주는 그 또한 막연하리라는 걸 알고 있었다.

그와 떨어져 있던 기간까지 다 헤아려도 만남은 고작 일 년이 채 되지 않았다. 반년보다 많고 일 년보다 짧은 그 기간. 거기에 그와 헤어져 있던 한 달, 그와 멀리 떨어져 있는 지금의 시간까지 빼고 나면 반년도 안 될 것이다.

그 추억을 곱씹으며 과연 얼마나 기다릴 수 있을까. 그게 가능은 할까?

"이자는 복리야."

그래서 유주도 같이 웃어 버렸다. 막연한 기간에 대한 확실한 대답을 줄 수 없어서였다.

그게 마지막 통화였다.

* * *

"빌어먹을 홍콩 날씨……."

홍콩의 여름이 끔찍하다는 이야기는 익히 들어 본 바 있었다. 하지만 사람들이 심심찮게 웃통을 까고 다닐 정도의 불볕더위일 줄은 몰랐다. 아니,

더위의 문제가 아니었다. 이 미친 듯한 습도는 정말 사람의 뇌까지 녹여 먹는다는 표현이 옳을 정도로 끔찍했다.

유주는 손등으로 땀을 훔쳤다. 애당초 이마나 손등이나 비죽비죽 땀이 솟아 있었기에 무용한 행동이었다. 휴우. 길게 내쉬는 숨도 습하고 더웠다. 찜통 안에서, 마스크를 끼고 숨을 쉬는 것 같은 답답함이 느껴졌다.

이글거리는 태양은 또 얼마나 위협적인가. 물론 한국도 폭염 기간에 숨도 못 쉴 정도로 덥긴 했다. 하지만 기분 탓인지 모르겠지만 홍콩의 7월이 훨씬 답답하게만 느껴졌다. 어쩌면 그건 착각이 아닐지도 모르겠다.

사 년 만의 홍콩이었다.

아니지. 처음 홍콩에 왔을 땐 스물아홉이었으니 정확히 따져 사 년 반 만이었다. 벌써 유주 나이가 반 칠십이 다 되어 가니 말이다.

그 시간은 전혀 짧지 않았다. 그러나 변화를 꼼꼼히 살펴볼 계제가 아니었다. 지글지글 끓고 있는 열기 속에서 눈에 띄는 건 냉방 표시뿐이었다.

"후우……. 어디부터 가 봐야 하나."

유주는 쇼퍼 백을 올려 메며 땀을 훔쳤다. 그를 쉽게 찾아가기 위한 지름길이 그 안에 있었지만 그녀는 그 방법을 활용하지 않을 예정이었다. 레아정의 마지막 호의는 무척이나 거창했지만 섬세하지 않았다. 그건 유주의 스타일이 아니었다.

"P호텔 플리즈."

우선 택시를 잡아탔다. 태양의 열기를 피하려는 용도도 있었지만 그의 사무실 근처를 어렴풋이 기억하고 있어서였다.

스쳐 지나가는 바닷길을 보며 유주는 천천히 기억을 떠올렸다. 그래도 냉기에 노출되니 녹아버렸던 이성이 그 형체를 되찾기 시작했다. 유주는 옷의 앞섶을 펄럭이며 길게 숨을 몰아쉬었다.

그녀가 사 년 반 만에, 그것도 졸업이라는 대업을 눈앞에 두고 있는 이 시점에 모든 것을 팽개치고 홍콩에 온 데에는 다 이유가 있었다.

날짜로는 1,460일, 시간으로는 35,040시간, 분으로는 2,102,400분 만에 칭리옌이 출소했기 때문이다.

지난달에.

즉, 리옌은 출소하고도 한 달이 지난 시점까지 그녀를 찾아오지 않았다.

* * *

유주의 조부 서광훈은 보수적으로 개방적인 사람이었다.

이 모순 형용이 무슨 뜻인가 싶겠지만 그보다 더 적절할 순 없었다. 광훈은 제 아들내미가 남기고 간 혈육인 서유주를 부친의 가업을 따라 염장이로 키웠다. 그녀가 여자라는 것이나 그쪽 길로 나가려 하는지의 여부와는 무관했다. 서유주는 서광훈에게 있어 '장손'이었다.

여자는 제사상 근처에 음식 차릴 때 외엔 얼씬도 못 한다는 고정관념을 과감히 타파한 그는 이듬해 제사부터 유주에게 술을 올리게 했다. 원래 어깨너머로 보는 게 제일 빨리 배우는 법이라며 그녀를 일터로 왕왕 데리고 다녔다.

물론 창진의 아내이자 유주의 숙모인 이혜선은 시부의 그런 모습을 못마땅해했지만 대놓고 반기를 들지는 않았다. 대신 죽은 모친을 대신하려는 것인 양 그녀를 살뜰히도 챙겼다. 그마저도 명이 짧은 바람에 유주의 효도도 받아 보지 못하고 가 버렸지만.

'잘 들어라. 사람은 뚝심이다. 사람이 뭐 하나 마음먹은 게 있으면 그걸 밀고 나가는 그런 마음이 있어야 하는 게다. 생각이 번잡스러워 봐야 행동만 어정쩡해지고, 그리 모호한 태도로는 결국 이도 저도 아니게 되는 거다. 그런 의미에서 먼저 간 느 애비가 뚝심이 있었지. 기어이 고것을 따라 서울까지 따라갈 줄 누가 알았겠냐.'

광훈은 제 큰아들에 대한 평가가 매우 박한 사람이었지만, 말 그대로 유주를 눈에 넣어도 안 아플 정도로 애지중지했다. 아마 죽은 아들에 대한 후회의 감정도 일정 수준 섞여 있었을 것이다.

그녀의 유년기는 무뚝뚝하지만 사랑 넘치는 할아버지, 역시 무뚝뚝하지만 그 누구보다 그녀를 걱정해 주는 삼촌, 어머니 못지않은 숙모와 되바라진 꼬맹이들 덕분에 남부럽지 않았다.

무엇보다도 뭐든 할 줄 알아야 이 세상을 떳떳하게 살아갈 수 있다며, 자신을 직접 무릎 위에 앉히고 세상 이모저모 이야기해 준 조부의 가르침이야말로 그녀 인생의 이정표였다.

물론 때때로 자신이 없었다. 누군가 옆에서 길잡이 노릇을 해 준다면 안 그래도 복잡한 세상, 조금은 수월하게 살아갈 수 있지 않을까 하는 생각도 했다. 물론 이래도 고민이고 저래도 고민인 것을 보면 천성이 이러하니 결국 끊임없이 번민하는 것이 삶인가 싶기도 했지만 말이다.

그런 유주의 우유부단함은 쉬이 고쳐지는 법이 없었다. 원래가 그랬다. 상황에 직면하면 그에 따른 결단을 내리기는 쉬웠지만 어떤 상황을 선택하는 것 자체가 어려웠다.

진로를 결정하기 위해 일 년을 허비했다. 그리고 지금껏 줄곧 앉아서만 지냈다. 어깨와 엉덩이가 무거워질 즈음 유주는 뚝심 있게 선택했다.

홍콩에 가자.

계기는 한 통의 연락이었다.

―가석방, 결정됐어요.

레아 정에게 연락을 받은 건 두 달 전이었다. 웨이치가 죽고 하이윤이 남미 어디론가 출국한 정황이 포착되었다는 연락을 받은 이래, 일 년 반만의 연락이었다.

그녀는 니시콴라이라는 홍콩의 약소 범죄 단체 하나를 물고 롱친과 중국 본토의 삼합회 일부를 물어뜯을 수 있었다. 인터폴이라는, 강제 수사권도 뭣도 없는 임의 조직 주제에 그만한 성과를 올릴 수 있던 건 그만치 사태가 심상치 않았던 덕이었다.

레아의 혁혁한 공로는 충분한 보상으로 제공되었던 모양인지, 분명 이제 홍콩 관할이 아님에도 가끔 유주에게 연락을 했다. 나름의 애프터서비스였다.

"그래요?"

—아마 이게 마지막 연락이 되겠네요. 칭리엔 덕분에 우리도 성과가 좋았어요. 이번 가석방, 나도 힘 좀 썼으니까 잊지는 말아요. 알겠죠?

리엔은 수감되어 있는 동안 그녀가 신청한 접견을 전부 거부했다. 유주는 그에게 지금껏 스무 통도 넘는 편지를 보냈지만, 그는 단 한 통의 편지만 보내 왔을 뿐이다. 그러면서도, 인터폴 측과는 계속 연락하며 삼합회의 정보와 관련한 범죄 자문을 도왔다고 한다.

구질구질하게도 유주는, 레아 정이 리엔과 몇 번이나 만났는지도 알고 있었다. 3년 11개월의 수감 생활 중, 레아는 리엔과 여덟 번의 접견을 가졌다. 그건 매우, 자존심이 상하는 일이었다.

하지만 유주는 감내했다. 리엔에게도 사정이 있으리라 생각하며 기다렸다. 그러나 레아는, 마지막 연락이라던 그 연락 이후 다시 한 번 연락을 더 해 왔다.

유주가 출국하기 2주 전에 말이다.

—아직 칭리엔은 홍콩에 있어요.

오지랖이라는 생각도 들었다. 당연하게도 그 의아해하는 목소리를, 그리고

'혹시 알고 있었느냐'는 미묘한 뉘앙스에 처음 느낀 감정은 수치심이었으므로.

하지만 시간이 지날수록 찾아온 건, 분노였다. 대상은 당연하게도 리옌, 그 빌어먹을 자식이었다.

한 달이 지나도록 돌아오지 않는 거야 이해할 수 있었다. 워낙에 큰일이 있었으니 정리할 게 어디 한두 개였을까? 그 정도야 유주도 사회생활을 충분히 해 보았으니 백 보 양보해, 한 달이 아니라 반년 정도까지는 이해해 줄 수 있다 이거였다. 사 년을 기다렸는데 더 못 기다릴까.

하지만 연락은 해 주는 게 인지상정 아니던가? 물론 그사이 마음이 식었을 수도 있다. 유주 또한, 그사이에 오로지 리옌 하나만을 생각하고 살았다면 거짓말이니까.

사 년은 엉금엉금 기어 다니던 어린아이가 온 세상을 방방 뛰어다닐 만치 성장할 시간이었고, 대학 신입생이 두려움 반, 설렘 반으로 학사모를 벗어 던질 시간이었다. 유주에게는 이직 준비를 하다 어영부영 대학원에 진학해 교수와 한바탕 싸우고 화해하며 졸업 논문을 반절가량 완성한 시간이기도 했다.

심지어 그녀는 지금 5학기 차였다. 모아 둔 돈, 그간 틈틈이 성조가 맡겨 준 일을 하며 번 돈을 꼬라박는 것에 회의감을 느끼고 다시 진지하게 미래를 고찰해야 하는 시기에 접어든 것이다. 그런 중요한 시기에, 이 낯선 땅에 발을 내딛는 게 쉬운 결정은 아니었다. 그것도 기약 없이.

"와, 여기가 기억이 나네."

택시에서 내리고 사십 여 분이 지나서야 유주는 리옌의 사무실이 있던 건물에 도착했다. 그러나 그가 여기에 없음은 자명해 보였다. 언제 무너져도 이상하지 않을 그 낡은 건물 주변에는 철근 몇 개와 푸른 방수포가 대충 널브러져 있었다. 곧 철거될 예정인 모양이었다.

유주는 주변을 살피고는 조심스럽게 건물 안쪽으로 걸음을 옮겼다. 이전에는 이 아래에 무슨 사무실이 있던 것 같았으나, 이제 건물에 나무 문짝은 하나도 붙어 있지 않았다. 창도 몇 개인가 사라진 채였다.

"……."

소득이 없을 것이란 사실을 알면서도 유주는 천천히 3층으로 올라갔다. 먼지가 가득 쌓인 콘크리트 벽들은 유리창 하나 없이 휑하니 뚫린 채였다. 테이블과 책상, 낡은 소파는 여전히 남아 있었지만 먼지가 가득했고 당장이라도 무너질 것 같았다.

책상 위의 먼지를 쓸었다. 그러다 스프링이 헐거워 보이는 의자 너머를 빤히 내려다보았다.

지난번에는 신문지가 붙어 밖의 광경을 볼 수 없었다. 하지만 이제는 보였다. 그의 사무실이 있던 동네는 참으로 가난했다.

니시콴라이의 중역이던 그에게 돈이 없었을 리 없다. 그 증거로, 유주에게 선물한 아파트는 수십 억을 호가하는 물건이 아니던가. 그런데 왜 굳이 이런 곳에 계속 둥지를 틀고 있었을까.

복잡한 표정으로 유주가 책상 서랍들을 열었다. 쓸모없는 필기구, 부싯돌 부분이 하얗게 변색된 라이터 따위가 돌아다녔다. 서류 봉투도 몇 개인가 나왔는데 내용물은 없었다.

하지만 그 봉투 위에 적인 한자는 더듬더듬 읽을 수 있었다. 다행히 간체로 쓰인 게 아니었다.

"봉영선관(蓬瀛仙館)?"

여긴 또 어디일까. 유주는 망설임 없이 택시를 잡았다.

"넓네."

그렇게 도착한 봉영선관은 지하도를 지나 일반 아파트 단지 맞은편에 위치해 있었다. 꽤 깔끔한 외관을 보니 오래된 곳으로 보이지는 않았지만 구석구석 신경 쓴 기색이 보였다.

그래도 꼴같잖게 배운 게 있으니 이곳이 도교 사원임을 금세 알아볼 수

있었다. 더불어 이곳의 주된 목적이, 망자(亡者)들을 기리는 것이라는 사실
도 말이다.

"……."

유주는 주변을 두리번거리다 이내 건물 뒤편의 납골당을 발견했다. 아.
그제야 유주는 리옌이 무슨 목적으로 여기에 왔을지 알 수 있었다. 마음이
좋지 않았다.

납골당 내부로 걸음을 옮기니 삽시간에 서늘해졌다. 유주는 빼곡히 들어
선 납골 수납장을 눈으로 훑었다.

유리장 안쪽 납골함에는 이름들이 적혀 있었다. 당연하게도 읽을 수 없는
한자들이 많았다. 그러나 함 외부 공간에 놓인 작은 꽃이나 기념물, 사진
등으로 생전의 모습을 알아볼 수 있었다.

한 칸 한 칸, 유주는 아주 천천히 걸음을 옮기며 사진을 확인했다. 물론
거기서 리옌의 모습을 찾을 것이란 기대는 하지 않았지만, 이미 이번 학기
까지 날려버린 그녀에게 넘쳐나는 건 시간뿐이었다.

그러다 꽤 뒤 칸에서 익숙한 성씨를 발견했다. 청(淸). 그 칸에는 유골함이
없었다. 대신 위패 네 개가, 자리를 차지하고 있었다. 위패에는 이름이 적혀
있었다. '19XX'로 시작되는 연혁과 구룡(九龍)이라는 한자로 시작되는 주소도.

유주가 그들이 누구인지 알아볼 수 있던 건, 위패 아래에 놓인 가족사진
한 장 덕분이었다. 과연. 카이화는 어릴 적부터 미모가 출중했다. 하지만 그
보다, 바로 옆 칸에 아무 이름도, 연력도 적히지 않은 위패 두 개가 덩그러
니 놓여 있는 것을 보고 더욱 확신할 수 있었다.

리옌과 카이화의 가족들이, 여기에 있었다.

"메모지가……."

유주가 품 안에서 수첩을 꺼내 카이화의 옛 주소지를 적었다. 리옌과 카
이화는 아주 어릴 적 같이 부모님을 잃었다고 하니 이 주소지가 리옌의
유년 시절에 대한 단서가 될 터였다.

"이 한자는 뭐야……."

유주는 알아먹지도 못할 한자를 메모지에 그려 넣고는 멀거니 카이화의 가족사진을 들여다보았다. 세월이 세월인지라 사진은 빛이 많이 바랜 상태였다. 그 집에 딸은 하나뿐이었으니 알아보기에는 어렵지 않았지만 별 감흥은 생기지 않았다.

대신 그 옆의, 아무것도 적혀 있지 않은 위패 두 개에 더 눈길이 갔다. 하지만 유주는 더 깊이 생각하지 않고 발길을 돌려, 시린 기분마저 드는 그 적막한 공간을 빠져나왔다.

밖은 벌써 어둠이 발치를 끌어당기고 있었다.

* * *

서유주.

인사는 생략하겠어. 아무래도 당신은 이런 낯간지러운 짓을 별로 좋아하지 않는 걸로 보이니 말이야. 이젠 부끄러운 걸 넘어서 민망하기까지 하군.

교도소에 수감된 지 오늘로 3년 7개월이 지났어. 변호사가 가석방에 희망이 보인다고 하더군. 하지만 언제 나갈지는 여전히 요원해. 최악의 경우, 만기 출소하게 될지도 모르고. 지난번에 경찰이 와서 당신 이야기를 슬쩍 흘리던데. 이런 내용도 전달받고 있는지 모르겠군.

지루한 이야기는 여기까지 할까? 지금부터는 당신이 즐거워할 만한 이야기를 해 볼까 해. 나의 멍청함에 대해서야.

당신은 나에게 그랬지. 나를 좋아한다고 말하려면 고려해야 할 것들이 많다고.

유주. 당신으로서는 우습겠지만 당시 나도 똑같은 생각을 했어. 내가 당신을 좋아한다고 말하려면, 내 가족이나 다름없는 형제들, 내 보스, 내 여동생, 그리고 내가 살아온 흔적의 일부를 희생해야 한다고 생각했어. 하지만 빈손이 되어 보니 알겠더군. 내가 쥐고 있던 것들의 무게를.

난 그때, 당신을 이해하는 척한 것뿐이었어. 정말 몰랐거든. 그저 평범하고 성실하게만 살아온 이들에게 나의 존재 자체가 얼마나 큰 위협이 되는지.

당신이 불길 속에서 고통스러워하던 그 모습을 보았을 때에도, 제대로 이해하지 못했지. 오히려 이곳에 들어오고 나서야 알게 됐어. 나처럼 알량하게나마 뭔가를 가지고 있던 놈도 잃으니 이만치 허망한데, 당신처럼 한 품 가득 모든 것을 끌어안고 있는 사람이라면 오죽할까. 완전히 모든 걸 잃어보고 나서야 깨닫다니. 참으로 늦되지.

그러니 미안하다는 사과를 먼저 하는 게 옳은 것 같아. 그간 당신에 대해 미안한 마음을 갖지 않은 건 아니야. 하지만 진심으로 사죄하고 용서를 구한 적이 있냐고 하면, 대답할 자신이 없어. 나는 멍청했고, 거만했고, 고집스러웠지. 독선적이면서도 이기적이었어.

당신을 처음 만났을 때, 당신의 몸에 손을 대지 말았어야 했어.

당신의 소중한 사람들을 거래, 아니, 협박의 대상으로 삼아선 안 되는 거였어.

날 거절했을 때의 당신 마음을 헤아렸어야 했어.

당신이 날 받아들여 줬을 때, 조금 더 당신의 입장을 이해하고 너그러워져야 했어.

선택의 기로에서, 당신의 의견을 물어야 했어.

이다음에 할 말이 미안하다는 게 될지, 다른 말이 될지 아직은 나도 잘 모르겠어. 하지만 그 어느 말도, 당신이 달가워할지는 모르겠네. 아마 그

뒷말을 전하려면 당신을 만나야 할 테고, 당신이 그때에도 날 반겨 줄지 알 수 없으니까.

어쩌면 이 편지를 받는 것 자체를 벌써 꺼리고 있을지도 모르겠다는 생각이 들어.

당신에게 매정하다거나 차갑다고 이야기하고 싶은 게 아니야. 그저 당신은, 언제나 이성적이고 합리적이었지. 그리고 당신의 그 명확한 판단력이라면, 벌써 날 포기하는 게 옳은 길이라는 걸 깨닫고도 남았을 테니.

그래도…… 한심해 보이겠지만 난 이제 아무것도 없는 내 처지를 핑계 삼아 당신에게 동정을 구해 볼까 해. 다른 건 몰라도 서유주라면, 최소한 나에 대한 아주 얄팍한 감정의 찌끄레기나마 가지고 있어 주었다면 날 저버리지 않을 테니까.

멍청한 주제에 잇속 계산만 빠르다는 비난은 면전에서 들을게.

내 값싼 무릎이라도 괜찮다면 사죄 또한 그때 하게 해 줘.

모든 걸 자꾸 미루기만 하는군. 하지만 지금 당장 내가 당신에게 내보일 수 있는 진심이자 확신은 이것뿐이란 건 알아주었으면 좋겠어.

부끄러움이라는 걸 뒤늦게 알아버려서 부끄럽기 그지없지만 언젠가, 이 초라한 모습으로나마 당신을 마주하고 싶어. 분명 당신은 이전보다 지금의 내 모습을 마음에 들어 할 테니까.

그럼 그때까지의 게으름에 대해 다시 한번 사과할게.

미안해.

* * *

「How much?」
「20dollars.」

봉안당에서 얻어 온 주소지엔 국수 가게가 있었다. 유주는 홍콩 달러로 값을 지불한 후 밖으로 나왔다.

유주는 리옌이 교도소에 수감된 후 홍콩에 대해 이모저모 찾아보았다. 그에게 들었던 이야기들을 되짚어 가며 이전, 주룽(九龍)시의 낙후된 모습을 그려 보기도 했다.

하지만 현재의 이곳은 그저 사람 사는 곳이었다. 비즈니스 센터가 있고, 베드타운도 있다. 그러면서도 상업 지구도 형성되어 있고 큰 병원을 끼고 있으며 침사추이(尖沙咀)와도 그리 멀리 떨어져 있지 않은.

"그럼 이제 어디로 가 본다……."

유주는 입가심용으로 길거리에서 과일 주스를 하나 샀다. 그러곤 공원 벤치에 앉아 숨을 돌렸다.

사실 일을 쉽게 풀어 나가고자 하면 단순했다. 레아 정이 그녀에게 준 자료를 활용하면 될 일이었다. 레아의 마지막 호의는, 리옌의 진술이 고스란히 담긴 그의 발자취였다.

대외비라는 말을 몇 번이나 거듭하던 그녀였지만 유주에게 자료를 건네주는 태도엔 망설임이 없었다. 서유주에 대한 믿음이라기보다는, 서유주가 칭리옌에게 불리한 짓을 하지 않으리라는 믿음에 가까운 태도였다.

그녀의 추측은 옳았다. 유주는 서류의 첫 장을 열어 보고 지금껏 그 기록을 꺼내 보지 않았다.

'신원 불상의 부친(19XX년 7월 사망)과 신원 불상의 모친(19XX년 7월 사망)의 밑에서 출생'이라는 한 줄의 기록이 암담하게 느껴진 탓이었다.

이제 리옌의 비밀은 그 개인의 것이 아니었다. 리옌이 편지에서 미처 다 밝히지 않은 내용 중, '입김이 많이' 닿았다는 부분은 그의 불행한 이력에 대한 것들도 포함되어 있을 터였다. 아예 몰랐다면 모를까 이미 알고 있는 타인의 비참한 삶의 한 조각을, 이런 서류 따위로 들여다보는 건 결코 그녀의 방식이 아니었다.

"진짜 이 새끼 내 눈에 띄기만 해 봐."

어쨌든, 이유가 무엇이든 간에 리옌의 부재는 옳지 않았다. 유주는 그에게 받아 내야 할 빚이 산더미였다. 그리고 그 과정에, 타인은 필요 없었다.

"저, 실례합니다."

이런저런 상념에 빠져 과일 주스도 바닥을 보일 즈음, 누군가 조심스럽게 유주의 어깨를 톡톡 두드렸다. 여기도 종교 권유하는 사람이 있나? 의아해하려다 문득, 유주는 옆에서 들려온 가냘픈 여자의 목소리가 한국어였다는 사실을 새삼 깨달았다.

재빨리 고개가 돌아갔다. 거기에는 짧은 머리카락을 얌전히 귀 뒤로 넘긴 젊은 여자가 서 있었다. 그녀는 유주와 눈을 마주치자마자 눈매를 곱게 접어 가며 웃었다. 눈앞이 환해질 정도로 화사한 미소였다.

"잘못 본 게 아니네요. 안녕하세요?"

"아."

기억을 뒤지고 뒤지다 이내, 유주는 상대를 알아보았다.

카이화였다.

"갑자기 말 걸어서 놀라셨죠?"

유주는 실내를 두리번거리다 어색한 표정으로 중앙의 소파에 자리를 잡았다. 그녀가 일하는 법무사 사무실은 유주가 식사를 마친 국숫집에서 그리 멀지 않은 거리에 있었는데, 입구 현판 앞에 덩치의 사내 둘이 문을 지키고 서 있다는 것만 제외하면 다른 사무실들과 크게 다르지 않았다.

물론 그 사내들은 위협적이었다. 하지만 상대를 공격하기보다 지킨다는 느낌이 강했기에 유주는 몇 번이나 고민한 끝에야 실내로 걸음을 옮길 수 있었다.

"아, 네. 뭐."

"말씀 편하게 하세요. 저희 오빠랑 나이가 같다면서요."

"그래도…… 그쪽도 어린 나이는 아니잖아요."

"어린 나이는 아니지만 언니한테 존대 들을 만한 나이도 아니에요."

카이화는 유주와 실제로 말을 나누는 건 처음인 주제에, 언니라는 말을 유들유들 잘도 뱉어 냈다. 정작 그 언니 소리를 들은 유주는 가시방석에 앉은 듯 불편해하는 게 눈에 훤히 보였음에도 말이다.

"홍차 좋아하실지 모르겠어요. 마르코 폴로인데 전 좋아하거든요."

"아, 감사합니다."

카이화는 냉침해 둔 홍차를 맑은 유리잔에 담아 유주에게 건넸다. 유주는 잔을 받아 들면서도, 왜 그녀가 자신에게 대화를 청한 건지 알 수 없어 어리둥절했다.

그녀의 어색해하는 분위기는 쉽사리 전염되었다. 기세 좋게 유주를 사무실까지 데리고 온 카이화도 컵만 만지작거리며 그녀의 눈치를 살필 뿐이었다.

아…… 이런 머쓱하고 불편한 분위기는 딱 질색인데.

유주는 시선을 내리깐 채 차를 한 모금 마셨다. 이미 국수 국물부터 주스까지, 마실 것은 물리게 들이켰기에 몸은 더 이상의 수분을 원치 않았다. 향이 이렇고 저렇고 하는 교양을 떨 지식도 없었다. 그녀는 이내 결단을 내린 듯, 단호하게 컵을 내려놓았다.

"무슨 이야기를 하고 싶은 거예요?"

자칫 공격적으로 들릴 수도 있는 말투였다. 하지만 카이화에 대한 유주의 감정 또한, 좋게 봐줘야 '나쁘지 않은' 수준이었다. 말이 곱게 나갈 리가 없었다.

그걸 깨달은 것인지 카이화의 입가에 쓴웃음이 서렸다. 그마저도 우수에 젖은 듯 처연하게 보여 괜히 사람의 기분을 심란하게 했다. 누가 보았다면 유주가 그녀를 괴롭히는 줄 알 터였다.

"그냥 대화를 좀 나눠 보고 싶었어요. 오빠에 대해서도 그렇고…… 아직전, 언니한테 미안하다고도 못 했으니까……."

카이화를 제대로 보는 건 이번이 처음이었다. 유주는 말없이 그녀를 살폈다.

법정에서 언뜻 보았을 땐 긴 생머리를 곱게 하나로 묶어 내렸다. 당시의 표정은 어땠더라? 잘 기억이 나지 않았다. 그저 흐릿한 인상 속에서 '참 온실 속의 화초처럼 예쁘게 큰 아가씨다'라는 느낌만 강렬했다.

지금은 그런 느낌보다 훨씬 사람다운 모습이었다. 얼핏 봐도, 그때처럼 인형 같다는 감상은 들지 않았다. 그러나 속된 말로 유주는 그런 모습마저 배알이 꼬였다. 어쩌면 카이화의 말마따나, 대화를 나눠 봐야 할 것 같기도 했다.

사람에 대해 편견만 있어 봐야 감정의 골만 깊어질 뿐이지 않은가.

"나 원……."

유주가 길게 숨을 뱉었다. 악감정만 가지고 있다는 거, 그것도 참 피곤한 일이었다. 나쁜 마음은 그를 가지고 있는 사람마저 지치게 만든다. 도대체 그 나쁜 마음, 나쁜 감정이라는 것의 실체가 무엇인지 뚜렷하게는 모르겠지만.

"리옌은 만나 봤어요? 출소 후에."

"아, 네. 오빠가 그…… 안에 있을 땐 접견을 잘 받아 주진 않았어요. 그래도 얼마 전에 봤어요. 이야기도 많이 나눴고요. 언니에 대해서도 그때 많이 들었어요."

유주의 퉁명스러운 질문에 카이화는 기다렸다는 듯 반색하며 대답했다. 또 저렇게 그녀에 대한 악의나 사심 없이 대답하는 걸 보니 못되게만 구는 것도 예의는 아닌 거 같아 유주는 머리를 긁적였다. 이런 상대가 제일 대하기 껄끄러웠다.

"난 어떻게 알아봤어요?"

"제가 하도 졸랐더니 한 번, 사진을 보여 주더라고요. 제가 또 기억력이 좋거든요."

"사과는 했어요?"

참 간사하기도 하지.

그 말을 내뱉고 나서야 유주는, 자신이 카이화에 대해 가지고 있는 불편함이 무엇에 기인한 것인지 알아차렸다.

우습게도 그건 질투였다. 어째서일까. 유주는 카이화에게 질투하고 있었다. 그를 만났기 때문에? 비단 그것 때문만은 아니었다. 옹졸하게도 그녀는 떠올리고 만 거였다.

리옌과 유주가 만나게 된 계기 자체가 카이화의 실종이었음을. 거기에 리옌이 얼마나 절박하게 매달렸는지를.

가족을 질투할 정도로 빡대가리는 아니라고 생각했는데……. 유주는 요즘 자기 자신에 대한 평가를 매일 갱신 중이었다.

"오빠는 받아 주지 않았지만…… 네. 그리고 언니한테도 정확히 제 상황을 설명하고 사과하는 게 옳다고 생각했어요."

그러나 어쩔 수 없이 치졸해지는 걸 보면 아직은 리옌에게 마음이 남아 있는 모양이었다. 유주는 그런 제 상태에, 그리고 '사과를 받아 주지 않았다'는 대목에서 묘한 희열 비슷한 감각을 느끼며 흠칫, 몸을 굳혔다.

자신이 없어도 유분수지.

세상에는 해도 되는 생각이 있고 하면 안 되는 생각이 있었다. 잠깐이든 아니든 간에 지금 유주가 한 생각은 명백히 잘못된 거였다. 부끄러웠다.

"사과할 거 없어요. 안 받겠다는 게 아니라 내가 사과받아야 할 일은 아니었잖아요."

"제 일에 연루된 건 맞잖아요."

"이미 충분히 보상받았어요. 그리고 솔직히 사과받고 싶지 않네요. 그쪽 태도가 너무 사과하는 사람의 태도가 아니라서."

"언니. 아니, 서유주 씨."

카이화의 말투가 바뀌었다. 차라리 유주는 그녀가 자신을 이름으로 불러 주는 게 편했다. 언니 동생 하며 어색한 가족 놀이를 할 생각도 없었고, 그럴 친분도 없었다. 지금만 해도 이렇게 마주 앉아 있는 상황이 그리 달갑지도 않았다.

하지만 카이화는 유주를 쉽사리 놓아줄 의사가 없어 보였다. 물론 유주는 사지가 멀쩡한 데다 어디든 갈 자유가 있으니. 정 마음에 안 들면 자리를 박차고 나갈 예정이었다.

"왜요?"

"사과를 받아 주셔야 제가 요구를 할 수 있지 않나요?"

그렇게 생각하니 마음이 편해지긴 개뿔. 요구란다. 사과를 받아 줘야 요구를 한단다. 이거야말로 기가 차고 코가 막히는 말 아닌가?

뻔뻔한 건 친남매고 아니고 간에 집안 내력인가. 유주는 코웃음을 쳤다. 예의 바른 듯한 모습은 잠깐이었다. 카이화는 일전에도 매우 당돌한 짓을 서슴지 않았던 아가씨였다. 유주는 모가지가 달랑거리는 와중에도 나불거리는 걸 멈추지 않은 인간이었고.

상성이 기가 막히게 좋다 아니할 수 없었다.

"요구를 받아들이고 싶지 않으니, 더더욱 사과는 필요 없겠네요."

"어떤 요구인지도 안 들어 보시나요?"

"들어야 하나요?"

"듣는 게 좋을 텐데요."

유주는 아직도 카이화가 어째서 리옌의 뒤통수를 쳤는지 몰랐다. 알고 싶지도 않았다. 알아봐야 속만 시끄러워질 것 같아 의도적으로 재판 내용도 흘려듣지 않았던가.

그런 마당에 그녀의 요구를 들어주고 싶을 리 없었다. 독선적이고 이기적이게도 그랬다. 유주는 고개를 저었다.

"저기, 카이화씨. 나는요, 그냥 무사 평탄한 인생이 가장 중요한 사람이에요. 사실 당신이 사라진 일로 그쪽을 전혀 원망하지 않았다면 거짓말인데, 지금은 그 문제에 대해 신경 쓰고 싶지도 않고 이 이상 어떤 식으로든 연루되고 싶지도 않아요. 그쪽의 요구가 어떤 건지는 모르겠지만 들어 봐야 좋을 거 같지도 않고요."

"오빠 만나러 온 거 아니에요?"

유주의 말투가 날카로워지니 카이화의 말투도 매서워졌다. 더불어, 내용은 더욱 사나웠다.

그 말을 들은 유주는 기가 막혔다. 지금 리옌을 두고 협박을 하는 건가? 그녀가 한국 땅을 떠나 이 머나먼 홍콩까지 온 이유는 누구라도 예상할 수 있으니 카이화가 그를 언급하는 것은 놀랍지 않았다. 하지만 그게, 저따위로 말해도 용인된다는 뜻은 아니었다. 유주는 몸을 뒤로 젖히고 팔짱을 꼈다.

"그래서?"

"내 요구가 어떤 건지는 들어볼 수 있잖아요."

"이미 리옌을 언급한 이상, 그건 협박 같은데."

"……그런 의미 아니라는 거 알잖아요."

"모르겠는데?"

"조금만 진정하고 내 요구가 뭔지 좀 들어 봐요. 서유주 씨에게도 나쁜 건 아니에요."

언쟁을 벌일 생각은 없었던지 카이화는 숨을 고르며 먼저 한발 물러섰다. 그러나 상대가 물러섰다고 유주가 호락호락 넘어가 줄 필요는 없었다.

"그래요. 듣는 건 공짜니까 어디 들어나 봅시다. 그 잘난 요구가 뭔데요?"

"오빠를 만나 달라는 거였어요. 그 정도 요구는 할 수 있잖아요. 나 때문에 화가 나서 그러는 거라면……."

카이화는 뭔가 착각을 하고 있었다. 유주는 그 오해를 바로잡아 주지 않았다.

요구라는 어휘 선정부터가 마음에 들지 않았다. 찾으러 온 상대에게 '만나 달라'고 청하는 것도 이상했다. 하지만 그건 전부, 유주와 리옌의 문제였다. 거기에 카이화가 개입될 여지는 없었다.

"내가, 그쪽이 사과하지 않아서 리옌을 안 만나는 거 같아? 누가 그래?"

"저기요, 서유주 씨."

"그런 요구를 하려면 제대로 스텝을 밟아야지. 순서 건너뛰는 건 집안 내력인가 봐?"

간만에 투지가 끓었다.

근 몇 년간, 그녀의 성질을 긁는 상대는 많지 않았다. 긁어도 소소한 수준이었다. 아니지, 연구비 문제로 교수와 한 번 대판 싸우기는 했었지만 결국 그것도 어영부영 해결됐다.

즉, 제대로 문제를 해결하지 못하고 미봉책에 머문 것은 리옌과 유주의 관계. 하나뿐이라는 거였다. 그런 마당에 상대가 누구든 간에 그를 건드리는 건 전혀 달갑지 않았다. 그게 설령, 리옌의 동생일지라도.

"말이 심하네요. 그리고 갑자기 짧아졌고요."

"내가 언니라며. 리옌한테 내가 어떻게 생겼는지는 물어봤으면서 내 성질머리는 안 물어봤어? 지랄 맞다고 한 소리 했을 법도 한데."

"나, 서유주 씨랑 싸우고 싶지 않아요. 조금 진정해 주면 안 돼요?"

유주도 인정했다. 그녀는 지금 감정 과잉 상태였다. 과한 열패감에 정신이 없었다.

진정하자. 진정.

속으로 숫자 열까지 헤아리고 나서야 가까스로 유주는 제 기분을 가라앉혔다. 오랜 기다림에 닳아 없어진 건 그에 대한 그에 대한 마음인 줄 알았더니, 그저 인내심이었나 보다.

"그래요. 좋네요, 대화. 알겠어요."

그놈의 대화. 빌어먹을 대화. 유주는 속으로 닳고 닳은 속내를 애써 어루만지며 고개를 끄덕였다. 카이화도 몇 마디 말을 나눠 본 결과, 지금은 유주에게 가볍게 말을 건넬 분위기가 아니라는 걸 파악한 듯했다.

"그냥 탁 까놓고 말할게요. 오빠를 만나서 설득해 주세요."

만나 달라는 대목에서 한 구절이 추가되었다. 그러나 설득해 달라는 부분에서 고집이 느껴졌다. 어떻게 된 게 리옌이 얽힌 일은 무엇 하나 쉬운 게 없었다. 유주는 작게 한숨을 삼켰다.

"일단, 어디 있는데요?"

"여기엔 없어요."

"그럼요? 어디에 있는데 내가 설득해야 한다는 거예요? 뭐 위험한 곳에 있어요?"

게다가 기실, 중요한 건 카이화가 무슨 말을 하느냐가 아니었다. 리옌이 어디에 있고, '왜' 유주를 만나러 오지 않느냐였다. 그녀가 질문하기를 기다렸다는 듯, 카이화가 고개를 끄덕이며 휴대폰을 집어 들었다. 그녀가 보여 준 것은 초로의 사내였다.

"이 사람 알아요?"

"누군데요?"

"이 사람이 싱하오의 중간 보스, 지진밍(卽金明)이에요. 이 사람이 지금 오빠를 데리고 있고요."

"……네?"

싱하오요? 여기서요?

유주는 그 말로만 듣던 싱하오와 지진밍이라는 이름이 이 대목에서 튀어나올 줄은 상상도 못 했다. 그녀의 질린 표정을 보고 무슨 생각을 한 것인지 카이화가 짐짓, 조심스럽게 말을 덧붙였다.

"오빠가 원해서 간 건…… 그러니까, 다시 오빠가 이상한 일을 하려는 건 아니에요. 저에게 이 사무실을 내도록 도와준 것도 오빠였고, 아 물론 오빠가 돈을 다 대 준 건 아니고, 제 대학 동기들이랑 같이 조금씩 모아서 사무실을 낸 거거든요. 그러니까……."

카이화의 두서없는 덧붙임은 상황에 대한 개요로 충분했다.

말인즉, 리옌이 출소하자마자 간 곳이 싱하오의 본거지란 뜻이었다. 카이화가 애써 에둘렀지만 니시콴라이가 무너지고 나니 세상 좋게 여동생은 이 일에서 쏙 빼서 안전한 곳에 둥지를 틀어주고, 자기는 다시 이상한 곳으로 기어들어 갔다는 의미인데……. 이건 아무리 카이화가 변명을 해 주려 해도 여지가 없었다.

다만 궁금한 건 있었다. 이건 리옌과 다소 무관한 거였다.

"당신은요?"

"네?"

"당신은 처벌받지 않았어요?"

카이화의 표정이 다소 미묘해졌다. 이렇게까지 노골적으로 물어보는 건 좀 그런가 싶었지만 원래 엎질러진 물과 내뱉은 말은 주워 담을 수 없는 법이었다.

그녀는 유주의 눈치를 보듯 시선을 몇 번 이리저리 굴리고는 작게 한숨을 쉬었다. 자신의 말을 그녀가 믿지 않으리라 지레 포기하는 투였다.

"언니는 안 믿겠지만 난, 그 두 사람의 죽음과는 무관해요."

확실히 안 믿겼다. 유주는 건성으로 고개를 끄덕였다. 카이화의 입가에 쓴웃음이 걸렸다.

"내 잘못은 멍청했다는 거고, 그에 대한 대가는 이미 충분히 치른 것 같아요. 이제 난 가족이 없거든요."

그 말은 믿음이 갔다. 어떻게 알게 된 것인지는 모르지만 장치앙린은 법정에서 아주 저열한 폭로전을 했다고 들었다. 레아 정을 통해 '친남매가 아니면서 어릴 적부터 책임감을 가지고 어쩌고' 하는 부분이 정상 참작되었다는 얘기도 들었다. 그녀가 건네준 인터폴 내사 자료에도 리옌의 출생에 대해 부모를 '불상'으로 정의해 두지 않았던가.

그러니 이제 카이화에겐 오빠가 없었고, 리옌에겐 여동생이 없었다. 나머지는 둘이 알아서 해결할 부분이었으니 이제 그녀가 더 들을 건 없었다.

"그래요. 잘 알았어요."

유주는 자리에서 일어났다. 카이화가 따라 일어나며 유주에게 누런 서류 봉투 하나를 건넸다.

딱히 사양하지 않고 그 자리에서 봉투를 열어 보았다. 그 안에 든 건, 아까 카이화가 보여 준 지진밍에 대한 서류였다. 싱하오와 관련된 사업장 목록이 빼곡히 들어차 있었다.

"그러니까 오빠를 만나 주세요. 이제 난 오빠가, 만나 주지 않으니까……."

유주는 카이화를 동정하지 않았다. 그럴 깜냥도, 마음도 없었다. 아마 카이화는 그녀의 단호한 표정에서 그 심중을 익히 짐작한 듯했다. 그녀의 표정은 딱히 좋지 않았지만 이 이상 유주에게 구질구질하게 달라붙을 심산은 아닌 듯했다.

"잘 지내요."

어차피 유주에게 있어 카이화와의 인연은 애당초 없던 거였다. 그리고 앞으로 또 보게 될지 말지는 그녀의 소관이 아니었으니 지금 당장 해 줄 수 있는 말은 이뿐이었다.

카이화는 그 말이 마지막 작별이라도 되는 양 애틋한 표정으로 고개를 끄덕였다. 눈가가 살짝 붉어진 것도 같았다.

"감사합니다. 언니도 잘 지내세요. ……정말 죄송했어요."

유주는 대답하지 않았다. 저런 밉살맞은 말 사이에 살짝 끼워 넣은 미안하다, 죄송하다 하는 건 사과도 뭣도 아니었다. 그런 건 사과로 치면 안 되었다.

하지만 '징검다리가 되어 달라'는 카이화의 부탁은 결국 손상된 관계의 회복을 원하는 마음이었다. 그나마 그건 진심 같았다.

재수 없으면 앞으로 볼 일도 없을 텐데.

"기회가 되면 또 봐요."

하지만 그런 결말은 유주가 원하지 않았다. 볼일이 없다면 없는 대로, 이제 원망이고 나발이고 가지고 있을 필요가 없었다. 볼일이 있다면, 그때 가서 제대로 사과를 청하면 되는 거다.

게다가 순간 울컥한 이 지지부진한 감정을 다시 질질 끌고 갈 정도로 그녀가 구질구질한 성격도 아니었다. 이제 더 악감정을 쌓고 자시고 할 것도 없는 마당에 그래 봐야 무엇 하겠는가.

"……네!"

물론 여지 넘치는 말을 뱉고 '괜한 짓을 했나' 싶었다. 하지만 그녀의 말에, 갓 피어난 꽃처럼 화사하게 핀 카이화의 표정을 보니 또 헛짓거리를 한 것 같지는 않았다.

개화(開花)라. 이름 한번 참 잘 지었다고 생각하며 유주는 고개를 끄덕인 채 서류를 챙겨 사무실을 나섰다.

소득 없는 만남은 아니었다.

* * *

"미친 홍콩 날씨……."

홍콩에 온 지 사흘째였다. 유주는 어제 카이화와 만난 직후 호텔로 돌아와 서류들을 살폈다.

카이화는 센스가 없었다. 하다못해 그녀가 알아볼 수 있도록 한국어로 서류를 정리해 주었다면 좋았을 걸, 상호명이나 그 설명이 죄다 중국어였다.

그러나 몇몇 장소에 별표가 그려져 있었다. 아무래도 이곳들이 리옌이 들락날락하는 장소인 듯싶었다. 더불어 온라인 사전을 통해 단어 몇 개를 간신히 해석할 즈음에야 알았다. 카이화가 알려 주고 싶은 건 그녀가 그림처럼 보고 외울 수 있는 문자였지, 가게에 대한 정보가 아니었다.

"그래도 주소지 정도는 한글로 써 주지."

대략 구룡(九龍)이라 쓰여 있는 장소들만 몇 개 추려 외출한 지 두 시간째. 일부러 해가 좀 덜한 시간에 움직이겠다고 아침 일찍 나온 것도 무색하게 열 시 무렵부터 눈앞이 하얗게 질릴 정도의 **땡볕**이 내리쬐기 시작했다.

유주는 땀을 훔치며 지도와 상호명을 비교하며 골목을 누볐다. 그래도 다행히 홍콩 사람들도 여기가 더운 걸 알았다. 여기저기 아낌없이 냉방을 틀어 둔 데다 차양도 한껏 내걸어 두어 몇 걸음에 한 번씩 숨을 돌릴 수 있었다.

「Hey, Do you know him? or Do you know this place?」

그러나 더위는 쪽팔림에 비하면 별것도 아니었다. 유주는 아주 당당하게도 주소지 근처의 가게들을 돌며 리옌의 사진과 가게 이름을 보여 주고 위와 같이 질문했다.

한때 외국인 인터뷰이들에게 '두유 노 박지성?'이나 '두유 노 김치?' 따위를 물어보는 기자들을 보고 창피한 줄도 모르나, 하고 생각한 게 아주 옛일 같았다. 생각해 보면 별로 쪽팔릴 것도 없었다. 어차피 한번 보고 말 사인데 체면은 무슨.

그렇게 도착한 첫 번째 장소는 만국기가 걸려 있는 도박장이었다. 아……. 싱하오도 어쩔 수 없는 양아치 조직이구나. 유주는 탄식하며 표정을 굳혔다. 저런 곳에 발을 들이는 것부터가 도전이었다.

"실례합니다……."

습관적으로 한국어 인사말을 던지며 문을 여니 마작 패 섞는 소리가 담배 연기와 뒤엉켜 그녀를 향해 달려들었다. 앞으로 몇 곳이나 이런 데를 들러야 한다는 사실이 통탄스럽기 그지없었다.

「이 여자인가? 우리 구역을 들쑤시고 다닌다는 게.」

이럴 줄 알았다.

유주는 목록을 정리하고 꼬박 닷새나 점포들을 들쑤시고 다녔다. 오락실이 일곱 곳, 음식점이 세 곳, 나이트클럽 두 곳, 대부업체 다섯 곳.

물론 대부업체는 직접 들어가 볼 깜냥이 없었기에 거의 매일 한 곳씩 저녁에 몇 시간이나 주변을 서성거리며 나오는 사람들을 관찰했다. 출근은 모르겠지만 퇴근은 할 것이란 생각으로.

그녀가 노린 대상은 리옌이었지만 낚싯대에는 다른 인물이 걸렸다. 우락부락한 덩치에 사나운 인상. 얼핏 봐도 '나 안 좋은 일 하는 사람이오'라는 느낌이 드는 사내들이었다. 게다가 껄렁한 듯한 말투도 한몫했다. 유주는 여전히 중국어는 알 바 아니올시다였지만 그래도 뉘앙스를 알아듣는 능력은 녹슬지 않았다.

「익스큐즈 미.」

그리고 이런 대로변에서 시비가 붙었을 땐 모른 척 지나가는 게 제일이었다. 이 뇌까지 근육이 아닐까 싶은 녀석들은 그 멍청함을 드러내듯 어둠이 서리기도 전, 사람이 아주 많은 거리 한복판에서 그녀에게 대뜸 험상궂은 표정으로 시비를 걸어 왔으니까.

「이봐. 볼일이 있는 거 아니었나? 어딜 가려고?」

물론 그들이 멍청하다고 해서 유주를 그냥 보내 주겠다는 건 아니었다. 유주는 제 팔을 잡은 손을 거칠게 뿌리치려 했지만, 손아귀 힘이 어찌나 그악스러운지 꿈쩍도 하지 않았다.

"이거 놔!"

졸지에 유주는 미끼를 문 생선처럼 파닥거릴 수밖에 없었다. 행인들 몇몇이 그녀를 보기는 했지만 과장 좀 보태 그녀보다 머리통 두 개 정도 큰 사내들을 향해 대들 깜냥은 없는 이들이었다.

「누가 시켜서 온 거냐? 어?」

「겁대가리 없이 뒤를 들쑤시고 말이야. 신입인가?」

「여자가 무슨. 신입이고 나발이고 저쪽에서 잠시 대화나 좀 하지?」

아주 저질스러운 말투였다. 유주는 연신 버둥거렸지만 되레 붙잡힌 팔이 점점 세게 옥죄어 왔다. 이를 악물고 버텼지만 점점 팔이 저릿해졌다. 유주는 세계 만국 공통된 욕설을 내뱉기 위해 입을 열었다. 그 찰나였다.

「누구인가 했더니.」

익숙한 목소리가 들려왔다. 유주는 저도 모르게 반항을 멈췄다. 동시에, 사내들의 그악스러운 손길도 조금은 잦아들었다.

하지만 그게 중요한 게 아니었다. 그녀의 눈앞에 서 있는 사내의 모습이 익숙했다. 깎아지른 듯한 턱선과 콧날이 그의 성정만큼이나 예리했다. 하지만 그도 그의 서릿발 같은 눈빛과 잘 벼린 칼날 같은 말투에 비할 바가 아니었다.

"리옌?"

유주의 목소리엔 의아함이 가득했다. 만나고자 지금껏 헤맨 것이었지만 이렇게 쉽게, 그리고 이리 녹록잖게 만날 것이라는 생각은 안 했다. 싱하오의 밑에 있다고 하니, 그가 들락날락하는 장소들에서 우연찮게 마주쳐도 운이 좋은 셈 치려 했다.

그런데 만났다. 전혀 예상치도 못한 상황에서.

"칭리옌!"

그녀의 부름에 리옌의 철가면 같던 표정에 금이 갔다. 그는 작게 입술을 달싹이며 혼잣말을 내뱉었는데 듣지 않아도 욕설임을 알 수 있었다.

기껏 사 년 만에 만났는데 제 얼굴을 보고 내뱉는 소리가 욕?

유주는 울컥 무언가 치밀어 오르는 기분에 악이라도 쓰고 싶었다. 동시에 그에게 달려가 끌어안고 싶었다. 아니면 멱살을 틀어쥐고 뺨이라도 한 대 올려붙이든가. 그도 아니면 그간 잘 먹고 잘 살았냐며 울고불고 바닥에서 대성통곡을 하든가.

하여간 그에게 무언가 제 감정을 드러내고 싶었다. 평소 그녀의 이성을 가로막던 자존심이란 놈도 오늘은 한 수 접고 들어가는 모양인지, 겸손하게 제 감정에게 자리를 양보했다.

유주가 사내들의 팔을 뿌리쳤다. 그리고 그의 앞에 당당히 섰다.

「형님, 아는 여잡니까?」

「뭐 하는 여자입니까? 아가씨입니까?」

사 년. 참으로 긴 시간이었다. 어쩐지 코끝이 찡해서 유주는 부러 이를 악물었다. 역시 충동은 찰나였다. 사내들의 태도로 미루어 익히 짐작할 수 있었다. 리옌은 싱하오 내에서 어느 정도 입지가 있었다. 즉, 그는.

그는…… 결국 다시 그 빌어먹을 소굴로 기어 들어갔다.

그를 찾아다녔던 나날들이 머릿속을 스치고 지나갔다. 죄다 허탈하게만 느껴졌다.

카이화의 말은 틀렸다. 이상한 짓을 안 하기는 개뿔. 비록 말은 알아듣지 못해도 이 망할 덩치들의 태도만 봐도 알 수 있었다. 그들은 리옌을 낙하산이라 적당히 대접하는 게 아니었다. 유주는 눈치가 없지도, 멍청하지도 않았다.

그녀가 그를 기다린 데에는 많은 이유가 있는 게 아니었다. 엄밀히 말해 기다렸다고 말하기에도 무색한 게 사실이었다. 하지만 이제 남은 건 그녀밖에 없다는 말이, 이제는 좀 더 정상적으로 살아 보고 싶다는 말이, 지쳤다는 말이, 힘들다는 말이, 기다려 달라는 말이 때때로 떠올랐다.

멍청하게도.

「아는 여자다. 여기까지 찾아왔는데 푸대접할 순 없지. 데려가라.」

다행인지 불행인지 리옌은, 유주를 그대로 돌려보낼 생각은 아닌 듯했다.

다행이었다. 이성이 되돌아 온 순간, 그녀의 가슴 한구석을 찌르르하게 울리던 어떤 감정들도 눈 녹듯 사라졌다.

이젠 추궁의 시간이었다. 사내들은 리옌의 명령에 유주의 양팔을 잡아챘으나 그녀는 그를 단호하게 뿌리치며 제 발로 직접 따라갈 것임을 피력했다.

그녀에게 따라오길 종용하는 리옌의 눈빛은 마냥 서늘했다. 유주는 그 눈빛 앞에 주눅 들 필요가 없었다. 주먹을 세게 말아 쥐며, 유주는 그의 등 뒤를 따랐다.

"편하게 앉아. 카이화는 만나 봤어?"

리옌이 유주를 데리고 들어간 곳은 그녀가 차마 안에 들어갈 엄두도 내지 못한, 다섯 곳의 사채업 사무실 중 하나였다. 게다가 첫날 방문했던 도박장과 그리 멀지도 않았다. 당연히 그가 일주일 내내 이곳에 머물렀을 리는 없었지만, 막상 아는 장소로 안내되자 허탈한 건 사실이었다.

"커피? 홍차?"

출소하고 한 달 사이 머리를 길러서인지 리옌의 모습은 마치 사 년 전 어느 시점에 박제된 것 같았다. 금쪽같은 얼굴에 유일한 오점 같은 긴 자상, 깊게 파인 안와, 무엇이든 꿰뚫어 보는 듯한 깊은 눈매는 예전과 다를 게 없었다.

문제는 묘하게 살기가 도는 듯한 눈빛. 거기에 약간 피로해 보이는 인상, 냉담한 표정까지도 니시콴라이에 있을 때와 다를 바 없었다는 것이다.

그럼에도 그녀에게 말을 거는 태도는 여전히 살가웠다. 마치 그간의 공백 따위는 없던 것처럼.

"얼음물. 그리고 만났으니 싱하오 구역을 그렇게 기웃거린 거 아니겠어?"

다만 유주의 말투는 다소 까칠했다. 머릿속이 복잡했고 마음이 심란했다. 그를 만나 기뻤지만 순수한 기쁨을 표현할 수 없었다.

둘 사이에 아주 깊은 골이 파인 것 같았다. 시간이 만들어 낸, 그리고 서로의 차이로 파여 버린 그 골은 어떠한 감정을 쏟아부어도 메워지지 않을 것 같았다.

"일주일 전에 홍콩에 왔단 건 알았어."

그런 생각은 유주만 하는 걸까? 제멋대로 아이스티를 타며 얼음을 채우는 리옌의 말투엔 미미한 웃음기까지 서려 있었다.

그는 너무나도 태연해 보였다. 지나치게 여상스러워서 유주는, '애당초 이 관계는 종지부를 찍었는데 자신이 미련하게 질척거린 건가?' 싶을 정도였다.

그렇다면 이래저래 부끄러운 건 그녀 하나였다. 무슨 생각으로 여기까지 그를 찾아온 건지, 카이화가 왜 리옌을 만나 달라고 했던 건지, 만나서 무슨 이야기를 하고 싶어서 몇 날 며칠 싱하오 관련 업장들을 들쑤시고 다닌 건지 알 수 없었다. 머릿속이 하얗게 표백되는 기분이었다.

어째서인지 눈물이 나올 것도 같았다. 유주는 무릎 위에 올려 둔 손을 세게 말아 쥐었다.

"그래? 알면 번거롭지 않게 먼저 찾아오지 그랬어?"

"알잖아. 정리할 게 한둘이 아니었던 거. 당신이 이해해 줄 줄 알았는데, 이렇게 찾아와 주다니 의외야."

웃음기 서린 목소리에, 속에서부터 무언가 끓어오르는 기분이 들었다.

그런 유주의 속내 따위 알 리 없는 리옌은 그녀의 앞에 아주 차가워 보이는, 그새 결로까지 송송 맺혀 흐르는 아이스티를 건네주었다. 유주는 그의 차가운 음료마저도 그가 자신에게 내보이는 냉랭함의 편린 같다는 생각을 했다.

언제부터 이렇게 남자의 일거수일투족에 흔들리는 여자가 되었나. 유주는 스스로가 그 어느 때보다 한심하게 느껴졌다.

말을 가릴 수는 없었다. 하고 싶은 말은 산더미였고, 추궁하고자 하는 감정은 바다같이 넓고도 깊었다.

"그 정리하려는 명단에 내 이름도 올라가 있었나 봐?"

아. 구질구질해…….

말을 내뱉고 그녀는 삼 초 만에 후회했다. 하지만 일견 시원한 마음도 있었다.

그래, 몇 년의 시간은 그리 헛되지 않았다. 유주는 그동안 나름대로 할 만큼 했다. 누구는 이 나이 먹고 대학원에 가는 게 돈지랄이니, 시간 낭비라 했지만 그래도 그녀의 커리어 한 줄이 생긴 것이고, 인생의 선택지가 보다 늘어난 것 아닌가? 게다가 새로운 인맥도 생겼다. 앞으로 다른 방향의 인간관계는 나무가 가지를 뻗듯 무수히 생겨날 터였다.

리옌과 멀어져 있던 그 시간은 전혀 무의미하지 않았다. 유주는 이를 악물었다. 무슨 대답이 나올지는 모르지만 결코 동요하는 모습을 보이지 않으리라 다짐했다.

"……무슨 말을 하는 거지?"

그러나 리옌의 태도는 당혹스러워 보였다. 왜 그런 말을 하냐는 듯한 그 황망한 표정과 긴장된 말투가 제법 그럴듯했다. 아무것도 모르는 상태에서 저 표정을 보았다면 뭔가 오해가 있던 건 아닐까, 의심했을 것이다.

"당신이 홍콩에서 너무 즐겁게 잘 지내고 있는 것 같으니 하는 소리지. 아, 가석방 축하해. 미리 축하해 주지 못했다고 서운해할 건 아니지? 난 당신이 언제 출소하는지도 몰랐거든. 아, 서운해하고 자시고 한 것도 아니려나?"

그래서인지 유주의 입에서는 누가 물어본 것도 아닌 말들이 지나치게 많이 흘러나왔다. 게다가 한 구절 한 마디, 질척거리지 않는 대목이 없었다. 아주 서운함이라는 감정에 파묻혀 질식할 것 같았다.

무엇보다도 아까 전, 그녀를 내려다보던 싸늘한 눈빛을 생각하니 참고 참았던 눈물마저 핑 돌았다.

미쳤네. 유주가 입술을 꽉 깨물었지만 소용없었다. 이미 유주의 감정과 신체의 반응은 그녀의 통제 범위를 넘어선 지 오래였다.

"지금 한 말까지는 그냥 흘려듣겠어, 유주. 확실히 말해. 하고 싶은 말이 뭔지."

그런 그녀의 말은 흘려들을지언정 태도까지 흘려 넘길 리옌이 아니었다. 삽시간에 그의 말투는 아까 전, 덩치들을 상대할 때처럼 사나워졌다. 유주는 그마저도 서러웠다.

개자식. 내가 여기에 왜 왔는데. 내가 뭣 때문에…….

"나쁜 놈아."

다른 말은 목구멍에 걸려 제대로 입 밖으로 튀어나오지도 못하는데 그 말만은 아주 자유롭게 튀어나왔다. 그 말에 리옌의 눈이 휘둥그레졌다. 아니지. 어쩌면 그녀가 세상 서러운 표정으로 눈물을 뚝뚝 떨구기 시작해서 그런지도 모르겠다.

"유주, 서유주. 잠시만."

그가 당황하며 유주의 곁으로 다가왔다. 당연히 그녀는 제 어깨를 끌어안으려는 리옌의 손길을 피했지만 이내 소용없는 반항이 되었다.

"유주. 서유주."

리옌은 유주의 헛된 반항을 제 품 안에서 아주 가볍게 잠재우며 연신 그녀의 이름을 불렀다. 그 어느 때보다 다정하게. 그 누구보다 상냥하게.

이 얼마나 멍청한지.

그렇게 생각하면서도 유주는 그의 팔에 얼굴을 묻은 채 머릿속이 하얗게 비워질 때까지 엉엉 울음을 터트렸다.

보고 싶었다.

그간 그가 너무 보고 싶었다.

그래서 자신이 조금은, 미친 것 같았다.

"이제 좀 진정이 돼?"

꼬박 삼십 분을 울고 나니 미미한 탈수 증세가 찾아왔다. 유주는 얼음이 다 녹아 버린 아이스티를 단숨에 비워 내고, 퉁퉁 부은 눈 위에 그가 건네준 얼음주머니를 얹고 나서야 완전히 이성을 되찾을 수 있었다.

물론 곧바로 찾아든 감정은 '쪽팔림'이었다.

아주 신나게 처울었다. 추태도 이런 추태가 없었다.

"어. 머리 아파."

"울고 나서는 약을 먹으면 안 된다고 하더라고."

숨기려 노력하는 건지는 모르겠지만 리옌의 목소리에 웃음기가 섞여 있다는 것은 쉬이 느껴졌다. 그녀가 어린애처럼 엉엉 울며 그에게 매달린 게 만족스러웠던 건지, 아니면 그녀가 추하게 우는 몰골이 우스워서인지 따위도 알 바 아니었다.

다만 유주는 제대로 그간의 묵은 감정을 눈물로, 찌꺼기 하나 남기지 않고 말끔히 씻어 내린 것이 후련할 따름이었다. 그래, 참기도 오래 참았다.

애당초 유주는 인내심 있는 성격도 아니었다.

"개자식아, 할 말이 그것뿐이야?"

"절실히 원해 주었다니 기쁘다고 해야 할까? 약속한 두 달이 얼마 남지 않았는데 이렇게 찾아와 주기까지 하니 고맙다고 해야 할 것 같기도 하고."

약속?

멍한 머릿속이었지만 그 단어는 아주 콱, 제대로 그녀의 이성에 내리꽂혔다. 그와 그녀 사이에 약속이라고 할 만한 건 애써 억지를 부려 봐야 '기다려 달라'는 정도였다.

그런데 거기에 그가 출소한 이후, 기다려 주는 것까지 포함되었던가?

"뭔 개소리야?"

리옌은 능숙하게 그녀의 뉘앙스를 읽어 냈다. 기본적으로 눈치가 빠르다는 건 이런 점에서 좋았다. 쓸데없는 첨언이 불필요하니까.

"내가 보낸 편지 못 받았어?"

"편지?"

"그래, 편지. 당신이 한 번도 답장해 주지 않았던 내 편지들 말이야. 그걸……."

리옌은 말을 내뱉다 말고 울컥했는지 잠시 숨을 골랐다. 그 찰나의 표정에서, 그간의 울분이 엿보였다. 유주는 얼음주머니를 내던지며 고개를 들었다.

"내가 답장을 안 했다고? 당신이야말로 연락 한 번 제대로 안 하고, 접견도 거부하고!"

"내가? 내가 그랬다고?"

"그래, 이 빌어먹을 자식아! 가석방에 희망이 보인다는, 꼴랑 한 통의 편지도 연락이라고 퉁칠 생각이야?"

"당신이야말로 나에게 편지 한 통 보낸 적……."

둘의 시선이 마주쳤다. 뇌를 빼놓고 사는 사람이 아닌 다음에야 어떻게 된 상황인지 알 수 있었다. 서로에 대한 원망만 가득했던 표정들이 일시에 차가워졌다. 유주는 붕어같이 퉁퉁 부은 눈을 끔뻑이며 실소했다.

"아, 이거 뭔가 낚인 거 같은데."

그녀의 말에 리엔도 동의했다.

"그러게."

물론 둘 중 하나가 거짓말을 하고 있다는 가능성도 배제할 순 없었지만 짧은 시간이었지만 함께했던 사건이 작지 않은 만큼, 그리고 그만큼 서로에 대한 탐색이 촘촘했던 만큼 둘은 상대방에 대해 상당히 잘 아는 편이었다. 이런 소모적인 방식으로 상대와의 거리를 벌리는 건 유주의 스타일도, 리엔의 스타일도 아니었다. 둘은 차라리 직접 부딪히는 편을 선호했다.

누구 하나 마음을 접었다면 그를 통보하면 될 일이다. 보고 싶다면 연락을 취하고 만나면 될 터였다. 하지만 둘은 서로의 연락을 받지 못했다. 그리고 만남도 차단당했다.

중간에 누가 손을 쓴 듯했다. 아직 정황에 따른 추측일 뿐이었지만.

"난 당신에게, 이 편지 한 통밖에 못 받았어."

유주가 먼저 가방에서 그가 보낸 편지를 꺼냈다. 리엔은 그 편지를 받아들고 그답지 않게 얼굴을 붉혔다. 너무 감정적으로 써서 보낸 내용이란 사실을 그제야 깨달은 듯했다.

하지만 그가 그토록 창피해하는 모습은 분명 유주에게 새로운지라, 그녀는 눈까지 반짝이며 그의 얼굴을 뚫어져라 응시했다. 그 시선에 결국 리엔이 먼저 고개를 돌렸다.

"난 분명 출소하자마자 당신에게 전화했어. 하지만 당신은 받지 않았고, 그 뒤에 혹시 몰라 집으로 편지까지 보냈다고."

"뭐라고 보냈는데?"

"……아직 여기서 해결 못 한 일이 있으니 깔끔한 상태로 돌아가겠다고."

그가 여전히 부끄러워하는 걸 보니 분명 거기에도 구구절절한 내용이 적혀 있을 터였다. 유주는 탄식하며 소파에 몸을 깊게 묻었다. 짜증이 치밀었다.

"거짓말하는 거 아니지?"

"내가 왜 이런 걸로."

"그럼 중간에 내 편지나 당신 편지가…… 다른 곳으로 흘러 들어간 거네?"

유주의 말에 리옌이 그녀를 향해 고개를 돌렸다. 상기된 표정은 어찌어찌 갈무리했지만 아직도 귓불이 새빨갰다. 유주는 이런 날이 또 올까 싶어 그를 더욱 놀리고 싶었지만, 분명 살다 보면 이런 기회가 더 있을 터였다. 게다가 중요한 건 그게 아니었다.

"아마, 내가 말한 '해결 못 한 일'에 해당하는 누군가의 짓이겠지."

"이런 식으로 뭉개 가며 넘기기는 싫은데……."

이렇게 되면 하고 싶었던 말도, 해야 했던 말도, 정리해야 했던 감정들도 죄다 허사가 되어 버린다. 물론 안 좋은 말이야 하지 않는 편이 좋고, 나쁜 감정이야 묵혀 두지 않아야 좋은 법이지만. 그래도 이런 것들이 쌓이고 쌓여 오는 게 화병이지 않은가.

유주는 머리카락 사이에 손을 집어넣어 벅벅, 제 머리를 마구 헝클어뜨렸다. 울분은 쌓이는데 풀 길이 없었다. 게다가 어떻게 된 노릇인지 항상 리옌과 얽히면 모든 문제가 순순히 풀리는 법이 없는 것인가. 괜한 원한마저 생길 지경이었다.

"……내가 교도소에 있을 때도 틈틈이 밖은 주시하고 있었어. 일이 완전히 마무리된 건 아니었으니까."

"도대체 뭐가 덜 해결된 건데?"

"카이화는 찾았지만 내 신분에 대한 건 찾지 못했어."

"신분?"

"지금 난 두 조직 사이에서 제거 1순위야. 카이화는 멀쩡히 대학을 졸업했고, 자격을 땄으며, 전과도 없지. 그녀는 끽해 봐야 이쪽 바닥에 발 좀 담갔던 민간인이야. 하지만 나는 완전 그쪽 인물이지. 게다가 둘의 일을 제대로 망치기도 했고."

"둘?"

"삼합회와 롱친."

젠장. 그런 방향으로는 생각지 못했다.

유주가 상상한 엔딩은 이런 게 아니었다. 모든 매스컴에서도 딱 거기까지만 보여 준다. '악당은 처벌받고 착한 사람은 오래오래 행복하게 살았습니다' 정도까지 말이다.

하지만 현실은 다르다. 몇십 년이나 능구렁이처럼 똬리 튼 채 어둠 속에서 몸을 사리던 거대한 집단을 일망타진한다는 건 꿈같은 얘기였다. 거기다 보복 범죄는 국가를 막론하고 아주 자주 벌어지는 흔한 일이다. 게다가 개인을 향한 집단의 폭력도 드문 일이 아니었다.

"어떻게 정리하려고?"

"그러고 보니 식사는 했나?"

유주의 질문에 리옌이 슬쩍 시선을 피했다. 자기 딴에는 최대한 자연스럽게 보이려고 노력했지만 질문에 대답하기 거북하다는 게 여실히 느껴지는 태도였다.

그냥 넘어가 줄까 싶다가도 저렇게까지 부자연스러운 태도를 보면 도리어 캐묻고 싶어지는 법이었다. 유주는 팔짱을 낀 채 못마땅한 시선으로 고개를 끄덕였다.

"당신과 대여섯 시간 정도 이야기 나눌 정도로는 배가 찬 상태야."

"그럼 남은 이야기는 내일 하는 게 어떨까. 내가 지금 당장은 좀 바쁜데."

"바쁘면 뭔 짓거리를 할 건지만 말하고 남은 걸 저녁에 얘기해. 한마디 해 주고 갈 시간은 있잖아?"

"당신이 들어서 좋을 거 없는 얘기야."

"야, 그걸 언제부터 네가 판단했니?"

유주의 말투가 삐딱해졌다. 그녀의 눈에 리옌은, 뭔 개짓거리를 하려는 건지는 몰라도 하는 모양새가 영 수상쩍었다.

당연히 리옌은 고개를 저었다. 그리고 최대한 누그러진 어투로 말했다.

"간만에 재회를 이렇게 망치고 싶지 않아."

"나 당신 낯짝만 보러 온 거 아닌데? 왜 갑자기 한국에 돌아가라는 느낌이지?"

"유주. 여기는 홍콩이고, 당신은 외국인이야."

"그러니 난 위험하면 곧바로 대사관으로 튈 거거든? 빨리 말해. 어차피 당신이 털어놓을 때까지 꼬장 부릴 거 알잖아, 나."

유주의 노골적인 협박성 발언에 리옌이 길게 숨을 몰아쉬었다. 그러곤 여전히 시선을 마주치지 않은 채 입을 열었다.

"닷새 뒤에 본토에서 사람이 내려올 거야. 장치앙린이 실각하고 자리를 잡은 룽친의 현 보스를 만나러 내려오는 건데, 그 자리에서 내 처우에 대한 이야기를 나눠 볼까 해."

그건 유주가 듣기에 다소 미친 소리였다.

삼합회는 이미 손해를 보았다. 룽친은 엄밀히 말해 삼합회의 힘과 조력으로 큰 조직이니 실질적으로 리옌의 행동은 삼합회 그 자체를 공격한 거였다. 이미 그들은 장치앙린을 희생시켰고, 삼합회 간부의 딸인 쉬에화를 저버렸다. 무엇보다 이제 리옌은 '칭리옌' 본인이 아니었음이 밝혀졌다. 녹록한 상황이 아니었다.

그런 마당에 대화?

하지만 금세 깨달았다. 그런 허무맹랑한 데에 희망을 걸어야 할 정도로 지금 상황은 낙관적이지 않은 것이다.

"내가 할 일은?"

당연히 없을 것이란 걸 알면서 물었다. 리옌의 입에선 예상한 대답이 흘러나왔다.

"내가 이 시점에 당신을 찾은 이유가 뭐라고 생각해?"

"……보호?"

"정답이야."

하지만 리옌은 안다. 유주 자신도 아는 것을 그가 모를 리 없었다.

유주는 불길에 섶을 짊어지고 뛰어드는 사람은 아니나, 당면한 상황을 외면하며 제 안위만 살피는 사람이 아니다. 차라리 그랬다면 유주나 리옌이나 한결 인생이 수월했을 것이다.

"말 같잖은 소리 하네."

단호한 대답에 리옌은 예상한 듯 피식 웃었다. 하지만 결코 밝은 웃음은 아니었다. 웃을 만한 상황이 아니다. 유주도 그 정도는 알았다.

"당신이 순순히 따라 줄 것이라는 생각은 안 했어."

"우리 편지가 왜 사라진 건지부터 알아야겠어. 왠지 이것도 어떤 음모 같거든."

"또 이상한 억측을 하는군."

"억측이면 뭐 어때? 당신이나 나나, 그 억측 하나로 모든 걸 시작했던 관계 아니야?"

유주의 뻔뻔할 정도의 당당한 개입 선언에, 리옌은 입을 다물었다. 그러나 그도 비슷한 생각을 하고 있음을 알 수 있었다.

최소한 지금껏, 그들이 겪어 온 일에 이유 없는 우연은 없었다. 게다가 서로의 편지가 보낸 족족 유실된 것과 들은 적도 없는 접견이 취소된 것에는 분명 개연성이 있었다. 그건 결코 우연이 아닌 것이다.

그렇다면 그 목적은 무엇일까. 그저 약을 올리려고? 리옌이 보다 외로워지고, 유주가 그런 그를 자연스럽게 포기하게 만들도록?

그래. 몸이 멀어지면 마음도 멀어지는 법이라고, 교제 중인 두 사람을 떨어뜨리는 데에는 분명 효과적인 방법일 것이다. 그러나 그것뿐일까?

"내가 봤을 땐, 당신이랑 내가 완전히 연을 끊길 바라거나 내가 홍콩으로 왔으면 하는, 둘 중 하나를 노리는 사람 짓일 거야. 교도소에도 연이 닿아 있고, 당신과 나에 대해 잘 알아 편지를 가로챌 수 있을 정도이기도 하겠지."

리옌은 그런 유주를 별로 탐탁지 않은 시선으로 바라보았다. 어영부영 끼어들어 봐야 그녀에게 득 될 것이 없었다. 리옌에게도 지금의 상황은 좋지 않았는데 그녀라고 오죽할까.

그러나 어떤 문제이든 간에 혼자 고민하는 것보다는 둘이 고민하는 편이 보다 합리적인 법이다. 그건 만고불변의 진리였다.

"구태여 일을 벌일 필요가 있을까? 상대가 누구든 간에. 게다가 당신 팔도……."

"언제 적 얘기하니? 그리고 내가 팔을 다쳤던 거지 머리를 다쳤던 게 아니거든?"

리옌은 계속 머뭇거렸다. 그녀와 이 주제에 대해 이야기하고 싶지 않다는 태도가 명확했다.

그러나 유주도, 장외에서 구경이나 하다 돌아간다는 생각으로 여기까지 온 게 아니었다. 사람 하나를, 그것도 낯선 타지에서 찾아내겠다는 일념 하나로 여기까지 왔다. 유주는 그런 제 강단만큼 단호한 말투로 그의 말을 잘랐다.

"글쎄? 언제는 우리가 상대방 마음을 훤히 꿰뚫어 보고 대처했나. 남 속 마음이야 알 바 아니지."

만에 하나 정말, 상대가 유주를 홍콩으로 데려오고자 이런 번거로운 짓을 벌인 거라면 그 의미부터 파악해야 했다. 도대체 무슨 이유로, 어떤 이득을 바라고 그녀를 홍콩에 데려온 것인지 말이다.

혼란스러워하는 리옌과는 다르게 유주는 누군가를 떠올리고 있었다.

리옌의 면접 교섭권에 대해 언급할 수 있을 만큼 가까운 사람. 그러면서 노골적인 큰 영향력을 발휘하기는 어려운 사람. 편지가 누구에게 오고 갈지 알고 있는 사람. 그리고 그녀가, 홍콩에 오기를 바라는 사람.

다만 궁금한 게 있다면 '굳이 왜' 이렇게 번거로운 방법을 사용하였느냐는 것이다. 더불어 리옌이 알고 나서 어떤 생각을 할지 예상 못 할 것도 아닌데 그의 성질을 이렇게 박박 긁어내는 것인지도 의아했다.

아무래도 카이화를 한 번 더 만나 봐야 할 것 같았다.

* * *

"이제 얘기 좀 해 봐."

일 얘기는 핑계가 아니었던 듯, 리옌은 유주 곁에 하루 종일 붙어 있을 순 없었다. 그는 저녁에 오겠다는 믿기 어려운 말만 남긴 채 그녀를 다시 호텔에 바래다주었다. 그러고 저녁 시간이 한참 지나서야 그녀의 방문을 두드렸다.

유주는 그가 다시 돌아올지 반신반의한 상태였기에 먹을 것까지 사 들고 온 리옌을 그 어느 때보다 반갑게 맞았다. 마치 공백기에 쌓였던 앙금이 전혀 없다는 듯 말이다.

하지만 역시 그녀는 쉬운 상대가 아니었다. 식사가 끝나고, 룸서비스로 시킨 고량주 한 모금으로 입가심까지 끝낸 유주는 팔짱을 낀 채 싱글싱글 웃으며 리옌에게 툭 하니 말을 던졌다.

어쩐지 웃는 모습이 더욱 살벌해 보여서 리옌은 잠시 몸을 부르르 떨었다.

"한 잔 더 마실래?"

"아니. 멀쩡한 정신에 이야기 좀 듣고 싶네. 그냥 순순히 불어. 나 기분 좋을 때."

그녀의 말인즉, 그간의 이야기를 죄다 털어놔 봐라 이거였다. 그거야 리옌도 거리낄 게 없었다. 다만, 죄를 지은 것도 아닌데 등골이 저릿할 정도로 서릿발 선 눈빛을 받는 건 달갑잖았다.

"그래……. 일단 재판 결과는 다 알지?"

"아니."

"……아니라고?"

"내가 관심 있던 건 당신뿐이야. 당신이 1심에서 8년 받았고 항소 안 했다는 건 알아. 그 경찰이 나한테 전화해서 알려 줬거든. 오히려 그 형량이 많은 부분 참작되었던 거고, 항소심으로 끌고 가 봐야 저쪽에서 더 악착같이 당신을 물어뜯으면 물어뜯었지, 덜하진 않을 테니 그냥 받아들이는 편이 나을 거라고 그러더라. 사실 나도 그렇게 생각해. 괘씸죄가 오죽 무서워야지."

유주의 말에 리옌은 기쁘지만, 어디서부터 설명해야 할지 몰라 난감한 표정을 지었다. 그러나 그게 사실인 걸 어쩌란 말인가. 유주는 남의 일 따위 알고 싶지 않았다. 일평생 평범한 소시민으로 살던 그녀에게 있어 범죄자가 감옥에 간다는 건, 그냥 그 일이 그대로 끝나 버린다는 것을 의미했으니 이상한 것도 없었다.

그녀에게 중요한 건, 멋대로 자신의 인생 일부를 떠넘겨 버린 채 죗값을 치르러 간 남자, 하나였다. 그녀는 그 남자에게 애정이 있었고 연민을 느꼈으며 그 품속에서 안도감과 기쁨도 맛보았다.

단지 짧은 순간의 불장난으로 몇 년을 낭비하고 있다는 회의감도 시시때때로 찾아들었지만 그녀는 원래 '이런 류의' 인내심이 좋았다. 그게 아니었다면 '자기 길'이 아니지 않을까라는 생각을 하면서도 몇 년이나 장의업에 매달려 있지 않았을 것이다.

무엇보다 어느 것 하나를 시작하려면 무언가를 완벽히 끝내는 것도 중요한 법이었다. 유주는 단 한 번도 리옌과의 관계를 끝낸 적 없으니 죽이 되든 밥이 되든 정리해야 할 것은 빨리 끝내 버리는 게 맞았다.

"우선 쉬에화는 5년을 받았어. 짐작했겠지만 그 정도 위치에 올라서면 대신 들어가 줄 놈들이 한둘은 아니니까. 하지만 장치앙린은 말단의 설움을 제대로 겪었지. 일을 제대로 처리하지 못했을 뿐 아니라 감히 간부의 귀한 따님까지 옥살이를 시킨 탓에 그 무섭다는 괘씸죄가 추가된 모양이야. 12년."

"으응. 그래서?"

별 관심은 없었지만 일단 들어 둬야 하는 내용이니 들었다. 딱히 그 인간들이 교도소에 들어가 몇 년 살고가 중요한 건 아니었으니까.

"제일 크게 문제가 된 건 역시 마약 건이었어. 알다시피 중국 본토에서는 이전에 마약으로 크게 문제 된 바가 여러 건 있어 그런 방면으로는 무척 엄격하지. 물론 엄격하다고 해서 안 한다는 뜻은 아니지만 다들 암암리에, 최대한 안 걸리려고 하거든."

"그런데 당신은 그 일을 존나 크게 키운 거네? 그것도 삼합회 간부 딸을 건드려 가며."

"그렇지. 정확해."

"그래서 생각한 타개책이 대화를 나눈다라……. 솔직히 승산이 얼마나 된다고 생각해? 일자무식인 내가 봤을 땐 H구단 주전 선수 타율만큼도 안 나올 것 같은데."

유주는 한때 승헌이 야구에 미쳐 있던 시절을 떠올리며 중얼거렸다. 승헌은 스포츠를 무척 좋아했는데 그는 매우 고집스럽게 제 연고지 구단만을 열렬히 응원했다. 야구에 문외한인 유주가 봐도 망했다 싶은 구단을.

그때 메인 타자의 타율이……. 아니, 그냥 그 구단 전체의 승률도 어마어마했다.

그녀가 저도 모르게 고개를 저었다. 리옌은 한국 야구팀의 사정까지는 알지 못했지만 그녀의 표정과 제스처를 보고 무슨 말을 하는 건지 짐작한 듯 고개를 끄덕였다.

"아마 당신이 떠올린 그 승률과 비등비등할걸."

"그런데 일을 벌이겠다고?"

"이미…… 퇴로 따위는 없어. 알잖아."

리옌의 표정에 처음으로 금이 갔다. 그간의 피로와 무너진 자존심에 대한 수치심이 엿보였다. 유주는 저도 모르게 측은함에 기울어지는 마음을 애써 다잡았다. 누구 하나가 약해졌을 때, 덩달아 약해지는 건 상황을 악화시킬 뿐이었다.

"도대체 당신, 출소하고 나서 무슨 일이 있던 거야?"

"……출소하고 나서가 아니야. 내가 안에 있는 동안, 카이화는 두 번이나 죽을 뻔했어."

그가 괴로움에 젖은 목소리로 성토를 시작했다.

리옌은 오히려 감옥 안에서 안전했다. 아무리 삼합회가 날고 기는 조직이라고 해도 인터폴의 감시 아래 있는 죄수를 감옥 내에서 살해하기란 무리였다. 게다가 이미 당국의 감시망 아래에 있으니 그런 대범한 짓은 저지를 엄두도 내지 못했다. 리옌이 인터폴에게 계속 협조하며, 그가 알고 있는 내부 정보를 팔아넘기고 있다는 걸 알면서도 어쩔 수 없었을 것이다.

하지만 그가 지키고자 한 유일한 대상이 밖에 있었다. 물론 조금 더 수비망을 넓히자면 서유주라는 인물에게까지 위협을 가할 수 있었겠지만 그녀와는 오히려 왕래하는 모습이 보이지 않았다. 더구나 그녀는 한국인이었다. 손을 쓰기 어려웠다.

그러니 카이화는 아주 좋은, 효과적인 협박 대상이었다.

"다행히 경찰이 제대로 보호해 주었지만 한 번은 정말 위험했어. 당신이 처했던 상황만큼……."

거기까지 말하고 리옌은 흠칫하며 유주를 쳐다보았다. 아마 그때의 기억을 구태여 상기시킨 건 아닌가 싶은 모양이었다.

당연히 유주도 당시의 일들을 떠올리면 아직도 모골이 송연했다. 하지만 그런 자신의 아픈 상처를 헤집는 것보다, 그 어느 때보다 비통한 리옌의 표정이 유주는 더욱 신경 쓰였다.

가족 이야기를 할 때에도, 카이화에게 뒤통수를 맞은 것을 알았을 때도 보이지 않았던 모습이었다. 그가 당시에 얼마나 놀랐을지 짐작이 갔다. 그녀가 불길 속에 갇혀 있을 때도 저런 표정이었을까. 거기까지 생각하곤 유주는 재빨리 고개를 저었다. 쓸데없는 생각도 가지가지였다.

"그래서 아예 공격하겠다고?"

"해결 짓지 않으면 안 되는 일이니까."

유주는 답답했다. 그에게 뭐, '날 지금까지도 사랑하느냐'는 식의 말을 물어보려 온 건 아니었지만 고구마 열댓 개를 물 없이 먹은 듯한 막막한 상황을 상상한 것도 아니었다. 그녀가 생각한 건, 끽해야 물벼락 정도였다.

나 없이 잘 살아라, 개새끼야!를 외치며 그의 저 잘난 낯짝을 냉수마찰시켜 주는 거. 그 정도였다는 것이다.

"아……. 확실히 뭘 어떻게 해야 할지 모르겠네. 난 이런 경우는 처음이라."

"두 번째면 그것도 문제 아니겠어?"

분위기를 환기하고자 한 말이겠지만 그녀의 모든 좋지 않은 첫 경험을 선사한 사람이 할 말은 아니었다. 유주는 한숨과 함께 손사래를 쳤다.

"그래. 알겠으니까, 일단 내일 다시 얘기해. 오늘은 나도 피곤해. 쉬고 싶어."

진심이었다. 요 며칠 알지도 못하는 곳을 더듬더듬 돌아다니기도 했고, 그 과정에서 카이화도 만났다. 거구의 사내들에게 위협당하는가 싶더니 리옌을 만났고, 추태까지 부렸다.

아주 피곤했다. 그래도 소득이 없지는 않았다. 최소한 목적한 바는 이루지 않았는가. 비록 그에게 물세례는 퍼붓지 못했지만.

"쉬려고?"

하지만 리옌은 무척이나 이상한 소리를 들은 양 미간에 주름을 잡았다. 불만이 가득한 표정이었다. 도대체 남 쉬는 곳에 와서 저런 표정을 지을 건 뭔가. 유주가 똑같이 쌍심지를 켜며 고개를 까딱였다.

"안 쉬면?"

"이제 우리 이야기를 할 때 아닌가?"

"우리 얘기? 어떤 거?"

이야기할 게 있긴 했지만 유주는 일부러 모른 척했다. 벌써 밤 열 시가 다 되어 가는 중이었고, 실제로도 혼자 생각을 정리할 시간이 필요했으며, 이렇게 속이 복잡한 가운데 그와 밤을 보내는 일은 사양하고 싶었다.

그런 복잡한 심경이 얼굴 위로 얼마나 드러난 것인지는 모르겠다. 리옌은 잠시 알 수 없는 눈빛으로 그녀를 응시했다.

갑자기 사라진 말수에 밤의 침묵이 사위의 번잡스러움을 잡아먹었다. 그윽한 시선을 받고 있자니 기분이 묘해졌다. 유주가 슬쩍 시선을 피했다. 리옌의 바람 빠지는 소리를 내며 살짝 웃었다.

"여기까지 찾아왔다는 건, 내가 아직 당신에게 키스해도 되는 입장이라 생각해도 되는 건가?"

뻔뻔하기도 하지!

유주는 허탈하게 웃으며 고개를 절레절레 저었다.

"뭐라는 거니?"

"날 기다렸어?"

"나 바빴거든요?"

"그러고 보니 그간 당신이 어떻게 지냈는지는 모르네, 내가."

"편지에 다 썼어. 찾아오던가."

"당신 입으로 직접 듣고 싶어."

"뭘 듣고 싶은 건데?"

"날 그리워했는지가 궁금해."

저 개자식……

알면서 물어보는 건 정말 질 나쁜 행위였다.

게다가 직접적으로 들으니 그간 면역력이 또 떨어진 건지 새삼 민망했다. 어찌 대답해야 할지 알 수 없어 곤란하기도 했다. 아무리 옹색한 변명으로 얼버무리려 해도 그의 말마따나, '여기까지 찾아온' 마당에 답은 이미 나와 있었다.

그래. 빌어먹게도 유주는 리옌을 기다렸다. 어찌 되었건 기다렸고, 홍콩에 그를 찾으러 옴으로써 그를 드러냈으며, 그의 앞에서 추하게 울기까지 했다.

이런 마당에 그리워하지 않았다면 거짓말이었다. 이젠 그를 기다리는 게 애정에 기인한 것인지, 단순한 오기의 연장선인지도 잘 모를 지경이었다.

"도대체 무슨 말을 듣고 싶은 건데?"

그러니 유주의 반응은 까칠할 수밖에 없었다. 옛 감정이 살아나는 것도 어느 정도 시간이 걸리는 일이었고, 지금으로서는 그에 대한 서운함이 더 컸다. 사정이 있었든 뭐든 간에 사 년은 참을 수 있었다. 하지만 한 달하고도 열흘의 공백이 그녀를 무척 서럽게 만든 건 사실이었다.

"당신이 이야기하지 않겠다면 내가 할게. 난 기다렸어. 당신을 그리워했고. 멍청하고 초라한 모습일지라도 당신이 보러 온다고 하면 얼마든지 보여 주고 싶었어. 그 모습을 보고 실망해서 떠나간다면 차라리, 이제 더 기다리지 않아도 되겠구나, 하는 생각도 했고."

"……."

"난 당신에게 오늘 내내 이 얘기를 하고 싶었어. 아니, 살아서 돌아간다면 당신이 날 버렸다고 해도 이 말만은 꼭 해 주고 싶었어."

그러나 유주가 한 가지 간과한 것이 있다면 그녀의 속상한 사 년하고도 한 달 열흘이, 리옌에게도 똑같이 적용되어 있었다는 거였다.

매일 접견 신청 명단에 올라 있지 않은 이름을 얼마나 찾았을까. 오지도 않는 편지를 기다리며 낙심한 건 그녀보다 더하면 더했지, 덜하지 않았을 것이다.

버림받았다는 기억. 혼자 남겨졌다는 느낌. 그 아득하고 먹먹한 기분은 유주도 익히 잘 알고 있었다. 게다가 그는, 자유를 박탈당하고 운신을 통제 당한 상태였다. 유주가 한숨을 삼켰다.

"약았어, 당신."

기실 이건 동정심을 매개로 한 협박이나 다름없었다. 여기서 감정이 식었다고 말하면 유주는 정말, 매몰찬 냉혈한이 되어 버린다. 물론 그게 사실이라면 실로 매정하게 그를 토로하며 자리를 박차고 일어날 서유주였다. 그건 그녀 본인도, 리옌도 알았다.

망설이는 것 자체가 미련의 방증이었다. 리옌이 씩 웃었다.

"알아. 하지만 당신도 약았어."

"내가 뭐?"

"결국은 집요하게 굴겠다는 거잖아, 지금."

유주는 어이가 없었지만 한편 웃음도 나왔다. 도대체 이 상황이 뭔가 싶었다. 열받고 지긋지긋해야 하는데 이해하게 되는 자신의 상태도 우스웠다.

"맞아."

유주가 웃음을 터트리는 걸 보고 리옌도 짧은 숨을 내쉬며 킥킥거렸다. 짓궂고 얄미운데 한편 미워하기가 어려웠다.

이 기분을 뭐라고 설명해야 할까. 그저 보고 있는 것만으로도 좋은 것 같으면서 애가 닳고, 화가 나면서도 그 화가 동시에 풀려 버리면서, 얄밉고 미운데 또 가엾고 안쓰러운 이 기분을 도대체, 어떻게.

"모르겠어."

유주가 테이블 위에 한쪽 팔을 베고 누웠다. 아래에서 올려다보는 리옌의 얼굴 각도가 새삼스레 근사했다.

무심결에 손을 뻗어 뺨의 상처를 만졌다. 매끈한 뺨 위에 살짝 파인 그 상처는 시간이 흐름에 따라 색은 아주 옅어져 있었지만, 워낙 큰 상처였다 보니 확연히 눈에 띄었다. 여전히 아름다운 얼굴이었지만 그 자랑스러운 미모에 치명적인 흠이라는 게 여실했다.

리옌은 그녀의 손을 피하는 기색 없이 가만히 놔두었다. 오히려 그 손길을 즐기는 것 같았다. 그 평온해 보이는 표정을 보고 있자니 유주의 마음은 더욱 복잡해졌다.

"진짜, 모르겠어."

"몰라도 돼. 어차피 정답은 없어."

유주의 속내를 꿰뚫은 것 같은 답이었다. 그가 그녀의 손을 낚아채 손바닥에 입술을 묻었다. 유주는 한숨을 삼켰다. 그의 집요함이야 익히 알고 있었고, 이미 그녀는 제 발로 그의 손바닥 안에 걸어 들어온 셈이었다.

"너, 이번 일 자신은 있니?"

슬그머니 손바닥을 빼내려 했지만 오히려 단단히 붙잡혀 버렸다.

유주는 지금껏 별것 아니라도 조부, 서광훈이 남긴 말들을 금과옥조로 여기고 살아왔다. 어찌 보면 칭리옌이라는 남자는, 그녀가 선택할 수 있는 가장 나쁜 선택지인지도 모른다. 그녀가 받들어 온 광훈의 유조와도 어긋나는.

"자신 없어."

"맥 빠지는 대답이잖아……."

하지만 어찌할 도리 없이 그에게 마음이 갔다. 이것이 연민인지 애정인지 아니면 다른 무엇인지는 모르겠다.

유주가 백기를 펄럭이는 걸 보며 리옌은 얄밉게도 예쁜 미소를 지었다.

"그럼 이제 슬슬 쉴까?"

"뭐?"

"피곤해. 오늘 하루 너무 많은 일이 있었어."

리옌이 자리에서 일어나 슬슬 유주의 손을 잡아끌었다. 너무 자연스러운 태도라 유주는 멈칫하다 자리에서 일어서다 아차 했다. 그래, 여기는 호텔이었다. 그가 쉬고 싶다고 향할 곳은 침대밖에 없었다. 게다가 급히 리옌이 잡아 준 이 객실은 그리 크지도 않아서, 바로 소파 지척에 문제의 침대밖에 없었다.

"야, 잠깐, 리옌!"

유주가 다급히 그의 이름을 부르며 손을 잡아 뺐다. 리옌은 그녀를 돌아보며 의아한 표정을 지었다.

"왜?"

"아니, 그……."

아닌가? 내가 지금 오버하고 있나?

의뭉스럽기도 하고 여상하기도 한 리옌의 표정을 보고 유주는 본인의 자의식이 과잉된 상태인가 잠시 고민했다. 그런 그녀의 표정을 보고 리옌이 웃음을 터트렸다. 한결 녹아내린 태도였다. 오해와 갈등이 풀린 덕이었다.

"당신이 원하지 않으면 아무 짓도 안 해. 그냥 같이 있고 싶은 것뿐이야. 돌아가라고만 하지 말아 줘."

그따위 소리를 지껄이는 주둥이가 얼마나 간사한 것인지는 그녀만 알았다. 하지만 별수 있나. 유주는 어느 순간부터 그의 페이스에 너무나 잘 말려들었고, 한번 감겨들고 나니 그걸 뿌리치기가 매우 어려웠다.

아무래도 이 우유부단한 성격은 평생을 가도 못 고칠 성싶었다. 물론 고칠 생각이 없기도 했다. 삼십 년 넘게 이렇게 살았는데 갑자기 고칠 수도 없었고. 이젠 비빌 언덕도 있으니.

"……알았으니까, 개수작 부리지 마라. 쫓아낼 거야, 그러면."

"개수작이 뭔데?"

하지만 성격이 무른 것과 화났던 상대와 섹스를 하는 건 별개였다. 게다가 지금은 동하지도 않았다. 화가 가신 것도 얼마 되지 않았고, 짜증은 변덕스레 치솟았다 꺼지길 반복했다. 머릿속이 복잡했고 괜히 속도 울렁거렸다.

하여간 감정이 변덕스레 널뛰는 상황에 어영부영 몸을 섞는 건 어떻게든 밀어 두었던 과거의 관계를 스리슬쩍 수복하는 데 지나지 않았다. 지금 대화가 끝난 지 몇 분이나 지났다고. 하다못해 순간접착제도 바르고 마를 시간은 필요한 법인데 인간관계야 더 말할 게 있는가.

그러니 이런 건 한참 이르단 소리였다. 사 년이면 관계가 리셋되고도 한참이었다. 유주는 은근슬쩍 제 허리를 감아오는 리옌의 팔을 세게 후려쳤다.

"이딴 짓."

"끌어안는 것도 안 돼?"

"안 돼."

적반하장도 유분수지 어디서 감히 억울한 척을. 유주는 코웃음을 치며 그의 팔을 벗어났다. 리옌은 텅 빈 자신의 품을 내려다보다 짧게 웃더니, 냅다 그녀를 끌어안고 침대로 몸을 날렸다.

"엄마야!"

졸지에 끌어안긴 것도 모자라 잠시 몸이 허공에 붕 뜨는 경험을 했으니 유주가 화들짝 놀라는 건 당연한 일이었다. 도통 보기 힘든 표정이었던지 리옌은 그녀를 제 위에 얹은 채 너털웃음을 터트렸다.

"놀랐어?"

보기 드문 구김살 없는 웃음이었다. 어쩐지 유주는 괜히 속이 답답해져서, 그의 넥타이를 꽉 잡아당겼다.

"좋냐, 어? 좋아?"

"응. 좋지."

그는 목이 졸리는 것이 답답하지도 않은지 멍청할 정도로 웃고 있었다. 그 모습을 보고 있자니 다시금 유주의 속에서 무언가 울컥 치밭아 올라왔다.

여전히 수려한 턱선, 높은 콧대에 깊은 안와와 매력적인 입술을 가진 남자였다. 속눈썹은 길었고, 눈썹은 짙었다. 시원시원한 입매는 매사 굳어 있었지만 가끔 이리도 환히 웃을 때면 지금 이 상황이 현실인가 싶을 정도로 아름다웠고, 섬세한 외모와 달리 뼈대는 굵고 남성적이었다.

그는 분명 유주의 것이었다. '한때'에 지나지 않았을 수 있지만 어쩌다 보니 다시 손에 넣은 모양새가 된 것이다.

그 사실이 어쩐지 이상했다. 유주는 낯선 이를 바라보듯 그의 눈을 빤히 쳐다보았다. 암갈색의 눈동자는 그녀의 끈질긴 응시에도 흔들림이 없었다. 그 반질반질한 눈동자 위에 그녀의 모습이 비쳤다. 유주는 자신이 어떤 표정으로, 어떤 눈빛으로 제 눈앞의 사내를 보는지 알 수 있었다.

"왜?"

웃음기가 잔뜩 서린 사내의 목소리는 마냥 다정했다. 어쩐지 그 목소리마저 비현실적이었다.

격앙되었던 감정들이 가라앉으며 오히려 이 상황이 현실이 맞는지 헷갈리기 시작했다. 분명 유주는 그에게 닿아 있는데, 그가 이대로 다시 사라질 것 같았다.

이 감정을 뭐라고 하면 좋을까. 예정된 상실감? 불가해한 미래에 대한 불안과 두려움? 그도 아니면 이제 다시 잃고 싶지 않다는 막연한 애정과 소유욕?

"너, 아직 나 사랑하니?"

도무지 한 마디로 정의할 수 없는 복잡한 심경 탓이었을 것이다. 그녀 스스로도 '왜 이런 걸 묻고 있지?'라는 생각이 드는 말을 툭 하고 내뱉어 버린 것은.

당연하게도 유주는 자신도 그 말을 내뱉고 순간 아연해졌다. 리옌과는…… 사 년이나 기다려 이곳까지 찾으러 달려올 정도의 뭔가가 있기는 했지만 서로 이 정도의 낯간지러운 말들을 주고받을 사이는 아니었다. 아니었던 것 같다.

더구나 구태여 확인받고자 하는 마음도 없었다. 그때는 당면한 문제들이 너무나 크고 부담스러워서, 서로 이런 사사로운 감정을 끄집어내 확인시켜 주고 확인받고 할 계제도 아니었다.

유감스럽게도 그게 성인의 연애였다. 적당히 거리를 재고 적당히 미래를 계산하며 적당히 불같은 관계를 유지하다 적당히 안정적인 미래를 약속하는 것. 암묵적인 사회인의 룰이라고 해도 별반 틀릴 게 없었다.

모든 것을 다 내던질 정도의 러브스토리가 세상 어딘가에 존재하긴 하겠지. 하지만 그런 사례들을 찾아내는 것보다 소설이나 영화 따위에서 찾아보는 게 더 편리한 시대였다. 설령 운 좋게 그런 로맨스에 휘말리더라도, 그 관계자 전원이 모두 주연이 될 수 있는 것도 아니었다.

그런데 어째서 이 순간에 이런 질문이 튀어나온 걸까.

그것도 '그때 너는 날 사랑했었다'는 뻔뻔한 뉘앙스를 가득 담은, 낯부끄러운 질문이.

"……당신은?"

거기다 예상한 질문까지 되돌아오니 유주의 표정이 절로 흐려졌다.

두 사람 사이에 어떤 감정을 논하기 위해 필요한 건, 그 두 사람의 진심이었다. 그리고 유주는 그 관계의 당사자였다. 이제 더는 제 감정을 외면할수 없었다. 그녀는 버석거리는 입술을 혀로 축이며 가까스로 입을 열었다.

"보고 싶더라."

주어도, 목적어도 없는 말이었지만 유주로서는 엄청난 용기를 끌어모아뱉은 말이었다.

애당초 살가운 성격도 아니었다. 들이닥치고 따지는 건 잘하지만 여전히그녀는 자신의 내밀한 속내를 들여다보는 게 어려웠다.

그렇다고 술에 의지할 수도 없었다. 그건 너무 치졸하게 느껴졌다. 그녀는애당초 정공법 외의 방법은 몰랐다. 맨정신인 유주가 리옌에게 할 수 있는말은 보고 싶어서, 그래서 이곳까지 그를 만나러 왔다는 게 고작이었다.

"나도."

리옌은 다 안다는 듯 푸스스 웃음을 터트렸다. 아까 장난을 칠 때와는 다른웃음이었다. 유주는 결국 참지 못하고 그의 넥타이를 끌어당겼다. 입술이 맞닿았다. 누가 먼저랄 것도 없이, 서로의 숨을 삼켰다.

"몇 시야……."

유주는 환한 빛이 제 눈꺼풀을 무차별적으로 찔러 대는 통에 결국 잠에서 깨어났다. 반사적으로 더듬은 옆자리는 비어 있었지만 그녀가 깨어남과동시에 침대 곁에 묵직한 체온이 닿았다. 리옌이었다.

"이제 열한 시 조금 넘었어. 더 자도 돼."

나지막한 목소리가 여전히 사그라지지 않은 농밀한 열기를 품고 있었다. 그런 느낌이 착각이 아니라는 듯, 그녀의 머리카락을 귀 뒤로 넘겨 주는 손길이 끈적했다.

유주는 그 손길을 피하며 이불을 감아올렸다. 문어 빨판처럼 그녀의 몸에 엉겨 붙어오는 끈덕진 사내를 간신히 물린 게 창백한 새벽이었다. 여기서 더 붙어먹었다가는 탈수 아니면 진력이 나서 죽을지도 모른다.

"그렇다고 숨으라는 건 아니었는데."

하지만 리옌은 단호하게 이불을 벗겨 냈다. 유주의 나신이 환한 여름빛 아래 드러났다. 태양을 가까이하기보다 실내를 선호했던 그간의 생활 양식이 여실히 드러나는 흰 피부가 온통 얼룩덜룩했다. 유주는 앓는 소리를 내며 팔로 얼굴을 가렸다.

"더 자라며……."

"'나랑' 더 자자는 의미였지. 당신 혼자 이불 속으로 숨으라고 한 말 아니야."

"출근은?"

"당신은 참 야멸차기 그지없군. 나와 한 이불 속에 있을 땐 누구보다 열정적이면서 아침만 되면 날 내쫓으려 든단 말이지."

유주는 자기가 언제 그랬느냐 항변하고 싶었으나 지난번 홍콩에서 그와 보냈던 밤을 떠올리고 입을 다물었다. 그때도 유주는 그렇게 물었다. 출근 안 하느냐고.

"……혼자 지낸 기간이 길어서 일어났을 때 옆에 누가 있는 게 어색해서 그래."

"앞으로는 이게 평범한 정경일 테니까 하루라도 빨리 익숙해지도록 해."

유주의 옹색한 변명을 능숙하게 흘려보내는 그의 말속에는 미래에 대한 노골적인 암시가 덕지덕지 묻어 있었다. 유주는 멋쩍은 표정으로 양팔에 힘을 주어 상체를 일으키려 했다. 물론 그 시도는 그녀의 팔이 후들거리는 바람에 그의 품에 어정쩡하게 안기는 것으로 무산되었지만.

"벌써 적응하는 거야? 역시 가지 말라는 말보다는 이런 식의 육탄 공격이 좋네, 난."

"……욕조에 물이나 채워 줘."

몇 년 만에 남자와 몸을 섞은 것도 모자라 이런 식의 강한 어프로치까지 받으니 정신이 혼미할 지경이었다. 리옌은 그런 그녀의 모습이 제 맘에 쏙 들었던지 환하게 웃었다. 흰 치열이 가지런히 드러나는 저런 미소를 짓는 사람이 아니었는데, 그녀 앞에서는 유독 저 표정이 헤펐다. 물론 그마저도 음험해 보일 만큼 유주는 육체적으로 지쳐 있었다.

"그럼 씻고 식사를 하러 나가자. 오늘 하루는 쉴 거니까."

이마에 입을 맞추는 행위는 너무나 달콤해서 잠시 머릿속이 멍해질 정도였다. 하지만 유주는 그의 말에 무언가 떠오른 듯 눈썹을 씰룩였다. 리옌이 기민하게 그를 알아채고 그녀를 향해 물었다.

"왜, 무슨 일정이라도 있어?"

"어? 아니. 일정까지는 아니고."

"그럼?"

이미 예정한 바는 있었지만 그게 확정된 일정은 아니었다. 하지만 그를 동행해도 괜찮을까?

유주는 잠시 고민했다. 말 그대로 잠시였다. 생각해 보니 오늘 일정에 그를 동행한다고 해서 득이 되면 되었지 실이 될 것 같지는 않았다. 게다가 그녀가 생각한 걸 그가 떠올리지 못했을 리도 없고.

"아냐. 그냥 오늘 외출할 생각이긴 했거든. 누구 좀 만나려고."

"누구?"

"카이화."

"아."

역시나 여상스러운 반응이었다. 하지만 다소 불만스러운지 살짝 뺨이 굳었다. 유주는 손을 뻗어 그의 긴장된 근육을 살짝 어루만졌다.

"오늘 하루는 나랑 같이 다닐 거 아니었어?"

"그래. 당신도 그럼 순순히 협조해."

"뭘?"

"욕조에 같이 들어가. 빠듯하지만 둘이 들어갈 수 있겠더라고."

리옌의 표정이 풀렸다. 유주는 그에게 반강제적으로 안기며 깨달았다. 속았다.

* * *

"맞아요. 내가 그랬어요."

욕실에서 리옌에게 샤워를 빙자한 희롱을 당하고, 가까스로 호텔을 나선 게 세 시였다. 유주는 이미 기진한 상태였다. 오히려 피곤이 극에 달하니 입맛도 없었다.

그래서 내친김에 곧바로 카이화를 만나러 갔다. 카이화는 누군가를 상담해 주는 중이었고, 한 시간여를 기다린 끝에 고객 전용 개인 응접실에서 차를 한 잔 얻어 마실 수 있었다. 대답은 덤이었다.

"왜요?"

'당신이 리옌과 내 편지를 가로챘나요?'

유주의 질문에 카이화의 대답은 너무나 당당했다. 유주 쪽이 살짝 긴장한 채 되물을 정도로 말이다.

"제 생각은 변하지 않았으니까요."

"어떤 생각?"

카이화의 말을 받은 건 리옌이었다. 그의 표정은 냉담하다 못해 싸늘해서, 죽네 사네 하며 제 여동생을 좇아다닌 남자 같지 않았다.

유주는 무언가 터질 것 같은 일촉즉발의 분위기 속에서 잠시 후회했다. 카이화가 이전에 '리옌은 더 이상 자신을 만나 주지도 않는다'고 했던 말을 그제야 떠올린 것이다.

어젯밤에 그간의 이야기도 띄엄띄엄 들었던 데다 어느 시점부터 농밀해진 분위기에 휘말려 이성을 놓아 버리느라 그 부분을 완전히 간과했다. 분명 이 둘 사이에도, 어떠한 간극이 있었을 터인데.

「난 아직도 오빠가, 이런 쪽에서 완전히 손을 털고 나가야 한다고 생각해.」

이 타이밍에 또 중국어. 그놈의 중국어, 아니 광둥어.

유주는 속으로 혀를 차면서도 오누이 간에 할 말이 있겠거니 하며 입을 다물었다. 대화의 내용이야 이따 리옌에게 물어보면 될 일이었다. 다만 그간 그렇게나 시간이 많았는데 왜 중국어를 배워 볼 생각은 하지 않았는지, 그것만이 좀 후회될 따름이었다.

「그래서 지금 털고 있잖아. 네가 한 일에 대해 묵인해 준 게 얼마인데, 또 이딴 수작질을 벌여?」

「이게 정리하는 거야? 싱하오의 개 노릇을 하는 게 정리하는 거냐고.」

「네가 그렇게 맘 편히 남을 비난할 수 있는 기반이 어디에서 온 건지 모르는군. 그래서 네가 철이 없다는 거야.」

「오빠를 비난하려는 게 아니야. 나도 알아. 내가 먹고 자고 입고 그 모든 돈이, 오빠 주머니에서 나온 거 나도 안다고! 그런데 오빠야말로, 자꾸 이런저런 핑계로 발 안 빼고 있잖아. 이번 일이 잘 해결되면? 다시 지진밍에게 약점 잡히는 걸 몰라? 또 목줄을 쥐어 주고, 어쩔 수 없었다는 말로 핑계 대려고?」

싱하오.

싱하오라는 단어가 나온 걸 보니 조직에 관련된 문제로 갈등을 빚은 모양이었다. 대충 짐작은 갔다. 카이화는 리옌이 조직 생활을 하는 걸 영

마뜩잖아 했다고 하니 지금 리옌이, 그 싱하오의 보스인지 중간 보스인지 하는 지진밍이라는 남자 밑에서 일을 하는 게 마음에 들지 않을 터였다.

유주도 그렇지 않았는가. 그가 다시 조직 밑에 기어들어 갔다는 말을 들은 순간, 제 버릇 개 못 준다고 생각했으니까.

「카이화!」

"에브리바디 스탑. 잠깐만. 나 여기 앉혀 놓고 뭐 하는 거야?"

둘의 감정이 충분히 격해졌다는 건 알겠다. 하지만 그것도 어느 정도였다. 유주는 이 자리에 카이화가 '왜' 연락을 가로챘는지에 대해 들으러 왔다. 둘이 싸우는 건, 그들의 문제였다.

"우선 목소리 좀 낮춰 봐, 둘 다. 그리고 내가 알아들을 수 있게 말해."

그녀가 갑작스럽게 끼어들어서인지 둘 다 한껏 오른 성질머리에 제동이 걸렸다. 그나마 다행이었다. 그녀의 개입에도 둘 다 빡빡거렸다면 대화의 여지란 없었을 테니까.

"……"

"자, 우선 우리 목 좀 축이자. 어?"

유주가 먼저 카이화가 내 준 차를 한 모금 마셨다. 지난번에 마신 것과 같은 홍차였는데 이번이 더욱 시원하게 느껴졌다. 아무래도 과열된 분위기 탓 같았다.

"우선."

아까 전의 흥분이 거짓말이었다는 양 새침한 표정으로 차만 들이켜는 두 남매를 보고 있자니 유주는 갑자기 이상한 기분을 느꼈다. 그러고 보니 이런 자리는 단 한 번도 상상해 본 적이 없었다. 삼자대면이라니. 세상 그 어떤 삼자대면도 이토록 어색하진 않을 것이었다.

"난 카이화에게 왜 내 편지를, 그리고 리옌의 접견을 중간에서 취소했는지에 대해 듣고 싶어."

물론 그런 어색함을 티내려 하진 않았다. 그녀가 중재자가 되어야 할 필요는 없었지만 그러지 않으면 대화는커녕 싸움만 하다 시간이 다 지날 판이었다.

"미안해요. 추태를 보였네요."

침착해진 카이화가 먼저 유주의 말을 받았다. 급격히 흥분했다가 차분해지는 것도 리옌과 비슷했다. 둘이 어떻게 친남매가 아닐 수 있지? 의아할 정도였다. 하지만 유주는 구태여 그런 말을 꺼내 성질을 긁지 않았다. 지금 상황에서 중요한 것도 아니었다.

"그래요. 추태라는 걸 아니 다행이네요. 그럼 왜 내…… 아니, 우리 편지를 가로챘는지부터 말해 줄래요?"

"언니가 왔으면 했거든요."

"하!"

너무 당당한 대답에 유주는 잠시 할 말을 잃었다. 편지 도난범이라고 생각하기에 무척이나 태도 또한 떳떳했기에, 비난하기도 어려웠다. 그런 유주를 대신해 리옌이 헛웃음으로 반응했다. 그의 싸늘한 표정은 여전히 살벌했다.

"핑계도 가지가지. 유주를 홍콩으로 불러들이려고 연락을 중간에서 끊어 놨다? 그렇다면 접견은?"

"내가 오빠의 유일한 가족이니까 가능했지. 그리고 오빠가 수감 중에 유주 언니를 만나면 예정이 틀어질 테니까."

"무슨 예정이요?"

유주가 리옌의 앞을 손으로 가로막으며 카이화에게 물었다. 그녀는 차라리 유주와 대화하길 원했던 모양인지 퍽 다정하게 말했다.

"난 오빠가 어눌한 핑계로 다시 그쪽 세계로 다시 편입될 걸 알았어요. 아마 수감 중이었다면 그 긴 시간을 들여 언니를 설득하지 않았겠어요?"

진지한 개소리인데 듣고 있자니 또 납득은 갔다. 카이화가 한 생각을 유주도 했던 것이다.

그가 싱하오에 다시 기어들어 갔다는 말을 들었을 때, 유주는 한순간이나마 리옌이라는 남자에 대한 신뢰를 잃었다. 그런데 만약 거기서 그녀가 손을 놓았다면 카이화는 어찌하려 했던 걸까. 아무리 생각해도 그녀의 계획은 무모하기 짝이 없었다.

"지난번에도 생각했던 건데……."

유주가 유심히 말을 골랐다. 아직 카이화에게 험한 말은 쓸 수 없었다. 그 정도로 친하진 않으니까.

"계획을 굉장히 무성의하게 짜네. 좀 과하게 엉성한데?"

유주의 말에 숨겨진 뜻을 읽지 못할 카이화가 아니었다. 그녀는 힘없이 웃었다.

"알아요. 언니를 연루시켰던 계획은…… 내가 멍청했고, 이번 계획은 차악이 없는 최악이었죠."

"그런데 왜 이런 짓을?"

"믿을 수밖에 없잖아요."

뭘?

유주의 표정은 의문을 감추지 못했다. 카이화는 살짝 시선을 피하며 자신 없게 중얼거렸다.

"오빠가 고른 사람이니까…… 오빠를 기다려 주고, 오빠가 돌아가지 않는다면 오빠를 만나러 와 줄 거라고 믿을 수밖에 없었어요. 나한텐 방법이 그것뿐이었으니까."

그녀의 말에는 여전히 확신이 없었다. 서유주가 어떤 인물인지 모르고, 그녀와 리옌의 관계가 어느 정도인지도 모르는 주제에 이 정도의 일을 벌인 것이 얼마나 무모한 행동이었는지 너무도 잘 인지하고 있는 표정이었다.

그런 희박한 확률에 모든 것을 걸 만큼 리옌이 조직 생활을 하는 게 싫었던 걸까.

유주는 힐끗, 리옌을 훔쳐보았다. 그의 표정은 여전히 딱딱하게 굳어 있었지만, 죽고 못 사는 여동생이 이런 짓을 벌일 정도로 자신이 그쪽 세계에 몸담고 있던 걸 싫어했다는 사실에 다소 충격을 받은 것도 같았다. 새삼스럽게 말이다.

"그래서, 내가 와서 안도했어요?"

조금 분위기를 환기하고 싶어 다소 누그러진 어투로 물었다. 카이화는 유주의 눈치를 살피더니 조심스럽게 고개를 끄덕였다. 그러고는 슬쩍 제 오라비의 표정을 살피며 입을 열었다.

"나로서는 무리였어요. 오빠한테 얼마나 들었는지는 모르겠는데, 난 예전부터 오빠가 그쪽 일을 하는 게 싫었어요. 언니가 어떤 남자를 좋아하는지는 모르겠어요. 그런데 우리 오빠도…… 아니, 리옌 오빠는 생각보다 할 줄 아는 게 많아요. 비록 전과는 하나 달고 있긴 한데 그것도 결국은 저 때문이었고……. 근데 아무한테나 주먹질하는 그런 사람은 아니거든요."

"잠깐, 잠깐."

유주는 당혹감에 손사래를 쳤다. 점점 듣고 있자니 일에 대한 설명을 듣는 자리가 아니라 카이화가 유주에게 리옌을 소개하는 자리가 되어 가고 있었다.

마치 결혼하기 전에 어떻게든 자기 식구에 대한 장점을 어필하는 자리가 된 것만 같아 기분이 이상해졌다. 더욱이 카이화가 말한, '어떤 남자를 좋아하는지 모르겠다'는 말에는 어떻게든 그녀에게 리옌을 떠넘기겠다는 뉘앙스가 강하게 느껴져 더욱 당황스러웠다. 앞으로 둘 사이가 어찌 될지도 모르는 판국에, 저런 말을 들어 봐야 부담일 뿐이었다.

그렇게 생각한 건 리옌도 마찬가지인 듯했다. 그는 카이화의 말을 묵묵히 듣고 있다 돌연 손을 뻗어 유주의 한 손을 꽉 잡았다.

"너에게 그런 어필을 부탁할 필요 없어. 우리 사이는."

아, 미친.

리옌의 말은 사태를 악화시켰다. 이러다 어영부영 결혼식장까지 끌려갈 것 같다는 위기감에 유주가 잡힌 손을 빼내려 했다. 그의 강한 악력 때문에 뜻대로 되진 못했지만.

"게다가 네가 그렇게 말 돌리지 않아도 다 알아, 이 여자는."

"……뭘?"

"너랑 내가 친남매가 아니라는 것까지."

유주는 그 대목에서 식겁해 버렸다. 리옌의 말은 안 그래도 뭔가 활활 타고 있는 카이화의 뇌내 회로를 아주 풀가동시키기에 적절한 멘트였다.

저런 개인사까지 오간 사이라는 건, 그만큼 내밀하다는 뜻 아니겠는가? 물론 그런 이야기까지 오고 간 가까운 사이인 건 맞았지만 공공연히 떠들고 다니는 건 멋쩍은 이야기였다.

"정말?"

"그러니까 어쭙잖게 말 돌리지 말고 확실히 말해. 이 여자를 데리고 뭘 어쩌겠다는 거지? 이미 일은 벌어질 만큼 벌어졌고, 결국 네가 이렇게 편하게 사무실에서 차나 즐길 수 있는 것도 싱하오의 권력을 누리고 있기 때문이라는 걸 알 텐데."

빈정거리는 듯한 리옌의 말투에 카이화는 얼굴을 붉혔다. 그녀에게는 미안한 소리지만 유주는 어찌 된 상황인지 파악하고 내심 리옌의 편을 들었다.

그의 말대로라면, 이미 두 번이나 살해 위협을 받은 카이화가 이런 대로변에 법무사 사무소를 차려 두고 번듯한 일을 하기 힘들었을 것이다. 유주가 범죄나 뭐 그런 쪽 전공자는 아니었지만 행동반경이 제한적이고 루틴이 일정할수록 범죄 피해자가 될 확률이 높다는 것 정도는 알았다.

카이화의 집은 모르지만 그녀는 규칙적으로 출퇴근할 장소가 있었고, 행동반경 또한 구룡시에 한정되어 있으니 마음먹고 범행 타깃으로 삼고자 하면 아주 만만한 상대가 될 터였다.

그런 그녀가 마음 편히 친구들과 사무실을 낼 수 있던 이유가 무엇이겠는가. 불과 사 년. 그사이 살해 미수만 두 번을 겪었다는데.

결국 그것도 다 믿는 구석이 있으니 가능한 일이었다는 거다.

"내가 바란 건! 그냥 언니가 오빠를 데리고 도망치는 거였어!"

"도망치면? 뭔가 해결이 되긴 해?"

"결국 그것도 내가 받아들여야 하는 부분이잖아. 날 이번에도 지켜 주면? 다음에도 지켜 준다는 핑계로 여기 계속 눌러앉아 있으려고?"

"카이화."

카이화의 감정적인 반응에도 리옌의 태도는 여전히 냉담했다. 보아하니 이런 설전이 한두 번이 아니었던 듯했다. 유주는 어느 타이밍에 끼어들어야 하나 각을 재며 입을 다물었다.

결국 카이화가 바란 건, 리옌이 친오빠든 아니든 간에 결국 자신 때문에 '망가진' 그가 말 그대로 '정상적인' 삶을 사는 것이었다. 그건 예나 지금이나 변함없었다. 문제는 그 집념이 얼마나 주변을 망가뜨리고 있는지에 대해 전혀 자각이 없다는 거였다.

어떤 의미로는 대단하기까지 했다. 그 큰일을 겪은 지 고작 4년이었다. 누군가에게는 감내해야 하는 지루하고 끔찍한 시간이었지만, 누군가에게는 그저 맹목적인 신념을 더욱 공고히 다지는 기간이었다.

맥이 탁 풀리는 기분이었다. 그녀의 행동은 그녀가 그토록 바라던, '서유주'라는 끈을 완전히 잘라 낼 수도 있었다. 이전, 루첸허를 이용한 계획은 리옌을 양지로 끌어내기 위해 그가 가진 모든 것을 잃게 했다.

어쩜 이토록 무모할까.

서른의 카이화는 스물여섯의 카이화와 별반 다를 게 없었다. 결코 어린 나이가 아님에도 지나치게 맹목적이었고 근시안적이었다. 그녀를 비난하고 싶은 건 아니었지만 용인해 주고 싶은 마음도 들지 않았다.

"결국 네 행동으로 인해 내가 얻는 건, 상실뿐이야."

그래서 리옌의 냉정한 발언을 정정해 줄 마음이 들지 않았다.

카이화는 깨달아야 했다. 결국 리옌이 원치 않은 것을 얻은 게 누구 때문인지. 그리고 그것을 누구 때문에 잃게 되었는지.

리옌의 과거에 흠결이 없다는 의미가 아니었다. 그가 그 자신을 훼손하면서까지 지키려 했던 상대가 결국 그를 가장 상처 입혔다는 게 중요했다.

카이화가 리옌을 도덕적으로 비난하는 건, 다른 사람들이 몇 번 칼로 난도질하는 것보다 더 깊고 더 아픈 상처를 남길 만한 행동이었다. 그게 못내 안타까웠다.

그리고 화가 났다.

"오빠한텐 다른 사람들의 인생을 착취해 가며 얻은 것들이 그렇게나 가치 있었어?"

"최소한 그게 세상으로부터의 비참함을 막아 주는 우산이 되어 주었지. 그 아래에서 너도 비를 피할 수 있었고, 굶주림에서 벗어날 수 있었어. 정규 교육도 받았지. 심지어 다른 사람들보다 훨씬 혜택받은 환경에서."

"내가 그걸 바란 게 아니잖아! 내 핑계 대지 마. 오빠는 결국 나라는 허울을 뒤집어쓰고 그런 폭력으로부터 얻어 낸 것들에 정당성을 부여한 거야!"

그런 유주의 생각과 감정을 알지 못하는 카이화의 비난은 맹렬하고 맹목적이었다. 리옌이 만나 주지 않은 동안 가슴 속에 쌓아 둔 응어리가 언어라는 틀을 빌려 악의적인 형상으로 쏟아져 나왔다.

카이화는 정말 온실 속의 화초였다. 정말 리옌을 생각한다면, 그를 비난하며 그의 세상을 깨부수기보다 그를 이해하며 천천히 이끌어야 했다. 그녀가 두 발로 세상을 딛고 일어서는 것과 동시에.

"넌 정말 내가 뭣 때문에 그렇게 한 건지 몰라?"

"거 봐! 결국 내 탓이지! 오빠가 정말 오빠 인생을 살 생각이 있었다면 내가 죽든 말든 그냥 내버려 뒀어야지!"

결국 유주는 참지 않았다. 그녀는 자신의 컵이 빈 걸 확인하고. 리옌의 가득 찬 컵을 집어 들어 그 내용물을 카이화를 향해 부어 버렸다.

저지르고 난 뒤에 사실 좀 심했나, 싶기는 했다. 하지만 후회하진 않았다. 잠시 시간이 필요했다.

"머리 좀 식혀요."

카이화가 더 이상 충동적으로 말을 내뱉지 않도록 생각을 재정비하는 시간.

"……."

"……."

그녀가 이렇게까지 하리라고는 생각지 못한 건지 리옌과 카이화, 둘이 동시에 입을 꾹 다물었다. 둘의 당혹스러운 표정도 똑같았다. 어쩌면 카이화는, 수치심을 느꼈을지도 모르겠다. 물론 배려해 줄 생각은 없었지만.

"리옌."

"응?"

"너 담배 끊었니?"

유주의 말에 리옌이 '이런 분위기에서 뭘 묻는 거냐?'는 눈빛을 보내왔다. 하지만 그녀의 표정은 담담했다. 결국 그는 졸린 듯한 목소리로 간신히 대답했다.

"……그 안은 담배 반입이 안 돼."

"그래? 난 아직 피워. 따라 나와. 잠깐 얘기 좀 하자. 카이화씨는 몸단장할 시간이 필요하대."

도대체 언제 그런 대화가 오고 간 건지 모르겠다는 표정이었지만, 대신 '시간이 필요하다'라는 의미는 알아들은 듯 리옌이 고개를 끄덕이며 자리에서 일어났다. 유주는 친절하게도 그를 앞세워 먼저 사무실에서 내보냈다.

유주가 문을 닫기 전에 본 카이화의 모습은 양손으로 얼굴을 감싼 모습이었다.

아직 자라지 못한 어른이라면 눈물 정도는 흘려도 될 것이다. 조금씩 깎여 나가는 것을 배워 나가는 게 성장이니까. 그리고 성장통은 언제나 아픈 법이다.

수치심이라는 게 그녀에게 약이 되길 바랄 뿐이다.

"당신, 애를 너무 오냐오냐 키웠어."

사무실을 나서니 다시 땡볕 더위가 피부를 강타했다. 서늘한 실내에 익숙해진 피부는 맹렬한 열기에 금세 벌겋게 익었다. 유주는 리옌에게 담배를 건네며 무심히 중얼거렸다. 둘의 거리는 가까웠기에 못 들을 리도 없었다.

"……나도 알아."

"정말 아는 거 맞아? 애는 크면서 칭찬도 필요하지만 잘못했을 때 적절한 꾸중도 필요한 거야."

"유주. 그 애와 내가 서로 '가족'이 됐을 때, 나도 어렸어. 그리고 난 그 어린 시절부터 먹고사는 것에 대해 고민해야 했고."

리옌의 목소리는 다분히 억울하다는 투였다. 당연하게도 유주 또한 그걸 알고 있었다.

그는 어리고 무력했다. 카이화는 더 어리고, 더 무력했다.

물이 높은 곳에서 낮은 곳으로 흐르듯, 애정도 높은 곳에서 낮은 곳으로, 관심도 마찬가지고 흘러내려 가기 마련이었다. 여덟 살에 한 아이의 보호자가 되고 가장이 되어야 했던 리옌의 애정과 관심은 그보다 더 미약하고 가련한 존재인 카이화에게 흘러 들어갔다.

정작 자신은 제대로 된 애정과 관심도 받아 보지 못하고 말이다.

그런 의미에서 둘은 상극이었다. 둘이 남매고 아니고의 문제가 아니었다. 결국 한 명은 애정을 받고도 만족하지 못했고 한 명은 애정을 받아 본 적도 없어 만족을 몰랐으니, 결국 서로를 이해하기 어려울 것이다.

"꼭 훈육을 어릴 때만 하는 건 아니야."

"……."

"그리고 결국 카이화가 벌인 지난 일도, 당신이 해결해 준 꼴이 된 거잖아. 저 애가 아는 방법은 당신을 그쪽에서 어떻게든 끌어내기 위해 뭐든 하는 것뿐이라고. 문제를 제대로 해결하는 데 필요한 방법을 진작에 알려 줬어야지. 도대체 얼마나 공주님인 거야? 쟤는."

"지금 누구 편을 드는 거야? 당신."

리옌이 듣다 못해 한마디 툭 내뱉었다. 유주는 그 말에 기도 안 찬다는 듯 대답했다.

"미쳤니? 내가 편을 왜 들어. 난 네 편도, 네 동생 편도 아니야."

"……."

"야, 막말로 네 동생 때문에 내 명줄이 몇 번이나 간당간당해졌고, 너랑 다니며 내가 몇 번이나 곤욕을 치렀는데. 내가 둘 중 하나 편을 들어야 한 다고 생각해? 분위기 파악 안 되지?"

헛웃음 섞인 유주의 말에 리옌은 입이 열 개여도 할 말이 없었다. 하지만 그의 표정은 정말로 억울해 보여서 유주는 다른 의미로도 웃음을 터트렸다. 그리고 그제야 담배 끝에 불을 붙였다.

"지금 와서 구구절절 말해 봐야 서로 원망밖에 더 나오겠어? 그런데 뭐, 그렇지. 말이라는 게 튀어나오면 술이 술술 넘어가듯 아주 말도 줄줄 튀어 나오는 건 맞아. 그건 인정."

"그래서 무슨 얘기를 하고 싶은 건데?"

리옌이 혀를 차며 드디어 제 담배에 불을 붙였다. 하지만 그간 청정한 환경 에서 몸 안쪽도 깨끗이 씻어 낸 탓인지 필터를 빨아들이는 데 주저함이 있었 다. 유주는 그런 리옌의 어깨를 툭툭 치며 반절도 더 남은 담배를 비벼 껐다. 더위 때문인지 아니면 아까 마신 홍차의 떫은맛 때문인지 입 안이 괜히 텁텁 했다.

"근데 이제 둘 다 어른이잖아. 특히 당신은 뭐가 됐든 쟤 보호자고. 그럼 좀 더 침착하게 대화를 해 나갈 수도 있잖아. 왜 그렇게 자꾸 감정적으로 굴어? 좀 진정하고 이야기를 해 봐. 여기 싸우러 온 거 아니야, 난."

그녀의 말에 리옌은 잠시 입을 꾹 다물었다. 그리고 담배를 길게 한 모금 빨았다. 물론 아주 무참히 체면을 구기며 기침을 시작한 건 덤이었다. 유주는 그 모습을 지켜보다 코웃음을 쳤다.

"좀 진정되면 들어와. 그리고 이제 못 하겠다 싶으면 무턱대고 들이받지 말고. 그냥 거절하면 되는 건데, 그렇게 감정적으로 굴어 봐야 뭐가 되니? 남한테 맞춰 주는 것도 어지간해야지."

유주의 의미심장한 말에 리옌이 숙이고 있던 고개를 들었다. 벌겋게 익은 눈가에는 눈물이 그렁그렁했지만, 처연한 표정과는 달리 눈빛은 생생하니 살아 있었다.

"천천히 와. 알았지?"

유주는 그 시선에 미소로 화답하며 먼저 걸음을 옮겼다.

Chapter 12

홍콩을 수식하는 몇 가지 휘황찬란한 어휘가 있다.

동아시아의 3대 금융 허브, 영국의 문화가 잔재하는 도시, 불이 꺼지지 않는 도시, 마천루(摩天樓)의 도시, 쇼핑 천국, 뭐시기 어쩌구 기타 등등.

하지만 역시 개중 가장 유명한 별칭은 마천루의 도시일 것이다. 하늘을 찌를 듯한 높은 고층 빌딩들을 보면, 그리고 침사추이에서 그 야경을 내려다보면 과연 지상에서 하계를 내려다보는 듯한 몽환적인 착각마저 들 지경이었다.

유주는 잔에 남은 에이드를 빨대로 쪽, 빨았다. 금세 얼음만 남은 잔의 바닥에서 불쾌한 소리가 들려왔다. 잔을 내려놓고 시간을 확인했다. 오후 일곱 시. 약속 시간이 다 되어 가고 있었다. 그녀의 약속 상대는 별다른 이변이 없다면 시간에 맞춰 이 자리에 등장할 터였다.

"어, 여기."

아니나 다를까. 시계에서 시선을 떼고 레스토랑 입구로 고개를 돌리자마자 낯익은 인물이 그녀의 시선 끝에 닿았다. 유주가 손을 들자 리옌이 넥타이의 매듭을 조금 풀며 다가왔다.

그는 보기 좋은 슈트 차림이었다. 워낙에 기럭지가 시원시원하게 뻗어 있어 유주는 그의 몸을 아주 좋아하는 편이었다. 심지어 벗기면 굉장하기까지 했다. 옷을 입고 있으나 벗고 있으나 훌륭하긴 매한가지인지라 보는 것만으로도 눈이 즐거웠다.

하지만 리옌은 더워 보였다. 아무리 시원한 소재의 정장이라 해도 홍콩의 여름은 끔찍했다. 아무리 와이셔츠가 얇다 해도 단추까지 단정히 채운 채 넥타이를 매고 다닌 건 고역이었을 것이다.

"호텔에서 기다리지 그랬어. 내가 에스코트하러 가도 됐는데. 오래 기다렸어?"

"별로. 야경 구경도 하고 좋았는데?"

"홍콩을 둘러보고 싶었다면 진작 말을 하지. 돌아볼 만한 곳이 많은데."

"밤에도 땀이 삐질삐질 나는걸? 난 그냥 이렇게 시원한 곳에서 내려다보는 게 좋은 거야."

"그래. 다녀왔어."

리옌은 그녀의 맞은편에 자리를 잡기 전, 그는 유주의 뺨에 가볍게 키스했다. 사람이란 참으로 간사했다. 그와 다시 만난 게 고작 나흘 전인데 벌써 이런 식의 스킨십에 다시 익숙해졌다.

생각해 보면 그가 수감되기 전, 그와 살을 섞었던 것도 손가락으로 꼽을 정도인데 누군가와 이렇게 가까운 거리감을 유지할 수 있다는 게 신기하기도 했다. 유주는 픽 웃으며 그의 키스를 받고는 고개를 까딱거렸다.

"앉아. 식사 안 했지?"

"당신과의 약속인데, 할 리가 있나."

리옌이 자리를 잡자마자 서버가 메뉴판을 가져다주었다. 유주도 그걸 익숙하게 받아들었다. 식사를 시키고 유주는 다시 창밖으로 시선을 돌렸다. 그녀의 옆모습을 빤히 보던 리옌은 뭔가 흐뭇하다는 듯 입을 열었다.

"이곳이 마음에 드나?"

"마음에 들지. 일단 야경이 예쁘잖아."

"서울도 마찬가지잖아."

"그래도. 어딜 가나 다 특색이 있는 거지."

"……이곳이 마음에 들면, 여기서 지내는 건 어때?"

유주가 눈동자만 굴려 리옌을 응시했다. 그는 무심히, 딴청을 피우는 척하며 내뱉었지만, 지금껏 이 말을 준비하고 있던 듯 약간 긴장한 모습이었다.

아마 내일 있을 '거사' 때문인 것 같았다. 그녀와 만난 지 나흘. 카이화와 삼자대면을 한 이후 사흘. 유주는 그의 마음을 더욱 복잡하게 만들지 않기 위해, 리옌은 그녀를 심란하게 하지 않기 위해 '목숨을 담보로 안전을 보장받는 일'에 대한 언급을 피하고 있었다. 싱하오, 니시콴라이, 랴오위 등등의 단어는 마치 지뢰라도 되는 양 서로 외면하기에 바빴다.

"그럼 서울 집은?"

"일 년에 몇 번씩 오고 가며 지내면 되는 거지."

그런 그의 마음을 유주가 모를 리 없었다. 어떤 식으로든 안정과 확신을 주고 싶어 하는 그 모습이 나쁘지도 않았다. 그에게는, 지금껏 오지 않았던 평화에 대한 희망이 있었다. 거기에 쐐기를 박고 싶은 것이다. 보통 사람들이 갖는, 안식의 형태로.

비록 불안이 범람해 그 희망의 싹까지 모조리 말려 버린다 해도.

"그럼 내 일은 어떻게 하고."

"뭐든 당신 하고 싶은 대로 해. 난 아무래도 좋으니까."

하지만 유주는 그런 모습에 순순히 따라 주고 싶지 않았다. 결자해지(結者解之). 일은 벌인 사람이 매듭을 지어야 했고, 비록 지난 매듭은 끊어 버렸지만 이번 매듭은 쉽게 끊어지지도 않았으니까.

"생각해 보고. 그리 나쁜 제안은 아니네."

하지만 유주는 의뭉스럽게 대답했다. 그런 그녀의 기색을 평소라면 기민하게 알아챘을 테지만 리옌은 들뜬 상태로 살짝 웃을 뿐이었다. 아무래도 긴장하고 있던 모양이었다.

"그래. 뭐든지 간에. 난 다 좋아."

식사가 나왔다. 리옌은 그녀에게 꽤나 낙관적인 미래에 대해 상당히 열정적으로 토로했다. 그가 일을 본다며 나가서 무슨 짓을 하고 다니는 건지는 몰라도, 싱하오의 지진밍이라는 작자는 그에게 무척이나 낙관적인 미래를 약속한 모양이었다.

유주는 반쯤 흘려듣고 반쯤은 귀담아들으며 적당히 응수했다. 그녀의 정신은 온통 다른 데에 팔려 있었다.

빈 스테이크 접시를 치우며 홍콩 어디쯤에 거주지를 마련할지를 묻던 리옌은, 와인까지 한 모금 들이켜고 나서야 그녀의 심드렁한 모습이 눈에 들어온 듯 의아하게 물었다.

"왜 그래?"

"응? 뭐가."

"무슨 생각을 그렇게 깊이 하느냐고."

"……그냥. 내일의 상황이 걱정돼서."

그녀의 대답에 리옌의 표정이 잠시 흐려졌다. 하지만 이미 그의 내면에서는 끝난 문제인 듯 단호하게 고개를 저었다.

"괜찮아. 내일이면 정말, 모든 게 다 끝날 테니까."

"그 말, 믿어."

"……정말?"

"다 잘 될 거라며. 이보다 더 큰일도 겪었는데 고작 사람 몇 협박하는 게 큰일이겠어?"

유주의 여상한 말투에 리옌은 못 미더운 표정이었지만 일견 납득하는 듯도 했다. 그도 그럴 것이 어차피 내일의 자리에 그녀가 없을 것이며, 싱하오의 든든한 약조도 있으니 별로 문제될 게 없는 것이다.

거기까지 생각한 리옌은 가만히 고개를 끄덕였다. 그런데 이내 이상함을 느꼈다. 그저 살짝 고개를 움직인 것뿐인데 어째서인지 뇌가 흔들리는 기분이 들었다. 유주가 와인 잔을 빙글빙글 돌리며 그를 향해 살짝 미소 지었다.

"걱정하지 마. 다 잘될 거야. 아마도?"

"서유……주……."

그 말을 끝으로 쿵 소리를 내며 리옌은 테이블에 이마를 박았다.

"어우, 아프겠다."

유주는 그 말을 끝으로 어디론가 전화를 걸었다.

* * *

손과 발이 결박되지도 않고, 창고도 아닌 호화 유람선의 적당한 방, 그럭저럭 폭신한 침대 위에서 눈을 뜬 납치 피해자의 기분은 어떤 걸까?

최소한 유주는 그 감정이 어떤 것인지 설명할 수 있었다. 편안함, 안락함 뭐 이따위 단어와는 1억 광년 정도 거리가 있었고, 엿 같다거나 젠장이라거나 하는 표현과는 한 18세닐미터 정도 지척에 있었다.

"깼어?"

일단 납치라는 단어, 그리고 그런 상황은 일반인이 일생 한 번 경험하기 힘든 것이 분명했다. 물론 칭리옌이라는 남자는 '일반'이라는 단어와 약간 거리가 있었지만, 비단 '비일상적인 사람'이라고 해서 납치 피해자라는 특수한 처지에 쉽게 처할 수 있는 건 아니었다. 자처해서 경험하기도 힘들 테지만.

"이게…… 무슨."

"머리가 좀 아플 거래. 그냥 누워서 얘기해."

배려 섞인 말에도 리옌은 무리하게 상체를 움직이려다 지끈거리는 두통에 결국 침대에 다시 뒤통수를 처박고 말았다. 유주는 그 모습을 내려다보며 키득거렸다. 어쩐지 기시감이 느껴지는 상황에서 오는 유쾌함이 있었다.

"······이게 무슨 상황이지?"

게다가 리옌은 아직 약 기운이 채 가시지 않아 제대로 머리도 가누지 못하는 상태였다. 손과 발이 묶이고 입이 틀어막혔던 그녀의 처지에 비하면 그래도 꽤 우대받는 상황인데. 그는 무엇이 그리도 불만인지 잔뜩 인상을 찌푸리고 있었다.

"무슨 상황이긴. 납치 몰라? 납치."

"그러니까 당신이 왜······. 아니, 그 이전에 지금 몇 시지?"

리옌은 재차 몸을 일으키려다 인상을 찌푸리며 다시 철퍼덕 누워 버렸다. 일어나 봐야 이 바다를 헤엄쳐 돌아갈 수도 없는 것을. 헛된 짓을 한다며 유주는 리옌의 양옆에 팔을 뻗은 채 그의 위로 상체를 숙였다. 조명 때문에 눈살을 찌푸리던 리옌의 표정이 오묘하게 변했다.

"······유주?"

"당신은 이미 늦었어."

"뭐?"

리옌의 목소리는 미미하게 떨리고 있었다.

이해 못 할 일은 아니었다. 그는 외로운 수감 생활을 겪으며 제 여동생이 죽을 뻔했다는 소식을 두 번이나 접했다. 오로지 그것 때문에, 유주도 내팽개치고 두 달 가까이 이번 일에만 매달려 있었다. 지진밍이 그를 어찌 대했는지는 알 바 아니었지만 어쨌든, 니시콴라이를, 그리고 쉬에화의 밑을 가까스로 벗어난 그가 다시 음지의 세계로 기어들어 갈 정도로 사활을 건 일생일대의 계획이었다.

그런 마당에 '이미 늦었다'는 소리를 들었으니 당황할 만도 했다. 유주는 한 손으로 지그시, 그의 가슴께를 눌렀다. 약 기운 때문인지 제압이 그 어느 때보다 수월했다.

"약속은 어제였어. 당신은 중간에 한 번 깨어났었는데······ 기억이 안 나나 보네. 무슨 약을 먹인 건지는 나한테 묻지 마. 나도 부탁받아서 그냥 당신한테 먹이기만 한 거니까."

"그게…… 무슨……."

리옌은 믿지 못하겠다는 듯 중얼거렸다. 유주는 그에 아랑곳하지 않고 계속 입을 놀렸다.

"그 전에 물어볼 게 있는데, 리옌."

갈색 기가 살짝 감도는 검은 눈동자가 리옌의 새카만 눈동자를 똑바로 응시했다. 그녀의 시선은 그 어느 때보다 냉정하고 차가웠다.

"당신을 여기에 태운 게 내가 아니라 당신 여동생이라면."

어쩐지 기시감이 느껴지는 말투였다. 리옌은 가늘게 눈을 치켜뜨며 기억을 더듬었다.

언제 들어 봤던 이야기던가. 아니, 그가 한 말이었나?

"그래도 당신은 이 일을 수습할 거야?"

유주의 목소리는 어딘가 위압감이 있었다. 눈빛 또한 날카로웠다. 거기에서 느껴지는 분위기는 여전히 그녀다웠고, 어쩌면 그녀답지 않았다.

어차피 리옌은, 당장 눈앞의 여자가 진짜 서유주 아니고 간에 반항할 기력이 없었다. 그는 체념한 듯 몸에 힘을 풀었다. 당장 무리하게 힘을 주는 것보다는 천천히 약 기운이 빠져나가길 기다리는 게 능사일 듯싶었고 무엇보다, '이미 늦었다'고 말한 유주의 표정에 농담기는 없었다.

돌이킬 수 없는 상황이 되었단 생각이 들자 체념하게 되었다. 세상에 되돌릴 수 없는 것은 여러 가지가 있지만 흘러가 버린 시간이야말로 어찌할 수 없는 법이었다.

"……가급적, 상황 설명을 먼저 해 주었으면 좋겠군."

그 정도야.

유주는 어깨를 으쓱거리며 손을 거두고 그의 옆에 편히 앉았다. 그녀는 손가락이 심심한지 침대 시트 위를 톡톡, 검지와 중지를 이용하여 가볍게 두드리며 그 터치만큼 대수롭지 않은 표정으로 입을 열었다.

* * *

"이제 우리 얘기를 해요."

담배 연기 때문에 눈물 콧물을 쏟아내는 리옌을 두고 유주가 먼저 카이화의 사무실로 돌아갔던 그 날.

카이화는 이미 단정한 블라우스로 상의를 갈아입은 채였다. 게다가 그녀는 자신에게 차를 끼얹은 상대를 보고도 동요하지 않았다. 오히려 고맙다는 듯 살짝 목례를 했다.

그래서 유주는 아무런 심적 부담 없이 문을 걸어 잠그고, 성큼성큼 그녀의 맞은편에 자리를 잡고 앉았다. 이어서 나온 말에 카이화가 놀란 건 당연한 일이었다.

"우리의…… 얘기라뇨?"

"당신의 저 개망나니 같은 오빠를, 뭔가 생각이 있으니 싱하오에서 빼내려고 한 거 아니에요? 아니면 우리 대화는 없는 거로 하고."

유주의 말에 카이화는, 그녀가 응해 줄 것이라 기대하지 않았다는 듯 눈을 화등잔만 하게 떴다. 놀란 모습이 조금은 앳돼 보였다.

기실, 그때까지만 해도 유주는 별생각이 없었다. 정확히 말해 '복잡한 일에 더는 연루되는 건 사양이다'라는 게 본심이었다.

하지만 기껏 기다려 온 남자의 인생을, 빤히 보이는 시궁창에 처박을 순 없었다. 그건 여자가 으레 남자에게 갖는 애정의 일환일 수도 있었고 그저, 같은 어려움을 겪은 사람에 대한 일종의 의리일 수도 있었다. 삿된 말로 몸정이 들어서 그런 걸 수도 있고.

하지만 유주는 그와의 관계나 앞으로의 미래에 대해 그 어떤 단정적인 결론을 내려 두지 않기로 했다. 그 어떤 자기변명의 여지도 없이, 그녀는 스스로 선택해서 그를 만나러 여기까지 왔다. 다시금 그에게, 어떤 형태로든 마음이 있다는 걸 확인했고 어영부영 육체관계까지 부활시켰다.

그런 마당에 어떻게 그냥 내버려 둔단 말인가. 애당초 내버려 두기 위해 찾으러 온 것도 아닌데.

"……도와주실 건가요?"

"들어 보고요. 일단, 계획이 있는 건 맞아요?"

유주의 단호한 대답에 카이화는 고개를 끄덕였다. 하지만 불안하게 잠긴 문고리를 몇 번이나 힐끔거렸다. 아무래도 긴 이야기인 듯했다.

그래서 유주는 가까운 시일 내로 다시 만나길 약조한 뒤 연락처를 건넸다. 문의 잠금쇠를 푸는 것과 거의 동시에 층계참을 오르는 걸음 소리가 들렸다. 누가 먼저랄 것도 없이 카이화와 유주는 아무 일도 없던 양 새침을 떨었다.

「오랜만이네?」

홍콩에 와서 알아먹지도 못할 중국어와 한국어만 듣다 보니 영어가 그립게 느껴지는 날이 다 왔다. 어쩌면 유주가 반가워한 건 영어라는 언어 그 자체보다는 그 말을 내뱉은 사람인지도 모르겠지만.

빈말로라도 친하다고 할 순 없었지만 그래도 익숙한 면상들이라고 친근함은 생겼다. 유주는 쓰게 웃으며 고개를 끄덕였다.

"음, 이게 뭐라고 또 보니 반갑긴 하네요."

「……설마 지금 시간이 얼마나 지났는데 아직 영어 한마디도 못 해?」

사 년하고도…… 아무튼 한참이나 못 보았음에도 슈란과 우신은 여전했다. 나이를 어디로 먹은 건지 모공도 여전히 짱짱했고 주름도 하나 없었다. 하여간 세월의 고단함은 돈 없고 빽 없는 그녀만 정면에서 맞닥뜨린 모양이었다.

"다들 얼굴 아는 분이죠? 왕 언니랑 황 언니. 「언니들, 누군지 아시죠? 한국에서 저 도와주러 여기까지 오신 유주 언니예요.」"

카이화의 중재 아래 유주는 제 앞에 나란히 앉은 황슈란과 왕우신을 향해 가볍게 고개만 까닥였다.

간만에 본 건 간만에 본 거였고, 둘에 대해 좋은 감정이 없는 건 없는 거였다. 아무리 사건 판결에 대해 귀 닫고 눈 감고 살았다지만 어찌 됐든 사지육신이 멀쩡하고 오감이 잘 작동하고 있으니 완전히 모든 정보를 차단할 순 없었다. 유주는 저 둘이, 처음 카이화의 계획에 동참해 준 걸 아주 잘 알고 있었다.

둘이 '카이화를 안전하게 숨겨 주기 위해' 일에 가담했고, 중간에 하이윤과 웨이치에게 빼앗겨 룽친에게 넘겨진 것이란 사실을 알았을 때 유주는 제가 리옌도 아닌데 뒷목을 잡았다.

할 짓이 없어 다 큰 어른들이 어린애 가출 소동에 개입하느냐는 생각부터, 애당초 그녀들을 믿고 제 오빠의 의견을 관철시키겠답시고 집을 나간 카이화 하나 때문에 일이 얼마나 커졌는지를 떠올리며 욕설도 서슴지 않았다.

그때서야 깨달았다. 리옌이 유주를 '죽이지 않고' 유람선에 태웠을 때 왜 유독 둘이 예민하게 굴었는지. 둘은 그녀가 나타남으로써 일이 꼬이는 걸 원치 않았던 것이다.

결국 일을 뒤틀어 놓은 건 자기네 편이라는 것도 모르고.

"난 오늘 듣는 입장이니까 카이화, 네가 고생 좀 해 줘."

"물론이죠, 언니."

"가급적 모든 대화는 최대한 직설적으로, 상세히 표현해 줘. 그래야 나도 상황 파악을 정확히 하니까."

"물론이죠."

「협조자가 아는 사람이니 좋네. 마침 관계자이기도 하고.」

그래도 시간이 약이라고 이젠 예전만큼 화나지는 않았다. 다만 좀 냉담해질 뿐이었다. 유주의 표정은 뻣뻣했고, 슈란이나 우신이 그녀에게 호의적일 필요는 없었으니 다소 분위기는 싸늘했다.

"뭐, 좋은 일은 아니었으니 이렇게 만나는 게 썩 달갑지는 않지만요."

「그건 그렇지. 대충 이야기는 들었어. 힘든 일을 겪었다면서.」

"애당초 당신들이랑 만난 것부터가 힘든 일이었죠. 일생 두 번 겪기는 싫네요, 그게 뭐든 간에."

중간에 카이화가 중재를 한다고 해도 그런 냉랭한 분위기는 쉬이 가시지 않았다. 슈란은 매서운 시선으로 그녀를 바라보기만 할 뿐이었고, 우신은 우호적이지 못한 분위기에 사담을 길게 끌고 나가야 할 필요를 느끼지 못한 듯 고개를 끄덕이며 품에서 금장으로 된 시가 케이스를 꺼냈다.

「서로 얼굴 보기 불편하니 단도직입적으로 말하지. 그래. 당신이 어찌 보면 이번 일의 가장 큰 피해자였으니 물어보겠어. 하이윤을 처리하는 데 동의하나?」

우신은 시가에 불을 당기며 담담한 표정으로 말했다. 유주의 평정심을, 단숨에 흐트러뜨리는 말이었다.

하이윤.

그녀의 이름이 이 대목에, 그것도 이런 맥락에 등장할 것이라고는 생각지 못했다. 놀란 목소리가 숨겨지지 않았다.

"갑자기 그 여자가 왜요?"

「정말 몰라서 묻는 거야? 우리 전부를 롱친에 가져다 팔아넘긴 게 웨이치야. 그리고 그 새끼를 돕던 게 하이윤이지. 웨이치야 지 업보로 뒈졌다고는 하지만 결국 그 새끼를 죽인 것도 하이윤이고.」

정말 몰랐냐는 듯, 우신이 한쪽 눈썹을 살짝 치켜 올렸다. 느낌 탓인지는 모르겠지만 말투도 조금은 어이없어 보였다.

유주는 처음으로 자신이, 사건에 대해 관심을 끊었던 걸 후회했다. 물론 흥미 본위이긴 했지만 절로 손에 땀이 나는 내용임엔 틀림없었다.

하이윤…….

하이윤과 웨이치는 유독 사이가 좋아 보였다. 장치앙린과 만난 러시아 카지노에서 일부러 거리를 두고 앉았지만 딱 그뿐이었다. 한국에 들어와서도 둘은 같이 움직였고, 같이 사라졌다.

그녀가 알고 있는 모든 사건의 여백을 꽉꽉 채울 순 없었다. 그 정도의 정보를 죄다 긁어모을 수 있는 사람이 세상에 어디 있겠는가. 결국 사건이라는 것도, 시간순으로 나열해 놓은 객관적인 자료일 뿐이다. 그 사건을 만들어가는 인물들의 행동, 생각 이 모든 것들이 변수였다.

아마 리옌이 지진밍의 개가 되길 자처하며 해결하려 했던 이 일이, 왕우신의 입에서 튀어나온 '하이윤'이라는 이름의 변수에 휘말려 어찌 될지 한 치 앞을 가늠할 수 없게 된 것과 마찬가지로.

"처리라는 건…… 그 여자가 죽는다는 건가요?"

「모든 일은 벌인 사람이 책임을 져야 해. 하이윤은 이미 선을 넘었고, 426은 체면을 구겼지. 그리고 이 정도 스케일로 사달을 냈으면 책임질 방법은 둘 중 하나야.」

"……뭔데요?"

「목숨 아니면 돈. 그런데 아마 이번 건은, 둘 다 건네야 어찌어찌 체면치레나 하며 물러나게 될 거 같군.」

우신의 말에 유주는 정신이 어지러웠다.

그나마, 어떻게든 낙관적으로 이야기해 보자면 돈과 목숨이 있으면 리옌과 카이화가 희생되지 않고 이번 일이 마무리될 수 있단 얘기였다.

그러나 명백히 누군가 죽어 나갈 것은 분명했다. 그리고 왕우신은 당당하지 못한 그 선택권을 유주에게 넘겨주고 있었다. 아니, 어차피 말만 선택권을 쥐여 주는 것처럼 할 뿐, 이미 하이윤의 죽음은 예정되어있는 것이나 마찬가지였다.

"당신들은요?"

「응?」

"당신들은 왜, 하이윤을 죽이려 하는데요?"

하지만 의문은 있었다. 가장 중요한 질문이었다.

왜?

카이화가 연루되었던 사건에는 분명 둘의 책임은 있었다. 하지만 그뿐이었다. 옴팡지게 뒤집어쓴 건 말 그대로 유주와 리옌이었다. 둘은, 미꾸라지처럼 빠져나가 법정에서 얼굴 구경한 게 전부이지 않은가.

유주가 그녀답지 않게 멍청한 질문을 하니 우신도 맥이 빠진 모양이었다. 그녀는 쯧, 혀를 찼다.

「대가 없는 목숨을 값으로 치르는 건 멍청한 짓이니까.」

그때까지 꿀 먹은 벙어리처럼 가만히 있던 슈란이 입을 열었다. 그녀의 목소리에선 예전보다 독기가 한풀 꺾여 있었다. 유주와 더 이상 감정을 쌓을 필요가 없기에 그런 것 같았다.

"그건 또 무슨 의미인데요?"

「리옌은 이미 지난 일에 대가를 지불했어. 그쪽은 정말 불필요한 희생을 치렀고. 그런 마당에 누구 하나 죽어 나가는 건, 이쪽에서도 달갑지 않아.」

「그래. 덕분에 난 본토의 매장 중에 열여섯 곳을 닫아야 했어. 급한 대로 이리저리 변통했지만 최소한 몇 년은 본토로 돌아갈 수도 없고. 이름이 서유주였나? 당신은 여전히 억울하겠지만 이쯤에서 만족해 줘. 슈란 이 녀석은 친구와 돌아갈 곳을 잃었고, 난 돈을 잃었지. 우리도 나름대로 대가는 치른 셈이야.」

슈란에 이어 우신의 말은, 이 일에 관계되었던 사람들 모두가 고르게 어떠한 책임은 나누어 졌다는 의미 같았다. 그렇다면 남은 책임은 당면한 상황을 면피한 누군가가 지는 게 맞았다. 시간은, 그 책임에 얽힌 채무였다. 모든 빚은 이자가 붙을수록 청산할 때 높은 가격을 요구하는 법이다.

"싱하오……. 지진밍이 도와줄 거라고 하던데요, 리옌은."

「터무니없는 소리.」

유주는 마지막으로 리옌이 마음속에 품어 둔 희망 한 자락을 내보였다. 하지만 그는 우신의 코웃음과 함께 일언지하에 날아갔다. 예상은 했지만 너무나 단호한 대답이었다.

"왜요?"

「개인은 집단을 위해 움직일 수 있지만, 집단은 개인을 위해 움직일 수 없으니까.」

즉, 지진밍 개인은 리옌을 위한 절대적인 방패가 되어 줄 수 없단 소리였다. 그렇다면 유주에게 남은 답은 하나였다. 역시나, 선택지 따위는 없었다.

"그럼 하이윤을 이용해서…… 어떻게 리옌을 살릴 생각인데요?"

「그 전에 너, 정말 그 녀석이랑 같이 살 생각이야?」

그저 건조하고 사무적인 대화만 오고 가던 테이블 위에 뾰족한 가시가 섰다. 슈란의 목소리가 어느새 이전처럼 앙칼진 톤으로 올라가 있던 것이다.

적대적인 말투만큼이나 시비조인 내용에 카이화가 슬쩍 유주의 눈치를 보았다. 유주는 카이화에게 고개를 저으며 슈란의 말 뜻 그대로의 의미를 요구했다.

그렇게 직접적으로 전해 들은 슈란의 말에 유주가 팍, 인상을 썼다. 언제고 한 번쯤 타인에게 들을 것이라 예상한 질문이었지만 질문자가 잘못되었다. 태도도 옳지 않았다. 그것은 유주가 그간 슈란에게 가지고 있던 좋지 않은 감정에 시너지를 불어넣었다.

"그게 그쪽이랑 무슨 상관이에요?"

「잠깐의 변덕이라면 몰라. 하지만 너희 둘은 달라. 살아온 환경도, 가진 것도, 잃을 것도. 이런 차이를 몇 년이나 참고 버틸 수 있으리라 생각해? 중간에 어쭙잖게 못 하겠다고 때려치울 것 같으면 시작조차 안 하는 게 맞잖아?」

카이화가 중간에서 난처한 시선을 보냈지만 유주는 몇 번이나 단호하게 고개를 저었다. 의역은 필요 없었다. 그리하여 직면하게 된 건, 그 어떤 포장도 뭣도 없는 날것의 직접적인 공격이었다.

그 말을 들은 순간 유주는, 생각보다 슈란이 그리 똑똑하지 못하다고 생각했다. 그 모든 것을, 슈란은 단지 기우에서 끝냈을 그 생각을 유주는 아주 오랜 시간 고민했다.

홍콩까지 리옌을 찾으러 온 게 각오 또는 결심이라고 얼버무릴 수도 있었지만 그것으로 부족하다는 걸 알았다.

세상에는, 각오나 결심 따위로 극복하지 못할 문제가 훨씬 더 많았다.

그렇기에 이제 피하고 외면할 수 없었다. 이미 너무 많은 문제를 눈 가리고 아웅 했다. 유주가 리옌을 제 인생의 일부로 받아들이겠다는 건, 세상에 같이 서야 한다는 의미였다. 그 둘에 대한 타인의 관심과 시선을 수용해야 한다는 뜻이었다.

"내 선택이에요. 책임도 내 몫이고, 감당도 내가 해요. 당신이 그런 문제에 대해 대신 고민해 줄 필요 없어요. 걱정이나 우려라면 고맙게 받아들이겠지만 단순한 심술이라면 그냥 훼방이라고밖에 말 못 하겠네요."

「네가 걜 좋아하기라도 한단 거야?」

"사랑하니까 어떻게든 옆에 두려고 당신들까지 만나고 있잖아, 내가."

아무리 가는 말이 고와야 오는 말이 고운 법이라지만 지금의 발언은 유주도 약간 후회했다. 부끄러움이, 물밀듯 밀려온 탓이었다.

하지만 부정할 것도 없는 사실이었다. 도대체 언제, 어디서, 어떻게 생겨난 감정인지는 모르겠지만 그를 믿고, 그의 미래를 담보 삼아 자신의 미래를 저당 잡혀 주는 게 사랑이라면. 그리고 어느 순간 애틋해지고 입 맞추고 싶고 보듬어 안아 주고 싶은 게 사랑이라면. 안 보면 그립고, 보고 있어도 간절해지고 그의 옆에 자신이 없을 때 외롭길 바라는 게 사랑이라면 이건 사랑이 맞았다.

서유주는 칭리옌을 사랑했다. 우습게도.

「……나 이런 대화는 좀 거북한데.」

유주의 단호한 대답에 내려앉은 정적을 깬 건 우신이었다. 그녀는 타인의 노골적인 감정사에 대해서는 별다른 면역이 없는지 정말 곤혹스러운 표정이었다.

하지만 아까 전보다는 훨씬 표정이 풀려 있었다. 슈란도 마찬가지였다. 카이화는……. 거의 그녀를 끌어안아 주고 싶어 미칠 것 같다는 표정이었다. 유주는 카이화의 시선은 슬그머니 피했다.

「그래. 이렇게 열정적인 고백을 바란 건 아니었어서 나도 좀 불편하네.」

유주는 카이화에게서 거둔 시선을 그녀에게 두고 있었다.

리옌은 '그런 일 없다'고 했지만 사실 유주는 한때, 리옌과 슈란의 관계를 의심했었다. 유독 친근한 사이를 두고 '친구'라는 좋은 호칭을 사용할 수 있다는 걸 알고 있었지만 질투라는 건 그 이성적 사고를 엉망으로 뒤틀어 버리는 법이었다.

하지만 지금은 아니었다. 슈란의 얼굴 위에 떠오른 감정 또한 순수한 '걱정'이 아니던가.

「단지 난 친구니까……. 그런 거야. 그 녀석의 인생을 랴오위에게 가져다 바친 게 나니까.」

그녀는 진심으로 걱정하고 있었다. 그래서 제법 안심이 되었다. 유주는 감정을 표현하는 게 얼마나 낯간지러운 것인지 잘 알고 있기에 손사래를 쳤다.

"그건 나중에 슈란, 당신이 리옌이랑 둘이 얘기해요. 내가 지금 알고 싶은 건 다른 거니까."

「하이윤 말이지.」

"네. 그 여자를 어떻게 처리할 셈인데요?"

유주가 말을 돌려준 게 고마운지 슈란은 헛기침을 하며 곧장 대답했다.

「걔가 어디에 있는지는 우신이 찾아냈어. 솔직히 말하자면 꽤 어려운 일이었지. 우신과 내가 카이화의 신변을 어떤 식으로 보호해야 할지 고민할 때 이미 쟤는 롱친의 밑에 있었거든.」

「거기다 웨이치나 하이윤이야 애당초 우리 관심사도 아니었어. 그래도 일단 알아 둬야겠다 싶었던 타이밍에, 리옌과 일이 틀어졌고.」

우신의 보충 설명을 듣고 유주는 바로 알아챘다. 그때였다. 리옌이 저 둘을 배신자로 간주하고 아무 말도 하지 않았을 때.

그때 그에게도 사정이 있긴 했지만 그게 면죄부는 아니었다. 동시에 그때, 싸우지 않았더라도 슈란과 우신은 리옌에게 진실을 이야기해 주지 않았을 게 분명했다.

"그래서요?"

「그래서요는 무슨. 결론적으로 말하자면 하이윤은 곧 이곳으로 운반될 예정이라는 거지.」

우신의 명쾌한 대답에 유주가 입을 꾹 다물었다.

그랬구나.

결국 우신과 슈란, 카이화는 '책임'을 지지 않은 배신자를 처단하는 데 자신들의 손을 이용하지 않을 셈이란 뜻이었다. 더불어 친구이자 옛 동료까지 구해 내고, 이전에 저들의 실수로 위험에 처했던 카이화에 대한 보호와 예방 조치까지 가능해지니 남는 장사였다.

"그런데요……."

하지만 마지막으로, 궁금한 게 남았다. 유주는 턱을 괴는 자세로 제 입술을 만지작거리며 눈을 치켜떴다.

"당신들은 왜 그렇게 카이화를 감싸 주는데요?"

"이건 그냥 제가 설명할게요, 언니. 언니도 아셔야 하니까요."

그녀의 질문을 기다렸다는 듯, 카이화가 가로챘다. 그녀는 우신과 슈란을 향해 잠시 고개를 끄덕이고는 다소 후련해 보이는 표정으로 유주를 응시했다.

* * *

"어제, 당신이 없는 당신의 약속 자리에서 모든 일은 끝났어. 이렇게 단언할 수 있는 건 간단해. 나도 그 자리에 있었거든. 당신에게 약을 한 번 더 먹인 것도 그것 때문이야. 아무도 없는데 날뛰면 곤란하잖아?"

"왜……."

리옌이 입술을 달싹였다. 하지만 유주는 고개를 저으며 그의 입술 위를 제 검지로 꾹 눌렀다.

"그냥 계속 들어."

"……."

"당신이 뭐라고 해도 난 모든 일을 이 꼴라지로 만든 하이윤이 어떤 모습으로 무너지는지 꼭 보고 싶었어. 결국 제 동업자까지 발판 삼아 어떤 모습으로 살고 싶었던 건지 구경도 하고 싶었고."

"……."

"사진이라도 찍어다 줄 걸 그랬어. 엄청 비참했는데. 봐 줄 만했어."

역시 돈의 힘이란 위대했다. 돈은 하이윤의 욕망을 극대화해 주었던 만큼, 그녀의 방종 역시 끌어낸 모양이었다.

하이윤은 그간 총 세 국가를 거쳐 다녔다. 우신이 잡았을 당시 필리핀에서 지내는 중이었다고 한다. 온몸에 걸치고 있는 건 죄다 사치품이었지만 약을 끊지 못해 반은 꿈속에, 반은 환상 속에 사는 처지였다. 피골이 상접한 데다 눈 밑이 퀭하니 죽어 있었고, 피부에는 발진인지 뭔지를 긁어 딱지가 진 상태였으니. 아무리 좋은 걸 먹고 예쁜 걸 걸치고 있어 봐야 무용지물이었다.

그런 하이윤을 보면서 유주는, 과연 이 거래가 성사될까 걱정했다. 아무리 봐도 하이윤은, 직접 손을 더럽혀 가며 죽일 정도의 가치가 보이지 않았다. 물론 이 생각 직후 그녀는, 자신이 이런 생각까지 하게 되었다는 점에서 스스로에게 놀라움을 느꼈지만 그뿐이었다.

놀라운 건 놀라운 거고, 그녀에게 가치 없는 건 없는 거였다. 감각이 둔화하지 않도록 계속 갈고닦아 주는 건 그녀 몫이었지 하이윤의 몫이 아니었다.

"하이윤이 어제 죽었는지, 아니면 오늘 죽을지, 또는 우리보다 더 오래 살지는 나도 몰라. 아마 당신도 모를 테고. 하지만 분명 곱게는 못 죽을 테지. 그건 너도 알고, 나도 알아. 카이화도 알았어."

유주의 단정적이고 냉엄한 말투에 리옌의 표정이 다시금 굳었다. 그녀를 매우 차갑고 잔인한 여자로 생각할지도 모른다.

그녀도 그를 고려하지 않은 건 아니었다. 잘은 몰라도, 삼합회는 말 그대로 조직 폭력배였다. 영화에서처럼 손가락을 자르거나 드럼통에 담글 수도 있었고, 어쩌면 스크린에 차마 담을 수 없이 잔인한 형태가 벌어질 수도 있었다.

유주는 그 모든 걸 알았다. 하지만 결국 하이윤을 넘기고 리옌과 카이화의 신병에 대한 협상에 있어 단 한 마디의 반박도 하지 않은 채, 그대로 그녀의 목줄을 상대방에게 넘기는 데 협조했다.

만약 그녀의 결정으로 결국 리옌이 떠나간다고 해도 그렇게 할 수밖에 없었다.

"카이화는 당신의 '여동생'이지 당신의 것이나, 당신 자신이 아니야."

"……."

"그리고 당신이 그렇게 죽고 못 사는 여동생은 어제저녁에 홍콩을 떠났어. 우신이 함께 갔고, 아, 안 그래도 우신이 그러더라. '딸자식 시집보낸 셈 치고 찾지 말라'고. 카이화도 자기 스스로 자리 잡기 전까지는 연락할 생각 없다고 그러던데? 아주 다 컸어."

그녀의 말에 리옌이 질끈 눈을 감았다. 유주는 그제야 제 손끝이 얼마나 차가워져 있는지 깨달았다. 심장이 얼마나 요동치고 있는지도 느껴졌다. 짐짓 여유로운 척했지만, 유주는 말을 내뱉는 내내 무척이나 긴장하고 있었다.

그렇지만 이제 해야 할 말은 다 했다. 남은 건 리옌의 결정뿐이었다. 선택이라고 할 순 없었다. 그에게 주어졌던 선택지는 이미 다 회수되었고, 남은 건 이 상황을 어떻게 받아들이고 살아갈지에 대한 것뿐이었다.

"그럼 이제…… 전부 끝난 건가?"

"그래. 카이화가 그간 준비한 게 한두 개가 아니던데? 당신이 애써 마련해 준 법무사 사무실은 이미 법적으로 그 동업자들 것으로 넘어갔어. 자기 몫은 셈 하나 틀리지 않고 다 받아 냈더라고. 법 공부 허투루 한 건 아닌가봐."

그래서 유주는 그가 마음의 채무를 조금이라도 덜었으면 하는 심정으로, 그리고 그가 그녀를 조금이나마 덜 모질게 보도록 쓸데없는 말 몇 마디를 덧붙였다. 말 그대로 그에게 그다지 와닿지 않을 말들이었지만. 자기기만에 가까운 변명이었다.

리옌은 유주의 중얼거림을 멍하니 듣고 있었다. 그러나 이내, 그는 양손을 들어 제 얼굴을 가렸다.

차마 자신을 바라보고 싶지도 않은 건가 싶어 유주는 입을 다물었다. 하지만 곧 그게 아니란 사실을 깨달았다. 그의 관자놀이를 타고 흘러내리는 두 줄기의 눈물에 담긴 건 회한과 통탄이었으므로.

"……다행이다."

긴장으로 바짝 말라 있던 그의 목소리가 축축하게 젖어 떨리고 있었다. 유주가 조심스럽게 그의 한쪽 손을 눈가에서 떼어 냈다. 붉게 익은 눈시울이 가녀려 보였다.

외면하고 도망가려 해도 결국 마음이 사로잡히면, 비록 도망치는 길이 말끔히 포장된 도로라 해도 덫과 함정에 빠진 것처럼 걸음걸음 휘청이는 법이었다.

결국 유주는 제 발에 제가 걸려 몇 번이고 넘어지며 뒤돌아보길 반복했다. 무턱대고 달려드는 이 남자가 두렵기도, 싫기도 했지만 결국 그는 제 인생에 재앙처럼 다가와 폭풍을 일으키고 결국 흔적을 남겼다.

유주가 고개를 숙여 그의 눈가에 입을 맞췄다. 유주의 손이 잘게 떨리고 있었다. 그녀는 그가 자신을 밀어내면 어쩌나 하고 불안해했다. 하지만 리옌은 눈을 감은 채 새가 모이를 쪼아대는 듯 가벼운 접촉을 받아들였다. 아주 미미한 안도의 한숨이 느껴졌다.

"그럼 이 배는 어디로 가는 거지?"

눈꺼풀에 가려져 있던 눈동자가 서서히 드러나며 유주의 시선과 마주쳤다. 여전히 젖은 검은 눈동자가 어쩐지 갓 태어난 사슴의 것처럼 어리고 약해 보여 기분이 이상해졌다.

유주는 여전히 자신이 그의 위에 어정쩡하게 올라타고 있는 자세란 걸 깨닫고는 상체를 조금 일으켰다. 하지만 어느새 그의 한쪽 팔이 그녀의 허리를 완전히 감고 있음을 알아채고 피하는 것을 그만두었다.

눈을 마주친 그 순간 예감과도 같은 확신이 느껴진 것이다.

"당신이 잠들어 있던 건 하루하고도 반나절이었어. 그간 피로가 많이 쌓인 모양이던데."

이제 리옌은 그녀가 하는 말이 언제, 누가 했던 말인지를 알아챘다. 기시감이 아니라 과거의 기억을 되짚어 가는 말이었다.

그가 살짝 웃었다. 물기에 젖어 번들거리던 눈빛이 편안하게 가라앉았다.

"그래서?"

"그사이 이 배는 기항을 했고, 지금은 바다 위지. 러시아는 경유 안 할 거야. 직항이거든."

"설마 지금 가는 곳이, 내가 아는 곳인가?"

그의 목소리에 웃음기가 서렸다. 유주는 코웃음을 쳤다. 그에게도 말 한 마디 통하지 않는 낯선 곳에 대한 불안감을 심어 주고 싶었지만 이미 불가능하다는 걸 알았다.

리옌이 존재하는 않는 게 그녀에게 가장 큰 두려움이듯, 그 또한 그녀가 자신을 떠나는 게 가장 큰 두려움일 게 분명하기에.

"맞아. 우리의 최종 종착지는 당신도 아는 곳이야."

"부산?"

"틀렸어."

그녀의 목소리가 유쾌했다. 리옌은 허리를 감은 팔에 조금 더 힘을 주었다.

"그럼?"

"우리 집."

그녀의 말에 리옌은 아까보다 훨씬 즐겁고 유쾌한 웃음을 흘렸다. 결국 유주는 그의 품속에 완전히 폭 파묻혔다.

아무런 문제도, 불안도, 사건도 없다는 게 이상했다. 하지만 두 발이 완전히 지면을 딛고 서 있는 듯한 안정감이 그 모든 것들의 빈자리를 대체했다. 편안했다. 안락했다. 불안하게 흔들리는 바다 위의 출렁거림은 아무것도 아니었다.

"같이 가자. 이제 나도 혼자는 더 못 있겠어. 당신도 그냥은 못 두겠고."

유주가 양팔을 뻗어 그의 머리를 꼭 끌어안았다. 리옌이 그녀의 체취를 흠뻑 들이마시는 게 느껴졌다. 유주도 눈을 감았다.

"그래. 이제 정말…… 모든 게 끝이 났으니까……."

그렇게 말하는 리옌의 목소리가 떨리고 있었다.

그래. 이로써 정말 모든 사건이 막을 내렸다.

그들의 숨통을 조여 오던 불확실성, 막연한 두려움, 끔찍한 불안도 어느새 말끔히 사라졌다.

그리고 그녀와 그는, 끝나지 않았다.

끝에서 맞이한,

새로운 시작이었다.

Epilogue

"안 돼. 싫어. 돌아가."

뭐든 시작이 어렵다는 건 누구나 아는 사실이었다. 그러나 이 정도로까지 어려울 필요가 있나?

"난, 절대, 무조건, 반대야. 안 돼. 죽어도 안 돼. 내 눈에 흙이 들어가도 안 돼."

"······야, 서승헌."

"누나가 그렇게 불러도 안 돼. 난 싫어. 차라리 날 죽여."

승헌은 자신이 반대하는 사촌 누나의 배우자(예정)가 눈앞에 있다는 사실에도 불구하고 완강히 고개를 저었다. 끙. 유주의 입에서 앓는 소리가 나왔다.

리옌이 없던 4년 동안 유주에게 있어 가장 고마운 사람을 꼽으라면 단연 승헌이었다.

일주일에 세 번. 그나마도 한 번 갈 생각을 하면 왕복 대여섯 시간은 우스운 먼 곳의 대학원에 진학하며, 유주는 타 지역에 고시원 하나를 얻어 두고 두 집 살림을 했다. 당연히 그녀의 집은 서울의, 리옌이 얻어 준 그 아파트였지만 학기가 바쁘고 연구가 많을 때는 일주일이 다 뭔가. 몇 달씩 집에도 못 들어오곤 했었다.

그런 그녀의 생활을 뒷받침해 준 건 승헌이었다.

유주를 따라 상경한 그는 경기도의 대학을 무사히 졸업하고 그녀가 대학원 생활을 시작한 지 얼마 되지 않아 재주 좋게 취업도 했다.

중간에 쉬는 텀 없이 빠듯하게 입사한지라 제 코가 석 자일 게 분명함에도 그는 살뜰히 유주를 챙겼다. 그녀가 없는 와중에도 제 사촌 누이의 집에 드나들며 집 정리를 해 놓고 냉장고를 채워 놓는 정성만 보면 엔간한 열녀 저리 가라였다.

유주는 리옌과 생활하며 아니, 그 이전부터 자신이 생활력이 떨어지고 살림을 꾸리는 데 재주가 없단 걸 진즉에 깨닫고 살았으니 그의 보살핌이 감사하기 그지없었다.

하지만 하는 짓이 꼭 딸 하나 둔 아버지 같다고 해서 하는 말이나 행동도 그와 비슷하게 흘러갈 필요가 있는 것인가? 유주는 제 두 눈에 흙이 들어가도 결사반대라는 승헌의 완고한 태도에 억울하면서도 희한한 감정을 느꼈다.

이쯤 되면 전생에 승헌이 유주에게 지은 죄가 있는 건 아닌가 의심해 봐야 했다. 그게 아니라면 이렇게 그녀의 뒤를 쫄레쫄레 쫓아다니며 보모 노릇을 할 이유가 없었다.

"야, 네가 나보고 제발 먼저 결혼하라며."

"당연하지. 누나가 제일 손위니까, 누나가 개혼(開婚)을 해야 내가 장가를 갈 거 아냐."

"……요즘 세상에 그게 뭐가 중요하냐?"

"종신대사인데, 왜 안 중요해? 그리고 누나가 맏이인 것도 맞고. 내가 뭐 틀린 말 했어?"

유주의 언짢은 기색을 분명 눈치채고도 남았을 것인데 승헌은 뻔뻔한 표정이었다. 리옌의 침묵에도 기죽지 않은 당당함마저 비범했다.

말로는 손윗사람이라고 하지만 그가 괄시하는 모양새를 보면 꼭 갓 시집
온 며느리를 쥐 잡듯이 구박하는 시어머니 같았다. 유주는 혀를 끌끌 찼다.

"넌 진짜 결혼하지 마라."

"뭐래. 나 이미 품절 예약 들어간 거 모르나?"

"……엉?"

분명 이번 선전포고에 있어 아군이 되어 달라고 말을 꺼낸 것인데 대화의
방향이 조금 이상한 쪽으로 흐르기 시작했다. 유주가 저도 모르게 입을 헤
벌린 채 멍청하게 되물었다. 승헌이 쯧, 노골적으로 혀를 찼다.

"미친다. 상견례 있다고 하니 과제가 끝물이라 못 간다고 했던 게 어디
사는 누구인지 기억도 안 나? 막말로 지금까지 기다려 준 걸 고마워해야 하
는 처지거든, 누나는? 제발 출가 좀 해라. 반 칠십이면 이제 가고 싶어 안달
내야 하는 거 아니야?"

어쩐지 꼬장을 심하게 부린다 싶더니 이유가 있었다. 유주는 기억을 더듬
은 끝에, 그에게 대학 졸업 전부터 사귀던 여자가 있었음을 간신히 기억해
냈다. 아마 유주의 기억이 정확하다면 그 여자는 승헌보다 연상이었다. 그녀
보다 고작 한 살이 어리던가?

승헌도 어영부영 결혼을 생각해야 할 나이인데 손윗사람이 떡하니 버티고
있으니 그 마음을 완전히 이해 못 할 것도 아니었다.

그런데, 말이야 바른말이지. 그렇게 결혼하라느니, 시집가라느니 하면서
왜 리옌은 안 된다는 말인가? 유주는 그 양가적인 태도에 살짝 발끈했다.

"그러니까. 가고 싶어 안달 나서 여기 데려왔잖아."

"어. 그런데 저 사람은 안 돼."

"이 새끼가?"

결국 참지 못하고 험한 소리가 나갔다. 금방이라도 자리에서 일어나려고
엉덩이를 들썩거리는 유주의 앞을 무언가 가로막았다. 큼지막한, 리옌의 손
이었다.

"서승헌 군이죠."

리옌은 면전에서 거절 표현을 받은 사람답지 않게 침착한 태도였다. 표정과 목소리만 봐선 기분이 상한 것 같지는 않았는데, 그거야 확신할 수 없는 노릇이니 괜히 유주는 목이 탔다.

안 그래도 일을 물에 물 탄 듯, 술에 술 탄 듯 해결하고 보쌈하듯 한국으로 업어 온 것만 해도 뜨끔한 구석이 많았다. 언제부턴가 둘 사이의 관계에 안달 내는 게 자신인 것 같아 유주는 묘하게 자존심도 상했다. 상대를 좋아하는 것과는 별개로, 감정의 흐름이 불균형하다면 그에 따른 격차는 어쩔 수 없이 느껴지는 법이었다.

"군이라고 불릴 나이는 지났는데요."

"알고 있습니다. 그래도 제가 '손윗사람'이라."

리옌의 목소리는 여상했지만 어딘가 뾰족했다. 유주는 그제야, 자신에게는 마치 갓 조리된 따끈따끈한 두부처럼 무르고 순한 남자의 실상이 얼마나 잘 벼린 칼 같은 존재였는지 떠올렸다. 말 자체를 몇 바퀴 배배 꼬아 가며 사람의 신경을 얼마나 잘 긁었는지도.

"연장자도 연장자 나름이죠."

"저는 그 '나름'에 들어가는 대상인가 봅니다."

"당신 그때 그 사람이지? 펜션에 불났을 때 누나 업고 나왔던."

유주는 제 사촌 동생의 발언에 달싹이던 입술을 야무지게 앙다물었다. 승헌은 모호하게 돌려 말하지 않았고, 유주는 그 부분에 대해 아직 가족들에게 설명하지 못한 부분이 많았다. 정확히는 설명하지 않았다. 어떤 반응이 돌아올지 이미 알고 있기 때문이었다.

기실 리옌에 관해 설명하려면 그와 만난 경위에 대해서부터 시작해야 했고, 그의 부재에 관해서도 설명해야 했다. 창진과 승헌, 예담에게 있어 리옌은 '어느 날 갑자기 하늘에서 뚝 떨어진' 유주의 결혼 상대나 다름없었다.

다른 부분은 돌려 모호하게 이야기한다 치더라도 전 홍콩 마피아 일원,

현 무직, 실형을 살고 나온 전과자라는 건 어떻게 해도 둘러대기 어려웠다.

게다가 결혼한다는 건 말 그대로 가족이 되는 것인지라, 당장 혼인 신고를 목적으로 대충 둘러댄다 쳐도 그 거짓말이 언제까지 지속될지도 모르는 일 아닌가.

그 위협적이고 버거운 미래에 대한 고민은 아무리 해도 부족했다. 그래서 유주는 일단 일부터 벌이기로 했다. 그녀의 신중하다 못해 보험 약관까지 죄다 꼼꼼히 읽어 보는 성격에 어울리지 않는 충동적인 행동이었으나, 모든 이질감은 적응되면 별 게 아니다. 그녀도 우선 그를 제 가족에게 적응시키기로 했다.

"맞습니다."

하지만 그녀의 가족이 그때의 '그 일'을 전부 기억하고 있다면 이야기는 달라졌다. 무엇보다 이현재 일당에게 습격당했을 당시, 맨 처음 정신을 잃은 건 유주였으니 다른 가족들이 무엇을 얼마나 보고 얼마나 기억하는지 알 수 없었다.

이런 변수를 놓치다니. 유주는 주먹을 세게 말아 쥐었다. 멍청하게도 고려하지 못한 상황이었다.

"그럼 왜 그쪽이 '나름'에 포함되고, 제가 이토록 강경하게 반대하는지에 대해 예상하실 겁니다. 그때 저희를 구해 주신 건 정말 감사한 일이 맞지만, 사람에겐 눈치라는 게 있잖아요?"

"……."

"제 오해라면 말씀해 주세요. 누나가 다친 데에, 그쪽의 책임이 없습니까?"

실로 살 떨리게 예리한 질문이었다. 유주는 문득 자신의 그간 생활을 되짚어 보았다.

성조는 유주를 해고했지만 그녀와 연락을 끊지는 않았다. 그리고 유주는, 성조가 창진에게 자신의 근황에 대해 알린다는 것을 알고 있었다.

창진은 끝내 제 조카가 왜 갑자기 장의업을 그만두었는지, 그리고 왜 승헌이 아닌 예담이 창진과 함께 시골에 눌러앉기로 마음먹었는지 그녀에게 설명해 주지 않았다. 예담도 마찬가지였다.

물론 그걸로 유주가 서운함을 느낀다는 건 아니었다. 그녀가 끝내 리옌에 대해 모든 것을 설명하지 않은 것처럼, 창진도 유주에게 설명하지 않은 여러 가지가 있을 터였다. 끝끝내 무슨 일이 있었는지 캐묻지 않은 성조처럼, 인간관계란 그런 복잡하고도 미묘한 감정이 신뢰를 타고 어느 방향으로 흘러가는 것이었다.

그녀의 패착은 여기에 있었다. 신뢰는 인간관계의 기본인 감정이었지, 모든 장애물을 극복하는 치트 키는 될 수 없었다. 현실성과 신뢰는 별개의 문제였으니까.

"제 문제가 맞습니다. 그 부분은 부정하지 못하겠군요."

"그런데 뭐 그리 잘나셔서 고개를 빳빳하게 쳐들고 계세요?"

"야, 서승헌."

"유주. 가만히 있어."

그러나 신뢰가 부족하다고 해도 결국 인생의 주도권은 그 인생을 사는 당사자에게 있었다. 유주는 승헌이 자신을 아껴 주는 걸 알았지만, 그녀의 선택에 대한 노골적인 부정은 기껍지 않았다.

하나 그녀를 저지한 건 리옌이었다. 승헌이 아니라. 그 점이 불만이었던 것일까? 그저 냉담하기만 했던 승헌의 표정이 살짝 일그러졌다.

"지금 우리 대화에 누나는 빠지면 안 되는 사람입니다."

"아니. 이건 유주의 인생에 대해 논하는 자리가 아니잖아? 내가 처남의 집안에 어울리는 사람인지 그 자격을 논하는 자리인 거지."

"뭐? 처나암?"

독기를 단단히 품은 승헌의 발언에 조금은 기가 죽었을까 싶었는데 웬걸. 리옌은 아까보다 온화하게 미소까지 지어 가며 여유롭게 승헌의 말을 받아치고 있었다. 그도 모자라서 도발까지 했다. 유주는 진지하게, 이 대화가 어느 방향으로 흘러갈지 몰라 불안해졌다.

"실상 처남이 어떤 의견을 가지고 있던 결국 유주는 자신이 선택해서 인생의 방향을 결정했어. 자네한테 먼저 의사를 표명한 건, 이에 대한 허락을 구한다기보다는 그만큼 자네를 배려하기 때문에 그 결정에 대한 존중을 받고자 함이지. 알고 있지 않나?"

"이보세요."

"내 말 아직 안 끝났어. 자네가 설명하라는 부분에 대해서는 아직 언급도 안 했고."

승헌이 입을 다물었다. 할 말을 잃었다기보다는 그놈의 설명이 뭔지에 대해 들어 보자는 결연한 표정을 지은 채.

유주는 숨도 크게 쉴 수 없었다. 리옌의 말이 맞았다. 이미 선택은 그녀가 했다. 하지만, 가족을 모두 등져 가며 리옌과의 미래를 그리는 건 고달플 것이었다. 유주는 가진 게 많지 않았기에 그 하나하나가 소중했다.

그래서인지 한 번 품에 들인 것을 포기하기가 쉽지 않았다. 특히 가족은 더욱 그랬다. 그녀가 품고 자시고 할 것도 없는 명백한 '그녀의 것'이었기에.

문제가 있다면 리옌도 그녀에게 있어 벌써 품어 버린 '그녀의 것'이었단 사실이다. 무엇이든 버리게 된다면 그 후유증의 여파는 무척이나 오래 갈 것이다.

"유주가 내 일에 연루되었던 건 맞아. 내 여동생을 찾는데 내가 강제적으로 합류시켰거든. 그 과정에서 꽤 복잡하고 위험한 여러 일에 휘말리기도 했지. 유주는 나에게 모든 걸 시시콜콜하게 털어놓지 않으니 내가 모르는 부분도 많을 거야. 가령, 얼마나 아프고 힘들었는지 같은 것들 말이야."

그의 말은 침착하고 진중했다. 단어 하나하나를 선택하는 데 신중을 기하는 게 보여 유주는 적잖이 안심했다.

협조는 아니더라도 적대는 해선 안 되었다. 유주는 그런 관계들을 바라지 않았다.

"눈치챘는지는 모르겠지만 지금 우리 관계에 주도권은 오로지 자네 누나에게 있어. 내 구애를 몇 번이나 야멸차게 거절하며 냉대하던 걸, 내가 내 인생까지 팔아 구걸하며 붙잡으려 안달복달했거든. 자네가 보기에도 유주에 비해 내가 많이 부족하겠지."

"……"

"그래서 난 반드시 이 결혼을 성사시킬 생각이야. 정확히 말해, 결혼이라는 형태가 아니어도 상관은 없어. 그냥 내가 끈질기게 붙어서 버티면, 자네의 마음 약한 누나는 날 끝내 버리지 못할 테니까. 보면 알지 않나. 착한 사람인 거."

그러나 유주의 안도감은 점차 부끄러움으로 탈바꿈되었다. 리옌이 낯간지러운 줄 모르고 줄줄이 쏟아 내는 말들이 얼마나 깊은 속내에서 우러나온 직관적이고 본능적인 표현인지, 절로 얼굴이 화끈거렸다.

하지만 듣기에 나쁜 이야기는 아니었다. 그는 유주에게 항상 미안하다, 고맙다, 좋아한다는 소리만 했지, 그를 자질구레하게 풀어놓는 성미가 아니었다. 진중하게 사과를 한다면서 진심밖에 담지 않고, 좋아한다면서 애정밖에 주지 않았다. 그것들이 부족한 건 아니었지만 가끔 사람은 아는 것에 대해서도 확신을 얻고 싶어 하는 법이었다.

"난 한국인도 아니고 전과도 있어. 떳떳하지 못한 과거도 있고, 지금 가진 것이라곤 잘나지도 못한 이 몸뚱이 하나뿐인 데다, 얼마 없는 돈은 앞으로 유주에게 빌붙어 사느라 죄다 탕진할 예정이기도 하고."

"……그런데 뭘 믿고 그렇게 뻔뻔합니까?"

듣다 못한 승헌이 딴죽을 걸었다. 리옌이 그의 지적에 쓰게 웃었다.

"내가 믿는 건 그래도 날 기다려 주고, 날 데리러 와 준 유주 하나야."

"허……"

"그러니 난 이 기회를 놓치지 않을 생각이야."

"누나!"

지나치게 뻔뻔한 소리에 유주마저 할 말을 잃었다. 승헌의 갈 곳 없는 분노는 고스란히 그녀에게로 돌아왔다.

표정만 봐도 승헌의 속마음이 들려왔다. 정말 저런 새끼를 결혼할 놈이라고 데려온 거냐, 저렇게 뻔뻔한 놈을 가만히 두고만 볼 거냐, 입이 달려 있으면 누나도 뭐라 말 좀 해 봐라 등등.

신기하게도 침묵 속에서 귀가 쨍하니 울리는 기분이 들어 유주는 입을 다물었다. 기실, 할 말이 없기도 했다.

저런 놈을 예비 배우자라고 데려온 것도 그녀요, 뻔뻔한 놈인 거야 익히 알고 있었던 것도 그녀요, 가족들 앞에서 리옌과의 일을 꺼내 들면 할 말이 없어지는 죄인인 것도 그녀였다.

"자네는 엄밀히 말해 유주의 직계가 아니라 사촌이야. 그런데 나는 자네에게 장인에게도 보이지 않을 정도로 진심을 다해 대하고 있지. 그런 내 호의를 처남이 알아주었으면 좋겠군."

대신 리옌이 입을 열었다. 하지만 참 신기하기도 하지. 걸음걸음 지뢰만 딱딱 밟고 가는 게 강남 일타강사보다 더한 적중률을 보여 주었다.

악재다…… . 악재야…… .

유주는 속으로 고개를 설레설레 저었다. 아니나 다를까, 승헌의 귀가 시뻘겋게 익었다. 화가 머리꼭지까지 돌았다는 게 눈에 훤히 보였다.

"난 인정 못 하니까 어디 마음대로 해 보든가!"

……파국도 가지가지였다.

"미쳐. 거기서 왜 애 성질을 긁어?"

"그게 긁은 건가?"

"내가 보기에는 있는 힘껏 걔 속을 박박 긁은 걸로 보이던데?"

"진심인데, 서운하군."

당연하게도 리옌이 한국에 들어오고 난 이후 둘의 거주지는 그가 이전에 구입한 유주의 아파트가 되었다. 현관에 들어서자마자 리옌은 유주의 겉옷을 받아 들었고, 그녀는 대충 가방을 바닥에 던져 둔 채 소파 위에 널브러졌다. 아직 저녁 시간도 되지 않았는데 벌써 피곤했다.

"진심이고 가심이고 뭐고 간에 쟤가 우리 집 시어머니란 말이야. 어휴, 난 몰라."

"모르면 안 되지. 청첩장 샘플 나왔는데."

"……진짜 그걸 주문해 놨다고?"

"쇠뿔도 단김에 빼야지."

"이제 누가 당신을 홍콩 사람이라고 하겠어?"

유주가 웃으며 소파에 길게 누워 리모컨을 챙겨 들자 리옌이 익숙한 태도로 그녀의 왼쪽 양말을 벗겼다. 유주는 깔깔거리며 발을 오므렸지만, 그는 아랑곳하지 않고 오른쪽 양말까지 끗끗하게 벗겨 냈다.

"그래서, 샘플 지금 볼 거야?"

유주는 잠시 말없이 리옌의 얼굴을 빤히 올려 보았다.

그 시선을 느낀 리옌은 그녀의 곁에 고개를 가까이 들이댔다. 그는 이미 그녀가 제 외모를 품평하길 즐긴다는 사실을 알고 있었다. 습관처럼 손을 뻗어 만지작거리는, 뺨의 상처를 마음에 들어 하지 않는다는 것까지 말이다.

"이 상처 볼 때마다 흑역사 리바이벌하는 기분이야."

"난 좋다니까."

"좋긴 뭐가 좋아? 하여간 유별나."

"유별난 거 알면 같이 골라 줘. 난 보는 눈이 없으니까."

양말을 정리하는가 싶던 리옌은 결국 옷가지를 바닥에 던져 둔 채 그녀 옆으로 파고들었다. 소파가 널찍하니 망정이었다. 유주는 못 이기는 척 몸을 좀 더 안쪽으로 구겨 넣었다.

"아직 나 결혼 확정 안 했다."

"당신은 종종 그런 모진 말로 날 상처 입히길 좋아하지."

"상처받기는 해?"

"물론."

그러면서도 리옌은 꿋꿋하게 업체에서 보내온 이메일을 열어 그녀에게 보여 주었다. 샘플 다섯 가지는 죄다 금박을 먹인 흰 바탕에 패턴만 다소 다른 깔끔한 디자인이었다.

"그리고 이것도 컨펌 해 주고."

리옌이 휴대폰으로 보여 준 다음 것은 신혼여행지였다. 유주는 헛웃음을 삼켰다.

"너 무슨, 뭐, 한국 국적 필요해서 이러는 거 아니지?"

그녀의 진담 섞인 농담에 리옌은 정색하며 대답했다.

"원한다면 혼인 신고는 안 해도 돼. 그런데 결혼식은 꼭 해야 해."

"왜?"

"동네방네 알려놔야 잃어버리지 않지."

"……."

"당신은 빈곤한 내 삶에 몇 안 되는 '내 것'이니까."

그 말을 하는 리옌의 표정은 그 어느 때보다 진지했다. 유주는 자칫 분위기가 무거워질 것 같아 농담조로 입을 열었다.

"난 내 건데?"

"그래. 난 당신 거야."

"아니, 서유주는 서유주 거라고."

"거기에 칭리옌도 도매금으로 끼워 넣어 둬."

무척이나 태연하고 자연스럽게 리옌이 유주에게 입술을 비볐다. 유주는 못 이기는 척 눈을 감고 그의 입맞춤에 응했다.

그리고 생각했다. 혼인 신고 안 하는 걸로 승헌의 의견을 반 먹고 들어가고, 결혼식은 올리는 걸로 리옌의 의견을 반 먹고 들어가면 어찌어찌 통칠 수 있지 않을까?

* * *

"안 된다."

그래. 세상일이 그렇게 쉬우면 개나 소나 다 배 깔고 누워서 로또 되기만 기다렸겠지.

유주는 입을 꾹 다문 채 예담에게 슬쩍 시선을 던졌다. 그러나 무정한 제 사촌 여동생은 그녀에게 시선도 돌리지 않은 채 작은 조각칼로 생밤을 까고 있었다. 중간중간 오독거리는 소리가 참 무심하기 그지없었다.

"삼촌······."

"형님 내외 보기 면구해서라도 안 된다."

창진이 말하는 형님 내외는 이미 작고한 유주의 부친 서형진과 모친 정현경을 이야기하는 거였다. 유주는 어색하게 시선을 굴렸다. 창진의 뒤에 수문장처럼 자리 잡고 앉은 승헌이 눈을 감고 작게 고개를 끄덕였다. 어째 하는 짓만 보면 그가 더 큰 어른 같았다.

"제가 어찌할 수 없는 부분에 대해 말씀하시면 저는 어떡합니까."

그런 분위기 속에서 리옌은 전혀 동요하지 않은 표정으로 담담하게 대답했다. 유주가 슬쩍 제 옆에 앉은 남자를 흘겨보았다.

어찌할 수 없는 부분이라······.

이현령비현령이라고 참 듣기에 따라 옳은 소리일 수도, 그른 소리일 수도 있는 말을 뻔뻔하게 내뱉는 저 담력이 부러울 정도였다.

"어찌할 수 있던 부분들도 꽤 되지 않았습니까?"

그의 말을 받아친 건 승헌이었다. 유주가 입을 열었다.

"애당초 내가 휘말린 사건 자체가 리옌이 어찌할 수 있는 게 아니었어."

"누나는 가만히 있어. 같이 사니 마니 하는 건 둘 문제지만 그걸 받아들이는 건 우리 문제니까."

끙. 유주는 앓는 표정으로 입을 다물었다.

그래. 죽네 사네 하는 건 리옌과 그녀의 문제였다. 지금 당장이야 그녀가 리옌의 변호를 열심히 해 준다고 해도 계속 얼굴을 보고 살아야 한다는 가족이라는 관계의 특수성상, 언제까지 변호만 해 줄 순 없었다.

완전히 열세에 몰린 상황인지라 유주는 그녀답지 않게 긴장했다. 그런 그녀의 손 위에 리옌의 손바닥이 덮였다.

"승헌 군 말이 옳습니다. 처숙부님의 반대도 이해합니다. 무엇이 언짢으신지도 알고, 어떤 연유로 반대하시는지도 이해합니다."

유주는 내심 혀를 찼다. 세 치 혀로 상대를 누그러뜨리는 건 아직 미령한 승헌에게나 먹힐 전략이었다. 그 말을 듣는 창진은 벌써 그 둘의 나이를 합친 것만큼 살았고, 그만큼의 연륜이 있었다. 적당한 말 몇 마디로 회유하기란 쉽지 않을 터였다.

게다가 유주에게도 여전히 창진은 알 수 없는 구석이 많은 이였다. 그는 이해심 많고 포용력 있는 집안의 어르신이었지만 모든 걸 방관하지는 않았다. 말을 많이 하지 않는 만큼 행동거지에 있어 신중했고, 한번 숙고하여 내린 결정을 번복하는 일은 거의 없었다.

"전 애당초 고아입니다. 여동생이 하나 있기는 한데 그 여동생과도 헤어져서 한동안은 만날 길이 요원합니다. 사실 유주보다 배운 것도 없고, 할 줄 아는 건 그냥 악착같이 돈을 버는 것뿐이었는데, 그 밥줄마저도 지금 죄다 끊긴 참입니다."

할 줄 아는 게 주먹질뿐이라고 할 줄 알았는데 다행이었다. 그런데 듣다 보니 조금 이상했다. 리옌의 목소리가 미미하게 떨리고 있었다. 곁눈질로 살펴보니 그의 표정도 평소 이상으로 뻣뻣하게 굳은 채였다.

유주는 그제야, 리옌이 자신만큼이나 현 상황에 긴장하고 있음을 알아챘다.

가족이라고 해도 모든 것을 이해할 수 없었다. 연인이나 친구 사이도 마찬가지였다. 하지만 가끔은 말하지 않아도 아는 것이 있다.

유주에게는 가족이 소중했다.

하지만 리옌도 이젠, 그만큼 소중했다.

"그런 놈팡이가 따님이나 매한가지인 조카 옆에서 얼씬거리는 거, 달갑지 않으신 것도 압니다. 저는 이 자리에 인사를 드리면서 결혼 승낙을 받기 위해 온 게 아닙니다. 다른 걸, 승낙받기 위해 온 겁니다."

착각이 아니었다. 유주의 손등을 덮은 리옌의 손이 가볍게 달달 떨리고 있었다. 게다가 손바닥에선 식은땀이 나는데, 또 손끝은 차가웠다. 유주는 슬쩍 손바닥을 틀어 그의 손을 단단히 맞잡아 주었다. 그가 처음, 제 인생을 약탈해 가듯 제 체온을 빼앗아 갔으면 싶었다. 그렇게라도 채워 넣었으면.

다른 이들은 몰라도 유주는 알았다. 그의 인생은 텅 비어 있었다. 그리고 유주 또한, 채워도 채워도 채워지지 않는 결핍 속에 살았다.

그 여백에 무엇을 채워 넣어야 고갈되지 않을까.

답은 쉬웠다. 빼앗고 빼앗겨도 충만할 정도의 감정을 부어 넣으면 되는 일이었다. 아이러니하게도 비어 있는 유주와 리옌은 무언가 뺏고 빼앗기며 만족감을 느끼게 되었다.

서로에게 빼앗겨도 다시 자신에게 돌아올 것을 알기에 신뢰를 주었고 감정을 주었다. 이제는 미래까지 주려 하고 있었다.

지금의 이 자리는 그를 선언하는 자리나 매한가지였다.

"그냥 옆에 있게만 해 주십시오. 떨어지라고 강제하지 마시고, 못마땅하더라도 조금만 참고 흘려 넘겨 주십시오. 원하신다면 저는 안 봐 주셔도 좋습니다. 다만 그녀가 원해서 저를 보고 싶어 하면, 그때 제가 유주의 얼굴이라도 볼 수 있게 해 주세요. 그거면 됩니다."

묵직한 침묵의 농도는 무척이나 짙었다. 숨을 들이마시는 것 자체가 질식을 향해 내달리는 고행처럼 느껴졌다.

유주는 고개를 숙이고 눈을 감았다. 리옌도 그녀와 똑같이 무릎을 꿇은 자세로 고개를 숙이고 있었다. 그 모습을 지켜보던 세 사람 중, 지금껏 침묵을 고수하던 예담이 불쑥 입을 열었다.

"그래서 우리 밥 언제 먹으러 가?"

가볍다 못해 경박한 말투가 두터운 침묵을 걷어 냈다. 줄곧 뭐 씹은 표정으로 앉아 있던 승헌이 버럭 짜증을 부렸다.

"서예담!"

"뭐! 무거운 얘기 다 한 거 아니야? 너도 참 노답이다. 언니가 언니 인생 살겠다는데 네가 왜 나대? 웃겨, 정말."

"이게 어른들 얘기하는데……."

"야 이 꼰대야, 네가 나보다 몇 살 더 먹었다고 어른이래? 우리 집 어른은 아빠 하나거든? 그리고 언니가 너보다 나이 많아 븅신아. 네가 언니 결혼에 감 놔라 배 놔라 할 처지냐? 너나 잘해."

"이게!"

……어째 예담은 못 본 사이에 입과 성정이 더 거칠어진 것 같았다.

유주는 이런 분위기 환기에 감사해야 하는지 아니면 머쓱해야 하는지 몰라 곁눈질로 리옌을 살폈고, 리옌의 표정도 얼떨떨하기는 매한가지였다.

"나가자. 너도 먼 길 왔는데 밥 먹고 가라."

창진이 칭한 '너'가 리옌이라는 사실을 알아채는 데에는 꽤 오랜 시간이 걸렸다.

"그래서 언니랑 형부가 어떻게 만난 건지 좀 더 설명 좀 해 보라니까? 그래야 내가 돕든 말든 하지."

다섯 명이 한 테이블을 쓸 거라 생각했는데 무슨 연유에서인지 테이블이 두 개로 갈렸다. 리옌과 창진, 승헌이 한 테이블. 그리고 유주와 예담이 한 테이블.

불판 위에서 지글지글 잘 구워지는 고기에 관심을 둘 여력이 없었다. 유주는 몇 번이나 초조하게 자신의 테이블과 두 칸이나 떨어져 있는 남자팀 테이블에 시선을 돌렸고, 예담은 그런 그녀에게 콧방귀를 뀌며 소주를 물처럼 마셨다.

"……야, 야. 잔 넘친다."

"표면 장력 몰라? 채워 먹어야 맛이지."

……정말로 물 잔에 소주를 채워 마시고 있었다.

"그러다 취한다?"

"취하려고 마시는 게 술 아냐? 아니, 아니지. 언니이, 어? 언니. 말 돌리지 말고 둘 역사 좀 풀어 보라고."

"됐고. 잘 지냈어? 지민이랑 작업장 옮기기로 했다며."

"응. 아, 지민 언니도 결혼한다더라. 새로 공방 여는 건 형부랑 공방 합치기로 해서 그래. 그쪽은 앤티크 가구 전문이라 목재 둘 창고도 좀 넓은 데 필요해서 지금 산 쪽에 있는 터로 알아보고 있어. 도심 쪽은 암만 시골이래도 땅값이 한두 푼이어야지."

비록 이전보다 걸걸해졌을지라도 예담은 예담이었다. 말 돌리지 말라더니만, 대화의 주제를 바꾸니 홀라당 그쪽으로 주의를 돌려버렸다.

유주는 애써 예담과의 대화에 집중하려 했지만 지나치게 조용한, 그러면서도 술잔은 아주 빠르게 비워지고 채워지길 반복하는 옆 테이블 상황에 자꾸 신경이 쏠리는 건 어쩔 수 없었다. 그것도 정확히 리옌의 잔만 아주 비워지는 속도가 5G였다.

"언니, 고기 다 탄다. 빨리 먹어."

"어? 어어."

그런 유주의 신경을 예담이 자꾸만 잡아끌었다. 유주는 애써 모른 척하며 젓가락을 들었다. 그런 그녀와 옆 테이블을 힐끗 쳐다보던 예담이 작게 한숨을 쉬었다.

"언니."

"어?"

"말하기 싫다면 캐묻지는 않겠는데, 저쪽은 신경 쓰지 마. 서승헌이 지랄해서 아빠도 대충 분위기 맞춰 주는 거지, 아빠가 언제 언니한테 이래라

저래라 했어?"

정정해야겠다. 예담은 나이를 먹은 만큼 눈치가 귀신이 되어 있었다.

그렇지만 여전히 신랄한 말투가 시원시원했다. 유주는 애써 고개를 끄덕이며 불판으로 시선을 돌렸다. 그녀가 캐묻지 않아 주는 것만으로도 감지덕지했다.

그 모습을 보고 예담이 픽, 웃었다.

"우리가 이런 얘기 하고 자빠진 게 좀 웃기다. 그치?"

"그런가."

"언니야 뭐 맨날 우리한텐 좀 새침하게 굴었잖아. 화도 안 내고, 엄마 아빠한테 고집도 안 부리고. 언제부터인가 그러더라? 지가 무슨 어른이라도 된 줄 알고."

유주가 무심결에 예담 옆에 놓인 술병 개수를 헤아렸다. 빈 병이 두 개. 둘 다 소주였다. 술을 물 잔으로 마시니 비우는 속도도 남달랐다.

"그랬나?"

"어. 대충 언니가 할아버지 일 좇아다닐 때부터 그랬나. 어쨌든 별로 신경 안 써도 돼. 정 뭣하면 아빠 앞에서 드러눕고 울고불고 버텨. 그럼 아빠는 못 이기는 척 다 들어주니까."

철없는 사촌 동생의 말에 유주가 쓴웃음을 감추기 위해 음료수 잔을 들었다.

창진이 유주를 친딸처럼 생각해 주는 거야 알고 있었다. 하지만 울고불고 버티는 건 좀 다른 문제였다. 유주의 기억 속에서 그녀는, '철'이라는 게 들고 나서부터 그런 짓을 해 본 적도 없거니와 그런 짓을 한 이후의 뒷감당도 무리였다.

아무리 해도 그녀는…….

"쓸데없는 생각 좀 하지 마."

그런 그녀가 무슨 생각을 하고 있는지 안다는 듯, 예담이 매섭게 말했다.

유주는 사이다를 마시다 뱉을 뻔했다.

"어? 뭐?"

"언니가 우리 가족이 아니었던 적은 한순간도 없었어. 아직도 모르겠어?"

"……."

"언니가 남이었으면 서승헌 저게 왜 저렇게 길길이 날뛰고, 아빠가 반대하겠어?"

"……."

"제발 반 칠십이나 먹었으면 정신 좀 차려."

"너나 저놈이나 뭔 놈의 반 칠십을 그렇게 찾나?"

"나잇값 하라고 하는 소리거든?"

유주는 태연한 척 반박했지만, 가슴 한구석이 뜨끔해지는 건 어쩔 수 없었다.

가족도, 친구도, 연인도. 그 누구도 자기 자신이 되지 않는 이상 그 속내를 완벽하게 알 수 없었다. 그런데도 전해지는 건 있었다. 사람과 사람 사이에 흐르는 감정은 그 깊이를 헤아릴 수 없고, 너비를 잴 수 없으며, 그 본질조차 정확히 이루 형언할 수 없지만.

그렇지만, 그래도 알게 되는 것들이 있다.

말이 전부가 아니었다.

"어쨌든 너무 걱정하지 마. 언니는 아빠 손 잡고 식장 들어갈 거니까."

"……그래."

"알면 좀 먹어. 다 탔잖아! 아니다, 이거 먹지 말고 주문 추가하자. 어우, 언니가 괜히 폼 잡아서 고기값만 날렸어. 여사님! 여기요!"

유주는 탄 고기들을 한 접시에 가지런히 덜어 놓으며 슬쩍 남자 쪽 테이블을 살폈다. 여전히 조용했지만 어쩐지 아까보다는 분위기가 덜 무거운 것도 같았다.

그녀의 희망 사항인지는 모르겠지만.

* * *

"넌 이대로 가게? 야간 운전 괜찮겠어?"

식사 자리를 빙자한 술자리는 두어 시간 만에 끝났다. 예담은 소주 세 병에 뻗었고 남자 쪽 테이블엔 빈 소주병이 여섯 개나 나뒹굴었지만, 승헌은 한 잔도 마시지 않은 상태였다. 유주는 그걸 누가 다 마셨느냐고 묻지 않았고 리옌은 현재, 유주가 어릴 적 쓰던 작은 창고 방에 몸을 구겨 누운 상태였다.

"나 내일 중요한 약속 있어. 그리고 다음 달에 누나도 주말 하루 비워. 서정 씨가 지난번에 누나 못 봤다고 이번에 같이 식사나 하자더라."

차창을 내린 채 운전석에서 거만하게 고개를 까닥이는 승헌의 눈빛은 확실히 식사 전보다 누그러져 있었다.

"서정 씨? 그, 너랑 결혼하실 분?"

"어. 뭐, 얘기하다가 결국 또 가족들끼리 식사하는 상황이 되긴 했는데……. 아니, 누나. 인간적으로 내 결혼에도 관심 좀 가져 주라. 누나만 결혼하고 싶은 거 아니거든?"

안달 내는 건 아니라고 말하고 싶었지만 거의 반어거지로 리옌을 만나 달라 주말에 끌고 내려온 건 그녀였다. 할 말이 없었다.

"……그래서 하려고 데려온 거 아냐. 나도 하고 싶으니까. 결혼."

우물쭈물 대답하는 그녀의 모습에 승헌이 작게 웃었다. 여전히 탐탁잖은 표정이었지만 그건 분명 웃음이었다.

"누나."

"왜."

"그 식사 자리에 매형 될 저놈도 데리고 와."

유주는 멍청이가 아니었다. 그 말 속에 담긴 뜻이 단번에 파악되었다.

그녀의 눈이 휘둥그레졌다. 승헌이 턱을 문지르며 슬며시 그녀의 시선을 피했다.

"난 저 새끼 여전히 별론데, 뭐. 요즘은 이혼 한두 번이 뭔 흠도 아니고."

"야……."

"서정 씨네 가족들 형제간에 우애가 좋아. 그쪽에서도 형님 내외가 같이 참석하실 거라더라. 좀 스케일이 커지긴 했는데 그냥 가족들 다 모여서 편하게 밥 먹는 자리니까 너무 부담 갖진 말고. 아 저 새끼는 부담 갖고 오라고 해. 그리고 아버지 허락도 받아 와야 하는 건 기본이다. 알지?"

놈이랬다가 새끼랬다가. 매형 될 놈에 대한 언사가 아주 형편없었다.

하지만 유주는 어쩐지 그 투박한 말 속에서 그 어느 때보다 따뜻한 온기를 느낄 수 있었다. 괜히 눈시울이 뜨끈해졌다.

"너는 무슨 말을 해도……."

"나 간다. 서울 올라와서 다시 연락해. 둘이 밥이나 먹자."

승헌은 그 말을 끝으로 매몰차게 차창을 올린 뒤 바로 차를 출발시켰다. 유주는 그 차의 뒤꽁무니가 사라질 때까지 그 자리에 서 있다 터벅터벅 낡은 빌라로 향했다.

그녀의 유년 시절이 전부 거기에 있었다.

물론 부모님이 사라지기 이전엔 다른 곳에 살았지만, 서창진이 사는 그 장소야말로 이제 그녀에게 남은 마지막 집이었다.

서유주의 학교 졸업장이 있고, 앨범들이 있으며, 어릴 적부터 버리지 못한 잡동사니들이 상자에 담겨 언제고 추억되기만 기다리는 곳.

"얘기 끝났냐."

그리고 어릴 적부터 아빠가, 엄마가, 그리고 그녀의 든든한 뒷배가 되어 준 존재가 있는 곳.

"네."

"그래. 쉬어라."

창진은 여전히 가불가 여부에 대한 말이 없었고, 예담은 술에 뻗어 있었다. 승헌은 중간에 뭐가 마음에 든 건지 알 수 없는 심경 변화를 보이며 떠났다.

"삼촌."

"어."

이상하게 울컥하는 기분이 들었다. 무슨 말을 해야 좋을지도 모르겠는데 일단 유주는 창진을 불러 세웠다.

그의 좁은 어깨가 보였다. 어느새 주름이 자글자글한 손과 얼굴이 세월의 풍파를 여실히 느끼게 했다. 젊었을 적에는 제 부친과 쏙 닮아 매서웠던 눈매가 시간이 흐르며 축 처져 어딘가 무력감마저 일었다.

하지만 여전히 눈빛만은 형형했다. 유주는 제가 얼마나 뻔뻔한지 알면서도. 울컥 치솟는 감정에 진심의 일면도 담지 못한 채로 여상히 말했다.

"⋯⋯내일 아침에 콩나물국 끓여 주세요. 김치 쫑쫑 썰어서."

"알았다."

여전히 창진은 가타부타 말이 없었다. 유주는 그 모습에 안도의 웃음을 내뱉으며 그가 방으로 돌아가는 모습을 지켜보았다. 그리고 예담이 자는 방으로 들어가려다 멈칫하며, 자신이 이곳에 살 때 쓰던 작은방으로 걸음을 옮겼다.

이젠 창고나 다름없는 비좁은 곳에 리옌이 그 큰 덩치를 구겨 가며 누워 있었다.

오늘은 무리한 모양인지 인기척에도 깨어나지 않았고, 얼굴도 살짝 질려 있었다. 게다가 제대로 씻지도 못해 몸에선 고기 냄새와 술 냄새가 뒤섞여 풍겼다.

유주는 쪽창을 살짝 열고 그의 옆에 누워 이불을 덮었다. 그는 양복 차림으로 자는 게 불편해 보였다. 하지만 누구는 심란해서 잠도 안 오는 마당에, 저렇게 술에 잔뜩 취해 뻗은 모습을 보니 심술기가 올라왔다. 유주는 더 고생 좀 해 보라는 마음으로 그를 편안케 해 주지 않을 작정이었다.

하지만 옛집에, 리옌과 함께 누우니 이상하게 벅차오르는 기분이 들었다. 어쩌면 술기운 때문인지도 모르지만 하여튼 그랬다.

유주는 어둠 속에서도 깎아지른 듯한 리옌의 얼굴을 그의 품속에서 올려다보았다.

안도감이 들었다.

유주의 인생엔, 잃었다는 느낌도 없이 잃은 것들이 참 많았다. 하루아침에 부모님을 잃고, 할아버지를 따라 여기저기 기웃거리다 얼결에 미래에 대한 선택권 몇 개도 잃었다. 숙모도 잃고 나서야 가진 것이라곤 제 한 몸뚱이뿐이라고 생각하며 살기로 했다. 허물없이 지내는 것과, 승헌과 예담에게서 '아버지'까지 뺏는 것은 별개라 여겼기 때문이다.

그렇게 많은 선택권을 포기하고 살았다. 그냥 사느라 살았다. 그러다 나타난 이 재앙 같은 남자는 그녀의 인생 일부를 이제 송두리째 빼앗아 가려는 중이었다.

그런데도 참 이상하지.

별로 그가 밉지 않았다.

오히려 고마웠다. 자신의 인생 일부를 뚝 떼어 주며 제 인생을 사려는 모습이.

"멍청이."

유주가 작게 속삭이며 리옌의 앞머리를 쓸어 넘겼다. 문득, 작고한 조부가 옛날에 했던 말이 떠올랐다.

'사람 인생은 근성과 오기다. 뭐든 막판에 후회 없을 만큼은 부딪혀 봐야 인생인 게야.'
'포기는 쉽지만 그건 정답이 아니다. 인생이 쉽다고 생각하지 마라.'

아무리 어려운 게 인생이라지만 이렇게 어려울 필요가 있을까, 싶기는 했다. 하지만 그 어려움 끝에 유주는 결국 온전한 자기 것을 얻어낸 기분이었다.

"으음…… 서유주……."

잠꼬대를 하면서까지 자신의 이름을 부르는 게 기꺼워, 유주는 리옌의 품 속 깊숙이 파고들었다. 지독한 술 냄새 사이로 그의 체향이 느껴졌다. 이제 일평생 익숙해져야 할 냄새였다. 이제, 죽은 사람의 냄새 말고 산 사람의 냄새에 익숙해질 때였다.

그래서 유주는 눈을 뜨지 않았다.

그대로 아주 깊게, 그 어느 때보다 깊게 잠들었다.

눈을 뜨면 그녀는, 이제 더는 혼자가 아닐 터였다.

〈完〉

외전 1

'당신 가족분들을 만나러 가자.'

발단은 유주가 무심코 내뱉은 한 마디였다.

그녀가 가족분'들'이라 칭한 이유는 별것 없었다. 리옌의 친부모님은 당
연하거니와 카이화의 부모님도, 결국은 호적상 그의 부모님이 된다. 살림을
차린 지 어느 정도 기간이 흘렀으면 당연히 그를 고하는 게 옳은 일이라 생
각해서였다.

향이나 태우고 유골함에 말 몇 마디 전하고 오는 게 고작이겠지만 그것
만으로도 의미는 클 터였다. 무엇보다 리옌이 그 말을 듣고 기뻐하기도 했
으므로 홍콩에 가는 것 정도야 아무것도 아니라고 생각했다.

그래서 짐도 단출하게 쌌고, 일정도 간단하게 정했다.

말인즉, 절대 지금과 같은 상황을 예상한 건 아니었다는 거다.

"차는 좀 즐깁니까?"

"예, 뭐……."

"백란화차(白丝花茶)인데 입맛에 맞았으면 좋겠습니다."

"감사합니다……."

어쩌다 이렇게 됐지.

유주는 긴장한 티를 숨기지 못했다. 아무래도 그간 너무 늘어지는 삶을 살았던 것일까 싶었지만 기실 그녀는 평범하게, 그러니까 리옌을 만나기 전과 다름없이 조용한 삶을 살았을 뿐이다. 아주 내밀한 사이의 동거인이 하나 생겼다는 것만 제외하면 실제로 크게 변한 것도 없었다. 아니, 생활이 조금 더 윤택해졌다는 거? 이제 가사 노동에서 완전히 벗어난 거? 그도 아니면…….

"얘기는 많이 들었는데, 실제로는 처음 뵙네요. 리랴오위. 편하게 랴오위라고 불러요. 이전에 리옌과 함께 일을 했었습니다. 들었는지는 모르겠지만요."

유주는 재빨리 잡념에서 벗어나 어색하게 웃었다. 지금은 현실 도피를 해서 될 게 아니었다.

"예에……. 서유주입니다. 지금 그 리옌과 함께 지내고 있고요."

"내가 그 부분을 알고 있다고 하면 화낼 건가요?"

유주는 고개를 저었다. 화 낼 것도 없고, 열 받을 만한 이야기도 아니었다.

랴오위는 정말 '단정'이나 '깔끔', 조금 더 장황하게 말하면 '신사답게' 생긴 외모의 매력적인 중년이었다. 그는 자기 관리를 무척 신경 쓰는 듯 구석구석 어디 하나 세심하지 못한 부분이 없었다.

특히 유주는, 그의 손톱이 무척 매끈하다는 사실에 묘한 충격을 받았다. 남자가 저런 부분까지 신경 쓰는 경우는 거의 보지 못했던 데다, 지금 그녀의 몰골은 그의 매끈한 손톱과 비교해도 패배할 정도로 추레했기 때문이다.

그녀는 청바지에 반 민소매 티를 걸친 맨 얼굴이었다. 손톱 관리는 무슨. 땀이 날 걸 대비해 선크림이나 치덕치덕 바른 게 고작이었다. 그녀의 차림은 이 호화로운 호텔 객실과도, 제 앞에 앉은 남자의 차림과도 아주 대조적이었다.

"형님. 그렇게 분위기 몰아가지 마시죠. 이 사람, 은근히 섬세합니다. 심약하다고요."

리옌이 그녀를 편들어 주었지만 불편한 건 매한가지였다. 당연히 차림새 때문이 아니었다.

그녀는 원래 털털하고 수더분한 스타일이었다. 자기를 꾸미는 데에는 영 재주가 없었다. 가끔 화장해야 하는 날이 생기면 오히려 리옌이 그녀의 얼굴을 도화지 삼아 꾸며줄 정도였다.

하지만 이런 자리는 논외였다. 랴오위 양옆에 앉은 건 카이화와 우신이었고, 카이화 옆에선 슈란이 매우 못마땅한 표정으로 그녀를 노려보고 있었다. 그리고 제 옆에 앉은 건 리옌이었다. 이건 누가 보아도…….

상견례 구도였다, 젠장.

"싸고돌기는. 누가 보면 내가 협박이라도 한 줄 알겠군."

"무뢰한 같은 짓은 하셨습니다."

리옌이 매섭게 랴오위를 다그쳤지만 그건 비난이라기보다는 실수에 대한 힐책에 가까웠다. 다짜고짜 데이트 중이던 둘을 차로 납치해 끌고 온 사람에겐 퍽 온건한 대응이었다.

그에 대해 리옌에게 뭐라 하고 싶은 마음은 없었다. 유주는 스스로에게 진력이 날 정도로 이런 상황에 익숙해져 있었으니 별로 놀라지도 않았거니와, 이번 '납치 대상'은 그녀뿐만 아니라 리옌도 해당됐다. 아무래도 담력이라는 건, 시간이 지날수록 커지는 모양이었다.

뭐, 거기엔 납치하러 온 사람들의 태도도 한몫했다. 세상 어느 납치범이 리무진을 세우고 얼굴을 보여 주며 '실례라는 걸 알지만 제 발로 차에 타 주시겠습니까? 이야기를 나누고 싶은데요'라고 지극히 정중한 태도로 이야기를 할까?

그것도 랴오위 한 명 빼고 죄다 구면이었다. 특히 창문 밖으로 얼굴을 빼꼼 내밀며 '언니~'라고 살갑게 웃어 보이던 여자의 얼굴을 떠올리자니, 참. 그 표정을 보면 누구라도 긴장하기 어려울 터였다.

"네가 계속 자리를 피했으니까."

"피한 게 아니라 상황이 여의치 않았잖습니까."

"저기…… 두 분만 얘기하지 마시고 저한테 설명 좀 해 주실래요?"

어찌 되었든 한 번은 만나야 했을 사람들이다. 유주는 랴오위와 리옌이 자기들만의 대화에 빠지지 않도록 적당히 대화를 끊고 들어갔다.

이제 이런 상황들에 놀랄 기운도 없었다. 랴오위의 저 유창한 한국어야 뭐…… 그러려니 했다. 이젠 검은 머리를 한 사람들이 전부 한국어를 공용어로 쓴다고 해도 수긍할 자신이 있었다. 게다가 말이 통하는 이상 들러리가 되는 건 딱 질색이었다.

"아, 실례했어요. 난 단지……."

"새언니. 잘 지냈어요?"

그렇다고 대화의 주연을 바꾸자는 의미는 아니었는데……. 유주는 랴오위에게 고정했던 시선을 카이화를 향해 돌렸다.

햇수로 일 년 만이었다. 우신과 어디론가 출국한다는 말을 끝으로 사라졌던 카이화는, 마지막 모습과 별반 달라 보이지 않았다. 청량한 미소는 그 화사함만으로도 이 자리에서 단연코 독보적이었다. 영롱한 목소리는 말할 것도 없었다.

독보적인 건 그뿐만이 아니었다. 몸에 감겨들지 않는 하늘하늘한 소재의 원피스 밖으로 드러난 팔다리는 시원시원하게 뻗어 있었고, 그 색에 맞춘 흰 단화에는 때 한 점 없었다. 작은 꽃 모양 귀걸이는 짧은 머리카락이 살랑거리는 와중에 얼핏 드러났다 사라지길 반복하며 시선을 끌었는데, 역시 그중 제일은 초롱초롱한 눈빛이었다. 부담스러울 정도의 시선으로 카이화는 줄곧, 유주를 보고 있었다.

……도대체 왜.

"어, 음. 네. 잘 지냈어요?"

"새언니도 참. 말 편하게 해요. 이제 가족인데."

카이화는 마치 어제도 본 것처럼 그녀에게 과한 친근감을 표하고 있었다.

어영부영 리옌이 유주의 집에 눌러앉은, 그러니까 사실혼 관계로 지낸 지가 일 년 남짓이기는 했다. 그렇다고 해도 아직 제대로 결혼식을 올린 것도 아니고, 둘이 뭔가 합의하에 미래에 대한 예정을 세운 것도 없었다. 더구나 아직 창진은 삶은 호박처럼 물렁한 태도로 반대하고 있었으니 자연스럽게 둘은 그냥 동거 중이었다.

그런 마당에 새언니라는 호칭은 어딘가 어색했다. 게다가 지금의 분위기에서 저 호칭은 더더욱.

"예전에 말 놨던 건, 내가 예의 없이 굴었던 거고요. 이젠 예의 지켜야죠."

"새언니, 지금 벽 치는 거예요?"

「나 얘네가 한국어 할 때마다 죄다 입 찢어 놓고 싶더라.」

「오기로라도 안 배우겠다고 한 사람이 누군데?」

「이거 봐. 분위기 좋잖아? 네 걱정은 죄다 기우였다니까, 리옌.」

"형님, 분위기 풀어졌다고 바로 언어 전환하지 마시고요. 이 사람, 언어 쪽에는 영 재능이 없어서 포기했으니까."

한순간에 분위기가 도떼기시장이 되었다. 유주는 차라리 이렇게 엉망인 분위기가 나았다. 상견례 같다는 복잡한 생각도 적당히 떨쳐 낼 수 있으니까.

「그래서 둘이 진짜 결혼하는 거야?」

아니지. 여기 모인 사람들이 전부 유주와 리옌의 행보에 관심이 있다는 점에서 부담감은 여전했다. 게다가 리옌의 말마따나 유주에게 언어적 재능이 없는 건 사실이었지만 서당 개도 삼 년이면 풍월을 읊는다고, 끈덕지게 리옌과 붙어 다니다 보니 영어나 중국어를 조악하게나마 알아들을 수 있었다.

'외국어 실력을 늘리려면 외국인 애인을 사귀라'는 풍문의 산증인이 바로 유주였다.

"아이 돈 노우."

그러나 귀가 트이는 거랑 입이 트이는 건 별개였다. 유주는 우신의 질문에 자신이 할 수 있는 가장 확신하면서도 짧은 외국어 문장을 통해 제 입장을 표명했다.

그 모습에 슈란이 살짝 눈썹을 까딱였다. 그녀가 말한 대로 '친구' 입장에서는 아무것도 기약하지 않는 그녀의 모습이 불만족스러울지는 모르겠지만, 그건 그녀가 알아서 받아들여야 할 부분이었다.

아닌가? 그냥 깔끔하게 슈란도 카이화와 같이 '시누이'의 반열에 올려 두는 게 더 적절해 보였다. 아무리 봐도 슈란이 하는 짓은 미운 시누이 짓이었다. 밉긴 미운데 쥐어박을 수 없는 어려운 입장이라는 것까지 딱 시누이였다.

"그렇군요. 그럼 한동안 결혼 예정은 없습니까?"

"결혼은 아니지만 이번에 여기 온 건 나름 신혼여행 비슷한 거긴 했습니다. 그런데 형님이 망쳤고요."

"리옌. 서운하게 이러기냐?"

"그나저나 형님은 이제 입국 허용 대상자도 아니지 않습니까. 여긴 어떻게 오신 겁니까?"

리옌의 말에 유주는 잡생각을 걷어 내고 무심결에 고개를 끄덕였다.

얼마 전 이현재의 한국 교도소 송환이 확정되며 이른바 '카이화 가출 사건'은 완벽하게 막을 내렸다. 유주가 과감하게도 홍콩행을 결정한 데에는 모든 일이 종지부가 찍혔다는 것의 영향이 컸다.

그런 마당에 결국 니시콴라이의 잔재를 눈앞에서 마주하고 나니 기분이 묘했다. 재개발로 완전히 새것이 된 도시에서, 과거의 흔적을 삼키며 자라온 이들이 모였다. 누군가는 이방인이었지만.

"홍콩에 들어오는 방법이 반드시 합법적일 필요는 없지."

"왕우신과 형님이 같이 지냈던 겁니까? 카이화도?"

"얘기 안 했나?"

유주가 알기로 랴오웨는 리옌보다 더 큰 송사에 휘말렸다. 그러나 우습게도 그의 국적은 홍콩이 아닌, 중국 본토에 속해 있었기에 국외 추방 및 입국

불가 처분으로 판결이 끝났다. 이른바 '외국인'에게 국외 추방이 가장 큰 처벌인 줄 아는 윗선들은 어느 나라나 공통된 모양이었다.

그리고 당연하게도 랴오위는 본토로 돌아가지 않았다.

그는 쉬에화의 남편이었으면서 본 사태를 미연에 방지하지 못했다. 이전에 슈란과 우신이 말한 '책임'의 소재가 그에게도 일부 있는 것이다. 물론 랴오위는 그 대단한 간부의 원한을 톡톡히 샀기 때문에 그가 치러야 할 값은 리옌과 비교도 되지 않을 게 뻔했다. 당연히 사지 멀쩡하고 정신머리 똑바로 박힌 사람이라면, 그 위험에 스스로 몸을 던질 리 없었다.

그렇다고는 해도 랴오위와 왕우신의 관계를 직접 확인 사살당하니 기분이 묘했다. 리옌의 질문엔 이성적인 의미가 담겨 있었고, 랴오위의 대답에는 긍정의 의미가 가득했기 때문에. 유주는 왠지, 상상하고 싶지 않았던 것을 재차 확인받은 기분이었다.

알고 있으면서도 충격적인 사실이었다.

"……우리가 얼마 만에 만났다고 생각하는 겁니까?"

"그래도 진작에 눈치챈 줄 알았지."

"제게 그런 능력은 없습니다."

"나에게 관심이 없던 거겠지. 하나밖에 없는 형이란 작자에게 그런 관심도 없다니. 매정한 녀석 같으니."

사실 처음 둘의 관계를 알게 된 순간, 유주는 '원래 쉬에화는 정해진 혼담이 있었는데 찐 사랑이라 랴오위가 가로챈 거였다'는 이야기를 떠올렸다. 하지만 그 부분에 대해 더는 알고 싶지 않아 이야기 자체를 묻어 두기로 했다. 어른의 세계는 복잡한 법이고, 그런 남의 일 하나하나까지 신경 쓸 정도로 그녀는 섬세한 성격이 아니었다.

게다가 이젠, 쉬에화에 대한 것은 완전히 잊어버리고 싶었다. 그녀의 인생이 어떠하였든 간에, 타인의 불행은 고루한 법이다. 그녀도, 유주의 일상에 불행을 던져 놓고 수수방관하지 않았던가.

"이런 지루한 얘기는 덮어 두고, 어쨌든 반갑습니다. 꼭 한번 만나 보고 싶었거든요."

"형님."

"예전처럼 귀엽게 형이라고 불러도 돼, 리옌. 이젠 조직원도 뭣도 아니니까."

"형님."

"아, 서유주 씨는 모르겠군요. 지금에야 이렇지만, 이 녀석과 처음 만났을 때는 한창 어릴 때라 녀석이 가끔 절 형이라고 부르고 쫓아다니곤 했습니다. 물론 그마저도 내킬 때 외엔 잘 안 불러 줬지만. 형님이라는 호칭과 형이라는 호칭은 꽤 다르다고 느껴지지 않습니까?"

사실 랴오위가 무슨 이야기를 하든 유주에겐 별 감흥이 없었다. 그랬을 터였다. 하지만 '형'이라고 부르는 어린 시절의 리옌을 떠올리니 저도 모르게 그의 말에 귀를 기울이게 되었다. 유주는 어색한 분위기에 언제 기가 눌려 있었냐는 듯 입을 열었다.

"그러고 보니 리옌이 여덟 살에 처음 그쪽을 만났다고 했어요. 아니, 그쪽이 아니라…… 랴오위 씨를."

"그냥 랴오위라고 불러요. 그리고 네, 맞습니다. 여덟 살의 이 녀석이 얼마나 귀여웠는지 보여 줄 수 없어 안타깝군요. 아마 집에 돌아가 앨범을 뒤지면 열 살 즈음부터의 사진은 있을 겁니다. 아무리 상황이 안 좋아도 일 년에 한 번씩은 다 같이 사진을 찍었거든요."

"앨범이요?"

"형님!"

"형이라고 부르라니까."

앨범이라는 말에 유주가 귀를 쫑긋 세우며 랴오위에 대한 경계심을 한 겹 허물었다. 리옌이 당황했지만 그 자리에 있는 사람 중 그의 체면을 살펴 줄 이는 없었다. 당연하게도.

"네. 기대되지 않아요? 새언니가 보면 좋아할 거예요. 특히 오빠 스무 살

무렵의 사진이 많아요. 그때 오빠가 저한테 카메라를 사 줬거든요. 그 이전 사진들은 별로 없어서 아쉽지만 그게 어디에요."

"카이화!"

「무슨 얘길 하는 거야?」

대화가 흥미진진한 방향으로 전개되고 있단 걸 눈치챈 건지 슈란이 슬쩍 카이화의 옆구리를 찔렀다. 그녀는 이내 설명을 듣고는 코웃음을 치며 리옌을 흘겨보았다. 놀리는 기색이 역력했다.

「아마 너희한텐 없어도 우리 집 앨범엔 몇 장 있을지도 몰라. 어릴 때 부모님이 찍어주신 거.」

"아! 맞다. 슈란 언니네 집 앨범이 있었죠?"

「랴오위. 당신 집에 있던 앨범 말하는 거야?」

슬쩍 한 발 물러나 있던 사람들까지 죄다 대화에 끼어들자, 긴장감은 말 그대로 불붙인 양초처럼 흐물흐물 녹아내렸다. 유주는 어느새 자신이 모르는 리옌의 과거에 폭 빠진 채 언어의 장벽도 잊고 그들의 이야기에 몰두했다.

서당 개는 삼 년이면 풍월을 읊고, 서유주는 일 년이면 귀가 뚫렸다. 이 정도면 개보다는 나은 학습 실력이라 자부하던 그녀의 외국어 실력이 빛을 발하는 순간이었다.

"저녁, 먹고 갈 거죠?"

호텔 객실에는 별도의 시가렛 룸은 없었지만 암묵적으로 베란다에 나가 피우는 것은 허용되는 모양이었다. 잠시 바람을 쐬러 나온 유주에게 랴오위가 자연스레 담배를 건네는 걸 보면 말이다.

유주는 정중히 사양하며 고개를 끄덕였다. 이미 불전에 소향하기에는 늦은 시간이었다.

"불편하지 않으시다면 전 상관없어요."

"흡연자라고 들었는데."

"끊고 있어요."

"일 년 사이에 뭔가 많은 일이 있었던 모양입니다."

랴오위는 매너 있게 제 입에 물고 있던 담배까지 케이스 안에 집어넣었다. 유주가 힐끗 시선을 돌려 안을 보자 언제 앙금이 있었냐는 듯 리옌은 카이화, 우신, 슈란과 왁자지껄 떠들고 있었다.

항시 미소만 짓던 리옌의 얼굴 위로 떠오른 것은 즐거움이었다. 그녀와 함께 있을 때의 표정과 비슷하기도 했지만, 묘하게 다른 느낌이었다.

"많은 일이 있었죠."

유주가 웃으며 대답했다.

어찌 되었든 인간관계라는 건 요상했다. 항상 문제가 생기지만, 그 문제가 해결되면 어떻게든 관계에 생긴 틈을 메울 기회가 생기기 마련이다.

한때. 리옌은 슈란을 원망하고, 우신의 동조에 분노했을지도 모른다. 하지만 그건 다 옛일이었다. 유주가 이제 리옌의 과거에 대해 일희일비하지 않는 것과 매한가지로 이젠 묻어 둘 수 있었다.

그런 결심이 생겼다.

"함께 지내기는 수월합니까?"

"네?"

그의 표정에 정신이 팔려 있던 유주는 랴오위의 질문에 한 박자 늦게 대답했다. 랴오위는 이해한다는 듯 웃으며 고개를 끄덕였다.

"저 녀석 말입니다. 좋은 녀석이지만 까다롭고 잔소리가 많아 가끔 사람을 성가시게 굴잖습니까."

"아. 그 부분요? 괜찮아요. 전 생활력이 제로거든요. 차라리 아무것도 안 하면 저 사람 심기에 거슬릴 거 없죠."

유주는 말을 내뱉고 나서야 아차 했다. 리옌은 지금껏 랴오위에 대해 언급하며 그와의 사이가 절대 멀지 않음을 자주 드러냈다. 그런 이에게 하는 대답이라기에 유주의 말은 너무나 무성의한 데다, 잘못 들으면 종복을 들인 것 같은 느낌마저 들었다.

"그래요. 저 녀석 살림 스타일이 확고하니 오히려 안 하는 게 거들어 주는 편이겠네요. 서유주 씨는 현명하군요."

"그리고 워낙에 리엔이 세심하잖아요. 제가 따로 챙길 게 없어서 미안한 정도예요."

하지만 그녀의 대답에 랴오위는 즐겁다는 듯 작게 웃음을 터트렸다. 정말로 기분이 나빠 보이지 않았다. 오히려 뭐가 그리 즐거운지 그의 목소리는 썩 유쾌했다.

"저 녀석은 서유주 씨와 함께 지내는 것만으로도 감지덕지할 테니 그런 부분은 신경 쓰지 마세요."

"그래도요."

"그게 아니라면 니시콴라이까지 등져 가며 서유주 씨에게 달려갔을 리가 있겠습니까."

음? 유주는 순간 눈에 쌍심지를 켰다. 랴오위 말속에 있는 뼈가 밥에 들어가 있는 작은 돌처럼 거치적거린 탓이다.

당연히 랴오위의 표정은 여상스러웠지만 그 표정이 이젠 의뭉을 떠는 것으로밖에 보이지 않았다. 유주는 애써 웃음을 입가에 걸고 대답했다.

"그가 신고한 게 어지간히 마음에 안 드셨나 봐요."

그녀의 대답에 랴오위가 순간 놀란 표정을 지었다. 어딘가 당혹스러워 보이기까지 했다. 그는 주변을 살피고 안쪽의 상황까지 둘러보고는 고개를 저었다.

"아, 미안합니다. 이미 뱉은 말이니 뭐라 변명하긴 어렵지만 그런 의미는 아니었어요. 서유주 씨를 기분 나쁘게 할 의도도 아니었습니다. 다만……."

"다만?"

"마음에 안 든다기보다는 시원섭섭하다는 표현이 정확하겠지요. 단지 그뿐입니다."

"……"

"일반인들이 보기에 니시콴라이는 결국 범죄자 집단 정도겠지만 내 나름 대로는 애착이 있었어요. 특히 저 녀석 인생이 꼬인 데에 대한 책임감도 있었고요. 물론 이런 결과를 예상도 했고, 언제고 이런 날이 올 거란 것도 알았습니다만 누구든 손실이 생기면 저도 모르게 계산기를 두들겨 보기 마련이잖습니까."

"그건…… 그러네요."

"그 과정에서 서유주 씨나 저 녀석이나 꽤 고전했지요. 그 부분에 대해서는 반성하고 있습니다. 일이 이렇게까지 꼬일 거라곤 생각 못 했거든요."

그의 말은 어딘가 의미심장했다. 유주는 그 묘한 말투에 살짝 눈살을 찌푸렸다.

"이번 일에 대해 얘기를 많이 들으셨나 봐요?"

"갇혀 있다고 해도 얘기는 들려오는 법이니까요. 게다가 자세한 내막은 이후에나 들었습니다."

어딘가 께름칙한 부분은 있었지만 유주는 대충 고개를 끄덕였다. 그래, 들었다면 들은 거고 안다면 아는 거겠지 싶었다. 세상 모든 일을 죄다 알아 봐야 피곤하다는 사실은 이번에 유주가 체득한 최고의 교훈이었다. 그녀는 난간에 기대 심드렁하게 고개를 끄덕였다.

"그래요, 뭐. 저보다야 저 사람이 고생 많았죠."

"아랫사람의 고생은 윗사람의 무능 때문이라지만, 서유주 씨는 그게 아니었으니까요. 미안합니다."

순순한 사과에 유주는 사실 약간 놀랐다. 의외라면 의외였다. 그의 말마따나 '직접 니시콴라이를 조직하고 키운' 남자라면 그만큼 거만할 것이라 여겼는데 오판이었다. 이내 그녀는, 리옌이 랴오웨이에 했던 과거 평가를 곱씹었다.

그는 남자로도, 상사로도 모시기에 충분한 가치가 있는 사람이라고 했다.

밑바닥을 구르고 굴러가며 버텨 온 리옌에게 그런 후한 평가는 비단 개인적 친분에 국한된 건 아닐 터였다.

어쩌면 양아치고 무척 예의 바른 리옌의 태도는 랴오위에게 옳은 것인지 모른다.

그렇게 생각하자 그에 대한 경계심이 조금은 허물어졌다. 더불어 랴오위가 리옌에게 어느 정도 정을 두고 있다면, 그의 눈앞에서 그의 여자를 회 치지 않을 것이라는 판단도 조금은 섰다.

"그런 걸로 랴오위를 원망할 정도로 속이 좁진 않아요. 그리고 뭐든 자기가 일군 건 애착이 있는 법이죠. 이해해요."

"이해해 주니 고맙군요. 쉬에화의 일로 제일 곤욕을 치른 건 서유주 씨일 텐데."

"아. 그 여자 얘기는 듣기도 싫네요."

유주가 손사래를 치며 질겁하자 랴오위가 킬킬거렸다.

참으로 신기했다. 카이화나 랴오위나, 리옌과는 핏줄로는 전혀 연관이 없을 텐데 그들은 제각기 다른 모습으로 서로를 닮아 있었다. 그러다 유주는 떠올렸다. 리옌은 항상 창진과 승헌, 예담을 두고 그녀와 쏙 빼닮았다는 평가를 내린다는 것을.

가족이란 게 그런 건가. 유주도 피식 웃었다. 한결 편안한 웃음이었다.

"어쨌든 다 옛일이고, 그런 걸 하나하나 신경 쓰며 살기에 제가 그리 예민한 성정은 못 되네요. 이젠 괜찮아요. 랴오위 씨 탓도 아니었잖아요."

"그렇게 말해 주니 감사합니다. 참고로 리옌의 안목도 제가 길러 주었습니다."

칭찬을 바라는 듯한 말투가 유쾌하기만 했다.

유주의 시선이 다시 안쪽으로 향했다.

카이화의 독립은 어쩌면 옳은 선택이었는지 모르겠다. 리옌을 향한 카이화의 눈엔 가족에 대한 무한한 애정만이 가득했고, 제 여동생을 보는 리옌의 시선에는 기특함과 때늦은 고마움이 가득했다. 더불어 그녀의 독립을 지지하고 지탱해 준 우신에 대한 시선에는 신뢰가 있었으며, 슈란에 대해서는 오랜 시간 함께 지낸 사람들만이 가질 수 있는 유대감이 있었다.

그러고 보면 리옌은 랴오위를 볼 때, 마치 승헌이나 창진, 예담이 그녀를 보듯이 보았다. 온기가 가득했고, 때로는 고맙지만 가끔 얄밉기도 한 그런 깊고도 복잡한 감정들이 세월의 흐름과 맞물려 현재의 자신을 만들어 낸. 그런 친숙한 시선이었다.

그가 다른 표정을 짓는다고 질투가 난다거나 하는 건 아니었다.

다만 지금껏, 그가 너무 많은 것을 잃고 그녀의 옆에 정착한 건 아닌가 하는 불안은 있었다. 그런 유주의 생각은, 한껏 풀어진 그의 표정을 보고 확신으로 바뀌었다.

편견을 가지고 있던 건 그녀였다.

진짜 가족이 아니라서. 한 번은 배신했던 사이라서. 자신의 인생을 좋지 않은 쪽으로 이끈 대상이라서 결국은 그 관계에 한계가 올 것으로 생각해 왔던 건 유주의 오만이었다. 살아온 시간이 다르고 환경이 다르다고 해도 결국 관계라는 건, 그렇게 다른 두 사람이 특정한 방식의 교류를 통해 서로에게 영향을 주는 것이었다.

리옌과 유주가 결국, 이렇게 같이 지내는 것처럼.

"안목을 참 잘 길러 주신 거 같아요. ……동생분 안목이 참 좋거든요. 눈썰미도 좋고."

유주는 웅얼거리듯 작게 속삭였다. 그녀보다 몇 살이나 많은 랴오위는, 그 몇 년의 세월만큼이나 관록 덕인지 그녀가 무엇을 말하려던 것인지 금세 알아차린 모양이었다.

하하. 랴오위의 목 안쪽이 나지막이 떨렸다. 랴오위는 결국 닫아 두었던 담배 케이스를 열었다.

"자주 뵈었으면 좋겠습니다. 나중에 우리 결혼식에 참석해 주시면 더 좋고요. 하객이 적거든요."

이상한 기분이었다. 하지만 승헌의 결혼식에 참석했던 리옌을 떠올리니 그게 이상한 상황처럼 여겨지지 않았다. 유주가 어깨를 으쓱거렸다.

"제가 그때까지 백수면요."

"대답하기 곤란한 말씀을 잘하시네요."

"제 특기예요. 익숙해지세요."

"그렇군요. 앞으로 자주 볼 테니, 차차 적응되겠지요."

지극히 평화로웠다. 기분 좋은 바람이 발코니를 지나 실내까지 흘러 들어 갔다. 대화에 열중하고 있던 리옌이 고개를 틀어 유주를 보았고, 살짝 고개를 끄덕였다.

유주도 고개를 끄덕였다. 괜찮지 않은 건 없었다.

* * *

아니. 괜찮지 않았다.

"저기, 원래대로라면 나 오늘 출국해야 하는데……."

「쫑알거리지 말고 저거 입어 보라고 해.」

"새언니, 다음은 저거요."

원래 묵기로 했던 호텔을 취소하고 랴오위 일행이 있는 호텔로 거취를 옮긴 이튿날. 리옌과 단둘이 알콩달콩 선원에 가려던 일정이 대거 틀어지기 시작했다.

리옌의 친부모와 호적상의 부모에게 향을 올리기는 했다. 지전도 태웠다. 그러나 원래 예정대로 둘만 간 건 아니었다. '내친김에'라는 핑계로 따라붙 은 일행들과 자연스레 오전 시간을 함께 보내고 점심 식사를 기점으로 헤 어지는가 싶었는데, 뜬금없이 유주는 랴오위와 슈란에게 리옌을 빼앗겼다.

대신 그녀는 명품 숍을 몇 개나 소유한 오너의 옷을 골라 주게 되었다.

왕우신이야 지금껏 몇 번이나 경탄한 만큼 옷을 걸치는 족족 그대로 런웨이 위에 올려 보내고 싶을 정도였으니, 사실 인형 놀이를 하는 듯한 즐거움은 있었다.

그러나 백화점 세 개째를 돌고 있다면, 그리고 어느새 '예비 신부에게 주는 선물'이라는 명목으로 인형의 주체가 바뀌어 버린 상황이라면……. 누구라도 절로 진이 빠지지 않을까?

"또?"

좋게 잘 지내자는 다짐까지 산산이 무너진 마당에 태연한 표정으로 옷걸이를 가리키는 우신을 향해 유주는 고개를 격렬히 저었다. 모르긴 몰라도 이미 우신이 유주의 호텔로 배달시킨 물건만 해도 한국에 입국할 때 관세를 적잖이 물어야 할 터였다.

그게 아니더라도 과했다. 아주 과했다. 너무 과했다. 우신이 들려 주는 건 옷뿐이 아니었다.

유주의 발은 두 개뿐이었는데 우신이 결제한 구두는 벌써 스무 켤레도 넘었다. 시계나 팔찌 등의 주얼리는 물론이거니와 옷도 계절별로 몇 벌씩이나 산 것 같았다. 평소 합리적인 소비 패턴을 매우 중시하던 그녀로서는 우신이 골라 주는, 매우 실용적이지 않은 디자인에 불합리한 가격이 책정된 것들을 감당할 재량이 없었다. 문제는 결제를 막을 요량도 없었다는 것이다.

「뭐가 불만이래?」

"새언니, 뭐가 마음에 안 드냐는데요?"

"과해! 이미 내가 받은 것만 해도 차고 넘친다고! 게다가 이걸 어떻게 한국에 다 들고 가?"

「둘 공간이 부족하대요.」

「리옌이랑 같이 지낸다는 건 홍콩에도 계속 들락날락한다는 의미 아니야? 리옌 그 자식, 홍콩 집 처분했대?」

「아마 아직 있을 거예요. 그건 오빠 재산이라 내가 처분하지 않았거든요.

경찰 측도 그건 안 건드린 것 같았는데…….」

「그럼 그 집에 놔두라고 해.」

"새언니, 전에 오빠가 살던 집에 들여놓으면 되니까 걱정하지 말고 입어보래요."

이건 벽과 대화를 하는 건가, 아니면 그냥 벽이 내 말을 튕겨 내는 것인가.

유주는 결국 이후 한 백화점에서만 옷을 여섯 벌이나 갈아입은 뒤 쇼핑백 열 개를 추가로 선물 받았다.

지쳤다.

"왕 언니가 배포가 크죠?"

그나마 다른 장소로 옮기기 전에 우신에게 일이 생겨 다행이었다. 혹사당한 다리가 아팠다. 제 앞에서 새처럼 지저귀는 카이화나 우신이나, 바짝 마른 주제에 이렇게 돌아다닐 체력은 어디에서 나는 것인지가 궁금했다.

"뭐, 그러네요."

"정말 말 편하게 해도 돼요, 새언니."

"말 편하게 하면, 그 호칭 좀 일단 떼어 줄래요? 새언니 호칭 너무 불편한데."

"그럼 그냥 유주 언니라고 불러도 돼요?"

이제 보니 그녀는 이전보다 훨씬 밝아 보였다. 이제는 보였다. 멍청하리만치 맹목적이던 시절의 카이화는 어딘가 뒤틀린 느낌이 있었다.

지금 떠올려 보면 그건 죄책감과 자책감이 환장의 컬래버레이션을 이룬 모습이었던 것 같다. 분명 그녀도 당시에 알고 있었을 것이다. 자신이 무슨 짓을 저지른 것인지. 비록 모든 결과까지 예측한 건 아닐지라도, 자신의 일에 연루될 사람들에 대한 도의적인 책임감 정도는 있었던 게 아닐까 싶었다.

하지만 이제는 아니었다. 일 년이란 시간이 카이화에게는 그저 치유의 시간이었던가. 그녀는 너무나 해맑았다. 배알이 뒤틀릴 정도였다.

용서라는 거. 참 뜻은 좋았다. 관용이나 이해라는 거. 그게 참 아름다운 거란 사실은 유주도 알았다.

하지만 그게 어디 쉬운 것이던가.

"나 그런 거 잘 못 해요."

결국 유주가 먼저 운을 뗐다. 두 사람은 마무리 지어야 할 것들이 아직 남아 있었다.

이전이었다면 상대가 운을 뗄 때까지 기다리며 속으로 이를 갈았거나, 버럭 성부터 냈을 터다. 하지만 이젠 그러지 않았다. 큰일을 겪어 본 덕인지 아니면, 같이 사는 사람의 '일단 듣고 보자'는 성미가 옳은 것인지는 알 수 없었다. 하지만 덕분에 트러블도 줄었고 인내심도 생겼다. 물론 성격을 좀 더 개선해 보겠답시고 똑같은 일을 두 번 겪을 생각은 없었다. 이 정도가 딱 좋았다.

"……어떤 거요?"

카이화는 제법 진지해진 분위기를 감지한 것인지 살짝 주눅 든 표정을 지었다. 이전에 유주에게 혼난 경험이 되살아난 듯했다.

내가 무섭기는 한가? 유주가 피식 웃음을 삼키며 고개를 저었다.

"서로 좋은 게 좋은 거라는 듯이 웃으며 분위기가 풀어지길 기다렸다가, 어물쩍 흘려보내듯 사과하고 일 마무리 짓는 거요. 태생이 능치고 넘어간다, 이게 잘 안 먹히는 사람이에요, 내가. 벽창호거든."

"……."

"사실 당신 오빠 만나면서도 온갖 일이 다 있었어요, 짐작은 했겠지만. 그래서 결국 리엔도 무릎을 열 번도 더 꿇었어요. 내 동생한텐 맞기도 했고, 쫓겨난 건 두 번이었나? 세 번이었나. 어쨌든 같이 살기로 한 건 한 거고, 나나 우리 가족들이 보기에 도저히 용서가 안 되는 일이 어디 한두 가지였어야지."

실제로 그랬다.

'진지하게 용서를 구한다'는 리옌의 멱살을 잡아끌어 가족들 앞에 내던진 건 유주였다. 이제 서로 얼굴 보고 살 거라면 차라리 모든 걸 죄다 오픈하는 게 옳다고 여겼기 때문이다.

그와 그녀 사이의 모든 일들에 대해 전해 들은 가족들은 당연히 분개했다. 그 과정에서 리옌에게 손찌검을 한 건 다른 사람도 아니고 예담이었다.

'이거 완전 미친 새끼 아니야?'로 시작된 예담의 욕설과 구타가 얼마나 험악한지, 종래에는 승헌이 '너보다 나이 많은 사람에게 그러는 거 아니다'라고 뜯어말릴 정도였다. 사실 빠루를 집어 들 땐 유주도 식겁했다. 창진은 그 과정 내내, 아주 노여운 표정으로 리옌을 노려보기만 했다.

이미 둘의 관계를 허락한 것이나 진배없으면서도 여전히 창진이 뻗대는 이유도 그것이었다. 여전히 그가 유주에게 가했던 신체적 피해, 협박이라는 단어로 뭉뚱그린 험악한 말들, 그리고 위험에 처하게 만들었던 심리적 해이함까지 전부 용서가 되지 않은 것이다.

"그쪽이 왜 그렇게 했었는지, 머리로는 이해해요. 그때 충분히 설명해 줬으니까."

그것과 마찬가지로 유주도 이미 카이화를 받아들였다. 어찌 되었든 '칭리옌'에게는 실제적인 신분이 없었다. 이미 이십여 년도 넘게 칭리옌으로 살아온 이에게 다른 신분을 억지로 가져다 붙이는 것도 가혹할 것이다.

게다가 카이화와 리옌에게는 사람 사이에 가장 중요하다는 시간, 그것도 '함께한 시간'이 존재했다. 온 세상이 그와 그녀가 진짜 남매가 아니라 매도해도 둘은 가족이었다. 리옌이 그렇게 생각하고 있었다. 그러니 유주와도 어떤 식으로든 단단히 엮인 관계임은 분명했다.

그러나 그건 그거고, 이건 이거였다. 카이화가 리옌에게 입힌 피해나 유주에게 입힌 피해는 엄연히 달랐다. 적당히 '가족이니까'로 뭉갤 만한 여지는 없었다.

"그런데 이해와 수용은 별개잖아요."

유주가 받아들일 수 없는 부분은 비단 그녀가 카이화로 인해 피해를 입었다는 부분이 아니었다.

카이화는 리옌에게 부채감이 있었다.

그저 받기만 하고, 보호만 받는 존재. 스스로가 짐이라고 여겨지는 순간도 분명 종종 있었을 것이다. 물론 그게 면죄부는 될 수 없었다. 누군가의 감정 때문에 벌어진 일이, 비록 그런 결과를 의도하지 않았더라도 타인에게 피해를 입혔다면 그 사건의 당사자는 책임을 져야 하는 것이 세상의 이치였다.

더구나 카이화는 자신의 감정 때문에, 그리고 분명 그로 인해 피해를 입을 사람이 생긴다는 결과를 예상하고서도 일을 벌였다. 그들이 입을 손해는 그녀가 고려할 바가 아니었던 것이다.

그 결과 카이화 때문에 억울한 사람이 둘이나 죽었다.

성은영과 성철현.

그들이 도덕적으로 살았는지 아닌지는 알 바 아니었다. 하지만 그들이 설령 엄청난 대역 죄인이었다 해도, 인생을 송두리째 빼앗길 정도는 아니었을 것이다. 비록 카이화가 그들의 죽음을 바란 게 아니라 해도, 그녀는 할 말이 없었다.

거기에 슈란은 리옌을 랴오위에게 소개해 주었다는 부채감이 있었다. 그건 결국 카이화를 쉬에화의 손에 넘기는 꼴이 되었다.

랴오위는 자신 때문에 카이화를 빼앗기고 점점 손을 더럽히는 리옌에게 마음에 빚이 있었다. 그런 랴오위를 보며 우신은, 자기가 퍽 잘난 듯이 그를 구제해 주고 싶어 했다. 결국은 사랑이었지만 그런 것 따위 알게 뭐란 말인가.

유주가 맞닥뜨려야 했던 부당한 피해들과 죽음에, 그런 구차한 변명이 뭐가 필요하단 말인가.

"당신이 했던 짓을 마음으로 받아들이는 건 너무 힘들어요. 그래서 새언니니 뭐니 하는 소꿉장난 같은 호칭이 좀 거북하네요."

"⋯⋯."

"그러니까, 사과해요. 이번엔 받아 줄 테니까."

작년. 리옌을 찾으러 홍콩에 왔을 당시 유주는 카이화의 강압적인 사과를 거부했었다.

그때는 정말 더럽고 아니꼽다는 생각밖에 들지 않았다. 요구를 하기 위한 사과라니. 그 의도가 얼마나 불순하기 짝이 없느냐 말이다. 그따위 시커먼 속내를 감출 생각도 없이 건네는 겉치레 말은 좋게 봐도 상대 기분 풀리라고 하는 소리가 아니었다. 좀 삐딱하게 보면 그냥 엿 먹으라는 소리나 매한가지였다.

하지만 지금은 아니었다. 이제 유주에게도 사과를 받아들이고 상대를 이해하려 노력할 만한 여유가 생겼다. 그 모든 의미들이 내포된 그녀의 단호한 말에, 카이화의 흰 얼굴이 울긋불긋해졌다. 삽시간에 눈가도 촉촉이 젖기 시작했다.

아무리 중간중간 화분 따위로 적당히 나뉜 공간이라 해도 백화점 카페는 엄연히 공공장소였다. 이런 곳에서 사람을 울린 무뢰한 소리는 듣고 싶지 않았지만 이건 유주 탓이 아니었다. 엄밀히 따지면 괜히 감정적인 카이화 탓 아닌가.

"저……."

이러다 우신이 찾아와서 뭐라고 하는 거 아닌가? 그런 생각으로 유주가 주변을 둘러볼 때였다. 카이화는 기특하게도 울지 않았다. 곧 흘러넘칠 듯, 눈물을 담고 있는 큰 눈동자는 의외로 강단이 실려 있었다.

"저도 알아요. 내, 내가…… 아니, 제가 얼마나 곱게 자랐는지도 알고, 오빠가 어떻게 절 키웠는지, 그런 거 다 알아요. 알아서……."

감정이 격양된 것인지 카이화의 말엔 두서가 없었다. 유주는 천천히 그 말을 기다렸다.

"사실 언니가 나한테 뭐라고 했을 땐, 서럽기도 했지만…… 내 멍청함을 받아들이는 게 쉽지 않았어요."

"계속 얘기해요. 듣고 있으니까."

"······잘못했어요."

아, 떨어졌다.

어디까지 고일까 싶었던 눈물이 결국 툭 하고 떨어져 내렸다. 눈물 흘리는 모습마저 가련하고 사랑스러운 이 애를, 리옌이 어떻게 키웠을지는 눈에 훤히 그려졌다.

고작 이 정도 가벼운 힐난조차 버티지 못할 만큼 아주 소중히. 가냘픈 가지에 지지대를 세워 주고 영양제를 듬뿍 줘 가며, 날씨에 따라 해를 보여 줬다 안으로 들였다를 반복했겠지. 그 지극정성에는 자기 자신에 대한 보상심리도 충분히 섞여 있었을 것이다.

게다가 곁에 있던 사람들은 랴오위, 쉬에화, 슈란, 우신. 아주 애 버릇을 망쳐도 제대로 망칠 사람들뿐이었다. 그녀에게 얼마나 물러 터졌는지는, 그 철없는 가출 위장 사건만 봐도 알 수 있었다.

"잘못했어요······. 미안해요. 정말 나는, 나는 그러려던 게 아니었어요······."

하지만 이제 그녀는 더 이상 어리지 않았다. 어린 나이라고 우길 수도 없었다. 나이 서른이 넘어서까지 꽃밭에 살 수는 없는 노릇이었다.

"잘못했어요······."

"······그래도 타지 나가서 고생은 좀 했나 보네. 이제 뻗대지 않고 사과하는 거 보니."

유주는 커피 테이블 한 편에 놓인 냅킨 몇 장을 카이화에게 건넸다. 카이화는 그를 냉큼 받아 들더니 푹 고개를 숙이고 눈물을 닦았다. 남 앞에서 운 게 어지간히도 부끄러운 모양이었다.

「이거 무슨 상황이야?」

뒤늦게 돌아 온 우신이 어리둥절한 표정으로 물었다. 유주는 어깨만 으쓱거렸고 카이화는 눈물 뒤범벅이 된 얼굴로 아무것도 아니라며 손을 내저었다.

우신은 유주와 눈을 맞추었지만 설명을 요하는 표정은 아니었다. 카이화가 응석받이라는 것은, 그리고 그녀의 눈물샘이 터무니없이 약하단 사실을 익히 알고 있는 듯 했다.

「아무 일 아니면 여기서 잠깐 대기하자. 다들 이쪽으로 오겠대.」

그 뒤 랴오위와 리옌, 슈란을 기다리며 유주는 온갖 이야기를 주워들었다. 리옌과 랴오위의 어린 시절이라든가, 도피 이후의 생활이라든가 그런 것.

리옌의 집이라는 장소에 대해 알게 된 건 덤이었다.

"당신, 홍콩에 집이 있다며?"

저녁까지 랴오위 일행과 함께한 유주는 자신의 객실에 돌아가고 나서야 지친 다리를 제대로 뉠 수 있었다. 리옌은 그녀의 다난했던 일정에 대해 전해 듣고는 작게 웃으며 재킷을 벗고 침대로 다가왔다.

"안 그래도 오늘 그 집에 다녀왔는데."

"그래? 어땠어?"

"집이 그냥 그렇지 뭘. 기분은 이상하더라. 수감되기 전에 카이화에게 처분해 달라고 했는데 그대로 남겨 두었더라고."

리옌이 유주의 종아리 위를 양쪽 엄지로 꾹 눌렀다. 절로 앓는 소리가 새어 나왔지만 참을 만한데다, 오히려 기분 좋은 통증이었다. 유주는 몸을 뒤틀어 완전히 엎드리며 그의 행동을 도왔다. 리옌은 피식 웃으며 손을 풀고 본격적으로 종아리 위에 손을 얹었다.

"난 그 집 주소도 모르는데 카이화가 멋대로 물건을 거기로 배송시켰어. 그래서 말한 거야. 다른 집에 배달되면 큰일이니까."

"뭔가 많이 산 모양이네."

"뭐, 응. 그렇지. 옷이나 장신구나…… 두 달 정도 새것만 입고 걸쳐도 부족하지 않겠어. 근데 우신, 패션 센스는 영 꽝이던데?"

그녀의 말에 그는 뭐가 웃긴지 연신 킬킬거렸다. 유주는 어제, 랴오위를 만난 이래 한층 밝아진 리옌의 표정을 살피며 작게 한숨을 삼켰다.

"이리 와."

그녀의 말에 리옌은 주무르던 손을 멈추고 그녀의 위에 올라탔다. 유주는 몸을 똑바로 돌려 누운 채 그를 올려다보았다.

"왜?"

"그냥. 그 집을 나만 못 가 봤네 싶어서."

"방치된 지 좀 돼서 오늘 수리를 부탁한 참이야. 며칠 내로 가 볼 수 있어."

"그래?"

"응. 그래서 당신만 괜찮으면 여기 며칠 더 묵을까 하는데."

처음 계획했던 홍콩 일정은 2박 3일이었다. 그건 유주의 사정 때문이 아니라 리옌의 상황 때문이었다.

그녀는 리옌의 뒷바라지 덕에 무사히 대학원을 졸업했다. 하지만 현실의 벽은 녹록지 않았고, 석사는 박사로 가는 과정 중 하나일 뿐, 어떤 라이선스가 되지 않는다는 걸 깨닫고 어찌해야 하나 고민하고 있던 참이었다.

가끔 옛 지도 교수의 도움으로 몇몇 연구에 참여하거나, 성조의 부름으로 장의 일을 거들고는 있었지만 이전의 수입에는 턱없는 수준이었다. 그렇게 돈만 까먹는 그녀의 생활을 뒷받침해 준 건 너무나 당연하게도 리옌이었다.

날백수를 거둬 주겠다고 말한 건 그녀였는데 요 일 년 사이, 리옌은 집 안에 작은 사무실을 하나 만들었다. 그러면서 시작한 게 외환 거래와 주식이었다. 아무래도 싱하오와 다시 연결이 된 듯했다. 이번에는, 합법적으로.

세상, 보증 서 주는 인간과 주식 하는 인간은 만나면 안 된다는 걸 알면서도 유주는 일평생 자신과 관계도 없는 것들을 들여다보는 리옌이 신기해서 몇 번인가 온종일 그의 옆에 붙어 있어 보았다.

그때야 리옌이 땡전 한 푼 없을 거란 생각은 오산이었다는 것과 하루에 이렇게 많은 돈이 오고 갈 수 있다는 걸 깨닫고, 왜 그렇게 증권 회사 직원들이 고연봉 화이트칼라 직군인지 깨달아 버렸다.

그런 그가 몇 날 며칠이나 자리를 비운다는 건 얼마가 될지 모르는 미래의 수익 또는 손해를 묵인하겠다는 거였다. 천 원짜리 복권을 사도 당첨일을 잊어버리지 못해 결과를 확인할 때까지 목이 빠져라 기다리고 마는 유주로서는 도저히 이해할 수 없는 감각이었다.

"당신이 괜찮다면 내가 뭐라고 하겠어."

그런 사람이 괜찮다는데 유주가 뭐라고 하겠는가. 게다가 기실, 같이 산다고 해서 24시간 질리도록 붙어 있는 수만은 없었다.

그게 사회인의 연애였다. 비록 유주는 아직 어디에 적을 둔 월급쟁이는 아니었지만. 어쨌든 단둘이 붙어 있는 시간은 넘쳐나도 부족했다.

"근데, 아까 랴오위랑 슈란이랑, 그냥 집만 보고 온 거야?"

"아니. 갑자기 선물을 사 주겠다고 하더군. 그것도 슈란이. 이때가 아니면 또 언제 보겠냐면서 뭐가 이것저것 골라 주던데, 당신 이야기를 들어보니 다들 확신범인 모양이야."

"애초에 우리 납치한 것부터가 확신범이지."

"하하. 그건 그렇지. 어쨌든 지금 집은 대충 내부 수리 좀 하고 정리할까 해."

리옌의 말에는 팔아 버리겠다는 뉘앙스가 가득했다. 유주는 저도 모르게 눈을 휘둥그레 떴다.

"왜?"

"이제 난 한국에 살 테니까. 만약 당신이 계속 홍콩에 왕래하겠다면 고민해 보겠지만, 차라리 이사하고 말지. 그 집은 너무 낡았어. 치안이 좋은 동네도 아니고."

유주는 그의 말에 이상한 기분이 들었다. 가슴 한구석에 무언가 몽글몽글 맺히는 것 같은 기이한 기분이었다.

그의 전제는 당연히, '그녀와 함께 산다'는 것이었다. 리옌이 한국에서 가진 건 아무것도 없었다. 오로지 그녀뿐이었다.

그런데 한국에서 살 거란다. 너무나 당연히. 한 치의 의심도 들지 않을 정도로 확고하게.

"그 표정은 뭐야?"

얼마나 멍청한 표정을 짓고 있던 걸까. 리옌은 대답 없는 유주를 빤히 내려다보며 의아한 얼굴을 했다. 유주는 후후 웃으며 양팔로 그의 목을 휘감은 채 그대로 자신의 품으로 끌어당겼다. 리옌은 버티지 않고 순순히 그녀의 몸 위에 자신의 체중을 실었다.

무겁다는 느낌보다 묵직해서 안정감이 먼저 찾아왔다. 유주는 그의 정수리에 코를 박은 채 눈을 감았다.

어쩐지 행복한 기분이 들었다. 그래서인지 목소리도, 마치 따뜻한 물에 꿀을 잔뜩 들이부은 양 부드럽고 달콤하게 새어 나왔다.

"어릴 때 꽤 말썽꾸러기였다며?"

내용은 전혀 그렇지 못했지만.

"……뭐?"

"카이화의 집도 정리하고 랴오위까지 해서 셋이 살기 시작한 게 당신 열 살 때랬나? 요리도 못 하고 청소도 못 하면서 의욕만 앞선 탓에 별별 짓을 다 저질렀다며."

"누가 그래?"

리옌이 발끈한 목소리로 고개를 들려고 했다. 유주는 키득거리며 그의 머리를 세게 끌어안았다.

"누가 그러긴. 어쨌든, 손버릇도 되게 나빴다던데. 그, 싱하오의 중간 보스도 소매치기하다가 만났다는 건 사실이야?"

"카이화, 이걸 그냥……."

"왜 내 말에 대답을 안 해?"

"……어릴 때 얘기잖아, 어릴 때. 그땐 머리에 피가 몰리면 뭔 짓을 못 해?"

"그럼 19 대 1로 시비 걸어서 죽도록 맞았다는 것도 진짜겠네? 당신이 1이었다며. 죽을 만큼 얻어맞고 나서도 기가 살아서 팔팔 날뛰는 바람에 말리느라 고생했다던데."

「젠장.」

그의 나지막한 욕지거리에 유주가 깔깔 웃음을 터트렸다.

서로의 영역을 존중한다. 그러나 상대의 개인적인 부분에 간섭할 수 있다.

지금껏 경험해 본 적 없는 연애였다. 누구와는 불같은 열정으로 욕구를 소진했고, 누구와는 어린애처럼 그저 웃고 떠드는 일에 열중했다. 물론 그 연애들은 리옌과 만나기 한참도 전이니 잘 기억도 나지 않았다. 다만, 이렇게 지극히 안정적이고 평화롭지는 않았던 것만은 확실했다.

리옌과의 사이에선 모든 것이 다 있었다. 격정적인 욕망도 존재했고, 서로에 대한 헌신도 있었다. 애정은 당연했다. 유주는, 그녀가 원하던 모든 것이 지금 그와의 사이에 있다는 사실이 지극히 만족스러웠다.

"철없는 칭리옌 씨."

"……왜."

"할래?"

"응?"

"샤워하고 나서가 좋으면 당신이 씻겨 줘."

유주가 팔에 힘을 풀자, 리옌이 기다렸다는 듯 고개를 들어 그녀를 올려다보았다.

여전히 잘난 낯짝의 흉은 이제 자세히 보지 않으면 거의 눈에 띄지 않을 정도로 옅어졌다. 시간 덕분인 것도 있지만 유주의 설득으로 몇 번인가 병원에 가서 치료를 받고 있어서였다.

하지만 상처를 입었다는 사실이 변하지 않듯, 그녀와 그가 큰일을 겪었다는 사실도 사라지지 않는다.

변할 가능성이 있는 것은 사람의 마음뿐이었다.

그것도 지금은…… 변할 가능성이 보이지 않았다.

"당신이 먼저 권하는 건 오랜만이네."

"맨날 당신이 먼저 달려드니 그러지. 왜, 싫어?"

"내가 언제 싫다고 했던가? 다만 해 주는 김에 결혼도 해 주면 더 좋을 것 같다는 거지."

"그래, 그럼 결혼도 하고."

"……진심이야?"

"근데 난 그 전에 섹스부터 하고 싶어. 당신이랑, 마주 보고."

유주의 시원시원한 대답에 리옌은 잠시 어안이 벙벙한 듯 멍청한 표정으로 넋을 놓았다. 그 표정에 유주가 다시 깔깔거렸다.

리옌의 말마따나 홍콩에 와서 랴오웨이를 만나게 된 것부터가 확신범들의 소행임이 분명했지만 그게 거북하지도, 불편하지도 않았다. 그들은 리옌의 일부였다. 그리고 그들을 만나 보고 나서야 확신할 수 있었다.

이제 더는 숨길 것도, 숨기고 싶은 것도 없다는 사실을.

"그 전에, 진짜로?"

"언제까지 되묻기만 할래? 나 식을 거 같은데."

그녀의 말에 리옌이 급하게 입을 맞춰 왔다. 유주도 능숙한 손길로 그의 바지 버클을 풀었다.

유주가 왜 담배를 끊었는지, 그리고 백오십이라도 벌려면 벌 수 있는 상황에서 구태여 촉박하게 일을 찾지 않는 건지 다 알고 있으면서도 끝까지 그녀를 기다려 준 남자가 고마웠다. 더불어, 어떻게든 그녀의 곁에 조금이나마 더 오래 머물러 있으려 어떤 식으로든 길을 찾아내려는 모습도 사랑스러웠다.

그래, 사랑.

이게 사랑이 아니면 도대체 뭐란 말인가.

"그거, 필요 없으니까. 빨리 와."

협탁 안에서 콘돔을 꺼내려던 리옌을 부드럽게 만류했다. 평소답지 않게 채근하는 그녀의 모습에 리옌의 귀가 벌겋게 익었다. 볼 장 다 보고도 도대체 뭐가 더 부끄러운 건지. 그 모습이 귀여워 유주는 리옌의 손을 잡아 자신의 가슴으로 이끌었다.

「젠장.」

그러다 상대에게서 연신 터져 나오는 욕설에 살짝 코웃음을 쳤다.

'그 나이대'에만 머리에 피가 몰리는 건 아닌 모양이었다.

* * *

"일주일이 참 짧아요, 그렇죠?"

결국 먼저 출국하는 건 유주가 아니라 랴오위 일행이었다. 불법으로 입국한 게 분명함에도, 랴오위와 우신은 뭐가 그리 잘났는지 출국하는 날까지도 가져갈 수 있는 건 더 챙겨야 한다고 부산을 떨었다. 초조한 기색이라고는 전혀 보이지 않아 유주의 긴장감은 이미 밑바닥을 치고 있었다.

"그러게요."

그사이 생긴 변화라면 유주의 짐이 대폭 늘었다는 것, 그저 아무 일도 안 하고 돈을 쓰고 다니는 일이 생각보다 피곤하다는 사실을 깨달았다는 것이다. 정말…… 여러 의미로, 돈지랄도 기운이 넘쳐야 가능한 일이었다.

"그래도 헤어지는 마당인데 식사라도 하고 가야 하지 않겠습니까."

저녁 비행기라고 해도 이것저것 신경 쓸 게 많을 텐데 오전 내도록 쇼핑을 한 랴오위는 결국 공항 라운지 레스토랑의 널찍한 자리를 잡은 채 세월아 네월아 풍류를 즐겼다. 특히 리옌을 위해 이것도 시키고 저것도 먹어 보라고 호들갑 떠는 모습은 그의 신사적인 외견과 너무 일치하지 않아 유주는 말 그대로, 일주일이나 붙어 있었음에도 적응이 어려웠다.

「형님, 이제 정말 더는 못 먹습니다.」

「다 들었어. 너 요즘 주식 놀음 한다며. 그런 짓만 하고 있으면 몸 상하는 거 금방이다.」

「도대체 누구한테 그런 소식을 전해 듣는 겁니까?」

「동생이 어떻게 사는지 궁금해하는 건 당연한 일 아니냐.」

투덕거리는 것 같으면서도 도란도란한 모습에 유주가 고개를 저으며 웃었다. 그 모습을 빤히 보고 있던 슈란이 매서운 말투로 말했다.

「쓸데없는 짓 하지 말고 너네도 결혼이나 해. 저 자식 자꾸 바깥으로 내돌리면 뭔 짓 할지 모르니까.」

물론 유주는 아직 통역이 필요했다. 카이화가 전해 준 말을 듣고 그녀가 대답했다.

"그래요. 초대할게요."

「올지 말지는 내 마음이야.」

평생 저 밉살스러운 말투에 익숙해지지 않을 거라 생각했는데. 유주가 실없이 웃으며 대답하자 슈란은 퉁명스러운 표정으로 뭐라 중얼거렸다. 저 솔직하지 못한 모습마저 이제는 재롱떠는 것으로 보인다고 하면 그녀의 위험 감지 수준이 둔화한 것일까.

"너무 아쉬워요. 휴가를 좀 더 낼 수 있었으면 좋았을 텐데……. 새언니, 다음에 기회 되면 영국에 놀러 와요. 잘 대접할게요. 네?"

「어차피 한 번은 와야 하지 않아? 식에 참석할 거 아니었어?」

「아. 그 얘기를 안 했네.」

「됐어. 쟤네가 먼저 할지도 몰라.」

정말 일주일이란 시간은 참 짧았다. 유주와 리옌은 넷이 출국 수속을 끝마치는 걸 확인하고 게이트 너머로 사라질 때까지 늑장을 부렸다. 얼결에 연락처도 교환했고, 다음 약속도 잡았다. 심지어 성격만 보면, 시간이 다 되었다며 재촉을 해도 열댓 번은 할 법한 슈란조차 게이트 앞에서 미적거리며 아쉬움을 표했다.

정말 인간관계란 참으로 이상했다. 별스러운 일들로 불구대천의 원수가 되는 건 순간이나 또 한편, 별 사소한 것으로 그 간극이 메워지곤 했다.

유주는 다른 이들을 곁눈질하다 결국 슈란에게 손을 먼저 내밀었다. 슈란이 중국어로 뭐라 중얼거리더니 그녀의 손을 맞잡고는 불에 데기라도 한 듯 재빨리 그를 거두었다. 그마저도 그녀다웠다.

"아쉬워?"

그들이 게이트 너머로 사라지고, 영국발 비행기가 이륙했다는 안내 방송까지 듣고 나서야 유주가 조용히 리옌에게 물었다. 리옌은 그녀 쪽으로 고개를 돌리곤 웃으며 고개를 저었다.

"다시 볼 수 있으니까."

"그래. 원래 가족끼리 좀 떨어져 지내야 우애가 좋아. 같이 지내면 싸우기만 하거든."

말하지 않아도, 리옌의 표정만 보아도 알 수 있었다. 그는 아마 지금쯤 카이화와 살던 시절, 니시콴라이에 속해 있던 날들, 그리고 그 안에서 아등바등하던 자신을 떠올리고 있을 게 분명했다.

그러나 그 표정에 후회는 없었다. 오히려 홀가분해 보였다. 유주는 조용히 그의 손을 꽉 잡았다.

"리옌."

"응."

그녀를 내려다보는 시선에 가득한 애정이 낯부끄러웠다. 하지만 서유주가 누구던가. 뻔뻔한 낯짝에 비밀이 없고, 이것저것 따지고 재기 좋아하는 인물 아니던가.

이미 그녀는 결론을 내렸다. 그 결론은 예전부터 확고했다. 다만 입 밖으로 내어 말하기 면구했을 뿐이지.

"이제 나랑 계속 같이 살자. 좀 더…… 합법적으로."

"……"

"당신이 잃어버린 건 하나도 없어. 설령 뭔가 빈 것 같아도 다시 채우면 그만인 거야. 일단 가족이란 것부터 다시 채워 나가다 보면, 금방일 거야."

"……서유주."

"대답 안 하니?"

괜히 어설프게 무게를 잡으며 눈빛으로 말하는 그에게 결국 유주는 타박 섞인 투정을 내뱉고야 말았다. 리옌이 갑작스레 그녀를 와락 끌어안았다.

숨 막힐 듯 죄어 오는 품 안이 따스했다.

행복했다. 이게 행복이 아닐 리 없었다.

"결혼…… 하고 싶어."

리옌의 떨리는 목소리에 유주는 그의 등을 단단히 붙들었다. 이런 걸 전화위복(轉禍爲福)이라고 하던가.

생각해 보면 삶에 재앙만 있을 리는 없었다. 재앙이라 생각한 것이, 반드시 누군가의 삶을 파괴하는 것도 아니었다.

"그래. 하자. 진짜로."

어느새 구체적인 형태를 갖춘 행복이 그녀의 품 안에 있었다. 그녀를 품고 있었다. 여전히 겁에 질린 듯 잘게 떨리는 몸을 더욱 강하게 품으며, 유주가 크게 웃었다.

외전 2

삐빅. 문 열리는 소리가 들렸다. 지금 시간에 귀가할 사람은 한 명뿐이었다.

일은 일이니 손댔던 것만 마무리 짓고 오겠다던 여자였다. 덕분에 느긋한 아침을 보낼 기회를 잃어버렸다. 거기까지는 괜찮았는데 부산을 떠는 탓에, 가만히 잘 자던 세상 까다로운 아가씨의 잠까지 깨워 버렸다.

이왕 일어난 거 어찌하겠냐는 마음으로 리옌은 폭군님을 뒤늦게야 어린이집에 출근시켰다. 아무래도 시간이 필요했던 것이다.

오늘은 그에게 아주 중요한 날이었다. 그간 '완벽한 정답이 되어 주겠다'는 제 말을 지키겠다는 일념 하나로 해 왔던 노력들이 평가받는 날이었던 것이다. 바로 유주의 친정 식구들이 제 집에 방문하는 날이었다. 온 식구들이 전부 다.

물론 처가 식구들과 만나는 날이야 언제고 안 중요한 날이 있었겠냐마는 오늘은 정말 특별했다. 그래서 리옌은 평소보다 꼼꼼히 음식 메뉴를 선정했고 레시피도 한 번 더 점검했다. 그 탓에 장을 보는 데에만 한 시간이 넘게 걸렸다.

이제 1차 심사를 받을 때였다. 리옌은 재빨리 손을 씻고 현관으로 나섰다.

아니나 다를까. 그의 하나뿐인 아내는 현관에 들어서기 무섭게 신을 벗는 것도 잊고 코를 킁킁거렸다. 괜히 어깨에 힘이 들어갔다.

"어서 와."

"왜 벌써 집에 있어? 출근 안 했어?"

"출근했다 오면 분명 시간이 부족할 테니까."

"그러고도 회사 안 망하는 게 용하다, 용해."

"지금 저주해?"

"아니 나야 뭐, 미안하니까 그렇지."

유주가 리옌의 멱살을 잡아끌었다. 리옌은 순순히 고개를 숙였다.

쪽, 입술이 맞닿고 유주가 손을 풀어 주었다. 리옌이 자연스럽게 그녀의 가방과 한 팔에 들려 있던 겉옷을 받아 들었다.

한층 홀가분해진 모양새로 안에 들어오니 음식 냄새가 진동하는 모양이었다. 유주가 연신 코를 킁킁거렸다. 마치 냄새에 홀린 듯, 신을 벗기가 무섭게 주방으로 달려갔다.

리옌이 느긋한 걸음으로 뒤를 따랐다. 와, 미쳤나 봐! 주방 안쪽에서 터져 나온 감탄성에, 그는 오늘 출근하지 않길 잘했다며 내심 뿌듯했다.

실시간으로 압력솥에서 졸여지는 건 갈비찜이었고, 이미 잡채용 야채도 죄다 볶아 두었다. 미역국도 한 솥 가득 끓여 두었고, 밑반찬도 지금 막 7개째를 끝낸 참이었다. 아, 맞다 시금치. 리옌이 재빨리 주방에 들어가 데치고 있던 시금치 냄비를 들어냈다. 유주는 멍하니 그 장면을 보다 눈을 반짝였다.

"언제 이만큼 준비했어?"

칭찬할 준비가 다 되었다는 저 표정은 언제 봐도 그를 흐뭇하게 했다. 하기야, 오늘은 리옌이 정말 음식에 힘을 주기는 했다. 그가 보아도 준비된 밑반찬이나 메인 요리들이나 하나같이 맛깔스런 냄새와 훌륭한 비주얼을 자랑했다. 원래 음식을 하면 만드는 사람은 먹지 않아도 물리는 법인데, 그도 오늘 저녁엔 포식할 자신이 있었다.

"나야 뭐, 언제나 금방 하지."

"그래도 음식 할 거면 나도 부르지. 좀 더 일찍 올걸."

"오늘은 낭비할 재료가 없어서."

그 말에 유주가 전을 집어 들려다 말고 그를 노려보았다. 하지만 씨알도 안 먹힐 걸 둘 다 알았다.

호적을 정리하고 사 년이면 모를 수가 없었다. 이제 어지간한 일로 서로 호들갑 떨지도 않았고, 언성을 높이지도 않았다.

리옌은 가끔 생각했다. 이렇게 심심하게 사는 게 맞나, 하고. 그러나 심심하다는 말은 그만큼 안정적이고 평온하다는 말의 다른 표현이었다. 그는 그녀와 살림을 차리고 나서야 유주가 그렇게나 말하던 '무사 평탄한 나날'이 무엇인지 깨달아 가고 있었다.

말 그대로 온화하고 따뜻한 나날이었다. 물론 돌발 변수가 상당하긴 했지만 다행히 감당 가능한 수준이었다. 아직은.

"청아는?"

유주는 갓 부친 동태전을 날름 입에 넣고는 그제야 집안이 이상하리만치 조용하다는 걸 깨달은 모양이었다. 리옌은 어깨를 으쓱거리며 대답했다.

"아까 낮잠 시간 끝난 뒤에 내가 데려왔어. 아, 장인어른이 먼저 올라오셔서 모시러 가는 길에 겸사겸사."

"진짜? 삼촌 벌써 왔어? 성미도 급해, 정말. 그래서 지금 둘 다 어디 있는데?"

"요 앞 놀이터."

그의 대답에 유주의 표정이 살짝 굳었다. 행적을 굳이 읊어 주지 않아도 전과 있는 사람 둘이 붙어 있으니, 무슨 상황이 펼쳐질지 익히 아는 눈치였다.

"나 들어올 때 보니까 없던데?"

"하하."

"……미쳐. 또 마트 갔겠네. 언제 나갔는데?"

"한 삼십 분 전? 은하도 온다니까 마중 나가야 한다고 성화라. 장인어른도 어쩔 수 없이 같이 나가신 거야."

얼마 전 그들의 눈에 넣어도…… 아니, 눈에 넣으면 조금 아플 거 같은 아가씨께서 충치 위험군 진단을 받았다. 단 걸 너무 좋아하는 데다 양치질을 싫어하니 당연한 결과였다.

활동성이 좋아 살이 찔 염려는 없는데, 너무 어릴 때부터 치과에 들락날락하면 오히려 공포감만 생길 수 있으니 집에서 잘 관리해 주십사 하던 어린이집 안내문이 떠올랐다. 유주도 같은 걸 떠올렸음이 틀림없다.

"두둔은 그만하시지?"

평화를 뒤흔드는 돌발 변수와 그 돌발 변수를 부추기는 외부 요인들에 대한 분노를 토해 내며 유주가 이번에는 육전 하나를 집어 들었다. 정말 화를 내는 것도 아닌 데다, 말은 이렇게 해도 따라 내려가 장인의 여가 생활을 방해할 정도는 아니었다.

어찌 됐든 눈에 넣어도 안 아픈 폭군께서 예쁨받는 걸 즐기시니, 그를 향유하지 못하게 했다간 또 집안에 불벼락이 떨어질 터였다. 이도 저도 못하는 상태. 이게 바로 배수지진이었다.

어쩌겠는가. 결국 밤에 또 한바탕 전쟁을 치르는 수밖에.

"진정하고, 다시 와서 국 간이나 좀 봐."

어차피 유주가 창진이나 청아에게 뭐라 못 할 걸 알기에, 리옌도 건성으로 그녀를 진정시켰다. 유주는 못 이기는 척 인덕션 근처로 다가왔다. 그러면서도 눈은 연신 곱게 반찬 통에 담긴 밑반찬들을 힐끔거렸다.

아까 전에는 산더미 같은 전에 먼저 눈이 팔렸는데 이제야 평소에 못 보던 새로운 음식들이 눈에 들어오는 모양이었다. 리옌은 내심 그녀가 꼬막장과 전복을 알아봐 주길 바랐다. 특히 꼬막은 아침나절부터 아주 푸지게 준비하느라 손이 바빴다.

"어우, 꼬막 맛있겠다. 이걸 또 언제 다 했대? 아까워서 먹지도 못하겠네.

근데 이건 또 뭐야? 전복?"

물론 리옌의 아내는, 단 한 번도 그의 기대를 저버리지 않았다.

"양념장에 재워서 쪄 봤지. 한 입 먹어 볼래?"

"응."

언제 짜증을 냈냐는 듯 고분고분해진 유주에게 리옌은, 전복을 한 조각 잘라 입에 넣어 주었다.

그건 그가 간을 보았을 때도 회심의 역작이라 할 만했다. 간장과 고추를 베이스로 해서 게장을 하듯 양념을 재워 찐 것인데, 간을 보려 먹어 봤을 때도 매콤하고 알싸한 게 아주 서씨 집안사람들 입맛을 제대로 휘어잡게 생겼다.

아니나 다를까. 유주의 눈이 휘둥그레졌다. 역시, 아무리 생각해도 리옌의 음식 솜씨는 재능이 아니라 노력이 만들어 낸 빛나는 성과였다. 두 달 전에 집에 놀러온 랴오위와 카이화도 그의 솜씨에 혀를 내두르지 않았는가.

"어때?"

"미쳤다. 이건 또 어디서 배웠어?"

"인터넷."

리옌이 한껏 뿌듯한 표정으로 콧대를 세웠다. 유주가 리옌의 엉덩이를 살짝 주무르며 흥흥거리고 웃었다.

"오구, 그랬어? 하여간 예쁘게 생겨서 예쁜 짓만 골라 하네. 우리 남편 덕에 내가 돈 벌 맛이 난다."

"참 내."

리옌이 어이없이 웃으며 고개를 숙였다. 유주가 선뜻 입을 벌리며 그의 엉덩이에서 손을 떼고, 팔로 리옌의 목을 감았다. 자연스럽게 혀가 엉켰다. 간만에 아주 조용한 퇴근 시간이었다.

물론 이럴 때가 아닌데 싶긴 했다. 하지만 리옌의 한 손이 그녀의 윗옷 속으로 기어들어 갔다. 맹세코 이건 조건 반사였지 그의 의도가 아니었다.

물론, 남은 한 손이 그녀의 말캉한 가슴 위에 올라가 있던 것도…… 본의는 아니었다. 한 오십 퍼센트 정도는.

"……당신, 아직 젊은 거 아는데 내가 작작하라 그랬지?"

그러나 하반신 사이의 빈틈이 없을 정도로 세게 그녀의 허리를 감아 당긴 것은 고의인지라 리옌은 피식 웃기만 했다. 사실 달려들 때 조금 흥분하기는 했다. 이 시간에 그녀를 맞이하는 것은 무척 오래간만이었고, 그것은 신혼 아닌 신혼 시절을 떠올리게 만들었다.

결혼하고 둘은 아주 미친 듯이 붙어먹었다. 기실 혼인 신고는 애 낳기 전에 했으니 동거 이 년 만에 정식 부부가 된 셈이다.

사실 남녀관계 이 년이면 아주 밑이 헐 정도로 하기에 충분한 시간이었다. 결혼 전 리옌은 말 그대로 눈만 마주쳐도 불이 붙어 아랫도리를 들이밀었다. 그녀가 임신한 이후에도 안정기에 접어들며, 아니, 그전에도 삽입만 안 했지 침대 위에서 할 수 있는 건 다 했다. 침대에서만 한 것도 아니었고.

물론 유주의 타박을 이해 못 하는 건 아니었다. 그녀는 리옌보다 체력이 현저하게 떨어졌다.

그런 주제에 한번 불이 붙었다 하면 더 해 달라며 달려드는 것도 그녀였으니, 어쩔 때에는 자신을 짐승 취급하는 제 매정한 아내에게 서운하기도 했다.

그래서 아이가 태어남과 동시에 시터를 들이고 정관 수술을 했다. 유주는 아직 젊은 게 뭐 하는 짓이냐고 구박했지만 웬걸. 감시자의 눈을 피해 스릴을 즐기는 데 맛을 들인 건 그녀도 매한가지였다. 이런 걸 두고 부창부수라고 하지.

"세상 일이 내 뜻대로 되는 게 아니잖아?"

"당신 아랫도리 정도는 통제해야지."

"그래서 밖에선 안 휘두르고 다니잖나."

"말이나 못 하면."

유주가 퉁퉁거리며 대답했다. 하지만 그녀의 시선이 어디로 향하는지 리옌은 단박에 알아챘다.

두 시 오십 분.

집안의 폭군님께서는 놀이터에만 나가면 한세월이셨다. 지방에 사느라 조카 손주 얼굴 한 번 보려면 먼 걸음 해야 하는 제 장인어른은 청아만 만났다 하면 젊은 날의 체력을 끌어오기라도 하듯 열정적으로 밖을 거닐었다.

처남 내외는 그들의 집과 거리도 거리였고, 아내분 직업상 퇴근하고 아무리 빨리 날아와 봐야 다섯 시였다. 게다가 처제는 집안일을 싫어하는 데다 자유분방한 성격을 가진 프로 소비러이니 지금쯤 그의 카드로 백화점을 노니는 중일 것이고, 거의 저녁 시간에 맞춰 정확히 귀가할 터였다.

두 시 오십 분……. 아마 유주는 지금 참으로 애매하기 그지없는 시간이라 생각할 게 분명했다. 그의 머릿속에 선 계산이 어떤 것인지 모르고.

"너, 한 번만 하고 끝낼 자신 있니?"

"당신 하는 거 봐서."

리옌은 다급한 하반신과 달리 여유 넘치는 말투로 대답했다. 이미 그는 유주의 목덜미에 입술을 파묻고 핥는 건지 빠는 건지, 하여간 점점 제 흥분을 키워 나가는 중이었다.

그런 남편의 뒷덜미를 쓸며 유주가 살짝 고개를 뒤로 젖혔다. 아마 지금쯤 머릿속이 복잡하기도 할 터였다. 음식 준비가 언제쯤 끝날지, 손에 물 한 방울 안 묻혀 본 주제에 얼토당토않은 시간 계산을 하고 있겠지.

물론 남은 음식들? 전부 리옌이 할 것이었다. 이미 그녀 없는 사이에 기본적인 준비는 끝내 두었으니 넉넉잡아야 한 시간이었다. 조금 더 분주히 움직인다면 사십 분 내외.

한 번은 무슨. 그가 세 번은 싸고 그녀의 후희까지 챙겨 주기에 차고 넘치는 시간이었다.

"효율적으로 같이 씻으면 되겠지. 한 번일지 두 번일지는 당신 노력에 따라 달린 거고."

물론 그런 음흉한 속내를 비추진 않았다. 그랬다가는 괜히 조급증만 넘치는 제 아내가 지금의 분위기를 파투 낼 게 분명했다. 앞으로의 전개가 어찌 될지 분명 알고 있을 텐데 말이다. 음식 시간에 더해서 내적 갈등도 첨예한 상태일 게 뻔했다.

잡념을 없애는 데에는 일단 정신을 쏙 빼놓는 게 제일이었다. 리옌은 그녀의 입 안으로 혀를 밀어 넣고, 그대로 유주의 혀를 감아 쭉 빨았다. 고개를 모로 틀며 키스에 응하는 유주의 호흡이 살짝 거칠어졌다.

됐다. 리옌은 속으로 쾌재를 불렀다.

"흐으아아, 아, 흐응, 거기……."

몇 번을, 몇십 아니 몇백 번을 겪어도 완전히 제 좆을 빠듯하게 물고 조이는 안쪽은 황홀했다. 리옌은 호흡을 가다듬으며 이제는 완전히 그에게 길든 안쪽 깊숙한 곳까지 집요하게 파고들다 돌연 허리 짓을 멈췄다.

유주는 흐느끼며 고개를 젓다 이내 허리와 엉덩이를 들썩이며 그의 물건을 좀 더 깊이 받아들이려 아양을 떨었다. 리옌이 슬쩍 허리를 뒤로 빼니, 유주도 덩달아 상체를 낮추며 그의 허리를 따라갔다. 벽을 짚은 그녀의 손은 달달 떨렸지만 쭉 뻗은 흰 등허리는 기대감에 꿈틀거리고 있었다. 리옌은 그 모습을 내려다보며, 보일 듯 말 듯 입 꼬리를 올렸다.

유주는 겁이 많은 편이었다. 한국에 와 살림을 합치고 나서 계기만 생겼다 하면 붙어먹었던 주제에, 삽입에는 의외로 소극적이었다. 곧 자지러질 것을 알면서도 그의 하반신을 완전히 집어삼키는 데에 버거움을 느꼈던 것이다.

하지만 그것도 채 한 달이 가지 않았다. 유주는 이제 리옌이 행동을 멈추면 제가 먼저 요분질을 칠 정도가 되었고, 허리를 세게 추켜올리면 타이밍에 맞춰 속살을 조였다. 귀두와 기둥을 전부 먹어 치우는 것으로도 모자라 더, 더 많은 것을 달라며 애교 있게 보채기도 했다.

"아, 리옌, 아, 거기, 훗, 거기……."

유주가 벽타일에 뺨을 기댄 채 흐느꼈다. 욕실은 소리가 울려도 너무 잘 울렸다. 덕분에 리옌은 눈 호강에 이어 귀 호강도 충분히 할 수 있었다.

보지 않아도 그는 그녀의 질구가 어떤 모양새로 제 페니스를 감아 삼키고 있는지, 그녀의 밑이 얼마나 젖어 있는지, 완전히 노곤하게 풀어진 내벽이 얼마나 게걸스럽게 뻐끔거리는지 그려 낼 수 있었다.

야하긴. 리옌이 유주의 허리를 세게 끌어당기며 퍽, 소리가 나도록 깊이 쑤셔 들어갔다. 유주의 헐떡거림에 날카로운 비명이 섞였다.

"아니지."

일부러 그녀의 중점 포인트를 비껴 찌르자 애가 타는 모양인지, 유주가 허리를 뒤틀며 보챘다. 그것만으로도 리옌은 낮은 신음을 삼켜야 했다. 고작 자신의 살덩이를 상대의 속살에 밀어 넣는 단순한 행위임에도, 어떻게 이리 자극적인 건지 도통 영문을 알 수 없었다.

말초 감각이 거기에 다 몰려 있어서? 그렇다고 하기에, 지금껏 그가 경험했던 섹스는 이런 게 아니었다.

다른 모든 감각을 깡그리 잊어버린 채 오로지 쑤시고 헤집는 행위에만 몰두하게 되는 경우는 오로지 대상이 서유주일 때에만 유효했다.

"당신이 좋아하는 곳은 거기가 아니야."

이내 거칠게 뽑혀 나간 성기가 안쪽 깊숙한 곳까지 쑤욱 파고들었다. 살과 살이 맞부딪히며 퍽퍽 소리가 났다.

유주의 입에서 비음 섞인 짧은 신음이 터졌다. 그 모습에 킬킬거리던 그는, 제대로 위치를 잡아 퍽 소리가 나도록 단숨에 여린 속살을 비집고 들어갔다.

"흐아앙!"

아주 깊숙한 안쪽, 가장 예민하고 부드러운 어딘가를 세게 두드리는 그의 몸짓에 유주가 진저리를 쳤다. 벽에 이마를 기댄 채 고개를 저으며 한쪽 팔을 뒤로 뻗어 그를 밀어내려 했다.

하지만 허리 하나 제대로 가누지 못해 다리마저 후들거리는 마당에 리옌을 떨쳐 낼 수 있을 리 없었다. 그 반항이 가소로웠다.

리옌은 도리어 그 팔을 잡아 그녀의 상체를 뒤로 끌었다. 허리가 젖혀지며 무자비하게 파고든 그의 성기가 더욱 깊숙이 박혔다. 유주가 고개를 저었다.

"바로 여기지."

콱, 하고 세게 안쪽을 짓찧는 행위는 거의 폭력에 가까웠다. 아, 아아, 유주가 입을 벌린 채 어쩔 도리 없이 신음을 흘렸다. 이제는 침까지 흘리고 있었다.

"리, 리예, 리옌…… 흐으, 아, 아래 흐……."

"만져 줘?"

가까스로 유주가 고개를 끄덕이자, 그녀의 허리를 세게 감고 있던 리옌의 다른 한 팔이 사타구니 사이로 스멀스멀 기어갔다. 땀에 젖어 살들끼리 맞부딪히는 감각이 매끄러웠다. 마치 서로의 몸이 뱀이 된 것처럼, 리옌의 팔이 유주의 허리를 둘렀다. 그대로 온몸을 감싸 안듯 그는 그녀의 몸을 칭칭 휘감았다.

리옌은 유주가, 자신을 원해 어쩔 줄 몰라 하는 걸 지켜보길 즐겼다. 하지만 또 자지러지며 어쩔 줄 몰라 하는 것도 보기 좋으니 참 갈등이 컸다.

원래의 패턴이었다면 조금 더 애를 태웠을지도 모르는 일이지만, 아까 전희 과정에서 유주가 그의 성기를 아주 집요하게 빨아 준 탓에 그도 이제 슬슬 한 번쯤 그녀의 안에 싸고 싶어졌다. 결국 그는 처음은 뒤로, 한 번 제대로 가고 난 뒤에 그녀를 마주 보며 안아 든 채로 두 번째를 시작하기로 결정했다.

"야하긴."

이윽고 리옌이 그녀의 음핵을 자극하며 퍽, 하고 재차 내벽을 갈랐다. 흐앙! 유주가 크게 신음을 터트리며 목을 뒤로 젖혔다.

"아, 리옌! 흐으, 리, 리옌!"

유주의 뒷머리가 리옌의 목덜미에 안착했다. 리옌의 거친 몸짓을 어설프게 따라오려 허리를 흔드는 탓에 어깨 부근이 간질간질했다. 그는 고개를 숙여 유주의 입가를 핥았다. 유주가 입을 벌리며 그의 혀를 빨아들이려다 끝을 살짝 깨물었다.

씨발. 그마저도 좋았다.

리옌은 그 와중에도 안을 빼곡히 채웠다 빠져나가는 허리 짓도, 단단하게 부푼 클리토리스를 자극하는 손길도 멈추지 않았다. 유주가 헐떡거리며 팔을 뒤로 하여 그의 목덜미를 감았다.

"아, 리옌, 아, 그만!"

그의 목덜미에 닿아 있던 유주의 손톱에 날이 섰다. 리옌도 순간 느껴지는 찌릿한 감각에 잠시 이를 악물었다. 할퀴어지는 통증마저 그에게는 쾌감이었다. 더불어 안쪽이 바짝 조여들며 내벽이 미친 듯이 요동치는 건, 더 말할 나위가 없었다.

"아, 아아……."

동시에 유주의 몸이 축 늘어졌다. 리옌의 성기로 꽉 틀어 막힌 구멍의 틈새로 어느새 왈칵 쏟아진 유주의 진득한 애액이 타고 흘렀다.

리옌은 그마저 죄다 빨아먹고 싶은 모양인 양 탐욕스러운 눈빛으로 대신 유주의 혀를 빨았다. 그녀는 키스에 응할 기운마저 없는 듯 무력하게 엉겨붙었다.

"하아, 흑, 이제……."

거친 숨을 몰아쉬며 유주가 간신히 제 뜻을 피력했지만 그녀의 안에 파묻힌 리옌의 성기는 그 기세가 사그라질 기미가 보이지 않았다. 리옌은 대답 대신 코웃음을 치며 쿡, 안쪽을 찔렀다.

유주의 허리가 움찔거렸다. 그녀는 그의 묵살에 반발하고 싶은 기색이었지만, 이미 그녀의 몸은 유주 자신보다 리옌이 더 잘 알았다.

그녀는 절정 이후 미친 듯이 험하게 다루어지며, 연거푸 절정에 오르는 걸 좋아했다. 그리고 리옌은 그런 그녀의 기호를 충족시켜 줄 줄 아는 남자였다.

"장인어른. 한 잔 받으시죠."

창진의 예순 번째 생일이었다. 말 그대로 환갑이니 어디 근사한 곳을 잡아 작게라도 뭔가 해야 하지 않겠냐는 가족들의 성화에 창진은 '쓸데없는 짓거리 하지 말라'며 일축했다.

몇 번의 언쟁 끝에 타협을 본 게 유주의 집에서 식사나 하자는 거였다. 물론 유주는 자신들이 시골에 내려가는 게 낫지 않겠느냐 했다. 그렇지만 간만에 서울 나들이를 하는 것도 좋겠다는 창진의 말에 더는 가타부타 할 수도 없었다.

출장 뷔페를 부르느니 어쩌느니 계획을 세우는 가족들 사이에서 리옌이 조심스럽게 낸, '괜찮다면 내가 음식을 준비하겠다'는 의견이 먹혀서 다행이었다. 그의 장인 되시는 분께선, 오늘의 식단이 매우 마음에 드는 듯 평소와 달리 아주 재게 손을 놀렸다.

"그래. 정윤이 너도 한 잔 받아라."

게다가 먼저 술까지 청해 주었다. 서먹하기만 했던 창진과 리옌의 거리가 좁혀진 것은 얼마 되지도 않았는데, 아무래도 한번 사람을 들이면 그대로 안고 가는 것은 서씨 집안 내력인 모양이었다.

리옌이 허구한 날 운전기사를 자처하며 유주와 청아를 데리고 창진의 집에 왔다 갔다 한 게 햇수로만 육 년이었다. 창진은 여전히 유주의 폭로전 이후 마음이 풀리지 않았던지, 제 조카와 조카 손녀만 보면 좋아서 어쩔 줄 모르다가도 리옌만 보면 소 닭 보듯 했다.

그런 그에게 '이정윤'이라는 한국 이름을 불리기까지는 거진 삼 년이 걸렸다. 유주에게 '네 남편놈'이라는 호칭을 따낸 것은 작년이오, 장인어른이라는 호칭으로 불러도 된다 정식으로 인정받은 건 그보다도 짧았다.

물론 유주는 가끔 리옌의 기분을 풀어 주려 '울 노인네가 원래 뒤끝이 길어'라고 말해 주었지만 리옌은 충분히 이해했다. 그에게도 이제 온전한 가족이 생긴 만큼, 창진이 유주를 어찌 키웠을지 눈앞에 훤히 그려지기 때문이었다.

그런 장인에게 직접 하사받는 술이라니. 리옌은 그저 감지덕지할 뿐이었다. 내심 오늘 일도 내팽개치고 집에 와 허겁지겁 잔칫상을 준비할 만한 가치가 있었다며 속으로 자화자찬하기도 했다.

"아, 진짜 형부 음식 솜씨 미쳤다. 이거 더덕무침이죠? 뭐 따로 넣은 거 있어요?"

게다가 시간이 약이라는 말이 정답이었을까?

현재 리옌의 가장 든든한 처가 아군은 바로 예담이었다. 불과 몇 년 전까지만 해도 죽이네 살리네 하며 못 잡아먹어 안달이던 그녀는 몇 년 전 대형 면허를 취득한 이후 일을 빌미로 아주 유주의 집에 뻔질나게 드나들었다. 그러고는 유주가 없을 때 자신의 1톤짜리 고물 트럭을 다른 차로 바꿔 달라고 리옌에게 아양을 떨고는 했다. 자신의 드림 카라며. 카고가 달린 2.5톤짜리 용달 트럭을.

물론 그 사실을 알게 된 유주에게 타박을 듣고 결국 트럭을 바꾸지는 못했지만, 여전히 예담은 서울에 올라올 건수만 있으면 일정이 되는 대로 그들의 집에 엉덩이를 깔고 있기 일쑤였다. 씨알도 안 먹히는 제 사촌 누이 대신 그에게 알랑거리는 건 기본값이었다.

그를 두고 승헌이 몇 번인가 타박을 하였지만 리옌은 정말 개의치 않았다. 진심으로 그는, 이 가족들에게 받아들여지는 자신이 좋았다.

말 그대로 안정되어 간다는 느낌이 들었던 것이다.

"따로 넣은 건 없는데. 매실청이 올해 잘 되어서 그런가?"

"아, 청도 담갔어요? 꺼내 주면 안 돼요? 소주에 타 먹게."

"야, 서예담."

"왜, 서승헌아. 너도 마실래? 아, 형부. 나 이거, 이 전복. 남으면 좀 싸 주면 안 되나?"

"서예담아, 또 다음 주에 올 거면서 뭘 싸 간다고 그러니?"

"말 잘했어, 누나. 저거 진짜 나이 먹을수록 낯짝만 두꺼워져서 진짜……. 매형도 괜히 얘 응석 다 받아 주고 그러지 마세요. 얘 나이가 몇인데."

"그런데 새언니, 이 전복 재운 건 정말 맛있네요."

"그래요? 올케, 좀 싸 줄까?"

"와, 치사해. 나한테만 뭐라고 하고."

게다가 은연중에 나오는 형부, 매형 등등의 호칭을 들을 때마다 사실 춤이라도 추고 싶은 심정이었다.

유주는 모르지만 리옌은 예담뿐만 아니라 서씨 집안사람들에게 돌아가며 한 번씩 타작을 당했다. 남자답게 일대일로 뜨자며 불러냈던 승헌에게는 배 두 방을 얻어맞았고, 창진은 심지어 홍두깨를 들었다. 그때 리옌은 칼을 들고 설치는 양아치 열 명이 덜 무섭다고 생각했다.

게다가 예담은 가족들 앞이라 그를 원 없이 때리지 못한 게 못내 아쉬운 모양인지, 그의 정강이를 두 번이나 깠었다. 사실 아프기는 창진이 제일 아팠지만 후유증은 예담의 일격이 제일 컸다.

고생 끝에 낙이 온다더니. 리옌은 창진의 잔에 술을 채워 주고 자리에 앉아 고개를 돌려 술잔을 비웠다. 기분이 좋으니 술도 달았다.

"반찬 많습니다. 다들 조금씩 가져가요. 그리고 매실도 있지만 작년에 개복숭아도 담갔는데, 꺼내 올까요?"

리옌은 예담이나 승헌이 아니라 창진을 보고 물었다. 그는 답이 없었다. 이젠 그게 긍정의 의미라는 걸 안다.

그가 자리에서 일어나려는데 유주가 그의 허벅지를 눌렀다. 그리고 괜히 툴툴대며 자기가 자리에서 일어났다.

"하여간 남의 남편 부려 먹는 재주들은 타고났어. 하루 종일 음식 하느라 얼마나 고생했는지 알아주는 사람이 어째 한 명도 없어? 다들 뜯어 가려고만 하고."

그러나 역시 제일 좋은 건 유주가 불러 주는 '남편'이라는 호칭이었다.

유주는 태생적으로 애교가 많은 편이 아니었다. 처음 보는 사람에게 살갑게 대하는 법도 없었고, 도리어 친해질수록 보다 무뚝뚝해지곤 했다.

가끔 아주 기분이 좋으면 엉덩이를 두들겨 주거나 머리를 쓰다듬어 주는 정도가 고작이었다. 만나면 반갑다고 달려드는 일 같은 건 결혼하고 나서도 몇 번 겪어 보지 못했다.

게다가 그놈의 호칭.

여보, 내 남편, 사랑하는 자기. 뭐 이딴 건 바라지도 않았다. 기실 그런 낯간지러운 호칭으로 자신을 부르는 유주의 모습을 상상하기 어렵기도 했다. 그녀가 그를 한국식 이름으로 부르는 게 아닌, '리엔'이라고 여전히 부르는 것 자체가 그녀 나름대로의 애칭이오, 애정의 표현이라는 걸 모를 정도로 아둔하지도 않았다.

하나 때때로 사람 마음이라는 게 그런 법이었다. 단둘이 있을 때 남편이니 여보니 하는 서비스 멘트가 날아오는 것보다, 남들 앞에서 그를 공표해 주는 것은 그 무게가 달랐다. 절로 평소보다 기뻐지는 것은 어쩔 수 없었다.

리엔은 자칫 경망스럽게 풀어질 뻔한 제 안면 근육을 간신히 추슬렀다. 여기까지 오는 데 얼마나 오래 걸렸는데, 뭐든 안 좋은 이미지를 하나라도 벗겨 내야 이득이지 않겠는가.

"와, 형부 코 평수 넓어지는 거 봐. 그렇게 좋아요?"

하지만 예담의 매의 눈을 피해 갈 수는 없었다. 리엔은 결국 멍청한 웃음을 터트렸다. 곧이어 두 병의 청을 들고 자리로 돌아온 유주가 왜 웃느냐,

무슨 일이 있었냐며 옆구리를 찔렀지만 리옌은 왜 자기가 실실 웃고 있었는지 끝끝내 말하지 않았다.

다른 때에는 눈치가 백 단이더니 이럴 때만 눈치 없는 것까지 좋았다.

"매형. 오늘 정말 고생 많으셨어요."

식사는 음식의 반절 이상이 사라지고, 준비해 둔 술이 전부 동이 나서야 끝이 났다. 맥주 열 병에 소주 여섯 병. 물론 애들 둘은 빼고 머릿수를 세어도 사람이 일곱이었으니 그리 많은 양은 아니라 할지 모르겠다만, 그 절반을 예담이 마셨다는 게 문제였다.

승헌은 그런 예담을 가장 작은 손님방에 던져두고 거실로 나와 리옌의 뒷정리를 도왔다. 창진은 중간에 피곤하다며 일찌감치 들어갈 법했으나 어쩐 일로 끝까지 자리를 지키다 예담이 뻗고 나서야 방으로 들어갔고, 승헌의 아내는 오늘 출근하지 않은 시터를 대신해 두 아이의 곁에서 함께 자기로 했다.

유주는 리옌이 강제로 욕실에 들여보낸 참이었다. 그녀는 씻는 걸 좋아했다. 특히 리옌과 잠자리에 들 때, 서로 술 냄새나 그 외 자잘한 냄새를 묻히고 자기보다 말끔하게 씻은 채 비누 냄새와 살 냄새만 풍기며 끌어안고 자는 것을 선호했기 때문이다. 물론 리옌도, 다른 잡다한 냄새가 섞인 것보다 자신과 같은 바디 워시 냄새를 풍기는 그녀의 몸을 끌어안고 자는 걸 좋아했다. 그 순간만은 오롯이 그녀가 그의 것인 것만 같았다.

"뭘. 다른 가족들 뒤치다꺼리하느라 처남이 고생이었지. 나머지는 내가 할 테니까 그냥 들어가 쉬어."

리옌은 일부러 '처남'이라는 단어에 힘을 주었다. 창진과 승헌, 예담이 '장인, 처남, 처제'라는 단어에 반감을 드러내지 않게 된 순간부터 들인 습관이었다.

유주뿐만 아니라 그들에게 완전히 받아들여졌다는 사실이 그의 기를 얼마나 세워 주는지 몰랐다. 그 덕분에 리옌은 오늘 하루, 정말 하나도 힘들지 않았다. 다들 배불러 죽을 거 같다고 아쉬워하며 젓가락을 내려놓는 모습을 보고 있자니 어찌나 뿌듯하던지. 말 그대로 안 먹어도 배가 부를 지경이었다.

"원래 누나 시집가기 전에도 이런 마무리는 제 일이었어요."

리옌이 남은 음식들을 반찬 통에 담는 동안, 승헌이 재빨리 고무장갑을 끼었다. 당연히 리옌이 말리려 했지만 이미 수세미를 들고 세제를 묻히며 작업에 착수한 제 처남을 이길 순 없었다.

음식들을 다 넣어 두고, 상을 깔끔하게 닦아 원래 있던 자리에 두고, 바닥까지 물티슈로 한번 훑고 나니 그의 일은 다 끝났다. 하지만 산더미처럼 쌓인 설거지는 끝이 날 기미가 보이지 않았다. 리옌은 승헌의 옆에 서서 그릇 씻기를 자처했다. 승헌도 끝내 거절하진 않았다. 두 남자는 식기 부딪히는 소리를 내며 재빨리 설거지를 마쳤다.

"형님, 누나는 자요?"

리옌이 마지막 그릇까지 식기 건조기에 넣으니 승헌이 고무장갑을 벗으며 물었다. 리옌은 고개를 저었다. 내일은 주말이고 오늘 한껏 들뜬 듯하니 아마 일찍 자진 않을 터였다. 아마 아직 씻고 있을지도 모르고.

"아니."

"그럼 누나 먼저 자라고 하고, 우리 둘이 잠깐 걷고 올래요? 줄 것도 있는데."

승헌이 이런 제안을 한 건 처음이었다. 리옌은 지금이 그들 관계의 어떤 분기점임을 깨달았다.

고개를 끄덕이고 안방에 들어가니 욕실에서 물소리가 들렸다. 리옌은 노크하고 욕실 문을 열었다. 유주는 이제 샤워를 거의 끝낸 듯, 거품을 씻어 내고 있었다.

"왜?"

멍청하게도 리옌은 그 순간 잠시 움찔했다. 안 그래도 결혼한 이후에도 계속 그녀의 맨살만 보면 만지고 싶고 끌어안고 싶어 안달하던 리옌이었다.

눈앞에 제 아내의 뽀얀 나신이 적나라하게 드러나 있는데 반응하는 건 당연한 일이었다.

하지만 지금은 육욕에 눈이 멀 때가 아니었다. 그는 애써 머리끝까지 치솟으려는 열기를 다스리려 시선을 돌렸다. 저 여자는 앞으로 평생 그의 것이었지만 기회는 지금 가면 언제 다시 찾아올지 모른다.

"잠깐 나갔다 올게."

"응? 어딜."

"잠깐 이 앞에. 처남이랑. 먼저 한 바퀴 돌고 오자는데."

유주는 잠시 멍한 표정이었다. 그러나 이내 '승헌이 먼저 청했다'는 말 속에 어떤 의미가 담긴 것인지 깨달은 듯 환하게 웃었다.

씨발 돌아 버리겠네.

알몸의 서유주가 자기를 보며 환하게 웃고 있는 현실을 뒤로하는 걸음이 무거웠다. 하지만 충분히 그럴 만한 가치가 있는 일이라 생각하며 리옌은 가까스로 욕실 문을 닫았다.

하지만 방 밖으로 나서는 데에는 십 분의 시간이 더 필요했다.

"이거요."

다소 시원하게 느껴지는 밤공기 속에서 승헌이 리옌에게 건넨 것은 하나의 통장이었다. 통장인 것만 알아볼 수 있었다. 도통 무슨 목적인지는 알 수 없어 리옌은 섣불리 그를 받아 들지 않았다.

"이게 뭔데?"

"통장이죠."

"그러니까 누구의?"

"누나 거요."

리옌은 자신의 이해력이 부족함을 느껴 본 적 없는 만큼, 승헌이 왜 서유주의 통장을 자신에게 건네는 것인지 이해하려 부단히 애를 썼다.

결혼 4년 차가 목전인 지금까지 서유주에게 자신이 모르는 부분이 있었다는 것으로 받아들여야 할까, 아니면 가족들 간에 숨기고 있던 것을 이렇게 오픈함으로써 자신을 완전히 한 가족의 일원으로 수용하겠다는 의미로 이해해야 할까 하고 말이다.

그리고 승헌은 유주와 같은 서씨였다. 그는 이내 제 매형의 복잡한 속내를 알아챈 듯 멋쩍은 표정으로 시선을 돌렸다.

"전에 아버지가 사무실 정리한 돈이랑, 이번에 재산 처분한 거 일부 들어가 있어요. 미리 재산 분배해 주시는 건데, 아버지가 주면 안 받을 거 같아서 매형 주는 거니까 잘 챙겨 두고 있다가 여차하면 써요."

리엔은 그 말에 아연실색했다. 그저 듣기 좋은 말이나 서로 몇 마디 나누는 게 고작일 줄 알았다. 그러나 이 통장은, 이건 그가 받아 들 게 아니었다. 설령 받는다 해도 유주가 몰라선 안 되는 거였다.

"아니, 내가 이건, 좀……."

"내 독단으로 매형 주는 거 아니에요. 누나 줘도 안 받을 게 뻔하니 아부지가 매형 편에 맡겨 두라고 그러더라고요."

"그럼 장인어른은? 앞으로 어쩌시려고 갑자기 재산을 처분하셔?"

리엔의 말에 승헌이 하하, 작게 웃었다.

"아버지 이제 저희랑 살 거예요. 이미 준비도 다 끝났고요."

"……그걸 왜 미리 상의하지 않은 거지?"

때 아닌 폭탄 발언이었다. 그에 리엔은 저도 모르게 뾰족한 말투로 되물었다. 물론 정식 첫 만남에서부터 때려 죽여도 둘 사이를 반대할 정도였던 승헌이 그 말투에 위축될 리 없었다. 오히려 그는 살짝 웃으며 코끝을 긁었다.

"이제 누나가 어쭙잖게 책임질 시기는 지났어요, 매형."

이번에는 정말 무슨 말을 하는 건지 못 알아들었다. 리엔은 멍청하게 되물었다.

"뭘?"

"매형은 모르겠지만 누나가 좀, 가족들 사이에서 겉돌고 그랬어요. 딱 봐도 그렇잖아요. 매형 만나기 전부터 하면 누나가 집 나가 산 게 거의 햇수로 십 년인데."

창진이 서울로 대학을 가라고 한 이유는 해 줄 수 있는 건 다 해 주고 싶어 서였고, 유주가 그 말에 순순히 따른 건 제 나름대로 삼촌의 기대에 부응하 고 싶어서였다. 거기다 창진은 말이 없었고, 유주는 속내를 드러내는 편이 아니었으니. 서로의 생각이 어떤지 막연하게 알고 있으면서도 그런 감정을 어찌 토로해야 하는 줄도 몰랐다.

감정의 골이 있다고 말할 정도는 결코 아니었지만, 그리고 말로 해야만 서로의 흉중을 헤아릴 정도로 먼 사이도 아니었지만…… 아무리 가까운 사 이여도 말로 전하지 않으면 모르는 것들이 있었다.

"누나가 결혼하겠다고 그렇게 대책 없이 빽빽 우긴 거 보고, 아버지가 무 척 괘씸해하면서도 내심 좀 좋아하긴 했어요. 아무래도 누나는 좀 일찍 철이 들었다고 해야 하나. 게다가 그래 봬도 머리가 좋잖아요. 그건 서씨 집안 유 전이지만."

리옌도 같이 지내며 알 수 있었다. 유주는 아무리 상대가 관용적으로 굴 어도 한 번은 꼭 눈치를 살폈다. 그 행동이 진심인지 아닌지, 자꾸 본능적 으로 한 번 파악해 보려는 것이다.

그건 사태를 제 입맛대로 굴리려는 계산에서 나온 영악함 따위가 아니었 다. 그저 그녀는 원래 그랬다. 태생부터 그랬는지 아닌지는 알 수 없지만 방만해지는 와중에도, 아직 유주는 가끔 리옌을 살폈다. 제삼자의 관조적인 눈빛으로 그의 반응과 행동을, 그리고 감정을 훔쳐보았다.

아마 그건 평생 고쳐지지 않을 악질적인 행동인지 모른다. 리옌은 누구 에게라도 당당하게 '서유주는 내 앞에서 가장 편해진다'고 말할 수 있었지 만 왕왕 보이는 그런 행동에 괜한 측은함을 느꼈다.

어쩌면 자신도 같을지 모르면서, 그랬다.

"그러니까 이번에 아버지도 머리를 쓰신 거지. 재산 정리해서 자식들이랑 같이 살 거다, 하면 또 누나는 분명 고민할 거란 말이죠. 잠깐이라도 모시는 게 옳은가, 매형한테 얘기는 어떻게 꺼내야 하나, 모신다고 먼저 말을 해야 할까 등등."

"나는 찬성이야."

"매형이 찬성인 건 나도 알고."

승헌이 낄낄거리며 그의 어깨를 주먹으로 가볍게 툭 쳤다. 친애의 표시였다. 리옌은 그저 막연하게나마 느꼈던 '가족'의 울타리 안에 제가 제대로 영입되었음을 그 순간 깨달았다.

그래. 이게 가족이었다. 한 치의 의심도 없이 받아들여질 것이라 믿는 것. 제 의견에 반대할 것이라 생각지 않는 것. 그저 당연한 것.

"그리고 아부지가 우리 집에서만 머문다고는 안 했어요. 좀 지내다 지겨워지면 매형네 집에 가서 신세 좀 질 거라 하시더라고. 뭐, 예담이도 이제 이쪽에 취직한다고 이력서 돌리고 있고…… 아, 맞다. 그 녀석 집도 얼마 전에 얻었어요. 대학로 쪽에."

"……그럼 다들 상경하는 건가?"

"아무래도 이제 아버지 나이도 있고, 건강도 챙기고 해야 하니까요. 원래는 내가 낙향할까 했는데 또 그건 아버지가 싫어하시고. 어쨌든 말 나온 지는 꽤 됐어요. 이번에 마침 집까지 팔려서 시기가 좀 앞당겨진 거지."

"그래도 이건 못 받아."

하지만 창진이 서울로 올라와 지내는 것과 리옌이 유주를 대신해 그의 재산 일부를 미리 넘겨받는 건 별개의 문제였다.

창진과 함께 사는 거? 그거야 리옌도 원하는 바였다. 이 나이 먹고 우스운 경험이기는 했지만 집안에 '어른'이 있다는 건 그 존재만으로도 자신이 보호받는 기분이었다.

그 생각은 그가 보호받아야 하는 상황이 되었을 때, 창진이 그를 진짜 보호해 줄 것이냐 아니냐는 부분과는 완전히 별개였다.

리옌은 벌써 나이를 먹을 만큼 먹었다. 이미 서유주와 만날 때에도 충분히 사회적 위협 상황에 대처할 수 있는 나이였다. 이제 지금, 누군가가 어떤 비열한 방식으로 유주를 비롯한 그의 '가족'들에 손을 대려 한다면 충분히 대응할 수 있었다. 창진이 손을 쓸 시간도 주지 않을 것이다. 이젠 리옌에게도 지켜야 할 것이 생겼다.

거기에 어떤 형식과 방식으로든 대가가 오고간다면 그 관계는 변질될 터였다. 그건 원치 않았다. 리옌이 원하는 형태의 가족은, 벌써 구축되었다.

"매형. 내가 말을 원래 좀 음…… 그리 잘하진 못하는 거 이해 좀 해 줘요."

리옌의 단호한 태도에 승헌은 시선을 이리저리 굴리더니 머뭇거리며 입을 열었다. 대개 그랬다. 저런 식의 말이 나오면 그 내용은 거의 듣기 좋은 부류의 것이 아니었다. 그러나 오해하지 말라는 화법 또한 유주와 닮았으니, 그 내용에 가식이나 악의는 없을 터였다. 리옌이 고개를 끄덕였다.

"말해."

"사람이 왜, 그 특유의 분위기라는 게 있잖아요."

"그렇지."

"그래서 하는 소린데. 그, 뭐시냐. 매형……."

리옌이 편하게 얘기하라는 듯 고개를 끄덕였지만 승헌은 여전히 머뭇거렸다. 하지만 리옌은 알았다. 저러다가도 이내 할 말 못 할 말 다 터놓을 거였다. 그게 승헌이 입버릇처럼 말하는 '서씨' 집안사람들 특징이었다.

"그, 매형도 보면 그, 좀 어, 이래저래 재고 따지고 그래야 하는 상황에서 자란 건 알겠는데요."

게다가 정말 눈치가 귀신이었다. 리옌은 그렇게 자신의 결핍이 티가 났나 쓰게 웃으며 계속 이야기하라며 눈짓했다. 승헌이 헛기침을 하며 재차 통장 든 손을 그에게 내밀었다.

"아부지가 매형에게 이걸 주라고 한 건, 무슨 대가로 주고, 뭐, 재산을 노리고 왔으니 먹고 떨어져라 이런 의미는 아니에요. 굳이 그, 제가 뭐 아부지 마음을 완전 꿰뚫고 있는 건 아니지만 그냥……."

"그냥?"

"……마음을 직접 표현할 방법은 원래 많지가 않잖아요. 말이든 행동이든. 그런데 아부지가 좀 뭐냐, 말이 좀 부족하고. 원체 좀 무뚝뚝하고 그렇잖아요. 웃긴 게 친자식도 아닌데 누나가 아부지 제일 많이 닮았어요. 예담이 그거나 나나 별로 아부지 닮지도 않았는데."

그 말을 하며 승헌은 쑥스러워 보였다. 그리고 아까부터 그를 향해 내지른 손이 살짝 떨리는 것 같아 보이기도 했다.

리옌은 대답 없이 그 낡은 통장을, 누가 봐도 오래된 것 같은 그 통장을 조심스럽게 받아 들었다. 그리고 가타부타 말도 없이 내용물을 꺼내 열어 보았다.

서유주 명의로 된 통장이었다. 첫 거래일이 몇십 년 전으로 되어 있는.

"원래 누나 거니까 매형이 잘 가지고 있다 전해 줘요. 아부지 완전 올라오시면 그때 또 자리 한번 만들 테니까 누나 안 놀라게 말도 좀 미리 잘 해주시고."

리옌이 통장을 받아 들자 승헌은 노골적인 안도의 한숨을 내쉬었다. 큰 부담을 하나 덜어 낸 것 같은 태도였다. 그는 잠시 망설였지만 이내 결심을 굳힌 듯 통장을 다시 비닐 백 안에 넣어 품속에 챙겼다.

"그래. 잘 전해 주지."

"그거 반절은 매형 몫이니까 누나한테 눈탱이 맞지 말고요. 챙길 건 챙겨요."

"……그래. 그렇게 할게."

"그럼 이제 들어가요. 벌써 무슨 시간이 이렇게 됐나 모르겠네."

제 할 말을 모두 마친 승헌이 홀가분한 표정으로 먼저 걸음을 옮겼다.

리옌은 어쩐지 제 발목이 무척 묵직해진 기분이 들었다. 아니, 어깨가 무거워진 것일까? 아니다. 무거워진 것은 제 심장이었다.

쉬이 걸음을 떼지 못하는 그를 돌아보며 승헌이 "안 가요?"라고 물었다. 리옌이 크게 숨을 들이마셨다. 어딘가 먹먹한 기분에, 콧속이 찡해졌다.

"아니. 들어가야지."

"그래요. 빨리 가요."

고맙다는 말을 하고 싶었다. 그냥 막연히 고맙고 또 감사했다. 하지만 이 기분을 그런 단순한 말로 전하면 안 될 것 같았다. 리옌은 아주 무겁게, 제 온몸을 짓누르는 이 버겁고도 북받치는 그리운 감각에 아주 천천히 걸음을 떼었다.

고작 한 걸음.

그리고 다시 그는 발을 멈췄다.

"내가…… 앞으로 모두에게 더 잘 할 거라고, 꼭, 날 대신해서 꼭 전해줘."

잠긴 목소리로 리옌이 내뱉은 말은 고작 그거였다. 더 이상 무슨 말을 해야 할지 알 수 없었다.

승헌은 딱 서너 걸음 앞에서 그를 돌아보며 고개를 끄덕였다.

"지금도 충분해요. 갑시다, 매형. 술기운 떨어지니 좀 춥네."

리옌이 간신히 질질 끌리는 마음을 추스르며 묵직한 행보를 이었다. 앞으로 그가 짊어지고 갈 인생의 무게이자 정(情)의 무게는 이토록 한없이 부담스러웠다.

기꺼이 짊어지고 싶은 책임감이었다.

* * *

"응……. 차가워……."

집에 돌아와 안방에 들어가니 유주는 당연히 잠든 채였다. 술기운이 제대로 오른 데다 따뜻한 물에 몸까지 담갔으니 몸과 마음이 아주 노곤하게 풀어진 듯했다.

리옌은 재빨리 몸을 씻고 머리를 반절만 말린 채 이불 속으로 파고들었다. 그녀의 등을 끌어안는 자세로 누워 거의 본능에 가깝게 제 아내의 윗옷 속으로 양손을 밀어 넣으니, 유주의 입에서 불평인지 잠꼬대인지 모를 앓는 소리가 작게 새어 나왔다.

아마 항의가 분명하겠지만, 리옌은 아랑곳하지 않고 더욱 그녀의 몸을 꽉 끌어안았다. 그의 품속에서 유주가 뒤척였다.

"미안. 많이 차가워?"

"응……."

전혀 미안하지 않은 목소리로 사과하니 유주가 역시 성의 없는 목소리로 대답했다. 하지만 잠에 취한 목소리와는 별개로 양 젖가슴을 부드럽게 움켜쥐는 리옌의 손등을 감싸는 손바닥은, 분명한 의식을 가지고 그의 감정을 진정시키고 있었다.

리옌은 눈을 감은 채 그녀의 목덜미에 바짝 붙어 크게 숨을 들이마셨다. 자신과 같은 바디 워시를 사용함에도 그녀의 체취는 유독 부드럽고 포근했다. 아마 특유의 살내음 덕일 터였다.

그 익숙한 체취에 절로 안심이 되었다. 지금껏 마음속 어느 한구석을 메우고 있던 실타래들이, 올올이 풀어지는 기분이었다. 그렇게 몇 번이나 숨을 들이마시길 반복하자 유주가 살짝 고개를 틀었다. 여전히 눈을 감은 채였다.

"무슨 일 있었어?"

"아니."

"그런데 왜……."

유주는 그 말을 하며 눈꺼풀을 들어 올렸다. 파르르 떨리는 속눈썹이 무척 무거워 보였다. 게다가 눈빛 또한 졸음이 한 꺼풀 끼어 희미하기만 했다.

그러나 그 가운데서도 그를 향한 관심의 불꽃이 반짝이는 게 느껴졌다. 리옌은 그녀가 자신을 이토록 세심하게 살펴 주는 게 좋았다. 너무 좋아서, 가끔은 죽고 싶을 정도였다.

"왜 울어, 멍청아."

"그냥……."

내가 울고 있었나. 리옌은 유주의 말마따나 멍청하게 제 눈시울이 젖어 있는 것을 그제야 알았다. 눈가를 닦아 내기 위해 그녀의 옷 속에서 손을 거두려는데 유주의 행동이 조금 더 빨랐다.

그녀는 몸을 살짝 틀어 리옌을 마주 보았다. 그러더니 그대로 얼굴을 쓰다듬어 주었다.

"승헌이가 뭐라고 했어?"

"아니."

"그럼 뭐, 그새 무슨 일이라도 있었어?"

"아니, 그냥……."

처남이 나를 완전히 가족으로 받아들여 준 것 같아. 장인어른도 마찬가지야. 당신 어릴 때 만들어 둔 통장으로 정리한 재산 일부를 미리 넘겨주셨는데, 그 반절은 내 몫이래. 그리고 곧 장인어른이 처남 네랑 합가하신다더라 등등.

할 말은 많았다. 하지만 무엇 하나 급한 게 없었다. 지금 당장 리옌이 하고 싶은 말은 다른 거였다.

당장 하지 않으면 그대로 짓눌려 죽을 것 같은 말.

"지금 너무 행복해서, 이상하고 무서워……."

"……."

"그냥 너무, 너무 좋아……."

"너 긴장 풀리면 울더라. 웃겨."

유주가 푸스스 웃으며 그의 머리를 끌어안아 제 품으로 당겼다. 그대로 폭 파묻히기 전, 리옌은 유주의 옷 속에서 손을 빼내 그녀의 허리를 단단히 감았다. 둘이 한 몸처럼 엉켰다. 빈틈이라고는 눈을 씻고 찾아봐도 보이지 않을 정도로 아주 강하게.

"좋으면 웃어, 좀."

"……."

"뭐 얼마나 좋은 소릴 들어서 우는지는 모르겠는데, 앞으로는 좋은 일 있으면 웃고 살자. 사람 놀라게 이게 뭐니?"

"……청아 보고 싶어."

"지금 깨우면 언제 재우려고? 좀 자자. 걔가 어디 도망가는 것도 아닌데, 아침에 보면 되지."

"그런가?"

"그래. 올케가 아까 애 둘 재운다고 얼마나 고생했는데. 걔 아침 되면 은하랑 또 설레발치느라 우리 또 전쟁일 거야. 그러니까 빨리 자자. 나 정말 졸려."

벌써 그리 말하는 유주의 눈이 가물가물 감기고 있었다. 그녀의 품속에서 얼굴을 가슴에 마구 비비적거리자 작은 웃음이 터져 나왔다. 간지러워, 그리 말하며 리옌을 더욱 세게 끌어안는 유주의 품은 한없이 부드러웠다.

리옌은 가까스로 숨을 참으며 눈물을 삼켰다. 왜 자신이 우는 것인지는 모르겠지만 이제는 확실히 알았다.

불완전은 불행과 같은 뜻이 아니었다. 오히려 완전함을 추구할 수 있는 전제 조건이야말로 불완전이자 부족함이었다.

리옌은 모자란 삶을 살았고, 모자란 사람이었다. 하지만 그런 그도 충분히 사랑해 주고 마음을 주는 이들이 이제는 이만큼이나 있었다. 오롯이 편히 기대어 쉴 수 있는 안락한 품도 있었다.

이 정도면 제법 완전하지 않은가.

"사랑해, 서유주."

리옌의 먹먹한 고백에 유주는 "응."이라며 건성으로 대답했다. 이미 잠에 빠진 모양이었다.

완벽한 정답이 되어 주겠다고 호언장담했던 리옌이었지만 결국, 그가 완벽한 정답이 되는 것보다 서유주가 그의 인생에 완전한 정답이 되는 쪽이 더 빨랐다. 충족되는 길 없이 모자란 자신을 채워 주는 존재들이 먼저 등장했다. 그들에게 제 인생의 일부를 약탈당하는 것이 오히려 행복했다. 그저 행복했다.

"사랑해, 유주."

"응⋯⋯. 나도."

기어이 잠꼬대로라도 원하는 답을 얻어 낸 남자는 제 여자의 품속에서 웃었다. 그리고 현명한 제 아내의 조언에 따라 눈을 감았다.

아침이 되면 또다시 복에 겨운 비명을 지를 터였다. 악의 없는 전쟁이 벌어질 터이고, 애정 넘치는 불벼락이 집안을 메울 것이다.

그것이 상상에 그치지 않는다는 것. 그게 현실이라는 것. 이 두 가지가 뼈에 사무치도록 기꺼웠다.

리옌은 다시 한번 유주에게 사랑한다고 속삭이며 잠을 청했다.

그토록 원하던 내일을 맞이하기 위해 필요한 것은 충분한 휴식이었다.

외전 3

「도대체 이건 뭘 만든 건데? 곤죽?」

랴오위가 젓가락 쓰기를 포기하고 수저를 들었다. 큼직한 그릇 안에 든 건 분명 국수였을 테지만, 이미 퉁퉁 불대로 불어 버린 터라 젓가락으로 도저히 집어들 수 없는 수준이 아니었다.

그렇다고 다른 건 괜찮으냐고 묻는다면 할 말이 없었다. 어떻게 한 건지 토마토 계란탕의 색은 아주 탁했다. 채소 볶음은 그 크기와 익힌 상태가 제각각이었고, 중앙에 쌓인 볶음밥은 무슨 재료를 넣었는지 냄새가 이상했다.

「……그러니까 오늘은 나가서 먹자니까.」

평소 제 오빠 말이라면 껌뻑 죽는 카이화조차 이와 같은 참담한 상차림에 난색을 표했다. 하지만 리옌은 꿋꿋했다. 그의 뻔뻔한 낯짝 위로 그 생각이 투명하게 비쳐 보였다.

'처음부터 다 잘하는 사람이 어디 있어? 이렇게 실수도 해 가며 배우다 보면 실력도 늘고 그러는 거지.'

「오늘은 간만에 다 같이 모였으니까.」

「그러니까 기분 좋게 사 와서 먹으면 될걸!」

거기다 가책 따위 요만큼도 느껴지지 않는 말까지 없으니 아주 금상첨화였다. 사람 속을 뒤집어 놓는 데 금상첨화.

결국 랴오위는 분통을 터트리며 오늘 저녁 식사 당번을 리옌에게 맡긴 것을 후회했다. 하여간 뭐든 처음 하는 것도 '잘한다'고 바락바락 우기는 리옌의 성미를 진작 알아봤어야 하는데. 이건 온전히 그의 불찰이었다. 집 청소를 잘 할 수 있다기에 맡겼더니 재주 좋게 천장 구석에 구멍을 뚫어 둔 놈의 말을 믿어 버리다니⋯⋯.

「먹어도 안 죽어요. 내가 먹어 봤는데 맛은 괜찮았어.」

「넌 네 입맛을 믿어? 내가 믿어야 해? 어?」

「리 오빠, 진정해요. 그리고 오빠는⋯⋯ 앞으로 요리하지 마.」

「처음부터 잘하는 사람은 없어.」

「하지만 이 정도로 망치기도 어려워, 새끼야. 넌 앞으로 주방에 절대 들어가지 마.」

랴오위의 엄포에 리옌이 불퉁한 표정을 지었다. 어영부영 같이 지낸 지 두 해가 넘어가다 보니 이제 눈에 훤히 보였다. 저건 고집을 꺾지 않겠다는 간접적인 의사 표명이었다.

「도대체 무슨 바람이 불어서 요리를 하겠다는 건데?」

익다 못해 녹아 버린 숙주를 젓가락으로 집어 들며 그가 타박했다. 맛을 볼 엄두도 나지 않았다. 상태를 보아하니 전분과 소금, 후추 정도일 것 같은데 채소 볶음에 전분을 넣는 것도 때와 장소를 가려야지. 그냥 볶아도 맛있는 채소를 이렇게 낭비하니 상심한 건 랴오위도 마찬가지였다.

「그러니까. 갑자기 왜? 우리 이제까지 잘만 지냈는데.」

카이화도 한마디 거들었다. 랴오위도 그게 제일 궁금했다. 도대체 무슨 바람이 불어서?

그들은 함께 지내며 식사를 거의 외식으로 때웠다. 카이화는 학교에 다니며 점심을 그곳에서 해결했고, 친구를 사귀며 간혹 저녁도 먹고 들어왔다.

랴오위는 얼마 전부터 싱하오의 일을 본격적으로 맡으며 식사는커녕 집에 들어오는 것도 오는 둥 마는 둥 했다. 상대적으로 한가한 리옌이었지만 그도 사정은 마찬가지. 저녁에 이렇게 얼굴을 맞대고 셋이 한자리에 있는 것조차 간만이었다.

그런데 이런 개죽 같은 저녁을 앞에 두고 있자니 반가움보다 심란함이 앞섰다.

계속된 타박에 리옌이 고개를 슬쩍 돌렸다. 속상해하는 것 같았다.

「저녁이라도 같이 먹으면 좋잖아요.」

아이고야…….

삽시간에 밥상 앞 분위기가 숙연해졌다. 철없이 식자재를 날려 버린 제 오라비를 타박하던 카이화도 눈썹을 팔자 모양으로 휘며 랴오위에게 눈짓했다. 이 분위기를 어떻게 타개하냐 이거다.

랴오위라고 답이 있나.

염병. 솔직한 말로 이건 음식물 쓰레기로 내다 버려도 아무도 눈치채지 못할 것이다. 누가 봐도 상한 데다 철 지난 것으로 보이는 음식들인데 누가 이걸 멀쩡한 식사라고 생각할까. 그 사람의 안목을 떠나서 그건 거의 요행수를 바라는 도박꾼의 심정과 같았다.

「……됐다. 어쨌든 차린 거니까 먹자.」

요리도 못하는 새끼가 주방에 서서 몇 시간 동안 개짓거리한 걸 알았으니, 게다가 그 개짓거리가 헛짓거리가 아니길 바라는 그 마음도 알았으니 이대로 내다 버릴 수는 없는 노릇이었다.

결국 랴오위는 무거운 마음으로 수저를 떴다. 국수 면발을 건질 수 없으니 그냥 죽처럼 퍼먹는 게 나을 성싶었다. 그런데 씨발. 이건 진짜 아니었다.

칭리옌, 이 새끼 혹시 나 멕이나?

그런 생각을 하며 랴오위는 최대한 혀의 감각을 죽인 채 묵묵히 식사했다. 몇 번 카이화와 시선을 나누기도 했다. 그녀의 표정도 랴오위와 별반 다르지 않은 것으로 보아 생각하는 것도 비슷비슷할 터였다.

이 상황에 제일 신난 건 리옌 하나였다. 결국 랴오위는 식사 후, 담배를 피우고 오겠다며 나가서 소화제를 두 통 샀다. 리옌 몰래 카이화에게도 한 통을 주니 좋다고 받아 갔다.

어떻게 해야 저 새끼가 집에서 아무것도 안 할 수 있을까.

남의 쓰라린 속사정 따위는 눈치채지 못한 채 바짝 마른 옷가지를 제멋대로 개켜 놓는 리옌을 보며 랴오위가 한숨을 삼켰다.

가족에 대한 열망과 애착이 강한 녀석이라는 건 금세 알아볼 수 있었다.

여덟 살인가, 아홉 살인가. 하여간 가족들 사랑을 한창 많이 받았을 당시에 부모님을 여의었으니 오죽할까. 물론 그렇다고 리옌이 응석받이라는 건 아니었다. 오히려 응석받이는 카이화였다. 리옌은 그저, 생활력이 참 강했다. 가끔 좀 약했으면 싶을 정도로.

그래도 근성이 있다는 건 좋은 거였다. 벌써 리옌도 열네 살. 둘이 지진밍의 밑으로 들어간 지 2년이 지났으니 생각보다 시간이 빨랐다. 셋이 하는 생활도, 점차 안정되어 가고 있었다. 비록 아직까지는 둘 다 말단인 데다 엄밀히 말해 잡일밖에 처리하지 못하는 쓰레받기 신세라고 해도, 일단 의식주가 안정된 생활이라는 것 자체가 중요한 거였다.

「여기, 차.」

「고마워. 내일은 너도 현장 나가나?」

「예, 뭐. 형은?」

「나는 안 가. 이제 막 점포 돌기 시작했거든.」

「그럼 뭐. 내일 카이화 저녁은 형님이 챙겨 줘요.」

리옌은 거리감이 줄어들며 반말과 존댓말을, 형이라는 단어와 형님이라는 단어를 혼용해서 사용했다. 아직 상대와 얼마큼 가까이해야 하고 거리를 두어야 하는지 갈피를 잡지 못한 것이다.

철든 척하지만 여전히 앳된 놈이었다. 실제로 풋내가 나는 것도 같았다. 랴오위는 리옌에게 찻잔을 받아 들고 거실 창 쪽으로 다가갔다. 창을 조금 열고 담배를 무니 눈치 있게 녀석이 재떨이를 가지고 왔다. 대가리가 덜 여물었다고 해도 조직 밑에서 눈칫밥으로 굴러먹은 기간이 있으니 남의 비위를 잘 맞췄다.

「너는? 늦게 올 거 같아?」

「치안츠 녀석들이 장난이 아니라고 들었거든요. 내일 내가 들어올 수나 있으려나.」

싱하오는 다른 조직들에 비하면 아직 신생 조직에 불과했다. 돈은 있는데 아직 사람이 많이 없었다. 그러다 보니 나이가 많고 적고 간에 필요하면 굴렀다. 랴오위는 저도 모르게 혀를 쯧, 찼다.

현장에 나간다는 건 충돌에 휘말릴 가능성이 크다는 거였다. 랴오위도 몇 번인가 현장에 나갔고, 두 번인가 칼을 맞았다. 한 번은 총을 들고 온 미친 놈에게 뒈질 뻔도 했다. 그때 병수발을 든 게 리옌이었다. 굳이 자기도 옆에서 병수발하겠다는 카이화의 등을 떠밀어 집 밖으로 내보내고, 그는 이틀이나 조직 사무실에 출근하지 않았다. 3일째 되는 날 퇴근한 리옌은 얼굴이 죄 터져 있었다.

그게 작년이었나, 재작년 끝물이었나. 하여간 벌써 리옌이 현장을 뛸 때가 되었다. 그의 무덤덤한 대답은, 랴오위가 처음 현장에 나갔을 때와 마찬가지로 최악을 상정하고 있음을 나타냈다.

「별거 아냐. 지난번 술집 사건 때 나도 부딪혀 봤는데 목소리만 큰 놈들이더라고. 혹시 금목걸이 두 개 찬 놈 있으면 대머리라고 도발해 봐. 눈깔 뒤집혀서 흥분하다 제 발에 제가 걸려 넘어질 거다.」

「경험담이에요?」

「어. 그놈 대가리 깼을 때 알아챘지.」

「하하.」

리옌은 그 말이 농담인 듯 유쾌한 웃음을 터트렸다. 랴오위는 웃게 내버려 두었다. 웃을 수 있을 때 웃어 둘 여유 정도는 배부르고 등 따시면 생기는 법이었다. 게다가 살아 있지 못하면 부릴 수 없는 여유이기도 했다.

「내일 피는 터져 올 테니 너 퇴근하면 고기나 먹으러 가자.」

「형님이 사 주게요?」

「어.」

「근데 나 기다리다 너무 늦어지면 카이화는? 걔 좀 커야 해요. 삐쩍 곯은 거 보면 안쓰러워 죽겠다니까.」

아니지. 진짜 여유는 이런 건가?

랴오위는 곧 죽어도 카이화 밥은 굶길 수 없다는 리옌을 보며 픽 웃음을 터트렸다. 제 여동생을 끔찍이 여기는 건 알았지만 누가 보면 제가 업어 키운 줄 알 것이다.

그리고 보니 랴오위와 만나기 전, 둘의 생계는 오로지 리옌 혼자 짊어지고 있었다고 했다. 일 년인가 일 년 반인가. 하여간 어린놈이 하기에 쉬운 일은 아니었는데. 역시 근성이 있었다.

「그럼 카이화는 저녁을 먹여 두고…… 모레 학교에 가야 하니 재워야겠군. 네가 돌아오면 둘이서만 간단하게 한잔하는 걸로 하고.」

「황주 말고 맥주로요. 형이 마시는 건 너무 독해.」

「그래.」

「내일 저녁은 정말 간단하게만 해요. 카이화도 먹여야 하니까 고기는 모레.」

「알겠어.」

또박또박 따지고 드는 저 성질머리는 도대체 누굴 닮은 걸까. 랴오위는 리옌의 머리를 쓰다듬듯 한 번 푹 눌러 주고는 자리에서 일어났다.

애 앞에서는 찬물도 못 마신다는데 너무 말이 많았다. 랴오위는 아까 한 말은 반은 흘려들으라고 말하려다 그냥 입을 다물었다. 너무 잔소리가 많다

싫기도 했고, 아무리 리옌이 머리에 피가 몰린 나이라지만 정말 대나 가나 정도 없이 달려들까 싶은 마음도 있었다.

그 정도로 생각 없는 놈은 아니니 괜찮겠지. 랴오위는 불만 붙여 놓고 한 모금 제대로 빨지도 못한 담배를 비벼 껐다. 리옌은 그걸 물끄러미 바라보다 먼저 씻겠다며 쪼르르 욕실로 도망쳤다.

「요즘 회수금이 영 떨어지는데.」

사사건건 시비 거네. 대머리 돼지 새끼가.

랴오위는 구역장의 비위를 맞추기 위해 똑바로 선 채 고개를 숙였다. 얼마 전 새로 온 구역장은 손가락까지 살이 찐 사십 대였다. 얼굴에 심술보가 그득그득해서 안 그래도 불안하던 참이었는데, 점포마다 보호비 회수 액이 낮아졌다고 사람을 쪼고 유난이었다. 온 지 20일밖에 안 된 주제에 말이다.

「어? 이 새끼야. 대답해야지.」

「죄송합니다.」

랴오위는 그대로 선 채 사십여 분이나 싫은 소리를 듣다 사무실을 나섰다. 하여간 밑에 놈들 뺑이 돌리는 건 윗대가리들의 특징인가. 오늘 하루 업장별로 가서 삼십 분에서 한 시간씩 상황을 보고 보고하라는데 이게 뭔 헛짓거리인가 싶었다.

「씹새끼.」

일하는 놈들 기죽이고, 업장들에 엄포 놓겠다는 속셈을 누가 모르겠는가. 랴오위가 답답한 건 그걸 알면서도 쪼아야 한다는 거였다. 닦달한다고 해결될 일 같았으면 얼마나 좋겠는가.

「이제 슬슬 리옌은 현장 뛸 때 됐고, 카이화는 몇 시에 오려나.」

랴오위는 곧바로 업장으로 나가지 않고 잠시 사무실 근처에서 담배를 물었다. 하늘이 어둑어둑했다. 이르면 저녁, 늦으면 밤중에는 한바탕 비가 쏟아질 것 같았다.

항쟁이니 뭐니 하는 거창한 단어로 포장한들 본질은 개싸움이었다. 비가 오면 가게들도 적당히 문을 닫고 경기들도 취소되는 것처럼 싸움도 슬슬 종식될 테니, 오늘 저녁은 그리 늦어지지 않을 것 같았다.

「에이, 씨발.」

역시 감당하려 했지만 기분이 더러웠다.

랴오위는 리옌을 만나기 8개월 전에 가족을 잃었다. 당 측에 의한 숙청이었지만 그게 정치적 계산임과 동시에, 남은 삼합회 잔당들의 씨를 말려 버리겠다는 계략임을 모를 정도로 랴오위는 어리지 않았다. 애당초 한 번이라도 삼합회에 적을 두었다면, 그 잔을 먼저 거두어 들일수도 없었으니 어쩌면 이미 예견된 결과이기도 했다.

하지만 속이 쓰린 것은 어쩔 수 없었다. 그나마 그가 목숨이라도 부지한 건 진작 이런 사태가 벌어지리라 예상했던 부모님 덕분이었다. 마음 같아선 두 동생들까지 데리고 나오고 싶었지만 상황이 가능할 리 없었다.

가까스로 부모님의 옛 지인들의 도움으로 밀항하는 배에 올라탔을 때, 그의 남은 가족들이 당청에 끌려갔다는 이야기를 들었다. 그게 마지막이었다.

「연락을 해 볼 수도 없고.」

그래서 황슈란의 소개로 리옌과 카이화를 처음 보았을 때, 마치 생사를 알 수 없는 제 두 동생들 같았다. 물론 제 동생들은 큰 놈이 계집이고 작은 놈이 사내긴 했지만 절로 연상되는 건 어쩔 수 없었다.

특히 리옌에게는 더 마음이 갔다. 아무래도 제 처지와 비슷하기에 그런 것 같았다.

그런 어린놈을 데리고 한다는 짓이 결국은 조직 폭력배 나부랭이였다. 조직의 영달이니 가문의 복권이니 하는 건 죄다 개소리였다. 결국은 개 같은 짓으로 망한 놈이 개 같은 짓을 되풀이하는 거였다.

그런 죄책감 따위야, 어느 정도 살 만해지면 사라지겠거니 싶었다. 하지만 역시 이 뭐 같은 기분은 쉬이 사그라지지 않았다.

아마 죽을 때까지 이 모양 이 꼴이지 않을까. 시간이 지날수록 조금씩 무뎌지긴 하겠다만.

「뒤지지는 않겠지 뭐.」

무심한 척 말을 내뱉었지만 그 말이 되레 족쇄처럼 걸음을 무겁게 했다. 죽지는 않겠지. 그렇게 생각하려 애썼다. 뭐, 제 명줄이 그 정도밖에 안 된다면 어쩔 수는 없다만 안 죽었으면 싶었다. 안 그래도 밑바닥만 긁어 가며 여기까지 살았는데 고작 열넷에 죽으면 그건 개죽음이었다.

「아.」

툭, 투둑.

하늘색이 영 재수 없는 잿빛이더니 기어이 빗방울이 떨어지기 시작했다. 랴오위는 필터 부분까지 담배를 세게 빨아들이고는 길바닥에 꽁초를 던지며 뛰었다.

먹고살 만해졌다고 아직 헤프게 돈을 뿌릴 정도로 생활이 넉넉해진 건 아니었다. 우산을 사느니 뛰는 편이 아직까진 더 경제적이었다.

하지만 리옌은 비를 맞으며 오지 않았으면 싶었다.

「형. 문 좀.」

오후부터 조금씩 내리기 시작한 비는 저녁 어스름이 깔리기가 무섭게 세찬 비로 면모를 바꾸었다.

정작 비는 카이화가 맞고 왔다. 친구들과 밖에서 같이 비를 피하길 기다렸으나 결국 그치지 않았다며 툴툴거리는 녀석의 머리를 닦아 주고 물을 끓여 욕실에 가져다주었다. 저녁을 챙겨 먹이라는 리옌의 당부를 잊지 않고 밖에 나가 먹을 걸 사 오니, 마침 카이화가 잠옷으로 갈아입고 그를 기다리고 있었다.

단출한 식사를 끝내고 카이화의 숙제를 봐 주니 아홉 시였다. 단발성으로 끝날 거 같았던 비는 그칠 기미가 보이지 않았다. 카이화도 마침 랴오위와 같은 생각이었는지 '혹시 오빠 언제 오는지 알아요?'라고 물었다.

그런 그녀를 달래 재운 시각이 열 시. 랴오위는 제 예상보다 늦어지는 리엔의 귀가에 괜한 초조함으로 담배 필터만 연신 씹었다. 분명 양아치들 패싸움에 지나지 않을 텐데. 이렇게 늦을 일이 아닌데 괜히 늦으니 점점 짜증만 늘어갔다.

「리엔?」

현관문에 쾅쾅 소리가 난 건 새벽 두 시경이었다. 랴오위가 재빨리 자리에서 일어나 문을 여니 머리와 팔, 배에 붕대를 감은 채 비에 홀딱 젖은 리엔이 멋쩍은 표정으로 서 있었다.

붕대는 감은 지 얼마 안 되는 듯 피와 빗물에 젖어 이미 제 역할을 하지 못하고 있었다. 게다가 피가 비쳐 보이는 것도 심상찮았다. 랴오위는 현관에서 비켜 그가 들어올 수 있도록 길을 터 준 뒤, 거실 구석의 의료 상자를 끌어 왔다. 다치는 게 일상다반사이다 보니 병원만큼은 아니어도 어느 정도 조치는 집에서 가능했다.

「얼마나 다쳤어?」

「배를, 배를 찔렸는데…….」

「머리랑 팔은 뭐야?」

「스쳐서…….」

리엔이 헐떡이며 대답했다. 누군가에게 죄 얻어터진 적은 있어도 이렇게 부상을 입은 것은 아마 첫 경험일 터였다. 랴오위도 그랬다. 몸의 아픔보다 이루 형언하기 힘든 정신적인 통증에 고통스러워했다. 앞으로도 이런 일이 몇 번이나 반복될지 모른다는 두려움. 막막한 앞날. 그리고…….

「상대는?」

「둘. 처리했어요.」

「너 혼자?」

「응, 한 놈은 내 배 찌른 놈이고, 한 놈은 모르는 놈…….」

랴오위는 리옌을 앉혀 놓고 붕대를 풀었다. 상처를 보아하니 사무실에서 기본적인 응급 처치는 하고 온 모양이었지만 그 정도가 허술했다. 내일은 병원에 가서 보여 줘야지, 안 그러면 곪을 게 뻔히 보였다.

쯧. 혀를 차며 환부를 마른 수건으로 닦아 내고 소독약을 들이부었다. 리옌이 얕은 신음을 흘렸다. 아직 살부터가 덜 여문 말랑말랑한 채라 그런가 흉이 질 것 같았다. 안 남으면 요행이었다.

「잘했다.」

「어. 카이화 밥은요?」

「먹였어.」

그 와중에도 하는 질문이 제 여동생 밥 챙겨 줬느냐다. 절로 실소가 터졌다.

리옌은 누군가를 패고 신나서 날뛰는 부류가 아니었다. 그런 쪽이었다면 잔정을 두지 않아도 되었을 테고 걱정할 필요도 없었을 것이다. 비록 같은 처지라고 해도, 청가 아들이라 해도 끌어들이지 않았을 것이다.

그래서인지 괜히 싱숭생숭했다. 한 번씩 겪는 과정이라고 둘러대면 그만이긴 했다. 하지만 아무리 시대가 시대라도 험한 일 한 번 안 겪고 멀쩡히 잘 사는 놈들도 쌔고 쌨다. 확실히 랴오위나 리옌, 카이화 전부 박복하다면 지지리도 박복했고, 다른 또래들과 비교해 운도 참 없었다. 아마 앞길도 별반 다르지 않을 터였다.

「내일 일어나서 아프면 곧바로 병원에 가자.」

랴오위의 말에 리옌이 고개를 끄덕이며 작게 웃었다. 뭐가 좋은가 싶었던 찰나, 그가 갑자기 제 바지 주머니를 보았다. 그러더니 멀쩡한 팔로 반대편 주머니 속에서 반으로 접힌 흰 봉투를 꺼내 랴오위에게 건네주었다.

안에 든 건 돈이었다. 치료비일 리는 없었지만 금일봉이라기엔 하짜바리에게 주는 돈치고 꽤 액수가 있었다. 이게 뭐냐는 듯 눈짓하자 리옌이 담담하게 말했다.

「처음 나간 것치고 한 사람 몫은 했다고 챙겨 주던데.」

오늘 나간 현장에서 어지간히 눈에 띈 모양이었다. 랴오위는 고개를 끄덕이며 다시 봉투를 접어 그에게 건넸다. 하지만 리옌은 받지 않았다. 고개를 저었다.

「사람 죽인 돈은 가지고 있기 싫어요.」

이렇게 여렸다. 사람 죽인 돈이 뭐라고. 결국 앞으로 만질 돈은 누군가 눈앞에서, 혹은 등 뒤에서 죽어야 받을 수 있는 돈들일 텐데.

하지만 처음이니 그렇다 싶었다. 랴오위가 고개를 끄덕였다. 생활비로 쓰면 되지 싶었다.

「내일 우리 같이 외식해요.」

그러나 어떻게든 부정 탄 돈은 빨리 써 버려야 한다는 리옌의 뜻이 강경했다. 만약 이후에도 계속 현장에 나갔다 오는 족족 벌어들인 돈을 외식비로 쓴다면 가계 상황이 말이 아닐 것이지만 랴오위는 그러자, 했다.

어차피 처음만 그럴 터였다. 뭐든 처음이 제일 어려웠다.

「이건, 뭐냐?」

랴오위가 젓가락으로 시커먼 덩어리를 집어 들었다. 삐딱한 말투는 자동 장착이오, 께름칙한 표정은 덤이었다. 반면 리옌의 표정은 그 언제나처럼 당당했다.

「춘권. 조금 탔지만.」

「아이고…….」

카이화는 랴오위와 달랐다. 이제 제 오빠 입에서 무슨 말이 나올지 아니 그냥 묵묵히 시커먼 춘권을 씹었다. 표정을 보니 외향만큼 맛도 가관인 듯했다. 급히 물을 마시는 카이화의 등을 두드려 주며 랴오위는 한숨을 쉬었다.

「리옌. 네가 발전하는 녀석이라는 건 알겠어. 이젠 청소도 곧잘 하고, 그릇도 전보단 덜 깨먹으니까. 하지만 인정해야 해. 넌 요리에 재능이 없어.」

「뭐든 처음부터 재능 있는 사람은 없어, 형.」

「근데 그건 정도가 있지. 넌 아니야.」

「가능성을 한정 짓지 말자며.」

분명 이전에 랴오위가 그런 말을 하기는 했다. 어떻게 집안을 복권할거냐는 질문에 한 대답이었다. 어떻게든 되지 않겠냐. 일단 할 수 있는 걸 하자. 가능성을 한정해 봐야 뭐 좋을 게 있겠냐.

그런데 그 말을 이런 상황에서조차 써먹을 줄은 몰랐다. 이따위 밥상을 차려 놓고. 랴오위는 한숨을 삼켰다.

「그래. 조만간 반드시 네 그 의지가 꺾이길 바란다.」

거의 이를 악물고 말을 뱉었다. 리옌이 코웃음을 쳤다. 저놈의 생고집……. 하여간 멋모르고 무작정 달려드는 저 쇠심줄 같은 불도저 기질만은 조직에 딱 맞았다.

「아, 맞다. 형님 나 내일 늦어요.」

예상대로 리옌의 심적 충격은 오래가지 않았다. 리옌은 현장에 다녀온 다음 날, 랴오위와 병원에 다녀오며 '무슨 일이 있어도 카이화에게는 알리지 마라'고 신신당부를 했다. 팔이 다쳤기에 아무 일도 없었다는 듯이 굴 순 없었지만 뱃가죽이 뚫린 건 카이화가 아직 몰랐다. 랴오위는 남자 대 남자로 그 약속을 지켰다.

그렇다고 해서 바뀐 것도 없었다. 리옌은 불편한 팔로 집안일을 했고, 카이화는 여전히 리옌이 양아치들에게 떠밀려 넘어진 것일 뿐, 아무 일도 없었다고 알고 있었다. '늦는다'는 말이 암호라는 것도 모르고.

「오빠 무슨 일 있어?」

「내일은 사무실 형님들 따라서 점포 돌아볼 거래.」

「나도 내일 늦는데. 내일부터는 오후 수금이라.」

「뭐야, 그럼. 나 혼자 저녁 먹어?」

철없고 속없이 그저 편한 것은 카이화뿐이었다.

그게 불만스러운 건 아니었다. 랴오위도, 자신의 여동생이 곁에 있었다면 그랬을 터였다. 저렇게 보호받고 살아갈 수 있는 것도 축복이었다.

하지만 같은 남자이자, '한때' 형제가 있던 입장에서는 다소 리옌이 안쓰럽게 여겨졌다. 그는 랴오위보다 몇 년 이르게, 그가 밟은 길들을 그대로 밟아 오고 있었다. 이해는 가지만 괜히 그를 보면 괜한 동정심이 한 발 앞서 움직였다.

그래 봐야 알량한 말 몇 마디 건네는 것 외에 더 무언가 해 줄 수도 없으면서.

랴오위는 애써 씁쓸함을 삼키며 고개를 끄덕였다.

「허 씨네에 이야기해 둘 테니까 식사는 거기서 해.」

「응. 오빠 둘 다 일찍 들어와요.」

카이화의 천진한 대답에 리옌이 웃으며 고개를 끄덕였다.

그날 저녁 리옌은 등에 칼을 맞고 스물네 바늘을 꿰맸다.

「리 오빠, 자요?」

카이화가 눈치챘다.

당연한 일이었다. 리옌은 아직 의식을 찾지 못해 병원 침대 신세를 지고 있었다. 이틀째 미귀가인 제 오라비를 걱정하지 않는다면 랴오위야말로 카이화를 달리 보았을 것이다.

「아니. 왜?」

「저…….」

그러나 눈치챘다고 해서 모든 것을 알려 줄 정도로 랴오위는 살뜰한 성격이 아니었다. 더구나 리옌이 당부했던 '남자 간의 약속'은 존중해야 마땅했다. 카이화가 아무리 채근한다 해도 털어놓을 생각 따위 없었다.

「뭐, 내일 숙제라도 있는데 이제 생각난 거야? 도와줘?」

「아니, 그게 아니라요. 혹시 리옌 오빠가 입원한 병원이 Y병원인가 해서요.」

카이화의 말 속에는 '나는 너희 둘이 무슨 일을 하는지 이미 알고 있었다'는 뉘앙스가 섞여 있었다. 아직 '그녀'라는 호칭이 어색할 정도로 어린 꼬맹이의 입에서 나오기엔 퍽 의외인 물음에 랴오위도 잠시 대답을 잊고 말았다.

깜빡했다. 청가 두 얼뜨기들은 제법 눈치가 빠르다는 사실을.

그렇다고는 해도 세상 물정이라고는 제 간식비를 벌기 위해 얼마나 일을 해야 하는지 정도로밖에 모를 줄 알았던 카이화가 이런 걸 대놓고 묻다니, 의외였다.

물론 랴오위는 그런 속내 따위 말끔히 표정에서 지워 버린 채 고개를 저었다. 리옌과의 약속을 지키고자 하는 생각도 있었지만 그보다 더 큰 이유는, 어린애가 알아봐야 좋을 일 아니라는 부분에 대해 공감하고 있기 때문이었다.

그나 리옌이 몸담은 세계는 열한 살인지 두 살인지 하여간, 할 줄 아는 것이라곤 주변의 호의에 기대 사는 정도인 계집애가 알아봐야 좋을 일이라곤 하등 없었다. 여자라서 더욱 그랬다.

「무슨 소린지 모르겠는데.」

「저 아까 낮에 리 오빠가, Y병원에서 나오는 거 봤어요.」

「거기 볼일이 있었거든.」

「간호사가 리옌 오빠가 입원한 병실도 알려 줬어요.」

요것 봐라.

카이화의 추궁 실력은 훌륭했다. 확신이 있을 때 던지는 법을 누가 가르쳐 준 것인지는 모르겠지만, 본능이라면 이 거리에서 살아남기 위한 재주를 반은 먹고 들어간 것이라 봐도 무방했다.

「그래서, 나에게 그걸 묻는 이유는?」

하지만 일견 괘씸하기도 했으므로 랴오위는 무뚝뚝하게 물었다. 내심 걱정스럽기도 했다.

랴오위가 남자 대 남자로 보는 리옌은, 생존과 생계를 위해 자기가 진창을 구르는 것을 수치스럽게 여기지 않는 남자였다. 그럼에도 리옌이 제 일을 카이화에게 필사적으로 감추는 건, 지금 하고 있는 일이 부끄러워서가 아니었다. 부끄럽다 매도당하는 것이 두려워서였다.

리옌의 나이가 몇인데 수치심 그 자체를 모르겠는가? 이미 그는 제 머리로 생각할 수 있는 나이인데. 다만 그는 자신이 하고 있는 추잡하고 폭력적인 일에 대한 가책을 외면하고 있을 뿐이었다. 오로지 단 하나. 제 여동생 때문에.

카이화는 리옌의 역린(逆鱗)이었다. 그러니 더러워지지 않길 바라는 것이다. 자신의 유일한 약점이니까. 자신의 비도덕적이고 난폭한 일면을 치부로 여기고, 폭력의 진창에서 허우적거리는 몰골을 조금이라도 드러내지 않으려는 것이다.

그녀가 자신으로 인해 부끄러워지지 않도록, 그리고 그녀가 자신을 부끄러운 존재라 여기지 않도록 리옌은 필사의 노력을 다하는 중이었다. 지금 칼을 맞고 뻗어 있는 열네 살짜리 사내놈의 치기란 딱 그 정도였다.

그토록 나약하기에 그리고 자기 자신을 지탱할 힘이 부족하기에, 그에겐 지지가 필요했다. 그 지지의 대상은 가족이 될 수도, 친구나 지인, 술잔을 나눈 형제들이 될 수도 있었다.

지금이야 랴오위 하나로도 지탱이 가능한 수준이다. 그렇지만 점점 짊어질 게 많아지고 양 손발에 족쇄가 많이 달릴수록 그 무게를 나눠 질 사람들이 더욱 많이 필요해질 터였다. 언젠가는 카이화도 그 지지 세력의 한 축을 담당하게 될 테고. 그러니 더욱 신중하고 조심스러워지는 것이다.

이전에는 몰랐지만 지금은 알았다. 랴오위도…… 비슷한 경험이 있었으니까.

「오빠가 안 들어오니까요. 별다른 의미는 없었어요.」

「그래? 병원에 가 보고 싶어서 떠본 건 아니고?」

오히려 떠 보는 건 랴오위였다. 카이화의 반응을 보고 싶었다. 그래야 앞으로 자신이 어찌 행동할지를 결정할 수 있을 테니까.

「안 가 볼 거예요. 오빠는 내가 몰랐으면 하잖아요. 나도 내가 돈만 벌 수 있으면 벌써 병원에 가 봤을 거예요.」

그리고 카이화의 영리하다 못해 영악해 보이기까지 한 대답을 듣고 깨달았다.

저 나이대 어린애가 표정과 감정을 숨기기란 쉬운 일이 아니었다. 그걸 필요에 따라 활용할 수 있다는 건, 오히려 그녀가 랴오위나 리옌보다 이 거리에서 살아남을 수단이 더 출중하다는 것을 의미했다.

이 집 안에서조차, 그녀는 아무 일 없이 저토록 안전하게 살아 있지 않은가.

「……그래?」

「네. 그리고 리 오빠도 걱정하는 건 똑같으니까 둘 다 조심해요.」

어디서부터 어디까지를 진실로 믿어야 할까. 랴오위는 카이화가 나간 방문을 보다 하하, 마른 웃음을 터트렸다.

여자는 죄다 요물이라더니, 카이화마저 요물일 줄은 몰랐다. 게다가 한참 어린 핏덩이 주제에 속내를 그리 의뭉스레 감추는 건 어찌 터득한 요령인지 몰라 더욱 알 수가 없어졌다.

그럼에도 한 가지 확신은 들었다. 결국 모든 것을 얻고, 아무것도 잃지 않는 건 저런 유형의 사람이었다. 필요할 때까지 제 속내를 감추고 슬픈 척 울고, 기쁜 척 웃는다. 그건 그 누구의 심기도 거스르지 않고 그 어떤 위기도 잘 타고 넘어갈 수 있단 거였다.

자기 자신까지 속여야만 가능한 사기니까.

「청가 놈들은 죄다 어떻게 되먹은 놈들이야?」

쯧, 랴오위가 혀를 차며 품속을 뒤졌다. 꼭 이런 날은 담배도 없었다.

* * *

여자는 죄다 요물이 맞나 보다.

「나가! 나가라고!」

쉬에화와의 결혼 생활은 2년도 채 되지 않아 파국을 맞이했다.

애당초 부부 생활이라는 게 그랬다. 누구 하나 일방적으로 잘하고 잘못한다고 해서 제대로 굴러가는 것은 아니었다.

니시콴라이는 순조롭게 제 덩치를 키워 나갔다. 마카오에서 '아가씨' 수발을 들던 미천한 종놈이 갑자기 어느 대단한 분 사위가 되며 생긴 변화였다.

하지만 그런 꿈은 애당초 오래 갈 수가 없었다. 불같은 열정은 금세 사그라졌고, 차이는 좁혀질 기미가 보이지 않았다.

쉬에화는 자존심이 강했다. 그냥 강한 정도가 아니었다. 그녀의 집안엔 공안이 둘이나 있었고, 부친의 사업은 노골적으로 당의 지원을 받아 운영되고 있었다. 그런 환경 속에서 쉬에화는 제 눈빛 하나, 숨소리 한 올까지 신경 쓰는 이들 속에서 손톱 위에 얹힌 먼지조차 불결하다 여기며 삼십 년을 살아왔다.

그런 여자에게 랴오위는 지금껏 먹어 보지 못한, 길거리 음식이나 진배없다. 그녀는 그에게서 온갖 향신료에 버무려진 저급 재료의 말초적인 짜릿함을 느꼈다. 랴오위도 제 인생에 없던 그 고고한 아가씨의 빛나는 광채에 순간 눈이 멀었다. 오히려 그에겐 우아한 식재료의 부유한 감각이 충격적이었다.

더구나 둘은 어렸다. 그렇기에 과감했고, 멍청했다. 모든 가족들의 반대는 도리어 자연히 사그라질 찰나의 열정을 더욱 부추기는 것밖에 되지 않았다.

그렇게 시작했다. 시작부터 그 모양이었으니 오래 갈 수도 없었다.

육욕에 눈이 멀었던 기간은 짧았다. 기실 쉬에화가 결혼 생활에 염증을 느낀 것은 결혼하고 반년이 채 되지 않았을 무렵부터이니, 이 년이면 지긋지긋하게 오래 끈 셈이었다.

첫정이라는 미련에 사태를 악화시킨 건 과연 누구일까.

애당초 둘은, 시작부터 같을 수가 없었는데.

「이런다고 해결이 되는 게 아니잖아. 쉬예화, 진정해.」

「진정? 넌 항상 그따위 말밖에 못 하지. 입에 발린 말, 당장 듣기에만 좋은 말!」

「그럼 당신은 내가 아무 말이나 내뱉어야 한다고 생각해? 서로 상처를 주고받자고?」

「내 말에 상처받지도 않는 주제에 말은 잘하지.」

시간이 갈수록 멀어지는 관계처럼 감정도 점차 무뎌졌다.

랴오위는 스스로에게 '쉬예화를 사랑한다'고 습관처럼 되뇌었지만 그녀의 말에 상처받지 않았다. 그녀도 마찬가지였다. 기실, 둘 다. 지금도 사랑하느냐고 묻는다면 애매하다는 말로밖에 답할 길이 없었다.

하지만 랴오위는, 쉬예화가 자신을 사랑한다면 그 사랑에 믿음으로 보답해 줄 자신은 있었다. 들끓는 흥분이 아닌, 동반자적인 인생도 퍽 나쁘지 않을 것이라 생각했다.

하지만 불임이라는, 쉬예화가 도저히 받아들이지 못하는 그 현실을 같이 떠안아 줄 수는 없었다. 랴오위가 밖에서 애를 만들어 올 수 있는 것도 아니었다. 그랬다간 죽는 사람이 한둘이 아닐 터다.

무엇보다 본인도 받아들이지 못하는 일을 강제할 수도 없는 노릇이었다. 가슴이 답답해졌다.

「제발 감정적으로 굴지 마.」

「그따위 소리 할 거면 꺼져! 안 꺼져?」

「일단 상담부터 받자. 둘이 같이 천천히 노력하다 보면…….」

「무슨 노력!」

날카로운 소리와 함께 쉬예화의 손에 의해 화병 하나가 제 쓸모를 잃었다. 기껏 낙찰받고 싶다며 며칠을 기다려 옥션에 참석까지 해서 얻어 낸 물건이 한순간에 쓰레기로 전락하는 몰골을 보니 랴오위도 속이 답답해졌다.

「좋아. 당신이 원하는 대로 자리를 비켜 주지. 하지만 이건 당신 혼자만의 일이 아니야. 우리는 부부고, 당신이 힘든 부분을 지탱해 주기 위해 내가 존재하는 거야. 부탁이니 조금 더…… 내 제안을 신중하게 생각해.」

결국 랴오위는 쉬에화를 내버려 둔 채 방 밖으로 나섰다. 이런 패턴은 벌써 몇 달째 이어지고 있었다. 이제 그도 지치고 있었다.

힘겹고 버거웠다.

「입양을 생각하는 건 어때요?」

그런 속내를 맘 편히 늘어놓을 상대가 있다는 건 정말 다행이었다.

「카이화, 쉽게 입 댈 문제가 아니야. 조용히 해.」

「하지만 요즘이 어떤 시댄데 그런 걸로 스트레스를 받아?」

그런 랴오위의 사정을 아는 유일한 상대라면 바로 리옌과 카이화였다.

같이 살았던 기간이 꽤 되었던 탓일까. 아니면 내밀한 속내를 털어놓을 마땅한 곳이 없어서일까.

쉬에화의 집에 굴러 들어가며 자연스럽게 랴오위는 그들 '가족' 무리에서 떨어져 나왔다. 하지만 리옌과 카이화의 태도는 그가 결혼하기 전이나 후나, 별반 달라지지 않았다. 그래서 랴오위는 때때로 '이 말은 이들에게 할 게 아닌데' 하면서도 온갖 소리를 지껄여 대곤 하였다. 부부 사이의 지극히 사적인 일도 마찬가지였다.

과연 이것들이 부부 사이의 일에 조언이 가능할까 싶었지만 오히려 완전한 외부인의 시각으로 명쾌한 해답을 내려 주기도 했다. 지금처럼.

「조그만 게 어디서.」

「오빠는 맨날 나한테만 뭐라 그래.」

「됐고, 형님. 차라리 이참에 형수님 가족 분들 도움을 구해 보는 건 어때요? 여동생이랑 그렇게 각별했다면서요.」

「그 여동생 분도 아마 나랑 똑같이 말할걸? 인공 수정 뭐 그런 거 다 필요 없어. 애 낳는 게 여자 몸에 얼마나 큰 부담인데. 애가 필요하면 입양하면 되는 거야. 그리고 리 오빠도 아들 아들 하는 그런 구태의연한 사람은 아니잖아?」

「카이화.」

「아니, 왜! 말도 못 해?」

입양, 또는 여동생.

좋은 대안이기는 했다. 물론 전자는 쉬에화가 제 신체적 조건을 수용해야 한다는 난점이 있었고, 후자는 쉬에화의 가족들은 하나같이 그녀와 성격이 판박이라, 결혼이라는 중대사를 앞두고 한바탕 했던 부분에 대한 감정부터 풀어 줘야 한다는 난관이 있었다.

「어쨌든 이 문제는 내가 알아서 할 부분이고…… 카이화, 학교에 적응은 잘 하고 있나?」

「나? 나야 뭐. 항상 그렇죠. 여건만 좀 된다면 그림 쪽으로 나가 보는 건 어떨까 해요. 선생님들도 가망이 보인다고 하고.」

「새 학기 시작한 지 얼마나 됐다고, 벌써?」

「원래 카이화가 재주가 좀 많잖습니까.」

복잡한 이야기에서 벗어나자 냉큼 리옌이 제 여동생 역성을 들었다. 하여간 유별나도 저렇게 유별난 놈이 없었다. 불면 날아갈까 쥐면 터질까, 아주 손바닥 안에서 궁굴리듯 살살 굴려 키운 게 벌써 11년이랬다.

리옌의 나이 열두 살부터 랴오위와 함께 지냈으니 그도 카이화에게 어느 정도 애정은 있었지만, 이상하게 일정 한도 이상의 정이 붙지는 않았다. 오히려 그 애틋한 마음은 리옌에게로 향했다. 여덟 살에 가장이 된 이후 죽어라고 고생만 해서 제 여동생을 저렇게까지 키워 놓았으니 그 마음이야 오죽할까.

「그래서 미술? 돈이 좀 들 텐데.」

「이제 생활도 조금씩 안정되어 가는 참입니다. 아, 형님. 이제 집에는 돈 보내지 마시고요.」

「맞아. 리 오빠, 나도 이제 아르바이트 시작했어요. 오빠가 하도 난리 쳐서 주말에밖에 못 하지만 우리 예전 집 근처에 있던 찻집 기억나요? 거기서 서빙을 보기로 했어요.」

「……너, 그거 다음 달까지만 하고 그만두기로 한 거 잊지 마.」

「알았어, 알았어. 하여간 정말.」

「다음 달?」

랴오위가 둘의 대화에 툭 끼어들었다. 미술 이야기를 하다 돈 얘기를 하다 다음 달로 이야기가 건너뛰니 무슨 맥락인지 갈피를 잡기 힘들었다. 리옌이 그의 말에 대답해 주려 입을 벙긋거리기 무섭게 카이화가 조잘거렸다.

「오빠가 다음 달부터 학원 신청해 준다고 했거든요. 사실 학원이라기보다는 무슨, 그룹? 같은 건데 거기서 제대로 붓 잡는 법부터 배워 보는 게 어떠냐고 해서요.」

「이 수다쟁이 멍청이가 그래도 눈썰미도 있고 손재주도 있으니 그림이나 배워 두면 굶어 죽지는 않을 것 같아서요. 그림 좋아하니 나중에 공부 좀 해서 미술관 같은 데에 취직해도 괜찮을 것 같고.」

아까 전에는 재주가 많다더니 제가 대답할 타이밍에 툭 끼어든 걸 가지고 리옌은 카이화에게 타박을 놓았다. 물론 내용을 보면 흉을 들춰내기보단 돌려 자랑하는 모양새였지만 말이다.

그림. 아르바이트. 미술관.

순간 랴오위의 머릿속에 하나의 생각이 스쳐 지나갔다.

「그럼 카이화, 혹시 쉬에화를 한번 만나 볼 생각 있나? 그 찻집 아르바이트 대신해서.」

「네?」

「주말에 시간 될 때, 하루 정도. 쉬에화 말상대를 해 주는 거야. 어차피 네가 거기서 버는 거나, 내가 네게 주는 용돈이나 피차일반일 테니까.」

그저 곱게 자란 카이화. 그저 곱게만 키운 리옌.

그 둘은 랴오위에게도 나름 아픈 손가락들이었다. 거뒀다기보다는 어느새 같이 자랐다는 표현이 더 옳은 셋의 관계는 실제로도, 심정적으로도 매우 끈끈했다.

랴오위는 아마 그 편안함에 잠시 잊었던 것일 터다. 랴오위는 분명, '저들과 나는 가족이 아니다'라는 사실을 알고 있었다. 있으면서도 때때로 착각했고, 당연한 것을 기대하곤 했다.

「어쩌면 쉬에화도…… 외로워서 그러는 걸지도 모르니까. 신경질을 부릴 때 괜히 까탈스러워지는 것만 빼면 기본적으로는 아는 게 많아서 대화하기 지루하진 않을 거야. 그리고 미술을 할 거라고? 쉬에화도 그림에 관심이 많아서 여기저기 둘러보러 다니곤 하지. 그 외에도 그녀와 함께 다니면 보고 즐길 게 꽤 될 거야.」

「……저를 만나려고 할까요?」

「형님. 얘가 실수라도 하면 어쩌려고 그래요?」

실수? 글쎄.

리옌이 카이화를 어찌 보고 있는지는 모르겠지만, 최소한 랴오위가 본 카이화는 사람 앞에서 실수 따위를 할 애가 아니었다.

무엇보다 그녀는 제 생각과 감정을 감추고 상대를 속이는 데 능하다. 랴오위가 어떤 조치를 취할 때까지 쉬에화의 비위를 잘 맞춰 줄 것이라는 생각이 들었다. 아니, 확신이었다.

「쉬에화는 그래 봬도 밝은 사람을 좋아해. 게다가 과시하는 걸 좋아해서 카이화를 보면 지금껏 얘가 보지 못한 것들을 보여 주고 싶어 안달이 날걸? 차라리 많은 사람들에 치여서 이리저리 고생할 바에야 한 명 비위 맞춰 주는 일이 낫지.」

「형님.」

「아이참, 오빠는 가만히 있어. 나한테 한 얘기잖아.」

「조용히 해. 형님, 아무리 그래도 형수님한테 카이화를 붙이는 건…….」

물론 리옌이 무슨 걱정을 하는지는 알았다. 그 부분을 랴오위가 고려하지 못한 것도 아니었다. 하지만 '그 빌어먹을 쉬에화의 여동생에게 연락을 취할 때까지 잠시만'이라는 안일한 생각이 앞선 것도 사실이었다. 아무래도 쉬에화라는 버거운 인간을 혼자 상대하는 것보다, 둘이 상대하는 게 수월하다는 계산도 있었다.

「오빠야말로 조용히 해. 리 오빠, 일단 시간 약속 잡아 봐요.」

「카이화!」

「귀청 떨어지겠어! 왜 그렇게 예민해? 아르바이트니 어쩌니 하는 거 말고, 가끔 만나서 차나 한 잔 마시는 정도면 괜찮잖아? 게다가 같은 여자끼리 통하는 게 있을 수도 있고!」

「넌 뭣도 모르면서 무슨 말을 그렇게 쉽게…….」

관계가 아무리 가깝고 끈끈하다 해도, 심지어 그 상대가 부모 자식 간이라 해도 결국 자신의 손익을 타산하는 것이 사람이었다. 랴오위는 분명 그때, 자신의 피로감을 타인에게 떠넘겨서는 안 된다는 사실을 알고 있었다. 기실, 좋은 결과가 없을지도 모른다 막연하게 예상하기도 했다.

「리옌.」

「……예, 형님.」

「너 못지않게 나도 오랜 시간 카이화와 함께했어. 걱정하지 마라. 아무리 그래도 내가 이 녀석에게 뭔가 이상한 걸 시키려고.」

「맞아. 리 오빠가 어디 나한테 이상한 걸 시키려고!」

그러나 어쭙잖은 위로와 자기기만으로 그 사실을 외면했다. 귀찮은 일에서 벗어나고 싶었다. 결혼 생활로 생겨난, 오롯이 그가 책임져야 하는 감정적 마수를 잠시나마 피하고 싶었다.

「…….」

결국 리옌은 카이화와 랴오위의 강세에 밀려 쌍수를 드는 것으로 그날의 대화는 끝이 났다. 그때까지만 해도 랴오위는 깊이 생각하지 않았다. 설마 정말 별일이야 생기겠어? 하는 안일함과 '가족'이라는 범주에 들어가는 이들에게 이 정도는 기대도 되지 않을까 하는 자만이 그의 긴장감을 느슨히 풀어 버린 것이다.

리랴오위 스물셋, 칭리옌 열아홉, 칭카이화 열일곱.

이미 변곡점을 탄 그들의 인생이 급락하는 소리를, 어째서 그때는 듣지 못했던 걸까.

* * *

「우신, 카이화를 도와줘.」

지난한 결혼의 끝은 결국 파국이었다.

이혼 도장을 찍네 마네 하며 너무 오랜 시간을 함께한 것일까. 물론 그 과정 내내 끔찍했던 건 아니었다. 결혼 생활이 으레 그러하듯, 랴오위와 쉬에화는 때때로 좋았고, 자주 안 좋았다. 그러나 그 때때로 좋았던 기억이 발목을 잡아 그들의 결혼 생활은 근 십 년도 넘게 이어졌다.

그러는 동안 사태는 악화에 악화를 향해 내달렸다. 랴오위는 결국 자신에게 새로운 사랑이 찾아왔음을, 그리고 쉬에화와의 관계를 돌이킬 수 없음을 깨달았다.

그가 붙잡고 있던 건 결국 허상이었다.

「……어떻게?」

「그냥 그 애에게 전해 줘. '도망치라'고.」

「뭐? 잠깐, 랴오위. 걔가 지금 도망치면…….」

쉬에화는 그를 그녀의 자택에 구금했다. 몇몇은 그녀가 어릴 적부터 데리고 있던 수행원들이었다.

그래도 실낱같은 희망이 있었다. 왕우신은 쉬에화와 본토에서부터 사이가 괜찮았던 동업자 중 하나였고, 홍콩의 사업체에 관해서는 아직 랴오위의 영향력이 쉬에화보다는 컸다.

짧은 만남들 속에서 랴오위는 결단을 내렸다. 이제는 정리할 때였다. 욕심과 고집으로 붙잡아 두었던 걸 모두 내던져야, 그도 벗어날 수 있었다.

「난 모든 걸 버릴 각오로 말하는 거야. 이 말까지 전해 주면 그 애는, 자기가 뭘 해야 할지 알 거야.」

「……우리는 앞으로 어떻게 되는 건데?」

「글쎄.」

이미 의금지영이라는 뜻은 현실의 풍파와 한계에 치달아 내버린 지 오래였다. 그의 그릇은 딱 거기까지였다. 기껏해야 제 식구들의 밥그릇을 챙겨 주는 정도였지, 남의 밥그릇까지 뺏어올 재목은 아니었던 것이다.

만약 쉬에화의 생각대로 니시콴라이가 삼합회에 흡수되고, 롱친과 하나가 된다면 싱하오를 대적할 순 있을 것이다. 하나 그 과정에서 생겨날 일반인들의 손해와, 잘려 나갈 제 식구들을 생각하면 쉬이 그녀의 뜻대로 따라 줄 수 없었다.

그러니 포기해야 했다. 이렇게 잡혀 있는 것도 하루 이틀이었다.

「모든 걸 버리고, 새로 시작하는 건 어때?」

랴오위는 자신이 얼마나 비겁한지 알았다. 책임에서 벗어나 봐야, 또 다른 책임에 목 죄일 것을 안다. 그를 수습하기 위해 더욱 많은 사람과 시간, 그리고 노력들이 허비될 것을 생각하면 어쩔 수 없었다.

차라리 버리자. 버리고 새 출발을 하자.

애당초 랴오위는 사람에게 많은 정을 붙일 수 없는 사람이었다. 사람을 싫어하는 건 아니었지만 믿지는 않았다. 그나마 좀 정을 두었던 사람이라면 리옌과 쉬에화뿐이었다. 그리고 지금은 그 대상에 우신 하나가 추가된 정도였다.

하지만 정을 주진 않아도 믿는 대상은 있었다.

카이화.

그녀는 영리하고 영악했다. 쉬에화의 밑에 들어가 제 오빠가 무슨 짓거리를 하고 다니는지 알게 된 그녀는 어느새 랴오위의 적이자 아군이 되어 있었다. 그런 그녀라면, 리옌을 빼내고 쉬에화를 무너뜨리기 위한 계략에 발을 들이지 않을 리 없었다.

「그게 쉽겠어?」

「슈란에게 협조를 구해. 슈란이라면 카이화를 돕는 데 순순히 따라 줄 거야. 그리고 이 일은 외부의 조력자가 필요해. 그거라면…… 첸허가 도와줄 거야.」

그리고 루첸허.

그는 이전에 랴오위에게 목숨 빚을 졌다. 정확히는 그 부모의 목숨을 그가 한 번은 구해 주었다.

몇 년 동안 떠돌이 생활을 하던 그는 어느새 외국으로 건너가 번듯한 픽서(fixer)가 되었다. 제 발로 랴오위에게 찾아와 '그 때의 은혜를 갚겠다'고 말한 게 벌써 7년 전이었다.

그 빚을 달아 두길 잘 했다. 그때는 받을 필요가 없는 빚이었지만 이제는 이자까지 받아 낼 셈이었다.

「첸허?」

「루첸허. 슈란이 그 사람을 알아. 루첸허는 나에게 많은 신세를 진 녀석이지. 슈란이 내 상황과 말을 전하면, 그도 카이화를 도와줄 거야.」

「……당신 무슨 일을 벌이려는 거야?」

카이화, 슈란, 우신, 루첸허.

배우가 정해지니 머릿속으로 대충 그림이 그려졌다. 자신이 쉬에화와 니시콴라이에서 해방되고, 리옌이 카이화와 함께 밝은 세상에서 살아가는 그림이었다.

물론 그 과정들이 어찌 전개될지는 몰랐다. 거기서부턴 그의 능력 밖의 일이었다.

「내가 확신할 수 있는 건, 카이화라면 어떻게든 해결을 볼 거란 사실이야.」

랴오위는 믿었다. 카이화는 어떤 식으로든, 모든 상황을 제 입맛대로 굴리기 위해 눈물이든 감정이든 뭐든 아끼지 않을 터였다. 그 애는 천성이 그랬다. 타인의 가장 약한 부분들을 파고들어 결국 제 자리를 만들어 낼 수 있었다.

마지막에 죄인으로 손가락질 받지도 않을 터였다. 세상 사람들이 아는 '카이화'란, 아주 가녀리고 연약해서 상대를 절절매게 만드는 여자일 뿐이니까.

「그리고 이 모든 일은, 리옌에게는 무조건 비밀이야. 그 녀석이 알면 안 돼.」

「그건 왜?」

「시간이 없어, 우선. 당신이 여기 조금 더 있다간 쉬에화의 사람들이 의심할 거야. I&H에 대한 상의는 리옌과 해. 그리고 그 녀석에겐, 내가 이런 말 했다고 전하지 말고.」

「랴오위!」

「어서 가.」

리옌은…….

그는 너무 솔직했다. 보호받지 못했던 만큼 제 몸을 사릴 줄 몰랐다.

그러니 카이화가 무슨 짓을 벌일지 몰라야 했다. 리옌이 다치더라도 결국 자신이 힘을 키울 수 있을 때까지 그의 상처를 묵인하는 카이화와, 카이화 손톱 사이의 작은 가시 하나조차 스스로 치워 주길 불사하는 리옌은 달랐다.

그녀는 자신의 목적과 수단을 위해서라면 그 어느 것도 거리낌 없이 해치울 것이다. 게다가 감정이든 몸이든 얼마든지 운용할 터였다. 카이화는 그런 인물이었다.

이런 가혹한 평가는 어쩌면 카이화에게 지나친 기대를 한 결과일지도 모른다. 하지만 그의 판단은 어떠한 배움으로 체득한 게 아니었다. 사람 좋은 척, 표면적인 자신을 만들어 낼 수 있는 사람들만이 공통적으로 느낄 수 있는, 본능에 가까운 확신이었다.

랴오위가 바란 것은 최소한의 희생으로 최대한의 효율을 뽑아내는 것이었다. 그의 계획에 리옌은, 방해가 되면 되었지 도움이 될 것 같지 않았다.

그러나 이로 인해 리옌이 잃게 될 것은 뻔했다. 그가 그렇게나 지키고 싶어 했던 얄팍한 가족의 유대나 신뢰 따위였다.

하지만 리옌은 결국 잘될 것이다. 그렇게 믿는 수밖에 없었다. 세상 모든 선택은 어떠한 희생을 몰고 오기 마련이고, 랴오위는 제가 아끼는 동생과 자신, 그리고 가장 나은 방향의 결말에 명운을 걸었다.

「미안하다.」

우신이 나간 응접실. 빈 허공을 올려다보며 랴오위가 작게 중얼거렸다.

하지만 돌이킬 수도, 돌이킬 생각도 없었다. 일이 어떤 방향으로, 얼마만큼의 속도로 내달릴지도 몰랐다.

「살아서 책임지지 못한다면, 나중에 죽어서라도 갚을 테니까…….」

과연 누가 희생될까. 그리고 누가 죽어 나갈까.

알고 싶지도 않았다. 앞으로도 알려고 하지 않을 것이다. 리랴오위는 그런 남자였다.

그만큼 그는 이기적이었기에.

제가 지킬 수 있는 사람들만 지켜 내기로 했다.

—